AMNESTY

RUF NACH GERECHTIGKEIT

LARA ELENA DONNELLY

Ins Deutsche übertragen von
ROSWITHA GIESEN

Die deutsche Ausgabe von AMNESTY – RUF NACH GERECHTIGKEIT
wird herausgegeben von der Cross Cult Entertainment GmbH & Co. Publishing KG | CROSS CULT;
Verlagsleitung: Andreas Mergenthaler und Luciana Bawidamann; Teinacher Straße 72, 71634 Ludwigsburg.
Übersetzung: Roswitha Giesen; Programmleitung Romane/Sachbücher: Markus Rohde; Lektorat: Jana Karsch; Korrektorat: Peter Schild; Satz: Rowan Rüster; Cover-Illustration: VAULT49; Karte: Rhys Davies; Layout: Sina Keller; Lizenzmanagement: Ruijing Qiu; Herstellung: Hannah Düser; Vertriebsleitung: Peter Sowade; Marketing: Cécile Béran; Druck: CPI Books GmbH, Leck.
Printed in the EU.

Titel der Originalausgabe:
AMNESTY
First published by Tom Doherty Associates (Tor Book)
Tor® is a registered trademark of Macmillan Publishing Group, LLC.

Dieses Werk wurde vermittelt durch die Literarische Agentur
Thomas Schlück GmbH, 30161 Hannover.

Print ISBN 978-3-98666-363-6
E-Book ISBN 978-3-98666-364-3
August 2024

WWW.CROSS-CULT.DE

All denen gewidmet,
die mir auf dem Weg zur Seite gestanden haben.

DANKSAGUNG

Wow. Es ist so weit: Der letzte Band der *Amberlough*-Reihe. Wir haben es geschafft. Und ich meine wirklich uns alle. Wie immer stammt dieses Buch nicht allein von mir – es ist durch die Liebe, Unterstützung und das Mitgefühl vieler Menschen entstanden. Zunächst sind da natürlich meine Lektorin Diana Pho und mein Agent Connor Goldsmith. Diana hat dieses Buch richtig in Form gebracht, damit die Trilogie ein starkes Ende bekommt, und Connor hat am Ende des Tunnels ein Licht leuchten lassen, damit ich ein Ziel hatte, auf das ich hinarbeiten konnte. Und meine Dankbarkeit gilt außerdem Desirae Friesen, der Pressesprecherin aller Pressesprecherinnen, die Ihnen dieses Buch quasi in die Hand gedrückt hat.

Der Rest dieser Liste ist wahrscheinlich furchtbar unvollständig. Ich weiß, dass es da draußen Leute gibt, die ich vergessen habe, und dafür möchte ich mich ehrlich entschuldigen. Wo ihr euch auch befindet, wer ihr auch seid: Euch gilt meine ewige Dankbarkeit!

Ohne meine unzähligen Gruppen wunderbarer Schriftstellerfreunde hätte ich die Trilogie nicht beenden können. Ein besonderer Dank geht an den Alpha-Studenten Zach Nash, der dem Plot mit den beiden Worten »kapitalistische Oligarchie«

einen Senkrechtstart verpasst hat. Und natürlich an all meine Freunde im Pub, aber insbesondere an Jay Wolf, Andrea Tatjana, Jennifer Mace, Sarah Berner und Marianne Kirby, die mir mehrfach Lösungen für besonders knifflige Probleme geliefert haben. Außerdem danke ich Nicasio Reed, der mir die krasseste *Amberlough*-Playlist aller Zeiten zusammengestellt und mich mit Jidenna bekannt gemacht hat.

Lex Beckett, Kelly Robson, Kellan Szpara, Sarah Pinsker, Jordan Sharpe, Debra Wilburn und Alexandra Renwick: Unser Aufenthalt im Timberhouse war genau das, was dieses Buch für seinen zweiten Entwurf benötigt hat.

Ein großes Dankeschön an die ganze Mannschaft bei Clarion, die mich auf dieser Reise begleitet hat, ganz besonders aber an Patrick Ropp und Huw Evans, die weltbesten Cheerleader.

Kelsey Hercs, du bist eine Inspiration und beglückst allein durch deine Anwesenheit, selbstredend bist du eine hervorragende Dramatikerin und ich bin wahnsinnig froh darüber, dass wir durch Zufall Freunde geworden sind. Eric Mersmann, danke, dass du mich zum Thema ordentliche Gerichtsverfahren beraten hast. Ich schulde dir eine Portion Eiscreme mit Gewürzgurkengeschmack.

Selbstverständlich danke ich meinen Eltern, die mir als kleinem Kind viele Wörter in den Kopf gepflanzt haben, indem sie mir vorgelesen und sich anschließend um die daraus erwachsene fleischfressende Sumpfpflanze gekümmert haben. Ihr seid meine größten Fans und habt wahrscheinlich im Alleingang so viele Exemplare meiner Bücher persönlich verkauft, dass es eine zweite Auflage gab.

Eine ganze Reihe an Danksagungen und Entschuldigungen geht an die Familie Routh, die mich über die Feiertage zu sich nach Hause eingeladen und dann durchgefüttert hat, während ich über meinen Laptop gebeugt krampfhaft versucht habe, den ersten Entwurf von *Amnesty* zu beenden und parallel *Armistice* stilistisch zu lektorieren.

Aber vor allem gelten meine Liebe und mein Dank Eliot, der mit mir zusammenleben musste, während ich das Buch fertiggestellt habe. Du bist ein Held und hast mich vor dem Wahnsinn bewahrt.

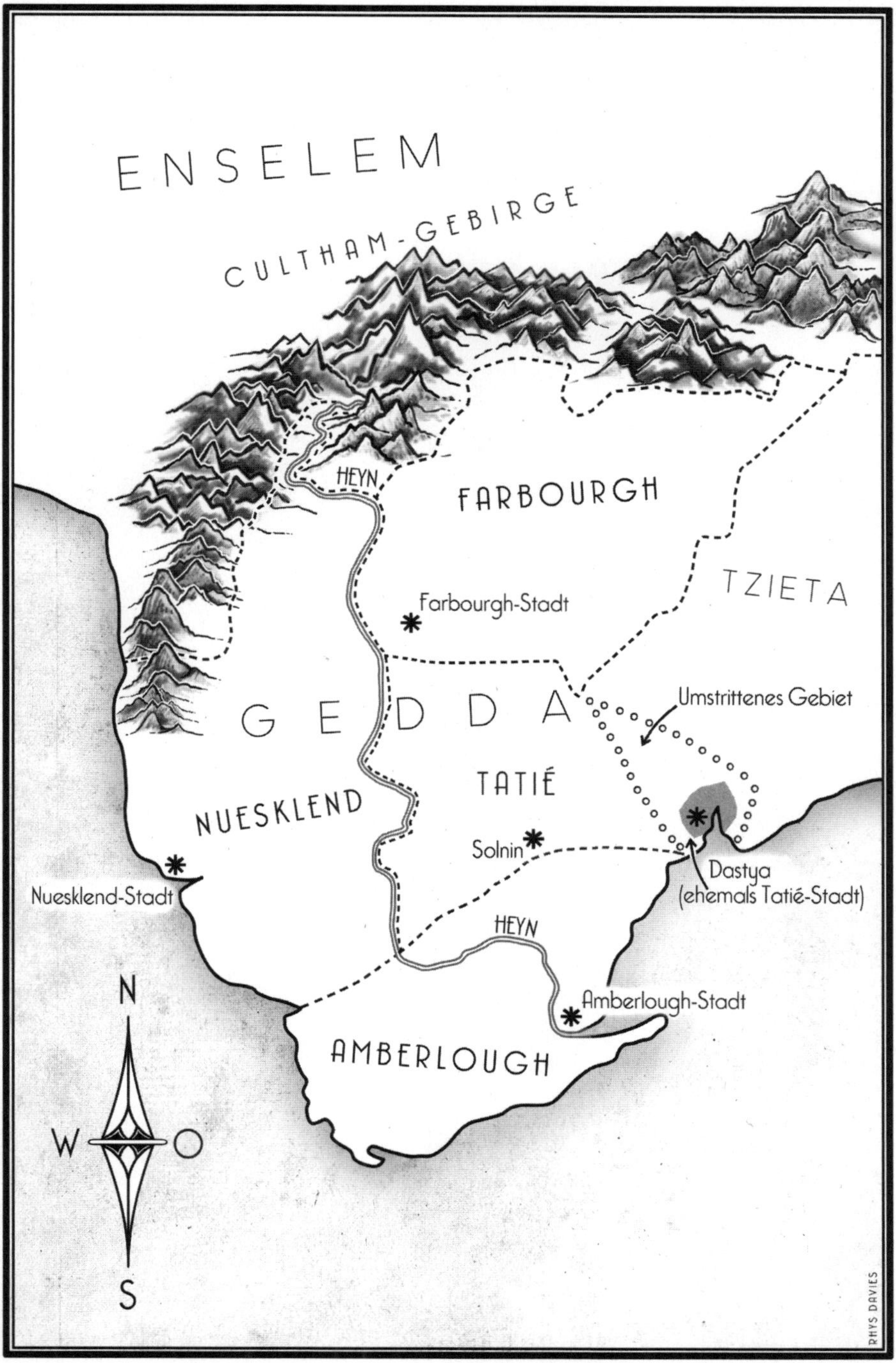

ENSELEM
CULTHAM-GEBIRGE
HEYN
FARBOURGH
TZIETA
Farbourgh-Stadt
GEDDA
Umstrittenes Gebiet
TATIÉ
NUESKLEND
Solnin
Nuesklend-Stadt
Dastya
(ehemals Tatié-Stadt)
HEYN
Amberlough-Stadt
AMBERLOUGH
N
W
O
S
RHYS DAVIES

Wir geben uns voreinander so abgebrüht, aber in Wahrheit sind wir es nicht. Ich meine ... man kann nicht die ganze Zeit draußen in der Kälte bleiben, irgendwann muss man heraus aus der Kälte.

– John le Carré,
Der Spion, der aus der Kälte kam

Ich habe nie einen Menschen gekannt, der bessere Motive für all den Ärger hatte, den er verursachte.

– Graham Greene,
Der stille Amerikaner

TEIL
EINS

KAPITEL 1

Bei all dem Lärm von Radio, Fernschreiber und klappernden Schreibmaschinen hörte Aristide das Läuten seines Telefons nicht. Aber selbst wenn er es gehört hätte, hätte er nicht abgenommen. Dafür gab es Sekretäre. Da er nicht durch das Läuten vorgewarnt worden war, überraschte Daoud ihn, als er gerade tief über das Kassenbuch gebeugt dasaß und ihm beinahe die Brille von der Nase rutschte.

»Ari«, sagte Daoud, und als Aristide ihn schließlich hörte, klang es wie die dritte oder vierte Wiederholung.

»Tut mir leid«, meinte er, blinzelte und schaute ihn durch die obere Hälfte seiner Zweistärkenbrille an. »Was gibt es?«

»Telefon.«

Aristide nahm die neue Brille ab und presste die Hände gegen die schmerzenden Augen. Verdammtes neues Rezept. Verdammter alter Körper. »Sag denen, dass sie morgen wieder anrufen sollen. Ich brauche einen Drink.«

Daoud verzog den Mund und damit auch den Bart. »Es ist Seine Hoheit. Prinz Asiyah.«

Schlagartig horchte Aristide auf und spannte sich an wie eine Klaviersaite. Übertrieben sorgsam legte er seinen Stift zur Seite. »In Ordnung. Stell ihn durch.«

Mit hoher Wahrscheinlichkeit handelte es sich um die Warnung, die Aristide seit dem vorigen Sommer erwartete, als er und Merrilee Cross ihre erste Ladung Teer zum frisch befriedeten Hafen von Amberlough verschickt hatten. Asiyah gehörte keinesfalls zur Drogenpolizei oder Hafenbehörde, war auch kein Verbündeter von Cross-Costa Importe oder einem der zahlreichen Tochterunternehmen. Dennoch hatte er in der Vergangenheit einem alten Freund Hinweise gegeben – vielleicht aus Mitleid oder Schuldgefühlen, da die Informationen, die Aristide ihm ursprünglich entlockt hatte, weder Profit noch zufriedenstellende Ergebnisse gebracht hatten. Cyril DePaul war nicht aus dem lisoanischen Dschungel aufgetaucht.

Oder vielleicht ging es gar nicht um den Teer, sondern um den Befehl, keine porachinischen Hilfslieferungen mehr abzuzweigen. Aristide hatte sein Bestes getan, um *das* vor der Königsfamilie oder dem Geheimdienst zu verbergen.

Es hatte klein angefangen. In seinem ursprünglichen Vorhaben gescheitert und durch die Kämpfe in den Süden gedrängt, war Aristide, nachdem der Krieg richtig ausgebrochen war, gemeinsam mit Daoud in den Süden gereist und hatte sich in Rarom niedergelassen, in der Nähe des Flugplatzes. Dort gab es eine schäbige kleine Bar, in der die Piloten gern einen hoben, und schon bald stand Aristide in einer guten Beziehungen zu Wedi, die ihm den einen oder anderen Karton zuschob, wenn sie davon ausging, dass diese niemandem fehlen würden.

Als er sich allmählich in Merrilees Markt drängte, kam diese aus Ul-Mejj herunter. Zum damaligen Zeitpunkt hatte sich ihre Stadt sowieso an der Front befunden, darum hatten sie ihr Unternehmen in *seinem* Garten gegründet. Hier hatte es weniger Blindgänger gegeben.

Sie hatten Erfolge und vertrieben Reis und Tabak an die Höchstbietenden. Polizei und königliche Agenten drückten meist beide Augen zu, solange man sie schmierte. Aber ein Prinz wäre etwas anderes, vor allem nun, da der Krieg beendet war und die königliche Familie das Gesicht wahren und ihre Gesetze dem Land aufzwingen musste, das sie der republikanischen Kontrolle entrissen hatte. Dort wurde die porachinische Hilfe dringend benötigt.

Aristide war darauf eingestellt, einen freundlichen Hinweis zu erhalten – oder eine königliche Vorladung. Darauf, was auf Asiyahs Höflichkeitsfloskeln folgte, war er allerdings nicht vorbereitet.

»Ich habe Neuigkeiten über einen gemeinsamen Freund«, sagte der Prinz.

In Gedanken ging Aristide ihre gemeinsamen Bekannten wie eine Hand voll Visitenkarten durch. Pulan? Lillian? Zu den beiden hatte er postalisch Kontakt gehalten, wenn auch nur sporadisch, manchmal auch per Funkanruf, falls ein besonderer Anlass es erforderte, doch diese waren teuer und wahnsinnig aufwendig zu organisieren. In der Regel waren es Briefe, von Zeit zu Zeit ein Telegramm. Tatsächlich hatte Lillian ihm erst in der Vorwoche eines geschickt und ihn zu einer Veranstaltung eingeladen, aber er hatte geradeheraus abgelehnt. Er würde an keinem Denkmal ein Band durchschneiden, nur damit sie sich mit Geddas Kandidatinnen für das Ministeramt gut stellen konnte. Zumindest nicht bei *diesem* Denkmal.

»Entschuldige bitte«, sagte er, als ihm klar wurde, dass Asiyahs Schweigen sich in Erwartung gewandelt hatte. »Um wen geht es?«

»Das kann ich über diese Leitung nicht sagen.«

Also ging es um geheime Aktivitäten. Verschwörungen. Spionage. Inzwischen hatte Aristide mit Füchsen weniger zu tun als mit Verbrechern. Pulan hätte Asiyah am Telefon erwähnen können. Wenn sie es nicht war, dann …

Als wäre die letzte Zuhaltung eines störrischen Schlosses eingerastet, kam ihm die Erleuchtung wie mit einem metallischen Klicken. Fünf Jahre waren vergangen, aber vielleicht hatte der Dschungel seinen kostbaren Schatz doch endlich freigegeben.

»Wo?« Aristide umklammerte den Hörer, sodass das Harz an den Nähten knackte.

»Heute Abend geht ein Flug nach Dadang«, sagte Asiyah und Aristide wurde klar, dass er auf eine andere, simplere Bedeutung des Wortes geantwortet hatte.

»Nein«, widersprach er. »Wo hast du ihn gefunden ...?« Er ermahnte sich nicht bewusst, diesen Namen *nicht* auszusprechen. Er *konnte* es einfach nicht.

»Pack einen Koffer und komm bis spätestens neun Uhr an den Flugplatz«, meinte Asiyah.

Aristide machte kaum etwas Angst. Er hatte Kämpfe bestritten und sie beendet. Er war in völliger Dunkelheit ohne jedes elektrische Licht an von Regen und Hagel glitschigen Klippen entlanggelaufen. Er hatte Wölfe und Füchse abgewehrt und Leute, die ihm Gewalt antun wollten. Er hatte gehungert, auf der Straße geschlafen, einem anderen Mann ein Messer in den Bauch gerammt und jemandem eine Kugel in den Kopf gejagt.

Trotzdem hasste er es noch immer zu fliegen.

Als die Mgenu-330 schließlich vom Asphalt abhob – aufgrund des Wetters mit drei Stunden Verspätung –, hatte er sich einen therapeutischen Rausch angetrunken. Der dämpfte seine Angst, als das kleine Flugzeug direkt nach dem Start in Turbulenzen geriet, andererseits verschlimmerte er zugleich seine Übelkeit, als es sich in eine Kurve legte und die Erde aus dem Fenster verschwand.

Der Flug dauerte länger, als Aristide recht war. Am besten wäre er so nüchtern geblieben, dass er einige Arbeiten hätte erledigen können – es gab Briefe zu schreiben, sowohl geschäftliche als auch persönliche. Daoud hatte große Augen gemacht, als er ihm gesagt hatte, dass er in ein paar Tagen zurückkehren würde, und seinen Reiseplänen vehement und wortreich widersprochen, aber eigentlich ging es nur darum, dass er mit einer schlecht gelaunten Cross ungern allein bleiben wollte.

Aristide war allerdings ganz und gar nicht mehr nüchtern und die Mischung aus Angst und Eintönigkeit versetzte ihn in einen Zustand betäubter Grübelei.

In Liso hatte er fünf Jahre verbracht. Als er, vom ersten Monsunregen völlig durchnässt, in Oyoti angekommen war, war er sich seines Erfolges so sicher gewesen. Dumm. Das konnte er nun zugeben. Wenn er sich nicht hätte gehen lassen, wäre es ihm bereits damals bewusst geworden. Aber nicht nur das luxuriöse Leben in Porachis hatte ihm den Scharfsinn genommen. Im Nachhinein betrachtet hatte er seinen Geist nicht mehr geschärft, seit er die Besitzurkunde für die Baldwin Street unterschrieben hatte.

Aristide hatte alles erreicht, was er sich erhofft hatte. Hatte er sich das nicht immer wieder gesagt? *Wenn ich erst reich bin, muss ich mir darum keine Gedanken mehr machen.* Das hatte er sich zugeflüstert, bis es der Wahrheit entsprach, und dann, wie dumm nur, selbst an diesen Mythos geglaubt. Aristide Makricosta, Schwarzmarktkönig, Herrscher der Halbwelt. Unantastbar, unbezähmbar. Nicht einmal der Meister der Jagdhunde des FOCIS konnte ihn kleinkriegen, als es darauf ankam, sondern legte sich, als er ihn an der Kehle packte, auf den Rücken und streckte ihm den weichen Bauch entgegen.

Hoffentlich hatte Aristide daraus gelernt. Wie gern wollte er glauben, dass er die Arroganz inzwischen überwunden hatte, doch allein der Gedanke löste ähnliche Gefühle aus.

Zwei Jahre hatte er schwitzend im tropischen Regenwald verbracht und Phantome durch den vom Krieg gezeichneten Dschungel gejagt, das hatte ihn gelehrt, selbst dem winzigsten Fünkchen Selbstvertrauen gegenüber misstrauisch zu sein. Jede scheinbar vielversprechende Spur endete höchstwahrscheinlich in einer Enttäuschung. Alles, was sich als sichere Sache verkaufte, führte unweigerlich zu peinlichen Begebenheiten. Im fortgeschrittenen Alter hatte Aristide wieder gelernt, vorsichtig zu sein, allerdings hatte ihn diese Lektion sehr verärgert.

Trotzdem saß er nun zehntausend Fuß über dem Boden in den Sitz gegossen, ach, Verdammnis und Verderben sollten diesen Gedanken ereilen, und all das nur aufgrund eines einzigen Telefonats.

Als das Flugzeug durch weitere Turbulenzen holperte, klammerte er sich an die Armlehne und sprach sich Mut zu: Hier handelte es sich um keinen gnadenlosen Kriegsherrn, der die fauligen Zähne fletschte und zweifelhafte Informationen zu überhöhten Preisen verhökerte. Es handelte sich um Asiyah Sekibou, Geheimdienstbaron, und noch dazu so etwas wie ein alter Freund. Die letzte Aristide bekannte Person, die Cyril DePaul lebend gesehen hatte, der Letzte, der mit ihm gesprochen, seine Funksprüche gehört hatte – und er verlangte keinerlei Gegenleistung.

Das machte Aristide misstrauisch. Asiyah wollte etwas von ihm. Aber egal, wie viele Steine er bei der Suche nach einem Grund umdrehte, warum der Prinz lügen sollte – eine Falle, ein Trick, eine Verschwörung –, er konnte sich nicht einreden, dass es sich nicht schlicht um die Wahrheit handelte. Diese Überzeugung verursachte ihm mehr Übelkeit als die plötzliche Höhenänderung des Flugzeugs, als der Pilot im raschen Sinkflug Kurs auf den Flughafen Souvay-Dadang International nahm.

Asiyah erwartete ihn auf dem Rollfeld im Fond eines schwarzen Automobils, das am Bordstein irgendeiner Straße nicht weiter aufgefallen wäre, zwischen Dutzenden Flugzeugen geparkt allerdings herausstach.

Im Osten zeigten sich die ersten Strahlen des Sonnenaufgangs und erhellten den kobaltfarbenen Himmel auch dort, wo er noch nicht von den Lichtern Dadangs erleuchtet wurde. Eine glatzköpfige Frau, die völlig unnötigerweise eine Pilotensonnenbrille trug, hielt Aristide die Hintertür auf der Beifahrerseite auf, setzte sich dann auf den Fahrersitz und legte den Gang ein.

»Freut mich, dich wiederzusehen«, meinte Asiyah. Er sah so aus, als hätte er die Nacht nicht im Bett verbracht. Seine Wangen waren mit Bartstoppeln übersät und vorne auf seiner zerknitterten roten Tunika prangte ein Fleck, als hätte er etwas verschüttet ...

»Kaffee?« Er bot Aristide eine grüne Thermoskanne aus Metall an.

Dieser nahm an und drehte den Deckel auf. Ein Schwall bitteren, duftenden Dampfes pustete ihm die vom Flug verstopfte Nase frei und milderte seine Kopfschmerzen. Er stieg ihm in den Rachen und löste einen Hustenreiz aus: schleimiger Husten, der sich etwa vor einem Jahr in seiner Lunge festgesetzt hatte und den keine Mentholzigarette und kein Senfwickel vertreiben konnte. Eigentlich hätte Aristide einen Arzt aufsuchen sollen, doch seit seiner letzten Untersuchung hatte er Angst davor. Genau wie das Flugzeug ließ ihm der Gedanke daran das Herz gefrieren, wie es nicht einmal der Lauf einer Pistole vermochte.

Vorsichtig goss er sich Kaffee in den Deckel der Thermoskanne, der zugleich als Tasse fungierte. »Hast du damit gerechnet, dass ich betrunken sein könnte?«, fragte er zwischen vorsichtigen Schlückchen.

Asiyah zuckte mit den Achseln. »Ich habe nur gedacht, dass du vielleicht welchen gebrauchen kannst.«

Aristide goss sich eine zweite Tasse ein und trank sie etwas zu schnell, um bloß keine bissige Bemerkung zu machen, die sein unordentlicher Zustand sofort Lügen strafen würde. Nachdem er ausgetrunken hatte, drehte er den Deckel wieder auf die Kanne und sagte, eher an sie als an Asiyah gerichtet: »Also gut. Wo ist er?«

»In Sicherheit.«

Dass es auch andere Möglichkeiten gegeben hätte, verursachte Aristide größere Bauchschmerzen, als es sollte. »Und kann ich ihn sehen? Mit ihm sprechen?«

»Wenn du das nicht könntest, hätte ich dir nicht gesagt, dass du nach Dadang fliegen sollst. Aber warte lieber noch etwas – jetzt ist es erst halb sechs. Die meisten Leute schlafen noch. Ruh dich etwas aus. Frühstücke.«

»Gibt es in der Nähe von … wo auch immer ein gutes Hotel?«

»Mhm.« Asiyah schob die Trennwand zwischen dem Wagenfond und der Fahrerin zur Seite und sagte etwas auf Shedengue, das Aristide kaum verstand – es klang nach einem Befehl, wenn auch nach einem höflichen. Sie antwortete mit einem einzigen Wort, dann schob er die Trennwand wieder zurück.

Aristide musste schwer schlucken, schmeckte noch den Kaffee, der in seinem Mund inzwischen sauer geworden war. »Vielen Dank für all das hier«, meinte er. Solche Sätze kamen ihm nur auf der Bühne leicht über die Lippen und er hatte schon seit Langem vor keinem Publikum mehr gestanden. Je ernster er die Worte meinte, desto stärker blieben sie ihm im Halse stecken. Diesmal bekam er davon Halsschmerzen.

Asiyah schnaubte bloß: Wortlos erkannte er die Dankbarkeit an, ohne sie jedoch anzunehmen.

Nun ja, damit hatte Aristide zwar gerechnet, trotzdem war er erleichtert, dass es sich nicht um reine Wohltätigkeit handelte. »Was ist los?«

»Ich mache das nicht für dich«, sagte Asiyah. »Verstehst du das? Ich kann dich nur dazuholen, weil die Nachbesprechung mit ihm bereits stattgefunden hat. Und selbst jetzt sollte ich es eigentlich nicht tun. Aber …«

»Du willst etwas von mir.« Als Aristide mit diesen Worten in die Verhandlungen einstieg, fühlte er sich so wohl, wie seit dem Augenblick nicht mehr, als Daoud bei ihm geklopft und ihm gesagt hatte, wer am Telefon war. »Also los. Worum geht's?«

Wenigstens besaß Asiyah genug Anstand, den Blick zu senken, versuchte es mit einem verschämten Lächeln und betrachtete den goldbestickten Saum seiner Tunika, die sich über seine Knie ausbreitete. »Die Hilfslieferungen.«

Das war nur eine Frage der Zeit gewesen, außerdem ging der Krieg nun sowieso zu Ende. »Hach ja«, seufzte Aristide. »Die Erträge aus Schwarzmarktbohnen hätten eh nicht für die Ewigkeit gereicht. Ich stelle den Betrieb ein, sobald ich wieder in Rarom bin.« Mit seinen Worten überraschte er sich selbst. Als ob er nach allem, was auch immer heute passierte, einfach wieder in den Alltag zurückkehren könnte. Als wäre all das hier vielleicht gar nicht real, sondern ein eigenartiger Traum, aus dem er desorientiert unter dem Moskitonetz in seinem Schlafzimmer aufwachen würde, in dem luftigen, stuckverzierten Haus in der Blatti Ahzed. Zumindest hatte der Flug sich wie ein Albtraum angefühlt und die letzten Auswirkungen von zu viel Gin gaben jedem Wort und jeder Handlung den Anschein, der Wirklichkeit etwas entrückt zu sein.

Asiyahs Lächeln wurde kleiner, verschwand dann ganz. »Es geht … nein. Das Ganze ist etwas komplizierter. Meinetwegen musst du nicht damit aufhören. Ich möchte, dass du mit mir zusammenarbeitest. Die Sache etwas ... strategischer angehst?«

Darin lag das Problem, wenn man Hilfslieferungen an Orte brachte, wo Gewalt herrschte – Überlebenswichtiges wurde zu Spieljetons, sodass Reis und Palmöl gleichbedeutend mit Waffen, Macht, Land waren. »Du willst, dass ich die Leute von der Versorgung abschneide, die euch Probleme bereiten.«

»Das ist ... weitestgehend korrekt. Ja.«

»Hast du jemand Bestimmtes im Sinn?« In Gedanken ging er eine Liste ihrer wichtigeren Kunden durch, doch da hielt der Wagen an und Asiyah legte ihm die Hand aufs Knie.

»Nicht jetzt, Aristide. Über das Geschäftliche sprechen wir später. Vielleicht beim Abendessen? Oder morgen. Jetzt hast du Zeit, um zu schlafen. Dich ... vorzubereiten.« Asiyah gab ihm eine Visitenkarte. »Ruf dort an, wenn du so weit bist.«

Aristide steckte die Karte ein, ohne sie anzusehen; er hatte Angst, dass er die Nummer sofort wählen würde, wenn er sie erst einmal kannte. Und zugleich hatte er Angst, dass er die Karte, wenn er sie noch länger in der Hand hielt, so weit wegschleudern würde, wie er konnte, um sich vor dieser Abrechnung zu retten.

KAPITEL 2

Das Haus in der Coral Street war kalt und leer und wurde nur mit minimalem Personal unterhalten, die meisten Räume blieben verschlossen. Wie die ganze Straße und die Stadt: Sie erholten sich noch von den Kämpfen und dem Bürgerkrieg.

»Ma'am.« Der Butler Magnusson hielt Lillian die Vordertür auf wie die Figur einer Wanduhr, die auf ihre Ankunft eingestellt war. Allerdings wurde die Wirkung durch die Lesebrille, die er an einer Kette um den Hals trug, erheblich gemildert. Eine abgenutzte Ausgabe von *Rita Ryder und Rote Mitternacht* ragte aus einer Schublade unter der Bank in der Eingangshalle hervor.

Lillian hatte nicht vorgehabt, zwei Häuser gleichzeitig zu finanzieren, besonders nicht mit ihrem befristeten Regierungsgehalt, das die anstehende Wahl nicht überdauern würde. Eigentlich konnte sie sich die Bediensteten auch gar nicht leisten. Doch obwohl Damesfort weniger stark beschädigt war und als Rückzugsort für die Wochenenden benötigt wurde, brauchte sie zudem eine Übernachtungsmöglichkeit in der Stadt. Es war günstiger, das Schlafzimmer zu heizen, als sich dauerhaft in einem Hotel einzumieten, auch wenn das Haus sie deprimierte. Und da sie, genau wie Jinadh, zeitlich sehr eingespannt war, konnten sie auf Personal nicht verzichten.

Beide Häuser, eines in der Stadt, das andere auf dem Land, waren irgendwelchen Ministern aus dem Ospie-Mittelbau übergeben worden. Diese hatten umdekoriert, umgeräumt, Antiquitäten von unschätzbarem Wert verscherbelt. Während der Unruhen war das Erdgeschoss in der Coral Street geplündert worden, doch die oberen Etagen waren noch bewohnbar – gerade so. Ihr Geld hatte ausgereicht, um die Bibliothek im Erdgeschoss freizuräumen und einen Schreibtisch hineinzustellen, allerdings gab es in dem Raum noch immer keine Bücher.

Die Ospies hatten ihr Leben komplett auf den Kopf gestellt. Aber wenigstens wohnte Lillian nun hier, und sobald sie sich eingewöhnt hatte und es sich leisten konnte, würde sie alles in Ordnung bringen.

»Wie ist Ihr Termin mit Ms. Higata verlaufen?«, fragte Magnusson und nahm ihr Schirm und Aktentasche ab.

Rinko Higata war die Vorsitzende des Sackett-Debattierclubs gewesen, als Lillian sich eingeschrieben hatte: eine Frau mit unbeugsamem Willen, den sie durch ihre Haltung wie eine perfekt ausbalancierte Klinge schwang. Später hatte sie Jura studiert und sich einen Namen gemacht, Amberlough jedoch verlassen und war nach Inorugara gegangen, als die Ospies es in Gedda … unwirtlich werden ließen. Nun war sie zurück und übernahm Fälle von Bedürftigen.

»Das war leider nichts. Ich hatte zwar nicht geglaubt, dass sie uns groß weiterhelfen kann, aber wenigstens wäre sie kostenlos gewesen.«

Nachdem Lillian aus Porachis geflohen war, hatte sich ihr gesamtes Vermögen auf mysteriöse Weise in Luft aufgelöst. Es gab zwar keine Aufzeichnungen, die bewiesen, dass es komplett in die Taschen der Ospies gewandert war, doch in diesem Punkt hatte sie sich Rechtsbeistand holen wollen. Rinkos Spezialgebiet waren Wirtschaftsverbrechen und sie konnte wie von Zauberhand belastende Finanzdokumente aufspüren, doch wenn alle Beweise vernichtet worden waren, dann konnte sogar sie wenig ausrichten.

»Und die Komiteesitzung?« Magnusson, selbst mit beschränktem Budget ein Profi durch und durch, hielt ihr ein leicht verbeultes Silbertablett hin, darauf ein Glas Whiskey, pur. Vielleicht war es ein extravagantes Vorhaben, die Bibliothek zu bestücken, doch die Bar stellte eine medizinische Notwendigkeit dar.

»Die reinste Keilerei, wie erwartet. Bihaz hält es für keine gute Idee, Makricosta zur Einweihung einzuladen – sie glaubt, damit erregen wir zu viel Aufmerksamkeit für ... unangenehme Gerüchte. Lenken zu sehr vom ernsten Anlass der Veranstaltung ab. Und Miles argumentiert noch immer gegen das gesamte Vorhaben, aber dafür ist es jetzt etwas zu spät.«

»Und Ms. Simons?«

»Honora?« Noch eine Schulfreundin, die die Ospies überlebt hatte, indem sie mitgespielt und auf Partys freundlich gelächelt hatte, während sie alles, was sie entbehren konnte, an unauffällige Wohltätigkeitsorganisationen gespendet hatte, die davon die Hälfte an den Laufsteg weitergaben. »Sie hat sich sehr lieb für Miles' Verhalten entschuldigt, nachdem er den Raum verlassen hatte.« Lillian stürzte den halben Whiskey hinunter und seufzte. »Sind die Koffer gepackt?«

»Und alle anderen sind auf dem Weg ins Wochenende.«

»Hätten Sie nicht mitfahren und Bern hierlassen sollen?«

»Ma'am«, erwiderte Magnusson. »Bitte verzeihen Sie, wenn ich meine Kompetenzen überschritten habe, aber Mr. Addas profitiert von einem Botenjungen mehr als von mir, da Ms. Wilce ja das Haus verwaltet.«

»Sie wollten Zeit zum Lesen haben«, meinte Lillian und beobachtete, wie seine eingefallenen Wangen zur Antwort erröteten. Vielleicht war das etwas zu vertraut, doch in schwierigen Zeiten kam es zu solchen Entwicklungen.

Magnusson war ein geddischer Auswanderer, der als junger Mann eine Asunanerin geheiratet hatte und früh verwitwet worden war. Die Sprache beherrschte er fließend und stellte eine Bereicherung für Lillians Familie da. Als sie nach Sunho gekommen waren, war er jeden Pfennig, den sie sich nicht leisten konnten, wert gewesen. Bei ihrer Abreise war es ihnen recht gut gegangen: Lillian als Leiterin der Presseabteilung für die Sunhoer Filiale von Camden Standard Trade, Jinadh als Assistent des Kulturredakteurs im asunanischen Zweig von Siebenthal's. Ja, sie hatten sich beinahe zu Tode gearbeitet, doch dafür konnten sie Magnusson bezahlen, ihr Haus zu verwalten.

Als das Ospie-Regime schließlich zusammenbrach, wollte er zurückkehren: Seit fünfzehn Jahren war er nicht mehr in Gedda gewesen. Lillian fühlte mit ihm. Und als Honora sich mit dem Angebot an sie gewandt hatte, ihr eine Stelle für Presse- und Öffentlichkeitsarbeit in der Übergangsregierung zu geben, hatte sie ihm angeboten mitzukommen. Siebenthal's zauberte Jinadh eine Stelle beim *Observer* aus dem Hut, einer Zeitung in Amberlough City, die sie kürzlich erworben hatten. Dafür hatte er zwar Gehaltseinbußen hinnehmen müssen, doch ihm gefiel die Arbeit.

»Der letzte Zug nach Damesfort fährt in einer Stunde«, sagte Magnusson, »aber Sie könnten auch noch den in einer halben erwischen.«

»Wenn er denn fährt«, meinte Lillian. Die Bahnverbindungen im Land waren eine einzige Katastrophe, die Hälfte der Strecken zerbombt und nicht benutzbar. Letzten Endes war die Strategie des Laufstegs aufgegangen: aushungern, spalten und erobern. Doch sie hatte Chaos hinterlassen. Darauf bezogen sich beide Ministerkandidatinnen in ihren Kampagnen. Frye als Teil ihres Programms und Saeger als Mittäterin bei den Bombenanschlägen.

Trotz der anstehenden Einweihungszeremonie wurden die Mitglieder des Laufstegs nicht von allen als Helden betrachtet.

»Bevor Sie gehen, Ma'am«, sagte Magnusson, »da ist ein Telegramm gekommen, während Sie außer Haus waren.« Mit dem Kopf deutete er auf das Posttablett auf dem Kartentisch im Flur.

Makricosta.

Sie waren lose in Kontakt geblieben, deshalb hatte sie keine Bedenken dabei gehabt, ihn wegen der Zeremonie anzuschreiben. Das Ganze war eher Honoras Einfall gewesen. Lillian koordinierte Presseinformationen, stellte den Übergangsministern und dem Regierungsrat öffentliche Erklärungen zusammen. Honora veranstaltete Partys, die der Übergangsregierung den Anschein gab, als wüsste sie, was sie täte: Mittagessen, Galas, Brunch zu Wohltätigkeitszwecken. Mit Pomp konnte man jedem einen Funken Selbstbewusstsein verleihen.

Als zum ersten Mal über die Denkmalsidee diskutiert wurde, hatte Honora Lillian zur Seite genommen und sie, beinahe atemlos, gefragt: »Kriegen wir es irgendwie hin, Makricosta herzuholen? Dann hätten wir einen echten Zeitzeugen dabei.«

Und obwohl Lillian aus zahlreichen Gründen energisch widersprochen hatte, hatte Honora sie kleingekriegt. Lillian war ihr für die Stelle etwas schuldig und sie hasste es, jemandem etwas schuldig zu bleiben.

Beim ersten Mal hatte Aristide schlichtweg abgelehnt – das Telegramm hatte einfach *Nein* gelautet –, doch beim zweiten Mal hatte der brennende Zorn seiner Worte das Florpostpapier beinahe in Flammen aufgehen lassen, was Lillian als einen Fortschritt betrachtete. Auf ihr drittes Telegramm hatte sie keine Antwort bekommen ... noch nicht.

Ihr saß das Komitee im Nacken, sie fragten ständig nach, wann sie die Liste der Redner festlegen und die Zeremonie öffentlich ankündigen könnten. Sehr viel länger konnte sie sie nicht vertrösten.

Beklommen stellte sie ihren Whiskey ab und brach das Siegel.

CYRIL IN DADANG STOPP ARI HINGEFAHREN STOPP DIREKTE KORRESPONDENZ GRAND LDOTHO HOTEL STOPP D QASSAN ENDE

Das zarte Papier knisterte, als Lillian scharf die Luft einsog.

»Ma'am?« Magnussons Schuhe knarzten, während er von einem Bein aufs andere trat und offenbar auf Anweisungen wartete.

Lillian hatte keine. Um sie herum verschob sich die Geräuschkulisse, sodass das Rauschen eines vorbeifahrenden Wagens auf der verregneten Straße ihr in den Ohren dröhnte, Magnussons Stimme jedoch wie aus weiter Ferne zu ihr drang. Hinter ihren Augen pulsierte das Blut, so schnell, dass es schmerzte.

»Ma'am. Ms. DePaul.« Magnusson drückte sie am Ellenbogen, legte ihr eine Hand zwischen die Schultern. »Geht es Ihnen gut?«

Ohne einen Gedanken an Anstand oder Klassenunterschiede klammerte sie sich an seinen Unterarm. »Stuhl«, entfuhr es Lillian und Magnusson führte sie zum Telefonbänkchen unter der Treppe.

»Schlechte Neuigkeiten?«, fragte er.

»Nein«, antwortete sie. »Ich weiß es nicht.«

»Möchten Sie ein Glas Wasser?«

»Wo ist mein Whiskey?«, fragte Lillian und klammerte sich an die abgewetzte Armlehne mit grünem Samtpolster. Ihr Schweiß sickerte in den weichen Flor des Stoffes. Sie ließ die Hand sinken und wischte sie an ihrem Mantel ab, den sie noch nicht abgelegt hatte.

Vom Kartentisch brachte Magnusson ihr das Glas. Lillian atmete langsam aus und zwang sich, das Telegramm noch einmal zu lesen. Cyrils Name in Großbuchstaben, unten am *Y* leicht verwischt. Cyril war in Dadang. Man hatte Cyril gefunden.

Schon vor Jahren hatte Lillian ihn aufgegeben und für tot gehalten. In Porachis hatte sie kurz Hoffnung geschöpft, doch dann hatte es lange Zeit keine Neuigkeiten gegeben, während ihr eigenes Leben derart kompliziert geworden war, dass sie keinen Bruder anerkennen konnte, der nicht tot war. Im allgemeinen Chaos, das folgte, als sie sich in Sunho eingewöhnen, heiraten und Arbeitserlaubnisse beantragen, nach einer Anstellung suchen und für Stephen Nachhilfelehrer sowie eine Schule finden mussten, hatte sie weder die Zeit noch die Energie dafür gehabt, mehr als einfach nur zu trauern. Nun wurde sie von Schuldgefühlen übermannt, zählte die Jahre, in denen sie nach ihrem Bruder hätte suchen können, Jahre, in denen sie zumindest hätte *hoffen* sollen.

»Ihr Whiskey, Ma'am.«

Beinahe wäre Lillian zusammengezuckt, doch die Gewohnheit ließ sie stillsitzen. »Danke, Magnusson.«

»Ich möchte nicht neugierig erscheinen«, setzte er an und hielt inne.

Was sollte sie ihm denn verdammt noch mal sagen? Das Telegramm enthielt kaum Informationen. Cyril lebte also. Würde er nach Hause kommen? War er bei Verstand? Gesund? Unverletzt?

»Anscheinend«, fing Lillian an, schüttelte dann jedoch den Kopf. »Ich habe Neuigkeiten erhalten. Ich …«

Mutter und all ihre Söhne, sie sollte in zwanzig Minuten im Zug nach Carmody sitzen. Was, wenn Daoud ihr eine weitere Nachricht hierherschickte?

»Können Sie heute Nacht hierbleiben?«, fragte sie Magnusson. »Den Zug morgen früh nehmen?«

»Selbstverständlich«, antwortete er, und obwohl er sich eigentlich über die Zeit zum Lesen hätte freuen sollen, wirkte er vor allem besorgt.

»Vielen Dank. Ich muss ein Telegramm verschicken. Jetzt sofort. Es tut mir leid, ich weiß, dass es weit unterhalb Ihrer Zuständigkeit liegt. Wenn Bern hier wäre …«

»Das geht schon in Ordnung«, sagte Magnusson, nahm den Füller von der Telefonbank und riss ein Blatt Papier vom Block. »Ich bin so weit.«

»Es geht an Cross-Costa Importe, Blatti Iynodib, dritte Zone in Rarom, Ibdassi. Das ist in Liso. Ja, das wissen Sie natürlich. An Herrn Daoud Qassan. Jede weitere Korrespondenz nach Damesfort, Carmody, Dameskill County usw. Stopp. Bitte halten Sie mich über alle neuen Entwicklungen auf dem Laufenden. Stopp. Falls nötig, Funkverbindung einrichten. Stopp. Mein Name. Ende. Und falls über Nacht etwas eintrifft …«

»Leite ich es nach Damesfort weiter, bevor ich das Haus abschließe. Oder falls es spät kommt, bringe ich es mit.«

»Vielen Dank.« Endlich trank Lillian den Whiskey aus, der sich in ihrem Magen wie eine Wasserbombe anfühlte.

Mit dem letzten Zug nach Carmody kam Lillian erst sehr spät am Bahnhof an. Martí erwartete sie unten an der Treppe und sah in etwa so erschöpft aus, wie sie sich fühlte.

»Es tut mir sehr leid, Sie zu dieser nachtschlafenden Zeit aus dem Bett zu holen«, sagte sie und übergab ihr ihren Koffer.

Martí senkte den Kopf, allerdings nicht aus Respekt, sondern um ein Gähnen zu verbergen.

Wie so viele andere Dinge konnte Lillian sich eigentlich keine Fahrerin leisten. Doch entweder sie tat es oder sie verpasste Besprechungen, weil sie von den Launen der Bahn und Straßenbahnwagen abhängig war, die sich beide noch von dem Laufsteg-Ansturm in der Spätphase des Ospie-Regimes erholten. An diesem Abend hatte Lillian ausnahmsweise den Zug genommen, da Jinadh ihn gern mied. Die Geddaner spürten den Stachel des Gewürzkrieges noch immer und einigen Leuten stießen die jüngsten Verwicklungen Geddas mit Jinadhs Heimatland sauer auf.

Außerdem brauchten sie den Wagen in Damesfort: Martí sollte Stephen am nächsten Tag von der Schule abholen. Lillian wollte ihn nach den Briefen, die sie von der Schulleitung erhalten hatte, lieber nicht alleine Zug fahren lassen.

In diesem Trimester hatte sie beinahe jede Woche einen auf dem Posttablett gefunden, zuletzt kam der Schlag, dass man es in Cantrell bevorzugen würde, wenn Stephen der Schule eine Zeit lang fernblieb. Genauer gesagt, das ganze Leighberth-Trimester. Abhängig von seiner Haltung und seinen schulischen Leistungen, die durch schriftliche und mündliche Prüfungen ermittelt werden würden, durfte er nach der Tagundnachtgleiche vielleicht bis auf Widerruf zurückkehren. Falls er die Prüfung nicht bestand oder, was wahrscheinlicher war, sich sein Verhalten nicht besserte, flog er von Cantrell und kam auf die schwarze Liste, was ihm die Chance auf eine der besseren weiterführenden Schulen verwehren würde.

Von all ihren Sorgen völlig zermürbt war Lillian eingeschlafen, als Martí vor dem Aufgang in Damesfort anhielt. Sie wachte auf, als die Fahrertür zuknallte, und ihr schmerzte der Nacken. Aus dem Augenwinkel sah sie warmes Licht aufleuchten und blinzelte dagegen an, als sie sich ihm zuwandte. Ihr näherte sich eine vertraute Silhouette, die bereits die Stufen heruntereilte.

»Da bist du ja«, sagte Jinadh. Er klang erleichtert. In letzter Zeit hatten ihre Aufgaben mehr Planänderungen in letzter Minute erfordert, als ihm lieb war. Und er gewöhnte sich noch immer in Amberlough ein. Manchmal hörte Lillian die Abscheu in seiner Stimme, wie eine dünne Rauchspur im Wind. In Asu hatten sie sich wenigstens beide auf unbekanntem Terrain bewegt. In Gedda hatte sie halbwegs vertrauten Boden unter den Füßen. Er hingegen hatte keinerlei Anknüpfungspunkte, und das ließ ihn oft gereizt reagieren.

Lillian stieg aus dem Wagen und streckte sich, dann küsste sie ihn auf die Wange. »Hat jemand angerufen? Telegrafiert?«

»Es ist drei Uhr nachts.«

»Das weiß ich.« Sie atmete die reine Landluft ein, um zur Ruhe zu kommen, und als sie ausatmete, bildete sich eine Wolke. Den Regen hatten sie hinter sich gelassen, am Himmel über dem Anwesen zeichneten sich einzelne silberne Wolken ab, hinter denen Sternenbänder entlangzogen.

»Es ist nichts gekommen«, sagte Jinadh auf Geddisch, als könnte er sie damit besser überzeugen. »Komm rein. Komm ins Bett. Es ist eisig hier draußen.« Hier war es kälter als in der Stadt, wo die enge Bebauung die meisten Straßen vor dem Wind schützte. Jinadh, der in den Tropen geboren worden war, trug über einem Strickpullover einen Hausmantel mit Flanellfutter, zitterte aber trotzdem noch.

»Geh schon mal vor«, erwiderte Lillian. »Ich will nur schnell in der Bibliothek vorbeischauen.«

Er lachte auf. »Das ist doch Blödsinn.«

»Ist es *nicht.*«

Martí zuckte zusammen, als sie derart hart widersprach. Jinadh trat einen Schritt zurück. »Ein Abend ohne diesen Mist wäre nett gewesen.«

»Es tut mir leid.« Lillian legte sich eine Hand an die Stirn, als könnte sie damit ihre Gedanken sortieren. Die Belastung, die eine weitere Auswanderung und ein Sohn im Teenageralter mit schlechtem Benehmen mit sich brachte, hatte ihre Ehe nicht gut vertragen. Wahrscheinlich würde die jüngste Entwicklung auch keine Wunder vollbringen. »Aber ich glaube einfach nicht, dass ich schlafen *kann.* Ich habe Neuigkeiten erhalten. Kurz bevor ich in der Stadt aufgebrochen bin.«

»Bestimmt kann die Arbeit ein paar Stunden warten«, meinte Jinadh. »Bitte ruf erst am Morgen zurück.«

»Es geht nicht um …« Lillian hielt inne, da Martí gerade ihre Koffer hereintrug und Bern an der offenen Eingangstür auf sie wartete. »Später.«

Bei diesen Worten wich Jinadhs gereizter Gesichtsausdruck Neugier, doch das war noch schlimmer, denn diese Miene war ihr nicht vertraut. »Wenn du in die Bibliothek gehst …«, sagte er und sie fand sich damit ab, dass sie nicht allein sein würde.

»Lassen Sie die Koffer einfach im Flur stehen, Martí«, sagte sie. »Ab ins Bett mit Ihnen.«

»Ja, Ma'am. Danke.« Martí tippte sich an die Kappe und schlurfte wieder hinaus, um den Wagen in die Garage zu fahren.

»Sie auch, Bern.« Lillian winkte den Diener fort, als er gerade ihren Koffer nehmen wollte. »Ich mache das schon.«

»Ma'am«, verabschiedete er sich und unterdrückte ein Gähnen.

»Was ist los?«, fragte Jinadh und trat so dicht neben sie, dass sich ihre Schultern berührten. Diese Nähe verstärkte Lillians Erschöpfung noch und sie ließ sich gegen ihn sinken, vergrub die Nase in seinen Haaren. Alle Feindseligkeit schmolz dahin, als sie seinen Duft einatmete. Ihr brannten die Augen und sie biss sich in die Wange.

»Sie …« Noch einmal musste sie Atem holen. Aus Vorsicht fuhr sie auf Porashtu fort. »Jinadh, sie haben ihn gefunden.«

Einen Augenblick lang herrschte Stille, kurz wusste er nicht, wen sie meinte.

»Cyril«, erklärte sie, so leise, dass nur er es hören konnte.

Jinadh blieb mitten in der Eingangshalle stehen und packte sie am Ellenbogen, drehte sie zu sich herum. Für einen flüchtigen Moment sahen sie sich in die Augen, doch dann verlor sie die Fassung, und als er die Arme um sie legte, entrang sich ihr ein Schluchzen, das sie schon vor Stunden hätte zulassen sollen.

»Nicht hier«, meinte sie, die feuchte Wange an sein Ohr gedrückt.

Jinadh packte sie noch fester am Ellenbogen und führte sie tiefer in ihr Elternhaus hinein, so als hätte sie den Weg vergessen. Beinahe fühlte es sich so an. Kurz vor der Bibliothek betätigte er den Lichtschalter, sodass die Eingangshalle in Dunkelheit gehüllt wurde. Im Kamin der Bibliothek brannten die Reste eines Feuers und das gepolsterte Ledersofa war warm. Über einer Armlehne hing eine gehäkelte Decke, leicht zerwühlt, da sie kürzlich benutzt worden war.

»Du hast auf mich gewartet«, sagte Lillian.

Jinadh zuckte mit den Achseln. Dann setzte er sich neben sie. »Erzähl es mir.«

»Ich weiß auch nicht.« Sie nestelte mit der Decke in den Händen, zog die Maschen auseinander. »Ich habe ein Telegramm bekommen, aber *da stand nichts drin.* Nur, dass er aufgetaucht ist und Makricosta zu ihm gereist ist. Ganze *drei Zeilen*, Jinadh. Mehr nicht. Und mein *Bruder* …« Sie presste die Hand auf den Mund, um die hervorsprudelnden Worte aufzuhalten, denn anders schien es ihr unmöglich. Jinadh legte sanft seine darauf, zog ihr die kalten Finger von den Wangen.

»Wenn du zu ihm fahren musst, dann tu das. Wahrscheinlich können wir uns deine Reisekosten leisten. Und ich weiß, dass ich sehr darauf bestanden habe, aber Stephen und ich können uns über die Feiertage auch allein beschäftigen.«

»Ach, *Tempelglocken* noch mal«, schimpfte Lillian und kniff die Augen so fest zusammen, dass sie Sterne sah. »Ich kann nicht *verreisen.* Die Einweihungszeremonie, Jinadh. Und die letzten Wahlkampfmonate. Wenn ich will, dass ... dann kann ich nicht in *Liso* sein.«

Nachdem ihr klar wurde, was sie gerade gesagt hatte, wagte sie es nicht, die Augen zu öffnen. Sie spürte, wie Jinadh sich von ihr zurückzog.

Seit ihrer Ankunft herrschte zwischen ihnen eine gewisse Spannung, was zum Teil daran lag, dass Lillian fest entschlossen war, sich einen Platz in jeder möglichen Regierung zu sichern, die ins Cliff House einziehen würde. Ihre Stelle bei der Übergangsregierung würde selbstverständlich nicht von Dauer sein. Lillian war gut qualifiziert, um für den Staat Werbung zu machen, und das könnte dabei helfen, den Familiennamen wieder aufzupolieren, der in jüngerer Zeit etwas befleckt worden war.

Die ehemalige Laufsteg-Strategin Opal Saeger, einst die rechte Hand Cordelia Lehanes, hatte vor dem Aufstieg der Ospies zwei Amtszeiten lang den amberlinischen Zweig der Geddischen Allianz der Bühnentechniker geleitet und die große örtliche Gewerkschaft bei Nationaltreffen vertreten. Dort hatte Saeger sicher einiges an politischer Erfahrung gesammelt, doch nach Lillians Meinung längst nicht genug, um ein ganzes Land zu regieren.

Saeger war jung, jünger als Lillian, und ihre Rhetorik naiv, wodurch sie an den Universitäten ein starkes Gefolge gewonnen hatte. Ihre politische Partei *Gedda voran* konzentrierte sich hauptsächlich auf soziale Programme und ließ weite Teile der Innen- und Außenpolitik nahezu unbeantwortet oder vermischte sie völlig verwirrend miteinander.

Die Industriemagnatin Emmeline Frye, eine frühere Ratsherrin in Nuesklend-Stadt, hatte bereits Lillians Stimme. Doch das musste Saeger nicht wissen. Lillian würde unter beiden Kandidatinnen eine Anstellung annehmen. Jinadh, der in die höfische Politik hineingeboren worden und ihr mit großer

Erleichterung entkommen war, freute sich nicht gerade darüber, dass Lillian sich wieder ins Getümmel stürzen wollte.

Sogar *sie selbst* war darüber bestürzt, wie sehr sie zögerte, nach Liso zu reisen. Aber es ging einfach nicht, wenn sie für einen Posten in der Regierung im Rennen bleiben wollte.

»Ich habe Magnusson beauftragt, Daoud zu telegrafieren, dass alle Neuigkeiten hierhergeschickt werden sollen. Und alles, was heute Abend oder morgen kommt, bringt er mit, hat er gesagt.«

»Schön«, meinte Jinadh und sie sah, wie sehr er sich bemühte, ihren Pragmatismus zu schlucken. »Also telegrafieren sie dir hierher. Und was dann? Kommt er nach Gedda?«

Das ließ sie innehalten wie einen Jäger, dessen Pferd vor einem Zaun scheute. »Ich ... ich weiß es nicht. Vielleicht könnten wir ihn aufnehmen? Hättest du etwas dagegen?«

»Wäre das denn sicher?«

Nach Lillians Flucht aus Porachis war die Ospie-Presse nicht gerade zimperlich mit den DePauls umgegangen. Ihre Liaison mit Jinadh war völlig überzeichnet und mit Spionage in Verbindung gebracht worden, ebenso wie mit – und das war nicht völlig falsch – porachinischem Geld und lisoanischen Waffen, die an den Laufsteg weitergeleitet worden waren. Diese Geschichte hatte Lillian zu ihrem Vorteil drehen können, nachdem Acherby abgesetzt worden war. Doch was sie über Cyril gedruckt hatten ... Da bot sich weniger Spielraum.

Ein mehrfacher Mörder und Überläufer, der inzwischen alle Seiten gegen sich aufgebracht hatte. Keine Loyalität gegenüber der OSP oder dem FOCIS, was ihn zumindest wie einen ehrbaren Gegner hätte erscheinen lassen. Der einzige Aspekt, den ein wohlwollender Leser vielleicht aufgreifen könnte, war seine Affäre mit Aristide Makricosta, die kurz als kleines Detail einer Reihe schmutziger Fehltritte ausgeführt worden war.

Jemand in Acherbys Regierung hatte eindeutig erkannt, dass es hier einen Angriffspunkt gab, und diesen so weit heruntergespielt, wie es eben ging.

Lillian rieb sich den steifen Nacken. »So sicher wie für jeden heutzutage. In den letzten fünf Jahren hat es mehr als genug Nachrichten gegeben, um alles zu vergraben, das wir lieber im Dunkeln lassen wollen.«

»Falls dein Plan Erfolg hat«, meinte Jinadh. »Falls du wirklich Pressesprecherin wirst ...«

»Dann bin ich in der idealen Position, um mit dieser Art von Problemen umzugehen.«

»Was ist mit Stephen?«

»Was soll mit ihm sein?«

»Glaubst du nicht, dass dein Bruder vielleicht ... dass er vielleicht nicht das beste Vorbild abgibt?«

Lillian verdrehte die Augen. »Wahrscheinlich verstehen sich die beiden wie junge Hunde.« Da sie Jinadhs Verwirrung über diese Redewendung bemerkte, fügte sie hinzu: »Äh, Freunde wie Docht und Streichholz?«

»Lillian, ich meine es ernst«, erwiderte Jinadh. Tief in seinen Augen spiegelte sich der schwache Schein des Feuers, genau dort, wo er seine Wut verbarg.

»Das weiß ich.« Sie legte die Hände auf seine. »Es tut mir leid.«

Er schüttelte den Kopf. »Nein. Nein, mir sollte es leidtun. Das ist deine Last. Ich sollte dir helfen, sie zu tragen, stattdessen mache ich dir Vorwürfe.«

»Wir müssen einfach abwarten und schauen, was passiert. Im Augenblick kann ich dir nicht sagen, was ich vorhabe.«

Mit ernster Miene nickte Jinadh, ergriff ihre Hände und ließ sie auf seinem Schoß ruhen. Dann fuhr er mit neuer Entschlossenheit fort: »Wenn er kommt, ist das eine gute Sache. Ich habe immer ... es hat mir wehgetan, dass du keine Familie hattest, die ich kennenlernen konnte, und dass du meine nicht kennenlernen konntest.«

»Ich glaube nicht, dass es eine solche Begegnung sein wird. Kein … kein glückliches Wiedersehen. Ich weiß nicht, wie es sein wird. Ich weiß nicht, wie *er* sein wird.«

»Er ist dein Bruder«, sagte Jinadh. »Egal, wie er ist, ich werde froh sein, ihm begegnet zu sein. Vor allem zur Sonnenwende.«

KAPITEL 3

»Ich muss dich warnen«, sagte Asiyah. »Er ist nicht ... Er sieht möglicherweise nicht so gut aus, wie du ihn in Erinnerung hast.«

Sie standen im Hof eines Familiensitzes am Rande von Dadang. An einem Brunnen ragte eine niedrige Flaschenpalme mit dickem Stamm auf und warf karierte Schatten. Zwischen den Doppelhäusern waren Leinen gespannt, an denen bunte Tuniken und Umhängetücher hingen. Aristide fragte sich, wem sie gehörten. Hier *lebte* doch sicher niemand. Trotzdem war die Illusion bewundernswert. Und wenn er sich auf die raffinierte Inszenierung konzentrierte, konnte er verdrängen, was er gleich tun würde.

»Er hat lange Zeit auf feindlichem Gebiet verbracht«, fuhr Asiyah fort. »Er ... Mensch!« Er wechselte ins Porashtu, das Aristide zwar schlecht verstand, aber deutlich besser als Shedengue, und sagte: »Hat sich durchgeschlagen?«

Aristide nickte und fragte sich, wo Cyril sich diese Fähigkeiten angeeignet hatte. Dachte an all die Fragen, die er nie gestellt hatte: über die leuchtende Narbe, die sich über seinen Bauch zog, die eigenartige Angewohnheit, stets wachsam zu sein, die ihn auf seinem Lebensweg begleitete. Wo hatte ein Schreibtischtäter aus gutem Hause so etwas gelernt? Auf welche andere Weise ihn das Leben wohl nun gezeichnet hatte?

»Bist du bereit?«, fragte Asiyah.

Aristide hasste, dass er in diesem Punkt derart leicht zu durchschauen war. Finster sah er Asiyah an. Seine Wut verbarg die anderen Emotionen nicht, aber wenigstens fühlte er sich dadurch etwas besser.

»Komm mit«, forderte der Prinz ihn auf und öffnete die Tür.

Von der aufsteigenden Sonne wurde ein gemütliches Wohnzimmer beleuchtet, auf einem Brett lagen Spielsteine verteilt, dort hatte jemand eine Partie Solitär unterbrochen. Die Stille im ganzen Haus erinnerte Aristide an ein leeres Filmset oder den Bereich hinter der Bühne am frühen Nachmittag. Ein Ort, der auf ein Drama vorbereitet war.

Am Zugang zu einem langen Flur, an dessen anderem Ende eine weitere Tür lag, blieb Asiyah stehen. Aristide musste ein Lachen unterdrücken, spürte einen Anflug von Hysterie. Wenn dies eine Szene in einem seiner Filme gewesen wäre, hätte er sie genauso gedreht. Vielleicht mit leichtem Dolly-Zoom, um die Spannung zu erhöhen. Zumindest wurde ihm schwindelig, als er den Flur entlangblickte.

»Ich warte hier«, verkündete Asiyah und zog sich auf das Sofa mit dem Solitär zurück.

»Er weiß Bescheid«, sagte Aristide. »Oder? Dass ich komme?«

Asiyah nickte einmal, nahm sich dann einen gelben Spielstein vom Tisch und steckte ihn demonstrativ in ein Loch.

Einen Augenblick zögerte Aristide noch, dann trat er in den Flur, der sich vor ihm wie klebriges Toffee erstreckte, bis er schließlich, sehr plötzlich, vor der Tür stand.

Sollte er anklopfen? Das schien ihm absurd. Aber es war eine Form der Höflichkeit, die man Cyril wahrscheinlich seit einiger Zeit nicht mehr erwiesen hatte. Außerdem ließ sich das Unvermeidliche dadurch noch etwas aufschieben.

Als Aristides Fingerknöchel auf das Holz trafen, bremste er die Bewegung ab, fragte sich dann, ob es zu leise gewesen war. Gerade als er ein weiteres Mal klopfen wollte, raschelte es hinter der Tür.

Ihm verschlug es den Atem.

»Herein.«

Enttäuschung fraß sich in sein Herz. Das war nicht die richtige Stimme. In seinen Erinnerungen hörte er sie genau: ihr warmes Timbre und glatter Ton, so klangvoll und verlebt wie ein Jackett aus Baumwollsamt oder die Kurven antiker Möbelstücke. Diese Stimme jedoch wirkte rau und schroff, wie fadenscheiniger Stoff mit ausgefransten Rändern.

Schmerzhaft dehnte sich das Schweigen, bis es durch ein weiteres Rascheln unterbrochen wurde. Dieses Geräusch konnte Aristide problemlos einordnen: die Seite einer Zeitung, barsch umgeblättert.

Dieser Laut weckte eine Erinnerung: Cyril am Frühstückstisch, der eine unangenehme Frage mied, indem er eine weitere Seite umblätterte – das Lecken am Daumen, die kurze Pause, bevor das Nachrichtenblatt an seinem Gesicht vorbeiwischte und sich an seine Kollegen schmiegte. Das Blitzen seiner Augen beim Flattern des Papiers, wie bei einer Wundertrommel. Manchmal erwischte Aristide ihn dabei, wie er ihn durch die kleine Lücke beobachtete. Danach taten sie so, als wären sich ihre Blicke nie begegnet.

Als er die Tür öffnete, musste er ihn unwillkürlich anstarren.

Ganz eindeutig handelte es sich um Cyril. Er musste es sein. Hinter dem Bollwerk der Zeitung waren seine Augen genauso scharf und blau, wie Aristide sie in Erinnerung hatte: das Innerste einer Kerzenflamme. Nun hatten sie allerdings rote Ränder und waren in tiefen Schatten versunken, rundherum hatte sich die Haut vor Erschöpfung lila gefärbt.

Cyrils Haare, die in Aristides Erinnerung goldgelb geleuchtet hatten, glitschig vor Öl und klebrig vom Wachs, hatte man kurz geschoren, sodass unter den Stoppeln die schmutzige Kopfhaut zu sehen war. In seinem Gesicht hatten sich Falten gebildet und die Haut hing an mehreren Stellen schlaff herab. Er war zwar fast zehn Jahre jünger als Aristide, wirkte aber ein Jahrzehnt älter.

Seine Muskeln waren verschwunden, hatten Haut und Knochen hinterlassen. Aristide hätte ihn auf etwa sechzig Kilo geschätzt, wenn man von dem Gewicht absah, das ihm das übermäßige Trinken an die Taille gehängt hatte. Davon waren ihm auch die kleinen Blutgefäße an Wangen und Nase aufgeplatzt – seine Nase, früher gerade und so scharf wie eine Messerklinge, nun mit einem Höcker in der Mitte, ein Bruch, der schlecht verheilt war.

Einst hatte Aristide darüber gestaunt, dass, welche Gewalt Cyrils Körper und Seele auch geschunden haben mochte, seine zerbrechliche Nase verschont hatte. Sie ihm gelassen hatte, damit er in gewissen Augenblicken mit tief verwurzelter, begüterter Arroganz auf andere herabschauen konnte. Nun war Cyril selbst das genommen worden.

Er sah furchtbar aus.

Falls Cyril genauso ... ja, was eigentlich? Am Boden zerstört war? Erstaunt? Wie nannte man dieses hohle Gefühl der Leere? Falls er sich genauso eigenartig fühlte wie Aristide, ließ er es sich kaum anmerken. Er faltete lediglich die Zeitung zusammen und legte sie zur Seite, nahm sich dann eine Zigarette, die rauchend im Aschenbecher gelegen hatte. Diese hielt er geschützt unter der Handfläche, vorsichtig und verkrampft, als erwarte er, dass Wind oder Regen sie löschen könnten. Welche Schande: Er war ein so eleganter Raucher gewesen.

Aristide knallte die Tür zu fest zu. Cyril zuckte zusammen, ließ sich dann aber wieder auf seinen Stuhl sinken, als wäre ihm seine Reaktion gar nicht aufgefallen.

Sie befanden sich in einem Raum, der sicher ein Schlafzimmer gewesen wäre, wenn hier tatsächlich jemand gewohnt hätte. Außer zwei Korbstühlen und einem Tisch mit grober Holzplatte befanden sich keine weiteren Möbel darin. Aristide setzte sich Cyril gegenüber.

»Hallo«, sagte er und kam sich sofort wie ein Narr vor.

»Heilige Steine«, erwiderte Cyril. Er zog einmal an der Kippe und blies langsam den Rauch aus. »Bist du alt geworden.«

Das stimmte nicht. Nun ja. Zum Teil. Während Cyril Aristide betrachtete, konnte er all das sehen, was dieser Mann einst gewesen war. Die Jahre hatten ihn nicht verblassen lassen: Sie hatten ihn nur etwas zerbrechlicher gemacht. Über sein Alter hatte er sich nie klar ausgedrückt, war ein Meister darin gewesen, es in einem Gespräch nicht zum Thema werden zu lassen. Doch in den vergangenen Jahren schien es ihn eingeholt zu haben. Seinen Bewegungen und seiner Haltung haftete etwas Sprödes an. Oder vielleicht lag es einfach an der Situation, in der sie sich befanden.

Jedenfalls konnte er nicht *besonders* alt sein, trotz der silbernen Haare. Sie standen ihm gut: An den Wurzeln leuchteten sie und verblassten an den in Wellen gelegten Strähnen zu braunen und schwarzen Spitzen.

Aber dennoch, Grausamkeit vermittelte Cyril ein Gefühl von Sicherheit. Es hieß, entweder grausam zu sein oder die Fassung zu verlieren, und er wusste genau, welche Möglichkeit weniger Schmerzen verursachte.

»Du siehst auch nicht gerade ...«, setzte Aristide an, hielt dann jedoch inne, weil ihm beinahe die Stimme brach.

»Sag es«, forderte Cyril ihn auf, denn er hätte es nicht ertragen können, wenn Ari in seinem Beisein rührselig geworden wäre. »Ich sehe schrecklich aus.«

»Als hätte dich jemand von seiner Schuhsohle gekratzt.«

Der Rhythmus seiner Worte, der Slang, riss Cyril einen Brocken aus dem Herzen, von dem er nicht gewusst hatte, dass er ihn noch verlieren konnte. Noch einmal zog er an seiner Zigarette, um das Loch zu stopfen. Seinen Geschmackssinn hatte er längst zerstört, hatte zu viel geraucht, zu viel getrunken, Teer genommen, als andere Laster die Spannung nicht mehr lösten oder den Schmerz dämpften. Nun schmeckte die Zigarette nach nichts, sie brannte nur.

»Asiyah hat mir erzählt, dass du hinter den feindlichen Linien gewesen bist«, sagte Aristide. »Ich habe gewusst, dass du für den lisoanischen Geheimdienst LSI gearbeitet hast, aber zuletzt hatte ich gehört ...«

»Dass ich tot wäre.« Cyril hatte das ebenfalls geglaubt. Und manchmal hatte er sich gewünscht, dass es der Wahrheit entspräche. Vielleicht wünschte es sich ein Teil von ihm noch immer. »Beinahe wäre es so weit gewesen.«

»Also bist du entführt worden?«, fragte Aristide. »Oder bist du geflohen?«

»Historisch betrachtet habe ich dafür kein besonderes Talent.« Diese Worte ließ er so ätzend wie Lauge wirken, denn es war leichter, auf Aristide wütend zu sein als auf sich selbst.

Und Ari zuckte zurück, als hätte man ihn gestochen. Cyril konnte die vielen Anzeichen dafür entdecken, dass er um Fassung rang, und fragte sich, ob er seine Beobachtungsgabe seit ihrer letzten Begegnung derart verfeinert und geschärft hatte oder ob Ari nachlässig geworden war. Oder ob es sich einfach um die lange schlummernde Vertrautheit mit den Angewohnheiten des anderen handelte, die sich Bahn brach.

Von diesen drei Möglichkeiten gefiel ihm die erste am besten. Die anderen beiden betrachtete er nicht allzu eingehend, aus unterschiedlichen Gründen. Nun, da er sich den Luxus erlauben konnte, nicht nur ans Überleben und Strategien zu denken, sich durch List und Tücke einen Vorteil zu verschaffen, entdeckte er, dass sein Geist ein Feld voller Blindgänger war.

»Also dann«, setzte Aristide an. »Waren es wirklich republikanische Militante?«

Cyril nickte und nahm wieder die Nachbesprechungshaltung an. »Die sind mitten in der Nacht gekommen, haben gesagt, dass sie wüssten, was ich für den Süden mache. Haben mich verprügelt und zu sich ins Lager geschleppt.« Er überging die grausigen Details, die er Asiyahs Leuten haarklein berichtet hatte. Vor die Wahl gestellt – in Zukunft würde er stets sicherstellen, dass er eine Wahl hatte –, würde er nie wieder irgendjemandem davon erzählen. »Die haben mich eine Woche gefangen gehalten. Ich habe ihnen nichts erzählt.« Titten, er musste dringend etwas gegen diesen defensiven Tonfall unternehmen, damit gab er zu viel preis. »Die hätten mich umgebracht, aber sie haben sich nah an der Grenze befunden und da hat sie ein Überfallkommando gefunden. Haben alles zerstört. Mir das Leben gerettet.«

»Warum bist du nicht wieder über die Grenze gegangen?«

»Hab ich behauptet, dass sie mich gerettet hätten?« Inzwischen drückte er sich nicht mehr so klar wie bei der Nachbesprechung aus, sondern flüchtete sich in sichere Zweideutigkeiten. »Ich bin in einem Aschehaufen aufgewacht. Sie haben alles um mich herum niedergebrannt. Vielleicht haben sie geglaubt, dass ich tot war, oder gar nicht bemerkt, dass ich da war. Vielleicht war es ihnen auch einfach scheißegal. Ich weiß es nicht.«

Cyril zog eine weitere Zigarette aus dem mit einem Deckel verschlossenen Korb auf dem Tisch und entzündete sie am Ende seiner ausbrennenden Kippe, die er zu den vier anderen, die er an diesem Morgen bereits geraucht hatte, in seine Westentasche schmuggelte. Irgendwo hatten sie einen zerknitterten alten Leinen-Dreiteiler für ihn ausgegraben. Vermutlich speziell für dieses Treffen. Damit er sich wohler fühlte? Eine verdammte Farce. Der Anzug saß nicht gut. In Tunika und Tunnelzughose hätte er sich wohler gefühlt. Allerdings war alles besser als die Lumpen, die sie ihm bei seiner Ankunft ausgezogen hatten.

Aristide griff in den Zigarettenkorb.

»Die haben mir keine Streichhölzer dagelassen«, erklärte Cyril. »Auch keine Messer. Nichts Interessantes.«

»Weshalb?«, fragte Ari. »Hättest du ... etwas Ungezogenes angestellt?« Die Anspielung brachte er nicht über die Lippen, ohne darüber zu stolpern. Cyril analysierte die möglichen Wege, die sein Satz hätte einschlagen können: *Das Haus in Brand gesteckt? Dir etwas angetan?*

Dann überdachte er seine Antworten und entschied sich, keine davon zu geben. Nur ein Lächeln, wie felsenfest angeschraubt.

Aristide holte ein Feuerzeug aus der Jackentasche und klopfte es mit einer schmerzhaften, gezierten Bewegung auf den Tisch. Es war ein hübsches Ding: purpurfarbene Emaille mit Goldrand an der Kappe. Etwas, wofür Cyril ihn, vor einer Ewigkeit, geneckt hätte. Nun überkam ihn der absurde Drang, es sich zu schnappen, in der Hand zu wiegen, das leuchtend glatte Material abzulecken. Doch er schaute nur mit trockenem Mund zu, wie Aristide sich mit kaum merklich zitternden Händen die Kippe anzündete.

Ari mit unsteten Händen. In was für eine Welt war er da zurückgekehrt?

»Was ist dann passiert?« Der Rauch weichte die harten Kanten von Aris Worten kaum auf, die überraschend knapp waren. Nun, mit diesem Spiel kannte Cyril sich aus, spielte es bereits, seit sich die Tür geöffnet hatte. Barrikaden errichten, die Füße fest in den Boden stemmen.

»Meine Nachbesprechung hat bereits stattgefunden, Aristide.« Er verschränkte die Arme. »Warum bist du hier?«

»Irgendjemand musste herkommen und ich war am nächsten dran. Ich habe meinen Sekretär beauftragt, deiner Schwester zu telegrafieren. Glücklicherweise haben wir Kontakt gehalten.«

Heiliger Bimbam. »Du hast *Lillian* kennengelernt?« Das konnte keiner von ihm verlangen: in eine Welt zurückzukehren, in der die Interaktion mit anderen nicht auf Stärke, Waffen, Informationen fußte. Sich neu einzugewöhnen. Seinem früheren Liebhaber zu begegnen. Dem, den man beinahe ... tja. Und dann herauszufinden, dass dieser, während man im Fegefeuer gefangen gewesen war, mit der eigenen Schwester gequatscht hatte? »Ich wette, *das* ist gut gelaufen.«

»Besser als gedacht«, erwiderte Aristide. In der Art, wie er die Hand hielt, wie er die Asche an seiner Kippe betrachtete, lag ein ganzes Universum unausgesprochener Dinge. Wie eine Nebelbank, die an einem zerklüfteten Hügel festhing, breitete sich das Schweigen aus. Kurz bevor es sie beide erdrückte, blies Aristide es mit einem Themenwechsel, einem Tonartwechsel fort. »Ich habe nach dir gesucht, weißt du?«

Cyril legte den Kopf schief, lud ihn ein weiterzureden, ohne besonderes Interesse zu zeigen.

»Nicht sofort. Als du nicht ... als ich nichts gehört habe. Aber als ich in Porachis war, wo ich Lillian kennengelernt habe, sind einige Informationen ans Licht gekommen. Mir kam zu Ohren, dass man dich in Liso gesehen hatte. Asiyah hat mir sehr geholfen, glaubte aber nicht, dass du noch am Leben wärst. Deshalb bin ich gekommen. Das muss ungefähr vor, na? … fünf Jahren gewesen sein? Jedenfalls hat er gesagt, dass du versucht hast, mich rauszuschmuggeln – mit deinen schlecht durchdachten Machenschaften. Anscheinend sind wir uns in die Quere gekommen. Da habe ich mich … verpflichtet gefühlt, nach dir zu suchen.«

Es fühlte sich an, als watete Cyril durch einen Sumpf, wäre sich nicht sicher, ob er vor sich festen Boden unter den Füßen hatte. Das war kein ehrliches Geständnis. Wenn Ari ihm diese Geschichte erzählte, lauerte darin irgendwo ein Schluckloch. Ein falscher Schritt und er würde im Schlamm versinken, der ihm die Lunge zerquetschen würde.

»Du hast mich nicht gefunden«, sagte Cyril, denn manchmal konnte man sich auf Fakten verlassen.

»Na ja«, erwiderte Aristide. »Ich habe aufgehört zu suchen, nicht wahr?«

Cyril wollte nicht, dass es schmerzte. Das *sollte* es nicht. Doch Ari hatte seine Bemerkung mit perfekter Theatralik vorgetragen, so berechnet, dass sie ihn zwischen die Rippen traf und tötete. »Warum?«

»Wie bitte?« Aristide neigte den Kopf, wandte Cyril ein Ohr zu. »Das habe ich nicht verstanden.«

Nun war er grausamer, als nötig war. Cyril biss die Zähne zusammen und zwang die Worte hinaus. »Warum hast du nicht mehr weitergesucht?«

»Tja, Liebling.« Nun hatte er sich mit seiner teuflischen Klinge selbst geschnitten und in seinen Worten rauschte der Schmerz wie Blut. »Wie lange bist du da draußen gewesen? Acht Jahre? Ich habe mich nicht gerade versteckt und selbst im Dschungel gibt es Zeitungen. Irgendwann hat es mich getroffen wie ein Sandsack gegen den Kopf: Selbst wenn du noch am Leben warst, du hast nie versucht, mich zu finden.«

Und Cyril, der einst beinahe ertrunken wäre – der das Gefühl kannte und noch immer Angst davor hatte –, spürte, wie er in den Fluten der Schuld versank. »Vermutlich erwartest du eine Entschuldigung.«

Aristide, der sich anscheinend besser fühlte, weil er diese Belanglosigkeit aus der Welt geschafft hatte, legte seine glühende Kippe in den Aschenbecher und sagte, beinahe fröhlich: »Mir würde ein Mittagessen reichen.«

Und weil Cyril so viel Schuld auf sich geladen hatte – Aristide, Amberlough, allen gegenüber –, spielte er mit.

Cyrils Wissen und Erfahrung waren für die Royalistenzellen im Nordterritorium Gold wert gewesen, doch dem LSI brachten sie nicht mehr viel, da der Krieg praktisch vorbei war. Während der Woche, in der er auf dem Familiensitz eingelocht war, hatten sie ihn ausgewrungen wie ein nasses Küchentuch. Ari hätten sie niemals ins Haus gelassen, wenn sie nicht alles Nötige erledigt hätten.

Cyril war frei.

Liso schuldete ihm eine Rente. Das fühlte sich sehr förmlich an. Einige festgelegte Anforderungen musste er erfüllen, dann konnte er sein Gerippe irgendwo abladen, bis es starb.

Bis dahin ließ er sich in einen Wagen verfrachten und durch die Stadt fahren, setzte sich auf einen Hocker, als er dazu aufgefordert wurde.

Unter der niedrigen Decke einer dunklen Taverne, die mittags leer war, wirkte das Schweigen zwischen ihnen erdrückend. Ari bestellte auf gebrochenem Porashtu, das der Barkeeper teilweise verstand, einen Cocktail, einen doppelten Martini mit Twist, sehr trocken, mit einer dekorativen Locke aus Zitronenschale. Cyril zündete sich eine weitere Zigarette an. Dass etwas, wonach er über so lange Zeit stets hatte suchen müssen, plötzlich ständig verfügbar war, erschwerte es ihm, damit aufzuhören. Unter seiner Haut summte das Nikotin. Als der Barkeeper ihnen den Rücken zuwandte, schnappte er sich eine Handvoll Streichholzbriefchen und steckte sie sich in die Jackentasche. Vielleicht war der Anzug doch keine so schlechte Idee gewesen. Tunika und Hose hätten ihm nicht so viele Verstecke für seine Beute geboten.

»Ach, eigentlich habe ich gar keinen Hunger«, meinte Aristide, nachdem sein erster Martini serviert worden war.

Cyril lachte auf. »Achtest du auf deine Figur?«

»Hast *du* etwa Appetit?«

Heilige Steine, als Aristide die Augenbraue hochzog, krampfte sich Cyril der Magen zusammen, allerdings nicht vor Hunger. Mit einem bitteren Hauch von Bedauern zog er an seiner Kippe, ließ sie dann zwischen den Fingern rollen, sodass ihm der Rauch wie aufkommender Nebel durchs Blickfeld zog. Das half ihm dabei zu sprechen, schien die Welt in die Ferne zu rücken. »Warum dann ein Mittagessen?«

»Weil es in Asiyahs sicherer Unterkunft keine Bar gab.« Aristide stürzte seinen restlichen Drink hinunter und bedeutete dem Barkeeper, dass er noch einen wollte. »Noch immer Roggen und Soda? Ich glaube, da hinten sehe ich eine Flasche Carter Bowles.«

Cyril zuckte mit den Achseln. Er hatte keinen Roggenwhiskey mehr getrunken, seit ... Ach, er hatte längst aufgehört, die Jahre zu zählen. Dass er sich etwas aussuchen konnte, war er nicht mehr gewohnt, und zu diesem Zeitpunkt erschien es ihm, ehrlich gesagt, sinnlos. »Ich nehme, was ich kriegen kann.«

Schweigend saßen sie da, während der Barkeeper ihnen die Drinks mixte und eingoss. Erst nachdem Cyril den ersten wärmenden Schluck Whiskey im Bauch hatte, sagte er endlich: »Was machst du überhaupt in Liso? Acherby ist weg.« Hatte unter Zwang seine Regierung aufgelöst, war zurückgetreten und drei Tage später ermordet worden, als er aus dem Wagen gestiegen war. Diese Nachricht hatte es sogar bis in den Dschungel geschafft. »Ich hätte gedacht, dass du sofort nach Amberlough zurückkehren würdest, sobald die Ospie-Flagge eingeholt wird.«

Aristide nestelte an der feuchten Serviette unter seinem Glas herum. »Dann hättest du falsch gedacht.«

Darauf stürzte Cyril sich, ohne die Konsequenzen zu bedenken. »Kannst du nicht zurück oder willst du nicht?«

»Ich bin einfach nicht zurückgekehrt«, antwortete Aristide und kniff den Mund zusammen.

»Warum?« Cyril spürte, wie scharf die Frage klang, wusste, dass er dabei wie tollwütig wirkte. »Hast du Angst, was du dort vorfindest?«

»Ich bin sehr beschäftigt gewesen.« Das sagte er mit zu viel Nachdruck.

»Damit, meine Familie kennenzulernen?« Gegen seinen Willen war Cyril neugierig.

»Das ist schon eine ganze Weile her. Wir haben beide zur selben Zeit in Porachis gelebt. Die Ospies haben deine Schwester an der kurzen Leine gehalten und ich habe ihr dabei geholfen, sie loszuwerden.«

Wie eine Erinnerung, die in schlammigem Wasser hochtrieb, erschien vor Cyrils geistigen Auge Konrad Van der Joosts teigiges Gesicht: die Drohung gegen seine Schwester, falls er sich danebenbenahm.

»Über meine Belohnung für die geleisteten Dienste bin ich nicht gerade begeistert«, fuhr Aristide fort. »Sie will, dass ich ... Sie hat eine Stelle bei der Übergangsregierung und will, dass ich bei so einer Zeremonie auftauche – Hände schüttele, sie kompetent aussehen lasse, als hätte sie gute Verbindungen.«

»Klingt, als hätte sie sich kaum verändert.« Dafür erntete Cyril nicht das bekannte Lächeln, obwohl es gepasst hätte: die grausam verzogenen, dünnen Lippen, die verrieten, dass nur sie beide den fiesen Witz verstanden.

»Ja, was soll's? Ich habe abgesagt, aber ...«

Ari ließ den Satz in der Luft hängen. Sagte nichts weiter. Er hatte Cyril dabei erwischt, wie er in eine schlechte Angewohnheit zurückgefallen war, die eher zu einem Verhör als zu Small Talk passte, und er würde ihn zwingen, dazu zu stehen. Er musste das Spiel weiterspielen.

Machtkämpfe. Cyril verschlug es den Atem. Früher wäre es vor Erregung gewesen. Nun war es eine Mischung aus Wut und Angst, die Gesprächen mit ähnlichem Ton, aber gewichtigerem Inhalt entsprang. Gespräche, bei denen die Person, die am Ende obenauf war, überleben würde.

»Aber was?«, fragte Cyril, und seine Fingerspitzen gruben sich ins Papier seiner Kippe.

Ari betrachtete den Rest seines Drinks. Er hatte zwei doppelte Martinis schneller hinuntergekippt, als Cyril ihm zugetraut hätte, wenn er nicht gesehen hätte, wie andere Leute Schlimmeres noch schneller hinuntergestürzt hatten. Vielleicht waren diese acht Jahre an Aristide nicht so spurlos vorbeigegangen, wie es schien.

Cyrils Kippe war bis an seine Finger heruntergebrannt. Er drückte sie aus und steckte den Stummel in die Tasche. Sah, dass Ari diese Bewegung bemerkte und ihm ein Schatten übers Gesicht huschte, dass er die Augen zusammenkniff.

»Diese Zeremonie«, setzte er an. »Cyril, das ist eine Einweihung. Es geht um ein Denkmal an der Temple Street. Genau dort, wo das *Bee* gestanden hat. Für den Laufsteg. Aber vor allem für Cordelia.«

Also war Cordelia Lehane tot.

Cyril fragte sich, welche Gefühle das in ihm auslösen sollte. Überraschung? Die empfand er nicht. Er hatte halb erwartet, dass sie im Laufe ihrer Bekanntschaft zu Tode kommen würde. Bestürzung? Darüber war er schon lange hinaus. Schuldgefühle? Sie stellte nur eine weitere Kerbe im Holz dar. Natürlich würde dieser Schlag Folgen haben – wahrscheinlich würde ihr Gesicht zahllose andere ersetzen, wenn er in der kommenden Nacht durch seine Albträume stolperte –, doch man brauchte Glück, um diese spezielle Sünde aus dem kalten abgrundtiefen See seines Selbsthasses zu fischen.

Cordelia Lehane hatte seinetwegen ihr Leben verloren. Genau wie viele andere Leute. Daran hatte nichts, was er im Dschungel getan hatte, etwas geändert.

Cyril hatte das Königreich Liso dabei unterstützt, Milizen zu beobachten, die über die Grenze einfielen. Und zum Dank war er gefoltert worden. Dem war er entkommen und hatte den royalistischen Zellen dabei geholfen, ihre Netzwerke im Norden aufzubauen, was die Autorität der geddischen Marionettenregierung von innen heraus geschwächt hatte. Er hatte den Rebellen dabei geholfen, die von den Ospies unterstützten Truppen und Söldner zu fangen, welche anschließend allesamt im Schlamm kniend exekutiert worden waren.

Nach einiger Zeit hatte er den Blick dafür verloren, ob dies ein Schritt hin zur Erlösung war oder eine weitere Sache, für die er sich hassen sollte.

Cordelia Lehane war tot, aber im Gegensatz zu so vielen anderen, die durch ihn, während seines Einsatzes, mit seiner Erlaubnis umgebracht worden waren, würden in ihrem Fall die Menschen, die sie liebten, wenigstens die Gelegenheit bekommen, sich zu verneigen und sie zu verabschieden.

»Du solltest hingehen«, sagte Cyril.

»Ihr bringt es nichts mehr, wenn wir uns bei einer Plakette entschuldigen.« Aristide knabberte düster an einem Stück Fladenbrot.

Endlich war ihre Mahlzeit serviert worden: Rinderbrust, scharf gewürzte Linsen, mit Schwarzkümmel und Bockshornklee gekochter Blattkohl. Cyril hatte zwar keinen Hunger, aß aus Gewohnheit dennoch. Der Teil von ihm, der sich noch immer in Mayaoba versteckte – oder über den durch den Regen rutschigen Jagdpfad zwischen Niallo Benggi und Niallo Kreb schlich –, dieser Teil wies ihn an, zu essen und immer weiterzuessen, bis sein Magen voll war, weil er nicht wusste, wann er mehr bekommen würde.

»Sie ist *tot*, Cyril. Ich könnte sie ausgraben und ihr ins Auge pissen, aber da käme nichts außer Schlamm bei raus.«

»Trotzdem.« Er schlang ein zu großes Stück Rinderbrust hinunter, verschluckte sich beinahe. »Du bist mit ihr befreundet gewesen.«

Kurz wirkte es, als wollte Ari ihm widersprechen, doch im letzten Augenblick änderte er seine Taktik und sagte: »Genau wie du.«

»Dass ich komme, würde sie nicht wollen.« Cyril dachte daran, wie sie ihn angesehen hatte, als sie ihn in seinem elenden Schlupfloch besucht hatte, nachdem jemand gestorben war, den sie geliebt hatte – niemand, den er kannte oder dem er je begegnet war, aber jemand, an dessen Mord er dennoch beteiligt gewesen war. Er hatte versucht, die Brücke zu ihr zu schlagen, indem er gesagt hatte, dass sie beide lediglich das taten, was zum Überleben notwendig war.

Du bist kein bisschen wie ich, hatte sie ihm entgegengeschleudert. *Ich gebe wenigstens ehrlich zu, was für hässliche Dinge ich getan hab.*

»Doch, das würde sie. Wenn auch nur … Ach, wie hat sie es gesagt? Damit sie dir die Zähne ausschlagen kann.«

»Ich würde es hinnehmen und mich bei ihr bedanken.« Untypisch für Aristide schien dieser die Anspielung nicht zu bemerken. Allerdings fiel auch Cyril der Witz erst auf, nachdem er ihn gemacht hatte, und fand ihn ziemlich unangebracht.

Aristide pflückte das spiralförmige Stück Zitronenschale aus seinem Martini und spielte damit herum, rieb an der wächsernen Rinde, bis diese zerriss. Einen Herzschlag lang betrachtete er die Einzelteile. Dann atmete er aus und sagte: »Du hast recht. Ich bin ein Feigling. Ich sollte hingehen.«

Cyril zuckte mit den Achseln, drehte das Whiskeyglas auf der Serviette im Kreis.

Nach einer endlos wirkenden Stille setzte Ari an: »Das Letzte, was sie gesagt hat ...«

»Die Leute erzählen allen möglichen Bockmist, wenn ihre Innereien auf dem Boden herumliegen.« Das meiste davon hatte er persönlich gehört. »Ich glaube nicht, dass ich das wissen will.«

»Das Letzte, was sie *mir* gesagt hat«, fuhr Ari fort. Es schien, als hätte Cyril gar nicht gesprochen, wenn man von der grafitharten Dickköpfigkeit absah, die sich in Aris Ton widerspiegelte. »Es war einige Jahre vor ihrem Tod, aber ... na ja, gerade du müsstest verstehen, wie schwer es ist, einen Brief zu schicken, wenn man auf der Flucht ist.« Bei diesem Satz verwandelte sich das Grafit in Stahl. Schweigend ließ Cyril sich davon schneiden.

»Sie hat gesagt, dass sie nicht vergessen werden will. So viele ihrer Aktionen hat sie heimlich durchgeführt und sie hat mir erzählt, dass ihr der Applaus gefehlt hat.« Die Reste der Zitronenschale warf Aristide auf seinen Teller und wusste dann nicht, wohin mit seinen Händen, bis er sie schließlich im Schoß faltete. »Die Zeremonie wird nicht das, was sie sich gewünscht hat. Menschen in Anzug, die Reden über Patriotismus und Tapferkeit halten. Wahrscheinlich gibt es nicht einmal eine Band.«

»Deshalb solltest du hingehen.«

»Leider ist mein Posaunenspiel ziemlich auf der Strecke geblieben.«

»Ach, tatsächlich.« Cyril verspürte ein scharfes, unbekanntes Stechen im Bauch, als wäre er aufgespießt worden. Es dauerte einen Augenblick zu lange, bis er erkannte, dass er eifersüchtig war. Auf Aristide, ja, weil er die Gelegenheit hatte, eine Freundin zu ehren, die das und mehr verdient hatte. Aber auch auf Cordelia. Wie es sich wohl angefühlt hatte, sich zu *wünschen*, dass die Leute erfuhren, was sie getan hatte? Auf die eigene Arbeit stolz zu sein?

Wie es sich wohl angefühlt hatte, eine Heldin zu sein?

»Das hatte ich eigentlich nicht vor.« Aristide fuhr mit den Fingerspitzen über das Kondenswasser auf dem Tresen, hinterließ Spuren mit Tropfen an den Rändern. »Würdest du mich begleiten, wenn ich hingehe?«

Das überraschte Cyril. Inzwischen verstand er den Rhythmus von Aristides Launen nicht mehr, falls es sich um eine davon handelte.

Zurück nach Gedda? Wo sie beide seit fast einem Jahrzehnt nicht mehr gewesen waren? Zurück zu dem, was von allem, was sie zerstört hatten, noch übrig geblieben war?

Dieser Gedanke verursachte Cyril am ganzen Körper Juckreiz, als ob ihm Millionen Milben über die Haut krabbeln würden. Das Blut pulsierte ihm in den Fingerspitzen und brannte in den zarten Bögen seiner Ohren. Jede körperliche Reaktion, auf die er in den letzten Jahren beim Einschätzen einer Gefahr zu hören gelernt hatte, sagte ihm: *Nein, tu das nicht. Geh nicht hin.*

»Na gut«, meinte er. »Nimm mich mit.«

KAPITEL 4

Martí brach vor Sonnenaufgang nach Cantrell auf und schätzte, dass sie mit Stephen rechtzeitig für ein spätes Mittagessen zurückkehren würde. Bradley, der Koch, hatte ein Menü mit all seinen Lieblingsspeisen geplant oder zumindest, soweit das unter den doppelten Beschränkungen durch Haushaltsbudget und inoffizielle Rationierungen aufgrund der Nachwirkungen des Konfliktes möglich war: Preistreiberei, Hamsterkäufe, zerstörte Infrastruktur.

Eigentlich sollte Lillian arbeiten. Auf ihrem Schreibtisch lag eine Mappe voller Zweitausfertigungen verschiedener Dokumente ausgebreitet: Berichte ihres Teams und ein halb fertiger Strategieplan für die Herangehensweise der Übergangsregierung an die Wahl. Doch trotz ihrer Vorsätze ließ Lillian den Blick an diesem Vormittag immer wieder zwischen Uhr und Fenster hin- und herwandern, rief Magnusson gelegentlich zu sich und fragte ihn, ob die Post bereits gekommen sei oder ein Telegramm oder schlicht irgendeine Nachricht. Ihr ganzer Körper schien vor Nervosität unter Strom zu stehen, und da auch noch Stephens Ankunft unmittelbar bevorstand, war jede Hoffnung darauf, produktiv zu arbeiten, zerstört.

Dennoch verpasste Lillian, wie der Wagen um die Kurve bog. Die Uhr zeigte zehn nach eins an, als sie schließlich den

Motor hörte und das Geräusch kleiner Steinchen, die gegen den Kühler spritzten.

Ihr schoss die Aufregung, dicht gefolgt von Anspannung, aus der Brust bis in die Hände. In Stephens Gegenwart wurden ihre Meinungsverschiedenheiten mit Jinadh deutlicher, verschlimmerten sich sogar. Als er noch jünger war, hatte das kein Problem dargestellt, da er noch keine eigene Meinung vertreten und seltener lauthals widersprochen hatte.

Lillian hasste die Tatsache, dass er von Eltern großgezogen worden war, die zunächst durch die Umstände – und ihre persönliche Sturheit – getrennt gewesen waren und sich dann entgegen aller Widrigkeiten zusammengetan hatten. Letzteres brachte sie gelegentlich näher zueinander, doch viel häufiger führte es zu Gefühlsausbrüchen, Tränen und Vorwürfen.

Ihre Hoffnung hatte darin bestanden, dass sie nach ihrem Umzug nach Gedda, wo sie alle dieselbe Sprache sprachen, wo sie und Stephen zumindest die gesellschaftlichen Normen und die Etikette verstanden, einige der Probleme in den Griff bekämen. Da Stephen allerdings in Sunho auf eine internationale Schule gegangen war und zu Hause gelebt hatte, fand er sich nur schwer wieder ins Internatsleben, die Disziplin und akademischen Anforderungen des geddischen Systems ein. In diesem Trimester waren seine Briefe unregelmäßig gekommen und allesamt schlecht gelaunt ausgefallen. Die der Schulleitung hingegen kamen sehr viel häufiger, klangen allerdings kaum fröhlicher.

Wenn Lillian nicht schlafen konnte, was oft vorkam, kreisten ihre Gedanken um die Konsequenzen ihrer Entscheidungen.

Vor dem Haus wurde der Motor abgestellt. Sie schob ihre Papiere zu einem Stapel zusammen und ging von ihrem Arbeitszimmer zur Treppe. Als Lillian unten ankam, hatte Magnusson schon die Tür geöffnet, hinter der sie ein strahlender, bitterkalter Nachmittag erwartete. Martí und Bern hievten einen Überseekoffer die Stufen herauf und Stephen stand auf dem Trittbrett, einen Rucksack über die Schulter geworfen. Seine Hose war zu kurz, sodass mehrere Zentimeter mit Zopfmustern verzierter Strümpfe über schmalen Knöcheln zum Vorschein kamen. An seinen Ärmelaufschlägen sah es genauso aus, hier zeigten sich die zarten Knöchelchen seiner Handgelenke. Durch seinen Wachstumsschub waren die letzten Reste Babyspeck abgeschmolzen, sodass sein gesamter Körper kantig erschien. In der Sonne glänzten seine Knöpfe und Stiefel, doch wenn sein finsterer Blick ein Himmelskörper gewesen wäre, hätte er problemlos die Sonne selbst verdunkeln können.

Jinadh war vor ihr in der Einfahrt und breitete die Arme aus. Widerwillig ließ Stephen sich umarmen.

»Hast du vor, noch ein paar Bomben hochgehen zu lassen, jetzt, wo du zu Hause bist?«, fragte Jinadh, nachdem sie sich voneinander gelöst hatten.

Einen Augenblick brauchte Stephen, um die Worte auf Porashtu zu entschlüsseln, doch dann verdrehte er die Augen. *»Dad.«*

»Hallo, Steenie«, begrüßte Lillian ihn.

Stephen richtete sich auf und aus seiner Haltung wich die Sorglosigkeit, nicht aber die Feindseligkeit. Die Stufen stieg er derart übertrieben würdevoll herauf, dass es einer Satire glich, stand schließlich vor ihr, wobei seine Nase sich auf einer Höhe mit ihrer befand, nun, zumindest beinahe. Wann war er so groß geworden?

»Mutter«, sagte er, plötzlich zehn Jahre älter. Wie *schaffte* er das, diesen schnellen Wechsel vom kleinen Jungen zum Mann und wieder zurück? Stephen balancierte auf einem derart schmalen Grat zwischen diesen beiden Seiten, als würde er auf Messers Schneide stehen. Und wenn Lillian ihm zu nahe kam, schnitt sie sich daran. Außerdem konnte sie nie vorhersehen, auf welcher Seite er diesmal landen würde.

Jinadh beobachtete sie beide, runzelte dann die Stirn und durchbrach das angespannte Schweigen, während er Stephen sanft über die Schwelle in die Eingangshalle schob. »Das Mittagessen ist beinahe so weit. Mach dich frisch und zieh dich um. Bern hat dir einige Dhoti bereitgelegt, die bedecken zumindest deine Knöchel. Schicken die dich an dieser Schule auf die Streckbank, wenn du dich danebenbenimmst?« Dann verpasste er Stephen mit der Zeitung einen Schlag auf den Hintern.

»Dad!« Stephen warf ihm einen beleidigten Schulterblick zu und fluchte leise und ausgesprochen derb vor sich hin.

»Wie bitte?«, fragte Lillian nach. Als ihre Stimme vom Marmorboden der Eingangshalle scharf zurückgeworfen wurde, klang sie unheimlich ähnlich wie die ihrer Mutter. Da wurde sie von einer Welle an Gefühlen überrollt, als die Erkenntnis sie traf: dass sie gerade hier stand und mit ihrem Kind schimpfte, genau wie ihre Mutter mit …

Cyril. Um die Panik zu unterdrücken, biss sie die Zähne zusammen.

Stephen bemerkte es nicht. »Nichts«, antwortete er fauchend. »Zur Königin noch mal.«

»Mittagessen«, meinte Jinadh und schob Stephen weiter in die Eingangshalle hinein. Dann, leiser, an sie gerichtet: »Lillian, *lass es.* Er ist gerade erst nach Hause gekommen.«

Sofort lag ihr eine giftige Antwort auf der Zunge. Wollte er etwa, dass sein Kind so redete? Doch Lillian schluckte sie hinunter, um den Waffenstillstand zu wahren. Bevor ihr etwas weniger Ätzendes einfiel, schrillte die Glocke des Telefons.

»Ma'am«, meldete sich Magnusson und tauchte aus dem Vestibül auf, »es ist für Sie.«

»Es ist ein Funkanruf, Ma'am.« Magnusson hielt das Telefon vor sich in den Händen, als wäre es ein kostbares Ausstellungsstück. »Von Aristide Makricosta. Er hat eine ganze Weile gebraucht, um durchzukommen. Soll ich es annehmen?«

»Ja, vielen Dank«, antwortete sie und hörte die Worte wie aus weiter Ferne. »Ich … stellen Sie ihn ins Büro durch.«

»Soll ich Ihnen Bern schicken oder selbst für Sie Notizen machen?« In Asu hatte Magnusson an einigen Tagen zusätzlich als ihr Sekretär fungiert: eine Pflicht, die heutzutage gelegentlich an Bern fiel. Irgendwann würde sie das Geld haben, um eine echte rechte Hand einzustellen. Das hoffte sie zumindest.

»Nein, ich komme zurecht.«

Magnusson nickte und sprach leise mit der Vermittlung. Seine Stimme verklang, als Lillian die Treppe hinaufging und jede Unebenheit im Holz des Geländers ganz genau spürte, während ihr Geist wichtigere Dinge mied.

Bevor sie dazu bereit war, ragte die Bürotür vor ihr auf. Das schwarze Kunstharz des Telefons war kalt und ihr Atem ließ die Sprechmuschel kurz beschlagen.

»Hallo«, meldete sie sich. »Hier spricht Lillian.«

»Lillian.« Obwohl Aristides Stimme mit deutlicher Verzögerung durch das Störwellenrauschen drang, klang sie näher als Magnussons, sogar näher als ihre eigene. »Wie geht es dir?«

»Gut, danke.« Die Höflichkeitsfloskeln kamen ihr ganz automatisch über die Lippen. Doch bei den Minutenpreisen für einen transozeanischen Funkanruf hatten sie dafür keine Zeit. »Und … und mein Bruder? Wie geht es ihm?«

»Er möchte gern zur Einweihung nach Amberlough kommen. Ich kann seine Reise arrangieren.«

Ihr blieben die Worte im Halse stecken. Kostbare Funkzeit vergeudete sie mit offenem Mund und stockendem Atem. »Ihr könntet ins Dameskill County fliegen«, stieß sie schließlich atemlos hervor. »Der Regionalflugplatz liegt eine kurze Autofahrt von Damesfort entfernt. Wenn das Wetter gut ist, wärt ihr so einige Tage früher hier als mit dem Schiff.« Einen Herzschlag später fügte sie hinzu: »Du kommst doch auch?«

Angespannte, knackende Stille in der Leitung. Dann: »Ja, selbstverständlich.«

»Ach«, fiel ihr ein, »ach, du fliegst nicht gerne, stimmt ...«

»Nein«, widersprach er. »Es ist nur ...«

Die Verbindung wurde gestört, sein Widerspruch kam verzögert und mischte sich unter ihre Entschuldigung, bis sie beide verstummten und darauf warteten, dass der andere etwas sagte. Schließlich meinte Lillian: »Es tut mir leid. Bitte fahr fort.«

»Ich muss in Rarom noch einige Geschäfte zu Ende bringen, bevor ich abreise. Ich dachte mir, dass du ihn vielleicht vorher schon zu Hause haben möchtest. Damit ihr ... euch auf den aktuellen Stand bringen könnt, sozusagen.«

»Du würdest ihn vorausschicken?« Still klang die Frage mit: War er wohlbehalten und dazu fähig, allein internationale Grenzen zu überschreiten?

»Nur ein paar Tage«, antwortete Aristide. »Wenn das in Ordnung ist.«

Lillians kleiner Bruder. Stand von den Toten wieder auf. Vermutlich völlig ungepflegt, in Schmach und Schande und zum denkbar schlechtesten Zeitpunkt – doch wenn das nicht genau Cyrils Art war, was denn dann?

Zuletzt hatten sie sich im Krankenhaus gesehen, als er gerade von irgendeinem geheimnisvollen Auftrag in Tatié zurückgekehrt war: so vollkommen erschöpft, dass er trotz der sonnengebräunten Haut fahl gewirkt hatte. Allein die Wut schien ihn damals wach gehalten zu haben.

Wer war ihr Bruder nun?

»Selbstverständlich«, sagte sie. »Telegrafierst du mir die Details? Wir haben lange genug gequatscht, um den Tresor zu leeren, würde ich sagen.«

»Lillian.« Sie hörte ein Rascheln, vielleicht schob er Papiere zur Seite oder setzte sich auf seinem Stuhl zurecht. Oder irgendein Gewitter störte den Funk. »Er ist ... Ich weiß nicht, was du möglicherweise erwartest, aber ich glaube, man sollte vorsichtig mit ihm umgehen.«

Als Lillian die Hand hob, um auf ein Kitzeln an der Wange zu reagieren, bemerkte sie ihre Tränen und fragte sich, wann sie ihr gekommen waren. Mit dem Handballen wischte sie sie weg und sagte: »Schick ihn her, Aristide. Wir kümmern uns in Carmody um ihn.«

Wie sollte Lillian sich danach dem Mittagessen stellen? Aber das musste sie. Es wäre die beste Gelegenheit, um Jinadh die Neuigkeit in Stephens Gegenwart beizubringen. Sie könnte es als Familiensache darstellen, als Gelegenheit, bei der Stephen seinen Onkel kennenlernen konnte. Sie holte Cyril zur Sonnenwende nach Hause und nicht, um ihn bis zur Einweihung des Denkmals versteckt zu halten. Danach könnte sie ...

Was denn, ihn wieder wegschicken? Oder vielleicht könnte er in Damesfort bleiben. Das wäre riskanter als beispielsweise das Chalet in Ibet, aber nicht so herzlos. Außerdem war das Chalet ohnehin bereits vor Jahren verkauft worden, nachdem die Ospies alles konfisziert hatten, was die DePauls jemals besessen hatten.

Lillian konnte die ganze Situation eigentlich nur unter strategischen Aspekten betrachten. Sobald sie sie etwas genauer überdachte, verfiel sie in einen Zustand diffuser Angst und vager Hoffnung. Das Mittagessen würde dafür sorgen, dass sie im Hier und Jetzt blieb, sodass sie mit geübter Geschäftsmäßigkeit ihren Plan vorstellen konnte.

Während sie in die Halle hinunterging, hörte sie, wie Stephen sich im Esszimmer über die Schule ausließ. Er klang schrill – noch hatte er den Stimmbruch vor sich, vielleicht stand er im kommenden Jahr an. Dann helfe ihr die Königin. Er war bereits jetzt eine Plage. Wenn er über die Schwelle zum Mannsein stolperte, würde sich das noch verschlimmern.

»Die ganzen Kinder in der Schule sind so *langweilig*«, beschwerte er sich gerade. Lillian blieb im Flur stehen und lauschte. »Alle sind ständig hinter mir her, dass ich ihr Freund sein soll – wenn ich wollte, könnte ich jede Menge Freunde haben, weil ich so exotisch bin –, aber die sind alle ungefähr so interessant wie gekochte Erbsen.«

Stephen bezeichnete sich ohne jede Ironie als exotisch, aber Lillian erschauerte innerlich. Ja, er war der Sohn eines in Ungnade gefallenen Höflings und einer kaltgestellten Diplomatin, deren Familiengeschichte vor Spaltungspolitik und zwielichtigen Geschäften nur so wimmelte. Doch auf der internationalen Schule in Sunho hatte es viele Schüler aus der ganzen Welt gegeben. Missionarstöchter, Diplomatensöhne. Kinder von Investoren, Unternehmern, Auswanderern und Akademikern. Der Unterricht hatte zwar auf Asunesisch stattgefunden, die Gespräche in der Klasse hingegen waren so vielfältig wie die Haare, Kleidung und Hautfarben gewesen.

Dass Cantrell für ihn danach schwer zu ertragen war, konnte Lillian sich vorstellen. Vor allem, da er für sein letztes Schuljahr zurückgekehrt war, alle anderen Schüler aber bereits enge Freundschaften geschlossen hatten und kaum Platz für einen neuen Freund blieb. Wahrscheinlich lag seine beste Chance darin, den unnahbaren, aber interessanten fremden Jungen zu spielen, die Medaille, der jeder nachjagte, um sich als kosmopolitisch zu erweisen.

Wie schrecklich einsam er sein musste.

»Und Master Whyte, die Geschichtslehrerin, hasst mich, glaube ich, wegen Mum und ihrem Bruder und den Ospies und Großmama und dem ganzen Zeug, aber das sagt sie nie geradeheraus. Sie gibt mir einfach für völlig unwichtige Sachen Stockschläge.«

»Das ist doch sicher nicht wahr«, erwiderte Jinadh. Lillian, die Cantrell als Kind selbst besucht hatte, war davon überzeugt, dass es sehr wohl stimmte.

Vielleicht reichten fünf Jahre nicht aus, um schlechte Presse zu begraben. Zumindest bei einigen Leuten. Und anscheinend konnten die DePauls es niemandem recht machen, egal um welche Seite es ging. Das war einfach etwas, womit Stephen zu leben lernen musste. *Falls* er überhaupt an die Schule zurückkehren durfte.

»*Einen* Jungen gibt es, der Asunesisch spricht«, fuhr Stephen fort, »aber der ist schrecklich und den mag keiner und außerdem spricht er nicht so gut wie ich. Ich verlerne das noch völlig, wenn ich keine Übung habe.«

»Wir haben für dich eine asunesische Lehrerin engagiert«, sagte Jinadh. Bei dem Gedanken daran, wie viel diese Frau ihnen berechnete, zuckte Lillian zusammen.

»Ich *brauche* keine Lehrerin.« Ihre Anspannung löste sich wieder, als ein Anflug von Stolz sie fortspülte. Wie leicht ihr Sohn doch von Geddisch ins Porashtu wechselte, um sich über Asunesisch zu beschweren. »Ich kann es doch schon sprechen.«

Selbst in ihrem Versteck hinter der Tür hörte Lillian Jinadhs Seufzen. »Nein, mein Rebhuhn, sie ist eine normale Lehrerin. Aber sie unterrichtet dich auf Asunesisch.«

Bevor Stephen sich über den Kosenamen aufregen oder eine weitere Leidensgeschichte aus der Schule ausbreiten konnte, betrat Lillian den Raum. »Tut mir sehr leid«, meinte sie, setzte sich ans Kopfende des Tisches und verteilte eine dünne Schicht Gewürzgurken auf ihrem Brot. »Ein Funkanruf aus Liso. Teuer, deswegen haben wir es kurz gehalten.«

»Und das Ergebnis?« Über seinen Kaffee hinweg starrte Jinadh sie bedeutungsschwer an. Er hatte sofort verstanden, worum es ging, war sich allerdings unsicher, ob sie das Ganze vor Stephen ansprechen wollte.

Lillian legte ihr Brot unberührt zur Seite und beschloss, seine Anspannung zu beenden. Das Mittagessen war kalt auf der Anrichte bereitgestellt worden, darum waren keine Bediensteten anwesend. Das wäre ein weiteres, völlig anderes Gespräch. »Steenie, Liebling.«

Zögerlich wandte er ihr den Blick zu, als ob ihn die Last seines Leids davon abhielte. Hatte sie es in seinem Alter jemals geschafft, derart gebeutelt auszusehen? Ganz sicher hatte sie diesen Ausdruck im Gesicht ihres Bruders gesehen. Hätte sie in diesem Augenblick diese Erinnerung heraufbeschworen, wenn die Situation nicht so wäre, wie sie war? »Erinnerst du dich an Onkel Cyril?«

»Der Geheimagent?«, fragte Stephen. »Der gestorben ist?«

»Wir wissen nicht mit *Sicherheit*, ob er ein Agent war. Ich habe bloß gesagt, dass er viele Aufträge erledigt hat, über die er nicht sprechen durfte.«

»Duquesne in der Schule hat gesagt, dass er ein Spion gewesen ist«, erwiderte er. »Und ein Verräter.«

»Die Sache ist kompliziert.«

»›Kompliziert‹ bedeutet nur, dass du es nicht zugeben willst.«

»Stephen«, mischte Jinadh sich ein und stellte seine Tasse auf die Untertasse. Das Porzellan knallte vor Wut, die man seiner Stimme nicht angehört hatte.

»Kompliziert bedeutet kompliziert«, sagte Lillian. »Vielleicht ist es besser, wenn dein Onkel es dir selbst erklärt.«

So wie Jinadh sie ansah, war sie froh, dass er seine Tasse bereits abgestellt hatte.

»Was?« Stephen zog die Augenbrauen hoch und riss den Mund auf, was ihn wie einen billigen Abklatsch von Jinadh wirken ließ. »Wie soll das gehen? Er ist doch tot.«

Mutter und all ihre Söhne, eigentlich hatte Lillian das Ganze geschickter angehen wollen. Doch sie bemühte sich, Stephen wie ihr Kind zu behandeln und nicht wie eine Pressekonferenz, deshalb schüchterte er sie mehr ein als eine Meute wilder Streiter der Feder.

»Also, na ja. Es gibt gute Neuigkeiten. Er ist nur ... eine Zeit lang verschollen gewesen. Und jetzt ...« Sie warf Jinadh einen Blick zu. »Jetzt kommt er zu Besuch.«

Klappernd ließ Stephen seine Gabel fallen. »Hierher?«

»Ja«, antwortete Lillian. »Zur Sonnenwende.«

»Ohne Witz?«

»Ohne Witz«, bestätigte sie und spürte mit Schrecken, wie sich ihr der Hals zuschnürte. Davon bekam Stephen nichts mit, doch Jinadh fiel auf, wie sich ihre Stimme veränderte.

»Rebhuhn«, sagte er. »Ich würde sagen, das ist ein Grund zum Feiern. Sag Magnusson, dass er mit dir in den Keller gehen und einen Sekt aussuchen soll.«

»Darf *ich* auch was davon haben?«

»Heute ja.« Stephen war beinahe schon zur Zimmertür hinaus, als Jinadh ihm hinterherrief: »Und bitte Magnusson auch, das gute Kristall herauszuholen.«

Am Ende seines Satzes knallte die Esszimmertür. »Also«, setzte er an, als die beiden alleine waren. »Du hast abgewartet und wurdest endlich mit Neuigkeiten belohnt. Was ist passiert?«

»Anscheinend hat er Makricosta gesagt, dass er an der Einweihungsfeier teilnehmen will. Sie werden *beide* kommen.«

»Hast du es Honora schon erzählt?«

»Ach, heilige Steine.« Lillian stieß sich vom Tisch ab und die Stuhlbeine quietschten auf dem abgenutzten Parkett.

Jinadh streckte die Hand aus und wedelte durch die Luft. »Das kann doch sicherlich noch warten, bis wir uns ein Glas Champagner gegönnt haben.«

»Leider nicht. Ich muss sie unbedingt anrufen. Bin in einem Augenblick wieder da. Eine Unmenge an Leuten wartet darauf, von ihr die Liste der Redner zu erhalten – die Druckereien und die Radioleute und ein halbes Dutzend Zeitungen.«

Dass sich Lillians Prioritäten von einer Sekunde auf die andere derart verschoben, ließ Jinadh etwas in sich zusammensinken, aber dagegen konnte sie nichts tun: Der Sog der Arbeit hatte sie erfasst. Darum drückte sie ihm einen Kuss auf den Scheitel, sagte nur: »Die Pflicht ruft«, und ließ ihn allein am Tisch zurück.

KAPITEL 5

»Also gut«, meinte Aristide und schloss hinter sich die Tür. »Das ist geregelt. Sie will, dass du …«

Er hielt inne, ihm blieb der Rest des Satzes in der Kehle stecken. Cyril lag auf dem Rücken auf dem Sofa in Aristides Hotelsuite, eine Hand hing auf den Teppich herunter. Sein Mund stand offen, der Kiefer war völlig entspannt. Auf dem niedrigen Tisch vor ihm: ein leeres Kristallglas und Aristides Fläschchen mit Schlaftabletten.

Ein Strahl der Abendsonne wanderte über seinen ausgestreckten Körper, färbte seine Wimpern, die ihm auf den Wangen ruhten, golden. Er rührte sich kein bisschen. Schien nicht einmal …

Ohne bewusst losgegangen zu sein, stand Aristide plötzlich auf der anderen Seite des Zimmers, packte Cyril fest an den Oberarmen. Er schüttelte den anderen Mann heftig und hörte sich Cyrils Namen rufen.

Und dann bewegte sich das Licht auf Cyrils Wimpern und seine Augen standen offen, das Muster ihrer Blauschattierungen war bis ins Detail zu erkennen, das Weiße von aufgeplatzten Äderchen durchzogen.

Aristide wich die Kälte aus den Gliedern, sodass sie schmerzten und zitterten, vor Erleichterung fühlte er sich ganz schwach. Er ließ sich zwischen Sofa und Couchtisch auf den Boden sinken.

»Heilige Steine«, stieß Cyril mit leichtem Nuscheln hervor. »Wo brennt's?«

Aristide schnappte sich das Tablettenfläschchen vom Tisch. Es war beinahe so voll, wie er es am Vorabend zurückgelassen hatte. »Alles in Ordnung. Tut mir leid, dass ich dich geweckt habe.« Mit bebenden Händen schraubte er es zu und steckte es in die Tasche.

»Das ist ziemlich hartes Zeug.« Cyril hakte die Finger in genau die Tasche ein, in der sich nun das Fläschchen befand. Durch die Bewegung klapperten die Tabletten und das Revers von Aristides Jackett verzog sich. »Fühlt sich an, als hätte mir jemand Schlamm ins Ohr gestopft.«

»Man soll sie ja auch nicht mit Schnaps kombinieren«, erklärte Aristide, der in der Defensive war und deshalb pedantisch wurde.

Obwohl Cyril berauscht war, gelang ihm ein abfälliges Lachen und er verdrehte die Augen. »Erzähl mir bloß nicht, dass *du* das nicht tust. Deine Hände zittern, Ari. Und sie sind geschwollen.«

Aristide ballte die angesprochenen Körperteile zu Fäusten und spürte, wie die geschwollenen Gelenke protestierten.

Cyril zog die Finger aus Aristides Jacketttasche, ließ sie wieder auf den Teppich fallen. »Ist mir scheißegal. Wir machen, was wir machen müssen.«

»Zum Beispiel Tabletten nehmen, die uns nicht gehören?«

Cyril schloss die Augen. Seine Lider waren rot-violett und glänzten vor Erschöpfung. »Ich konnte nicht schlafen.«

»Es ist noch früh. Das Abendessen ist gerade erst vorbei.«

»Ich habe seit zwei Tagen nicht geschlafen. Ich war so müde, aber ich konnte nicht …«

Während Aristide entsetzt zusah, liefen Cyril Tränen aus den Augenwinkeln und benetzten seine Krähenfüße.

»Tut mir leid«, meinte Aristide. Diese Worte sagte er nur selten, aber sie rutschten ihm heraus, als hätten sie ihm auf der Zunge gelegen und wären von allem, was hinter ihnen lauerte, hinausgestoßen worden.

Er wuchtete sich hoch und setzte sich auf den Couchtisch. »Ich habe mit deiner Schwester gesprochen. Du wirst vor mir hinfliegen. Bevor ich abreise, muss ich noch zurück nach Rarom, einige Geschäfte abschließen.«

Cyril antwortete nicht, bewegte sich nicht, seufzte nicht einmal. Es war dieselbe Stille wie die, die Aristide nur wenige Minuten zuvor einen Eispickel der Angst ins Herz gestoßen hatte. Nun fragte er sich lediglich, ob die Tabletten ihren Dienst getan hatten.

Da Cyril allerdings den Kiefer anspannte, vermutete er, dass er ihm etwas vorspielte. Oder sich zu schützen versuchte.

»Du nimmst in Souvay-Dadang ein Flugzeug, machst in Hyrosia einen Tankstopp und landest dann auf einem Regionalflugplatz.«

»Das bereue ich jetzt schon.« Cyril streckte die schlaffe Hand aus, bis er gegen das Glas stieß.

»Es ist leer«, meinte Aristide.

»Na, dann mach es voll.«

Das Schlimmste daran war, wenn Aristide mit einem leeren Glas allein gewesen wäre, hätte er selbst genau das getan. Die Scham über sein heuchlerisches Verhalten ließ ihn in vertrauten Gewohnheiten Zuflucht suchen: Kritik, Schauspiel, Frivolität.

»Morgen besorgen wir dir etwas zum Anziehen«, sagte er. »Ich kenne in Dadang einen guten Schneider und in diesem Salatblattfetzen schicke ich dich nirgendwohin.«

»Wickel mich einfach in einen Teppich.«

»Dafür würde Lillian mich häuten.«

»Lillian hat mich schon in schlimmerem Zustand gesehen.«

Cyril drehte sich um und vergrub das Gesicht in den Sofakissen. »Lass mich schlafen.«

»Willst du dich nicht ausziehen? Im Bett schlafen?«

Blinzelnd und mit verquollenen Augen warf Cyril ihm unter seinem Arm hinweg einen finsteren Blick zu. »Du glaubst doch nicht ernsthaft ...«

Einen Augenblick zu spät erkannte Aristide, wie man seinen Vorschlag missverstehen konnte, und erhob sich dann unsicher vom Couchtisch, um zwischen ihnen dringend benötigte Distanz herzustellen. »Zur Königin noch mal, natürlich nicht. Ich wollte einfach ... Ich kann aufs Sofa gehen, wenn du willst.«

»Ich hatte schon miesere Schlafplätze.« Cyril grub sich tiefer in die Kissen und sprach leiser, sodass Aristide ihn kaum hörte, als er hinzufügte: »Und außerdem: Du hast einen kaputten Rücken.«

In diesem Augenblick holte ihn eine körperlich spürbare Erinnerung ein: Cyril, der ihm den Daumen in die Stelle drückte, die noch immer unten an seiner Wirbelsäule lauerte und jederzeit einen Krampf auslösen konnte, wenn er zu lange stand oder saß oder sich zu schnell in die falsche Richtung drehte. Wie die verkrampften Muskeln unter dem Druck die Spannung hielten, bis sich diese plötzlich auf wunderbare Weise löste und verschwand. Wie Cyril die warmen Handflächen auf die empfindliche Stelle legte, die nach den Schmerzen zurückblieb.

Und auch Cyril erinnerte sich offenbar daran, sonst hätte er es nicht erwähnt. Und dadurch schmerzte die Erinnerung noch stärker, als sein kaputter Rücken es jemals getan hatte.

»Ach, vielen Dank«, brachte Aristide heraus. Dann nahm er sich Cyrils leeres Glas und füllte es an der Bar auf, bevor er die Schlafzimmertür hinter sich schloss.

In gewisser Weise fühlte es sich so an, als müsste man sich um ein Kind oder Haustier kümmern. Cyril war bockig und schlecht gelaunt, schnappte sich gerne Sachen, die ihm nicht gehörten. Als er beim Schneider das mit Schweißflecken bedeckte Jackett auszog, fielen drei Füller mit Monogramm und ein kleiner Holzlöffel aus den Taschen, außerdem noch einige Streichholzbriefchen. Die Monogramme waren alle unterschiedlich. Bei genauerer Betrachtung fiel Aristide auf, dass der Löffel am Griffende angespitzt worden war.

Den Eindruck eines nervigen, aber unschuldigen Jungen zerstörte Cyril, sobald er nur noch in Hemd und Hose dastand.

»Du kannst gehen«, sagte er, sah Aristide dabei jedoch nicht an. Den Schneider, der ihm ein geöffnetes Buch mit Stoffmustern hinhielt, hatte er damit eindeutig nicht gemeint.

»Ach, komm. Das habe ich doch alles schon mal gesehen.« Sobald Aristide es ausgesprochen hatte, wusste er, dass es das Falsche war. Zum einen hatte er keinen anzüglichen Ton getroffen, sondern eher nörgelnd geklungen. Außerdem erinnerte er sich daran, wie entsetzt Cyril am Vorabend gewesen war, als er geglaubt hatte, dass er mit ihm flirtete.

Diesmal war das Ergebnis nicht besser. Sondern sogar schlechter.

»Verzieh dich«, zischte Cyril durch zusammengepresste Lippen.

Aristide zog sich in den vorderen Bereich des Ladens zurück und drückte gegen die Tür, sodass die Glocke klingelte. Allerdings blieb er drinnen und wartete ab, bis sie wieder zufiel, bevor er sich leise in einen der Korbsessel an der Wand setzte. Durch die Schlitze des Paravents, der den Anprobebereich von den Fenstern zur Straße abschirmte, erhaschte er einen Blick darauf, was vor sich ging. Cyril redete mit dem Schneider, doch nach dem ersten Satz konnte Aristide dem Gespräch nicht länger folgen:

»Der Stoff ist mir scheißegal«, brummte Cyril. Dann folgten die einzigen Worte auf Shedengue, die Aristide verstand, nämlich »Sprechen Sie ...«, doch statt des Shedengue-Wortes für »Geddisch« sagte Cyril das Wort für »Shedengue«. Welche Informationen sie danach austauschten, blieb Aristide verborgen, aber es klang nicht nach besonders viel. In den immer längeren Pausen zwischen den vorsichtigen Fragen des Schneiders und Cyrils knappen Antworten war im Geschäft nur das Surren des Maßbandes zu hören.

Aristide lehnte sich gegen die Wand, sodass er einen anderen Blickwinkel hatte. Nun sah er durch den Schlitz einen Spiegel und darin einen Teil von Cyrils Spiegelbild.

Sein Unterhemd war, soweit Aristide erkennen konnte, fleckig und löchrig. Kein Wunder, dass er in dem furchtbaren Anzug geschlafen und Aristide vorhin hinausgeworfen hatte.

Doch dann drehte er sich auf dem Podest, sodass sein Ellenbogen zum Vorschein kam, die Rückseite seines Unterarms. Nur einen Augenblick lang, doch es reichte, um leuchtendes Rosa zu erkennen. Kratzspuren? Narben eines Selbstmordversuchs? Wollte Aristide es überhaupt wissen?

Hätte er den Laden doch verlassen, als er so getan hatte. Nun gab es keinen Ausweg – wenn er wirklich ging, würde die Glocke an der Tür läuten und Cyril glauben, dass er zurückkam, dann jedoch seine List durchschauen. Darum wandte er stattdessen den Blick von dem Schlitz zwischen den Scharnieren ab.

Und irgendetwas – irgendeine Bewegung in seinem Brustkorb, die Art, wie er vorsichtig ausgeatmet hatte, als er sich wegdrehte – kitzelte ihn in der Lunge und löste den Hustenreiz aus, der ihn seit einiger Zeit plagte. Beim nächsten Einatmen verschluckte er sich am Schleim ...

»Verdammt noch mal, Aristide!«

In Socken, Boxershorts und löchrigem Unterhemd stieß Cyril den Paravent zur Seite. Ein einzelner dekorativer Pfosten fiel klappernd zu Boden.

Und *das* hatte er also verstecken wollen. Narben, ja, allerdings nicht solche, wie Aristide sie befürchtet hatte. Nicht die geraden Linien einer Rasierklinge, sondern unregelmäßig hervorstehende Brandwunden.

»Mutter und all ihre Söhne«, entfuhr es ihm. Wegen des Hustens hielt er sich das Taschentuch an den Mund und seine Stimme klang rau. Er hätte genauso gut eine trauernde Witwe in einem Melodram sein können. Eine Mutter, deren Sohn aus dem Krieg zurückgekehrt war. Er räusperte sich und steckte das Taschentuch weg.

»Ich habe dir doch gesagt, dass sie das Lager abgebrannt haben«, meinte Cyril. »Und ich war drinnen noch an einen Pfosten gefesselt. Ich habe Glück gehabt. Das Dach ist mir auf die Beine gefallen, nicht auf den Kopf.«

Damit lenkte er Aristides Aufmerksamkeit nach unten und dieser sah, dass Cyril auch an den Schienbeinen Narben trug. Diese waren schlimmer als die zufälligen Flecken auf seinen Unterarmen: unebene alte Wunden, die selbst nach ihrer Heilung noch schmerzhaft aussahen.

»Es hat geregnet«, sagte Cyril. »Sonst wäre ich tot. Das war das einzige Mal in diesem Dschungel, dass ich mich darüber gefreut habe.«

Aristide zwang sich dazu, aufzuschauen und Cyrils Blick mit Gleichgültigkeit zu begegnen. Er würde ihm kein Mitleid zeigen. Eigentlich *empfand* er es nicht einmal, sondern nur den kalten, dumpfen Schmerz des Entsetzens.

»Er hat gesagt, für zehntausend Mitu extra geht es schneller.« Cyril drehte sich um und kehrte in die Anprobe zurück. »Dann ist er in ein paar Tagen fertig. Du zahlst doch, oder?«

Es war, als würde Aristide Cyril dabei zusehen, wie er zwischen ihnen Sandsäcke stapelte oder Backsteine auftürmte. Aristide holte seine Brieftasche hervor und bezahlte, während Cyril wieder in seine Kleidung schlüpfte.

An jenem Nachmittag rief Daoud im Hotel an. Der Portier stellte den Anruf ins Zimmer durch, als Cyril schlief, was er seit ihrer Rückkehr vom Schneider tat, allerdings mehr schlecht als recht. Und wenn er still dalag, vermutete Aristide, dass er sich nicht ausruhte, sondern wach und aufmerksam war, sich jedoch aktiv jeder Begegnung entzog. Wenn er tatsächlich schlief, erkannte man es sofort, weil er träumte. Das klang nicht gerade angenehm.

Als das Telefon klingelte und der Portier Aristide mitteilte, wer es war, machte er darum die Schlafzimmertür zu und setzte sich auf das frisch aufgedeckte Bett. In der Brise aus dem offenen Fenster wehte das Moskitonetz hin und her. Das Wetter an der Küste war gemäßigt, sogar im Frühsommer angenehm. Man kam in Versuchung, an die Heimat zu denken, aber wenn man vorsichtig war, geschah das nie. Erinnerungen an den Loendler Park während der Fliederblüte wurden unvermeidlich durch den Anblick einer Palme oder den Schrei eines Affen vertrieben, ebenso wie durch die Erkenntnis, dass die Jahreszeiten in Gedda genau umgekehrt verliefen. Der Frost hätte den Flieder längst seiner Blätterpracht beraubt.

In Rarom, das deutlich höher lag, konnte es nachts regelrecht kühl werden, selbst wenn man im Rest des Landes in der Trockenzeit schwitzte. Daoud benutzte zum Schlafen noch immer seine Daunendecke. Dass Aristide das wusste, erfüllte ihn nicht mit Stolz.

»Einen schönen Nachmittag«, sagte er und wand sich aus den Slippern. »Wie laufen die Geschäfte im sonnigen Süden?«

»Cross will wissen, wann du zurückkommst.« Daouds Tonfall klang scharf, beinahe vorwurfsvoll. »Hier liegen einige lukrative Angebote auf dem Tisch und sie braucht deine Unterschrift, um sie festzumachen.«

»Kannst du den Betrieb für einige Tage pausieren? Lass mich die Sache in Dadang beenden, dann erkläre ich alles, wenn ich zurück bin.«

»Das wird Cross nicht gefallen.«

»Tja, wir sind gleichberechtigte Partner. Das heißt, ich brauche nur jemanden, der das Patt auflöst. Und ich kann doch auf dich zählen, oder?« Das war eine billige Masche – ein Schlag unter die Gürtellinie. Allerdings hatte Aristide noch nie ehrlich gekämpft.

Eigentlich hatte er die Sache mit Daoud beenden wollen. Eine Zeit lang *hatte* er es auch getan. Doch als nach zwei Jahren voller Fehlschläge in dem vom Krieg zerpflügten Grenzdschungel die Hoffnung schwand und alles Vertraute weit entfernt lag, was hätte er da tun sollen? Er hatte dort nach Trost gesucht, wo er ihn am einfachsten bekam.

Und vielleicht hatte Aristide auch dann noch danach gesucht, nachdem er sich etwas aufgebaut hatte. Nachdem er Haus und Unternehmen hatte und sich wieder mit einer alten Geschäftspartnerin in Verbindung gesetzt hatte. Weil es ihm leichtfiel. Weil es ihm Sicherheit gab, zu etwas zurückzukehren, das man verstand, selbst wenn es einen im Grunde nicht befriedigte.

»Wie lange muss ich Cross noch bei Laune halten?«, fragte Daoud. Er klang so, als stünde er kurz davor, wütend zu werden, was er jedoch nie tat. Zumindest nie in Aristides Hörweite. Hatte er Freunde, bei denen er sich beschweren konnte? Verdammt, er arbeitete die ganze Zeit. Vielleicht duldete er Aristide deshalb weiterhin und setzte ihre Beziehung fort: keine Gelegenheit, andere Möglichkeiten auszuloten.

»Na ja.« Aristide legte sich die Hand an die Stirn, hinter der sich Kopfschmerzen zusammenbrauten. Es war bereits nach zwei Uhr, schon lange Zeit für einen Drink, aber er war beschäftigt gewesen. Allmählich schwitzte er unter den Achseln und an den Handflächen. Also einen Drink, dann Mittagessen. Dann noch einen Drink. Das würde sein Zittern vertreiben und auch die Schmerzen in den Schläfen. »Du musst für mich nach Flügen schauen.«

»Von Dadang nach Rarom?«

»Ja, aber auch noch …« Zur Herrin noch mal, jetzt legte er es aber darauf an, was? »Gibt es was von Dadang zum … zum Regionalflugplatz Dameskill?«

»Wohin?«

»Der liegt in Amberlough«, erklärte Aristide. »In der Nähe … in der Nähe von Lillians Anwesen.«

Eine lange Pause folgte, die weder durch Papierrascheln noch das Klappern eines Füllers unterbrochen wurde. »Also schickst du ihn nach Hause.«

»Ich schicke ihn *voraus*«, sagte Aristide. »Ich fahre später mit dem Schiff von Ul-Weiya hinüber.«

»Du hast ihr zugesagt?« Daoud hatte Aris Wutrede mitbekommen, nachdem dieser Lillians erste Einladung erhalten hatte. Er klang völlig ungläubig und hatte jedes Recht dazu.

»Das habe ich.« Aristide war ihm keine Erklärung schuldig und würde ihm auch keine geben.

»Gut«, meinte Daoud.

»Du warst der Meinung, dass ich hinfahren sollte? Warum hast du nichts gesagt?«

»Wie hättest du das denn aufgenommen? Du hast gesagt, dass es ›nach politischen Ambitionen riecht‹ und ›ungehörig, billig und respektlos‹ sei. Ich habe sie nicht so gut gekannt wie du, darum war meine Meinung bei dieser Diskussion nicht von Belang.«

Die Frage, die Aristide sich selbst nie beantwortet hatte, stellte er nicht: Wie würde Cordelia sonst in Erinnerung behalten werden *wollen*? Karmesinrote Lippen, vulgäre Sprache,

Haare von derart leuchtender Farbe, dass man sie für Zuckerwatte halten konnte.

Damals hatte Daoud sie nicht gekannt und er hatte sie nur flüchtig gekannt. Doch selbst er *hatte* sie gekannt, denn wenn sie einen Raum betrat, hinterließ sie bei jedem einen bleibenden Eindruck.

Falls mir etwas zustößt, hatte sie gesagt, *dann will ich ... Ich will einfach, dass die Leute wissen, was ich getan habe. Mir fehlt der Applaus.*

Aristide musste es sich eingestehen: Nun da die Ospies weg vom Fenster waren, wäre es ihr egal, wer ihren Namen benutzte. Zumindest solange in der Temple Street Plakate hingen und in Eel Town nicht registrierte Prostituierte die Jagdhunde schmieren konnten, damit sie in die andere Richtung gingen. Sie hatte bekommen, was sie wollte. Er hatte ihr versprochen, den Leuten zu erzählen, was sie getan hatte, und er hatte versagt.

Dieses Versagen hatte er nur allzu gerne vergraben. Nur eines von mehreren. Vielen. Ihm fiel es leichter, sich einzureden, dass er das Richtige tat, obwohl er eigentlich bloß sein Herz in Watte packte und mit Stroh umwickelte.

Als junger Mann hatte Aristide nie verstanden, warum Menschen sich vor sich selbst ekeln konnten. Nicht einmal die schlimmsten Verbrechen hatten sein Gewissen rühren können, weil sie einem Zweck dienten, der es wert war: seine Sicherheit und sein Wohlbefinden. Mit dem Alter war die Klarheit gekommen, zumindest, was dieses Thema anging.

»Wann kommst du zurück?«, fragte Daoud und Aristide überlegte, wie lange zwischen ihnen in der Leitung Stille geherrscht hatte.

»Das weiß ich nicht genau. Buch mir den Hinflug, dann regeln wir den Rest später.«

Eine weitere Pause, in der die Gedanken wie Steine zu Boden fielen.

»Ich rufe den Flugplatz an«, meinte Daoud schließlich. »Für … für …«

»Mr. Ambrose van Weill«, sagte Aristide. Ein enselmesischer Unternehmer. Diesen Namen hatte Cyril in seinen neuen Pass geschrieben, den Asiyah ihm zur Verfügung gestellt hatte, um möglichen unangenehmen Fragen aus dem Weg zu gehen. Als Lillian vor den Ospies geflohen war, hatten sie ihre gesamte Familie durch den Misthaufen gezogen, und einige Leute vergaßen nie. Zwar war Acherby inzwischen fort, doch die Geschichten hatte man gedruckt. Und egal, für welche Seite man Sympathien hegte, Cyril DePaul gehörte zur anderen.

»Für Mr. van Weill«, wiederholte Daoud. »Ich weiß nicht, ob es morgen etwas gibt. Aber vielleicht übermorgen? Spätestens in zwei Tagen, wenn das Wetter gut ist.«

»Zwei Tage«, meinte Aristide. Als die Worte durch die Leitung flossen, kam eine düstere Vorahnung in ihm hoch. *Zwei Tage* mit einem Mann, der nicht mit ihm reden konnte, ohne verächtlich das Gesicht zu verziehen. Zwei weitere Tage, in denen er diesen Albträumen zuhören musste. Eine Wand anstarren, die früher eine angelehnte Tür gewesen war.

Es war wesentlich besser, dass Cyril vorausflog. Eine gemeinsame Schiffsreise wäre zu viel gewesen.

»Und du?«, fragte Daoud und erinnerte Aristide an das Telefon, das er, fest an die Wange gedrückt, in der Hand hielt. »Fliegst du am selben Tag nach Rarom?«

»Ja«, antwortete Aristide. »Ich schätze, das sollte ich wohl. Cross zerreißt mich in der Luft, wenn sie hört, worauf ich mich eingelassen habe.«

»Vielleicht ist sie da nicht die Einzige«, meinte Daoud und legte auf, bevor Aristide etwas erwidern konnte.

KAPITEL 6

Aristide machte Erledigungen. Cyril nahm an, dass es dabei um ihn ging. Zumindest folgten daraus ein neuer Koffer, saubere Boxershorts und Unterhemden, Schlafanzüge und Toilettenartikel. Er weigerte sich, einen Barbier aufzusuchen, denn ihm missfiel der Gedanke, dass ein Fremder mit einem Rasiermesser so nah an seinem Hals hantierte. Noch weniger gefiel ihm der Gedanke, dass er sich selbst nicht zutraute, während der Prozedur stillzuhalten.

Am Vorabend von Cyrils Abreise kehrte Aristide mit einem weiteren Stapel in Papier gewickelter Päckchen ins Hotel zurück und sagte: »So schicke ich dich nicht zu deiner Schwester. Wenn du nicht zum Barbier gehst, muss ich dich eben rasieren.«

»Deine Hände zittern«, widersprach Cyril vom Sofa aus, wo er viel zu viele Stunden verbracht hatte, wie ein Soldat, der sich im Graben verschanzte.

Aristide streckte eines der beschuldigten Glieder aus und sagte mit etwas zu scharfem Tonfall, als dass es ein Witz gewesen wäre: »Jetzt nicht mehr. Ich bin in der Bar gewesen.«

Das hätte Cyril nicht beruhigen sollen. »Ich kann das selbst erledigen.«

»Hast du bisher aber nicht.« Aristide stellte die Päckchen auf die Kommode und zupfte vorsichtig an dem Band, mit dem eines davon zugebunden war. Das braune Packpapier löste sich, bis ein goldener Stempel auf weißem Karton sichtbar wurde. Tatsächlich hielt Aristide die Hände ruhig, als er den Deckel öffnete und einen Dachshaarpinsel, ein Seifenstück mit silberner Banderole und einen glänzenden Sicherheitsrasierer herausholte, der in blütenweißen Stoff gewickelt war.

»Das ist nicht mal ein Rasiermesser«, meinte Ari und hob den Rasierer mit besonderer Grazie hoch, die Cyril durch die Zeit zurückkatapultierte, in eine Vergangenheit, die ihm bis zu diesem Augenblick unerreichbar fern erschienen war. Als Aristide den Blick hob, hielt er das Kinn weiterhin gesenkt, sodass er unter seinen Wimpern hervorblinzelte. »Sag mir, dass du keine *Angst* hast.«

Cyril bekam eine trockene Kehle, als er versuchte, die diffusen Gefühle hinunterzuschlucken, die sich seiner Brust entringen wollten. »Zumindest nicht vor dem Rasierer. Gießt du mir erst einen Drink ein?«

Was Ari ihm von dem Cocktailwagen mitbrachte, entsprach allerdings eher einem Beruhigungsmittel als einem Aperitif. Während sich Cyril dem Drink widmete, sah er Aristide dabei zu, wie dieser ein weiteres Päckchen auswickelte. Die langsame Enthüllung hatte etwas von einem Burlesque-Tanz. Nachdem ein Blatt Zeitungspapier weggezogen worden war, kamen durchscheinendes Seidenpapier und der Schatten von nadelgestreiftem Kaschmir zum Vorschein, den Cyril seiner Erinnerung nach nicht selbst ausgesucht hatte. Dann folgte ein ordentlich gefaltetes Hemd, das Geräusch, als Aristide mit den Händen über den Twill strich, neckend mit einem Finger unter das Band fuhr und das Papier schließlich mit einem Flitschen zerriss.

Cyril trank seinen Whiskey und bemühte sich, nicht neugierig zu sein. Dafür fehlte ihm die Energie.

Als Aristide endlich Anzug und Hemd zum Lüften und Aushängen aufhängte und ein Paar einfache Lederschuhe mit Kappe hinstellte, hatte Cyril sich mit dem Alkohol ausreichend betäubt.

»Deine Stiefel habe ich in den Müll geworfen«, erklärte Aristide. »Da sind auch mehrere Paar Socken, die habe ich dir in die Tasche getan.«

»Danke schön, meine liebe Kinderfrau.« Cyril rieb sich das Gesicht, seine Wangen fühlten sich taub an. Allmählich wurde ihm klar, dass er an diesem Tag noch nichts gegessen hatte, obwohl er den Zimmerservice jederzeit hätte anrufen können. Das war ihm nicht wichtig erschienen.

»Komm ins Badezimmer«, forderte Aristide ihn auf. Er war bereits dort, ohne dass Cyril es bemerkt hatte, und stellte das Wasser an.

Achtlos ließ Cyril das Glas auf den Tisch fallen und hievte sich auf die Beine. Im Dschungel war er es nicht mehr gewohnt gewesen, Anweisungen zu befolgen, sondern hatte sie deutlich öfter gegeben, was ihn geschlaucht hatte. In der Nachbesprechung war es nur um Fragen und Antworten gegangen. Es war eine Erleichterung, einfach die Befehle von jemandem zu befolgen, der keine Bedrohung darstellte.

Aristide klappte den Toilettendeckel herunter und legte ein gefaltetes Handtuch auf das Porzellan. Cyril setzte sich und zog, ohne auf ein weiteres Handtuch oder Anweisungen zu warten, sein Unterhemd aus.

Obwohl Ari nicht zischte, auch nicht zusammenzuckte, fiel Cyril trotzdem die kurze Stille auf, die sich plötzlich unter die aufsteigenden Dampfschwaden mischte.

Er musste sich daran erinnern, was es zu sehen gab. Die Brandnarben, die sich auch über seine Schultern zogen. Verschiedene Erinnerungsstücke an Kämpfe, Fluchten und Unfälle. Und natürlich war er zu dünn.

Vielleicht ging es gar nicht um etwas Bestimmtes – nur um den Unterschied zwischen Aristides Erinnerungen und dem, womit er nun konfrontiert wurde. Cyril wusste, dass er gegen die Eindrücke, die er im Gedächtnis trug, nicht ankam.

Doch Aristide sagte nichts, sondern gab ihm einfach ein heißes Handtuch. Cyril legte es sich aufs Gesicht und schloss die Augen. Von der Rasierseife stieg ein herber, stechender Duft auf, als Ari sie mit dem Pinsel aufschäumte. Moschus und Vanille, Amber und weiße Blüten.

Der Parfümfilm trocknete auf Aristides Handgelenken; er stand nackt vor dem geöffneten Fenster.

Verdammt, an diesem Duft hing eine Erinnerung, sie tauchte wie eine Leiche wieder auf, die man im Wasser versenkt und die sich beim Verwesen von ihrem Gewicht gelöst hatte. Aristides Eau de Cologne von *Padgett and Sons.* Die Seife enthielt dieselben Duftnoten, und wenn Cyril sie erst einmal auf der Haut hatte, würde er sie mit sich tragen, bis er sich wieder wusch.

»Das Handtuch?«, fragte Aristide und Cyril nahm es vom Gesicht. Zitternd atmete er ein und wartete angespannt auf den Pinsel, war überrascht, als dieser nicht kam.

»Darf ich?«, fragte Aristide und sein ernsthafter Ton überraschte kaum mehr als die Tatsache, dass er überhaupt gefragt hatte.

Cyril nahm sich noch einen Augenblick, um zur Ruhe zu kommen, dann nickte er zustimmend. Einen Moment später spürte er Aristides Fingerspitzen am Kinn, sie schoben es nach oben, dann der Kuss von seifenglitschigem Dachshaar an seiner Kehle. Als er schluckte, wanderte sein Adamsapfel unter den Borsten entlang.

Aristide ging langsam vor und Cyril kramte in seinen Erinnerungen, ob er im Badezimmer in der Baldwin Street eine Rasiergarnitur stehen gehabt hatte oder stets zum Barbier gegangen war. Es war, als wollte er sich an die Requisiten auf der Bühne eines Theaterstücks erinnern, das er nur ein einziges Mal gesehen hatte, und das vor langer Zeit.

Horn klapperte gegen Porzellan, dann das leise Klingen von Stahl. Bevor sein Kopf den Körper kontrollieren konnte, spannte dieser sich bereits an. Aristide wartete ab, berührte ihn nicht. In dem Dampf, der sich um seine Haut kräuselte, bildete Cyril sich ein, die Strömung von Aristides Atem spüren zu können.

»Jetzt?«, fragte Aristide und Cyril wurde klar, wie genau er ihn beobachtete, sodass ihm die winzige Entspannung seiner Muskeln aufgefallen war.

»Fang an«, sagte er und umklammerte mit den Fingern den Toilettensitz. Doch sobald die Stahlkante seine Kehle berührte, war er auf den Beinen, eine Hand auf den dünnen, oberflächlichen Schnitt unter dem Kiefer gepresst.

Aristide sah ihn ausdruckslos an, also erwiderte er den Blick, ohne die Miene zu verziehen. Einen Atemzug lang standen sie sich gegenüber. Von Cyrils Kinn fiel ein Tropfen Blut auf den Boden, wandelte sich auf den Lapislazuli-Fliesen zu einem schwarzen Spritzer.

Dann wischte Aristide den Rasierer ab, sodass auf dem Frotteestoff ein rosafarbener Streifen zurückblieb, und legte ihn übertrieben sorgsam auf das Waschbecken. »Vielleicht solltest du es doch lieber selbst machen.«

Als Cyril mit dem Geräusch des laufenden Wassers alleine zurückblieb, spürte er sein Versagen auf so vielen Ebenen, dass er nicht mehr mitzählen konnte.

Bei seinem letzten Flug hatten sie ihn in ein Militärflugzeug verfrachtet: minimal ausgestattet und eiskalt, graubraun und grün und dreckig. Als Ambrose van Weill jedoch stieg er in eine Maschine mit Plüschsitzen, in der vor dem Start Cocktails serviert wurden.

Allerdings wurde der Flug dadurch weder wärmer noch angenehmer. Und durch seinen Kater ebenso wenig.

Der Anzug saß einigermaßen, dafür, dass er innerhalb von nicht einmal drei Tagen zusammengeschustert worden war, ohne zweite Anprobe oder kleine Änderungen. Erstaunlich, dass Cyril sich daran erinnern konnte, wie er sich anfühlen *sollte*, gerade so sehr, dass ihm die unterschiedlich geschnittenen Ärmel auffielen, genau wie die Lücke hinten am Kragen.

Aristide hatte ihn in dem Aufzug betrachtet und missbilligend mit der Zunge geschnalzt, mit nur knapp einer Stunde Zeit hatte er jedoch kaum etwas daran ändern können. Ihr Abschied an der Startbahn war linkisch und hölzern verlaufen. Sie hatten sich dabei nicht berührt. Sie hatten sich *überhaupt nicht* berührt, außer bei der Sache mit dem Rasierer.

Cyril fuhr sich mit dem Finger unter dem Kinn entlang, über die Stelle, an der Aristide es ein wenig heraufgedrückt hatte, um mit dem Rasierpinsel besseren Zugang zu haben. Er räusperte sich und legte die Hände in den Schoß.

Neben ihm saß eine Lisoanerin mit weißen Haaren und Halbbrille. Sie verschlief die erste Hälfte der ersten Flugstrecke und wachte auf, als sie über dem Ägyrischen Meer in Turbulenzen gerieten.

Da nahm sie die Brille ab, rieb sich die Augen und fauchte: »Teufelswichse.«

Dass sie so aus vollem Herzen fluchte, brachte Cyril zum Lachen, worauf sie auf ihn aufmerksam wurde: »Sprechen Sie Shedengue?«

Das sollte ihm eine Lehre sein, alte Frauen lieber nicht auszulachen. Eigentlich hatte er bis Carmody Gesprächen aus dem Weg gehen und diese selbst dort auf ein Minimum beschränken wollen. »Ja, aber nicht besonders gut«, gab er zu. Nachdem er fünf Jahre im Land gelebt hatte, beherrschte er es noch nicht fließend, aber zumindest sicher genug, um sich zu verständigen, allerdings lag der Schwerpunkt seines Wortschatzes in den Bereichen Taktik und Gewalt.

»Sie sehen gar nicht so aus, als könnten Sie es sprechen.« Mit scharfem Blick taxierte sie ihn. »Woher kommen Sie?«

»Aus Enselem«, antwortete er und erinnerte sich an seine Papiere. »Aber ich habe geschäftlich in Liso zu tun.«

»Kriegsgeschäfte«, erwiderte sie. Das war keine Frage.

Ihm war keine Hintergrundgeschichte vorgeschrieben worden, darum improvisierte er. »Die Art Geschäfte, die im Krieg florieren.«

»Welche Art ist das?«, fragte sie und er spürte, wie sie eine Attacke vorbereitete. Wenn er das aussprach, worüber sie sich ärgern wollte, könnte er ihr die Laune verderben und den restlichen Flug seine Ruhe haben. Doch dann müsste er stundenlang die Feindseligkeit neben sich ertragen und vielleicht käme es am Ende noch zu einer hässlichen Szene.

Darum antwortete Cyril: »Ich arbeite seit vielen Jahren mit einem porachinischen Transportunternehmen in Liso zusammen. Jetzt helfe ich dabei, Hilfsgüter in den Norden zu bringen.« Er hatte einmal eine Ibetianierin kennengelernt, die genau das tat: Manchmal hatte sie dabei Botschaften seiner Leute überbracht. Zumindest lief bei dieser Geschichte weniger Wein aus als aus einem Sieb.

Die angespannte Miene seiner Nachbarin löste sich in Zufriedenheit auf. Sie legte sich die Hand aufs Herz, deutete eine Verbeugung an und schnippte mit den Fingern erst in Richtung ihrer Augenbrauen und dann in seine: eine Begrüßung und ein Ausdruck der Dankbarkeit. Er hatte gelernt, ihn bei Dorfhäuptlingen, zögerlichen Beamten und genervten Matriarchinnen anzuwenden, die sich breitschlagen ließen, ihn auf ihr überlaufenes Grundstück zu lassen, wenn es nass wurde.

»Achela Aowamma«, stellte sie sich vor.

Er antwortete mit der Erwiderungsgeste: Finger in ihre Richtung, an die Stirn, aufs Herz. »Ambrose van Weill.«

»Tut mir leid, dass ich schroff zu Ihnen war«, meinte sie. »Viele Leute nutzen aus, dass unser Land im Chaos versinkt.«

»Im Krieg macht man Profit«, sagte Cyril. »Vor allem, wenn man ... ähm ... nicht ehrlich ist?«

»Skrupellos«, half sie ihm weiter.

»Genau«, bestätigte er, dachte an Aristide und fragte sich, welche hinterhältigen Tätigkeiten für seinen Express-Kaschmiranzug bezahlt hatten.

»Ach bitte«, sagte Aowamma, als der Flugbegleiter mit seinem Wagen bei ihnen hielt. »Ich hätte gern Arrack und Wasser. Und Sie, Ambrose? Möchten Sie auch etwas?«

Das wollte er, aber ... was würde van Weill trinken? Keinen Roggenwhiskey. Keinen Gin. Ganz sicher keinen Cocktail. Etwas Starkes und Dunkles, wahrscheinlich teuer. Er tauchte noch tiefer in die Figur ein und in der kühlen Dunkelheit der Kabine umgab sie ihn wie eine warme, dämmende Decke.

»Getorfter Whiskey«, sagte er, allerdings nicht auf Shedengue, weil er die Wörter nicht kannte. Wenigstens klang sein enselmesischer Akzent glaubhaft. Dann fuhr er auf Shedengue fort. »Äh, vielleicht einen Calishaugn, falls Sie ihn dahaben? Oder Tolishnaughcaul.«

Als der Flugbegleiter ihnen die Gläser reichte, prostete Aowamma ihm zu und sagte: »Wenn doch alle Nachbarn so gut miteinander auskämen.«

Während der verbleibenden Flugzeit unterhielten sie sich angeregt. Und mit »sie« meinte Cyril Aowamma und van Weill. Er selbst lehnte sich zurück und sah dem Treiben aus der Ferne zu.

»Mack«, sagte Cross mit einem Blick auf ihre neueste schwarze Liste vor sich. »Das sind unsere besten Kunden.«

Als Aristide Merrilee Cross mit ihrem im Mundwinkel hängenden Zigarillo im rauchgeschwängerten Büro von Cross-Costa Importe gegenübersaß, erschien ihm die Aussicht, ihr die geänderten Pläne zu unterbreiten, noch reizloser, als es in Dadang der Fall gewesen war. Aber das war es wert. Das sagte Aristide sich immer wieder und hoffte, dass er die Wahrheit dieser Worte bald spüren könnte. Vor allem nun, da Cyril sicher aus dem Schussfeld war und ihm weniger wie ein Mann erschien, sondern eher wie ein eigenartiger, aufwühlender Traum.

»Trotzdem müssen sie weg«, erwiderte er. »Ich habe mit jemandem einen Handel abgeschlossen, den ich lieber nicht enttäuschen möchte.«

»Und ich will *diese Leute hier* nicht enttäuschen.« Mehrmals tippte Merrilee mit spitzem Finger auf die Liste. »Heilige Steine. Wenn wir Oreeta Ngdoze sagen, dass wir ihr nichts mehr verkaufen, sehe ich kaum eine Chance, dass wir es durch die Regenzeit schaffen.«

»Ich glaube, du schätzt die Situation etwas zu negativ ein.« Dieselben Berechnungen hatte er seit seinem Abendessen mit Asiyah angestellt. Den Großteil seiner Zeit hatte er damit verbracht, sich um Cyril zu kümmern, darum hatte er sich erst geschäftlich treffen können, nachdem das Flugzeug nach Hyrosia auf die Startbahn gerollt war.

Sie hatten in Asiyahs Suite im Waolla-hai zu Abend gegessen. Bei Pilau und Fisch-Curry nannte dieser ihm eine Namensliste, auf der fünf ihrer besten Kunden standen und drei der gefährlichsten.

»Ich kann dir keinen Schutz versprechen«, sagte Asiyah, als er ihm die Risiken darlegte. »Und ich glaube nicht, dass du ihn so dringend benötigst, wie du behauptest.«

Sicher, Cross-Costa hatte Vereinbarungen mit privaten Sicherheitsunternehmen getroffen, aber: »Ein paar angeheuerte

Muskelmänner sind keine Garantie dafür, dass mir nichts passiert, wenn Ngdoze will, dass man Kleinholz aus mir macht.«

Dafür hatte er ein Schulterzucken geerntet. »Das ist deine Sache. Da DePaul sich jetzt auf sicherem Weg nach Gedda befindet, erwarte ich, dass du dich schleunigst als dankbar erweist, bevor du ebenfalls das Land verlässt.«

Aristide hätte bei seinen Telefonaten vorsichtiger sein sollen. Falls Cross irgendwann herausfand, dass er diese Flanke derart weit offen gelassen hatte, würde sie ihn vierteilen. Ehrlich gesagt – wie er es hasste, wenn diese Floskel auf sein Handeln zutraf, denn dann folgte stets irgendeine Dummheit, die man hätte vermeiden können –, *ehrlich gesagt* war er leicht abgelenkt gewesen. Das war er noch immer. Er hatte packen und Vorbereitungen treffen müssen. Und das war nur der logistische Teil gewesen. Den ganzen Rest – wie die Seife über die Bartstoppeln zischte, wie das Sonnenlicht sich an im Schlaf gesenkten Wimpern brach –, den konnte er auf keinen Fall geradeheraus angehen. Und ganz sicher nicht, bevor nicht alles andere geregelt war.

»Wenn ich *uns beide* fürs Rennen anmelden würde, wäre die Quote besser«, fuhr Cross fort. »Aber du lässt mich sitzen und gehst wie lange nach Amberlough? Die ganze Saison?«

»Ich weiß es nicht genau«, erwiderte Aristide so leicht und spröde wie ein Karamellblättchen. »So weit habe ich noch nicht geplant.«

»Wenn man mich doch auch mal so hart geknallt hätte, dass mir das Hirn hinten rausgefallen wäre«, sagte Cross. »Anscheinend hat DePaul nach all der Zeit immer noch die Ausrüstung fürs Tiefseefischen.«

Das Geheimnis, das man vor Merrilee Cross verbergen konnte, musste erst noch geflüstert werden. Aristide ließ ihr den ungehobelten Kommentar durchgehen, obwohl er ihm unter die Haut ging. Daoud tat dies jedoch nicht.

»Ms. Cross«, sagte er so scharf wie gefaltetes Wachspapier, »vielleicht sollten wir uns auf die positiven Aspekte dieser Situation konzentrieren. Ist es nicht an der Zeit, dass unsere Geschäftsinteressen in Amberlough erweitert werden?«

»Ganz genau«, bestätigte Aristide. »Da wir Ngdoze, Otiuno und den Rest verlieren, ist das doch eine hervorragende Gelegenheit, sich auf unsere geddischen Büros und Projekte zu konzentrieren. Jamila ist viel zu schlau, als dass sie sich mit einfachem Papierkram zufriedengeben würde.«

»Na ja, Otiuno wird mir nicht fehlen, das steht fest.« Cross drückte ihren Zigarillo im überquellenden Aschenbecher aus, der in der Tischmitte stand. »Er hat nie pünktlich gezahlt. Und in Jamilas letztem Telegramm hat sie geschrieben, dass sie einen guten Kontakt zu einem Unternehmen hat, das unsere Ware im Inland verschieben kann. Wenn du mich hier zurücklässt, bis man mich zerhackt, kannst du da drüben wenigstens etwas Geld für meine Erben und Rechtsnachfolger machen.« Sie verzog den Mund. »Gar keine schlechte Idee.«

»Entgegen deiner Überzeugung befindet sich mein Gehirn noch wohlbehalten in meinem Schädel.« Aristide tippte sich an den Bügel seiner Brille und schob diese dann wieder gerade.

»Das war meine Idee«, warf Daoud ein.

Die scharfe Bemerkung traf Aristide unerwartet, und als er Daoud entschuldigend anlächelte, fühlte es sich eher wie eine Grimasse an.

Cross zog die Augenbraue hoch, fragte aber nur: »Wann reist du ab?«

»In zwei Tagen«, antwortete Daoud und nutzte die Pause, die sie für Aristide gelassen hatte. »Das Schiff ist schnell und der Kanal ist wieder eröffnet worden. Du müsstest Anfang nächster Woche in Amberlough-Stadt ankommen. Ich habe Ms. DePaul telegrafiert, sie trifft dich bei der Zeremonie in der Stadt.«

»Und was ist mit *Mister* DePaul?«, fragte Cross und zupfte sich ein Stückchen Tabak von der Zunge. »Ich traue dir kein bisschen, wenn dieser doppelzüngige Verräter eine Hand frei hat, um seinen Reißverschluss zu öffnen. Heilige Steine, ich würde dir nicht mal trauen, wenn er Handschellen tragen würde. Vielleicht sogar noch weniger.«

Aristide überlegte sich mit einem rasierklingendünnen Lächeln gerade noch eine Antwort, als Daoud fragte: »Und wenn ich ihn begleiten würde?«

»Was?« Sofort wünschte Aristide sich, er hätte seine Empörung besser verborgen. Der jüngere Mann sah nicht verletzt aus, sondern eher selbstgefällig, mehr, als es Aristide lieb war.

»Wenn du in Amberlough Geschäfte erledigst«, fuhr Daoud fort, »könnten dir die Dienste deines Sekretärs nützlich sein. Und es würde Cross beruhigen.«

»Zur Königin noch mal«, sagte Cross. »Nimm eine Kamera mit und film es. Ich will sehen, was aus dem Ganzen wird.«

Um eine scharfe Erwiderung zu unterdrücken, kramte Aristide eine Zigarette aus seinem Etui. Nachdem er sie angezündet und einen beruhigenden Zug getan hatte, erkundigte er sich: »Und du machst dir keine Sorgen, dass dir hier noch jemand fehlt, wenn du dich Ngdozes Zorn stellen musst?«

»Was soll *er* denn bitte gegen ihre Muskeln machen?«, fragte Cross und deutete mit dem Kinn auf Daoud. »Ein kräftiger Windstoß wirft ihn doch um.«

Daoud bemühte sich sehr, unschuldig zu wirken, doch Aristide hatte ihm beigebracht, mit einer Pistole zu schießen, und mit angesehen, wie er den Unterricht praktisch angewandt hatte. Er mochte zwar ein Zwerghuhn sein, konnte aber außerhalb seiner Gewichtsklasse kämpfen.

»Auf dem Schiff ist doch bestimmt gar kein Platz mehr.« Jetzt versuchte er es mit billigen Ausreden.

»Du hast eine sehr große Kabine«, erwiderte Daoud. »Da passt sicher ein Feldbett rein.«

»Ich bin ein erwachsener Mann. Ich brauche keinen Anstandswauwau.«

»Ich bin deine Geschäftspartnerin«, widersprach Cross. »Und ich glaube, den brauchst du sehr wohl.«

»*Gleichberechtigte* Partner, Merrilee. Du bist weder mein Kindermädchen noch meine Chefin.«

»Klingt so, als würdet ihr jemanden brauchen, der das Patt auflöst«, meinte Daoud und Aristide konnte die Ironie aus zehn Meter Entfernung riechen.

KAPITEL

7

Aufgrund der Wetterverhältnisse verspätete sich der Abflug in Kenaipha, weshalb Cyril einige unwirtliche Stunden in der baufälligen Bar am Flugfeld verbringen musste, in denen er pastellfarbene mit Zucker überzogene Mandeln aß. Ordentliches Essen gab es keines.

Aowammas Reiseziel lag auf der Insel, deshalb überließ sie ihn seinem Getränk mit einem warmen und herzlichen Abschied, den er nur mithilfe seiner falschen Identität erwidern konnte. Als sie den Flugplatz verließ, ging van Weill mit ihr.

Im Winter war Hyrosia ein trostloser Ort: hauptsächlich Regen, etwas Graupel, unablässiger Wind. Furchtbares Flugwetter. Gegen Sonnenaufgang ließ es endlich ein wenig nach.

Von Kenaipha aus reisten nur wenige Leute zum Regionalflugplatz Dameskill, mehr als die kläglichen fünf Passagiere, die das Flugzeug bestiegen, hätten Cyril überrascht. Der Pilot begrüßte sie, während sie die Treppe hinaufgingen, und riss geschmacklose Witze darüber, wie wahrscheinlich ein Absturz war. Einigen Leuten wich die Farbe aus dem Gesicht. Cyril beschwerte sich nicht, sondern machte es sich in seinem Sitz bequem und schlief sofort ein, unter dem Einfluss einiger gestohlener Pillen. Wenn er an die Pharmakopöe in Aristides Badezimmer zurückdachte, würde dieser sie wohl kaum vermissen.

Er erwachte erst, als sie am Regionalflugplatz Dameskill auf dem Boden aufsetzten. Draußen hinter den Fenstern zogen die niedrigen Hügel vorbei und wichen sanften Anhöhen. Das Gras war braun, die Bäume waren kahl. In seinen Erinnerungen war Dameskill County grün und roch nach Heu und Erdbeeren in der Sonne. Jetzt fühlte es sich an, als landete er in einem weiteren fremden Land.

Doch es fühlte sich auch richtig an. Frisch gemähte Felder unter dahinjagenden Wolken und blauem Himmel? Das war die Heimat eines anderen Mannes. Eher eines Jungen. Wie oft war er seit der Schulzeit nach Carmody zurückgekehrt? Und selbst damals hatte es keine Idylle dargestellt, sondern eine Zumutung. Trügerische Feiertage mit alternden Eltern. Dann eine Beerdigung, eine weitere. Eine elende Woche, in der er nach der Wahl in Nuesklend untergetaucht war.

Das war seine letzte Erinnerung an diesen Ort: Verfolgt von seinem Versagen und Verrat schlenderte er durch leere Räume, schniefte und nieste zwischen den mit staubigen Tüchern abgedeckten Möbeln, während ein später Kälteeinbruch im Frühling die Knospen der Obstbäume erfrieren ließ. Keine Familie, keine Bediensteten. Selbst die Gärtnerin war fort – da die übrig gebliebenen DePauls in der Welt verstreut waren, kam sie nur jede dritte Woche aus dem Dorf herauf. Cyril konnte sich kaum daran erinnern, wie sich das Haus bewohnt anfühlte.

An dem Feld, das als Landebahn diente, hatten sich einige Automobile versammelt. Im Gegensatz zu den anderen vier Passagieren drückte Cyril nicht die Stirn ans Fenster, starrte nicht in den grauen und immer grauer werdenden Abend hinaus, um nach Freunden oder Verwandten oder einem Chauffeur Ausschau zu halten. Das würde ihn noch früh genug erwarten.

Und so ließ er die anderen vier auch vor sich hinausschlurfen, wobei sie sich ihre Schals noch fester umbanden, als der bittere Wind sich einen Weg in die Flugzeugkabine bahnte. Als ob es hier drinnen nicht bereits eiskalt gewesen wäre.

Cyril besaß keinen warmen Mantel, Hut oder Handschuhe. In der kühlen Höhenluft waren ihm die Gelenke steif geworden, die Finger und Zehen wie betäubt. Deshalb konnte ihm die Kälte nun kaum etwas anhaben. Ohne Mantel gab er allerdings, wie ihm zu spät klar wurde, oben auf der Treppe eine auffälligere Figur ab, als ihm lieb war.

Lillian, die vor dem Kühlergrill eines glänzenden schwarzen Wagens stand, stützte sich auf der Haube ab und trat einen Schritt zurück, als sie ihn sah. Sie legte sich nicht die Hand auf den Mund, er hörte sie auch nicht keuchen. Vielleicht hatte sie nur das Gewicht verlagert. Doch selbst nach einem Jahrzehnt ohne Kontakt kannte er seine Schwester. Bei ihr bedeutete diese Reaktion so viel, als wäre ein Normalsterblicher in Ohnmacht gefallen.

Lillian trug einen eng gegürteten Kamelhaarmantel, den Kragen gegen den Wind hochgeklappt. Auf dem letzten Foto von ihr, das er gesehen hatte – darauf hatte sie Stephen auf dem Knie balanciert, beide in Sommerkleidung –, waren ihre Haare als kinnlanger Bob frisiert gewesen. Nun waren sie länger und in einem Knoten am Hinterkopf hochgesteckt, was ihr Gesicht länger erscheinen ließ, als würde sie hochnäsig auf andere herabschauen.

Es fehlten nur noch die schwarze Robe und eine Brille, dann hätte dort seine Mutter gestanden und darauf gewartet, ihr Urteil zu sprechen.

Lillian erwartete ihn unten an der Treppe und legte ihm zunächst die Hände an die Wangen. Aus dieser Nähe erkannte er, dass ihre Haare – genau wie seine – von ersten platinweißen Strähnen durchzogen waren. Ihre rot geränderten Augen wurden von zarten Fältchen eingerahmt. Die dunklen Ringe hatte sie mit Puder notdürftig abgedeckt.

Andere Leute hätten wahrscheinlich gesagt, dass sie müde aussah. Doch müde hatte Cyril sie schon erlebt. Er war selbst müde *gewesen.* War es noch immer. Lillian brauchte eine Woche guten Schlaf und regelmäßigere Mahlzeiten. Cyril musste sich nur noch zum Sterben hinlegen.

»Zur Herrin noch mal«, sagte sie. Sie ließ die Hände auf seine Schultern sinken, dann schloss sie ihn in die Arme.

Cyril bekämpfte seine instinktive Reaktion – ein Messer in den Bauch abwehren, sich vorbeugen, um sie über die Schulter zu werfen – und ließ einfach zu, dass sie ihn festhielt, auch wenn er es nicht schaffte, sich zu entspannen. Im Nacken roch sie nach Geranienparfüm, der Stoff ihres Kragens nach Zeder und, ganz leicht, nach Mottenkugeln.

»Du bist so dünn«, meinte sie und umfing seine Arme mit den Händen. »Heilige Steine, und du musst doch schrecklich *frieren.* Hast du sonst nichts mit? Keinen Mantel?«

»Ich habe eine Tasche mit Socken«, antwortete er. »Einige Hemden. Sonst keine Kleidung. In Dadang war es warm.«

Sie glättete die Falten, die sie in seine Ärmel gedrückt hatte, dann umarmte sie ihn erneut und schaute ihn wieder an. Das schwindende Tageslicht verfing sich in einer Träne, die ihr im Augenwinkel hing. Bevor sie herunterlief, drückte Lillian ihn noch einmal fest und wandte sich dann forsch an ihre Fahrerin.

»Martí«, sagte sie. »Liegt unter dem Sitz eine Decke? Holst du sie bitte heraus und lüftest sie kurz? Ja, schüttel sie einfach aus.« Dann fuhr sie fort, ohne Cyril direkt anzusehen: »Zum Abendessen gibt es pochiertes Huhn. Aber falls du etwas anderes willst … also, falls Bradley es besorgen kann. Mit etwas Vorlauf ist natürlich alles möglich, aber der Markt ist heutzutage … du verstehst schon.«

Rationierungen. Zerstörte Infrastruktur. Misstrauen. Hamsterkäufe. Er verstand schon.

»Pochiertes Huhn ist in Ordnung«, sagte er.

Da brach sie in Tränen aus.

Als sie schließlich durch die Toreinfahrt fuhren, war es bereits dunkel. Cyrils Erinnerungen beschworen den Bogen der Auffahrt vor seinem inneren Auge herauf und die Scheinwerfer gaben ihm recht. Er hatte nicht vergessen, wie plötzlich das Haus hinter dem Hügel auftauchte.

Doch er *hatte* vergessen, wie sich nachts die Lichter der Fenster auf der kräuselnden Wasseroberfläche der Dameskill spiegelten, wo diese an der Einfahrt entlangfloss. Ehrlicherweise hatte er die Dameskill und das Rauschen vergessen, mit dem sie über die Steine floss, die hier und da aus der Strömung ragten. Als der Wagen anhielt und Martí ihm die Tür öffnete, hielt er es zunächst für das Rauschen eines Funkgeräts.

Die Fahrerin betrachtete ihn mit der reservierten Neugier einer Bediensteten, darum wusste er, dass er unten Futter für zahlreiche Gespräche liefern würde. Vielleicht tat er das bereits. Doch Lillian war sicher diskret vorgegangen, vielleicht wusste Martí nicht einmal, wer er war. Falls noch irgendjemand der alten Garde unter den Butlern diente, würde sie es bald herausfinden, das schien ihm allerdings unwahrscheinlich und beinahe absurd.

Cyril fragte sich, wie viele Leute sich Lillian als Bedienstete leisten konnte, wenn es zum Abendessen pochiertes Huhn gab und das einen Luxus darstellte. Und falls sie es sich leisten konnte, wie viele Bedienstete ziemten sich dann, wenn sie verhindern wollte, dass die Nachbarn redeten? Oder taten sie das bereits?

Was für ein Leben führte Lillian in Gedda? Hatte der Name DePaul noch Gewicht oder hatte sein Fehlverhalten es ihm geraubt? Aus den wenigen Fragen zu schließen, die er Aristide gestellt hatte, und den ebenso kargen Antworten, die dieser ihm gegeben hatte, war allgemein bekannt, dass Cyril sich mit den Ospies zusammengetan hatte, und genauso allgemein bekannt, dass er sich auch mit ihnen überworfen hatte. Allgemein bekannt, aber zugleich eine alte Geschichte, die von Bombenanschlägen, Kämpfen und Bürgerkrieg in den Hintergrund gedrängt worden war.

»Ich habe Stephen gesagt, dass er wach bleiben darf, um dich zu begrüßen.« Nervös nestelte Lillian mit den behandschuhten Händen, drückte den Daumen der einen Hand in die Handfläche der anderen, bis das Leder knarzte. »Ich hoffe, das ist in Ordnung.«

»Wie alt ist er jetzt?«

»Dreizehn. Und ein Albtraum. Er ...« Sie warf ihm einen Seitenblick zu. Seit jenem Augenblick am Fuße der Flugzeugtreppe hatte sie ihm nicht in die Augen sehen können. »Er hat Probleme in der Schule. Es ... na ja, es kam mir bekannt vor. Manchmal erinnert er mich an ... du weißt schon.«

Lillian sollte besser darauf hoffen, dass er nicht in irgendeiner Form Cyril ähnlich werden würde, außer sie freute sich darauf, ihn auf die eine oder andere Art zu verlieren.

Vor ihm schwang die Eingangstür auf. An der Schwelle deutete eine Silhouette eine Verbeugung an. Cyril starrte an dem Butler vorbei – zu jung für jemanden, an den er sich erinnerte oder der sich an ihn erinnerte – in die Eingangshalle.

Die Fliesen waren dieselben: weiß und kobaltblau, mit kleinen goldenen Akzenten. Inzwischen waren sie jedoch an einigen Stellen abgesprungen und nicht mehr so gepflegt, wie er sie in Erinnerung hatte. In seiner Jugend hatten hier Topfpflanzen gestanden: eine unter jedem Torbogen. Ohne sie wirkte der Marmor streng. An jeder Säule hing eine Wandleuchte in Lilienform, einige waren allerdings kaputt. Der Kronleuchter schimmerte unverändert am Ende seiner Kette. Auf der anderen Seite der Halle wand sich eine Treppe, die durch die Perspektive riesig wirkte und sich auf halber Höhe teilte, zur Galerie in der ersten Etage hinauf.

Über die Eingangsstufen strömte goldenes Licht bis auf seine Schuhe. Diese passten ihm nicht ganz. Wenigstens fühlten die Blasen sich vertraut an.

»Cyril«, sagte Lillian und sein Name schien hinter ihren Zähnen stecken zu bleiben, als hätte sie vergessen, wie man ihn aussprach. Sie war oben auf der obersten Stufe angekommen, zog sich den Schal aus und hielt inne, als sie bemerkte, dass er ihr nicht gefolgt war. »Komm herein. Dir klappern ja die Zähne.«

Wie sehr die Kälte Cyril angegriffen hatte, war ihm gar nicht aufgefallen. Im drückend heißen Norden Lisos hatte er vergessen, was es bedeutete, zu frieren. Da es im Schutz des Hauses wenige Grad wärmer als draußen in der Nacht war, drohte die Anspannung ihn zu verlassen. Das würde er nicht zulassen. Ohne die Schmerzen der Angst in den Muskeln würden diese ihn vielleicht nicht mehr tragen.

Lillian führte ihn – *Wohin? Was lag hinter dieser Ecke?* – zur Bibliothek, genau, blieb an der Tür stehen und klopfte. Im eigenen Haus? Nun ja, vermutlich wollte sie die Person, die sich dort befand, vorwarnen, dass sie ihn im Schlepptau hatte.

Wer *befand* sich wohl dort drin? Nur Stephen? Doch warum sollte der Junge allein in der Bibliothek warten, deren Betreten ihnen als Kindern immer verboten gewesen war?

Er hörte, wie sie etwas auf Porashtu murmelte, dann eine leise Erwiderung einer anderen Stimme, durch die Tür leicht gedämpft. Kein Kind, ein erwachsener Mann. Vor Nervosität lief es Cyril kalt den Rücken herunter. Nur ungern betrat er ahnungslos einen Raum. Nur ungern spürte er den leeren Flur im Rücken.

»Da ist er«, sagte Lillian und zog die Tür weit auf. Cyril

wusste nicht, ob sie mit dieser Ankündigung ihn oder seinen Gegenpart in der Bibliothek meinte.

Der Mann auf dem Sofa trug einen gesteppten Hausrock über einem grünen Flanellanzug und rote Samtslipper über dicken Socken. Die langen schwarzen Haare waren im Nacken zu einem lockeren Knoten zusammengebunden, aus dem sich einige lockige Strähnen gelöst hatten. Seinen Kiefer bedeckte ein kurz geschnittener, dichter Bart und umschloss fein geschwungene Lippen, denen man ansah, dass sie oft grimmig verzogen wurden. Genauso sah man ihm an, dass die Stirn häufig gerunzelt wurde.

Im Feuerschein wurde sein Gesicht von einer Seite beleuchtet, sodass auf seiner dunkelbraunen Haut irdene Rottöne aufschienen. Zwischen den Schatten unter den scharf geschnittenen Wangenknochen und der Nase glänzten nur seine Augen hervor.

»Jinadh, das ist mein Bruder«, sagte Lillian. »Cyril, das ist Jinadh. Stephens Vater. Mein Ehemann.«

Jinadh erhob sich vom Sofa und trat an Lillians Seite. Er streckte ihm die Hand zur Begrüßung entgegen. Den Augenblick, in dem Cyril die ausgestreckte Hand ergriff, nahm er gar nicht bewusst wahr. Jinadhs Handfläche war warm und trocken, er hatte einen festen Griff. Ein guter Handschlag und der einzige Anker, der Cyril in diesem Augenblick mit der Realität verband.

Lillian war *verheiratet.* In Damesfort lebte jemand, bei dem es sich weder um ihn noch sie noch ihre Eltern handelte. Jemand, der nicht in seine Erinnerungen an das Haus oder seine Familie passte. Cyril war mit diesem Mann *verwandt*, aber ihre Verbindung bestand allein aus diesem Handschlag.

Doch auch sonst schien alles wie entrückt. Als wäre die ganze Welt eine Armlänge entfernt und Cyril würde sich aus reiner Gewohnheit mit den Fingerspitzen festkrallen.

»Wo ist Stephen?«, fragte Lillian.

Jinadh verzog den Mund und runzelte die Stirn, wie Cyril es vermutet hatte. »Ich habe ihn auf sein Zimmer geschickt. Er ist … schwierig gewesen.« Der Singsang des Porashtu färbte sein Geddisch, was die Beschönigung noch verstärkte.

»Wir hatten uns doch geeinigt …« Lillian verbiss sich, was sie hatte sagen wollen, und fuhr etwas versöhnlicher fort. »Vielleicht können wir heute Abend nachsichtig sein?« Cyril spürte, wie sie sich auf etwas anderes konzentrierte, das Gewicht leicht in seine Richtung verlagerte.

Jinadh runzelte die Stirn noch stärker und bedachte Cyril mit einem direkten und offenen Blick. Trotzdem entgegnete er lediglich: »In Ordnung«, und löste das Band seines Hausrocks. »Ich gebe ihm Bescheid.«

Nachdem er gegangen war, wischte Lillian sich die Hände an ihrem Rock ab. »Tja. Das ist Jinadh.«

»Er ist attraktiv«, sagte Cyril, weil ihm nichts Diplomatischeres einfiel. Aus dem kurzen Dialog leitete er ab, dass sie häufig stritten. Aber vielleicht waren sie bloß angespannt.

Lillian blinzelte, als hätte er in einer Fremdsprache gesprochen. Dann meinte sie: »Mach dir keine Umstände, du musst dich fürs Abendessen nicht umziehen. Wir tun das auch nicht.«

»Das hatte ich nicht vor«, erwiderte er. »Weißt du noch? Ich habe keine Kleidung.«

Von ihrem Platz am Kopf des Tisches aus starrte Lillian eine unwirkliche Szenerie an. Alles war so, wie es sich für einen Gast gehörte – die Reste des guten Porzellans, das frisch polierte Silberbesteck, das beinahe zusammenpasste –, und das Esszimmer sah aus wie eh und je. Sogar die Tatsache, dass Jinadh sie ab und zu mit dem Ellenbogen berührte, da er Linkshänder war und rechts neben ihr saß, war vertraut.

Doch Stephen saß nicht mehr links von ihr, sondern am Fuß des Tisches, und ihr Bruder hatte seinen Platz eingenommen.

Ihr Bruder, dem sie unter genau diesem Tisch so oft einen Tritt verpasst hatte, wenn er den Erwachsenen widersprach oder versuchte, sie in Gegenwart von Gästen zum Lachen zu bringen. Ihr Bruder, der an diesem Abend, als Bern sich zu ihm hinunterbeugte, um ihm gedämpftes Gemüse zu reichen, so heftig zusammenzuckte, dass er beinahe sein Glas umwarf. Ihr Bruder, der bis zu dieser Woche tot gewesen war, oder so gut wie.

»Also dann«, setzte sie an und verzog innerlich das Gesicht, weil sie übertrieben fröhlich klang. »Es ist doch wunderbar, mit so vielen Leuten am Tisch zu sitzen.«

Im Kerzenlicht verging Jinadh das Lächeln, er kannte sie gut genug, um den Tonfall zu entschlüsseln. Stephen schnaubte verächtlich. Cyril aß ein Stück Hähnchen.

Lillian hob die Gabel an. Legte sie wieder hin. »Cyril, auf dem Dachboden lagern einige Sachen von Daddy – grenzt an ein Wunder, wenn man bedenkt, was wir alles verloren haben. War ein ziemlicher Mischmasch, was die vorherigen … Mieter mitgenommen haben. Aber egal, ich habe Magnusson gebeten, alles herunterzubringen und für dich auszulüften. Ich glaube, er hatte ungefähr deine Größe. Also, Daddy meine ich.«

Cyril kaute weiter, nickte nur kurz.

Ihr war klar gewesen, dass es schwer werden würde. Ihr war klar gewesen, dass er nicht derjenige sein würde, an den sie sich erinnerte, nicht einmal der Bruder, der den Rest der Familie an den Rand des Wahnsinns getrieben hatte. Das machte es ihr nicht leichter. »Und ich habe dir das Gänseblümchenzimmer herrichten lassen. Erinnerst du dich an das Gänseblümchenzimmer? Das ist das große, gleich neben …«

»Ich weiß«, unterbrach er sie und trank einen Schluck Wein.

Am Tisch machte sich Schweigen breit.

»Darf ich aufstehen?«, fragte Stephen und ließ geräuschvoll das Besteck fallen.

»Noch nicht«, erwiderte Lillian, schärfer als gewollt. Es lief nicht so, wie sie es sich vorgestellt hatte.

Seufzend kratzte Stephen mit den Zinken seiner Gabel über den Teller.

»Lass ihn ruhig gehen.«

Jinadh und Stephen schienen genauso überrascht, wie Lillian sich fühlte. Ihr Sohn erholte sich als Erster von Cyrils Einwurf und wollte schon aufstehen.

»Stephen DePaul, setz dich sofort wieder hin«, ermahnte Lillian ihn. Die Überraschung ließ sie schrill klingen.

»Aber er hat gesagt ...«

»Deine *Mutter* hat dich aufgefordert, dich *hinzusetzen*«, unterbrach Jinadh ihn.

»Vielen Dank«, meinte Lillian, dankbar für die unerwartete Hilfe aus dieser Richtung. Viel zu oft überließ Jinadh es ihr, die Strenge zu sein. »Steenie, ich dachte, dass du dich auf dieses Abendessen gefreut hast.«

Stephen funkelte sie noch wütender an und da wurde ihr klar, dass sie ein Geheimnis ausgeplaudert hatte, das er unerwähnt hatte lassen wollen. Cyril sollte nicht wissen, dass man sich auf seinen Besuch gefreut hatte.

»Und *ich* dachte, dass ihr heute Abend nachsichtig sein wollt«, meinte Cyril.

»Was?«, fragte Stephen. »Was soll das denn heißen? Darf ich gehen?«

In Cyrils Gesicht hatte sich etwas verändert. Bei seiner Ankunft hatte seine Miene ... zwar nicht abwesend oder leer gewirkt, aber eher wie eine Weinflasche, in der sich die Sedimente am Boden abgesetzt hatten und sich nicht mehr lösen ließen. Der Kern seiner Persönlichkeit war verdichtet und verborgen geblieben. Nun jedoch lächelte er zwar noch immer nicht, musterte seinen Neffen aber zumindest mit einem *ausdrucksvollen* Blick. Im Kerzenschein wirkte dieser Blick unsicher, doch es lag etwas darin. Aber was genau dieser Ausdruck *bedeutete*, konnte sie nicht ergründen.

Hatte sie nicht angedeutet, dass Stephen sie an Cyril in diesem Alter erinnerte? Vielleicht sah er in ihm etwas, das ihn aus der Festung locken konnte, in der er sein Herz verbarrikadiert hatte. Lillian hatte Jinadh gesagt, dass sie wie Streichholz und Docht miteinander auskommen würden, und dieses unstete Aufflackern war zumindest besser als alles, was vorher dagewesen war.

»In Ordnung«, gab sie nach. »Aber denk daran, dir ordentlich die Zähne zu putzen. Und widme dich deinem Lesepensum.«

Stephen war zur Esszimmertür hinaus, bevor sie ihren Satz beendet hatte, deshalb sprach sie immer lauter, damit er sie noch hörte.

Als Cyril darauf mit einem kurzen, leisen Lachen reagierte, spürte sie neben dem Ärger ein Gefühl der Wärme in sich aufsteigen.

»Weißt du jetzt, was ich meine?«, wandte sie sich an Cyril. »Im Bezug auf die Art, wie er drauf sein kann?«

Cyril zuckte mit den Achseln. »Er ist noch jung.«

»Da kommt mir eine Frage.« Durch die erzwungene Banalität klangen Jinadhs Worte angespannt: Sein charmanter Plauderton war stark angegriffen.

»Was denn, Liebling?«, fragte Lillian und ahnte eine Falle.

»Ach, einfach, ob Mr. DePaul bei seinen zahlreichen Unternehmungen auch Erfahrungen mit Kindererziehung gesammelt hat?«

Der kleine lebendige Funke, der in Cyrils Augen entflammt war, erlosch so schnell, dass sie beinahe glaubte, ihn sich nur eingebildet zu haben. »Dieses Vergnügen ist mir nicht vergönnt gewesen.«

Jinadh verzog den Mund zu einem scheinbar nachsichtigen Lächeln. »Nun, dann sollten Sie es vielleicht uns überlassen. Oder zumindest erst um Rat fragen, bevor Sie einfach irgendwelche Annahmen machen.«

Cyril erwiderte seinen Blick mit gleicher Intensität, sogar noch etwas schärfer und zielgenauer. Doch er entgegnete nichts, sondern griff, ohne Lillian anzusehen, wieder auf harten Sarkasmus zurück und fragte: »Darf ich aufstehen?«

»Ich dachte, du *willst*, dass er herkommt.« Lillian zog die Bürste unnötig heftig durch einen Knoten in ihren Haaren. »Worum ist es da eben gegangen?«

Jinadh setzte sich auf die Bettkante und kramte im Nachttisch nach seinem Feuerzeug. Obwohl Lillians Eltern getrennte Schlafzimmer gehabt hatten und es in Damesfort genug Platz gab, damit auch sie es so halten konnten, hatte Jinadh sich deutlich für ein gemeinsames Zimmer ausgesprochen. Inzwischen vermutete sie, dass es ihm dabei weniger um intime Gründe ging, sondern eher um diplomatische: Auf diese Weise musste sie ihre Konflikte lösen oder schlaflose Nächte verbringen. In jedem Fall gab es dadurch ein Zimmer weniger zu beheizen.

»Ich …« Er zupfte an der Bettdecke herum.

»*Du* hast mir gesagt, dass ich ihn herholen soll. Du hast gesagt, dass du dich freuen würdest, ihn kennenzulernen. Er ist mein *Bruder.*« Lillian biss fest die Zähne zusammen, um nicht weiterzuschimpfen, schluckte den nächsten Vorwurf hinunter. Er brannte wie purer Schnaps in der Kehle, ließ ihr genauso die Augen tränen. Was auch immer Cyril sein Innerstes geraubt und diese Hülle zurückgelassen hatte, die mit ihnen am Esstisch gesessen hatte, ihr Mann konnte nichts dafür.

»Das weiß ich doch!« Jinadh stand wieder auf, hinterließ Falten auf dem Bettzeug. Er zündete die Kippe an, die er sich in den Mundwinkel gesteckt hatte, und zog hastig und gereizt daran. »Aber Lillian, er ... Mit ihm *stimmt* etwas *nicht*. Er braucht ... Ich weiß nicht, was er braucht, aber ich glaube nicht, dass wir ihm helfen können. Und ich bin mir nicht sicher, ob ich will, dass er Umgang mit Stephen hat.«

»Ich halte ihn nicht für gefährlich«, widersprach sie, doch im selben Augenblick spürte sie, wie ein Samen des Zweifels in ihr aufkeimte.

»Wie gut kennst du ihn?«, fragte Jinadh und wechselte ins Porashtu. Das tat er häufig, wenn es ihm schwerfiel, etwas Bestimmtes auszudrücken. Sie hielt es genauso, in die andere Richtung, und hatte insgesamt weniger Porashtu gesprochen, seit sie nach Amberlough gekommen waren. »Er ist beinahe ein Jahrzehnt lang verschwunden gewesen.«

Schuldbewusst begegnete sie ihm auf dem Spielfeld seiner Muttersprache. »Er ist mein Bruder«, wiederholte sie, diesmal mit weniger Nachdruck. Wie Efeu an einer Wand rankten sich die Zweifel in ihrem Inneren herauf. Wenn sie das Zeug nicht entfernte, würde der Mörtel ihrer Überzeugungen zerbröseln. Und wenn sie nicht glauben konnte, was sie sich selbst einredete, wüsste sie nicht, wem sie vertrauen konnte. Darum raffte sie ihr Selbstbewusstsein zusammen und fuhr in bestimmterem Ton fort: »Er braucht einfach Zeit. Überleg doch, wie schwer es für uns gewesen ist. Und er hat so viel mehr durchgemacht.«

Jinadh blieb in der Raummitte stehen, bevor er sich seufzend neben sie auf die Kante ihres vollgestellten Schminktischs setzte. Sie legte die Bürste zur Seite und streckte die Hand nach seiner Zigarette aus.

»Es tut mir leid, ich weiß es doch«, sagte Jinadh. »Aber es ist einfach ...« Er nahm sich einen Tiegel mit Coldcream und drehte ihn zwischen den Fingern. »Es fühlt sich so an, als wärst du, seit wir nach Gedda gekommen sind, ständig woanders, entweder geistig oder körperlich. Wegen der Arbeit und des Wahlkampfes. Und Stephen ist in der Schule gewesen und hat nur selten geschrieben. Ich habe geglaubt, dass wir zur Sonnenwende Zeit hätten. Um uns einander wieder anzunähern.«

»Die werden wir auch haben«, erwiderte Lillian und drückte den Stummel seiner Kippe aus.

»Obwohl dein Bruder hier ist?«

»Glaubst du denn nicht, dass er ... sich uns annähern kann?«

Jinadh hielt inne und hörte auf, mit der Coldcream herumzuspielen, sah Lillian nur besorgt an. »Soweit ich gehört habe, ist er besser darin, Sachen auseinanderzureißen.«

Das tat gleich doppelt weh, weil es der Wahrheit entsprach. Nur selten hatte die Familie DePaul einen Urlaub, eine Reise oder sogar ein ruhiges Abendessen zu Hause ohne eine Auseinandersetzung erlebt, wobei Cyril zwangsläufig im Zentrum des Konflikts gestanden hatte. Gedda war lediglich ein größeres, hässlicheres Beispiel für sein übliches Verhaltensmuster.

»Ich glaube, dass er seine Lektion wahrscheinlich gelernt hat«, meinte Lillian und stand auf. »Machst du mir den Reißverschluss auf?«

Jinadh löste den Haken in ihrem Nacken, zog dann den Reißverschluss ihren Rücken hinunter. »Es tut mir *wirklich* leid, Augenstern«, meinte er und küsste sie auf den Hals.

Sie legte ihm die Hand an den Kopf und drückte ihm die Wange auf die Haare: Diese waren für die Nacht locker geflochten, mit Duftöl weich gemacht. »Mir auch. Ab ins Bett?«

Erst als Lillian unter die Decke schlüpfte, wurde ihr klar, dass sie völlig erschöpft war. Die Matratze streckte sich ihr entgegen und Jinadh sog scharf die Luft ein, als sie ihm die Füße zwischen die Knie klemmte.

»Hat Magnusson den Flecken aus deinem Smoking bekommen?«, fragte sie, denn nicht einmal im Halbschlaf konnte sie ungelöste Fragen loslassen.

»Hat er.«

»Und du willst bei dem Empfang ganz sicher keine Kurta tragen?«, fragte sie.

Jinadh öffnete kaum die Augen. »Bei mir musst du das gar nicht erst probieren, weißt du?«

»Was denn probieren?«

»Du hast Makricosta dazu gebracht, sich nach deinen Wünschen zu richten«, antwortete er. »Und ich habe gehört, wie du mit Honora telefoniert hast. Die Gästeliste liest sich wie das Gegenteil vom Ospie-Gedda. Immigranten und Unruhestifter, allesamt. Ich ziehe meinen Smoking an.«

»Heilige Steine.« Sie legte ihm die Stirn an die Schulter. »Es tut mir leid. Ich hätte dich nie darum bitten dürfen.«

»Nein«, stimmte er ihr zu, »das hättest du nicht.«

»Aber wenn die ganze Sache vorbei ist, brauche ich einfach ein Ja von Honora. Ein Brief, ein Wort an die richtige Stelle. Den Großteil der Arbeit kann ich selbst übernehmen, aber es schadet nie, etwas Rückendeckung zu haben. Und sie ist mindestens so viel wert wie zehn Soldaten.«

»Du findest schon etwas«, meinte er. »Selbst wenn es nicht das Cliff House ist. Und wir werden nicht verhungern.«

»Bei dieser Wirtschaftslage?«, fragte sie. »Da wäre ich mir nicht so sicher. Zumindest müssten wir einen Teil unseres Landes verkaufen. Und bei meiner Familiengeschichte …«

»Du hast gesagt, dass Cyril hier in Sicherheit ist. Sind wir es etwa nicht?«

»In Sicherheit heißt noch nicht glücklich«, widersprach sie. »In Sicherheit bedeutet nicht behaglich oder komfortabel.«

»In Sicherheit heißt auch nicht mächtig«, hielt er mit einem Anflug von Bitterkeit dagegen.

»Jinadh ...« Lillian schloss die Augen, verzog frustriert das Gesicht. »Darum geht es nicht.«

»Wenn du mir sagen könntest, worum es *stattdessen* geht, würde ich dir vielleicht glauben.«

»Ich will einfach unseren Namen aus dem Dreck ziehen. Ich weiß, das klingt abgedroschen, aber früher besaßen die DePauls *Ehre* ...«

»Ehre.« Das klang nicht wütend, sondern erschöpft. »Was hat in Porachis einen Keil zwischen uns getrieben, Lillian? Weshalb bin ich jahrelang unglücklich gewesen? Ich möchte lieber Vater sein, als eine Dynastie zu gründen. Ich möchte lieber glücklich als ehrenvoll sein.«

»Nur noch ein paar Monate«, widersprach Lillian. »Nach der Tagundnachtgleiche gehen wir an die Wahlurnen. Wenn danach nichts daraus wird ...« Sie zwang sich zu einem leichten Achselzucken, das die Laken rascheln ließ, konnte ihn aber nicht ansehen.

Jinadh seufzte tief. »Ich werde *äußerst* froh sein, wenn diese Wahl vorbei ist.«

Lillian hoffte, dass sie dieses Gefühl würde teilen können.

KAPITEL 8

Im Herzen erkannte Aristide den Hafen, aber gleichzeitig kam er ihm völlig fremd vor.

Das Wasser stank wie früher: nach Öl und Kanalisation und vergammeltem Seetang. Vor dem stahlblauen Himmel ragten mehrere Landzungen schroff in die Höhe und er erinnerte sich daran, dass er an unzähligen Abenden von der angesagten Seite der Bucht aus zugeschaut hatte, wie die Sonne hinter ihnen versank. Die Kuppel des Kapitols, die einst hinter Masten, Schiffsrümpfen und Schloten im Hafen zu sehen gewesen war, wurde nun von Baugerüsten verdeckt.

»Noch immer am Aufräumen?« Daoud stand neben ihm an der Reling, bis zur Nase in einen dicken Schal gemummelt. »Es herrscht doch schon seit einem Jahr Frieden.«

»Ein Jahr mit einer Übergangsregierung«, meinte Aristide. »Und die musste sich um einige wirklich üble Sachen kümmern.«

»Apropos üble Sachen«, erwiderte Daoud. »Wann willst du dich mit Jamila treffen?«

»Also bitte.« Aristide verschränkte die Hände und schob sie dabei noch tiefer in die Handschuhe. »In den letzten sechs Monaten hat sich Ms. Osogurundi Cross-Costa gegenüber sehr großzügig gezeigt.«

»Das erkenne ich ja auch an«, sagte Daoud. »Genau wie die Tatsache, dass sie es hier tut und nicht in Rarom.«

»Du magst sie nur nicht, weil du pingelig bist und sie dagegen bereit ist, sich die Hände schmutzig zu machen. Und deshalb ist sie genau die Richtige für diese Aufgabe.«

»Dann ist ja gut, dass sie das übernimmt, und nicht ich.« Daoud zitterte. »*Mihaaz*. Wie kann man in diesem Klima bloß überleben?«

»Ich persönlich mit Glühwein, seidener Unterwäsche und Daunendecke«, antwortete Aristide. »Wenn man sich richtig vorbereitet, ist es gar nicht die schlechteste Jahreszeit.«

Dabei musste er an die Bettdecke auf Daouds stabilem Doppelbett denken, drüben in Rarom. Und dann an seine Kabine, in der während ihrer Überfahrt nie ein Feldbett gestanden hatte. Er musste noch an eine ganze Reihe anderer Sachen denken, mit denen man sich im Winter warm halten konnte.

Aristide verlagerte das Gewicht und ging ein wenig auf Distanz zu Daoud.

Dieser kuschelte sich noch tiefer in seinen Schal. »Und wenn man das nicht tut?«

»Bitte?« Durch sein Unbehagen hatte Aristide den Faden verloren.

»Wenn man sich nicht vorbereitet.«

Ach, er sprach noch immer vom Wetter. »Richtiger Mist.«

Ruckelnd legte das Schiff endgültig an, sodass sie einige Stockwerke über den Hafenbecken zum Stehen kamen. Aristide betrachtete das Gewusel aus Hüten und Gepäckwagen, Hunderte Atemwolken mischten sich unter den Dampf von Imbisswagen und Auspuffabgase. Plötzlich roch er im Dunst aus abgestandenem Wasser und Dieseldämpfen den aromatischen Duft von Frittieröl und salzigem Aal.

Ihm knurrte der Magen und er dachte an in braunes Papier gewickelte Gerstenbratlinge. An knusprige Kardamom-Reisbällchen und heiße Kastanien, die über einem mit Zeitungsfetzen befeuerten Kaffeedosengrill geröstet wurden.

»Hoffentlich ist die Küche im Hotel gut«, sagte er. »Und sie können etwas Ordentliches zum Kochen besorgen.«

»Mach dir nicht zu große Hoffnungen. Das Wetter war den Bauern nicht wohlgesinnt. Ein trockener Sommer. Und trotz aller Bemühungen der West Cultham Rail Company und anderer Eisenbahnunternehmen sind die Zugverbindungen noch nicht so gut wie früher. Zu viele zerstörte Strecken, dem Laufsteg sei Dank.«

»Ach, na ja«, meinte Aristide. »Ich habe mich auch schon mal von Bohnen ernährt.« Dann fuhr er fort: »West Cultham. Ist das nicht ...?«

»Jamila kann dir dazu mehr sagen«, unterbrach Daoud ihn plötzlich forsch. »*Chii bhale*, sonst bekommt jemand anders unser Gepäck.«

Entgegen seinen Befürchtungen erwartete sie ihr Gepäck auf einem Wagen, neben dem eine wachsame Kofferträgerin mit Ohrenschützern stand. Sie half ihnen dabei, ein Taxi zu ergattern, und Aristide gab ihr ein besonders großzügiges Trinkgeld. Vermutlich hatte der Tourismus genau wie die gesamte Wirtschaft gelitten.

»Hallo«, grüßte Aristide und schob sich mitsamt seinem Nerz auf den Rücksitz des Taxis.

»Wohin wollen Sie?«, fragte der Fahrer. Dem Akzent nach Tatiener. Wahrscheinlich Loyalist und nun Flüchtling, seit sein Staat die unselige Unabhängigkeit von Gedda erstritten hatte.

»Ach, wie heißt das Hotel noch gleich?«, fragte Aristide, obwohl er den Namen auswendig kannte. Er wollte nicht zu ungeduldig erscheinen.

»Sykes House«, antwortete Daoud und schaute in seinen Kalender. »An der Kreuzung von Coral und Whitney.«

Der Taxifahrer pfiff anerkennend. »Sehr schöne Gegend. Selbst jetzt.« Als sich der Wagen vom lebhaften Gewusel des Hafens entfernte, meinte er: »Sind Sie zum ersten Mal in Amberlough?«

»Ich, ja«, antwortete Daoud.

»Und Sie?« Im Rückspiegel trafen sich Aristides Blick und der des Fahrers.

»Seit Längerem, ja«, sagte er. »Ich bin einige Jahre nicht hier gewesen.«

»Wegen dem Krieg?«, fragte der Taxifahrer.

»Wegen ... des Vorgeplänkels. Und Sie klingen, als würden Sie aus dem Osten kommen.«

Der Mann schnalzte mit der Zunge, als hätte er am liebsten jemanden angespuckt. »Reine Dummheit, den Bund zu verlassen. Und was hat es Memmediv und seinen Leuten bitte gebracht, hm? Falls Tatié bis zum Frühling durchhält, dann nur durch den Segen der Königin.«

»Nennen wir es immer noch so?«, fragte Aristide. »Also, Gedda meine ich. ›Der Bund‹?«

»Wenn man es wie die Leute in der Übergangsregierung macht, ja. Aber wer weiß schon, was nach der Wahl kommt? Frye meint, wir sollten die inneren Staatsgrenzen offen lassen, die Zölle niedrig halten. Sie hat in die Bahn investiert und denkt vor allem an sich, aber das heißt ja nicht, dass sie nicht für einen reich gedeckten Tisch sorgen wird. Und Saeger ... Die ist bei den Leuten einfach als Person beliebt, verstehen Sie? Ich will, dass sie mal was Konkretes sagt. Nicht nur Gutenachtgeschichten erzählt. Sie will, dass wir uns alle verbrüdern, um gemeinsam gegen Hunger und Armut zu kämpfen. Schön und gut. Aber was ist mit der Staatskasse? Und unseren Grenzen? Und unserer Infrastruktur? Wo soll das ganze Geld herkommen? Wir haben die Wahl zwischen einer Träumerin und einer Oligarchin.«

»Sie sind doch nicht immer Taxi gefahren, oder?«, fragte Aristide.

Der Fahrer schnaubte verächtlich. »Was, können Taxifahrer etwa nicht über Politik reden?«

Aristide wollte schon etwas sagen, um aus dem Fettnäpfchen zu steigen, wurde jedoch begnadigt, bevor er etwas herausbekam.

»Ich habe als Professor an der Haverin East University gelehrt«, erzählte der Fahrer. »Und das eine oder andere Mal für den Stadtrat kandidiert. Aber was man so hört, ist von der Stadt nicht mehr viel übrig.«

An einer Signalanlage hielt er an. Aristide betrachtete die Umgebung und bemerkte überrascht, dass sie sich an der Kreuzung von Temple Street und Seagate Road befanden.

»Wir machen einen ziemlichen Umweg, oder nicht?«, fragte er. »Hätten wir nicht schon vorhin auf den Station Way abbiegen sollen?«

»Da kommt man kaum durch«, antwortete der Fahrer. »Baustelle an der Straßenbahnstation. Über die Seagate bis zur Staunton und dann nach Norden hoch ist man schneller. Sie haben aber ein gutes Gedächtnis, wenn Sie schon so lange nicht mehr hier waren.«

Einen Augenblick lang zögerte Aristide, starrte die rote Ampel an und forderte sie heraus, auf Grün umzuschalten, bevor er sagte, was ihm auf der Zunge lag. Allerdings tat sie das nicht, darum meinte er: »Ich weiß, dass das ein Umweg ist, aber würden Sie ein paar Straßen auf der Temple Richtung Norden fahren?«

Der Fahrer zuckte nur mit den Schultern und betätigte den Blinkerhebel am Lenkrad.

Von der Seagate lag es nicht besonders weit entfernt, vielleicht anderthalb Straßenzüge, wenn Aristide es richtig in Erinnerung hatte. Und wie der Fahrer gesagt hatte, hatte er für solche Sachen ein gutes Gedächtnis. Vor seinem geistigen Auge hatte er eine komplette Karte der Stadt, *seiner* Stadt, parat.

Die Markisen vieler Gebäude lagen im Dunkeln, eine ganze Reihe war zu Lichtspielhäusern umgebaut worden. Andere hatte man abgerissen und durch Büro- oder Wohngebäude ersetzt. Wieder andere standen hingegen noch immer in voller Pracht da. Einige wiesen Brandspuren an der Fassade auf, was Aristide darüber nachdenken ließ, wie stark sich die Unruhen und Revolution ausgeweitet hatten. Man hatte ihm zu verstehen gegeben, dass es nur zu begrenzten bewaffneten Konflikten gekommen war und dass der »Bürgerkrieg« sich nicht in Schützengräben und Gewehrsalven abgespielt, sondern eher in gewalttätigen Mobs und politischem Druck geäußert hatte. Trotzdem hatte die Temple Street Narben davongetragen. Der hässlichsten davon näherten sie sich nun.

»Halten Sie an«, befahl Aristide abrupt und das taten sie. »Würden Sie hier bitte einfach kurz stehen bleiben? Vielen Dank.«

»Aristide?«, fragte Daoud und runzelte die Stirn.

»Ich brauche nur einen Augenblick.« Als er die Tür öffnete, schlug ihm kalte, feuchte Luft ins Gesicht. Vermutlich würde es bald Schnee geben. Oder Graupel. Diese instinktive Vorahnung überraschte Aristide. Im Ausland war ihm das Wetter nie so in die Knochen gefahren wie hier, darum war es schon einige Zeit her, seit er zuletzt gespürt hatte, dass der Wind sich drehte, und gewusst hatte, was er mit sich bringen würde.

Als er das *Bee* zum letzten Mal gesehen hatte, hatte es zwischen einer Weinbar und einem Kasino gestanden. Nun wurde die Leerstelle, an der sich sein Vordach befunden hatte, von einem schlechten Restaurant und einem zweitklassigen Hotel flankiert. Der kleine Platz, der zwischen ihnen frei blieb, war frisch gepflastert und mit gusseisernen Bänken und Stechpalmen versehen worden, die man eilig in dekorativen Blumenkübeln aufgestellt hatte. Da sie so spät im Jahr verpflanzt worden waren, würden sie den Winter nicht überleben. Wahrscheinlich sollten sie das gar nicht – ihre Leichen würde man im Frühjahr durch Tulpen ersetzen.

In der Mitte des Platzes stand ein Denkmal, das mit Leinwänden und Seilen verhüllt war. Aristide juckte es regelrecht in den Fingern, die Straße zu überqueren und unter den Rand zu lugen, er blieb jedoch an Ort und Stelle, um nicht die Aufmerksamkeit – oder den Zorn – des Taxifahrers auf sich zu lenken. Außerdem hatte man an beiden Seiten des Parkeingangs zwei Jagdhunde postiert, die sich kläglich in ihren Mänteln verkrochen. Aristide blinzelte durch den oberen Teil seiner Zweistärkenbrille und war sich ziemlich sicher, dass er unter ihren Mantelaufschlägen den Schatten eines Schulterholsters erkennen konnte. Als er zuletzt diese Straßen entlanggegangen war, hatten die Jagdhunde der ACPD keine anderen Waffen als Schlagstöcke getragen. Er fragte sich, ob das dem neuen Standard entsprach oder für diese speziellen Wachen eine Ausnahme gemacht worden war.

Über Cordelias Tod wusste er genau so viel wie jeder andere – was er eben im Radio gehört oder in der Zeitung gelesen hatte. Sie war bei einem taktischen Zugriff getötet worden, der sich zum Desaster entwickelt hatte. Jemand hatte der Polizei den Tipp gegeben, dass eine größere Laufsteg-Zelle den Besuch vom Scheinwerfer höchstpersönlich erwartete, und die Jagdhunde damit auf Cordelias Spur gebracht. Aber was als rasche Ermordung gedacht gewesen war, hatte sich zu einem Häuserkampf in der Hauptstadt von Nuesklend entwickelt, nur wenige Kilometer vom umkämpften Cliff

House entfernt. Damals hatte der Laufsteg bereits eine breite Basis aufgebaut und statt eines einfachen Kopfschusses mit einer Leiche, die man schnell entsorgen konnte, war man einer unkooperativen Bürgerschaft begegnet, wodurch das Ganze zu Gerangel um den Zutritt zu Häusern, Razzien ohne Durchsuchungsbeschlüsse, Gewaltausbrüchen und schließlich Schießereien auf den Straßen eskaliert war. Letztendlich gab es beträchtliche Kollateralschäden, größtenteils von den Ospies verursacht. Das ließ sie schlecht aussehen. Dadurch wurde Cordelia zur Märtyrerin, was der Revolution neuen Schub gab, die Acherby schließlich aus dem Amt trieb: Zunächst trat er zurück und dann wurde er, auf dem Weg ins Ausland, von einem überlebenden Laufsteg-Mitglied am Straßenrand erschossen.

In Aristides Vorstellung hockte Cordelia mit dem Rücken zur Wand hinter einer splitternden Barrikade aus Möbeln, die von Kugeln durchsiebt wurden. Auf einer runden Wange prangte eine fast kosmetisch wirkende Blutspur, während sie sich den Gewehren der Ospies überheblich lächelnd und mit einer Salve eigener Schüsse entgegenstellte. Als sie zu Boden ging, fiel sie vornüber, als würde sie sich verbeugen. Rot hatte ihr schon immer gut gestanden.

Er fragte sich, ob das Denkmal irgendetwas davon widerspiegelte.

Am Taxi öffnete und schloss sich eine Tür, dann stand Daoud neben ihm, näher, als er sich an Land bisher getraut hatte.

»Das ist es also«, sagte er mit leiser Stimme, die unter der Wolle seines Schals und im Heulen des Windes beinahe unterging.

»Das war es«, erwiderte Aristide und stieg wieder in den Wagen.

Nach einem kurzen Halt im Hotel, bei dem Aristide und Daoud die Post mitnahmen und ihr Gepäck abgaben, hielten sie ein weiteres Taxi an und fuhren über die Schlaglöcher und klaffenden Risse der Stadtstraßen zum amberlinischen Büro von Cross-Costa Importe.

Selbst zu Aristides Glanzzeiten hatte er nie ein eigenes Gebäude genutzt, um seine Geschäfte abzuwickeln. Warum auch, wo er doch in allen Stadtteilen Freunde und Kollegen hatte und sie einfach mit einem Taxi oder der Straßenbahn besuchen konnte? Wo es doch Restaurants, Teehäuser, Opiumhöhlen und Absinth-Bars gab, in denen man sich ebenso gut treffen konnte?

Aber wenn man auf mehreren Kontinenten tätig war, sah er ein, dass es nützlich war. Ein zentraler Knotenpunkt für Telegramme und Fernschreiber, ein Ort, den man anfunken und an den die gesamte Korrespondenz der Firma geleitet werden konnte. Zwar wirkte das Innere nicht so glamourös wie das von Laternen beleuchtete *Crabtree House* oder der Brunnen aus Glas und Silber im *Amanti's*, doch dafür erregte das Haus weniger Aufmerksamkeit. Wenn man sich den Anschein gab, legal tätig zu sein, schauten die Leute selten hinter die Fassade.

Früher hatte Aristide auf seine Fähigkeit vertraut, die Karten auf den Tisch zu legen und trotzdem den Fallstricken der Gesetzeshüter zu entgehen, und hatte auf eigene Gefahr in einer Stadt operiert, die er wie seine Westentasche kannte. Als Gesellschafter auf einem Gebiet, das ihm in den Konflikten der vergangenen Jahre fremd geworden war, tarnte er sich lieber durch einen faden Anschein von Banalität.

In der obersten Etage eines niedrigen, kompakten Backsteinbaus in der Nähe des alten Zollhauses wirkte das Büro von Cross-Costa völlig langweilig. Hier roch es nach Ebbe und Dieseldämpfen, und auf der schmalen Treppe stank es nach Zigarren. Nachdem Aristide den abgewetzten Läufer hinaufgestiegen war, entdeckte er die Quelle davon direkt hinter der Bürotür, deren Messingschild dringend poliert werden musste.

Jamila Osogurundi, eine amberlinische Tochter lisoanischer Einwanderer, die kürzlich zurückgekehrt war, nachdem sie die Ospies in Rarom ausgesessen hatte, drehte einen rauchenden Stumpen zwischen den Fingern und telefonierte lautstark. In gegenüberliegenden Ecken hockten zwei Sekretäre, tief über die Bücher gebeugt, als wäre das Gespräch eine so drückende Wolke wie der Zigarrenrauch. Jamila fuhr in ihrem eigenen Dialekt aus Shedengue und Geddisch fort, unter den sie unverständliche Slangwörter mischte: Soweit Aristide es verstehen konnte, beleidigte sie gerade fröhlich die Mutter ihres Gesprächspartners.

Der Flur war so eng, dass Daoud und Aristide nicht nebeneinanderstehen konnten, doch er stellte sich vor, wie der jüngere Mann hinter ihm das Gesicht verzog.

Jamila hob den Blick von ihrer Zigarre und sah sie in der Tür stehen. »Ach, welch ein Segen, endlich ist der Heilige erschienen.« Und dann fuhr sie fort: »Nein, *Pati*, nicht du. *Juma de sibe la*. Ja, ja, das hättest du wohl gerne. In Ordnung, wir sehen uns. Und sag deinem Freund, dass wir ihm für seine Bemühungen danken. *Ahundibi*. Ja. Jetzt aber tschüss. Ja, tschüss.« Als sie den Hörer auf die Gabel knallte, schellte kurz die Glocke.

»Aristide Makricosta!«, rief sie. »Ich bin so nüchtern wie ein Büßer, also musst du deine Knochen tatsächlich hergeschleppt haben.« Sie war jung, redete jedoch wie ein korrupter Buchmacher und erhob sich von ihrem Stuhl wie ein ehemaliger Ringer, der an einem manipulierten Kampf teilnahm: die Hände auf der Schreibtischunterlage, das Gewicht auf die Arme gestützt. Es gab eine Menge abzustützen. Jamila war nicht groß, aber ihre Figur ähnelte einem Petroleumfass.

»Ms. Osogurundi«, begrüßte Aristide sie. Ihren Handschlag spürte er bis in die Schulter.

»Entweder du nennst mich Jamila oder ich kündige. Sieht so aus, als hättest du das Fliegengewicht auch mitgebracht!«

Daouds Lächeln wirkte in etwa so freundlich wie ein Abziehleder.

»Cross hat mir erzählt, dass du einige nützliche Freunde gefunden hast.« Aristide holte sein Zigarettenetui aus der Tasche und bot Daoud eine an, bevor er sich selbst bediente. Eine armselige Entschuldigung, die Daoud auch nicht annahm. »Irgendwas mit der West Cultham Rail Company?«

»Bei dir gibt's kein Vorspiel, das hatte ich vergessen«, erwiderte sie. »Lass das Mädchen doch wenigstens feucht werden.«

Daoud knallte Jamila einen Folianten mit Ledereinband auf den Schreibtisch. »Ein Plan zur Erweiterung in Gedda, der auf der Annahme basiert, dass es ein Geschäft mit West Cultham gibt. Ist das umsetzbar?«

Einen Augenblick lang schaute sie ihn ausdruckslos an, dann breitete sich allmählich ein Lächeln auf ihrem Gesicht aus, das zuletzt sehr breit wurde. Sie klopfte Daoud auf den Rücken, worauf dieser überrascht ächzte, und nahm sich das Buch, schlug es allerdings nicht auf.

»Das hängt von *euch* ab, meine Freunde. Ich habe dieses Brötchen mit Butter beschmiert, jetzt dürft ihr so frei sein, es zum Braten auf den Grill zu legen. Haha. Frei, Frye. Der ist gut. Allerdings werdet ihr mit einer Pflaume namens Frances Custler zu tun haben, nicht mit der Dame selbst. West Cultham wird bis zur Wahl treuhänderisch verwaltet. Und falls Frye gewinnt, übernimmt Custler während ihrer Amtszeit die Leitung von WCRC.«

»Zumindest dem Namen nach«, meinte Daoud mit verärgertem Unterton.

Jamila zeigte mit dem Finger auf ihn: »Voll ins Schwarze getroffen.«

»Wie *kurz* ist die Leine genau?«, fragte Aristide.

»Das ist die eigentliche Frage, was? Mir gegenüber hat sie sich bedeckt gehalten. Klar, die Welt soll denken, dass Frye die Finger aus dem Spiel gezogen hat. Saeger hat sie schon auf dem Kieker, weil sie Profit und Politik miteinander vermischt.«

»Und du glaubst, dass sie es mir sagen wird?«

»Auf keinen Fall«, antwortete sie. »Aber vielleicht kannst du ihr besser auf den Zahn fühlen. Jedenfalls hat sie gesagt, dass sie sich mit dir zusammensetzen würde. Und das ist immerhin ein Anfang.«

Frances Custler trafen sie an diesem Abend zum Essen – sie hatte Zeit und den Rest der Woche hatte Aristide der Übergangsregierung und Lillian DePaul versprochen.

Custler besaß eine Junggesellinnenwohnung in der Ionidous Avenue. Es wirkte so, als würde sie nur gelegentlich darin wohnen, und verglichen mit Aristides und Daouds Räumlichkeiten im Sykes House war das Ganze ein deutlicher Abstieg. Wahrscheinlich konnte sie sich etwas Besseres leisten. Aristide fragte sich, warum sie die Wohnung behalten hatte und wo sie die restliche Zeit verbrachte, wenn sie nicht gerade zum Schlafen herkam.

Sie war eine breitschultrige Frau in ihren Vierzigern, die die kurzen Haare in einer eleganten Pomadenfrisur trug. Obwohl es in ihren Räumen kühl war, war sie über ihrer Hose nur mit einem Hemd bekleidet, dessen Ärmel sie hochgekrempelt hatte, sodass ihre von Sommersprossen überzogenen, muskulösen Unterarme zum Vorschein kamen. Sie wirkte wie eine Vorarbeiterin, doch ihre Weste und die Armbanduhr deuteten auf *Geld* hin, wenn man die Sprache verstand. Zufälligerweise sprach Aristide sie fließend.

Natürlich hätten sie sich auch an einem öffentlichen Ort treffen können, aber vor der Wahl kochten die Spannungen hoch. Unzählige Beobachter suchten nach Fehlern. Und Custlers Vermieter bot an, für sie zu kochen. Er brachte ihnen einen Auflauf und Braten: einfache Kost, allerdings von guter Qualität und schmackhaft zubereitet. Wo er die Zutaten aufgetrieben hatte, war eine gute Frage. Beim Mittagessen war das Fleisch im Sykes House dünn und zäh gewesen, ein billiges Stück, das man mit Essig und Salz aufgemöbelt hatte. Aristide vermutete, dass man saftigere Koteletts bekommen konnte, wenn man das nötige Kleingeld und die richtigen Kontakte hatte.

Außerdem bot das schummrige Licht des Kamins in Custlers Esszimmer genau die richtige Atmosphäre für ihr Gespräch. Zudem wurde nicht um den heißen Brei herumgeredet. Der Wein war gerade erst entkorkt worden, da sagte Custler: »Sie unterbieten ganz bewusst unser Angebot.«

»Als Erwiderung auf ein erstes Angebot, das ehrlich gesagt absolut lächerlich war.« Aristide schnitt ein Stück von seinem Rinderbraten ab. In der Mitte war es leuchtend rosa und der Saft lief in Rinnsalen über den Teller.

Custler lächelte in ihr Glas. »Sie gefallen mir jetzt schon.«

»Besser als Jamila?«

Da schluckte Custler hastig und wedelte mit der Hand. »Nein, nein. Oso ist in Ordnung. Aber wenn ich mit dem Chef sprechen kann, ist mir das lieber. Und Sie waren gerade in der Stadt. Da hatte ich doch Glück. Haben Sie Ihre Rede schon geschrieben?«

Plötzlich schmeckte das Fleisch in seinem Mund nach Pappe. Aristide würgte es hinunter, antwortete ihr nicht, sondern fragte: »Nehmen Sie an der Einweihung teil?«

Custler lachte verächtlich und stützte die Ellenbogen auf den Tisch, um sich eine Zigarette zu drehen. »Das sind Emmelines Leute, nicht meine.«

Den Namen sagte sie auf eine Art, die Aristide daran erinnerte, wie Cross manchmal über ihren Ehemann sprach oder über den Frachtpiloten, mit dem sie zeitweise anbandelten, wenn er Lieferungen nach Rarom flog. Eine Art zärtlicher Spott, der ungewollt viel darüber verriet, wie intim die Sprecherin die genannte Person kannte.

Diese nützliche Information speicherte er im Hinterkopf ab, direkt neben seiner Beobachtung, dass Staub auf dem Kaminsims lag und es in Custlers Räumlichkeiten nach Leerstand roch.

»Vielleicht läuft man sich da über den Weg«, meinte er. »Zuvorkommend von ihr, dass sie teilnimmt, wo der Laufsteg doch ihren Lebensunterhalt derart zerstört hat.«

»Machen Sie Witze?« Energisch sägte Custler an ihrem Stück Rind herum. »WCRC hat von den Befristeten – der Übergangsregierung – einige lukrative Aufträge erhalten. Wir betreiben nicht nur Züge, wissen Sie? Wir bauen auch Bahnstrecken und lassen uns dafür bezahlen.«

»Was bedeutet, dass Sie einem günstigeren Preis aufgeschlossen sein sollten, wenn Sie Waren für Cross-Costa transportieren«, stieg Daoud ein. Wieder zog er einen Folianten mit Ledereinband aus seiner Aktentasche und schob ihn über den Tisch. Eine angepasste Version des Programms, das sie Jamila mitgebracht hatten: mit weniger Details als die interne Version, ansonsten auf Hochglanz poliert.

»Es spricht ja«, kommentierte Custler. »Ich dachte schon, dass Sie ihn nur halten, damit er Ihnen Sachen bringt. Und vielleicht, um die Umgebung aufzuhübschen.«

So wie Frye es mit Ihnen macht?, dachte Aristide, sprach es jedoch nicht aus.

Custler legte ihre Selbstgedrehte in den Aschenbecher neben ihrem Teller und nahm sich den Ordner. Längere Zeit herrschte Schweigen, das nur vom Ticken der Uhr unterbrochen wurde. Daoud fing Aristides Blick auf, schaute dann weg. Blöderweise bekam Aristide vor Scham heiße Wangen. Hoffentlich konnte sein Teint in Kombination mit dem flackernden Licht es verbergen.

Nachdem Custler scheinbar ewig die bereitgestellten Zahlen geprüft hatte, ließ sie den Ordner sinken, schnappte sich ihre Zigarette und nahm einen langen Zug. »Ich weiß nicht«, meinte sie. »Das ist eine ganze Menge, die da verschoben werden soll, und das zu heiklen Zeiten.«

»Damit wollen Sie sagen, dass Sie uns keinen günstigeren Preis anbieten werden«, sagte Daoud. »Na schön. In Gedda gibt es noch andere Bahnunternehmen.«

Wie gern hätte Aristide näher bei ihm gesessen, sodass er ihm einen heftigen Tritt hätte verpassen können. Ersatzweise warf er ihm über die Auflaufform hinweg einen vernichtenden Blick zu, den Daoud mit einem höflichen Lächeln hinnahm. Da durchzuckte Aristide der Zorn und verrauchte in unpassendem Begehren.

»Die gibt es«, erwiderte Custler und beobachtete Daoud genau, dann wandte sie den Blick Aristide zu.

»Allerdings sind die nicht so diskret«, sagte er. »Jamila meinte, dass Sie Erfahrung mit Transporten haben ... die unseren ähneln.«

»Klar, ab und zu haben wir auch ein wenig Schmuggelware verschoben. Wer hat das nicht? Aber bei einer Sache dieser Größenordnung ... Da müssen beide Seiten absolutes Vertrauen haben. Wenn solche Geschäfte schiefgehen, landen Leute im Gefängnis oder Schlimmeres. Emmy kandidiert als Premierministerin, also ist sie verständlicherweise nervös.«

»Emmeline Frye ist zurzeit nicht die Präsidentin dieses Unternehmens«, wandte Aristide ein.

»Aber wie viele Leute interessiert das, wenn man uns dabei erwischt, wie wir eine halbe Tonne Mohnteer ins Innere von

Gedda bringen? Wenn man misstrauisch wäre, könnte man beinahe glauben, dass Sie versuchen, uns in gewisse Machenschaften zu verwickeln, damit wir auf frischer Tat ertappt werden, falls jemand singt.«

»Ich möchte Ihre Sorgen auf jeden Fall ernst nehmen.« Aristide hob sein Weinglas, drehte es ein wenig und betrachtete die Schlieren. Für das Fleisch, das sie serviert hatte, eher dünn. »Mir hat ein gesundes Misstrauen schon viele Probleme erspart. Aber ich interessiere mich in keiner Weise für den Ausgang dieser Wahl.«

»Sie waren mit Lehane befreundet«, hielt Custler dagegen. »Genau wie Saeger. Und Sie halten bei dieser Laufsteg-Einweihung eine Rede. Ich würde meinen, dass das zumindest auf eine *gewisse* Voreingenommenheit hindeutet.«

»Ich halte eine Rede, weil ich mich aus persönlichen Gründen verpflichtet fühle.« Ihm fiel es sehr schwer, die Wahrheit zuzugeben, und das hörte man ihm an. Allmählich schien Daoud sich zu sorgen.

»Wem denn? Lehane? Oder vielleicht den Befristeten? Ich habe gehört – woher, darf ich nicht sagen –, dass Lillian DePaul Sie bearbeitet hat, hinzukommen.«

»Sie hat mich *eingeladen*, wenn Sie das meinen. Hat sie irgendwas mit Saeger zu tun?«

Custler lachte und nahm ihre lange ignorierte Selbstgedrehte wieder zur Hand, zog daran, sodass das Ende aufglühte. »Sie hat auf beiden Seiten die Finger im Spiel. Schleimt sich regelrecht ein, wissen Sie? Ich kapier's schon. Sie will sich einen Platz sichern, egal, wer am Ende das Rennen macht. Das kann ich verstehen. Um sie mache ich mir keine Sorgen. Aber an Sie habe ich einige Fragen. Warum sind Sie gerade jetzt hier und bieten uns dieses Geschäft an? Sind Sie Saegers Strohmann oder tun Sie nur der Schwester Ihres früheren Stechers einen Gefallen?«

Es fühlte sich an, als hätte sie Aristide eine Klinge in den Bauch gerammt. Tatsächlich *war* davon berichtet worden, vor einigen Jahren. Da die Ospies auf Lillian wütend gewesen waren, hatten sie sämtliche Dreckwäsche der DePauls aus der Versenkung geholt. Seine Affäre mit Cyril hatte zu den schmutzigen Laken gehört.

Dann erinnerte Aristide sich daran, dass ihnen im Augenblick niemand auf den Fersen war. Wahrscheinlich wusste Custler nicht einmal, dass Cyril lebte, sich sogar im Land befand.

Kurz brachten Nervosität und Glückseligkeit sein Blut zum Kochen. Cyril war in Amberlough, auf dem Land, ein kurzes Stück die Schnellstraße hinauf. Cyril lebte und war unversehrt, würde bald in der Stadt eintreffen. Er war der Grund dafür, dass Aristide hergekommen war.

Aber Aristide würde eher Reißnägel schlucken, als Custler das zu erzählen. Was also *konnte* er ihr erzählen?

»Ich hatte Angst«, entfuhr es ihm abrupt, als ihm die Erklärung so schnell und deutlich vor Augen stand wie seine perfektesten Täuschungsmanöver.

Zumindest überraschte sie das. »Angst?«

Erfreulich, wie sehr das die Leute stets verblüffte. Dass Aristide Makricosta genau wie jedes andere Lebewesen auf Erden eiskalte Furcht verspüren konnte.

»Ich sage Ihnen die Wahrheit«, fuhr er fort. »Der LSI hat geschnallt, dass wir eine kleine Betrügerei mit porachinischen Hilfslieferungen laufen haben, und uns zu verstehen gegeben, dass wir ihren größten Unruhestiftern im Norden den Saft abdrehen sollen. Ich habe einige Leute verärgert, die ich nicht zum Feind haben möchte. Und wir suchen nach einem weiteren Betätigungsfeld. Sind Sie jetzt zufrieden?«

Da breitete sich auf Custlers Gesicht allmählich ein Lächeln aus: warm und schmierig wie flüssiges Wachs.

»Wissen Sie, ich habe über Sie Sachen gehört, die selbst einem Gehängten Gänsehaut bereiten würden«, meinte sie. »Aber ich glaube, Sie sind bloß ein korrupter Gauner wie wir alle. Ein verdammt guter, aber doch nur ein Gauner.«

KAPITEL 9

Am Abend vor ihrer Abreise in die Stadt hatte es leicht geschneit, deshalb kamen sie bei ihrer Fahrt nach Süden durch eine aschfahle Landschaft vereister, abgeernteter Felder, aber in der Coral Street angekommen war es wärmer, sodass der Schnee bereits matschig wurde. Cyril, der sich ein Paar Gamaschen geliehen hatte, ging langsam auf die Haustür zu. Nicht, weil das halb geschmolzene Eis den Weg gefährlich machte, sondern weil er kaum glauben konnte, dass er wirklich hier war. Seit seiner Schulzeit hatte er die Schwelle von Nummer vierundzwanzig nicht mehr betreten.

»Es ist nicht so, wie ...«, setzte Lillian an und drehte sich zu ihm um, bevor sie die Stufen hinaufstieg. »Na ja. Wir sind lange Zeit fort gewesen. Und hier ist es nicht besser gelaufen als im Rest von Gedda.«

Im Vorraum sah man die Schäden nicht sofort. Selbst die Eingangshalle wirkte bloß ein wenig nackt. An den hellen Stellen an der Wand erkannte man, wo Gemälde gehangen hatten, doch es war nichts zersplittert oder zerbrochen. Der Pfosten unten an der Treppe, dessen Kopf an eine Ananas erinnerte, rührte Cyril bis ins Mark: Plötzlich erinnerte er sich lebhaft daran, wie sich das samtig-glatte Holz unter seinen Händen und an seiner kurzen Hose angefühlt hatte. Wie er das

Geländer hinuntergerutscht, abgesprungen war und sich zum Bremsen am Pfosten festgehalten hatte, um nicht hinzufallen.

»Ich habe mir überlegt, du kannst in der Bibliothek schlafen«, meinte Lillian. »Auf dem Sofa. Wir haben leider ... Im Augenblick sind nur zwei Zimmer eingerichtet. Die Möbel haben sie zum Großteil mitgenommen oder verkauft. Und hinten raus sind einige Fenster zerbrochen, die wir nur mit Holz verkleidet haben. In der Bibliothek ist es wenigstens warm.«

Das war es. Außerdem gab es keine Literatur. Cyril strich über das mit Federn gepolsterte Ledersofa, das einige Kratzer aufwies und zwischen tiefen Riefen im Parkettboden stand.

Offensichtlich war es zu schwer gewesen, um es zu verschieben, und hatte sich nicht einfach durch die Tür bugsieren lassen. Im Gegensatz zu Büchern und Kunst, Tafelsilber und Bettwäsche.

»Sie haben es den Ospies überlassen«, sagte Stephen vom Türrahmen aus. Cyril konnte seinen Schrecken gerade noch verbergen, er fuhr ihm wie ein plötzliches Frösteln durch den Körper, sodass er sich zittrig fühlte, aber man sah es ihm nicht an.

»Das Haus«, fuhr Stephen fort. »Hier hat irgendeine Ospie-Familie gelebt. Und in Carmody eine andere.«

»Die haben die Bücher gestohlen?«

Er zuckte mit den Achseln. »Keine Ahnung. Haben ziemlich viele Möbel verkauft, glaube ich, oder einfach weggeworfen. Am Ende sind sie vielleicht damit abgehauen. Und was sie sich nicht geschnappt haben oder losgeworden sind, ist wahrscheinlich bei den Unruhen weggekommen.« Stephen trat gegen die Wandvertäfelung und ließ sich seine Gefühle deutlich ansehen. Cyril war sich sicher, dass er sie hätte verbergen können, wenn er es gewollt hätte. Stattdessen öffnete er sich ihm, gab ihm einen Wink: wie Licht, das unter einer verschlossenen Tür hindurchschien. Er wollte unbedingt, dass man ihm eine Frage stellte.

Einige von Cyrils besten und tapfersten Informanten waren in Stephens Alter gewesen: arrogante Jungen und Mädchen, die eigentlich keine Kinder mehr waren und an der Schwelle zum Erwachsensein standen. Auch auf einige seiner gefährlichsten Feinde hatte das zugetroffen. Er hatte gelernt, von ihnen die benötigten Informationen zu erhalten, wofür man völlig andere Strategien nutzen musste als bei mit ihm gleichaltrigen oder älteren Erwachsenen.

Sie hungerten nach Respekt und danach, Verantwortung zu tragen. Nichts hassten sie mehr als Heuchelei. Erwachsenen waren bequeme Lügen und Illusionen lieber. Von dieser Vorliebe war Cyril vor etwa acht Jahren abrupt geheilt worden, deshalb fiel es ihm häufig leichter, mit seinen jungen Informanten und Befragten zu sprechen. Wenn man mit Jugendlichen offen sprach, erhielt man die Antworten, die man haben wollte. Wenn man es mit ihren älteren Verwandten versuchte, wurde man abgewiesen, bevor man zu Ende gesprochen hatte. Erwachsene mussten umworben werden. Aber Leute, die noch nicht ganz erwachsen waren? Die wollten unbedingt andere umwerben.

»Lillian hat gesagt, dass du in der Schule Probleme bekommen hast.« Cyril fuhr mit einer Hand über den marmornen Kaminsims. »Weshalb?«

»*Lillian*«, fauchte Stephen mit der Wut eines Kindes, das bewusst den Vornamen der Eltern benutzt, »die traut sich echt was, dass sie dir *das* direkt nach deiner Ankunft gesagt hat.«

»So ist sie schon immer gewesen«, erwiderte Cyril und schlug sich problemlos auf Stephens Seite. »Mischt sich dauernd ein. Sie weiß, was für alle das Beste ist.«

Stephens Misstrauen wandelte sich von reiner Feindseligkeit zu einem Anflug von Überraschung. »Ich habe einen Bleistiftanspitzer in die Luft gejagt.«

Cyril lachte nicht, schimpfte auch nicht. Zog lediglich die Augenbraue hoch und fragte: »Wie das?«

»Habe Kalium ins Fach für die Anspitzreste getan.«

»Und das hattest du woher?«

»Aus dem Chemie-Schrank.« Dann fügte er in eher defensivem Ton hinzu: »Der Tattrige schließt den *nie* ab. Ich habe ihn also nicht mal aufgebrochen.«

»Der Tattrige?«, fragte Cyril.

»Master Tuttle«, erklärte Stephen. »Der Chemielehrer. Ein kompletter Schwachkopf.«

Aha. Bemitleidenswerter Lehrer. Schüler, der seine Mitschüler beeindrucken möchte. Eine explosive Mischung. Etwa so wie Kalium und Bleistiftreste. »Haben die andern gelacht?«

Stephen grunzte verächtlich. »Wie bei einem Feuerwerk. Das Beste, was sie gesehen haben, seit Millicent Rice vor dem Schulleiter blankgezogen hat.«

»Ist jemand verletzt worden?«

Die verächtliche Miene wich Trotz. »Nein.«

»Hättest du dir das gewünscht?«

Da sah Stephen ihn schließlich an. Kein hochmütiger Seitenblick, sondern ganz direkt. Die Augen seines Neffen waren so dunkel, dass sie seine Pupillen verschluckten. Oder vielleicht waren seine Pupillen einfach so groß. Angst, Aufregung. Beide konnten das auslösen.

»Nein«, antwortete Stephen, diesmal leiser, dann senkte er erneut den Blick.

Einen angespannten Augenblick lang befürchtete Cyril, dass die Sache damit gegessen war. Er suchte gerade nach einem anderen Gesprächsthema, als Stephen wieder hochschaute.

»Mum will mir das nicht ehrlich sagen, aber ... du bist Spion gewesen. Nicht wahr? Sogar schon vor den Ospies. Du hast alle möglichen gefährlichen Sachen gemacht. Mit Pistolen und so. Und verschlüsselten Botschaften.«

»Mit Pistolen und so«, bestätigte Cyril und unterdrückte den ironischen Unterton.

»Wie ist das so gewesen?«, fragte Stephen. »Hast du mal jemanden umgebracht?«

Er dachte an die Zeremonie am folgenden Tag. An Cordelia und all die anderen, die wie sie aufgrund seiner Feigheit gelitten hatten. »Ja, das habe ich.«

»Und was noch?«, fragte Stephen, nicht länger trotzig oder arrogant, sondern ehrlich interessiert. »Kennst du dich mit Gift aus? Was ist mit Mikrofilm? Musstest du schon mal hinter die feindlichen Linien?«

»Sagen wir einfach, dass ich dir beibringen *könnte*, eine bessere Bombe zu bauen«, sagte Cyril. »Aber was noch wichtiger ist: Ich kann dir beibringen, dich nicht erwischen zu lassen.«

Trotz des Wetters fand sich zur Zeremonie eine Menschenmenge zusammen. Auf dem Pflaster des frisch angelegten kleinen Parks lag dort, wo Cyril einst mit einem Cocktail in der Hand gesessen und zugesehen hatte, wie der Vorhang sich hob, zentimeterhoher grauer Schneematsch.

Das Grundstück wirkte kleiner als damals, als das *Bee* dort gestanden hatte: An drei Seiten war es von dreckigen, fensterlosen Mauern umgeben. Über den kleinen Flecken Himmel zogen tiefe Wolken und drohten weiteren Schneefall an. Er klappte den Kragen hoch, um sich vor dem Wind und möglichen neugierigen Blicken zu schützen.

»Eigentlich sind wir beide keine Geächteten«, hatte Lillian ihm gegenüber am Vorabend behauptet, als sie ihm einige Decken heruntergebracht hatte. »Als ich frisch aus Asu zurückgekehrt war, haben sie ein paarmal über uns berichtet und ich habe vielleicht ein oder zwei Interviews gegeben. Alle wollten schmutzige Details, eine große Enthüllungsgeschichte, aber ich habe versucht, es neutral zu halten. Habe hauptsächlich über die Familie und unsere Heimatverbundenheit gesprochen. Wenn man langweilig ist, interessieren sich die Menschen nicht für einen.«

»Und was ist mit mir? Meine Geschichte kann man wahrscheinlich nicht einfach so kleinreden.«

Ihr Lächeln hatte beinahe schmerzhaft gewirkt. »Nun ja, es ist schon einige Zeit her, dass sie dein Foto gedruckt haben, und du ... entsprichst ihm nicht mehr ganz. Trotzdem würde ich mich bedeckt halten.«

»Du tust das nicht«, stellte Cyril fest und fragte sich, ob er das Muster der Steppdecke wiedererkannte, die sie auf dem Sofa ausbreitete. Ein Familienerbstück? Oder hatte sie sie in jüngerer Zeit erworben?

»In meine Situation kann man sich *etwas* besser hineinversetzen, glaube ich.« Sie strich die Steppdecke glatt. »Ich habe den Ospies nicht die Polizei übergeben, als wäre sie der verdammte Schlüssel zur Stadt.«

»Hat das in den Artikeln gestanden?«, fragte er.

»Nein«, antwortete Lillian. »Das habe ich in deiner Akte gelesen, als sie mir gesagt haben, dass du tot wärst und es mir genauso ergehen würde, wenn ich nicht mitspiele.« Sie schüttelte sein Kissen auf. »In der Zeitung klang es etwas legaler.«

»Und zwar wie?«

»›Obwohl DePaul anfangs vielversprechend erschien, als er eine Übereinkunft zwischen Acherbys Regierung und dem ACPD aushandelte, stellte er sich letztlich als gefährlich unzuverlässig heraus, da er seinem Land gegenüber nicht loyal war, sondern nur dem eigenen Fehlverhalten.‹ So was in der Art.«

Als Cyril anschließend gefragt hatte, was die Ospies über sie geschrieben hätten, hatte sie gefragt, ob sie das Licht ausmachen könne. Er hatte zugestimmt, obwohl er sich noch nicht ausgezogen hatte oder unter die Decke geschlüpft war.

Weder beim Frühstück noch auf der Fahrt zur Temple Street hatten sie viel geredet. Als Lillian den Fuß auf den matschigen Boden gesetzt hatte, hatte sie sich bereits in einer anderen Sphäre befunden, sich bereit gemacht, eine Charmeoffensive zu starten. Cyril war in den Hintergrund gerückt und dafür war er dankbar. Er hielt sich am Rand der Menschenmenge und ließ den Blick die Temple Street entlangwandern. Tagsüber hatte sie stets etwas heruntergekommen gewirkt, zumindest nicht so, als wäre das Sonnenlicht ihre Bestimmung. Nun aber sah sie einfach nur traurig aus. Möglicherweise lag es daran, dass der Winter schwer auf der Stadt lastete, doch das glaubte Cyril nicht.

Die erste Rede wurde gehalten – er hörte den Applaus, das Quietschen eines Mikrofons –, darum wandte er sich mit einem Hauch von Widerwillen von der nassen, kalten Kulisse der Straße ab und betrachtete die Person am Rednerpult. Niemand, den er kannte. Niemand, von dem er sich vorstellen konnte, dass Cordelia sie gekannt hatte. Nicht einmal … Wie war noch gleich der Name? Letzte Nacht hatte er am Kamin durch die Zeitungen geblättert, frühmorgens, als er nicht schlafen konnte. Saeger. Opal Saeger. Anscheinend Cordelias rechte Hand. Ehemalige Laufsteg-Leute, rochen wahrscheinlich immer noch nach Kordit. Die logische Wahl für eine Rednerin bei dieser Mischung aus Totenwache und Verherrlichung. Allerdings kandidierte sie als Premierministerin und die Übergangsregierung durfte nicht den Anschein erwecken, eine Kandidatin der anderen vorzuziehen.

Trotzdem würde sie kommen. Das hatte Lillian beim Frühstück gesagt, als sie sich bemüht hatte, nicht direkt mit Cyril zu sprechen. Jinadh hatte eine sarkastische Bemerkung auf Porashtu eingeworfen und Lillian hatte geseufzt und in duldsamem Ton gemeint: »Ich glaube, das übersetzt man als ›Arschkriecherei‹«. Daraus hatte Cyril gefolgert, dass seine Schwester sich um Saegers Aufmerksamkeit bemühte.

»So was würde Fryes Basis nicht ansprechen«, hatte Lillian erklärt. »Aber sie muss sich breiter aufstellen, wenn sie gewinnen will. Das habe ich ihr auch gesagt, als wir bei der Spendenaktion der Parks-Stiftung miteinander gesprochen haben.«

So war Lillian: hatte überall die Finger im Spiel.

Nun trat Honora Simons ans Rednerpult: Sie sprach von Trauer und Hoffnung, der Verpflichtung gegenüber dem Andenken an die Verstorbenen. Cyril erinnerte sich vage daran, dass Lillian sie in Briefen aus der Schule erwähnt hatte. War sie einmal im Sommer in Damesfort zu Besuch gewesen? Ihre tröstenden Worte wurden mit Applaus quittiert, der zu erwartungsvollem Schweigen abebbte, da sie die Bühne nicht verließ.

»Bisher haben Würdenträger, Politiker und Entscheidungsträger zu uns gesprochen«, setzte sie an. »Menschen, die mithelfen, unsere Nation hoffentlich nach dem Bild wieder aufzubauen, das die Menschen im Herzen trugen, die wir heute hier ehren.«

Cyril fragte sich, ob Lillian diese Rede geschrieben hatte. Sie bediente sich durchaus gelegentlich triefender Gefühlsduselei, wenn sie glaubte, dass sie etwas brachte. Und durch Honoras emotionalen Vortragsstil wurde das Ganze nicht besser.

»Nun habe ich die feierliche Ehre«, fuhr sie fort, »einen Mann vorzustellen, der in der Geburtsstunde des Laufstegs anwesend war …«

Da wurde Cyril klar, wer als Nächstes sprechen würde, und er fragte sich, ob sie die Wahrheit gesagt hatte.

»Für den Cordelia Lehane eine Alltagsbekanntschaft war, bevor wir sie als Anführerin kennengelernt haben.« Honora freute sich offensichtlich diebisch und konnte es kaum verbergen. »Ein Mann, der mit ihr auf der Bühne gestanden hat und nicht über sie als Galionsfigur erzählen wird, sondern als Freundin. Verehrte Gäste, freuen Sie sich auf: Aristide Makricosta.«

Je länger die Menschenmenge in der Kälte gestanden hatte, mit den Füßen in eisigen Pfützen, desto schwächer hatte sie auf die Redner reagiert. Doch nun gewannen sie merklich an Schwung, auch wenn das Klatschen schwerfällig und gedämpft klang: Alle trugen Handschuhe. Honora setzte sich wieder und überließ Aristide das Mikrofon.

Dieser wirkte aus irgendeinem Grund, als wäre ihm wärmer und er würde sich wohler fühlen als alle anderen, als wäre er auf einer Sänfte über den Schneematsch getragen worden und trüge lange Unterwäsche von höherer Qualität. Vermutlich, so glaubte Cyril, hatte ihn das Leben auf der Bühne auf diesen Augenblick vorbereitet. Und wahrscheinlich eine beträchtliche Menge Brandy.

Aristide schien nicht dieselbe Schule wie die anderen Redner durchlaufen zu haben. Als er ans Rednerpult trat, zögerte er nicht, wirkte auch nicht ehrfürchtig. »Ich hätte sie nicht gerade als *Alltags*bekanntschaft bezeichnet«, sagte er und nahm von einer schweigenden Bühnenarbeiterin ein Satinseil in Empfang. Das Seil, an dem er ziehen und damit das Denkmal enthüllen würde. »Es waren eher lange Nächte und Wochenenden.«

Überraschtes Gelächter.

»Und vermutlich hätte ich sie auch nicht als Freundin bezeichnet. Zumindest nicht zu Beginn. Man konnte sich an ihr reiben, sie war keine einfache Persönlichkeit. Ich glaube, manchmal haben wir uns mehr Beschimpfungen um die Ohren gehauen als nette Worte gewechselt.«

Nun klang das Gelächter teils peinlich berührt. Doch wie ein Seemann, der den Wind prüfte und sich danach richtete, verlagerte Aristide sein Gewicht und änderte seine Strategie.

»Aber wenn sie eine schwierige Aufgabe bewältigen musste«, fuhr er deutlich ernsthafter fort, »vielleicht in letzter Minute eine Choreografie entwickeln oder die gefährliche Last eines Freundes übernehmen – dann zeigte sich, dass diese Schwierigkeit in Wahrheit sture Charakterstärke war.«

Erneut musste Cyril an sie denken, wie sie vor Wut geweint und sein Angebot ausgeschlagen hatte – eine Stelle bei den Ospies, von der er geglaubt hatte, dass sie dadurch in Sicherheit wäre. Charakterstärke, auf jeden Fall. Und Überzeugungen. Und letzten Endes hatte sie sogar recht behalten.

»Es ist nicht einfach, das eigene Leben zu zerstören«, sagte Aristide. »Alles, was man liebt, mit Petroleum zu überschütten und ein Streichholz dran zu halten. Die Flure, die man liebt, mit Dynamit zu verdrahten und den Schalter umzulegen. Dieser Schmerz vergeht nicht, selbst wenn man ihn im Lichte einer größeren Sache betrachtet.«

In der Stille hörte man Möwenschreie. Aristide hatte die Leute vergessen lassen, wie unruhig sie waren, schweigsam standen sie unter der Dunstwolke, die sich aus ihrem Atem gebildet hatte. Vor Cyrils geistigem Auge leuchtete ein Bild auf, im glänzenden Schwarz-Weiß eines Rotodrucks: Flammen, die durch den gusseisernen Balkon von Aristides Wohngebäude in der Baldwin Street leckten.

»Cordelia hatte große Ziele«, unterbrach Aristide die Stille. »Und sie hat geglaubt, dass sie jedes ihrer Opfer wert waren. Das bedeutet aber nicht, dass sie ihr nicht wehgetan haben.«

Wie der Atem des Publikums hing die Erwartung in der Luft, dass Aristide noch etwas hinzufügte. Cyril allein überraschte es nicht, als er kurz unbeholfen mit den Achseln zuckte und dann am Seil zog.

KAPITEL 10

Aristide fand seine Rede furchtbar ehrlich, aber das war er Cordelia schuldig. Er war gerade nüchtern genug aufgetaucht, dass er die Sache durchziehen konnte. Falls ... Wie hieß die Frau noch gleich? Honora. Genau. Falls Honora oder eine der anderen Größen Anstoß daran genommen hatte, dass er während ihres schmerzlichen Mittagessens drei Martinis und einen großzügig bemessenen Verdauungsschnaps zu sich genommen hatte, hatte es zumindest niemand erwähnt.

Das Denkmal war nicht ganz so schrecklich wie seine Rede, aber vermutlich hätte es Cordelia nicht gefallen. Der Obelisk und die Kupferplakette waren zu elegant und gediegen. Sie hätte sich eine sechs Meter hohe Goldplatte gewünscht, auf der sie mit rausgestreckten Titten und wehender Fahne zu sehen gewesen wäre.

Während Aristide sprach, hatte er sich keinen genauen Blick in die Menge erlaubt, sondern den alten Trick angewendet, einen Punkt knapp hinter der letzten Reihe zu fixieren. Dadurch vermittelte er allen das Gefühl, er würde sie direkt ansehen, wenn auch aus erhabener Distanz und mit erhobenem Kinn. Hätte er bekannte Gesichter entdeckt, wäre er peinlich berührt ins Stocken geraten.

Am Vorabend hatte Lillian ihn im Hotel angerufen und gesagt, dass sie sich beim anschließenden Empfang sehen würden, sie allerdings nur wenig Zeit zum Plaudern haben würde. Er hatte mitfühlend gebrummt und ihre Entschuldigung angenommen, wusste aber selbst nicht so recht, ob er dankbar dafür war, dass ihm der Small Talk mit ihr erspart bleiben würde.

»Frye hat sich die Reden angehört«, sagte Daoud, als sie vor dem Haus der *Matrons' Benevolent Society* vorfuhren, ursprünglich ein wohltätiger Verein der Damen der höheren Gesellschaft. »Ich habe sie kommen sehen, als du auf deinen Auftritt gewartet hast. Ich nehme an, dass sie auch hierherkommen wird.«

»Ein mutiger Schritt«, meinte Aristide, der die letzten Tage genutzt hatte, um sich mit den aktuellen Ereignissen vertraut zu machen.

Daoud zuckte mit den Schultern. »Das macht keinen Unterschied. Du solltest mit ihr reden.«

»Du meinst, ich soll austesten, wie kurz die Leine ist, an der sie Custler hält. Ich glaube nicht, dass ich im Ballsaal der *MBS* ein Geschäft abschließen werde, vor allem, wenn ihr Unternehmen treuhänderisch verwaltet wird.«

»Sprich einfach mit ihr«, erwiderte Daoud resigniert.

Theatralisch zog Aristide einen Schmollmund. »Natürlich *spreche ich mit ihr.* Das ist eine *Party.* Aber ich fürchte, wenn ich sie für ein kleines Schwätzchen mit Beschlag belege, könnten uns einige neugierige Blicke folgen.«

Daoud betrachtete ihn spöttisch grinsend. »Euch beiden? Alle werden annehmen, dass ihr einfach Kontakte knüpfen möchtet.«

»Du hast ein falsches Bild von meiner Stellung in Gedda.«

»Ich habe ein sehr gutes Bild von deiner Stellung *heute Abend*«, widersprach Daoud und einen kurzen Augenblick lang glaubte Aristide, dass es sich um eine Anspielung handelte. Allerdings fuhr Daoud fort, ohne Aristides Unbehagen und, verdammt noch mal, leichte Erregung zu bemerken.

»Diese Leute betrachten dich als Symbol«, meinte Daoud. »In ihren Augen ist die Person, die du gewesen bist, tot. Und jetzt bist du … eine Erinnerung. Eine Figur aus einem Film.«

»Apropos«, nahm Aristide den Faden auf. »Wahrscheinlich haben sie meine Spur verloren, nachdem ich keine Filme mehr mit Pulan gedreht habe. Falls die hier überhaupt irgendjemand gesehen hat.« Er rieb sich den Nacken, konnte die Verspannungen damit allerdings nicht lösen.

»Es wird Zeit hineinzugehen«, sagte Daoud. »Und trink nichts, bevor du etwas gegessen hast.«

Aristides kurz aufgekommene Erregung war bereits wieder abgeflaut, trotzdem fachte Daouds kecke Bemerkung die Glut erneut an. »Nicht so anmaßend, bitte«, erwiderte er leise und todernst. In Daouds schwarzen Augen schimmerte Besorgnis auf, wie das orange Glühen heißer Kohle. Später an diesem Abend würde Aristide etwas Schmutziges machen. Im Augenblick hingegen hatte er einige Angelegenheiten zu regeln.

Die *Matrons' Benevolent Society* war ein Relikt aus dem alten Amberlough, das die Ospies nicht unterdrückt hatten – zumindest hatten sie das Blattgold an den Wänden belassen und niemand hatte die Stuckaturen mit einfachem Putz überdeckt. Wie es allerdings den wohltätigen Matronen selbst ergangen war, da war Aristide sich nicht so sicher.

An der Garderobe gab er seinen Nerzmantel ab und lud ihn einem Mädchen auf, das ihm nicht groß genug erschien, um das Gewicht zu schultern, dann stieg er den Bogen einer kürzlich geschrubbten Marmortreppe hinauf. Das gesamte Gebäude wirkte, als hätte man es eilig gereinigt – neben dem Wachs und Zitronenöl roch er noch immer Staub und Feuchtigkeit, ein wenig Schimmel.

Über das Geländer schwebte ihm das Geschnatter von Gesprächen entgegen und er ging darauf zu, stand schließlich auf einem Treppenabsatz vor einer Doppeltür, die den Blick auf den Empfang eröffnete.

Im Raum befanden sich die unpraktischen kleinen Stehtische, die Gastronomen bei solchen Ereignissen stets aufstellten. Sie boten für niemanden die richtige Höhe, füllten sich innerhalb einer Viertelstunde mit benutztem Geschirr und mussten regelmäßig abgeräumt werden. Wenn man auf einem davon sein Getränk abstellte, verschwand es, sobald man ihm den Rücken zudrehte. Aristide hatte vor, seines fest in der Hand zu behalten und jedes Glas zu leeren, bevor er es abstellte.

Nur wenige Herren trugen Frack, darum fühlte er sich in seinem Smoking nicht so wagemutig wie gehofft. Vor zehn Jahren hätte man überall Frackschöße und Kläppchenkragen gesehen. Einige Gäste trugen internationale Mode – Tuniken und Dhoti, Bauchbinden und Fustanellas. Auch manche Frauen trugen Jackett und Hose, ein paar von ihnen führten andere Frauen am Arm. Die Razorladys und Blushboys ließen ihre Anwesenheit spüren: lautes Lachen, lässige Gesten.

Aristide fragte sich, wie viele der eher ... *farbenfrohen* Gäste bewusst eingeladen worden waren, um sich zur Schau zur stellen. Ganz sicher war er bei diesem Ereignis nicht das einzige Dekorationsstück. Warum hatte die Übergangsregierung das Gefühl, dass sie den Leuten diesen Punkt einhämmern musste? Oder vielleicht hatte Honora sich für ihre Party einfach ein Motto gewünscht: *Die Ospies sind mit absoluter Sicherheit weg.*

Wie viele Leute davon überzeugt waren, konnte Aristide nicht sagen. Insgesamt wurde wenig Farbe getragen und wenn, dann nur gedämpft und in Kombination mit Grau oder Braun: Erdtöne, Sepia, dezente Schattierungen. Wenig leuchtende Farben, keine besonders auffälligen Töne oder Muster. Hier wollte niemand das Andenken der Toten missachten, zu deren Ehren man sich versammelt hatte, trotzdem schien mehr dahinterzustecken. Die Menschen trugen noch immer die Last der Angst mit sich herum.

Bevor Aristide missmutig wurde, wandte er sich Daoud zu und sagte: »Bitte suche Frye für mich, ja? Ich suche inzwischen die Bar.« Als er sich schon auf seine Mission begeben wollte, packte Daoud ihn sanft am Ellenbogen.

»Dort«, meinte er nur und deutete vage in eine Richtung. Auf dieser Party zeigte man nicht mit dem Finger auf andere.

Sie stand knapp zwanzig Meter weit entfernt und schien in drei Gespräche gleichzeitig verwickelt zu sein. Eine mittelgroße Frau, die durch hohe Absatzschuhe imposant erschien, vielleicht zehn Jahre älter als Aristide. Die silbernen Haare trug sie schlicht hochgesteckt. Durch die Sonne war ihre Haut ledrig geworden, selbst im Winter leicht gebräunt, in den Augenwinkeln hatten sich scharfe Lachfältchen gebildet. Sie trug ein malvenfarbenes Kleid, das ihr von leichten Falten durchzogenes, mit Sommersprossen gesprenkeltes Dekolleté präsentierte, auf dem ein einzelner, mit winzigen Diamanten umringter Saphir prangte. Die Fassung ließ auf ein antikes Stück schließen, allerdings von hervorragender Qualität. Vielleicht bei einer Auktion erworben. Tarnung für eine Neureiche.

Und direkt neben Frye: Lillian DePaul.

Seit Aristide geddischen Boden betreten hatte, hatte er sie noch nicht gesehen. Er hatte sie sogar seit fünf Jahren nicht mehr gesehen, seit ihrem Treffen in der Lobby des *Grand Ldotho Hotels*, als sie das Gesicht in den dreckigen Haaren ihres Sohnes vergraben hatte. Stephen, so hieß er. Vom eigenartigsten Retterpaar, das sich je zusammengetan hatte, den Ospies vor der Nase weggeschnappt.

Kurz spürte Aristide den kühlen Wind der Steppe, spürte Cordelias schmale Schultern unter den Händen.

Was für eine Katastrophe, nun brannten ihm die Augen. Er blinzelte mehrmals, um seinen Blick zu klären, und schaute wieder zu Lillian hinüber. Obwohl sie eindeutig lebte und offensichtlich unverletzt war, hing die Vergangenheit wie Spinnweben an ihr.

Bis in alle Ewigkeit würde Aristide sie in dem asymmetrisch geschnittenen Kleid vor sich sehen, das sie bei ihrer ersten Begegnung getragen hatte. Es hatte ihr gut gestanden, ihre große, anmutige Gestalt in fließendem gewittergrauen Satin umschmeichelt. Doch selbst in Gedda, wo das Geld knapp war, veränderte sich die Mode. An diesem Abend trug sie ein Teil, das an den Schultern militärisch gerade geschnitten war. Leicht ausgepolstert, wenn er nicht völlig falschlag. Die Ärmel fielen ihr locker bis über die Ellenbogen, lagen an den Unterarmen enger an und endeten in gerüschten Bündchen. Nur am tief ausgeschnittenen Dekolleté zeigte das Kleid etwas Haut. Als sittsam konnte man es allerdings auch nicht bezeichnen – von den Schultern abgesehen war es sehr eng geschnitten. Das Rockteil wand sich in einem festen Knoten aus schwarzem Seidencrêpe um ihre Beine, an der Hüfte seitlich mit einer Diamantschnalle zusammengefasst. Der Saum umspielte ihre Knöchel und ließ schlichte Samtpumps hervorblitzen. Sie sah hinreißend aus, angsteinflößend und streng.

Und Lillian war mit Emmeline Frye ins Gespräch vertieft, lächelte leicht, nickte ab und zu und machte den Anschein, als würde es für sie gut laufen.

Cyril war nirgends zu sehen.

»Würdest du uns bitte etwas zum Knabbern besorgen?« Entschuldigend legte Aristide Daoud die Hand an den Ellenbogen.

»Wenn du das dann auch isst«, erwiderte der jüngere Mann schlecht gelaunt. Doch Aristide hatte sich bereits in das elegante Getümmel gestürzt, das zwischen ihm und Lillian herrschte.

Lillian sah ihn nicht kommen. Unverzeihlich. Doch er näherte sich von hinten und sie steckte gerade alle Energie darin, aufmerksam zu erscheinen, ohne in der Zeitung zu landen.

Zumindest hatte sie Cyril nicht an ihrer Seite, sodass die Geier diese Geschichte nicht bekommen würden. Er hatte kein Interesse daran gezeigt, an der Gala teilzunehmen, und Lillian hatte sich nicht bemüht, ihn umzustimmen. Deshalb war er mit Stephen in der Coral Street geblieben.

Die Blitzlichtmeute hatte die meisten gewünschten Bilder bei der Zeremonie oder draußen am Gehsteig vor der *MBS* bekommen, allerdings waren noch einige Streiter der Feder anwesend sowie ein paar von Honora bezahlte Fotografen, die sich Lillians Einschätzung nach sicher nicht zu fein waren, um nebenbei bei den Hochglanzmagazinen abzukassieren.

Frye hatte ihnen ein flüchtiges Lächeln und einige Sätze geschenkt, viel zu förmlich, offensichtlich auswendig gelernt, und war dann von einem Grüppchen zum anderen geschlendert, die eindeutig aus ihren Freunden bestanden. Lillian schlich ihr wie eine Raubkatze ihrer Beute hinterher und fing sie in der hinteren Saalecke ab, von der Presse abgeschirmt. Gerade als sie Uhrzeit und Datum für ein Mittagessen vereinbaren wollten, spürte Lillian eine große Hand auf der Schulter. Sie zuckte zusammen und versuchte, es mit einem Lachen zu kaschieren.

»Mr. Makricosta«, begrüßte sie ihn, als sie sich umdrehte und sah, wer es war. »Ihretwegen habe ich beinahe meinen Drink verschüttet!«

»Ein ungeheuerliches Vergehen«, erwiderte Aristide und griff das Spiel nahtlos auf. »Allerdings hätte ich Ihnen einen neuen besorgt.« Dann fuhr er fort, als hätte er Frye erst in diesem Augenblick bemerkt – Lillian war sich sicher, dass dies nicht der Fall war –: »Du meine Güte, ist das etwa …? Ms. DePaul, würde es Ihnen etwas ausmachen, uns einander vorzustellen?«

»Selbstverständlich nicht«, sagte sie und unterdrückte ihren Ärger. »Ms. Frye, das ist Aristide Makricosta: Import-Export-Unternehmer und ein alter Freund.« Die Bedeutung ihrer Worte verbog sie wie Zeltstangen, damit sie ihre Manieren stützten. »Mr. Makricosta, Emmeline Frye, Kandidatin der Neo-Föderalisten für das Ministeramt.«

Fryes Lächeln erinnerte an einen Salzsee: stumpf, trocken, alkalisch. Sogar ihre Augen schienen von der Sonne ausgebleicht zu sein: ein blasses Nussbraun, wie das Unterholz, das in der porachinischen Wüste wuchs. Saegers jugendlichem Leuchten, ihrer Leidenschaft hatte sie nichts entgegenzusetzen. Man müsste diese Schlichtheit ausspielen, sie zur Basis für einen ansprechenden Pragmatismus ausbauen.

»Ich weiß nicht, ob es gut ist, wenn wir uns unterhalten«, meinte Aristide. »Im Augenblick habe ich ein umfangreiches Angebot von WCRC auf dem Tisch liegen.«

Selbstverständlich hatte er etwas vor. Umsonst war er niemals charmant. Die Wut ließ Lillian erstarren. Widerwillig zollte sie ihm Bewunderung.

»Da habe ich keine Finger mehr im Spiel und mir die Hände in Unschuld gewaschen.« Frye schüttelte die Hände, als wären sie nass und sie hätte kein Handtuch, um sich abzutrocknen. »Außerdem haben Sie, wenn Sie etwas durch Gedda transportieren wollen, im Augenblick sowieso wenig andere Möglichkeiten.«

»Ein Manko, das Ihre Infrastrukturpläne ganz sicher korrigieren werden.« Affektiert und beiläufig zugleich betrachtete Aristide seine Fingernägel. »Eine gute Tat für Ihre

Wettbewerber. Äußerst selbstlos. Natürlich würde auch die West Cultham von einem verbesserten und ausgebauten Schienennetz profitieren. Und Sie sind der Meute, die gerade um die Kurve kommt, weit voraus.«

Frye zuckte mit den Achseln. »Wenn man dem Schwarm Mais hinwirft, bekommt jede Gans ein paar Körner.«

Dieser Bezug zu Ackerbau und fruchtbarer Erde, mit flachen Vokalen vorgetragen – *damit* könnte sie sich Stimmen sichern. Allerdings war Lillian nicht sicher, woher das Ganze kam. Frye stammte aus den Vorstädten Nuesklends und einer gut situierten Familie der Mittelschicht. Keinerlei Verbindung zur Landwirtschaft. Sie war in der Staatshauptstadt zur Universität gegangen und hatte beim Handel mit Rohstoffen ein kleines Vermögen gemacht – genug, um sich mit einigen Partnern zusammenzutun, ein erfolgreiches Bahnunternehmen zu gründen und die anderen gerade rechtzeitig auszuzahlen, bevor die Ospies an die Macht gekommen waren.

WCRC war von den Ospies verstaatlicht und vom Laufsteg mit Gewalt überzogen worden. Frye war in den Untergrund gegangen – Lillian nahm an, dass sie das Land nicht verlassen hatte, doch sie hatte sich eindeutig bedeckt gehalten. Als der Staub sich gelegt hatte, war sie aus der Versenkung aufgetaucht und hatte die Leitung ihrer Firma wieder übernommen. Während alle anderen Bahnunternehmen im Chaos aus fehlendem Geld und verbogenem Stahl zugrunde gingen, hatte Frye erstaunliche Mengen geliehener und persönlicher Gelder in den Wiederaufbau – und die Privatisierung – wichtiger Bahnstrecken im Land gesteckt. Innerhalb von Monaten hatte sie die Summe wieder reingeholt.

Ihre Gegner bezeichneten sie als Gaunerin und Schlimmeres. Lillian hatte ebenfalls gehört, dass man sie einen hartherzigen, berechnenden, bissigen Bobtail genannt hatte. Aber sie sah volksnah aus und klang auch so, wenn sie sich darum bemühte. So etwas gefiel den Leuten. Sie nahmen es ihr ab, nahmen es mit nach Hause und ließen es sich schmecken.

Mit Ausnahme von Aristide, der so hinterlistig dreinschaute, dass er ihr das Getue ganz sicher nicht abnahm. Natürlich nicht: Schließlich war er selbst Meister darin. Frye hatte keine Chance, ihn mit seinen Waffen zu schlagen.

»Ich war gerade auf dem Weg zur Bar«, meinte Aristide und beobachtete Frye aus zusammengekniffenen Augen. »Soll ich Ihnen etwas mitbringen?«

Verdammt. Lillian *spürte* regelrecht, wie zwischen den beiden etwas passierte: ein Schaudern, das eine verborgene Einladung übermittelte, und deren Annahme.

»Ich komme mit«, sagte Frye. »Sie lasse ich nicht für mich bestellen. Sie scheinen mir die Art Mann zu sein, dem eine Frau besser gefällt, wenn sie betrunken ist.«

»Ich bin die Art Mann, dem alle besser gefallen, wenn sie betrunken sind. Vor allem ich selbst.« Er hielt ihr den Arm hin und Frye hakte sich unter.

Lillian unterdrückte den Impuls, vor Wut aufzustampfen. Doch dann schaute Frye sich zu ihr um und meinte im Weggehen: »DePaul, bei mir zu Hause. Morgen nicht, aber ... übermorgen? Halb eins.«

Sie lächelte und erwiderte: »Das trage ich mir im Kalender ein.«

Saeger war schwerer zu knacken als Frye.

Erstens stand sie im Mittelpunkt. Bei der Zeremonie hatte sie zwar keine Rede gehalten, doch alle wussten, dass sie Lehane nahegestanden hatte. Der Kopf hinter der Strategie des Laufstegs. Ein wenig älter, etwas besser organisiert, mit der Erfahrung, unterschiedlichste Menschen hinter einer gemeinsamen Sache vereint zu haben. Cordelia war der Scheinwerfer gewesen, aber Opal – Beleuchter, den geheimen Tarnnamen trug sie jetzt wie ein Ehrenabzeichen – hatte ihn auf sie gerichtet. Und nun war Saeger an der Reihe, auf die Bühne zu treten.

Jinadh war es, der Lillian einen Aufhänger lieferte, um sie anzusprechen. Mit dem Fliegenfängergedächtnis und den aalglatten Manieren eines Höflings und Klatschkolumnisten war er der perfekte Händeschüttler. Niemand hätte geahnt, wie sehr er die ganze Sache verachtete – die Übergangsregierung, Einweihung, Gala, anstehende Wahl –, weil sie Lillian derart mit Beschlag belegte. An diesem Abend allerdings hatte er so viel getrunken, dass er in jovialer Stimmung war. Vom frisch gestutzten Bart eingerahmt schienen seine Zähne regelrecht zu strahlen; ein Leuchtfeuer, das Lillian problemlos im Blick behalten konnte.

Er unterhielt sich gerade in der Nähe der Bühne mit Daoud – es waren noch mehr Reden gehalten worden, doch diesmal hatten dabei wenigstens alle trockene Füße gehabt –, als Lillian bemerkte, wie sich die Menge um die beiden herum verschob: eine Massenbewegung von Menschen wie die hereinkommende Flut, auf deren Schaumkrone die statuenhafte Gestalt Opal Saegers schwamm.

Groß, hager, ein Kiefer, mit dem man Granit schneiden konnte – sie trug ein strukturiertes Kleid aus matt schimmernder weißer Seide. Allerdings wirkte sie, als fühlte sie sich darin nicht wohl, und Lillian kam der Verdacht, dass man sie schlecht beraten hatte. Bei einer weniger kantigen Person hätte man diesen Aufzug als bewusste Selbstdarstellung angesehen. An Saeger wirkte er wie ein Karton. Man hätte ihr einen Anzug anziehen sollen oder zumindest etwas Schlichteres.

Sie gesellte sich zu den beiden Männern – die Spitze eines neu entstehenden Dreiecks – und streckte zunächst Daoud, dann Jinadh die Hand entgegen. Lillian schnappte sich im Vorbeigehen von einem Tablett zwei Sektschalen und schlüpfte vorsichtig durch die Menge.

»Gewürztörtchen«, sagte sie und schaute bewusst auf ihre Hände, als sie sich den dreien näherte. »Ich habe dir … ach.«

»Aha«, erwiderte Jinadh. Lillian hörte die Enttäuschung in seiner Stimme, allerdings nur, weil sie verheiratet waren. Sonst würde sie niemand wahrnehmen. »Ms. Saeger, das ist meine Frau. Lillian DePaul.«

Wenigstens nahm er ihr eine Sektschale ab, damit sie ihr die Hand schütteln konnte. »Freut mich sehr, Sie kennenzulernen, nachdem ich schon so viel gehört habe. Wie läuft es mit Ihrem Wahlkampf?«

»Besser als mit den Ospies«, erwiderte Saeger, weshalb Lillian am liebsten die Augen verdreht hätte, doch sie zeigte sich von ihrer besten Seite. Diese Frau war vielleicht die nächste Premierministerin. Diese Frau konnte ihr eine Stelle verschaffen.

Dass Saeger eine Widerstandsheldin war, die sogar Folter überlebt hatte, machte einen großen Teil ihrer Anziehungskraft aus. Das kam bei den wütenden Leuten gut an, die etwas an die Ospies verloren hatten. Es sicherte ihr eine positive Berichterstattung in der *Clarion*, dem *Morgenblatt* und bei einigen neueren Sendern, die in letzter Zeit aus den Funkwellen sprossen. Allerdings kam es bei den Leuten nicht so gut an, die von den Bombenanschlägen des Laufstegs verletzt worden waren. Obwohl ebendiese Organisation in der allgemeinen Einschätzung nicht länger als Terroristen, sondern als Befreier betrachtet wurde, nachdem sie damit begonnen hatte, entlang der Bahnlinien, die sie nicht zerstört hatte, Hilfsgüter zu verteilen. Diese Hilfe ging großteils an ihnen wohlgesinnte Orte und Städte oder an solche, die mit Schmeicheleien zu überreden waren. Überall, wo scheinbar eine Mehrheit der Ospies vorlag, hungerte man.

Wie zu erwarten war, attackierte der *Telegraph* Saeger und betitelte sie als unorganisierte Neureiche. Lillian überraschte es, dass sie zum ersten Mal in ihrem Leben mit dessen Kommentaren einer Meinung war.

Doch in der Politik ging es nicht darum, mit Menschen einer Meinung zu sein. Es ging um beiderseitige Vorteile und Kompromisse. Deshalb überging Lillian Saegers bittere Erwiderung lächelnd und entgegnete: »Das heißt nicht viel.«

»Nein«, meinte Saeger. »Ganz bestimmt nicht. Hat ihnen letztlich aber nichts gebracht. Dank Pulan Satri. Und am Ende ganz Porachis.«

Das königliche Schatzamt hatte sich hinter den Laufsteg gestellt, als es danach aussah, dass es zu seinen Gunsten ausgehen könnte. Das erklärte auch, warum Saeger sich an Daoud gewandt hatte. Lillian fragte sich, ob sie sich jemals persönlich begegnet waren oder sie ihn nur dem Namen nach kannte.

In der Nähe blitzte eine Kamera auf und fing ihr Gespräch ein. Lillian unterdrückte gerade noch ein unwillkürliches Zusammenzucken. »Das würde ich mit einer Motte und dem Licht vergleichen«, sagte sie. »Aber Sie sind es, die sich verbrennen. Die können Sie nicht abschütteln, was?«

»Das will ich auch gar nicht«, erwiderte Saeger. »Ich brauche genauso dringend gute Presse wie jeder andere Gauner mit seinem Programm.«

»Tja, von ihm bekommen Sie die nicht. Das war Emil van Nuys. Er arbeitet freiberuflich, Honora hat ihn angeheuert, verkauft aber viele seiner Fotografien an Chester Chandler.« Dafür erntete sie einen schlecht kaschierten, verständnislosen Blick. Saeger hatte Charisma, doch kein Talent für Täuschung. »Der Wochenendredakteur. Beim *Telegraph*. Es ist nur so, dass … Mir ist aufgefallen, dass man Ihnen dort nicht gerade wohlgesinnt ist.«

Saeger zog die Augenbrauen hoch. Diese waren dunkel, im Gegensatz zu den kurz geschorenen honigblonden Haaren. Etwa die gleiche Farbe wie Lillians, allerdings gepaart mit dunkelbraunen Augen. Sie war zwar in Gedda geboren, doch ihre Eltern waren Suldater. Beide waren bereits vor den Ospies gestorben, trotzdem sprach Saeger häufig darüber, was ihnen zugestoßen *wäre*, wenn sie noch gelebt hätten. Was all den anderen ausländischen Eltern geddischer Kinder zugestoßen war.

Guter Stoff. Wenn sie schlau war, konnte sie darauf aufbauend das Thema Einwanderungspolitik aufgreifen. Doch bisher war in dieser Richtung nichts von ihr gekommen.

»Sie arbeiten zurzeit für die Übergangsregierung«, meinte Saeger. »Nicht wahr?«

»Presse- und Öffentlichkeitsarbeit, ja.«

Saeger deutete ein Nicken an und musterte sie dabei. »Sie leisten ganz sicher gute Arbeit.«

»Das hoffe ich sehr«, sagte Lillian, denn die Wahrheit lautete: *Das tue ich*, doch die verkaufte sie üblicherweise nicht.

Erneut deutete Saeger ein Nicken an, diesmal eher zur Bestätigung. Dann wandte sie sich an Daoud. »Mr. Qassan, es hat mich sehr gefreut, Sie zu sehen. Bitte richten Sie Ms. Satri meine Dankbarkeit aus, wenn Sie das nächste Mal mit ihr sprechen. *Unsere* Dankbarkeit. Sie hat uns vieles ermöglicht.«

Heilige Steine, diese Mischung aus Förmlichkeit und dem halb abgelegten Stadtsingsang – am liebsten hätte Lillian ihr einen Sprechlehrer besorgt. Einen besseren als jenen, den Saeger bisher hatte.

»Das mache ich«, antwortete Daoud und Lillian fragte sich, wie oft sie miteinander sprachen. Heutzutage hatte sie kaum noch Kontakt zu der Filmemacherin. »Und wenn Sie mich entschuldigen würden, Mr. Addas …« Er verzog den Mund zu einem schiefen Lächeln. »Ich glaube, ich sollte meinen Begleiter suchen, bevor er in Schwierigkeiten gerät.«

Nachdem Daoud gegangen war, schüttelte Saeger Lillian und Jinadh nochmals die Hand und rauschte dann durch die Menge davon, die sich allmählich zerstreute. Danach sah Lillian sie nicht mehr. Allmählich ging die Veranstaltung zu Ende.

Da Jinadh dies anscheinend ebenfalls auffiel, schaltete er mit seinem Glamour einen Gang zurück. »Bitte bedank dich nicht bei mir. Ich hasse mich dafür, dass ich dich in ihre Nähe gelassen habe.«

»Ich weiß nicht, ob das was gebracht hat. Aber ich esse diese Woche mit Frye zu Mittag.«

Er schloss die Augen, als blendete ihn die Sonne, und seufzte. »Viel Glück. Hältst du dir wenigstens die Sonnenwendwoche frei?«

»Selbstverständlich. Also, zumindest so frei, wie es geht. Es könnte sein, dass die Pflicht ruft, mit Honora und allem anderen.«

»Solange du mit am Tisch sitzt«, meinte Jinadh und ließ den Blick durch den Raum wandern, wie er es immer tat, wenn er etwas vermeiden wollte. »Ich möchte nicht allein den Gastgeber spielen.«

»Gastgeber?«

»Ja«, sagte er. Auch die Art, wie er die Fingerspitzen gegen den Rand seiner Sektschale drückte, verriet ihn. »Ich habe meinen respektierten Bruder Daoud Qassan eingeladen. Und Aristide ebenfalls.«

Da Lillian und Jinadh den Abend über ausgegangen waren, wagte Cyril sich zum Abendessen an den Tisch. Ohne seine Schwester, die sonst das Zusammenleben genauestens bestimmte, fühlte sich das Ganze weniger wie eine Zerreißprobe an und eher wie eine Gelegenheit, um sich Essen reinzustopfen.

Im Esszimmer hallten die Geräusche ebenso wie im Rest des Hauses nach, weil es an Möbeln und Zierrat fehlte. Der Tisch bestand nicht mehr aus der geschwungenen Eichenplatte, an die Cyril sich erinnerte und die auf aufwendig gewundenen Beinen gestanden hatte. Man hatte ihn durch ein quadratisches und zweckmäßiges Teil ersetzt, das weitestgehend unter einer schlichten weißen Decke versteckt wurde.

Stephen tauchte einige Minuten nach Cyril auf und ließ sich mit einem ärgerlichen Seufzer auf seinen Stuhl fallen. Cyril wartete auf die offenbar bevorstehende Beschwerde, doch dann hob Stephen den Blick von seinem Teller, begegnete kurz dem von Cyril und senkte ihn wieder. Es herrschte Schweigen.

Bern, der Diener, beugte sich an Cyril vorbei und legte ihm einige Scheiben Kohlrouladen auf den Teller. Er vergaß, dass er eigentlich Stopp sagen sollte, und hatte am Ende zu viele. Vor vielen Jahren hatten seine Eltern Lillians Spaniel aus dem Esszimmer verbannt, nachdem sie bemerkt hatten, dass er ihn mit seinen Resten gefüttert hatte. Er hatte das Mistviech gehasst, nur unter dem Tisch war es nützlich gewesen. Jetzt hätte er es gut gebrauchen können.

Stephen stocherte in seinen Kohlrouladen herum. Cyril beobachtete, wie er den Kopf sinken ließ, die knochigen Schultern bis zu den Ohren hochgezogen.

»Was hältst du von der ganzen Sache?«, fragte Cyril wider besseres Wissen.

»Die Reden?«, stellte Stephen eine Gegenfrage. »Den Laufsteg?«

»Alles.«

Stephen zuckte mit den Achseln. »Riesen-Tamtam für etwas, das längst vorbei ist.« Dann hielt er inne, ließ nachdenklich die Zinken seiner Gabel auf dem Porzellan quietschen. »Glaubst du, dass die deswegen so ein Trara um den

Bleistiftspitzer gemacht haben? Weil das eine Bombe war und alle wegen dem Laufsteg noch immer ganz wild sind? Eigentlich hätte ich nur Prügel bekommen müssen oder vielleicht, dass ich nicht zum Unterricht durfte. Aber die … na ja, was die deswegen machen, ist einfach nicht normal.«

»Inwiefern?«, fragte Cyril und nippte an seinem Wasser. Magnusson hatte keinen Wein auf den Tisch gestellt und es gab auch keine entsprechenden Gläser. Cyril fragte sich, ob es an der Knappheit lag oder sich um übertriebene Fürsorge handelte.

»Mum und Dad haben vom Schweinchen diese Briefe bekommen«, erklärte Stephen. »Vom Schulleiter. Ich bin das ganze Leighberth-Trimester raus, soll einen Haufen Bücher lesen und darf *vielleicht* wiederkommen und dann muss ich gute Noten haben und darf keinen Tadel mehr bekommen, sonst war's das. Mir kommt das nicht so vor, als geht es überhaupt um den Bleistiftspitzer.«

»Was hast du sonst noch angestellt? Außer dem Bleistiftspitzer.«

»Woher weißt du, dass ich überhaupt was angestellt habe?«

Cyril starrte ihn direkt an, blinzelte einmal langsam. In der Ecke verlagerte Bern auf einer knarzenden Diele das Gewicht auf das andere Bein. Die Anspannung stieg.

Schnell gab Stephen nicht nach, ein gutes Zeichen, aber schließlich tat er es doch. »Also gut, ich bin in diesem Trimester zweimal vom Unterricht ausgeschlossen worden, weil ich mich nach der Sperrstunde rausgeschlichen habe, und ich habe dafür gesorgt, dass Duquesne auf die Krankenstation musste. Er hat niemandem gesagt, dass ich es gewesen bin, aber sie wussten es trotzdem.«

»Hast du ihn geschlagen?«

»Mit einem Bowlingkegel, im Schuppen nach dem Training.«

»Warum?«

»Er hat gesagt, dass meine Familie aus dreckigen Verrätern besteht. Die Scheiße, die Gedda sich vom ...« Aus Schamgefühl verbiss er sich die Worte nicht, sondern aus Wut. »Wahrscheinlich, weil Mum für die Botschaft gearbeitet hat. Bevor die Ospies weg waren. Und ... wahrscheinlich wegen dir. Und Dad. Er hat auch ein paar Sprüche über Porachis abgelassen. Ich habe ihm, glaube ich, die Nase gebrochen.«

»Und er hat dich nicht verpfiffen?«

»Er ist größer als ich. Wollte nicht, dass die peinliche Geschichte rauskommt. Und er hat gewusst, dass ich mich an ihm räche, wenn er es erzählt. Außerdem mögen nicht mal die Lehrer einen Petzer.«

Das klang, als hätte sich die Schule in dreißig Jahren kaum verändert.

Cyril stellte ihn vor die Wahl. »Willst du wissen, was sie sagen würden, wenn du sie fragen würdest? Oder willst du wissen, warum sie wirklich so sauer sind?«

»Beides«, antwortete Stephen.

»Clever.« Nachdenklich drehte Cyril sein Wasserglas in den Händen. »Wenn du sie fragen würdest, würden sie dir sagen, dass dabei Leute hätten verletzt werden können. Und das ist tatsächlich einer der Gründe. Eine Bombe ist etwas anderes als ein Bowlingkegel, mit dem du einem einzelnen Jungen die Nase einschlägst.«

»Es war witzig«, meinte Stephen, wobei ihm beim letzten Wort die Stimme brach.

»Für sie nicht. Wie du schon gesagt hast: Gedda hat in den letzten Jahren mehr als genug mit Bomben zu tun gehabt.« Cyril erinnerte sich an Lillians Bemerkung, dass Stephen sie an ihn im selben Alter erinnerte: mit einem Haufen Beschwerden über die Feiertage nach Hause geschickt. Skandale und Prügel und lange Stunden, in denen man ihn ohne Abendessen weggesperrt hatte.

Wenn man Cyril als Beispiel nahm, war der Junge auf keinem guten Weg. Dieser Pfad hatte dazu geführt, dass Cyril beinahe totgeprügelt worden war und am Ende mit einer Pistole am Kopf am Hafenbecken gelegen hatte. »Aber eigentlich machen sie sich Sorgen, weil sie nicht wissen, was sie mit dir anstellen sollen. Keiner will die Verantwortung übernehmen. Niemand will, dass es ihr Fehler ist, wenn du einen Bleistiftspitzer in die Luft jagst oder deine Prüfungen nicht bestehst. Dass sie dich nicht reparieren können, bereitet ihnen Unbehagen, deshalb versuchen sie, dich jemandem zuzuschieben, der es kann. Deine Eltern der Schule, die Schule deinen Eltern.«

Stephen hielt die Gabel über seinen Kohlrouladen in der Luft, hatte das Essen völlig vergessen. »Was passiert, wenn mich niemand reparieren kann?«

Als Cyril in diesem Alter gewesen war, hatte es niemanden gegeben, der ihm gesagt hätte, was passieren würde. Der ihm beigebracht hätte, was man in einer Welt, die einen bereits in ihren Krallen hatte, zum Überleben brauchte. Da waren nur seine unbefleckte Schwester und seine distanzierten Eltern gewesen, die davon angeekelt gewesen waren, dass ihr zweites Kind allmählich auf den Weg des Versagens geriet. Sein Vater hatte ihn in den Abgrund und sein Metier gestoßen, einfach um ihn und seinen ruinierten Ruf loszuwerden.

Cyril fragte sich, ob Lillian genau so weit in Stephens Zukunft sehen konnte wie er und ob sie ihn entsprechend darauf vorbereitete.

»Dich muss niemand reparieren«, sagte Cyril. »Du musst einfach nur für den Augenblick bereit sein, wenn sie damit aufhören, es zu versuchen.«

Aristide erwachte im gewohnten Zustand durstigen Elends mit hämmernden Kopfschmerzen, und als er sich zur Seite rollte, bemerkte er, dass er allein im Bett war. Falls das Schicksal ihm freundlich gesinnt war, konnten sie so tun, als wäre nichts passiert, so wie sie es häufig taten.

Dann hörte er im Bad den Wasserhahn laufen und seine Hoffnung löste sich in Luft auf.

»Du siehst aus, als könntest du ein Frühstück gebrauchen«, begrüßte Daoud ihn und kam mit einer Zahnbürste im Mundwinkel durch die Tür. »Oder zumindest einen Kaffee.« Er war in einen weißen Baumwollmorgenmantel gehüllt, der mit dem Monogramm des Hotels bestickt war. Seine Haare glänzten noch in feuchten, ordentlich nach hinten gekämmten Strähnen.

»Du bist ja noch da«, stellte Aristide unnötigerweise fest. Diese Worte lösten einen schleimigen Brocken in seiner Brust und wichen seinem üblichen morgendlichen Hustenanfall, der ihm inzwischen genauso vertraut war wie sein Kater.

»Um dich wie einen Grillspieß zu drehen und sicherzugehen, dass du nicht im Schlaf stirbst.« Zumindest glaubte Aristide, dass er das gesagt hatte. Mit der Zahnbürste im Mund kamen die Worte nur undeutlich heraus und Aristides Porashtu war eingerostet, denn sein Teil der Geschäfte bei Cross-Costa wurde hauptsächlich auf Geddisch geführt.

»Und außerdem«, rief Daoud diesmal aus dem Badezimmer, wohin er zum Ausspucken gegangen war, »um über Frye zu reden.« Kurz lief noch einmal der Wasserhahn, dann kam der jüngere Mann mit einem Glas Wasser ins Zimmer. »Hier, trink das.«

Aristide langte blind nach der Dose Aceto-Pulver auf seinem Nachttisch. Dieses Gespräch würde ihm leichterfallen, wenn ihm die Kopfschmerzen nicht ganz so heftig gegen den Schädel hämmerten.

»Was hat sie gesagt?«, fragte Daoud.

»Nichts Wichtiges. Das hast du doch wohl kaum erwartet.« Aristide mischte sich Aceto in das Glas Wasser. »Trotzdem, sie hat zwar mit Engelszungen um den heißen Brei herumgeredet, aber ich glaube, dass wir bald von Custler hören dürften, und zwar im positiven Sinne.«

»Also glaubst du, dass die beiden noch Kontakt haben?«

Aristide lächelte, grinste beinahe anzüglich, in sein wolkiggraues Schmerzmittel. »Ich habe da so einen Verdacht.«

Daoud räusperte sich und schaute ihn erwartungsvoll an. Da seufzte Aristide und machte eine vulgäre Geste.

»Ach so«, meinte Daoud. »Das ist gut. Ich bin froh, dass das erledigt ist.«

»Noch ist es nicht erledigt«, widersprach Aristide. Er trank die übel schmeckende Dosis Aceto in einem großen Schluck, der einen weiteren Hustenanfall auslöste. »Aber fast.«

»Fast«, wiederholte Daoud. Und obwohl sie damit am Ende des Gesprächs angekommen waren, verließ er nicht das Zimmer, um sich anzuziehen und sein Tagewerk zu beginnen.

Aristide stellte das leere Glas zur Seite. »Wolltest du noch etwas anderes?«

Zögerlich setzte Daoud sich am Fußende auf die Bettkante. Die Pause vor seinen nächsten Worten sorgte bei Aristide für Gänsehaut. »Jinadh Addas hat uns zur Sonnenwende in ihr Landhaus eingeladen.«

Wenn er das Aceto in diesem Moment getrunken hätte, hätte er sich daran verschluckt. »Wie bitte?«

»Über die Feiertage.« Daoud winkte vage ab. »Es geht nur um wenige Tage. Wir haben ja nichts vor. Ich habe ihm zugesagt.«

»Du hast ihm ... Auf wessen Geheiß?«

»Mein *eigenes.*« Daoud sah ihn finster an. »Du musst nicht mitkommen.« Ihm fiel eine Haarsträhne in die Stirn und er ruckte ungeduldig mit dem Kinn, um sie zurückzuwerfen. Diese Geste versetzte Aristide einen Stich in die Brust, bevor er überhaupt den Grund dafür verstand.

Ganz sicher hatte Daoud genau das Gleiche bereits früher getan. Aber nun, da Cyrils Geist so frisch auferstanden war und sich in Fleisch gehüllt hatte, knüpfte Aristide eine Verbindung, die ihm zuvor nie aufgefallen war. Diese Geste war nicht einfach nur zweckmäßig, sondern ein fein säuberlich geschärftes nostalgisches Messer.

Ein Teil von ihm war ... neugierig? Wollte Carmody sehen, wozu er vorher nie Gelegenheit gehabt hatte. Einen langen Urlaub auf dem Land verbringen, mit einer *Familie*, als ob er *selbst* eine hätte.

Natürlich würde ihm jeder Augenblick ins Herz schneiden wie Porzellanscherben. Bis ihm übel werden würde und Selbstmitleid und Wut hochkäme. Als würde man ihn auspeitschen. Und dennoch konnte er sich nicht weigern.

Er dachte an all die Momente, in denen er auf Cyrils Haut Striemen hinterlassen hatte. Die Tränen und die Schreie und das Flehen um mehr, fester. *Ja, ja, es tut mir leid, ja*, und plötzlich verstand er dieses Verlangen.

»Ich komme mit«, meinte Aristide, woraufhin Daoud erstaunlicherweise noch elender aussah als zuvor. »Aber ich muss nicht, wenn ...«

»Nein.« Daoud schüttelte den Kopf, legte Aristide großmütig die Hand aufs Knie. »Natürlich. Das wird wunderbar, da bin ich mir sicher.«

KAPITEL 11

Lillian hatte Saeger keine Karte gegeben. Sie hatten höchstens zwei Minuten miteinander geredet. Doch als sie sich am nächsten Morgen aus dem Bett kämpfte, heiser und leicht verkatert, lag bereits ein Telegramm auf dem Frühstückstisch.

Kontrolliert und sehr diszipliniert goss sie sich Kaffee ein und trank einen Schluck, bevor sie ihre Tasse zur Seite stellte und sich dem Florpostpapier zuwandte.

TREFFEN UM HALB ZWEI IM LYLES STOPP OS ENDE

Deshalb stand sie nun am oberen Ende einer baufälligen Treppe in einer Seitenstraße der Temple Street unter einer brummenden Neonleuchte mit dem Schriftzug LYLE'S TAPROOM.

Nicht die Art Lokal, in der sie normalerweise verkehrte. Glücklicherweise kannte Martí es und hatte Lillian hinfahren können. Es war einfach ein weiterer seltsamer Halt in einer langen Reihe von Zwischenstopps, die ihr die Arbeit im Laufe der Jahre abverlangt hatte. Wenigstens würde sie im *Lyle's* nicht versuchen müssen, jemanden zu verführen oder einen Aufruhr anzuzetteln.

Auf Pumps war es recht abenteuerlich, die Treppe hinunterzugehen, aber Lillian gelang es und sie trat ein. Über der Tür ertönte gedämpft eine Glocke, an der ein Hammer fehlte. An der Bar saßen mehrere U-Bahn-Arbeiter, noch im Overall, die Schutzhelme falsch herum neben ihren Hockern auf dem Boden. Seit Lillians Rückkehr in die Stadt wurden die Straßenbahnlinien ständig umgebaut und die staubigen Trupps waren allgegenwärtig.

Ein junger Mann mit Notizblock und einem kleinen Glas Bier kratzte sinnlos mit der Feder seines Füllers über den Tisch. Zwei Razorladys mittleren Alters belegten, in eine Rauchwolke gehüllt, die Ecke neben der Jukebox.

Ohne die aufsehenerregende Galarobe schien Saeger eher in ihrem Element zu sein und wirkte imposanter. Lillian hatte sich vom Charisma anderer Leute nie besonders in den Bann schlagen lassen, doch Saeger ... verfügte definitiv über etwas Einzigartiges. Eine Intensität, durch die man sie kaum ignorieren konnte.

Ein nützliches Werkzeug, mit dem sie sich bereits die Unterstützung des leicht zu beeindruckenden Teils der Wählerschaft gesichert hatte. Lillian konnte ihr dabei helfen, diese Eigenschaft auf strategische Weise zu zügeln, mit bestmöglicher Wirkung einzusetzen. Hoffentlich hatte man sie deshalb heute hierher eingeladen: damit sie ihre Meinung sagen und Ratschläge geben konnte.

Neben Saeger saßen noch einige Anhänger im gleichen Alter am Tisch: zwei Männer, wahrscheinlich Brüder, und eine breitschultrige Frau in einer Schaffelljacke.

»Lillian«, begrüßte Saeger sie und diese Formlosigkeit empfand Lillian als unangenehm, aber verständlich. Ihr Nachname hätte vielleicht Aufmerksamkeit erregt.

»Opal«, erwiderte sie, denn eine Kandidatin für das Ministeramt würde man sogar noch eher erkennen als jemanden, der in einen kleineren Skandal verwickelt gewesen war.

»Möchtest du was trinken?« Saeger tippte an ihr Bierglas. Ihre Anhänger stellte sie nicht vor und diese machten auch keine Anstalten, es selbst zu tun. Waren das Sicherheitsleute? Ihr Wahlkampfteam? Freunde?

Lächelnd schüttelte Lillian den Kopf. »Nein, vielen Dank. Oder vielleicht einfach einen Shrub?«

Saeger lachte auf. »Ich glaube, so süßes Zeug servieren die hier nicht.«

In Denim, Leinen und einem kragenlosen Arbeitshemd statt steifer Bastseide sprach sie außerdem freier: ein feiner Hauch des nasalen Stadtsingsangs und weiche, kaum hörbare Konsonanten, die ihre Worte in einander übergehen ließen. Den Mund zog sie schief, deshalb kamen die Worte auf einer Seite heraus. Lillian hätte darauf gewettet, dass auf dieser Seite auch der Rauch herauskam, wenn sie sich eine Kippe anzündete.

»Warum das *Lyle's*, wenn ich fragen darf?«

»Alte Stammkneipe«, antwortete Saeger. »Und hier ist es sehr unwahrscheinlich, dass wir ... Wie hieß er noch gleich? Der Knipser?«

»Van Nuys?«

»Dass wir ihm begegnen oder einem seiner Kollegen. Nicht, dass ich mich dafür schämen würde, mit dir gesehen zu werden. Es ist nur ...«

»*Mich* darf man nicht mit *dir* sehen. Interessenkonflikt. Genau deswegen konnten wir dich gestern nicht auf die Bühne holen.«

Saeger nickte, nippte an ihrem Bier. Hier schien sie hinzuzugehören, ganz sie selbst zu sein – viel eher als auf der Gala. »*Das* ist mir verdammt schwergefallen, mir das alles anzuhören und das Maul zu halten. Delia hätte wie eine Maschinenkanone spitze Kommentare abgefeuert, weil diese ganzen Protzer ausgedachte Geschichten über sie erzählt haben.«

»Glaubst du nicht, sie hätte sich darüber gefreut, dass man sich an sie erinnert?«

»Gefreut? Auf jeden Fall. Aber wäre sie höflich geblieben? Auf keinen Fall. Sie war nicht gerade taktvoll. Oder eine Taktikerin. Von mir hast du keinen Piep gehört und ich habe die ganze Zeit gelächelt. Ich kenne mich mit großen Gesten aus. Habe genug Jahre damit verbracht, sie zu beleuchten. Damals, als das hier noch das *Curtains* war.«

»Eine Bar der Theaterleute?«

»Eigentlich hat sich nur der Name geändert. Aber jetzt gibt es weniger Stripper und so.« Sie stellte ihr Glas zwischen ihnen ab, legte die Hände auf den Tisch und beugte sich zu ihr vor. »Aber ich wollte mit dir nicht über die alten Zeiten sprechen. Schließlich heißt die Partei *Gedda voran*.«

Lillian senkte leicht den Kopf: gerade eben ein Nicken.

»Dir ist aufgefallen, dass mich die Presse nicht gerade freundlich behandelt. Wie ändere ich das?«

»Leider bist du, was den *Telegraph* angeht, erledigt. Aber man würde dich positiver besprechen, wenn du Frye Punkt für Punkt entgegentreten würdest. Wenn sie in einer Debatte über ihre Steuerpläne redet, solltest du etwas erwidern können.« Die erste, vor einem Monat, war ein Witz gewesen. »Wahlkampfreden sind eine Sache, aber wenn man dich Frye direkt gegenüberstellt, musst du ihre Argumente aushebeln können.«

»Meine Politik lautet, dass ich Gedda helfen will«, erklärte Saeger. »Delia hat immer gesagt, dass sie einfach nur die Ospies rauswerfen will, damit alles wieder normal wird. Aber ich habe ihr immer gesagt, wenn das Haus einmal eingestürzt ist, warum soll man es genau so wieder aufbauen?«

»Und was hat sie darauf geantwortet?«

»Sie meinte, das wäre der Grund, warum ich der Kopf der ganzen Operation bin. Sie wollte, dass ich die Leitung übernehme, wenn wir Acherby erledigt haben. Ich glaube, sie hat das als Witz gemeint, aber nachdem sie ... Ich hatte ständig ihre Worte im Ohr. Wie sie mir gesagt hat, dass ich unsere Leute zusammentrommeln soll, dass es an diesem Abend einen Zug geben würde, der es nicht in den Bahnhof schafft.«

»Eine Mission«, ergänzte Lillian verzweifelt.

»Vielleicht. Aber ich mache das nicht nur für sie. Ich will nicht, dass in meinem Land alles nur über Bestechung und Gefälligkeiten läuft, dass Wohltätigkeit vorgeschoben wird, um jemandem die Taschen zu füllen. Ich will ein besseres, saubereres Gedda, aber wenn ich das sage, will ich nicht wie Acherby klingen. Ich will einfach etwas, das für uns alle funktioniert.«

Idealismus. Lillian unterdrückte ihr Erschaudern, bis es abebbte. »Das ist alles gut und schön, Frye hat ihre Pläne für die Außenpolitik allerdings klar umrissen. Sie hat einen Standpunkt zum internationalen Handel. Und sie verfügt über Spender. Mit tiefen Taschen.«

»Ich habe die Arbeitergewerkschaften«, entgegnete Saeger.

»Die immer noch zersplittert sind. Du solltest dich lieber an einige Menschenfreunde mit weichem Herzen wenden, die eine Pille gegen ihre Schuldgefühle suchen.«

Bei Lillians Worten hatte sich Saegers Blick verfinstert. »Ich habe dich hergebeten, damit du mir hilfst. Und mehr hast du nicht zu bieten?«

Lillian war ins Fettnäpfchen getreten, konnte sich jedoch nicht dazu durchringen, komplett zurückzurudern. »Ich helfe dir. Von irgendjemandem musst du das schließlich hören.«

»In Ordnung«, meinte Saeger und setzte sich auf. »Was würdest du an meiner Stelle tun?«

Hätte Lillian einen Ordner mitgebracht, wäre nun der Augenblick gekommen, an dem sie ihn aufgeklappt und die Dokumente ausgebreitet hätte. »Die Reichen verachten dich, genau wie die tatienischen Loyalisten. Die älteren Generationen sind gespalten – einige sind nostalgisch, andere misstrauisch. Du setzt auf deine Jugend, deine Leistungen mit dem Laufsteg, deine Verbindung zu den Gewerkschaften, den Arbeitern, den Armen.«

»Und den Chuli«, meinte Saeger. »Wir haben die Wachtürme in die Luft gejagt. Die Lager sind unseretwegen abgeschafft worden und wir haben sie mit Waffen versorgt.«

»Die Chuli können nicht wählen«, stellte Lillian fest.

»Das werden sie aber können, sobald ich im Amt bin. Das ist ein Versprechen.«

Lillian verkniff sich ein frustriertes Seufzen. »Das würde ich erst nach der Vereidigung ansprechen.«

»Was für eine billige Masche«, meinte Saeger. »Ich bin anständig.«

»Ja, aber damit gewinnst du keine Wahl. Der *Anschein*, anständig zu sein, kann Wunder bewirken, doch du solltest lieber aalglatt bleiben, bis die Wahllokale schließen. Im Augenblick sind deine Zahlen zwar besser als die von Frye, sie verfügt allerdings über eine solide Basis. Ihr einige Wähler zu klauen würde dir guttun, aber die überzeugst du nicht mit dem Versprechen von Wahlrecht für staatenlose Nomaden.«

»Ich will nicht mit Lügen gewinnen«, sagte Saeger. »Sondern mit meinen Überzeugungen.«

»Wenn die Dinge so laufen würden, wäre das wunderbar«, meinte Lillian. »Aber darauf würde ich nicht wetten.«

Saeger zuckte mit den Achseln und Lillian erkannte, wie zwischen ihnen eine Mauer hochgezogen wurde. »Bei Delia hat es funktioniert, oder nicht?«

Das Mittagessen mit Frye gestaltete sich etwas würdevoller und Lillian hoffte, dass es ihr weniger Probleme bereiten würde. Schließlich war sie nun ihre einzige Option.

Lillian meldete sich zur vereinbarten Zeit an, stieg mit leise klappernden Absätzen die Betonstufen des Stadthauses am

Fountain Boulevard hinauf. Ein Dienstmädchen in makelloser Schürze führte sie in den Salon und brachte ihr Kaffee. Frye erschien kurz nach dem Tablett. Im Gegensatz zu Saeger, die sich in förmlicher Kleidung unwohl und in Arbeitskleidung wie zu Hause gefühlt hatte, schien Frye einen Tweedanzug ebenso angenehm zu finden wie ein Ballkleid. Über den offenen Jackenaufschlägen trug sie eine klassische Perlenkette.

Lillian stand auf und streckte ihr die Hand entgegen. Lächelnd schüttelte Frye sie und setzte sich im rechten Winkel zu ihr hin, sodass sie sich einander zugewandt auf ihre Armlehnen stützten. Wenn Lillian die Wahl hätte, würde sie sich lieber der Frye-Regierung anschließen, da sie eher als Saeger zu wissen schien, was sie tat.

»Ich hoffe, Sie konnten sich gestern ein wenig erholen«, sagte Frye. »Ich weiß, wie hart Sie arbeiten.«

Was bedeutete, dass Frye sie im Auge behielt. Ein gutes Zeichen. »Ich habe es langsamer angehen lassen als sonst. Aber das heißt nicht viel.«

»Wenn doch nur die Hälfte meines Teams wenigstens halb so engagiert wie Sie wäre«, erwiderte Frye. »Dann wären unsere Umfragewerte dreimal so hoch.«

Lillian nippte an ihrem Kaffee und zuckte mit den Achseln. »Natürlich freue ich mich über ein solches Lob ...«

»Aber?«

»Ich weiß nicht, ob Sie über die gleichen Fähigkeiten wie Saeger verfügen. Selbst wenn Sie mehr Zeit und Geld investieren, fehlt Ihnen etwas Grundlegendes.«

Frye legte den Kopf schief, fuhr sich nachdenklich über die Perlenkette. »Ja, sie hat eine Art ... Aura. Eine gewisse Anziehungskraft. Ich weiß auch nicht, wie ich es nennen soll. Aber das reicht nicht, um ein Land zu führen.«

»Nein, aber es könnte reichen, damit sie die Wahl gewinnt.«

Seufzend ließ Frye die Hand in den Schoß fallen. »Manchmal hasse ich es, dass die Menschen so sentimental sind.«

»Selbst wenn Sie es hassen«, entgegnete Lillian, »sollten Sie lieber lernen, es auszunutzen, sonst halten Sie am Ende eine Verliererrede.«

»Und Sie haben eine Idee.«

»Mehrere.«

Dafür erntete sie von Frye ein nasales Auflachen. »Nennen Sie mir erst mal eine.«

»Nostalgie ist eine starke emotionale Kraft«, erklärte Lillian. »Und Saeger muss dafür gar nichts tun: Sie steht für die Lichter in der Temple Street. Für die Kirschbäume in der Talbert Row. Sie hat den Ospies die Macht geraubt, und das nicht nur metaphorisch. Mindestens ein Drittel des Landes betrachtet sie als Volksheldin.«

»Und die anderen zwei Drittel?«

»Davon bildet die eine Hälfte Ihre Basis«, sagte Lillian. »Leute, die auf die Kollateralschäden wütend sind, die vom Laufsteg verursacht wurden. Leute, die unter der zerstörten Infrastruktur leiden. Leute, denen die Idee nicht gefällt, dass man mit ihren Steuergeldern das Sozialsystem finanziert. Vielleicht ein paar Leute mit einem letzten Rest an Ospie-Einstellungen.«

Frye stöhnte verzweifelt auf, was so gar nicht zu ihrer klassischen Perlenkette und der eleganten Einrichtung des Salons passte. »Diese steineleckenden Mistböcke wollen einfach nicht sterben. Die müssen nur einmal furzen, dann stinkt es im ganzen Saal.« Sie seufzte tief. »Bitte entschuldigen Sie meine Wortwahl. Die nagen einfach an mir. An Ihnen ganz sicher genauso.«

»Aber wahrscheinlich auf andere Weise. Wenn Sie deren Stimmen behalten wollen, müssen Sie ihnen ein Gefühl der

Sicherheit geben, ohne sie zu hätscheln, denn sonst verlieren Sie den Rest von Gedda. Sie müssen auf einem schmalen Grat balancieren.«

»Und Sie?«

»Ich kandidiere nicht als Premierministerin«, erwiderte Lillian und betrachtete sich im schwarzen gekräuselten Spiegel ihrer Kaffeetasse. »Meine beste Option lautet, über meine Vergangenheit zu schweigen und hier und heute mein Bestes zu geben. Das haben meine Eltern getan – nicht unter den Ospies, aber sie haben sich nach Großmama und dem Gewürzkrieg ihren eigenen Weg gesucht. Es geht darum, gewisse Dinge abzuschotten. Und demütig zu sein. Man nimmt, was man kriegen kann, leistet gute Arbeit und strebt nach Höherem, während man gleichzeitig dafür sorgt, dass einen die Leute jetzt mögen, anstatt die Person zu hassen, die man früher gewesen ist.«

Frye zischte mitfühlend. »Das muss ganz schön wehtun.«

»Mir fällt es relativ leicht. Meinem Bruder ist es schon immer viel schwerergefallen.« Noch während Lillian diese Worte sagte, überkam sie ein Entsetzen, als würde sie einem Glas dabei zuschauen, wie es vom Tisch fiel, oder einem Kind, wie es vor einen Wagen rannte. Die Zeit schien langsamer zu vergehen. Lillian hatte einen schweren Fehler begangen.

»Entschuldigen Sie bitte, ich habe zwar gewusst, dass Sie einen Bruder haben, aber …« Frye klang unangenehm beiläufig. »Ich dachte, dass er gestorben wäre. Ich erinnere mich, so etwas gelesen zu haben, vor mehreren Jahren …«

Lillian hatte das Gefühl, als wäre ihre Lunge verletzt und könnte keine Luft aufsaugen. Ihre Hände, in denen sie die Untertasse und Kaffeetasse hielt, wurden taub. »Ja«, bestätigte sie, »ich hatte einen. Also, ich habe einen.« *Atme.* In Porachis hatte sie gelernt, wie man sich aus Treibsand befreite – dieses Problem trat manchmal flussaufwärts am Shadha auf. War man einmal hineingeraten, wurde man nur tiefer reingezogen, wenn man dagegen ankämpfte. In der Ruhe lag der Schlüssel zur Flucht.

»Als ich … den Auswärtigen Dienst verlassen habe«, sagte sie und wählte jeden Satz mit Bedacht, »haben die Ospies die Fehltritte meiner Familie deutlich überzeichnet. Mein Bruder war zu geheimen Absprachen gedrängt worden. Eigentlich sogar erpresst. Bedroht. Wir haben alle geglaubt, dass man ihn am Ende hingerichtet hätte, aber glücklicherweise …«, ein unzureichendes Adjektiv, das die unzähligen Komplikationen nicht ausdrücken konnte, die Cyrils Auftauchen ausgelöst hatte, einschließlich dieser hier, »… haben sich diese Gerüchte als falsch erwiesen.«

»Das war sicher eine Überraschung«, meinte Frye. »Er ist … einfach so aufgetaucht?«

»Das ist er«, bestätigte Lillian. »Und das zur wirklich ungünstigsten Zeit. Aber so ist er schon seit seiner Geburt. Bei meiner Mutter haben die Wehen eingesetzt, als sie gerade ihr Abschlussplädoyer gehalten hat.«

Dafür erntete Lillian ein weiteres kurzes Lachen. Ihre Schultern entspannten sich ein wenig und sie spürte in den Fingerspitzen wieder die Wärme des Porzellans.

»Schon als Plage zur Welt gekommen?«, fragte Frye. Sie lächelte. Lillian konnte wieder normal atmen.

»So ist Cyril eben. Aber wie gesagt, ich will nicht Premierministerin werden. Ich kann mir solche Plagen leisten. Sie nicht. Oder falls Sie welche haben, müssen Sie den Blick der Leute auf etwas anderes lenken.«

»Und was schlagen Sie vor?«

Heilige Steine, fühlte sich das gut an, wieder festen Boden unter den Füßen zu haben. Sie stellte Cyril zur Seite, zusammen mit ihrer Kaffee- und Untertasse. »Sie haben mehr Erfahrung, eine bessere Kampagne, bessere Unterstützer – eigentlich sollten Sie diese Wahl gewinnen. Doch wenn Sie gegen Saeger gewinnen wollen, müssen Sie dafür sorgen, dass die Leute wütend werden. Sie müssen Sie zum Weinen bringen. Wenn Sie ihr Herz berühren, haben Sie sie in der Tasche.«

In der Stille nach Lillians kurzer Rede war das laute Ticken der Kaminuhr zu hören. Frye überdachte die Idee genauer und saß so still da, als wäre sie aus Holz geschnitzt. Nur das Glitzern in ihren halb geöffneten Augen verriet sie. Bei diesem verschlagenen Blick spürte Lillian Zweifel aufkommen. Hatte sie sich verkalkuliert? Gefiel Frye der von ihr umrissene Ansatz nicht? Oder hatte sie sich irgendeinen anderen Fehltritt geleistet und diese Chance verspielt?

Dann applaudierte die Kandidatin plötzlich leise. »Bühnenreif«, meinte sie nur.

Lillian atmete auf und erlaubte sich ein bescheidenes Lächeln. »Ich habe schon oft am Rednerpult gestanden.«

Ein leises Klopfen an der Salontür kündigte das Dienstmädchen an, das knickste und verkündete: »Das Mittagessen ist serviert.«

»Genau zur richtigen Zeit«, sagte Frye. »Ehrgeiz macht mich hungrig.«

TEIL ZWEI

KAPITEL 12

In den nächsten Tagen beobachtete Cyril, dass seine Schwester wie eine Sticknadel immer wieder ein und aus ging. Im Laufe der Woche verbrachte sie kaum eine volle Stunde im Haus. Und Jinadh machte Überstunden bei ... was auch immer er tat. Irgendwas bei einer Zeitung?

Am Ende der Woche schaffte er es rechtzeitig zum Aperitif nach Hause. Lillian war nach wie vor unterwegs und setzte Zahnrädchen in Gang, aber Stephen und Cyril waren beide da und übten sich in einem besonderen Fach seines Metiers: die Zielperson in Sicherheit wiegen und ihr Misstrauen abbauen.

Stephen lag flach auf dem Teppich in der Bibliothek, die Nase in einen der ihm aufgetragenen Texte gesteckt. Cyril saß ganz in der Nähe auf dem Sofa, seine Zigarette schwelte im Aschenbecher, die *Clarion* hielt er auf einem Knie balanciert. Er hatte sich sogar rasiert und ein sauberes Unterhemd sowie eine Strickjacke angezogen, die Magnusson für ihn aufgestöbert hatte. Jinadhs Blick nach zu urteilen gehörte sie ihm.

»Ihr beiden habt's ja gemütlich«, meinte Jinadh, nachdem er die Strickjacke bemerkt und sich dann wieder gefasst hatte. Er goss sich einen sparsamen Drink ein, ließ sich in einen

Sessel fallen und legte die Füße auf Stephens Hintern ab, als wäre der Junge ein Polsterschemel.

»Hey!«, beschwerte Stephen sich und wand sich unter ihm hervor.

Jinadh fragte ihn etwas auf Porashtu, worauf Stephen antwortete: »Ein *Buch*, das siehst du doch.«

Da beugte Jinadh sich vor und drehte die Titelseite leicht zu sich. »Kandeep«, stellte er beeindruckt fest.

»Steht auf meiner Liste«, erwiderte Stephen. »Ich habe gedacht, dass es langweilig wär, aber Onkel Cyril hat gemeint, dass er sich daran aus der Schulzeit erinnert und es die einzige Sache war, die ihm gefallen hat.«

Über sein Glas hinweg betrachtete Jinadh Cyril aus blutunterlaufenen Augen. »Ist das so?«

Er zuckte mit den Achseln. »Es ist gut.« Das entsprach der Wahrheit. Mazul Kandeeps Geschichte der Kriegsführung und Allianzen zwischen den südlichen Kontinenten war das einzige Buch gewesen, das Cyril ansatzweise dazu gebracht hatte, sich in Cantrell am Unterrichtsgespräch zu beteiligen. Es hatte seinen Lehrern einige Wochen falsche Hoffnungen gemacht, bevor die Klasse sich weniger brutalen und weniger interessanten Phasen der Geschichte zuwandte.

»Hm.« Jinadh trank einen Schluck und rutschte tiefer in seinen Sessel. »Jedenfalls freut es mich sehr, dass das Haus noch steht.«

Auf Stephens Gesicht, das Cyril zwar von der Seite sehen konnte, Jinadh jedoch nicht, spiegelte sich riesige Wut, sodass ihm beinahe die Tränen kamen. Das führte Cyril auf sein Schamgefühl zurück. Es war eine Sache, einen Bleistiftspitzer in die Luft zu jagen, um damit seine Klassenkameraden zu unterhalten. Etwas völlig anderes war es, wenn die Eltern darüber Witze machten, während man sich im Exil befand und ein Rauswurf drohte.

»Ach bitte«, meinte Cyril, streckte die Beine aus und seufzte. »Ich würde doch niemals zulassen, dass er sein *eigenes* Haus in die Luft jagt.«

Er hatte es ins Blaue hinein gesagt – vielleicht konnte er sich, wenn er Jinadhs Witz umdrehte und auf sich bezog anstatt auf Stephen, etwas Dankbarkeit erkaufen. Und es funktionierte. Stephens Mund zuckte und er drehte das Gesicht wieder seinem Buch zu.

Im Gegensatz dazu schien Jinadh aus dem Gleichgewicht geraten zu sein, als hätte er nicht in Betracht gezogen, dass Cyril Verantwortung für Stephen übernehmen oder zulassen könnte, dass dieser die Häuser *anderer* Leute in die Luft jagte.

Verkniffen lächelnd schlug Cyril die Zeitung wieder auf und gab vor weiterzulesen, obwohl er es zuvor gar nicht getan hatte.

Jinadh saß allerdings rasch wieder fest im Sattel und meinte: »Falls einer von euch verhaftet wird, wartet mit der Brandstiftung bitte wenigstens die Sonnenwende ab, ja? Ich möchte unseren Gästen keine Unannehmlichkeiten bereiten.«

»Wer kommt denn?« Stephen legte sein Buch zur Seite, die Neugier war stärker als sein Ärger. »Mummys Arbeitskollegen?«

»Nein«, antwortete Jinadh, wobei er ein wenig zu selbstzufrieden klang und Cyril bewusst ignorierte, dem die Antwort wahrscheinlich nicht gefallen würde. »Alte Freunde.«

»Deine?«, fragte Cyril.

»Eigentlich deine.«

Als Cyril die Zeitung zusammenfaltete und zur Seite legte, hallte das Rascheln laut durch die Stille. »Ist Lillian damit einverstanden?«

»Selbstverständlich.« Jinadh klang übertrieben fröhlich, also hatte es deswegen Streit gegeben. Cyril fragte sich, ob sie zunächst seinetwegen oder um ihrer selbst willen gezögert hatte.

Letztlich hatte sie allerdings zugestimmt. Und trotz allem, was er Stephen darüber gesagt hatte, dass man für den Augenblick bereit sein musste, wenn die Erwachsenen in seinem Umfeld beschlossen, dass man nicht repariert werden konnte, und einen loswerden wollten, erkannte er nun, wie viel schlimmer es war, aus dem Dunkeln hervorgezerrt, von jemandem grob mit dem Ärmel poliert und nach einer Neueinschätzung als doch reparabel bewertet zu werden.

Auf halbem Weg zwischen Amberlough und Carmody begann es zu schneien. Als der Zug in den Dorfbahnhof einfuhr, traten Daoud und Aristide auf einen Bahnsteig, der mit Mistel- und Stechpalmenzweigen geschmückt war, über dem Fahrkartenschalter hing ein Gebinde und an den Uhren Lametta. Bis zur Sonnenwende dauerte es noch einige Tage, aber das Dorf hatte sich zeitig darauf vorbereitet. Der Geruch von Kiefern- und Kohlerauch zog durch die Luft. Als Aristide ihn tief einatmete, verfing sich die Kälte in seiner Lunge.

»Ach«, meinte er, nachdem er einen schleimigen und schmerzhaften Hustenanfall hinter sich gebracht hatte, »die Landluft. Wie belebend.«

Daoud sah auf seine Armbanduhr. »Wir sind etwas spät dran. Lillian wollte einen Wagen schicken, richtig? Der müsste inzwischen da sein.«

Ein Kofferträger brachte ihnen ihr Gepäck und draußen vor dem Bahnhof erwartete sie ein schwarzes Automobil. An dessen Motorhaube lehnte eine Frau in elegant gebügelter grauer Jacke, eine brennende Zigarette in den behandschuhten Fingern.

»Kommen Sie aus Damesfort?«, fragte Aristide.

Erschrocken schnippte sie die Zigarette weg. »Mr. Makricosta? Mr. Qassan? Entschuldigung. Ich habe die Zeit vergessen. Darf ich Ihnen mit Ihrem Gepäck behilflich sein?«

»Und wie heißen Sie?«, fragte Aristide und überließ ihr seinen größeren Koffer, den sie in den Kofferraum hievte.

»Sie können mich Martí nennen.«

»Ihr Nachname?«

»Ja, Sir.« Sie öffnete ihm die Hintertür und hielt sie Daoud offen, damit er nach ihm einsteigen konnte.

»Das ist tatienisch, nicht wahr?«

»Das ist genauso geddisch wie ich«, stellte sie fest und legte den Gang ein. Ihrem Ton war anzuhören, dass das Thema für sie damit beendet war. Aristide aber beharrte darauf.

»Selbstverständlich. Haben Sie sich vor der Abspaltung auf dieser Seite der Grenze befunden? Oder haben Sie sich später dazu entschlossen zu emigrieren?«

Durch den Rückspiegel warf sie ihm einen stechenden Blick zu. »Macht das einen Unterschied, solange ich diesen Wagen fahren kann?«

»Aristide«, sagte Daoud.

»Ich bin einfach neugierig«, beschwichtigte Aristide die beiden. »Damit will ich niemanden beleidigen.«

»Natürlich nicht«, erwiderte Martí und sie fuhren schweigend weiter.

In der Vergangenheit hatten Aristide seine Geschäfte nur selten aus Amberlough hinausgeführt. Ganz sicher war er nie bei Tageslicht durch die sanften Hügel von Dameskill gefahren. So spät im Jahr war alles braun oder grau, auch wenn der Schnee an schattigen Stellen und auf Steinen liegen geblieben war. Die Trockenmauern entlang der Straßen waren alle mit einer zarten Schicht Raureif überzogen. Auf den Feldern sammelten sich die Raben. Die letzten Wildgänse zogen am grauen Himmel entlang, auf dem Weg nach Süden in wärmere Gefilde.

Als die Fahrerin von der Hauptstraße abbog, fuhren sie über eine kleine Steinbrücke, unter der sich ein tiefer Graben befand, auf einen Kiesweg. Am Ende der Brücke stand ein Tor mit zwei Flügeln weit offen und empfing den Wagen auf dem Anwesen der DePauls.

Der Weg war lang und gewunden, mit weißem Kies als Untergrund, und das Haus tauchte wie aus einer Nebelbank plötzlich hinter einem Hügel auf. Kurz drang die Sonne durch die Wolken und traf in spitzem Winkel auf den grau-weißen Granit, malte die Dachrinne und Kanten silbern an. Es handelte sich um ein Beispiel großartiger Architektur.

Aristide hasste es, nervös zu sein. Dabei kam er sich schwach und närrisch vor.

»Nicht ganz das Gleiche wie Hadhariti, hm?«, fragte Daoud und in seinem neckischen Tonfall schwang Trost mit, als wüsste er, was in Aristide vorging. Dadurch fühlte dieser sich nur noch schlechter.

»Bitte sei höflich«, sagte er.

»Wenn du es auch bist«, erwiderte Daoud und verschränkte die Arme.

Martí stellte den Wagen ab und öffnete ihnen die Tür. Sie verbeugte sich steif und tauschte keine Höflichkeiten mit ihnen aus. Das war in Ordnung. Im Augenblick fühlte Aristide sich nicht in der Lage, sie zu erwidern.

Oben an den Stufen schwang die große Doppeltür auf und offenbarte Lillian in grauer Flanellhose und beigefarbener Tweedjacke mit Zopfmuster. Es war noch früher Nachmittag, aber sie hielt bereits einen Cocktail in der Hand. Aristide fragte sich, ob sie das wegen des Feiertags oder als Medizin tat.

»Da seid ihr ja«, begrüßte sie sie und kam zu ihnen herunter. Sie trug Lammfellpantoffeln und ging vorsichtig, um auf dem Stein nicht auszurutschen. Am Kies angekommen blieb sie stehen und streckte den Arm in einer zweideutigen Geste aus, die zum Handkuss oder Tragen eines Koffers einladen konnte. Aristide entschied sich für Ersteres, da Martí Letzteres im Griff zu haben schien. Lillians schiefes Lächeln war dem ihres Bruders zu ähnlich. Früher hätte es ihm einen sauberen Stich ins Herz versetzt, einen verständlichen Schmerz. Nun hinterließ es eine klaffende Wunde und er riss sich zusammen, um nicht das Gesicht zu verziehen.

»Die Jungs sind hinten«, erklärte sie. »Jinadh testet seinen Wurfarm.«

»Wie bitte?« Daoud legte den Kopf schief. »Seinen ...«

Bevor er zu Ende sprechen konnte, ertönte jedoch ganz in der Nähe ein Schuss. Lillian zuckte nicht zusammen. Aristide schon, Daoud ebenfalls. Allerdings fanden sie ihre Fassung im nächsten Atemzug wieder. Unerwartetem Gewehrfeuer ausgesetzt zu sein machte einen nicht gegen den ersten Schock immun, lehrte einen jedoch, sich schnell davon zu erholen.

»Tontaubenschießen«, erklärte Lillian. »Die Schwärme sind leider eingegangen ... Die, äh ... die zwischenzeitlichen Bewohner haben sich nicht um die Ländereien gekümmert. Aber Cyril hat einen Haufen Tontauben im Gartenschuppen gefunden und Stephen hat noch nie ...«

Ein weiterer Schuss knallte durch die stille, kalte Luft. Von einem blattlosen Baum am Bach flogen die Spatzen auf.

»Ist eigentlich auch egal. Kommt herein und wärmt euch auf. Es gibt Punsch. Mutter und Daddy haben über die Feiertage immer wochenlang eine große Schüssel bereitstehen gehabt. Vermutlich ist das etwas extravagant, aber ich habe mir gedacht, wir bitten Bradley, die Tradition wieder aufleben zu lassen.« Wieder dieses stumpf schneidende Lächeln. Sie wusste, dass sie dieses Schmiermittel für ihr Zusammensein brauchen würden.

Aristide nahm sich ein Glas Punsch von dem Tablett, das ihm der – Butler? Diener? Wie unterschied man sie voneinander? In Hadhariti hatte er es nur durch deren ständige

Anwesenheit gelernt – hinhielt, dann folgte er Lillian ins Haus.

In der Eingangshalle war es kaum wärmer als draußen, obwohl in dem riesigen Kamin am anderen Ende ein großes Feuer brannte. Selbst hier hörte man die Schüsse von draußen.

»Im Gesellschaftszimmer ist es wärmer«, sagte Lillian und führte sie durch eine schwere Doppeltür. Aristide fiel auf, dass sich das Blattgold an den Rändern der Vertäfelung löste. Und Lillians Pullover hatte ein Mottenloch, sodass man durch die losen Fadenenden ihre helle Haut sehen konnte.

Die Schäbigkeit alten Geldes. Vielleicht. In Gedda ging es heutzutage nur wenigen Leuten gut. Und was hatte sie mit »zwischenzeitlichen Bewohnern« gemeint?

Wenigstens war der Punsch stark und süß.

Im Gesellschaftszimmer war es *tatsächlich* wärmer, wenn auch nur wenig. Daoud ging zum Kamin, um sich die Hände zu wärmen. Lillian blieb stehen, ihre Nervosität war kaum zu bemerken. Aristide stellte seinen Punsch auf der Kommode ab. Wahrscheinlich gute zweihundert Jahre alt, die Linien schienen auf Marketerie hinzudeuten. Nach seiner beschränkten Erfahrung im Antiquitätenhandel – einige gefälscht, einige echt – hätte sie Teil eines Sets sein sollen, doch es gab keine weiteren Stücke. Tatsächlich bildeten die Möbel eine wilde Mischung, die teils eher in ein Boudoir oder Billardzimmer gepasst hätte.

Das Haus war so groß, dass es mit Sicherheit über beides verfügte. Vermutlich standen sie nun leer, ihrer Einrichtung beraubt. Allmählich gewann Aristide einen Eindruck davon, wie es um Damesfort stand.

Der Landsitz der DePauls lag im inneren Bogen eines Tals, durch einen Hügel vor der Straße verborgen, aber hoch genug über der Talsohle, dass man einen Ausblick hatte, der an den Fenstern im Gesellschaftszimmer besonders schön war. Vom

Haus bis zum Bach, den Aristide vorhin gesehen hatte und der sich durch eine Gruppe kahler Bäume wand, zog sich ein winterbrauner Rasen. Über dem Dorf stiegen dünne Rauchsäulen auf, es lag auf der anderen Seite der schneebestäubten Felder in der Talsohle hinter einem Wäldchen versteckt.

Deutlich näher, vielleicht neun Meter vom Haus entfernt, befand sich eine kleine Gruppe von Leuten: Jinadh neben einem Stapel Tontauben, Stephen, der sich ungelenk über den Schaft eines Jagdgewehrs beugte, und Cyril, der rauchend danebenstand. Sie trugen alle braun-graue Landkleidung. Cyril hatte sich sogar eine Tellermütze schräg über den Schädel gezogen. Woher er wohl die Kleidung hatte, die ihm beinahe passte, fragte Aristide sich.

Jinadh holte Schwung und warf eine Scheibe hoch über die Felder. Stephen verfolgte sie mit dem schweren Gewehr, allerdings zu langsam. Er schoss daneben. Jinadh sagte etwas, das durch die Entfernung und das Glas nicht zu hören war, aber seine Miene war gut zu erkennen: Ermutigung, vielleicht mit einem Schuss Verzweiflung. Als er sprach, bildete sein Atem eine Wolke. Er schien zu frieren. Stephen hingegen wirkte stur. Bis Cyril ihm auf die Schulter tippte und eine Hand nach dem Gewehr ausstreckte.

Nachdem Aristide beobachtet hatte, wie Stephen mit der schweren Waffe zu kämpfen hatte, kam ihm die Leichtigkeit, mit der Cyril mit ihr hantierte, beinahe unheimlich vor. Er nahm sie seinem Neffen mit einer Hand ab und kippte in einer fließenden Bewegung zum Nachladen den Lauf nach vorne. Stephen gab ihm aus seiner Jackentasche zwei Patronen.

Dann steckte Cyril sich die Zigarette grimmig in den Mundwinkel, lud das Gewehr und klappte den Lauf wieder zu.

All das verfolgte Jinadh regungslos und mit konzentrierter Miene, ohne mit den Füßen aufzustampfen oder sich mit dem Atem die Hände zu wärmen. Falls er sich überhaupt bewegte, so erstarrte er höchstens und zog die Stirn in Falten. Nun drehte Cyril sich zu ihm um und legte den Kopf schief, forderte ihn damit auf, eine Tontaube zu werfen.

Jinadh setzte so schnell eine verschlossene Miene auf, wie Cyril das Gewehr geschlossen hatte, allerdings nicht so schnell, dass er den kurz aufblitzenden Ärger verbergen konnte. Er bemühte sich um ein Lächeln. Cyril bemühte sich, es zu erwidern. Beide waren nicht recht erfolgreich, allerdings hatten Cyrils Bemühungen zumindest den Vorteil, ironisch zu sein.

Mit übertriebener Sorgfalt wählte Jinadh zwei Ziele aus dem Stapel aus. Ungerührt hielt Cyril das Gewehr gegen das Leder an seiner Schulter gepresst, regungslos und geduldig. Falls ihm das Gewicht schwer wurde, ließ er sich das nicht anmerken. Sein Blick war auf eine mittlere Entfernung gerichtet. Schließlich bewegte er nur den Mund, sprach ein kurzes Wort aus.

Als Jinadh diesmal die Tontaube warf, tat er es mit aller Kraft. Cyril folgte dem Ziel und betätigte den Abzug. Die Taube verschwand vom Himmel und hinterließ lediglich eine lang gezogene Rauchwolke.

Das zweite Ziel folgte so rasch dahinter, dass Jinadh es anscheinend geworfen hatte, bevor Cyril das erste abgeschossen hatte. Aber genauso flüssig wie Theaterschminke im Sommer verfolgte Cyril seinen Weg über den Bäumen und knallte es aus dem Himmel.

Dann reichte er Stephen wieder das Gewehr, der unter dessen Gewicht stolperte, und nahm die abgebrannte Zigarette aus dem Mundwinkel. Er leckte sich über den Daumen, drückte die Glut aus und steckte den Stummel in die Tasche.

Bald setzte die Dämmerung ein und brachte die Gewehrschüsse zum Schweigen. In der Stille pochte Lillian das Herz. Hier bahnte sich eine unangenehme Situation an und sie musste sie unter Kontrolle behalten. Soweit sie es vom

Nachmittagssport ablesen konnte, hatte ihr Bruder sich bei ihrem Mann nicht gerade beliebt gemacht.

Allerdings sah das bei Stephen völlig anders aus. Seit der Einweihung und den darauffolgenden Tagen, in denen Stephen und Cyril gemeinsam in der Coral Street einquartiert gewesen waren, hatten sie genau die Verbindung aufgebaut, die Lillian erwartet und sich erhofft hatte. Und damit würde Cyril sich bei Jinadh sogar noch unbeliebter machen als mit der ihm eigenen mürrischen Stimmung.

Typisch Cyril. Wenn es sein musste, konnte er charmant sein und diese Fähigkeit einschalten wie einen Generator. Doch anscheinend verbrannte er dabei Sprit, den er aktuell nicht hatte. Das Licht in seinen Augen flackerte höchstens von Zeit zu Zeit auf.

Auf der anderen Seite des Hauses knallte jemand eine Tür zu und selbst ihr triviales Gespräch – »Sind das Marketerie-Arbeiten an der Kommode?« »Aber ja. Ich glaube, unsere Großmama hat sie zur Hochzeit bekommen. Sehr schade, dass der Rest verloren gegangen ist.« – brach nach diesem Geräusch ab. Die Stille füllte sich mit klappernden Schritten und Stimmen, die noch unverständlich waren, aber rasch lauter wurden. Hauptsächlich die von Stephen. Ab und zu auch Jinadh.

»Wir sind im Gesellschaftszimmer«, rief Lillian, obwohl die Tür wegen der Zugluft geschlossen war. Magnusson würde es ihnen mitteilen, falls sie sie nicht gehört hatten.

Und genauso war es, wenige Augenblicke später öffnete sich die Tür und die Sportler traten ein, noch in ihren feuchten Tweedjacken. Gegen Abend hatte es ernsthaft zu schneien begonnen, sodass sie völlig durchnässt waren. Es schneite weiterhin und das Licht aus dem Hausinneren beleuchtete die Flocken, die nah am Fenster vorbeischwebten.

Als Jinadh ihre Gäste sah, entspannten sich seine Gesichtszüge und die Resignation wich eher Freude. Zunächst begrüßte er Daoud mit den Worten: »Gesegnete Sonnenwende, respektierter Bruder.«

»Das wünsche ich Ihnen ebenfalls«, erwiderte Daoud und sah zum ersten Mal, seit Lillian ihn an der Einfahrt begrüßt hatte, ehrlich glücklich aus. Eigenartig, wozu ein Exil führen konnte: Ein Belqati und ein Mitglied der Königsfamilie verbrachten gemeinsam die Feiertage.

»Und Aristide«, fuhr Jinadh fort. »Ich freue mich, dass du ebenfalls kommen konntest.« Er streckte ihm die Hand entgegen, doch Aristide, der einen Schulterblick in Richtung Tür warf, verpasste seinen Einsatz. Als Daoud sich räusperte, sprang Aristide auf.

»Zur Königin noch mal«, meinte er, als er Jinadhs Hände ergriff. »Die sind ja eiskalt. Pass auf, sonst bricht noch eine ab.« Ein wenig steif, ein wenig zu affektiert.

Stephen hielt sich an Cyril, bis Jinadh ihn herbeirief, um ihre Gäste zu begrüßen. Er ging hinüber, warf seinem Onkel dabei jedoch einen schnellen Blick zu. Den erwiderte Cyril nicht, bemerkte ihn vielleicht nicht einmal. Er blieb an der Schwelle stehen und drückte eine Hand gegen die Tasche, als wollte er nach einer Uhr oder einem Feuerzeug tasten, holte aber nichts heraus.

Wieso war Lillian das vorher nie aufgefallen? Wenn man sich die Jackentasche abklopfte, sah das genau so aus, als ob man gegen eine Bauchwunde drückte. Der Gesichtsausdruck ihres Bruders passte ganz sicher dazu.

»Möchtest du Punsch, Cyril?«, fragte sie ihn, um die Anspannung zu lösen.

Er zuckte zusammen, als sie diesen Namen sagte, und drehte sich dann langsam zu ihr um. »Nein, vielen Dank.«

»Ich nehme welchen.« Jinadh warf sich in den Sessel, den Lillian warm hinterlassen hatte, als sie aufgestanden war, um sie zu begrüßen. »Das viele Werfen dieser furchtbaren Teile hat mir Schmerzen verursacht. Zu Schulzeiten bin ich zwar Diskuswerfer gewesen, aber das ist viele Jahre her und ich bin außer Übung.«

Magnusson, der so leise eingetreten war, als wäre er auf Rollen hereingeglitten, schritt mit dem Punschtablett durch den Raum.

Cyril lehnte ab und goss sich lieber an der Bar einen unverdünnten Roggenwhiskey ein. Magnusson warf ihm einen tadelnden Blick hinterher. Aristide tat so, als beobachtete er ihn nicht. Daoud starrte Aristide mit dem gleichen verurteilenden Blick an, den der Butler auf Cyril richtete. Wenn man die finsteren Blicke verfolgte, zeichnete man ein Netz der Böswilligkeit nach, das sich durch den Raum zog. Eine solche Falle konnte einem die Luft abschneiden.

Und mittendrin stand ihr Sohn und tropfte auf den Teppich.

Lillian wusste, was kommen würde. Vor dem Abendessen bettelte er stets darum, einen eigenen Cocktail zu bekommen, und meistens gaben sie ihm schließlich ein halbes Glas oder einen Schluck von jemand anderem, aber meistens erst, nachdem er sie genervt, gebettelt oder manchmal eine List angewandt hatte.

Mit der Hellsichtigkeit eines Mediums oder zumindest eines verheirateten Mannes und Vaters fragte Jinadh: »Stephen, was meinst du zu einem Glas Punsch?«

Als Lillian überrascht reagierte, zuckte Jinadh mit den Achseln und meinte: »Schließlich ist Feiertag.«

Aber auch Stephen beobachtete Cyril, der gerade sein Glas Roggenwhiskey schwenkte. Schließlich wandte er den Blick von seinem Onkel ab und richtete sich kerzengerade auf. »Ach, ich glaube, ich hätte lieber einen Whiskey.«

Das Abendessen war eine schwerere Prüfung als so manche Prügel, die Cyril bezogen hatte. Wenn man von jemandem

Schläge bekam, wusste man wenigstens genau, wo man stand.

Doch als ihm dieser Gedanke kam und er gleichzeitig beobachtete, wie Aristide einige Plätze weiter mit der Gabel im Essen herumstocherte … nun ja. Diese Erinnerungen waren unvergleichlich. Also die Ausnahme, die die Regel bestätigte.

Das Essen erhärtete Cyrils Verdacht. Hackbraten, der hauptsächlich aus Semmelbröseln bestand, dazu Salat aus dem Garten. Kein echtes Rindfleisch, kein Fisch. Nicht einmal pochiertes Huhn.

Dies lag sicher zum Teil an der Mangelwirtschaft. Magnusson bewahrte unten eine Menge alter Zeitungen auf, um damit die Fenster zu putzen, Schuhe zu polieren und andere Aufgaben zu erledigen. Cyril hatte diesen Vorrat durchwühlt, um sich auf den neuesten Stand zu bringen, und erfahren, dass die letzten Jahre für die Bauern schwer gewesen waren. Importe waren teuer, wichtige Handelspartner, die die Ospies entfremdet hatten, zögerten noch immer, sich auf ein instabiles Gedda einzulassen. In den Küstenregionen waren Transporte per Schiff möglich, doch die Bahnstrecken und Schnellstraßen erholten sich nach wie vor von den Verwüstungen durch den Laufsteg. Es war schlicht und einfach schwierig, Lebensmittel zu bekommen und sie zu transportieren. Eigentlich hätte das Vermögen der DePauls dieses Manko leicht beheben sollen, doch allmählich fragte Cyril sich, ob es möglicherweise gar nicht mehr existierte.

Schließlich endete die Mahlzeit gnädigerweise. Stephen wurde ins Bett geschickt, dann holte man die Spirituosen heraus. Cyril lehnte ab und verzog sich.

Oben an der Treppe traf er auf Stephen, der sich nach hinten auf die Ellenbogen stützte. Aus dem Esszimmer drangen unverständliche Gesprächsfetzen, die nun weniger stockend klangen, da Cyril gegangen war.

»Schlechte Akustik«, sagte er.

»'ne bessere Stelle gibt's nicht.« Stephen setzte sich auf und stützte die Ellenbogen auf die Knie. Die Haut über seinen spitzen Knochen war vom Teppich noch ganz geriffelt. »In den Sommerferien habe ich nach einer gesucht, aber das hier ist die Beste. Wenn sie laut werden, kann man manchmal sogar einzelne Wörter verstehen.«

Er hatte recht, Cyril erinnerte sich aus seiner Kindheit daran. In Damesfort gab es einige Orte, die man leicht belauschen konnte. Das Esszimmer gehörte nicht dazu. »Wo hat Lillian die Gäste einquartiert?«

Als Antwort erntete er geschürzte Lippen und nachdenkliches Zähneknirschen. Das war alles nur Show. Cyril hatte mit dem Jungen mehr als einmal am Esstisch gesessen und wusste, wie gut er verbarg, was in seinem Kopf vor sich ging. Er wollte Cyril beeindrucken. »In den besten Zimmern im Nordflügel«, sagte Stephen schließlich.

Die waren nicht annähernd so komfortabel wie die schlechtesten im Südflügel. Dort war es dunkel und zugig. Es gab auch in besseren Teilen des Hauses freie Gästezimmer. Das roch nach Gehässigkeit. Lillian missfiel, dass Jinadh die Einladung ausgesprochen hatte.

»Liegen sie nah beieinander?« Denn so, wie dieser bärtige kleine Junge Aristide den ganzen Abend lang angeschaut hatte, ihm sachte die Hand an den Ellenbogen gelegt hatte, wenn er ein Argument vorbrachte ... das bedeutete, dass er weit mehr als ein »Sekretär« war.

»Ich glaube, auf demselben Flur gegenüber. Sie hat Mr. Qassan das Hügelzimmer gegeben und Mr. Makricosta hat die ... äh ... die ...«

»Die El«, beendete Cyril seinen Satz, schließlich hatte er länger als sein Neffe in diesem Haus gelebt, wenn auch vor vielen Jahren.

Die El war eine Suite mit zwei Zimmern: ein Arbeitszimmer mit Schlafzimmer, das eigentlich gar nicht im Nordflügel lag, sondern im Mittelteil des Hauses. Die Bürotür lag gegenüber von Qassans Zimmer, was ihnen die geringe Möglichkeit bot, alles abzustreiten. Es bedeutete auch, dass man das Schlafzimmerfenster vom richtigen Zimmer im Nordflügel aus sehen konnte.

»Komm mit«, sagte Cyril.

Stephen hinterfragte ihn nicht: Er stand einfach auf und folgte ihm.

Das Zimmer, das er aufsuchen wollte, war ... was noch mal, Urgroßvaters Lesezimmer gewesen? Cyril konnte sich nicht mehr erinnern. Nun wurde es nicht genutzt, war mit einer dicken Staubschicht bedeckt und eiskalt. Die verbliebenen Möbel waren mit Laken abgedeckt – Lillian hatte sich einiges für die Zimmer herausgeholt, die sie noch benutzten, anscheinend hatten sie viel an die Ospies verloren. Dieses Zimmer hatte offensichtlich noch niemand betreten, seit die Familie eingezogen war. Wahrscheinlich war es zu teuer, das gesamte Haus zu beheizen, und sie hatten nicht genug Bedienstete, um es sauber zu halten.

Sie würden im Staub Fußspuren hinterlassen. Unvermeidlich. Mit etwas Glück würde niemand in dieses Zimmer schauen, nachdem sie es verlassen hätten. Zumindest eine ganze Weile nicht.

»Fensterbank«, meinte Cyril und zeigte darauf. Stephen setzte sich und nieste. Cyril beugte sich über ihn und überprüfte den Blick aus dem Fenster. Genau wie in seiner Erinnerung.

Sie mussten etwa eine halbe Stunde warten, bevor in Aris Schlafzimmer das Licht anging. Inzwischen waren Cyril die Zehen eingeschlafen und Stephen rutschte unbehaglich hin und her. Doch damit hörte er auf, sobald die Lampe aufleuchtete und plötzlich am Fenster im rechten Winkel von ihnen eine Gestalt erschien.

»Das ist er«, flüsterte Stephen. Sein Atem ließ die Scheibe vor ihm beschlagen.

Cyril brummte bejahend, während sie Aristide dabei zusahen, wie er sich fürs Bett fertig machte. Allein. Halb hatte er erwartet, dass Daoud auch als Kammerdiener einsprang, aber Aristide nahm selbst seine Manschettenknöpfe ab und löste die Fliege von seinem Kragen. Denn sie *hatten* sich an diesem Abend für ein Dinner in Gesellschaft gekleidet, mit Ausnahme von Cyril. Sein Vater hatte die Einführung des Smokings nicht mehr miterlebt, darum hatte er ihm nur Fräcke hinterlassen. Vor die Wahl zwischen steifer Förmlichkeit und schlecht sitzendem Nadelstreif gestellt, hatte er sich für Letzteres entschieden, auch wenn er beim Anziehen daran erinnert worden war, dass Aristide ihm den Anzug gekauft hatte. Dass er Aris Geld und Aris Geschmack auf der Haut trug.

Auf der gegenüberliegenden Seite des Innenhofes hängte Aristide gerade sein Jackett an den Kleiderständer und löste seinen Kummerbund. Als Nächstes folgten seine Ringe, dann die Perlenohrringe. Er schaute sich im Zimmer um, verzog den Mund und wandte sich wieder seinem Jackett zu. Aus einer Tasche holte er ein kleines, rundes Fläschchen und kippte dessen Inhalt hinunter. Während er sich das Hemd aufknöpfte, hielt er plötzlich inne, wandte den Kopf zur Seite und sagte etwas.

Aus diesem Blickwinkel konnte Cyril den Neuankömmling, der aus dem Büro hereinkam, nicht sehen. Doch er konnte ihn sich ausmalen. Kurz darauf entsprach die Wirklichkeit seiner Vorstellung.

Daoud trug bereits seinen Pyjama und einen Steppmorgenmantel, der an der Taille mit einem Gürtel zugebunden war. Aristide wirkte … nicht gerade erfreut darüber, ihn zu sehen, warf ihn jedoch nicht hinaus. Sie unterhielten sich kurz, wechselten einige offenbar angespannte Worte. Am Ende zuckte Aristide mit den Achseln und ließ die Hände sinken, sodass Daoud die Arbeit an seinem Hemd übernehmen konnte. Knopf für Knopf enthüllte er Aristide. Daoud musste sich auf die Zehenspitzen stellen, um ihn zu küssen, und löste sich mit einer Grimasse von ihm.

Das Fläschchen. Daoud hatte den Butler böse angefunkelt, weil er Aristide ständig nachgeschenkt hatte, er musste den Alkohol an ihm schmecken.

Nun war es Aristide, der ihn wütend anstarrte und dann küsste.

In ihrem kalten Versteck spürte Cyril einen eigenartigen Schauer in der Luft. Stephen interessierte sich nicht mehr nur rein analytisch für die Szene auf der anderen Seite des Innenhofes, seiner Haltung nach zu urteilen galt seine Aufmerksamkeit allerdings zur Hälfte Cyril: Vorsicht, Anspannung, Verlegenheit.

Natürlich. Wie hätte er sich in diesem Alter gefühlt, wenn er sich beobachtet und gleichzeitig erregt gefühlt hätte? Wenn er sich das Geschehen zusammen mit einer anderen Person – einem Elternteil oder seiner Schwester – im Rücken angeschaut hätte, die das Ganze ebenfalls beobachtete?

Selbst jetzt wollte er es sich kaum ansehen, konnte sich aber nicht dazu durchringen, den Blick abzuwenden.

»Du solltest gehen«, sagte er zu Stephen. Warum hatte er sich überhaupt mit ihm auf diese kleine Mission begeben, wenn er doch gewusst hatte, wie es enden würde?

»Was? Warum?« Unterschwellige Erleichterung strafte seinen Protest Lügen.

Auf diese Frage gab es mehrere mögliche Antworten, die alle herablassend oder unaufrichtig gewesen wären. *Weil ich es sage. Weil wir ihnen ihre Privatsphäre lassen sollten.*

Solche Antworten würden seine Eltern geben. Cyril hingegen sagte: »Du bist nicht dumm und auch nicht unwissend. Du hast genug gesehen, um dir denken zu können, was gleich passiert.«

Stephen rutschte von der Fensterbank. Seine Knie waren voller Staub. Er wischte sie halbherzig ab, bevor er zu Cyril hochschaute: »Aber du gehst nicht.«

Darauf wusste er keine passende Erwiderung, darum schwieg er. Stephen las daraus mit scharfem Blick aus pflaumenfarbenen Augen mehr, als ihm lieb war.

Cyril gefiel nicht, was er sah. Er war kein Voyeur, es ging ihm lediglich um weitere Informationen. Von seinem Beobachtungsposten aus machte es auch nicht den Eindruck, als ob es den beiden besonders gefiel. Und das waren ebenfalls wichtige Informationen.

KAPITEL 13

Allen anderen im Haus kamen die Tage bis zur Sonnenwende endlos vor. Zumindest hatte Lillian diesen Eindruck, wenn sie es denn schaffte, sich vom Telefon zu lösen und aus dem Büro zu schleppen. Die Regierungsarbeit hielt nicht wegen einer Kleinigkeit wie der Wiedergeburt der Sonne inne – nicht einmal bei einer Übergangsregierung.

Wenigstens verschaffte sie Lillian eine Ausrede, sich in Arbeit zu vergraben, sodass sie den unterschiedlichen zwischenmenschlichen Spannungen aus dem Weg gehen konnte, die sich in den Fluren von Damesfort immer stärker manifestierten.

Am Tag der längsten Nacht konnte sie sich jedoch nicht mehr mit dieser Ausrede abschotten: Alle anderen Mitarbeiter waren nach Hause gefahren, hatten das Telefon abgestellt, das Büro verlassen. Falls Aufgaben unerledigt blieben, würden sie warten müssen, bis am nächsten Tag das neue Jahr begann.

Als Lillian aus ihrem Büro trat, hallten ihre Schritte im Haus wider, als wäre es leer. Diese Veränderung hätte sie als angenehm empfunden, wenn sie sie nicht derart nervös gemacht hätte. Auf der Suche nach ihrer Familie und den Gästen wanderte sie durch die Flure, begegnete jedoch nur Bern, die

Arme voller Kiefernzweige, die Schultern und sein Bündel leicht mit Schnee bedeckt.

»Keine Ahnung, wo die alle hin sind, Ma'am«, sagte er bloß. »Ich war unterwegs und habe Erledigungen gemacht.«

Schließlich stöberte sie Aristide im Gesellschaftszimmer auf, mit einem Buch auf dem Schoß und Musik aus dem Radio, in Zigarettendunst gehüllt.

»Willkommen zurück im Hier und Heute«, begrüßte er sie und schnippte die Asche seiner Kippe in einen vollen Aschenbecher. »Arbeitet die Übergangsregierung noch so, wie wir es gerne hätten?«

»Sie arbeitet noch«, antwortete Lillian und ging zur Bar. »Ob so, ›wie wir es gerne hätten‹, kommt darauf an, wen man fragt.«

Aristide wandte sich brummend wieder seinem Buch zu und blätterte eine Seite um, die er mit Sicherheit nicht gelesen hatte.

»Wo sind denn alle?«, fragte sie und zog den Stöpsel aus der Whiskeykaraffe.

»Jinadh hat Daoud mit ins Dorf genommen«, sagte Aristide. »Ich glaube, sie wollten in die Kneipe.«

»Jinadh hasst die Kneipe.«

»Trotzdem«, meinte Aristide und entsorgte seinen Kippenstummel.

»Dann müssten sie eigentlich bald zurück sein, heute schließen alle früh.« Nachdem Lillian sich ihren Whiskey eingegossen hatte, machte sie es sich auf dem Diwan bequem. »Und meine Blutsverwandten?« Der lockere Ton lenkte von der unterschwelligen Beunruhigung ab, die jedem Gedanken an ihren Bruder und jeder Erwähnung seines Namens anhaftete, und von ihrer Angst, diesen in Aristides Gegenwart auszusprechen und zu beobachten, was er in ihm auslöste.

Mit Humor schaffte sie es, so zu tun, als wäre die Situation normal.

Dennoch rutschte Aristide auf seinem Sitz herum. Dann klappte er das Buch zu, legte es zur Seite und fragte: »Gibt es da auch Gin?«

»Und Wermut. Leider keine Oliven. Und auch keine Zitronen. Mr. Qassan hat gesagt, dass du lieber einen Twist trinkst, aber ...« Zitronen waren recht teuer.

Aristide lächelte verkniffen und beantwortete ihre Frage erst, nachdem er ihr den Rücken zugedreht hatte und sein Gesicht im Verborgenen lag. »Die sind draußen«, meinte er dann. »Wollten einen Waldspaziergang machen.«

»Dann bringen sie wenigstens Hunger mit.« Lillian freute sich, dass Cyril etwas Bewegung und frische Luft bekam. »Apropos, ich verhungere fast.«

»Ich würde lieber nichts sagen«, erwiderte Aristide. »Vorhin habe ich nach einer Kleinigkeit zu essen gefragt und ich glaube, damit habe ich mir den ewigen Hass des Kochs verdient. Unten scheint es etwas hektisch zuzugehen.«

»Vielen Dank für den Hinweis. Ich lasse sie in Frieden.«

»Deine Fahrerin, Martí«, wechselte Aristide das Thema. »Die ist Tatienerin, oder?« Während er umrührte, klirrte der Barlöffel gegen das Glas.

»Ja, natürlich. Warum fragst du?«

»Hatte sie in irgendeiner Form etwas mit Memmedivs kleinem Abenteuer zu tun?«

»Du meinst die Unabhängigkeit? Ich glaube nicht. Magnusson sagt, dass sie eine echte Patriotin ist. Anscheinend war sie eine Zeit lang nicht im Dienst, sondern hat freiwillig in der Miliz ihres Heimatortes mitgewirkt, um die Separatisten zu bekämpfen. Ihre letzte Anstellung hatte sie etwa vor fünf Jahren.« Und deshalb war sie billig zu haben gewesen. »Trotzdem leistet sie gute Arbeit.«

Aristide setzte sich wieder in den Sessel, legte die Füße auf den gepolsterten Schemel und hielt den Cocktail auf dem Schoß. »Ich glaube, ich habe sie ziemlich verärgert.«

»Die ist robust, die kriegt sich wieder ein.« Der Whiskey füllte Lillian den leeren Magen, deshalb erging sie sich unbesonnen in Erinnerungen. »Du hast nie wieder von Memmediv gehört, oder? Nach Hadhariti?«

Bevor Aristide darauf antwortete, kippte er den größten Teil seines Martinis hinunter. Mit der Faust ans Brustbein gedrückt schloss er die Augen, als hätte er plötzlich Schmerzen: ein Magengeschwür, ein Aufstoßen. Schließlich folgte ein würgender Husten, schleimig und aus dem Rachen. Doch selbst danach ließ er sie warten und stand erst auf, um sich nachzuschenken.

Von der Seite beobachtete Lillian ihn dabei: hauptsächlich Gin, dazu ein kläglicher Spritzer Wermut. Mehr Schnaps, als sie diesem Glas zugetraut hätte. »Zuletzt habe ich ihn an der Grenze gesehen. Ich nehme an, dass ... Cordelia wahrscheinlich noch irgendwie Kontakt gehalten hat.« Den Namen sprach Aristide vorsichtig aus, als fürchtete er, dass dieser zerbrechen könnte. »Aber mir hatte er ganz sicher nichts mehr zu sagen. Ging mir, ehrlich gesagt, genauso.«

»Nicht einmal fürs Geschäft?«, fragte sie.

»Meine Geschäfte führe ich in Liso.«

»Importe *und* Exporte«, erwiderte Lillian.

»Eine Beschönigung.« Der Deckel des Eiswürfeleimers fiel zu laut zu. Dann gestand Aristide ein: »Ich habe nie mit ihm zusammengearbeitet. Kein einziges Mal. Außerdem beteiligen wir uns nicht am Waffenhandel.«

»Das höre ich gerne«, meinte Lillian, doch woran Cross-Costa sich auch sonst beteiligte, wahrscheinlich waren es dennoch gefährliche und schmutzige Geschäfte. »Hast du Cyril gesagt, was du weißt?«

Bisher hatte er den Augenkontakt mit ihr erfolgreich gemieden, indem er sich bewegt und den Blick hatte wandern lassen. Nun sah er sie direkt an. »Hast du es denn getan?«

Lillian atmete die kühle Luft ein und merkte, dass ihr Mund offen stand – so als wolle sie seine Frage beantworten.

Bevor sie sich jedoch dazu entschließen konnte, hörte sie die Tür gehen und laute Stimmen ein Lied grölen. Eine vertraute ausländische Art zu singen, die Melodie zitterte zwischen den Tönen wie Wasser oder eine Flamme. Es wurde laut gesungen, in gelalltem und undeutlichem Porashtu.

»Offenbar hat die Kneipe geschlossen und die Party ist hierher verlegt worden«, stellte Lillian fest.

Jinadh war deutlich betrunkener als Daoud, obwohl dieser ganz sicher nicht nüchtern war. Glücklicherweise war jedoch keiner von beiden schlecht gelaunt. Grundsätzlich wurde Jinadh eher fröhlich, wenn er etwas trank, doch wenn er anfangs in der falschen Stimmung war, bekam er manchmal furchtbar schlechte Laune. Als Lillian gehört hatte, dass er in die Dorfkneipe gehen wollte, hatte sie sich Sorgen gemacht, offenbar hielt er es dort allerdings besser aus, wenn er von einem Landsmann begleitet wurde.

Magnusson brachte den beiden Zechbrüdern Kaffee, damit sie sich vor dem Abendessen, das kurz bevorstand, etwas beruhigen konnten. Gerade rechtzeitig für den Umkleidegong stolperten Stephen und Cyril mit nassen Füßen und dreckiger Kleidung herein. Lillians Ehemann und ihr Bruder wechselten keine bösen Blicke: Ersterer war zu gut gelaunt und abgelenkt, Letzterer ... nun ja, unverändert. Aristide verließ nicht fluchtartig den Raum, machte auch keine spitze Bemerkung über die Anwesenden. Sein beschwipster Sekretär wurde nicht besitzergreifend. Alle bekamen heißen Punsch eingeflößt und wurden anschließend weggeschickt, um sich umzuziehen.

Allmählich stellte sich bei Lillian das wunderbare, bekannte Gefühl ein, dass sie wie nach Plan funktionierte: Diese Empfindung bekam sie, wenn sich alles richtig zusammenfand und so lief, wie es sollte. Gewöhnlich beschränkte sich dieses seltene, süße Gefühl nur auf ihr Berufsleben, darum war es angenehm, aber auch eigenartig, dass sie es in den Räumen ihres Elternhauses empfand. Vor allem unter den gegebenen Umständen.

Genau um Schlag acht Uhr setzten sie sich alle an den Tisch, auf dem zwischen Kiefernzweigen und Stechpalmenbeeren weiße Kerzen standen. Wächserne Mistelgirlanden rankten sich zwischen den Gedecken entlang.

Über Aufläufen und gebratenem Gemüse thronte ein golden glänzender Gänsebraten. Die meisten Zutaten stammten vom Anwesen, das wusste Lillian, die Rüben und Kartoffeln etwa aus dem Gemüsegarten. Bis zum Vortag hatte die Gans vermutlich ein ruhiges Leben am nahe gelegenen Teich geführt. Wahrscheinlich waren die teuersten Zutaten das Öl und der Zucker für die Glasur gewesen. Wenn man all das jedoch nicht wusste, sah es nach einem opulenten Mahl aus.

Lillian würde Jinadh fragen müssen, ob das Haushaltsbudget einen kleinen Bonus für das Sonnenwendfest der Bediensteten hergab. Vielleicht wäre es aber auch besser, ihnen allen einfach zum Dank einen Umschlag zuzustecken.

Die Essensgäste verfielen in Schweigen, doch es hing nicht so unangenehm über ihnen, wie sie befürchtet hätte. Sie widmeten sich einfach den Speisen und Getränken.

»Der ist köstlich«, meinte Aristide und hielt sein Glas neben eine Kerze. »Cestinisch? Ein Ontichialo?«

Welche Gnade: Seit Daddys Beerdigung war der Weinkeller praktisch unberührt geblieben. Der edle Tropfen war der einzige echte Luxusartikel auf dem Esstisch. Bei ihren Verwüstungen waren die zwischenzeitlichen Bewohner nicht planvoll vorgegangen. Wahrscheinlich hatten sie keinen Geschmack oder keine Ahnung gehabt und ihnen deshalb eine respektable Auswahl guter Weine dagelassen. Glück im Unglück. Und eine weitere Gnade: Jede Flasche verstärkte den wundersamen Sonnenwendzauber, der das Haus erfasst hatte.

Porashtu vermischte sich mit Geddisch – beinahe alle am Tisch verstanden beide Sprachen. Witze wechselten mitten im Satz von einer zur anderen.

»Ihr kennt doch die Sonnenwendtradition der Belqati, oder?« Aus Daouds gewachster Frisur hatte sich eine Locke gelöst und er wirkte nicht mehr so steif wie sonst, wenn er sein Benehmen peinlich genau kontrollierte. »Für Ehepaare?«

»Oh nein«, rief Lillian lachend.

»Die längste Nacht des Jahres«, fuhr Daoud fort, »muss man so verbringen, wie man alle anderen verbringen will.«

»Heilige Steine«, entfuhr es Stephen und er schlug die Hände vors Gesicht. Lillian hatte nicht darauf geachtet, aber anscheinend war Magnusson … in *Festtagsstimmung* gewesen, als er ihrem Sohn eingeschenkt hatte. Ach, sei's drum, diese Feier fand nur einmal im Jahr statt.

»Gilt das nur für Ehepaare?«, fragte Jinadh und stützte den Ellenbogen auf. »Himmel und Erde, bei den Sachen, die bei Hofe in der Sonnenwendnacht passiert sind, würde euch ganz anders werden.«

»Ich glaube, einige Familien im Dorf haben es genauso gehalten«, meinte Lillian. »*Unsere* Eltern natürlich nicht.« Cyril erwiderte ihr Lächeln nicht, was sie eigentlich auch nicht erwartet hatte. »Aber ich weiß, dass einige Frauen geglaubt haben, es wäre eine gute Nacht, um ein Kind zu zeugen.«

»Sollte Frühgeburten verhindern«, erklärte Aristide. »Hat das Baby länger im Mutterschoß gehalten. Zumindest haben das die älteren Frauen immer behauptet.«

Irgendetwas an seinem Sprachrhythmus veränderte sich, als er es sagte, beinahe konnte Lillian es zuordnen. »Und wann bist *du* gezeugt worden?«, erkundigte sie sich, vom Wein übermütig geworden.

Er zuckte leicht mit den Achseln. »Die einzigen Menschen, die das beantworten könnten, sind schon lange tot.«

Verdammt. Bei all der fragilen Flirterei und Fröhlichkeit war sie ins Fettnäpfchen getreten. Um es wiedergutzumachen, fragte sie: »Na, und was habt ihr zur Sonnenwende gemacht, als du klein warst? Bevor sie dich verlassen haben?«

»Mutter ist bei meiner Geburt gestorben.« Aristide erzählte es wie jede andere Belanglosigkeit, mit ironisch verzogenem Mund. Er wusste genau, dass sie sich etwas anderes erhofft hatte. Vielleicht war das seine Rache für ihre bohrenden Fragen am Nachmittag. »Mein Vater ist in die Kneipe im Tal gegangen und hat getrunken, bis er sich übergeben musste. Als ich älter wurde, bin ich manchmal mitgegangen. Nicht, um mitzutrinken, sondern um ihn heil nach Hause zu bringen. Und zu dieser Jahreszeit waren die Trinkgelder immer besser.«

»Trinkgelder?«, fragte Jinadh besorgt nach.

»Die erste Bühne, auf der ich je gestanden habe«, erklärte Aristide. »Die Sonnenwende war die einzige Gelegenheit, bei der mein Vater mich singen gesehen hat. Und die einzige Gelegenheit, bei der er mich deswegen nicht verprügelt hat. Er mochte es nicht, wenn ich runter in die Kneipe ging. Ich glaube, das war ihm peinlich.«

Genau wie allen anderen am Tisch. Da sie den Pudding bereits gegessen, den Brandy eingeschenkt hatten, stand nichts mehr an, mit dem man das unangenehme Schweigen hätte durchbrechen können, das sich zwischen den Tellern angeschlichen hatte.

Bis Cyril, der die ganze Mahlzeit über geschwiegen hatte, unvermittelt fragte: »Warum singst du uns nicht jetzt etwas vor?«

Seine Stimme klang dabei nicht freundlich und er schien auch nicht zu erwarten, dass Aristide den Vorschlag annahm. Er warf die Worte wie einen angezündeten Knallfrosch oder eine scharfe Granate mitten auf den Tisch.

Dennoch glaubte Lillian einen kurzen Augenblick lang, dass Aristide es möglicherweise tun würde.

Dann schlug die Uhr zur vollen Stunde und er zuckte zusammen. Den Mund machte er so schnell zu, dass man die Zähne klappern hörte.

»Ich würde sagen, es ist Zeit für Kaffee und Likör«, verkündete Lillian etwas zu laut, dann ging das allgemeine Unbehagen im Kratzen der Stühle auf dem Boden unter.

Cyril war nicht darauf aus, ein Kind zu zeugen oder sich Glück für den Rest des Jahres zu sichern oder überhaupt sicherzustellen, dass die Sonne am Morgen nach der längsten Nacht wieder aufging. Er konnte einfach nur nicht schlafen.

Immer wieder hörte er, wie sich Aris Vokale veränderten, im Mund weiter nach vorne rutschten. Cyril fragte sich, warum er so schnell so viele sorgsam gehütete Informationsjuwelen preisgegeben hatte, bloß weil Lillian nachgefragt hatte. Sah vor dem geistigen Auge immer wieder, wie er leicht den Mund öffnete, als wollte er tatsächlich singen.

Seine Attacke war grausam gewesen. In dem Augenblick, als Cyril es gesagt hatte, war ihm bewusst gewesen, dass er damit das zerbrechliche Idyll zerstören würde, das seine Schwester diesem dornigen Imitat einer Feier abgerungen hatte. Aber er hatte dabei zugesehen, wie Aristide willentlich Fakten über seine Kindheit präsentierte, als würde er Münzen auf die Theke legen, nachdem Lillian nur leicht nachgefragt hatte, und das schmerzte wie Splitter unter der Haut.

Damals hatte er von Aristide nach all seinen Bemühungen lediglich ein Lächeln bekommen. Doch welche Bemühungen hatte er eigentlich angestellt? Hinter ihren jeweiligen Rollen hatten sie alle möglichen Eingeständnisse verborgen gehalten.

All das entschuldigte aber nicht, dass er das Abendessen ruiniert hatte. Ihm bedeutete der Anlass allerdings auch nichts, es war bloß eine weitere Gelegenheit, etwas zu essen, die es eventuell nicht wieder geben würde. Ihm schmerzte der Bauch, obwohl er sich kaum an den Geschmack dessen, was er gegessen hatte, erinnern konnte. Wie lange würde es dauern, bis er Essen nicht mehr so wahrnehmen würde?

Um sich die Zeit bis zum Sonnenaufgang zu vertreiben, gab er sich selbst einen Auftrag: Er würde jede Tür im Haus öffnen und einen Eindruck davon bekommen, inwieweit das Zimmer dahinter genutzt wurde. Mit Ausnahme des Elternschlafzimmers, aus dem ihm eindeutige Geräusche verrieten, dass die Sonnenwende gefeiert wurde. Stephens Zimmer fand er zufällig. Der Junge schlief tief und fest und lag dabei fast quer im Bett. Er würde am nächsten Morgen seinen ersten Kater erleben. Danach folgte ein leeres Zimmer nach dem anderen, alle so verstaubt wie das eine, von dem aus man in Aristides Fenster sehen konnte. Die nur schwach beleuchtet waren. Dort bewegte sich nichts. Und Cyril hörte nichts, als er sich durch den Flur und um die Ecke schlich, um an der Tür zu lauschen.

Auf diese Tür hatte er es von Anfang an abgesehen. Der Knauf ließ sich drehen.

In Wolldecke und Morgenmantel gehüllt saß Aristide auf einem Sessel, den Blick vom Buch erhoben und auf die geöffnete Tür gerichtet. Das Zimmer wurde lediglich von der Lampe neben ihm und der Glut im Kamin beleuchtet. In seiner Brille spiegelte sich das Licht und blendete Cyril, verbarg seine Augen.

»Du hättest klopfen können«, meinte Aristide.

Cyril zog die Tür hinter sich zu, blieb aber mit dem Rücken daran gelehnt stehen.

»Möchtest du dich setzen?« Aristide deutete auf die Dachgaube neben seinem Sessel.

Dieses Angebot nahm Cyril nicht an. »Warum bist du hergekommen, Aristide?«

Dieser merkte sich demonstrativ die Seitenzahl, bevor er das Buch zur Seite legte. »Man hat mich eingeladen.«

Cyril schüttelte den Kopf. »Nein. Warum bist du wirklich hier?«

Eindringlich sah Aristide ihn an. »Warum bist *du* es?«

Diese Frage hatte Cyril sich bisher nicht stellen wollen. Er hätte Cordelia nennen können, aber es wäre grausam, nun über sie zu sprechen – Aristide und sich selbst gegenüber ebenso wie der Erinnerung an ihre gefärbten roten Haare, ihr Lachen und ihre Sommersprossen. An ihr Gesicht, als er in der Garderobe eine Waffe gezogen hatte. An ihre Wut, als er ihr einen Ausweg angeboten hatte.

Außerdem war sie nur ein Grund unter vielen. War Cyril nur gekommen, weil Aristide ihn gefragt hatte? Weil er nach Hause kommen wollte und geglaubt hatte, hier könnte es sein?

War er hergekommen, weil tief in seinem Inneren vergraben eine Stimme, ein animalischer Anteil, ohne Selbstwertgefühl, genau wusste, dass die Einsamkeit in Liso eine gute Ausrede für einen langsamen Selbstmord wäre? Vielleicht kein ganz so langsamer. Cyril hatte keine Pistole mehr, die war ihm bei der Nachbesprechung abgenommen worden. Doch er verfügte über die nötigen Fähigkeiten, um eine andere aufzutreiben oder eine andere Methode zu finden. Zu sterben war einfach.

Diese dumme Stimme, die sich ans Leben klammerte, verstand nicht, welche Schuld er auf sich geladen hatte. Aber sie war tief in seinem Innern verwurzelt und pochte vor Sehnsucht.

Als Cyril schließlich lachte, fühlte es sich an, als würde er sich übergeben. »Meinst du das ernst? Dieses Abendessen hätte ich auf keinen Fall verpassen wollen. Wie dein Stecher mit meinem Schwager geflirtet hat und die ganzen süßen Geschichtchen aus deiner Kindheit.«

Überrascht blinzelte Aristide zweimal und fragte: »Süß? Das hast du da rausgehört?«

»Ich habe gar nicht gewusst, dass du vom Land kommst.« Der scharfe Ton in seiner Stimme klang vertraut: Diese Verachtung hatte er stets bei Verhören eingesetzt, wenn Scham als Schlagstock am besten geeignet schien, um die Person zu brechen. Es gab nur einen Unterschied: Diesmal hatte Cyril ihn nicht bewusst benutzt. Der Tonfall hatte *ihn* benutzt: »Den Matsch hast du dir von den Schuhen geklopft und die dann polieren lassen.«

»Ja«, bestätigte Aristide. »Und worauf willst du hinaus?«

»Warum hast du es ihr erzählt? Ihnen allen? Warum jetzt, heute Abend, aber niemals …?« Gerade eben konnte er sich noch bremsen, indem er die Fingernägel in die Handflächen grub. Er verlor den Boden unter den Füßen, wurde von seinen Verletzungen mitgeschleift wie ein Reiter von einem verängstigten Pferd. Diese Tür hätte er nicht aufstoßen sollen.

»Darum geht es also.« Aristide nestelte an seiner Decke herum. »Willst du wissen, was ich ihnen *nicht* erzählt habe? Würdest du dich damit besser fühlen, wenn du ein wenig mehr über mich wüsstest als deine Schwester?«

»Ist auch egal«, sagte Cyril und griff nach dem Türknauf. »Ich will nicht …«

»Ich habe nicht nur auf der Bühne Geld verdient«, unterbrach Aristide ihn. »Mein Vater hat gesagt, dass er mich verprügelt, weil ich singe, aber wir haben beide gewusst, wofür die Schläge eigentlich waren. Was ich draußen neben der Hintertür angestellt habe, an die Wand gepresst.« Ihm entglitt sein Akzent, wanderte im Mund weiter vor und drückte ihm gegen die Zähne, und *das* hatte Cyril früher schon gehört: Wenn Ari sich in seinen Haaren festkrallte und laut fluchte, wenn er kam. Wenn man ihn erschreckte. Wenn er Angst hatte.

Wieso war Cyril nie darauf gekommen, dass Aristide aus dem Norden, aus dem Gebirge stammte? Dem Aussehen nach ein Chuli, zumindest in mancher Hinsicht – nun passte das Teil perfekt ins Puzzle. Schlau von ihm, es zu verheimlichen: vor, während und nach den Ospies. Soweit Cyril sich aus alten Zeitungen und belauschten Gesprächen zusammengereimt hatte, war die Hilfe bei den zerstreuten Stämmen im Norden nur langsam angekommen. Acherby war gefallen, aber alte Vorurteile starben schwerer als eine Diktatur.

Trotzdem – warum hatte Cyril nie hinter den auffälligen Künstlernamen, die sorgsam aufgebaute Kunstfigur geblickt?

Weil er es nicht hatte wissen wollen. Damals waren ihm ein paar Geheimnisse lieber gewesen. Nun hingegen wollte er jede noch so dunkle Ecke beleuchten, damit sich dort nichts verstecken und auf ihn lauern konnte.

»Die Trinkgelder waren zur Sonnenwende *wirklich* besser, wenn man auf der Bühne stand«, fuhr Aristide fort. »Aber insgesamt habe ich an den Feiertagen weniger verdient. In dieser Zeit haben die Leute nicht so gerne bezahlte Zähne an ihrem Gehänge. Vielleicht haben sie sich dafür geschämt. Als wäre das den Rest des Jahres über nicht nötig, wo sie doch wussten, wie mein Vater mich deshalb bestraft hat.«

»Ari.«

Der Kosename erwischte ihn kalt, als er gerade Atem holte, um seine Tirade weiterzuführen.

»Na, siehst du?« Nun schwangen in seiner Aussprache erneut Puder und Seide mit, während sie wieder gegen den weichen Gaumen sank. »Jetzt hast du es gehört. Fandest du das süß? Hat es rustikalen Charme? Ich hätte gedacht, dass du *davon* schon genug gehabt hast, mit deinen Tweedanzügen und deinen Waffen und deinem Landhaus.«

Cyril hatte sich so fest gegen die Tür gepresst, dass die Paneele ihm in den Rücken drückten. »Glaubst du etwa, dass du ein Monopol auf eine schreckliche Kindheit hast?«

»Ich habe nie gesagt, dass sie schrecklich gewesen ist. Sie hat mich einfach zu demjenigen gemacht, der ich bin.«

»Und das hier hat das nicht getan?«

»Das hier?« Aristide beugte sich vor und fuhr mit der Hand vor sich durch die Luft, als wollte er damit ganz Damesfort bezeichnen. Die Last des Hauses, der Familie, der Traditionen: Es fühlte sich an, als hätte diese Hand sie aus dem Staub gezogen und Cyril auf die Schultern gelegt. »Auf jeden Fall hat es dich zu etwas *Besonderem* gemacht, da bin ich mir sicher.«

Cyril atmete tief durch und stemmte sich gegen die Last, ließ sie dann fallen, um die nächsten Worte hervorzupressen: »Du hast *keine Ahnung.*«

»Warum erzählst du es mir dann nicht?« Diesen Vorschlag warf Aristide durch den Raum, als hätte er keinerlei Gewicht, doch Cyril hörte an den scharfen Kanten seiner Wut einen leicht nasalen Unterton: Traurigkeit, die fest im Griff gehalten wurde. Am Ende der Frage hob sich seine Stimme schmerzlich an.

Um bloß nicht unwillkürlich darauf zu antworten, öffnete Cyril hinter sich die Tür. »Gute Nacht«, verabschiedete er sich und ließ Aristide mit seinen Fragen allein zurück.

KAPITEL 14

Aristide und Daoud brachen früh auf, und falls Lillian den Eindruck gehabt hätte, dass man ihr die Erleichterung darüber ansah, wäre ihr das höchst peinlich gewesen. Allerdings hatte man ihr praktisch ihr ganzes Leben lang beigebracht, solche Gefühle zu verbergen, deshalb war es ihr nicht peinlich, sondern sie schämte sich nur im Stillen dafür.

Der Rest ihrer kurzen Arbeitspause raste mit viel Essen dahin und dann war es plötzlich Zeit, in die Stadt zurückzukehren. Am letzten gemeinsamen Abend in Damesfort versammelte sich die Familie im Gesellschaftszimmer: Lillian hatte Jinadh die bestrumpften Füße auf den Schoß gelegt und las die Abendausgabe der *Clarion.* Die Rätselseite hatte sie an Jinadh weitergegeben, der mit dem Füller am Mund über einem Kreuzworträtsel grübelte. Dort hatte die Tinte einen Flecken hinterlassen, eine große Sommersprosse. Wie durch ein Wunder war Stephen in ein Buch vertieft, neben sich ein Block Papier, auf dem er sich eifrig Notizen zu Chemie machte. Im Hintergrund lief gedämpft das Radio, sodass sich Musik und Werbung unter das leise Knacken des Feuers mischten.

Nach dem Abendessen war Cyril verschwunden. In den Tagen nach der Sonnenwende war er weiterhin verschlossen und schweigsam geblieben und hatte sich meist von den anderen abgeschottet.

Lillian wusste nicht, was sie für ihn machen konnte. Und sie wusste nicht, was sie *mit* ihm machen sollte. Vielleicht konnte man ihn während der Wahl still in Damesfort verstecken, denn es schien ihr unwahrscheinlich, dass er ins Dorf gehen würde. Die einzige Schwierigkeit sah sie bei den Bediensteten. Magnusson vertraute sie, ganz sicher hatte er den anderen klargemacht, dass Diskretion absolut notwendig war. Doch würden sie sich seiner Autorität unterwerfen? Und wie loyal würden sie gegenüber einer Arbeitgeberin sein, die sie erst seit sechs Monaten kannten und von der sie wussten, dass ihr Budget recht begrenzt war? Eine Arbeitgeberin, die sie womöglich am Ende der Saison entlassen würde, um Kosten zu sparen?

Es wäre besser, Cyril aus dem Haus oder ganz aus dem Land zu schaffen. An irgendeinen friedlichen, behaglichen Ort, an dem er zur Ruhe kommen konnte. Vielleicht ein Badeort oder ein Sanatorium. Wo man ihm damit helfen konnte, dass er bei lauten Geräuschen zusammenzuckte und sich Essen in die Taschen steckte. Das hatte Lillian bei den Mahlzeiten bemerkt, wenn er sich unbeobachtet wähnte, und später waren ihr die Fettflecken an seinem Jackett aufgefallen.

Es gab einige passende Orte in Ibet oder Suldatia. Berge und frische Luft und resolute Krankenschwestern. Grundsätzlich war sie Irrenärzten gegenüber misstrauisch, aber möglicherweise konnte in Cyrils Fall psychologische Hilfe etwas erreichen.

Wann Lillian jedoch die Zeit dafür finden sollte, all das zu arrangieren, und wie sie es dann auch noch bezahlen sollte … Seufzend widmete sie sich wieder ihrer Zeitung und blätterte um.

»›Bei der Jagd überlistet‹«, überlegte Jinadh. »Elf Buchstaben. Fängt mit A an, achter Buchstabe ein C.«

»Ach, du weißt doch, dass ich so was nicht kann.« Trotzdem nahm sie sich das Blatt und schaute es sich an.

»Immer noch besser als ich«, widersprach Jinadh. »Zumindest, wenn sie auf Geddisch sind.« Das stimmte. Lillian hätte nicht im Traum daran gedacht, solche Worträtsel auf Porashtu zu versuchen. Zwar konnte sie es fließend sprechen und schreiben, doch die sprachlichen und kulturellen Nuancen, die man für ein Kreuzworträtsel benötigte? Die lagen außerhalb ihrer Fähigkeiten.

Und auch außerhalb seiner, wenn man sich die eingetragenen Buchstaben so ansah. Wie er seine Antworten von seinen Fehlern unterschied, konnte sie nicht erkennen. »Das hier?«, fragte sie und zeigte darauf. Er nickte.

Im Radio ging ein trauriger kleiner Foxtrott zu Ende, woraufhin die Glockenschläge ertönten, die die stündliche Nachrichtensendung ankündigten. Lillian blickte von der Zeitung zum Radio, als würde sich der Empfang verbessern, wenn sie den Drehknopf betrachtete.

»Guten Abend allen Zuhörern zu Hause«, sagte der Moderator. »Hier spricht Marlowe Flanders und Sie hören *Stunde für Stunde* mit den neuesten Nachrichten am späten Abend.«

Flanders sprach in einem schmierigen amberlinischen Singsang, bei dem Lillian die Haare zu Berge standen, aber bei gebürtigen Städtern kam er vermutlich gut an.

»Müssen wir ...?«, fragte Jinadh, doch Lillian brachte ihn mit einer Geste zum Schweigen.

»Normalerweise würde ich ja den Aufmacher mit kleinen Anekdoten des Tages einleiten«, begann Flanders. »Aber heute verblassen diese kleinen Anekdoten angesichts einer Geschichte, von der ich erst am Nachmittag erfahren habe.«

Für die stündlichen Nachrichten war das ziemlich ... *reißerisch.* Lillian setzte sich auf, das Kreuzworträtsel hatte sie völlig vergessen.

»Die Jagd nach Ospies genießt bei der Übergangsregierung keine hohe Priorität«, fuhr Flanders fort. »Es sieht eher danach aus, als wollten sie Gras darüber wachsen lassen. Wie einige von Ihnen vielleicht wissen, hat die ehemalige Ospie-Diplomatin Lillian DePaul sogar eine Stelle im Pressebüro der Übergangsregierung.«

Lillian ließ die Hand, in der sie Jinadhs Füller hielt, auf die Zeitung in ihrem Schoß sinken.

»Falls Sie unter Acherby die Nachrichten verfolgt haben, haben Sie miterlebt, wie sie in Ungnade gefallen ist. Aber Sie wissen auch, dass sie den Ospies nicht zugunsten der Allgemeinheit den Rücken gekehrt hat. DePaul hat mit den Ospies drei Jahre lang in Porachis kollaboriert, bevor sie mit einem porachinischen Adligen nach Asu durchgebrannt ist. Drei Jahre lang hat sie mit aller Sorgfalt Acherbys Bild nach außen rein gehalten. Sie wurde dazu genötigt, wie sie sagt, dazu gezwungen, die Drecksarbeit zu machen, um ihren Sohn zu retten.«

Stephen rutschte auf dem Boden herum, betrachtete intensiv einen Punkt auf dem Teppich.

»Und einigen von Ihnen hat diese Erklärung ausgereicht«, meinte Flanders. »Das will ich nicht verurteilen. Unter Acherby haben wir alle schwere Zeiten durchgemacht. Aber die Geschichte, die ich heute für Sie habe, lässt die ganze Sache in einem anderen Licht erscheinen.«

Von der Spitze des Füllers tropfte Tinte auf die Zeitung, bis diese sich in schwarzen Kreisen damit vollsog. Lillian betrachtete die leeren Felder, für die Jinadh sie um Hilfe gebeten hatte, und wusste, was als Nächstes kommen würde.

»Ms. DePaul hat zwar einige Ausreden«, fuhr Flanders fort, »doch für ihren Bruder kann man keine erfinden oder anerkennen. Eine weitere Geschichte, an die sich Nachrichtenfreunde womöglich noch aus demselben Zeitungssturm erinnern, der Ms. DePauls Ansehen beschmutzt hat. Cyril DePaul hat den Ospies bei ihrer Machtübernahme Hilfestellung gegeben und Acherby das ACPD zugeschustert, was kurz darauf zur Zerstörung der Regionalisten geführt hat. Man sollte ihn vor Gericht stellen. Stattdessen hat mich eine zuverlässige Quelle darüber informiert, dass er sich sicher innerhalb der Grenzen des Landes befindet, das wir aus den Klauen seiner ehemaligen Freunde befreien mussten.«

Ausgefuchst. Das gesuchte Wort war *ausgefuchst.*

»Die ganze Geschichte hören Sie morgen früh von meinen Kollegen in den *Meldungen am Morgen*«, schloss Flanders. »Das war es für den Augenblick von Marlowe Flanders, ich übergebe Sie nun in die fähigen Hände von Cary Reiser und seinen *Swingin' Six.*«

Erneut erklangen die drei Glockenschläge, diesmal in absteigender Tonfolge. Über den Anfangstönen von Cary Reisers Band hörte man die säuselnd eingesprochene Werbung für Zigaretten der Marke Scandal.

Lillian hob den Füller von der Zeitung und steckte mit einem hörbaren Klicken den Deckel darauf.

»Stephen«, bat sie ihren Sohn und hatte den Eindruck, als käme ihre Stimme aus weiter Ferne. »Bitte hol deinen Onkel her.«

Obwohl Cyril es nicht einsehen wollte, hätte Lillian weiter mit ihm gestritten. Nach jeder Weigerung hätte sie sich seiner Sturheit noch entschlossener entgegengeworfen. Schließlich war das hier ihr Fehler: Ihr Versprecher gegenüber Frye hatte dazu geführt und nun würde sie der Grund dafür sein, dass man ihren Bruder hängen würde. Oder was man mit Verrätern heutzutage sonst noch anstellte.

Nach einer gefühlten Ewigkeit öffnete jedoch Magnusson die Tür des Gesellschaftszimmers und blieb schweigend auf der Schwelle stehen, bis die Schreie abebbten.

»Bitte entschuldigen Sie die Störung«, ging er dazwischen. »Ma'am, Ms. Simons ist am Telefon. Ich habe versucht, sie abzuwimmeln, aber ...«

»Nein«, unterbrach Lillian ihn. Dieses Wort hatte sie in der letzten Stunde so häufig gehört, dass es wie sinnloses Gebrabbel klang. »Natürlich. Ich ...«

Da verließ Cyril das Zimmer und entwand sich dem Joch eines weiteren Gesprächs. Mit der Schulter stieß er Magnusson im Vorbeilaufen an, was den Butler etwas aus dem Gleichgewicht brachte. Dieser hatte sich jedoch schnell wieder im Griff und ignorierte den Zusammenstoß. »Nehmen Sie den Anruf an?«

»Ja, bitte«, erwiderte Lillian mit einem unguten Gefühl.

Honora klang ruhig, gefasst, mitfühlend. Alles, was Lillian ganz und gar nicht fühlte.

»Lillian, es tut mir so leid«, meinte sie.

»Ich danke dir, Honora.« Wie Eis zog Lillian ihr Berufsgebaren in die Adern, verlangsamte ihren hektischen Herzschlag und kühlte die Panik in ihren Wangen. »Ich ... ich hätte dir sagen sollen, dass er ... Das ging alles so plötzlich. Und ich habe versucht, es zu verheimlichen. Das ist nicht meine Idee gewesen.«

Sofort wünschte Lillian sich, sie hätte die letzte Bemerkung nicht hinzugefügt. Sie klang trotzig und lächerlich.

»Du wirst dem Ganzen sicherlich würdevoll begegnen«, erwiderte Honora. »Genau wie allem anderen auch.«

Lillian unterdrückte ein sarkastisches Lachen. »So, wie die Dinge jetzt stehen, weiß ich nicht, ob ich noch die richtige Person dafür bin, um diese Woche eure Pressekonferenz zu leiten.«

»Wo du gerade davon sprichst ...«

Natürlich. Nach dieser Sache konnten sie sie keinesfalls behalten.

»Wir haben gerade ein Telegramm von der amtierenden Ministerin erhalten«, sagte Honora, »und ... also ... es tut mir leid, aber wir müssen dich entlassen.«

»Schon in Ordnung«, meinte Lillian und hatte das Gefühl, ihren Text aus einem Drehbuch abzulesen. »Das verstehe ich.«

»Vielen Dank.« Die Erleichterung, mit der Honora diese Worte ins Telefon hauchte, ließ ihre Stimme rau klingen und Lillian zog die Wange vom Hörer weg. »Es tut mir aufrichtig und ehrlich leid. Wenn ich das Sagen hätte ...«

Würde man Lillian trotzdem feuern, allerdings hätte jemand anders angerufen. »Gute Nacht«, verabschiedete sie sich und legte auf.

In der darauffolgenden Stille hörte sie ein leises Klopfen am Fenster. Dann ein weiteres, das sich zu einem gläsernen Wispern steigerte und mit dem Wind die Richtung wechselte. Schneeregen hatte eingesetzt. Das Eis prallte wie kleinkalibrige Munition auf die Scheiben. In der Luft lag noch der Duft der immergrünen Sonnenwendzweige, während Lillian dasaß und einer weiteren Katastrophe ins Angesicht sah, nach der sie ihr Leben neu aufbauen musste. Zumindest war sie darin inzwischen routiniert.

Falls Cyril irgendjemand eine Stunde zuvor gefragt hätte, ob er in Gedda bleiben wollte, hätte er mit den Achseln gezuckt. Vielleicht hätte er sogar mit Nein geantwortet, doch er hätte nicht sagen können, wohin er stattdessen gehen wollte.

Nun fühlte er sich, als hätte er hier Wurzeln geschlagen.

Wenn er blieb, standen die Chancen dafür, dass er sterben musste, sehr gut. Das hatte Lillian ihm genauestens klargemacht.

»Deine – unsere – einzige Hoffnung, in Gedda ein gutes zu Leben zu führen oder überhaupt zu überleben, hat darauf basiert, dass alles geheim bleibt«, hatte sie ihm erklärt. »Wenn eine der Kandidatinnen sich dafür entscheidet, sich das auf die

Fahne zu schreiben – und *mindestens* eine von ihnen tut das ganz sicher, glaub mir –, wird das Ganze wahrscheinlich die reinste Zirkusvorstellung. Du landest vielleicht am Galgen. Oder vor einem Erschießungskommando. Und falls jemand die Sache vorher schon in die Hand nimmt, glaubst du etwa, dass ich dann irgendeine Chance auf Gerechtigkeit hätte?«

In diesem Augenblick hatte Cyril es nicht gesagt, aber gedacht: Was war mit der Chance auf Gerechtigkeit für all die anderen? Was war mit den Leuten, die seinetwegen geflohen oder gefallen oder gestorben waren? Was war mit Cordelia?

Zum ersten Mal seit langer Zeit hatte er wieder ein Ziel. Ein schweres, keins, das er sich selbst ausgesucht hätte, aber dennoch ein Ziel. Und es erfüllte ihn mit großer Erleichterung, den Blick zu heben und dieser Prozession des Schreckens ein befriedigendes Ende zu bereiten.

Wen würde er damit verletzen? Bisher hatte er seiner Schwester stets Unannehmlichkeiten bereitet, wenn sie sich nahe genug gekommen waren. Wahrscheinlich wollte sie ihn eigentlich gar nicht zur Sonnenwende hierhaben. Und nun hatte seine Anwesenheit ihr auch noch Schande bereitet.

Ganz sicher war Lillian nicht völlig herzlos – es würde ihr wehtun, den Bruder zu verlieren. Aber wäre es nicht auch eine Erleichterung? Wie der Tod eines alten Elternteils oder eines kostspieligen Pflegefalls.

Und Aristide? Der würde es überleben. Er *hatte* es doch überlebt. Hatte schon vor Jahren beschlossen, dass Cyril tot war. Auch wenn er sich auf die Suche nach ihm gemacht hatte, hatte er schließlich – klugerweise – aufgegeben.

Dass er ihn überhaupt gesucht hatte … diese Tatsache hatte eine innere Stimme genährt, die Cyril lieber verhungern lassen wollte. Die sture Stimme. Der animalische Teil von ihm, der ihn mit Aristide zurück nach Gedda, zu seiner Familie gezogen hatte. Der Teil von ihm, der nicht sterben wollte.

In seinem zugigen Zimmer leerte Cyril die Taschen. Brotkrusten, Jinadhs Feuerzeug, ein geschmolzenes Bonbon, das nun an seinem Papier klebte. Ein Klappmesser. Ein Taschenmesser. Ein Messer vom Esstisch, an dem noch Fett hing.

Dieser Mann war Cyril nicht mehr: einer, der durch den Dschungel schlich und Reste in der Tasche verschwinden ließ. Er musste keine Messer bei sich tragen. Ohne sie fühlte er sich zwar nackt, doch dieses Gefühl barg auch einen gewissen Luxus in sich. Eine furchtbare Freiheit.

Zuletzt kramte er eine Handvoll Zigarettenstummel hervor. In seiner Handfläche und im Futter der Tasche blieben verkohlte Tabakstückchen kleben. Mit einer schnellen Handbewegung warf er sie auf den Feuerrost, damit sie verbrannten.

Den Anruf hatte Aristide erwartet, halb befürchtet, seit er aufgewacht und die Geschichte im Radio gehört hatte. Als er endlich kam, war er erleichtert.

»Er will nicht gehen.« Sie klang völlig nüchtern. »Er will nicht abreisen. Er sagt, dass er bleiben will.«

Aristide betrachtete die Dokumente auf seinem Hotelschreibtisch, nahm allerdings nichts von dem wahr, was darauf stand. Nur ein Chaos aus schwarzen Kritzeleien, Zahlen und Buchstaben, die durcheinanderwirbelten, dazwischen seine Ellenbogen, die das Papier zum Rascheln brachten. »Was?«

»Ich habe ihm gesagt, am einfachsten wäre es, wenn er möglichst bald das Land verlässt, und er hat mich bloß angestarrt. Ich habe ihm erklärt, dass ich ihm die Reise bezahle, ihm eine Unterkunft besorge.«

»Damit ich das richtig verstehe.« Aristide presste die Fingerspitzen auf die Schreibtischunterlage, als könnte er damit die Situation in Ordnung bringen. »Hat er geschwiegen oder hat er ›Nein‹ gesagt?«

»Erst hat er geschwiegen. Aber ... na ja, vielleicht habe ich ... Nachdem wir nicht mehr nur höflich miteinander geredet haben, hat er sich eindeutig geweigert. Vehement.«

»Und was hat er genau gesagt?«

»Er hat bloß immer wieder Nein gesagt, und als ich es schließlich nicht mehr ausgehalten und ihn angeschrien habe, hat er ... Mutter und all ihre Söhne, da hat er mich mit diesem *Blick* angesehen und gefragt, ob er es denn verdient hätte, an irgendeinem anderen Ort zu sein.«

Aristide atmete tief durch, um die aufkommende Wut zu besänftigen. Wut auf Cyril: unbestreitbar ein Verräter, ein Ospie-Kollaborateur. Außerdem ein Narr. Wut, dass er sich zu fliehen weigerte. Wut, dass er es überhaupt musste.

Als sie abgeebbt war, fragte er: »Wie ist es rausgekommen?«

Ihr Atem klang wie das Rauschen in der Leitung: ein hastiges Ausatmen, vielleicht ein Lachen oder unterdrücktes Schluchzen. So wie er Lillian kannte, wahrscheinlich Letzteres, als Ersteres getarnt. »Heilige Steine, ich bin so eine Idiotin.«

»Lillian«, hakte er nach und es schnürte ihm derart die Brust zu, dass er sich fragte, ob er nicht doch das Amylnitrit hätte annehmen sollen, das ihm sein letzter Arzt ans Herz gelegt hatte. »Was hast du getan?«

»Das war Frye«, sagte sie, viel zu schnell. Dann fügte sie hinzu: »Nein, also, was ich meine ... Wir haben uns unterhalten und ich ... Es ist mir einfach rausgerutscht.«

Aristide hatte den Atem angehalten und holte nun durch den trockenen Mund Luft, was einen Hustenanfall auslöste.

»Du«, würgte er keuchend hervor. »Du hast Emmeline Frye gesagt ... dass Cyril ...«

»Es ist sogar noch viel schlimmer«, sagte Lillian und nun lachte sie tatsächlich. »Du kannst es dir nicht mal im Ansatz vorstellen. Aristide, ich habe ihr gesagt, dass sie eine emotionale *Kraft* braucht, mit der sie an die Gefühle der Menschen appellieren kann. Im selben Gespräch. Und sie hat *meinen* verdammten Ratschlag angenommen und dafür *meinen* Bruder benutzt. Ich habe ihn nicht einmal *verhökert*, Aristide. Ich habe ihn einfach *verschenkt.*«

Angesichts der Tatsache, wie sehr Aristide daran gewöhnt war, Menschen als Druckmittel und Währung zu benutzen, hätte ihn das nicht derart stark treffen, nicht so verletzen dürfen. Trotzdem stand er plötzlich auf und schrie ins Telefon: »Er ist keine Ware, Lillian. Er ist mehr wert, als du dir jemals hättest erhoffen können!«

Doch sie redete einfach weiter, so scharf, dass es nicht mal schrill klang. »Du musst dich schon für eine Sache entscheiden! Du hast keine Ahnung, was ich gerade durchmache, und wenn du es wüsstest, würdest du ...«

In diesem Augenblick ging die Tür auf und Daoud stand im Rahmen, in einen dicken Schal und halblangen Mantel gehüllt, in einer behandschuhten Hand die Aktentasche und mit schmelzendem Schnee auf dem Bart. Er legte den Kopf schief und schaute ihn fragend an.

Aristide hielt seine restliche Wut hinter zusammengebissenen Zähnen verborgen und fragte: »Warum genau hast du mich angerufen? Wolltest du mich einfach nur in Stücke reißen?«

Er hörte, wie Lillian sich ebenfalls fasste, hörte die Anstrengung in ihrer Stimme, als sie sagte: »Ich wollte dich um einen Gefallen bitten.«

»Ach so? Was für einen denn?«

»Sprich mit ihm.«

Aristide lachte so plötzlich auf, dass Daoud zusammenzuckte und den ordentlichen Dokumentenstapel durcheinanderbrachte, den er aus seiner Aktentasche genommen und neben ihm abgelegt hatte. Er zog die Augenbrauen hoch, doch Aristide schüttelte den Kopf. »Was soll ich ihm denn sagen?«

»Sag ihm, dass man ihn hängen wird«, sagte sie. »Was er getan hat, war falsch, aber muss er dafür sterben? Man hat ihn in die Ecke gedrängt und erpresst. Er kann doch nicht die Schuld für alles, was danach passiert ist, auf sich nehmen. Und was würde es schon ausrichten, wenn er sich hinrichten lässt? Sein Tod bringt schließlich nicht den alten Staatenbund zurück.«

Das Ganze erinnerte an eine Litanei. »Das hast du ihm schon gesagt. Es bringt nichts, wenn er das von mir hört.«

»Dann erzähl ihm, was du willst. Irgendwas, womit du zu ihm durchdringst. Auf dich hört er vielleicht.«

»Ich glaube«, erwiderte Aristide fest und präzise, wie ein Nagel, den man einschlug, »du hast ein völlig falsches Bild von meiner Beziehung zu deinem Bruder. Guten Tag.«

Den Hörer knallte er mit solcher Wucht auf die Gabel, dass die Klingel läutete.

»Lillian?«, fragte Daoud.

Als Antwort schloss Aristide die Augen und knirschte mit den Zähnen.

»Wie geht es ihr?«

»Wie zu erwarten.« Er lehnte sich zurück und seufzte tief, als könnte er damit das Gespräch abschütteln, dann deutete er mit einem Nicken auf die Dokumente. »Was ist das alles?«

»Zollformulare und Frachtmanifeste«, antwortete Daoud. »Alles, was zu bearbeiten ist, wenn wir ein Schiff in diesen Hafen bringen und unsere Waren abladen wollen. Ich dachte, wir könnten sie gemeinsam durchgehen, aber falls du ...« Er brach ab, als wäre er unsicher, *was* Aristide in dieser Situation brauchen könnte.

Aristide war sich selbst nicht sicher. Wenn er das Geschäft durchzog, würde er damit der Frau Geld in die Kasse spülen, die Cyril praktisch die Schlinge um den Hals legte. Wenn er aber jetzt versagte, würde Cross-Costa völlig zusammenbrechen. Große Gesten gefielen Aristide nicht, wenn sie nutzlos waren. Ein Boykott, der nichts erreichte, war keine Ansage, sondern lächerlich. Deshalb meinte er: »Nein. Ich bin bereit, sie mir anzusehen.«

Zögernd setzte Daoud sich ihm gegenüber und klappte die erste Akte auf. Dann hielt er inne, hatte eindeutig mit Worten zu kämpfen, die er nicht über die Lippen brachte. »Aristide. Es tut mir leid, aber ... den letzten Teil eures Gesprächs habe ich gehört und ... Wie *genau* sieht deine Beziehung zu Mr. DePaul denn im Augenblick aus?«

Dieses Gespräch konnte Aristide nicht einmal mit sich selbst führen, also erst recht nicht mit seinem ... Sekretär. Oder was Daoud auch für ihn sein mochte. Und deshalb meinte er nur: »Nun, sie ist ganz sicher nichts, was mit Import und Export zu tun hat. Fangen wir an?«

KAPITEL 15

Allmählich stiegen Fryes Zahlen in den Umfragen. Sie hatte Lillians Ratschlag genauestens befolgt – oder zumindest ihr Wahlkampfteam – und die Bühne gut bewaffnet mit einem Stufenplan zur Einführung von Tribunalen betreten: rückwirkende Gerechtigkeit für all die Leute, denen von den Ospies übel mitgespielt worden war. Und von Cyril war der gesamte Staat Amberlough, das gesamte verdammte Land, schwer hintergangen worden.

Nach Fryes starkem Start schaffte Saeger es kaum, mit ihr mitzuhalten. Hierbei hätten ihr die Verbindungen zum Laufsteg am besten dienen müssen, doch Frye hatte sich einen Vorsprung erkämpft und ließ Saeger im Staub hinterherstolpern. Diese konnte das Problem keinesfalls angehen, ohne mit der Opposition auf einer Linie zu sein. In ihren Bemühungen klang sie versöhnlich und leicht bemitleidenswert, was ihr, genau wie weiße Seide, schlecht stand.

»Du machst dich noch verrückt«, sagte Jinadh, als Magnusson Lillian wie üblich den Zeitungsstapel an den Frühstückstisch brachte.

»Bin ich das nicht bereits?«, fragte sie und bemühte sich um einen lockeren Ton, zielte aber knapp vorbei. Jinadh zog eine Grimasse, die sie ihm vermutlich übel genommen hätte, wenn die Nachrichten nicht wichtiger gewesen wären.

Der *Telegraph*, die *Clarion*, der *Federal Call*, die *Farbourgh Times* ... Nach der Katastrophe zur Sonnenwende hatte sie ihre Abonnements geändert. Internationale Angelegenheiten waren für sie eher zur Nebensache geworden.

Mit dem Finger fuhr sie über eine Schlagzeile. »Frye schlägt bereits Richterinnen vor, dabei sitzt sie noch nicht einmal im Cliff House. Wenn sie gewählt wird, zieht sie das tatsächlich durch.«

»Und fängt vermutlich mit deinem Bruder an.«

»Danach klingt es.« In der letzten Woche hatte sie mit ihm häufig auf Porashtu gesprochen, teils aus Vorsicht, teils aus Scham. Von den Bediensteten verstand die Sprache niemand, darum gewann sie so ein wenig Privatsphäre, wenn es darum ging, dass Cyril in Ungnade gefallen war und sie ebenfalls.

Jinadh betrachtete sie über seine Kaffeetasse hinweg und runzelte die Stirn. »Was glaubst du, wie flexibel wird ihre Definition von ›Kollaboration‹ denn werden?«

»Meinst du, ob sie mich darin einschließen wird?« Lillian gab etwas Milch in ihren Haferbrei. »Das ist schwer zu sagen, wenn man nicht mehr ... hm ...« Sie wechselte die Sprache, um das Wort zu finden. »Kontext hat.«

»Aha, also heißt es abwarten und Tee trinken. Das machst du ja am liebsten, ich weiß.« Sein Lächeln entlockte ihr ebenfalls eines, auch wenn ihre Lippen dabei ein wenig zitterten.

»Ich glaube, für mich wird es nicht gefährlich«, meinte Lillian. »Wie wahrscheinlich für die meisten Leute. Das ist ein Kunstgriff. Sie wird das durchziehen, um ihr Wahlversprechen einzulösen, aber danach ...« *Wonach* genau, das brachte sie nicht heraus. »... danach wird sie das Ganze möglicherweise nicht groß weiterverfolgen.«

»Vielleicht verliert sie die Kontrolle darüber, wenn die Leute auf den Zug aufspringen. Hast du schon die Kommentare gelesen? Oder ein paar Leserbriefe?«

Über die Zeitung hinweg warf Lillian ihm einen skeptischen Blick zu. »Wie bist du an die denn früher rangekommen als ich?«

»Nur an die im *Observer*«, erklärte Jinadh und meinte damit die Zeitung, für die er als Redakteur für Kunst und Kultur tätig war. Aktuell lag sie etwa in der Mitte von Lillians Stapel. »Ich habe mir ein Exemplar aus dem Satz stibitzt. Apropos …« Ein Blick auf die Uhr, dann warf er seine Serviette auf den Teller. »Wir sehen uns heute Abend, Augenstern.«

Jinadh drückte Lillian einen Kuss auf den Scheitel und verließ das Esszimmer, um jenen Seiten einen Feinschliff zu geben, die sie normalerweise beiseitelegte. Die Versuchung, sich ihnen nun zuzuwenden, um über Hochzeiten und Partys und Theater und Kunst zu lesen, war groß, doch das wäre bloß eine Vermeidungsstrategie, die sie letztlich nicht voranbrachte.

Ein Artikel in der *Clarion* stellte mehrere Personen vor, die nach Meinung der Autorin genau wie Cyril eine Verurteilung vor einem Tribunal verdienten, wenn nicht noch dringender. Das war ein auf perverse Art tröstlicher Gedanke. Man hasste ihren Bruder nicht so sehr wie etwa Karol Kramer, Aufseher des größten Internierungslagers im Cultham-Gebirge, oder Acherbys ehemaligen Berater Victor Hale.

Kramers Name wurde außerdem in einem Interview mit Saeger genannt, die wissen wollte, was Fryes plötzliche Wende zum Mitgefühl mit den Opfern der Ospies ausgelöst hatte, obwohl sie diesen Aspekt der jüngeren Geschichte in ihrer Kampagne bisher meist stillschweigend übergangen hatte.

Kramer hat einige sehr gute Freunde von mir umgebracht, sagte Saeger. *Oder zumindest hat er danebengestanden und zugeschaut, während sie an der Ruhr und der rauen Witterung starben. Unter seiner Leitung sind mehr Chuli umgekommen, als sich ihr Volk eigentlich leisten kann. Inzwischen gibt es kaum eine Familie im Cultham mehr, die unversehrt geblieben ist. Wenn wir Ospies aufknüpfen wollen, würde ich ihn immer als Ersten wählen, nicht DePaul.*

Allerdings schienen leider weder Kramer noch irgendwelche seiner Kollegen sich zurzeit im Lande zu befinden. Oder sie waren tief untergetaucht, sodass Cyril einsam auf weiter Flur stand, um von einer Granate oder Kugel oder einem Blitz getroffen zu werden. Was auch kommen würde, ihn würde es zuerst und am härtesten treffen, und zwar völlig unvorbereitet. Weil er sich weigerte, sich damit auseinanderzusetzen.

Seine Schuldgefühle konnte Lillian nachvollziehen. Doch dieses fehlgeleitete Pflichtgefühl ... das würde ihn noch umbringen und sein Blut würde sie und ihre Familie besudeln. Falls er selbst sich nicht schützte, würde sie es für ihn tun müssen.

Lillian hatte strikte Anweisungen gegeben, dass Cyril und Stephen die Grenzen des Anwesens nicht verlassen sollten.

Jinadh reiste mit ihr in die Stadt – die Arbeit machte wegen einer Familienkrise keine Pause, vor allem nicht, falls Lillian gefeuert worden war. Was natürlich geschehen war. Als Cyril die Unterhaltung vom Flur aus mitgehört hatte, hatte er sich Honoras Teil aus Lillians Antworten hinzudenken können. Da er seine Schlüsse über die finanzielle Situation der Familie gezogen hatte, verstand Cyril, warum Jinadh ihn mit seinem Sohn allein ließ. Allerdings erkannte er auch, dass es dem Mann kein bisschen gefiel.

»Sei brav«, verabschiedete dieser sich an der Treppe vor der Haustür von Stephen. »Wie deine Mutter es dir gesagt hat.« Dann sah er Cyril mit schmalen Augen an. Jinadh schien etwas sagen zu wollen, ließ es dann jedoch bleiben, nickte ihm kurz zu und setzte sich zu Lillian auf die Rückbank des Automobils.

Als der Wagen davonfuhr, blieben Cyril und Stephen oben an den breiten Eingangsstufen zurück.

»Lust auf einen Spaziergang?«, fragte Cyril. »Ich packe uns etwas für ein Picknick ein.«

Stephen zuckte mit den Achseln.

Magnusson räusperte sich.

»Keine Sorge, wir bleiben auf dem Gelände«, beruhigte Cyril ihn. »Und wir geraten nicht in Schwierigkeiten.«

Und so landeten sie schließlich an Cyrils Lieblingsplatz aus Kindheitstagen: eine Lichtung im dichten Grün des weiter entfernten Windschutzstreifens. Wenn ihm die überzogenen Erwartungen Damesforts und der Familie DePaul die Luft abgeschnitten hatten, war er stets zu diesem Ort gerannt und hatte Soldat, Held, Jäger oder Spion gespielt. Hier brachte man die größtmögliche Entfernung zwischen sich und das Dorf, sich und Damesfort. Die nächstgelegenen Zuhörer waren Schafe und selbst diese befanden sich im Augenblick am anderen Ende des Feldes.

»Was machen wir hier draußen?«, fragte Stephen. Aus der Tasche seiner Knickerbocker holte er ein Karamellbonbon. Als er das Papier einfach fallen ließ, hob Cyril es eilig auf und stopfte es wieder in die Tasche, aus der es gekommen war.

»Genauso schlimm wie Zigarettenstummel«, erklärte er und klopfte aus Gewohnheit auf seine nun leere Tasche. »Wenn hier Leute vorbeikommen und einen Stapel Bonbonpapiere sehen, wissen sie, dass die nicht einfach vom Himmel gefallen sind.«

Er sah Stephen an, dass er in jugendlicher Wut antworten wollte, sich besann und dann, ganz ähnlich wie sein Vater, nickte und schwieg.

»Kann ich eins haben?«, fragte Cyril. »Also, ein Karamellbonbon.«

Stephen gab ihm eines. Cyril betrachtete es, hätte es um ein Haar in der Tasche verschwinden lassen und erinnerte sich dann daran, dass er es nicht für später aufheben musste. Für ihn würde es kein langes Später mehr geben. Er wickelte das Bonbon aus und steckte es sich in den Mund. Es war schon etwas alt und hart, deshalb schob er es in die Wange, damit es aufweichen konnte, während er die löchrige Jagdtasche ausleerte, die er mitgebracht hatte.

»Warum hast du *das da* denn mitgebracht?«, fragte Stephen, als Cyril ein kurzes Stück Kupferrohr und einen Beutel mit Reißnägeln hervorholte, die er aus der Abstellkammer stibitzt hatte, einen Handbohrer, den er ebenfalls aus der Werkstatt gemopst hatte, Zigarettenblättchen und eine Schachtel alter Schrotflintenmunition, die er im Schuppen gefunden hatte.

»Die hier sind Schrapnelle«, erklärte Cyril und hob die Reißnägel auf. »Das hier«, das Stück Rohr, »ist eine Hülse. Aus den Blättchen machen wir eine Lunte. Und die hier?« Er nahm sich eine Patrone und zog die Messingkappe von der Hülse. Über seine Finger rieselte eine feine Wolke aus Schießpulver. »Sprengstoff.« Dann fanden ein Laib Brot, etwas Käse und zwei lange gelagerte, ledrige Äpfel ihren Weg aus der Tasche. »Das ist einfach unser Mittagessen.«

»*Tempel*glocken noch mal«, staunte Stephen mit großen Augen.

Cyril zuckte mit den Achseln, setzte sich auf den gefrorenen Boden und machte sich an die Arbeit. »Ich habe dir doch gesagt, dass ich dir beibringe, eine bessere Bombe zu bauen. Jetzt ist der ideale Zeitpunkt dafür.«

»Warum willst du nicht weggehen?«, fragte Stephen, nachdem sie alle Patronen, sehr vorsichtig, auf ein Blatt Pergamentpapier geleert hatten.

»Halt das ruhig«, erwiderte Cyril und gab ihm das Rohr. »Und ich meine richtig *ruhig*.«

Stephen warf ihm einen bockigen Blick zu. Da Cyril jedoch nicht nachgab, wandelte sich sein Gesichtsausdruck kurz in Sorge und dann zu Konzentration. Cyril hob das Pergamentpapier an beiden Enden hoch und legte den Scheitelpunkt des gebogenen Blattes an die Rohröffnung. Ein Ende hatten sie bereits mit einer Kappe verschlossen. Die andere Kappe lag griffbereit auf einem Haufen Kupferspäne, die entstanden waren, als sie ein Loch für die Lunte gebohrt hatten.

Beide hielten die Luft an, als das Schießpulver zischend durch das Metall rieselte und unten eine schwarze Schicht bildete.

»Das reicht«, sagte Cyril, nachdem sie das Rohr etwa zur Hälfte gefüllt hatten. »Jetzt die Reißnägel.«

Stephen entspannte sich allmählich und fragte: »Aber ehrlich mal, warum willst du nicht weggehen? *Ich* würde das sofort machen.«

»Du bist schlauer als ich«, erwiderte Cyril. Ihm war die Kälte in die Glieder gezogen, sodass er sich angenehm bleiern fühlte und kleine Stiche kaum spürte. Wie er einmal gehört hatte, war ein Tod durch Erfrieren die einfachste Art zu gehen – die Unterkühlung sollte eine derart wunderbare Euphorie auslösen, dass man mit einem Lächeln auf den Lippen starb.

Aber das wäre zu einfach. Mehr, als er verdient hatte.

»Was hast du überhaupt *gemacht*?«, fragte Stephen und schüttete Cyril etwa ein Dutzend Reißnägel in die Hand. »Keiner hat es mal offen ausgesprochen. Zumindest mir gegenüber nicht. Ich glaube, ungefähr die Hälfte habe ich aus Büchern und den Nachrichten und so, aber die lassen die wichtigen Sachen raus. Du weißt schon. Und Mummy muss ich gar nicht erst fragen.«

Was hatte diese Frage zu bedeuten? Und wo sollte Cyril bloß anfangen?

»Nichts Gutes«, antwortete er und gab die Reißnägel, einen nach dem anderen, ins Schießpulver.

Ein Teil von ihm *wusste*, dass diese Antwort nicht stimmte. Vor drei Monaten hatte er ein Mädchen, etwa in Stephens Alter, aus einem Minenfeld geschleppt, nachdem ihr das Bein unterhalb des Knies zerfetzt worden war. Davor hatte er für einen Mann, dessen Frau gerade in den Wehen lag, eine gefährliche Kommunikationsmission übernommen. Eine Familie gerade noch rechtzeitig vor den Fängen eines vorbeimarschierenden republikanischen Zuges gerettet.

Doch diesen Teil von sich hatte Cyril unter Glas versiegelt, sodass er nur noch still schreien konnte. Wenn er nicht hinsah, bemerkte er ihn gar nicht.

»Diese Explosion wird nicht besonders groß«, meinte Cyril. »Es geht nur darum, den Bauplan zu verstehen. Normalerweise nimmt man Phosphor oder Ammonal. Leg ein paar Blättchen nebeneinander. So, dass sie überlappen.«

Stephen tat, was er ihm sagte. Rasch drehte Cyril die Lunte, indem er die Blättchen um den Inhalt einiger weiterer Flintenpatronen wickelte. Das eine Ende verdrillte er fest und steckte es in das Loch, das sie gebohrt hatten. Dann verschloss er vorsichtig das obere Ende des Rohres, um es vor verfrühtem Funkenschlag zu schützen.

Nachdem nun die Vorbereitungen beendet waren, stand Cyril auf, wobei ihn die kalten Gelenke schmerzten. »Was *glaubst* du denn, was ich gemacht habe?«

Stephen betrachtete die Bombe mit einer Mischung aus Nervosität und Ungeduld. An seiner Oberlippe, wo die Haare allmählich dunkler und dicker wurden, hing durchsichtiger Nasenschleim.

Cyril machte keine Anstalten, ein Streichholz anzuzünden.

»Ich glaube, dass du irgendwelche Sachen für die Ospies gemacht hast«, antwortete Stephen. »Und was es auch war, es war *richtig* schlimm. So schlimm, dass keiner was mit dir zu tun haben will.«

Cyril riss das Streichholz an. Gerade wollte Stephen noch etwas hinzufügen, doch Cyril unterbrach ihn. »Lauf zur markierten Stelle.«

Stephen rannte über die Lichtung, stolperte über eine Wurzel und hüpfte dann über den modrigen Baumstamm, der bereits seit dem Gewürzkrieg vor sich hin rottete. Cyril beugte sich zur Lunte hinab, entzündete sie und ging in seinem gewohnten Tempo hinüber. Er hatte sie ausreichend lang gemacht, um sich Zeit lassen zu können.

Die Explosion ließ Stephen zusammenzucken. Cyril ebenfalls, wenn auch weniger aus Erstaunen als durch einen tief sitzenden Reflex. Ihm zitterten die Hände, darum steckte er sie in die Taschen. So schlimm wie Aristide mit seinen Entzugserscheinungen.

»Das war der *Wahnsinn*«, rief Stephen und kletterte wieder über den Baumstamm. »Die Reißnägel sind *überall*. Das Rohr ist in Stücke gerissen worden! Verdammt *genial*!«

Cyril stand auf und setzte sich zwischen zwei weiche Stummel auf den Stamm, wo die Zweige bereits verrottet waren. Er sah dem Jungen, seinem *Neffen*, dabei zu, wie er durch die vereiste Blätterschicht stapfte, bis er schließlich sagte: »Außer dir.«

Stephen, der die Hände voller Reißnägel hatte, sah zu ihm hoch. »Was?«

»Keiner will was mit mir zu tun haben außer dir.«

»Es ist ja klar, dass du das nicht machen *wolltest*, was immer es auch war.« Diese Art von Verachtung und Selbstbewusstsein verloren die Menschen im Allgemeinen, nachdem ihnen die Welt den einen oder anderen Schlag verpasst hatte.

»Woher willst du das wissen?«

»Es hat doch ganz viele Leute gegeben, die das gemacht haben, was die Ospies ihnen gesagt haben, aber eigentlich haben sie es gehasst.« Mit den Schrapnellen in einer Hand kletterte Stephen vorsichtig neben Cyril auf den Stamm. »Mummy zum Beispiel. Als sie in Porachis gelebt hat ... Ich war zwar noch klein, aber sogar ich habe gewusst, dass etwas nicht gestimmt hat. Darüber redet sie nicht viel. Man hat sie und Dad in die Ecke gedrängt, damit sie gemacht haben, was die Ospies wollten. Und ich weiß, dass es in der Schule Kinder gibt, wo es bei den Eltern genauso ist. Die Leute wollen es geheim halten: Niemand will so enden wie du.«

Diese Antwort hatte Cyril nicht erwartet und das lähmte ihn.

»Die fühlen sich besser, wenn sie mitbekommen, dass du in Ungnade gefallen bist.« Während Stephen sprach, betrachtete er die spitzen Teilchen in seiner Hand, schob sie darin hin und her. »Weil sie sich dann sagen können, dass sie gar nicht so schlimm sind. Und das heißt, dass du etwas Furchtbares gemacht haben musst.«

Jeder Atemzug schmerzte, die eiskalte Luft stach Cyril in die Lunge und es fühlte sich an, als würde man ihm den Brustkorb zerquetschen.

»Es kommt sowieso raus«, meinte Stephen, jung und schlau und schrecklich nüchtern. »Im Radio und so. Also, warum sagst du es mir nicht jetzt? So, wie ich es deiner Meinung nach hören soll.«

Um Zeit zu gewinnen, streckte Cyril die Hand aus und bedeutete Stephen, ihm die Schrapnelle zu geben. Der musterte ihn zunächst überrascht, dann ließ er die Mischung aus Kupfer, Reißnägeln und Waldboden in seine Hand rieseln.

Die scharfen Kanten und kalten Spitzen des Metalls halfen Cyril, sich zu fokussieren. Niemand sonst würde Stephen etwas über diese Sachen beibringen. Und Cyril wusste, wie schwer es war, es im Einsatz zu lernen. Durch Erfahrung lernte man seine Lektionen sehr gut, doch häufig mit brutalen Methoden.

»In Ordnung«, gab er nach und ballte die Hand mit den Resten ihrer Explosion locker zur Faust. »Ich erzähl's dir.«

Aufgrund der Kälte fasste er sich kurz, dampfte die Geschichte auf die wichtigsten Grundzüge ein. Aber während er sie erzählte, wurde ihm klar, dass Stephen das alles genau so zum ersten Mal hören sollte: nüchterne Tatsachen, von keiner Meinung eingefärbt. Dass er sich eine eigene bilden konnte, hatte er bereits bewiesen.

KAPITEL 16

Rinko Higata war einige Monate vor Lillian nach Gedda zurückgekehrt. Sie hatte auf der niorischen Halbinsel gelebt und während der Ospie-Herrschaft bei der Familie ihres Vaters gewohnt. Nun war sie wieder im Land, hatte aber noch keine eigene Kanzlei eröffnet. Stattdessen war sie gelegentlich als unabhängige Beraterin für die Übergangsregierung tätig und verbrachte einen Großteil ihrer Freizeit bei der Yotoi-Tempelmission in der Porter Street, wo sie niorischen Einwandererfamilien kostenlosen Rechtsbeistand bot.

»Wiedergutmachung«, hatte sie es genannt und dabei reuevoll gewirkt.

Seit ihrem Treffen vor der Sonnenwende, bei dem sie erörtert hatten, inwieweit man das DePaul-Vermögen aus dem Abgrund zurückholen konnte, hatte Lillian nicht mehr mit ihr gesprochen. Ihr war es unangenehm, um einen weiteren Gefallen zu bitten, doch dieser lag ganz klar in Rinkos Fachgebiet.

Im Tempel begrüßten sie Gläubige in einfacher Kleidung mit freundlichem Lächeln und leisen Worten. Lillian fragte sich, ob sich das ändern würde, wenn etwa ihr Foto in der Zeitung erschiene. Oder sie vor einem Tribunal landen sollte.

Wie der Missionsleiter ihr mitteilte, hatte Rinko gerade noch eine andere Klientin, hätte aber in einer halben Stunde Zeit. Ob sie einen Gerstentee haben wolle?

Lillian bejahte, saß in der angenehmen Stille des Verwaltungsbüros der Mission und lauschte den Klängen der gesungenen Litaneien aus dem angrenzenden Tempel. Der Leiter überließ sie sich selbst und widmete sich wieder seiner Schreibmaschine. In der halben Stunde, die sie dort verbrachte, in Strümpfen auf einem gesteppten Baumwollkissen kniend und heißen, dampfenden Tee trinkend, erlebte sie die ruhigste Zeit, seit Jinadh ihr seine Rätselseite gegeben und sie um Hilfe gebeten hatte. Als Rinko erschien und einer Frau mit blassem Gesicht und dunklen Augenringen die Tür aufhielt, war Lillian beinahe enttäuscht. Rinko verabschiedete sich mit einigen Worten auf Nioresisch von der Frau – Lillian hatte nur so viel von dieser Sprache gelernt, dass sie *Auf Wiedersehen* verstand –, dann wandte sie sich ihrer nächsten Aufgabe zu.

»DePaul«, begrüßte sie sie und stützte die Hände in die Hüften.

»Higata.« Lillian stellte ihre Teetasse zur Seite und bemühte sich, dass ihr dabei nicht die Hände zitterten.

»Vermutlich sind Sie nicht hier, um am Treffen des Debattierclubs teilzunehmen.«

»Scharfsinnig wie immer.« Lillian erhob sich von ihrem Kissen und strich sich den Rock glatt.

»Sagen Sie nicht, Sie machen derart schwere Zeiten durch, dass Sie eine kostenlose Rechtsberatung benötigen.«

»Ich werde Sie bezahlen«, meinte Lillian. »Aber da Sie einen Blick in meine Finanzen geworfen haben, wissen Sie genau, wie stark Sie mich bluten lassen können, bevor ich ohnmächtig werde.«

Darauf lachte Rinko. Für den Geschmack des Missionsleiters offenbar zu laut. Er warf ihnen einen bösen Blick zu.

»Kommen Sie in mein Büro«, forderte Rinko Lillian auf. »Ich kann mir denken, weshalb Sie hier sind, und um das zu besprechen, brauchen Sie bestimmt etwas Stärkeres als Tee.«

»Ihr Bruder ist schon immer ein Idiot gewesen«, meinte Rinko, nachdem sie ihnen einen zweiten Whiskey eingegossen hatte. Vielleicht traf die Beleidigung Lillian deshalb nicht so schwer. Oder womöglich verhinderte die Wahrheit, dass Rinkos Einschätzung ihr einen Stich versetzte. Hatte sie nicht unzählige Male das Gleiche über ihn gesagt?

»Hat man ihn nicht aus Ellerslee weggeschickt?«, fuhr Rinko fort, stöpselte die Flasche zu und setzte sich wieder. »Ich meine mich zu erinnern, dass jemand das mal erwähnt hat.«

»Nicht ganz. Den Abschluss hat er gemacht, aber es war kompliziert. Ich weiß, dass Daddy ihn danach unbedingt in ein Berufsfeld bringen wollte, das ihm ... den Kopf zurechtrücken würde. Darum bin ich immer davon ausgegangen, dass er so in den FOCIS gedrängt worden ist. Die Details habe ich nie erfahren.«

»Das ist gut. Falls es zu einem Verfahren kommt, kann ich das verwenden. Vorausgesetzt, ich erhalte noch etwas mehr Informationen.«

Das überraschte Lillian ein wenig. »Eigentlich bin ich wirklich nur hergekommen, um mich beraten zu lassen. Oder zu fragen, ob Sie jemanden kennen. Ich ... Meistens kümmern Sie sich um Fälle von Wirtschaftskriminalität, nicht wahr?«

»Hierzulande gibt es kaum Präzedenzfälle für solche Prozesse, wie Frye sie vorschlägt, und deshalb auch keine klare Rechtslage. Wir hätten sehr viel Handlungsspielraum. Zahlreiche Möglichkeiten zu improvisieren. Und überhaupt, liegt zwischen Wirtschaftskriminalität und Kriegsverbrechen ein derart großer Graben? *Taschen, Taschen und Nooz* hat schon

Unternehmen verteidigt, die für Schlimmeres angeklagt waren als Ihr Bruder.«

»Und ich nehme an, Ihnen böte das eine gute Gelegenheit, Ihren Namen bekannter zu machen.«

Rinko zuckte mit den Achseln und nippte an ihrem Whiskey.

»Sie haben schon eine Idee, richtig?«

In ihrem Lachen schwang ein leichtes Schnauben mit, so als wäre sie beleidigt, dass Lillian glauben könnte, sie bräuchte mehr Zeit, um eine Verteidigungsstrategie für einen verhassten Ospie-Kollaborateur zu entwickeln. »Sie etwa nicht? Ich habe Ihre Karriere im Diplomatischen Dienst damals mitverfolgt. Ich wollte sehen, was Sie treiben. Und Sie haben *gute* Arbeit geleistet, aber das meiste davon habe ich Ihnen beigebracht.«

»Menschen mögen Geschichten«, sagte Lillian und erinnerte sich an nächtliche Debattenvorbereitungen, bei denen Rinkos Haare sich aus der Hochsteckfrisur lösten, Dokumente auf dem Boden eines Hörsaals verstreut lagen, während die halbe Mannschaft auf den Bänken schlief. »Vor dem Gesetz geht es um Fakten. Aber das Gesetz wird von Menschen gemacht und bewahrt. Deshalb zählen im Umkehrschluss vor Gericht auch Geschichten.«

»Und welche Geschichte sollten wir über Ihren Bruder erzählen, wenn es zum Prozess käme?«

»Dass er Furchtbares durchgemacht hat«, setzte Lillian zögerlich an. Dann wurde sie selbstbewusster, als würde sie gerade eine mündliche Prüfung ablegen. »Und er tut es immer noch.«

»Setzen Sie früher an«, meinte Rinko. »Es muss sich anhören, als wäre es unvermeidbar gewesen, sonst trägt er trotzdem die Schuld.«

Lillian dachte an ihre Kindheit zurück. Damals hatten sie sich nahegestanden, sich gemeinsam der Einsamkeit gestellt, wenn ihre Eltern manchmal wochen- oder monatelang nicht zu Hause waren. Das hatte die Schule zerstört. Lillian fühlte sich in Cantrell so wohl wie ein Fisch im Wasser und verstand nicht, warum Cyril es dort so schwer hatte. An der Universität erhielt sie von ihm unglückliche Briefe, die sie mitfühlend, aber nicht gerade verständnisvoll beantwortete. Schlimmer jedoch wog, dass sie allmählich auf die Seite ihrer Eltern wechselte. Wann genau sie damit begann, danach zu streben, das gute Kind zu sein, bestimmte Erwartungen zu erfüllen, und es nicht mehr darum ging, ihre Rolle auszunutzen, wenn sie und Cyril in Schwierigkeiten gerieten, konnte sie nicht sagen.

Als sie in Sackett ihren Abschluss machte, auf Reisen ging und deshalb die Feiertage und Sommeraufenthalte in Ibet verpasste, Cyril allein ließ ... ab jenem Zeitpunkt hatte sich das Blatt gewendet. Eine Schande für den Haushalt, eilig vertuschte Geheimnisse, sodass nicht einmal sie je genau verstanden hatte, wofür man ihren Bruder beschuldigt hatte.

»Ein vielversprechender junger Mann, der von seinen Eltern vernachlässigt wurde«, erklärte Lillian. »Verletzungen, die nie heilen konnten. Und natürlich hat er sich selbst in Schwierigkeiten gebracht.« Inzwischen dachte sie nicht mehr an Cyril, sondern an ihren eigenen Sohn.

»Und ich vermute mal, dass der FOCIS ihn auch nicht besser behandelt hat«, meinte Rinko. »Selbst wenn die Ospies ihm einen zwingenden Grund gegeben haben, sich abzuwenden, hätte er Widerstand geleistet, wenn er dem Geheimdienst gegenüber loyal gewesen wäre.«

»Was er für den Dienst auch getan haben mag, es hat ihn schließlich ins Krankenhaus gebracht.« Lebhaft standen ihr noch die Bilder vor Augen, seine dünnen, violett gefärbten Lippen, die sich deutlich von der grünlich-weißen Maske seines Gesichts absetzten. Die schwarzen Streifen der Stiche, die eine leuchtend rote Wunde ordentlich verschlossen. »Und auch da kenne ich die Details nicht.«

»Die können wir uns später besorgen«, sagte Rinko. »Also gut. Er wendet sich ab. Aber nur unter Druck, nehme ich an?«

»Ja. Kennen Sie Vasily Memmediv?«

Rinko riss die Augen auf. »Den Separatisten?«

»Ja. Er hat ebenfalls für den FOCIS gearbeitet und Cyril damals gekannt. Vor den Ospies.«

»Und wie ist er so, wenn man ihm persönlich begegnet?«

»Aalglatt«, antwortete Lillian.

Rinko winkte ab. »Und jetzt ist er vor lauter Glätte ausgerutscht. Ist drüben in Ungnade gefallen. Wie leicht die Politik doch für Zerwürfnisse unter den Menschen sorgen kann! Wie man hört, ist er vor der Spaltung gut mit Ianiźca befreundet gewesen – und heute fordert sie seine Verhaftung. Glauben Sie, dass er aus Tatié fliehen wird?«

Lillian schüttelte den Kopf. »Nein. Ich nehme an, er würde liebend gern auf heimatlichem Boden verbluten, wenn er glaubte, dass es seinem ... jetzt ist es wohl ein Land ... helfen würde.«

»Schon eigenartig, wie weit die Menschen für eine Sache gehen, die längst verloren ist.«

»Wie bitte?« Sie wusste, worauf Rinko anspielte, trotzdem hatte es sie schlicht überrascht. Die andere Frau hatte so selbstbewusst geklungen, als sie ihre Ideen skizziert hatte.

»Falls Frye gewählt wird und dieses Tribunal durchführt, was erhoffen Sie sich dann?« Rinko legte die Hände um ihr Glas und beugte sich ihr über den Tisch hinweg entgegen, wobei sie einige Dokumente verschob. »Freispruch? Dass man ihn entlastet?«

»Ich dachte ...«, meinte Lillian, setzte dann jedoch erstaunt neu an. »Aber was ist mit allem, was Sie gerade gesagt haben?«

»Das war keine juristische Verteidigung«, entgegnete Rinko. »Für das, was Ihr Bruder getan hat, gibt es keine juristische Verteidigung. In den Berichten steht, dass er Landesverrat und Mord gestanden hat.«

»In den Ospie-Berichten«, widersprach Lillian. »Geständnisse, die durch Nötigung entstanden sind. Wahrscheinlich durch Folter.«

»Dieses Land will Ihren Bruder hängen sehen. Möglicherweise kann ich ihn vor dem Galgen bewahren, aber fordern Sie nicht von mir, dass ich ihm die Freiheit schenke. Das liegt außerhalb meiner Fähigkeiten oder denen irgendeiner anderen Person. Und das müssen Sie gleich zu Beginn verstehen, sonst arbeiten wir gegeneinander.«

Sprachlos sah Lillian zu, wie Rinko ihr Glas leerte, sodass die grauen Perlenohrringe ihr über den Hals fuhren. Nachdem sie es abgestellt hatte, meinte sie: »Also dann, darf ich nach Carmody kommen und mit Cyril sprechen?«

»Sie können es gerne versuchen«, erwiderte Lillian und hörte die eigenen Worte wie aus der Ferne, weil ihr die Ohren klingelten. »Aber wer weiß schon, ob er reden will?«

KAPITEL 17

Die Bahngesellschaft West Cultham Rail Company besaß eine Lagerhalle an dem Ende des Hafens, das früher schon heruntergekommen gewirkt und sich anscheinend nicht verbessert hatte. Hier hatten sich nur die Schmierereien an den Wänden verändert. Keine geviertelten Kreise der Ospies oder regionalistischen Farben Gelb und Blau mehr. Natürlich weiterhin dreckige Witze und obszöne Kritzeleien, aber hier und da entdeckte Aristide ein Logo aus parallelen Linien mit Querstrichen in regelmäßigen Abständen. Bahnschienen, darunter Saegers Name mit tropfender Farbe aufgemalt. Oder, manchmal, der von Cordelia.

Weite Teile dieses Viertels hatten einst zu seinem Revier gehört, unter einem anderen Namen als dem, den er auf der Bühne verwendet hatte. Eine verkrustete Zyste auf dem Arsch der Stadt, die aus riesigen Hallen und dazwischenliegenden, nach Pisse stinkenden Gassen bestand. Ein Ort, an dem alles gekauft oder verkauft werden konnte: nackte Haut, Drogen, falsche Dokumente und Devisen. In den Frachtcontainern ließen sich unzählige Sünden verbergen. So wie der Mohnteer, der nun in ordentlichen Reihen lagerte und in den Büchern des Hafenmeisters als Zinn, Stoffe und exotische Hölzer gelistet war.

»Bescheiden, was?«, fragte Custler und stützte sich schwer auf das Geländer der quietschenden Metallgalerie, die an den Wänden der Lagerhalle entlangführte. »Wir sitzen auf einem Schatz und trotzdem würde keiner je auf die Idee kommen, hier nachzuschauen. Das ist ein schlauer Kunstgriff.«

»Da stimme ich Ihnen zu«, meinte Aristide. »Aber keiner, den ich jemals beherrschen wollte.«

Sie warf ihm einen Seitenblick zu. »Ich glaube auch nicht, dass er Ihnen so gut stehen würde.«

Er dachte an den unregelmäßigen Bart, den er sich im Cultham-Gebirge hatte wachsen lassen. An den wuscheligen Schopf, den seine Haare gebildet hatten, nachdem er sie im Bauch des Dampfers nach Hyrosia hatte wachsen lassen. »Da haben Sie vermutlich recht.«

Einen Augenblick lang standen sie Seite an Seite da und das Schweigen dehnte sich zwischen ihnen aus, als würde ein hagerer und mürrischer Vogel mit bösem Blick die Flügel ausbreiten. Gerade wollte Aristide sich schon Sorgen machen, da sagte Custler: »Ihr ... äh ... Bürohengst. Ist der gar nicht hier?«

»Der ist leider drüben im Hotel und beantwortet Briefe. Bei bestimmten Sachen komme ich auch ohne ihn sehr gut klar.«

»Natürlich, natürlich.« Sie rieb sich nachdenklich das Kinn. »Ich dachte nur ... ach, Bockmist. Er ist sehr jung und hübsch. Und da habe ich angenommen, dass Sie beide vielleicht ... ja?«

Aristide wandte den Kopf einen Hauch zur Seite und warf ihr unter hochgezogenen Augenbrauen einen eiskalten Blick zu. »So wie Sie und Frye?«

»Du meine Titten.« Sie erbleichte.

»Machen Sie sich keine Sorgen«, beruhigte Aristide sie. »Bestimmt sind Sie nicht so auffällig wie wir. Sonst hätte man Sie sofort ins Visier genommen, als sie Ihnen das Unternehmen übergeben hat.«

Einen Augenblick dauerte es, bis Custler sich davon erholt hatte, dann antwortete sie in deutlich nüchternerem Ton. »Ich weiß, dass mich das nichts angeht. Ich frage nur wegen dem ganzen Chaos mit den DePauls.«

Unter Aristides Teint war es weniger deutlich zu sehen, wenn er erbleichte. Allerdings hieß das nicht, dass ihm das Blut nicht aus dem Gesicht wich – er spürte es daran, wie kalt seine Wangen wurden.

»Die Zeitungsleute meinen, dass es zwischen Ihnen und dem Bruder mal gefunkt haben soll. Dass Sie sich vielleicht gegenseitig unterstützt haben. Ich habe nur nach dem Sekretär gefragt, weil ich wissen will, ob Sie das hinter sich gelassen haben.«

»Das war vor *sehr* langer Zeit«, erwiderte Aristide.

»Gut, gut.« Die Erleichterung ließ ihn erahnen, was sie als Nächstes sagen würde. »Möglich, dass Sie von seiner Schwester einige fiese Geschichten über Emmy zu hören bekommen. Soweit ich weiß, sind Sie befreundet? Ich will einfach nicht, dass *unsere* Geschäfte davon beeinträchtigt werden.«

»Selbstverständlich nicht«, sagte Aristide. »Geschäft ist Geschäft. Ich will hieran genauso viel verdienen wie Sie.«

Custler atmete tief durch. »Mutter und all ihre Söhne, es freut mich sehr, das zu hören.«

Das wiederum freute *ihn* genauso sehr. Er hatte schon einmal das Misstrauen von Frye und Custler zerstreuen müssen, als sie Saeger und den Laufsteg erwähnt hatten. Wenn sie glaubten, dass er wegen dieser kürzlich öffentlich gewordenen Neuigkeiten auf sie sauer war – und das war er, möge die Königin ihn retten –, müsste er sie noch einmal ganz von Neuem beruhigen, und das zu einem höheren persönlichen Preis als zuvor. Ihm war Saeger völlig egal, ihre einzige Verbindung lag darin, dass sie Cordelia gekannt hatte und er sie vielleicht gerne gefragt hätte ... Nun ja. Eine ganze Reihe an Dingen. Aber das reichte nicht aus, um ihn für Saeger spionieren zu lassen. Und auch nicht dazu, sich auf ein Spiel aus Drohungen und Erpressung einzulassen.

Jeder andere mit etwas weniger professionellem Auftreten hätte den Mund offen stehen lassen, von der eigenen Dummheit wie vom Donner gerührt.

Aristide wollte genauso dringend wie Lillian, dass Cyril das Land verließ. Vor acht Jahren hatte er einfach die notwendigen Schritte eingeleitet und hätte Erfolg gehabt, wenn Cyril selbst nicht das ganze Unternehmen torpediert hätte. Und egal, welche Schritte Aristide diesmal für ihn unternehmen würde, wenn es auf legalem Weg wäre, würde Cyril dankend abwinken.

Vielleicht sollte er ihn wie ein widerborstiges Schaf fesseln und zwangsweise aus Gedda herausschaffen. Aber Aristide konnte genug von dem erahnen, was Cyril durchgemacht hatte, um zu wissen, dass dies unverzeihlich gewesen wäre. Also schien ihm nur noch die Möglichkeit zu bleiben, Gedda derart zu verändern, dass es zu Cyril passte; der Wahlkampf war jedoch schon zu weit fortgeschritten, um sich noch als Kandidat zu bewerben.

Um Veränderungen voranzutreiben, musste er allerdings nicht für ein Amt kandidieren. Wenn er den vorgeschlagenen Tribunalen Einhalt gebieten wollte, musste er nur die Erfolgsaussichten der Person vernichten, die sie vorgeschlagen hatte. Oder dafür sorgen, dass sie nach seiner Pfeife tanzte, wenn sie noch eine Chance haben wollte.

Custler, die Gute, hatte ihm diese Idee einfach so in den Schoß fallen lassen. Nun musste er sie nur an sich nehmen und aufpolieren.

»Hm«, meinte sie und betrachtete ihn wie ein Züchter, der ein Pferd begutachtete. »Sie sind auf einmal so still geworden.«

»Kopfschmerzen«, antwortete er und stieß sich vom Geländer ab. »Manchmal kommen die ganz plötzlich.«

»Tatsächlich? Dann sollten Sie zum Arzt gehen. Mein Schwager hatte solche Schmerzen und ist richtig krank geworden und gestorben. Als sie seinen Kopf aufgeschnitten haben, war da *so ein großer* Tumor.« Sie ballte die Hand zur Faust. »Davon hat er auch Halluzinationen bekommen. Richtig schlimme.«

Aristide lächelte verkniffen. »Vielen Dank für den Ratschlag.«

Als Aristide ins Hotel zurückkehrte, steckte Daoud noch immer bis über beide Ohren im Papierkram. Auf der Wange, direkt über dem Rand seines sorgfältig gestutzten Bartes, prangte ein Tintenfleck.

»Verkauf alle meine Anteile«, sagte Aristide und warf seine Handschuhe auf die Kommode.

Daoud schaute von der Arbeit hoch und runzelte die Stirn. Nach den Fältchen in seinen Augenwinkeln und der leicht schmerzverzerrten Miene zu urteilen würde er bald eine Brille benötigen. »Wie bitte?«

»Meine Anteile an Cross-Costa. Verkauf sie. Deine auch, wenn du willst.«

Da schüttelte Daoud langsam den Kopf, als hätte er Wasser in den Ohren. »Ich ... alle?«

Aristide dachte kurz nach, ließ sich aufs Sofa sinken und legte sich hin. »Ach, na gut. Vielleicht die Hälfte. Damit es so aussieht, als wären wir weiterhin dran beteiligt.«

»Damit es so aus...« Daoud hielt inne. »Aristide, was hast du vor? Weshalb müssen wir lügen?«

»Ich musste gar nichts planen«, erwiderte er. »Custler hat sich das ganz alleine ausgedacht und es mir auf dem Silbertablett serviert.«

Ohne Daoud anzuschauen, spürte er, mit welcher Intensität dieser ihn skeptisch anstarrte. »Was du auch vorhast«, meinte er und Aristide hörte das Rascheln der Dokumente, die er zu einem Stapel zusammenschob. »Cross wird es vermutlich nicht gefallen, was?«

»Unser Geschäft in Gedda wird dadurch zerstört, vielleicht sogar das gesamte Unternehmen Cross-Costa Importe. Bringst du mir bitte einen Drink, wo du gerade stehst?«

Denn vor Sorge hatte Daoud sich von seinem Stuhl erhoben. Überrascht stand er nun da, die Hände leicht erhoben.

»Einen Brandy, bitte. Und sei nicht knauserig. Ich weiß, dass du das gern mal bist.«

Wie automatisch ging Daoud an die Bar, beobachtete Aristide auf dem Weg dorthin jedoch die ganze Zeit. Als er ein Glas bereitgestellt und die Flasche entkorkt hatte, sagte er: »Der Teer. Es hat etwas mit dem Teer zu tun und mit der Wahl.« Und dann, während er einschenkte. »Und mit DePaul.«

Aristide streckte ihm über die Sofalehne hinweg die Hand entgegen, um das Glas in Empfang zu nehmen. Daoud gab es ihm, stand dann mit den Händen in den Hüften da, während Aristide, selbstzufrieden und wie immer etwas theatralisch, an seinem Getränk nippte, um den Augenblick hinauszuzögern.

»Hm«, meinte er und schwenkte das Glas, sodass der Brandy im Licht funkelte. »Nicht der Beste, den ich je getrunken habe.«

»Aristide.«

»Ja, natürlich.« Erneut trank er einen Schluck aus seinem Glas. »Frye hat nie ganz die Kontrolle über ihr Unternehmen abgegeben – sie bumst mit Custler, zur Herrin. Und jetzt verschiebt West Cultham Teer. Würdest *du* wollen, dass das alles herauskommt, während du als Premierministerin kandidierst?«

Aristide wusste, dass Daoud in seiner Gegenwart stets eine Maske trug: kühle Unnahbarkeit, so glatt wie Keramik, gelegentlich mit Gereiztheit oder Nachsicht beschmiert. Sie erinnerte ihn beinahe an die drollige Dienstfertigkeit, die er Pulan vorgeheuchelt hatte. Vielleicht nicht in gleicher Form, aber zumindest in der Funktion. Es machte Aristide verrückt und er hatte zahlreiche Strategien ausprobiert, um diese Fassade zu durchbrechen.

Diesmal gelang es ihm, ohne es überhaupt zu versuchen.

»Das kannst du nicht machen«, meinte Daoud. »Das ist der reine Wahnsinn.«

»Das ist völlig vernünftig«, widersprach Aristide, stellte den Brandy ab und zündete sich eine Kippe an.

»Wenn du sie verrätst und Saeger gewinnt, gibt es dann nicht trotzdem ein Tribunal? Inzwischen scheint mir das unausweichlich.«

»Tja, dann muss sie wohl gewinnen, was? Was meinst du, wie viel Prozent ihrer Wahlkampfkosten würde der Verkauf meiner Anteile abdecken?«

Daoud rührte sich nicht, obwohl Aristide ihm eine Rauchwolke ins Gesicht geblasen hatte. »Du handelst übereilt. Du hast das nicht richtig durchdacht.«

»Natürlich habe ich das. Zwischen mir und dem Teer befinden sich genug Leute und Scheinfirmen. Falls das Ganze rauskommt, bin ich perfekt abgeschirmt. Sag mir nicht, wie ich meine Arbeit erledigen soll.«

»Das ist *nicht* deine Arbeit!« Endlich brach Daoud aus seiner Erstarrung, warf die Hände in die Luft und stapfte zurück zum Schreibtisch. »Das hier …« Er schnappte sich einige Dokumente aus dem Stapel, die an einer Ecke zusammengeheftet und mit einem metallisch schimmernden Siegel markiert waren. »*Das* hier ist deine Arbeit! Cross-Costa ist nicht dein … dein …« Er knallte die Dokumente auf den Tisch.

»Es ist nicht dein kleines Reich. Du bist nicht der König des Verbrechens oder welchen dummen Spitznamen sie dir damals auch gegeben haben, als du in den goldenen Jahren hier gelebt hast. Von diesem Unternehmen hängen die Arbeitsplätze anderer Leute ab. Ihr Geld. Ihr Leben. Wenn du das durchziehst, werden deine Angestellten verhaftet, wandern wahrscheinlich ins Gefängnis.«

Aristide schnippte Zigarettenasche weg. »Anscheinend glaubst du, dass ich direkt zur Presse gehen will, aber, mein Lieber, das würde ja dem Zweck einer Erpressung entgegenstehen.«

»*Bhishna solkatay ahshaleh!* Sei jetzt nicht so ein … *itu* zu mir! Lass den Protzer nicht so raushängen! Ich meine es ernst.«

»Ich auch.« Aristide setzte sich auf, hielt den Rücken kerzengerade und lehnte sich nicht ans lockende Federpolster. Nach einem langen Zug an seiner Kippe atmete er tief aus und fuhr fort: »Wenn es ans Licht kommt, treiben die Jagdhunde meine Angestellten zusammen. Sollen sie doch. Als ich der Herrscher über die Halbwelt war, habe ich zugelassen, dass sie meine Freunde verhaftet haben.«

Lange stand Daoud mit offenem Mund da und starrte ihn an: ein Schock, als hätte ihm jemand, dem er vertraut hatte, eine Ohrfeige verpasst, dann stieg ihm die Röte ins Gesicht.

Was für ein Narr. Er hatte jahrelang Zeit gehabt, um zu lernen, wem er vertrauen konnte, und hätte erkennen sollen, dass Aristide diejenigen, die ihm am nächsten standen, besonders fest schlug.

Am Wochenende kam eine Frau nach Damesfort – zumindest glaubte Cyril, dass es am Wochenende war, er hatte nicht auf die Wochentage geachtet. Sie erschien zum Mittagessen, in einen eleganten Anzug mit grünem Schottenmuster gehüllt.

Die dunklen Haare, die sie in einem so festen Knoten hochgesteckt hatte, dass Cyril befürchtete, ihr könnten die Wangenknochen die Haut durchstechen, waren von silbernen Strähnen durchzogen. Das Kinn streckte sie selbstbewusst vor und aus den schmalen Augen, die Schlupflider aufwiesen, musterte sie ihn stumm, als hätte sie sich bereits ein Urteil über ihn gebildet. Alles, was die schwarze Klinge ihres Blickes traf, durchschnitt sie wie Obsidian.

»Mr. DePaul«, begrüßte sie ihn mit einem Nicken und setzte sich. Ansonsten sprach sie kein Wort mit ihm, bis sie die Mahlzeit beendet hatten. Aus den Gesprächen der anderen schloss Cyril, dass sie irgendeine Schulfreundin von Lillian war, die sie aus Sackett kannte, doch so kühl und höflich, wie sie sich miteinander unterhielten, handelte es sich offenbar um keinen Freundschaftsbesuch.

Außerdem trug sie eine dicke Aktentasche bei sich, die ihr die Bediensteten abgenommen hatten.

Darum war Cyril vorbereitet, nachdem sie sich alle an den kalten Braten, Käse und Gewürzgurken gütlich getan hatten. Er war vorbereitet, als sie ihre Serviette zur Seite legte, Lillian bedeutungsvoll ansah und dann sagte: »Mr. DePaul, dürfte ich Sie allein sprechen?«

»Und wenn ich Nein sage, fahren Sie dann zurück nach Amberlough?«, fragte er. »Oder bleiben Sie, bis ich nachgebe?«

Ihr Lächeln war genau so scharf wie ihre Blicke, obwohl ihre Zähne so weiß wie Natron waren. »Lillians Gastfreundschaft führt mich sehr in Versuchung und wir haben uns sicher noch viel zu erzählen.«

»Sie sind Anwältin«, meinte Cyril, denn ihre Antwort hatte ihm nichts weiter verraten, auch wenn sie ihre Intention angedeutet hatte.

»Ja, Ihre Anwältin.«

Und deshalb saß er nach dem Mittagessen auf dem Sofa in der Bibliothek und starrte ins Feuer, um Rinko Higata nicht ansehen zu müssen, während sie mit ihm sprach.

»Meines Wissens haben Sie einen echten Leidensweg hinter sich«, fing sie an und zog einen dicken Ordner aus ihrer Aktentasche. Papier raschelte auf Papier und erinnerte ihn entfernt an das Geräusch eines Messers, das über einen Schleifstein gezogen wurde.

»Nur, wenn man ihn mit anderen vergleicht«, meinte er.

»Nobel«, erwiderte Higata. »Das hätte ich nicht erwartet, nach dem, was ich von Lillian erfahren habe, bevor wir uns ... na ja.«

»Hat sie Geschichten über mich erzählt?« Cyril nahm sich eine Kippe aus dem Korb auf dem Beistelltisch und ein Streichholz aus der danebenstehenden Dose.

»Sie haben Ihrer Familie das Leben wirklich nicht leicht gemacht. Und anscheinend haben Sie das als Erwachsener fortgeführt und sogar noch mehr Menschen hineingezogen.«

Gut, dass er die Kippe hatte. Da er sie gerade anzündete, konnte er vorgeben, sich intensiv auf die Flamme zu konzentrieren. Wenn sie schon angezündet gewesen wäre, hätte er sie vielleicht ausgespuckt, um Higata in der Luft zu zerreißen. So nahm er einfach einen kräftigen Zug, sodass das Ende seiner Zigarette glühte.

»Falls Sie gekommen sind, um mich über meine Fehler zu belehren«, sagte Cyril, sobald der Tabak Feuer gefangen hatte, »möchte ich eins klarstellen: Ich kenne sie bereits in- und auswendig.«

»Gut«, erwiderte Higata und sortierte eine zusammengeheftete Sammlung an Dokumenten unten in ihrem Stapel ein. »Dann habe ich weniger zu tun.«

»Ms. Higata«, meinte Cyril. »Ich weiß nicht, ob Sie verstehen ...«

»Dass Sie lieber gehängt werden würden? Ich glaube, das habe ich inzwischen begriffen. Lillian hat gesagt, dass Sie ihr Angebot, Sie ins Ausland zu schicken, abgelehnt haben. Sie hätten problemlos ausreisen können. Sie könnten noch immer problemlos ausreisen, auch wenn die Zeit allmählich knapp wird.«

»Frye ist noch nicht mal gewählt worden.«

»Und Sie glauben, dass Saeger diesen Pott auf dem Kartentisch liegen lässt? Egal, wer das Cliff House übernimmt, es wird eine Abrechnung geben. Und Sie sitzen hier voller Selbstmitleid auf Ihrem traurigen Arsch und warten darauf, dass Sie zum Galgen hinaufsteigen dürfen.«

Cyril schwieg. Zog nur an seiner Kippe.

»Wenn Sie sterben, macht das Ihre Taten nicht wieder gut«, erklärte Higata ihm.

Da überwucherten ihn die Schuldgefühle wie Schwarzschimmel. »Darum geht es nicht.«

»Sondern worum?«

Endlich schaute er sie an: ein langer, durchdringender Blick.

»Wären Sie mit einem Leben im Gefängnis zufrieden?«

»Was?«

»Ich habe gefragt, ob Sie …«

»Ich habe Sie schon verstanden.«

Higata legte den Ordner auf ihren Schoß und die Hände sorgsam darauf. »Ihrer Schwester habe ich es schon gesagt: Ich glaube, dass ich Ihren Hals aus der Schlinge ziehen kann.«

»Sie gehen davon aus, dass ich auf *Nicht schuldig* plädiere.«

»Ich bin mir nicht einmal sicher, ob sie das zulassen werden. Das wird ein Schauprozess, keine Vereinbarungen zur Milderung des Strafmaßes, keine Möglichkeit, die Sache still und heimlich abzuhandeln.«

»Ich hatte nicht vor, irgendwas auszuhandeln«, erwiderte Cyril. »Ich habe einem unschuldigen Mann in den Hinterkopf geschossen.«

»Und davor zwei andere vergiftet, ja. Der *Telegraph* hat die Geschichten auf Mikrofilm. Aber das sind Straftaten, also spielen sie hier keine Rolle. Denen müssen Sie sich irgendwann sicher auch stellen, aber ich glaube nicht, dass sie in diesem speziellen Verfahren angesprochen werden. Fakt ist, dass man Sie in die Ecke gedrängt hat. In die letztmögliche.«

»Das macht es nicht *besser.*« Heiliger Bimbam, diese Frau setzte ihm zu wie Splitter unter der Haut.

»Da stimme ich Ihnen zu«, sagte sie und verpasste ihm einen weiteren Peitschenhieb. »Alles, was Sie getan haben, ist unter Zwang geschehen. Schön. Trotzdem haben Sie es getan. Wir haben alle mitbekommen, was das für Gedda bedeutet hat.«

»Und Sie sollen meine Anwältin sein?«, fragte Cyril. »Du meine Titten, warum führen Sie mich nicht gleich raus und hängen mich auf? Im Obstgarten steht ein hübscher Baum. Mit einem Ast auf der richtigen Höhe. Nicht, dass ich danach Ausschau gehalten hätte.«

Während er sich derart ausließ, blieb Higatas Miene gelassen, leicht distanziert, bis er schließlich vor Scham trotzig verstummte. Als er sich erneut seiner Zigarette widmete und den Blick wieder dem Feuer im Kamin zuwandte, fuhr sie fort, als hätte er nichts gesagt.

»Und jetzt müssen Sie denen erzählen, was die Konsequenzen für *Sie* bedeutet haben. Niemandem gefällt es, wenn Verräter durch ihre Taten noch Vorteile erzielen. Aber ich habe meine Hausaufgaben gemacht. Ich habe die Akte gelesen, die die Ospies über Sie geführt haben. Nachdem der CIS aufgelöst wurde, haben sie viele Dokumente als geheim eingestuft. Sie haben nichts gewonnen und viel mehr verloren als die meisten von uns. Also erniedrigen Sie sich. Zeigen Sie uns, wie sehr Sie durch Ihre eigenen Taten verletzt worden sind. Sie haben Schreckliches erlitten, wie Ihre Schwester sagt, und Sie werden bis an Ihr Lebensende jeden Tag darunter leiden. Für die wäre es Zeitverschwendung, Sie umzubringen. Ihr Leben ist Strafe genug.«

»Und das soll mich davon überzeugen, mit Ihnen zusammenzuarbeiten?«, fragte Cyril.

»Ich habe nicht behauptet, dass das der Wahrheit entspricht. Wenn Sie Glück haben, kommt das bei der Richterin gut an, sodass Sie eine schwere Strafe erhalten, jedoch nicht die Todesstrafe. Und wir können jederzeit Einspruch einlegen. Aber was Sie sich selbst antun, tief in Ihrem Herzen? Das ist allein Ihre Sache.«

Cyril schnippte Asche in den Becher auf dem Beistelltisch. »Also wollen Sie, dass ich da hochsteige und eine Litanei aller Qualen abspule, die ich erlitten habe, seit die Ospies mich auf der Flucht erwischt haben?«

»Nein, ganz und gar nicht«, widersprach Higata. »Sie denken viel zu klein. Ich will, dass Sie im Zeugenstand erzählen, wie das Leben Sie bei jeder Gelegenheit niedergemacht hat.«

»So kommen wir nicht ins Geschäft«, meinte er und drückte den Stummel seiner Kippe aus.

Natürlich hatte Stephen die ganze Sache belauscht. Cyril hatte ihm gezeigt, an welchen Kaminen in der ersten Etage man am besten die Gespräche hören konnte, die unten geführt wurden. Nachdem Higata nach Amberlough zurückgekehrt war – ein dringender Termin früh am nächsten Morgen, es tat ihr schrecklich leid, dass sie nicht zum Abendessen bleiben konnte, ungeachtet der Drohung, die sie am selben Tag ausgesprochen hatte –, spürte der Junge Cyril deshalb am hinteren

Tor auf, wo dieser rauchte und über die leeren Felder in die Richtung des verborgenen Dorfes starrte. Die Sonne war beinahe untergegangen, und ab und zu teilte der Wind die Bäume wie einen Vorhang, hinter dem die blinkenden Lichter der Läden und Häuser aufleuchteten.

»Stimmt es?«, fragte Stephen und legte die Arme übereinander gefaltet auf die oberste Stange des Zauns.

»Welcher Teil?«

»Dass du vor Gericht gestellt wirst, selbst wenn Frye nicht gewinnt. Und dir der Galgen droht, wenn sie dich anklagen.«

Cyril zuckte mit den Achseln und zog noch einmal an seiner Kippe. Dabei riss die trockene Haut an seinen Fingerknöcheln, ein feiner Schmerz, so zart, dass er ihn nur juckte. In der Stille schrillte das Pfeifen eines Zuges über den purpurroten Himmel. Von den Zäunen und Feldern wehte der Abendgesang der Rotkehlchen herüber.

»Weißt du, dass ich deinetwegen ein blaues Auge bekommen habe?«, fuhr Stephen fort. »Die Leute beschimpfen dich aufs Übelste. Mariah Peavey und ihre Clique haben versucht, mich unterzutauchen, als wir gerade aus Asu hergekommen waren.«

»Aber das hast du ihnen nicht durchgehen lassen, oder?«

Stephen warf ihm einen stechenden Seitenblick zu. »Was glaubst du denn, warum ich das blaue Auge hatte?«

»Gut. Wenn du es ihnen einmal durchgehen lässt, bleibst du für den Rest deines Lebens unter Wasser. Bei den Titten meiner *Mutter.*« Als Cyril die Wahrheit dieser Aussage überrollte, schnippte er seinen Kippenstummel ins Feld. Auf dem Weg sprühte er Funken. »Das sollte alles nicht wichtig sein. Nicht so wichtig, wie sie es nehmen.«

»Was, untergetaucht werden und das alles?«

»Das Untertauchen, Cantrell, die Universität, der ganze Mist. Du bist dreizehn Jahre alt. Wenn dich andere Kinder in einen Springbrunnen werfen, sollte das nicht mehr bedeuten als nasse Klamotten.«

»Aber das tut es«, meinte Stephen. Seine Stimme klang nicht mehr wie ein genervter Teenager, sondern barg verstörenden Ernst.

Cyril seufzte. »Als ob ich das nicht wüsste.« Er spürte, dass sein Neffe ihn anstarrte und nachfragen wollte, sich aber kaum traute.

Seine Geheimnisse gingen Richter oder Geschworene nichts an. Auch nicht seine Anwältin, seine Schwester oder die Presse. In seinem Leben hatte man ihn so sehr ausgepresst, dass er den Wert dessen, was er für sich behalten konnte, nur allzu gut kannte. Doch er hatte beschlossen, dass er seinem Neffen beibringen wollte, all das, was er selbst erlebt hatte, besser durchzustehen. Vielleicht hatte Stephen es verdient, diese Teile seiner Geschichte zu erfahren, selbst wenn dies Cyril seinen Stolz kosten und alte Wunden wieder aufreißen würde.

»Bis an die Universität habe ich es immerhin geschafft«, berichtete er schließlich. »Als Schüler in Cantrell ist es mir schlecht ergangen und alle Lehrer haben mich gehasst, aber ich bin mit meiner Klasse ganz gut klargekommen und nie untergetaucht worden. In der Scheiße habe ich erst gesessen, als ich nach Ellerslee gekommen bin.«

»Was ist passiert?«

»Dort hatte ich einen guten Professor – der einzige, den ich *jemals* gehabt habe. Bei den meisten Kursen konnte ich mich nicht auf den Vortrag konzentrieren, mir erschien alles so *unwichtig*. Nur er … na ja. Es ist ganz allmählich passiert. Einige von uns haben eine Lerngruppe gebildet. Wir haben uns abends bei ihm zu Hause getroffen. Aber eigentlich haben wir nicht gelernt. Sondern einfach geredet. Doch wenn man sich mit ihm in einem Raum befunden hat, hat es sich angefühlt, als hätte jemand den Strom angeschaltet, sogar die *Luft* hat geflirrt. So stark war seine Präsenz. Wahrscheinlich hat die tatienische Regierung ihn deshalb damit beauftragt, naive Störenfriede zu rekrutieren. Er hatte ein Händchen dafür, die Studenten herauszupicken, die in der Schule angeeckt waren – diejenigen, die eigentlich viel zu schlau und gleichzeitig bereit dazu waren, alles über Bord zu werfen, was sie angeblich wollen sollten, und etwas Neues anzufangen.

In meinem letzten Jahr hat er eine Exkursion nach Tatié geleitet, an die Grenze. Da hatte er einige Sachen zu erledigen. Er brauchte eine Tarnung und er brauchte Hilfe. Das hat er nicht als Spionage *bezeichnet.* Ich weiß nicht, ob er die anderen auch gefragt hat, aber ... als er mich gefragt hat, habe ich Ja gesagt.

Natürlich hat man mich erwischt, da war es allerdings schon zu spät. Ich hatte das, worum er mich gebeten hatte, bereits erledigt. Wenn ich es nicht geschafft hätte, wenn ich etwas früher eingeknickt wäre, als sie mich befragten, weswegen ich da war, wäre vielleicht alles anders ausgegangen. Damals war ich noch nicht so gut, dass ich es komplett durchziehen konnte, den größten Teil des Weges hatte ich jedoch bereits hinter mir, und wahrscheinlich haben sie sich gedacht, dass sie mich das letzte Stück mitschleifen konnten.«

»Hast du dafür Ärger bekommen?«

»Natürlich habe ich dafür Ärger bekommen«, antwortete Cyril. »Den habe ich immer noch. Eine Riesenportion Ärger von damals bis heute.« Bei jedem Schritt spürte er, wie er ihm an den Stiefeln klebte. »Die ganze Sache musste vertuscht werden. Vor allem, weil mein Vater im Diplomatischen Dienst war. Das Ausspionieren anderer Bundesstaaten stellte ein ernsthaftes Verbrechen dar – wahrscheinlich tut es das immer noch, nehme ich an. Als der FOCIS bei uns anklopfte, hat mein Vater mir quasi noch ein Schleifchen umgebunden und mich verschenkt. Er hat ein Geschäft ausgehandelt und ich musste es annehmen, um nicht vor Gericht zu landen.«

»Und da haben sie dann aufgehört, es zu versuchen«, folgerte Stephen. »Das war der Augenblick, ab dem sie nicht mehr versucht haben, dich zu reparieren. Und du glaubst, dass mir das auch passieren wird.«

Cyril zuckte mit den Achseln. »Alles ist *möglich.* Ich versuche nicht mehr, irgendetwas vorherzusagen. Ich will bloß vorbereitet sein, wenn die Würfel fallen, wie auch immer es dann ausgeht.«

Darüber dachte Stephen nach, wobei er mit der Fußspitze unten am Zaun im Boden herumstocherte. Vor einigen Tagen war der Schnee geschmolzen und anschließend hatte es starken Frost gegeben, deshalb hinterließ er keine Spuren, sondern verpasste dem Leder seines Schuhs lediglich ein paar Schrammen. »Und was ist aus dem Lehrer geworden? Hast du ihn verpfiffen?«

»Ihn verraten? Natürlich. Irgendwann macht das jeder. Er ist wieder dahin verfrachtet worden, wo er herkam.« In eine Vorstadt westlich von Dastya, wo Aufruhr und Rachemorde an der Tagesordnung waren. »Damals hatte er schon einen gewissen Ruf und er ist in feindlichem Gebiet gelandet. Ich habe nie wieder von ihm gehört.«

KAPITEL 18

Frye zu kontaktieren gestaltete sich schwieriger, als Aristide lieb gewesen wäre. Offenbar nahm sie nicht einfach von jedermann Telefongespräche an, und wenn er vor ihrem Haus herumgelungert hätte, hätte er erschossen oder zumindest verhaftet werden können. In ihrer Straße hielten Jagdhunde des ACPD abwechselnd Wache. Er fragte sich, ob Saeger den gleichen Schutz genoss, wo auch immer sie sich nachts verkroch. Vielleicht kümmerten sich die Arbeitergewerkschaften um ihre Sicherheit.

Custler konnte er auch nicht bitten, den Kontakt herzustellen, denn sie würde nach dem Grund fragen und diesen Hebel wollte er lieber ohne Vorwarnung ansetzen, ganz oben an der Befehlskette.

Letzten Endes wandte er sich an Jamila und erklärte ihr in möglichst vagen Worten die Situation. Da sie schlau und scharfsinnig war, las sie zwischen den Zeilen und schnallte, dass er etwas nicht ganz Legales plante.

»Wenn du sie in lockererer Atmosphäre treffen willst, dann geh in den *Corderey*. Meine Quelle unter den dortigen Kellnern sagt, dass sie einige Abende und die meisten Nächte in einem der Separees verbringt. Und sie arbeitet dann tatsächlich. Keine Hurerei oder Sauferei wie bei den meisten dicken Fischen, die im Verzeichnis stehen.«

»Vielen Dank«, meinte Aristide. Dann fiel ihm ein: »Muss ich dafür sorgen, dass *mein* Name im Verzeichnis steht?«

Übers Telefon klang Jamilas Lachen wie Rauschen. »Ich rufe da an. Bis du dort bist, steht er drin.«

Und so war es auch. Ein wenig zwickte Aristide das schlechte Gewissen, wenn er daran dachte, was Daoud darüber gesagt hatte, dass andere wegen seiner Pläne leiden mussten, und weil er wusste, dass Jamila zweifellos darunterfallen würde.

Der *Corderey* hatte Erkerfenster, von denen aus man auf das südliche Ende der Talbert Row sah, ganz in der Nähe der Staunton Street. Früher hatte Aristide weder dem Club noch dem Viertel große Aufmerksamkeit geschenkt – er hatte mehr am Hafen, in den Theatern und mit den reichen Leuten zu tun gehabt, die sich gerade noch respektabel gaben. Die Mitglieder des *Corderey* hatten nie in diesen Abgrund geblickt. Sie befanden sich so weit davon entfernt, dass sie nicht einmal von seiner Existenz wussten. Außerdem waren die meisten nie hinter die Bühne gekommen. Sie saßen in den Logen und betrachteten das Geschehen durch ihre Operngläser.

Aber wenn Aristide an die seltenen Gelegenheiten zurückdachte, zu denen er diese Gegend besucht hatte – ein Nachmittagsspaziergang entlang der Talbert Row unter den skeptischen Blicken des Alten Geldes, das gerade zu Mittag speiste –, hatten sich der Straßenzug und die Erkerfenster kaum verändert. Wahrscheinlich war der *Corderey* während der Ospies genauso unbemerkt geblieben wie zuvor unter Dutzenden Regionalistenregierungen. Die Orte und Mechanismen der Macht änderten sich selten, nur die Menschen, die sie innehatten. Und auch diese nur selten.

Aristide erschien in einem nüchternen tabakbraunen Anzug, einem Mantel aus Vikunjawolle und in einen cremefarbenen Schal gehüllt vor der Tür. Den Nerz hatte er zu Hause gelassen, um sich der Atmosphäre des Clubs anzupassen. Sein Filzhut, Kaninchenfilz mit unbearbeitetem Rand, brachte ihm an der Garderobe trotzdem eine hochgezogene Augenbraue ein.

Nachdem Aristide es sich auf einem Sessel in einem Erker bequem gemacht hatte, bestellte er bei einem Kellner, der gerade vorbeilief, einen Brandy. Kurz darauf brachte ihm ein anderer Kellner seinen Drink auf einem Tablett.

»Mit besten Empfehlungen von Ms. Osogurundi«, erklärte er. »Wenn Sie mir bitte folgen würden?«

Bevor Aristide aufstand, kippte er die Hälfte des Brandys hinunter, dann reihte er sich hinter dem jungen Mann im elegant gebügelten Anzug ein und folgte ihm durch die engen Flure des *Corderey*.

Seine Begleitung blieb an einer Tür weit hinten in einem Gang auf der zweiten Etage stehen und klopfte leise, bevor er sie öffnete.

»Ich habe nichts bestellt«, meinte Frye genervt. »Hab' nicht mal am Seil gezogen.«

»Bitte entschuldigen Sie, Ma'am. Aber hier ist Besuch für Sie.« Der Kellner machte Aristide Platz und dieser steckte ihm ein Bündel Geldscheine dafür zu, dass er seine Anstellung riskiert hatte. Wahrscheinlich würde Frye sich bei der Leitung beschweren, wenn er mit ihr fertig war. Vielleicht konnte Jamila dem Mann etwas bei Cross-Costa besorgen, wenn er hier gefeuert werden sollte. Doch falls Frye seine Drohung nicht ernst nahm, stünde er kurz darauf wahrscheinlich wieder auf der Straße.

All das verdrängte Aristide und lehnte sich elegant gegen den Türrahmen. »Emmeline.«

Frye packte die Stuhllehne, als wäre ihre Hand ein Enterhaken, krallte sich in die Polsterung und zog sich daran zu ihm herum.

»Makricosta.« Sie kniff die Augen zusammen, ihr Blick scharf wie Granitsplitter.

Er lächelte. »Es freut mich so, Sie wiederzusehen. Ich hoffe, Sie haben schöne Sonnenwendtage verbracht?«

»Lassen Sie uns allein«, forderte Frye den Kellner auf. »Und wagen Sie es ja nicht, noch einmal hier aufzukreuzen, wenn ich nicht am Seil gezogen habe.«

In Fryes Separee stand ein zweiter Sessel im rechten Winkel zu ihrem, beide mit Blick zum Kamin. Auf dem Tisch zwischen ihnen befanden sich eine Kanne Kaffee und ein zur Hälfte gegessener Apfel, der braun geworden war. Aristide ließ sich auf dem leeren Sessel nieder und stellte den Brandy auf das Tablett.

»Setzen Sie sich doch«, meinte Frye knochentrocken.

Er rutschte ein wenig auf dem weichen Polster des Sessels herum, bis er bequem saß, und übertrieb dabei etwas. Währenddessen bedachte sie ihn mit einem langen, stechenden Blick, aber ganz sicher würde *er* nicht den ersten Schritt machen, falls sie darauf aus war. Stattdessen nippte er an seinem Drink und schaute zu, wie die Flammen sich durch ein Stück Holz fraßen, das für die ganze Nacht reichen würde: Es war so breit wie die Taille eines Menschen, schwer und massiv. Dieses Feuer würde bis zum nächsten Morgen brennen. Genau so lange konnte er hier sitzen.

Schließlich schnaufte Frye genervt. »Ich nehme an, egal, worum es geht, dass Frances nicht damit umgehen konnte?«

»Ich habe sie nicht einmal gefragt«, gab Aristide zu. »Ich glaube nicht, dass es unbedingt in ihren Aufgabenbereich fällt.«

Sie nippte an ihrem letzten Schluck Kaffee und verzog das Gesicht. Wahrscheinlich war er kalt. Nach einer frischen Kanne klingelte sie jedoch nicht. »Wissen Sie, wie viele Leute inzwischen etwas von mir wollen? Und lassen Sie mich eins sagen: Die bekommen es garantiert nicht.«

»Ich glaube, Sie werden sich dazu durchringen können, für mich eine Ausnahme machen«, sagte er. »Schließlich kenne ich einige Ihrer schmutzigen Geheimnisse.«

»Hm.« Frye stellte die Tasse mit dem kalten Kaffee mit einer präzisen Bewegung wieder auf die Untertasse, drückte kurz die Finger gegen den Rand und ließ sie dann los. »Ich habe mir schon gedacht, dass Sie wegen der DePaul-Nummer sauer sein würden. Custler hat mir gesagt, Sie hätten geschworen, dass Sie professionell bleiben würden, ohne Privates und Geschäftliches zu vermischen. Das habe ich ihr fast geglaubt. Darum bin ich etwas überrascht. Und enttäuscht.«

»Wissen Sie, mir ist es egal, wenn ich Leute enttäusche«, erwiderte Aristide und nippte an seinem Brandy. »Vielleicht ist das ein Charakterfehler, aber ich glaube, dass es eher etwas damit zu tun hat, dass andere Leute nicht mit den eigenen Erwartungen umgehen können. Und alle scheinen sehr unterschiedliche Erwartungen an mich zu haben. Wie könnte ich je darauf hoffen, sie alle zu erfüllen?«

»Ich möchte Sie daran erinnern, dass ich das Unternehmen zu Beginn meines Wahlkampfes an eine Treuhänderin übergeben habe«, meinte Frye. »Ms. Custler würde am meisten darunter leiden.«

»Wie kaltschnäuzig«, sagte Aristide. »Glauben Sie, dass sie Ihnen noch die Pflaume leckt, wenn sie durch den Dreck gezogen wird und Ihre Affäre es auf die Titelseiten schafft? Dann können Sie kaum noch irgendetwas glaubwürdig abstreiten.«

Das brachte Frye kurz aus dem Gleichgewicht, aber sie fasste sich schnell. »Ich wüsste gerne, welche Beweise Sie dafür haben.«

»Das glaube ich Ihnen sofort«, parierte Aristide so schmierig wie Butter, weil er schon seit der Schulzeit andere hinters Licht geführt hatte.

»Königin und Grabmal, ich habe gewusst, dass das eine schlechte Idee ist. Ich habe gewusst, dass das mit *Ihnen* eine schlechte Idee ist. Aber Frances hat immer wieder darauf bestanden.«

»Und Ihnen war vermutlich klar, dass Sie eine schöne Summe aus mir herausbekommen könnten. Wahlkampfschulden. Was man so hört, können die einen regelrecht auffressen.«

Frye drückte eine knochige Hand so fest gegen die Schläfe, dass sich die zarte Haut an ihren Augen verzog. »Lassen Sie mich raten: Sie wollen, dass ich meine Meinung zu diesen Tribunalen ändere.«

Diesmal war es Aristide, der schwieg. Im Kamin verrutschte der große Holzscheit und sprühte Funken.

»Das kann ich nicht machen«, sagte Frye.

Er lächelte kalt. »Ich bin mir sicher, dass Sie es können.«

Aber sie schüttelte bereits den Kopf. »Ich kann Ihnen nichts garantieren, noch bin ich nicht gewählt. Vielleicht kommt es gar nicht dazu. Haben Sie irgendwelche Dolche herumliegen, die man Saeger in den Rücken stoßen könnte?«

Aristide holte das Scheckbuch aus der Innentasche seines Jacketts und legte es zwischen ihnen auf den Beistelltisch. »Ich kann die Wahrscheinlichkeit dafür, dass Sie einen brauchen, verringern. Vorher müssen Sie mir jedoch etwas versprechen.«

Im Kamin knackte es laut, als ein Harztropfen verpuffte. Aristide bemerkte, dass es in diesem Zimmer keine Uhr gab, die mit ihrem Ticken die Stille unterbrochen hätte.

»Von den Tribunalen kann ich nicht zurücktreten«, bekräftigte Frye und strich sich den Rock glatt. Aristide konnte sich gerade noch ein Nachbohren verkneifen, da er spürte, dass dies kein Ultimatum war, sondern eine Überleitung. »Die sind jetzt unvermeidlich, egal, wer am Ende im Cliff House landet. Das ist die Gefahr, wenn man die Fantasie der Allgemeinheit anregt.«

»Damit überzeugen Sie mich nicht«, widersprach er.

»Wenn Sie bis dahin die Füße stillhalten, den Teer wie geplant verschieben und Ihr Geld fließen lassen«, fuhr sie fort und allmählich schwang leichte Sorge oder Angst in ihrer Stimme mit, »dann kann ich Ihnen eine Begnadigung versprechen, falls ich vereidigt werde. Würde Sie das zufriedenstellen?«

»Ich bin ständig und immer unzufrieden«, entgegnete Aristide und betrachtete seinen Brandy. »Aber es würde mich ganz sicher davon abhalten, etwas zu unternehmen.«

In Amberloughs Pressewelt kannte Aristide sich nicht mehr aus. Er konnte sein Opfer nicht länger darauf basierend auswählen, wer bereits für ihn gearbeitet hatte oder ihm noch etwas schuldete. Auch nicht aufgrund der Absprache, dass der Unternehmensinhaber von ihnen wollte, dass sie für einen Gentleman, der am nächsten Tag vorbeikommen würde, eine Kleinigkeit erledigten.

Als er Jamila fragte, zuckte sie bloß mit den Schultern; anscheinend erstreckte sich ihr Einfluss in der Stadt hauptsächlich im Untergrund. Nun gut, sie war erst seit etwa sechs Monaten hier – wenn man ihr etwas Zeit gab, würde sie sie alle an der Leine führen und sich diese an den Gürtel binden.

Leider blieb Aristide keine Zeit mehr. Nach kurzer Ratlosigkeit fiel ihm wieder ein, dass Lillians Ehemann irgendwas mit den Zeitungen zu tun hatte. Er selbst hatte sich nicht im Guten von ihr getrennt, aber Daoud hatte bei der Sonnenwende mit Jinadh getrunken und sich unterhalten und die Dame des Hauses zuletzt nicht angeschrien. Trotzdem war er von Aristides Plan nicht gerade begeistert, darum musste er das Ganze auf bestimmte Art und Weise angehen.

»Didi«, meinte er, als sie bei Steak und Eiern im Frühstücksraum des *Sykes House* saßen. »Für welche Zeitung schreibt Mr. Addas noch gleich?«

»Für den *Observer*«, antwortete Daoud. »Der gehört Siebenthal's. Und er ist Redakteur, kein Kolumnist. Warum fragst du?«

»Ich hatte gehofft, dass er mir Kontakte zu einigen Kollegen verschaffen könnte. Ich brauche einen Streiter der Feder.«

Da zog Daoud die Augenbraue hoch. »Wofür denn?«

»Als Absicherung«, erklärte Aristide, woraufhin der andere Mann die Augenbraue wieder herunterzog und die Stirn runzelte. »Du könntest in meinem Namen nachfragen. Am Ende unseres Sonnenwendaufenthaltes schient ihr ganz gute Freunde geworden zu sein.«

»Und Lillian will nicht mit dir sprechen«, ergänzte Daoud. »Oder du hast es zumindest noch nicht probiert.«

»Heute Morgen bin ich nicht in der Stimmung für einen Vortrag.« Aristide bemühte sich, sein Steak klein zu schneiden. Das *Sykes House* hatte zwar eine sehr gute Küche, allerdings hinderte die Moral der Köchin sie offenbar daran, auf dem Schwarzmarkt einzukaufen, wo Fleisch zu finden gewesen wäre, das vor seinem Silberbesteck kapituliert hätte. »Frag Jinadh, ob er jemanden kennt, der nach dem großen Durchbruch lechzt. Jemand mit Heißhunger. Vielleicht aus dem Politikbereich oder der Sparte für Kriminalfälle?«

»Wenn du mir sagst, weswegen du es willst, mache ich es eventuell.«

Aristide hielt im Sägen inne. »Es tut mir leid, Liebling. Wer unterschreibt noch gleich deine Schecks?«

»Cross-Costa«, erwiderte Daoud trocken. »Ich handle im besten Interesse der Firma. Doch in letzter Zeit befürchte ich, dass du das nicht tust.«

Endlich löste sich ein mundgerechtes Stück vom Steak. »Frag ihn heute noch«, forderte Aristide und steckte es sich in den Mund, um jedes weitere Gespräch zu verhindern.

KAPITEL 19

Jinadh nahm denselben Zug wie Rinko, um für die Arbeit wieder in Amberlough zu sein. Lillian blieb zurück, von dem Gedanken an die Stadt nicht gerade begeistert: Wahlkampfkundgebungen, Laufsteg-Schmierereien, weitere Drohbriefe wie derjenige, den man durch den Briefschlitz geschoben hatte, als sie zum letzten Mal in der Coral Street gewesen war. Der *Telegraph* hatte eine Titelstory gebracht, als herausgekommen war, dass man sie gefeuert hatte, und ein Foto von ihr auf der Gala der *MBS* neben einem deutlich älteren Foto von Cyril gedruckt, auf dem er noch attraktiv aussah und durchtrieben lächelte. Niemand hatte es geschafft, ein Neueres aufzutreiben. Dafür hätte Lillian dankbar sein können, weil man ihn so auf der Straße schwerer erkennen würde. Doch in dieser Zusammenstellung erschienen sie arrogant und grausam: Menschen, die man bestrafen musste. Nachdem die Sache gedruckt wurde, spürte Lillian stets fremde Blicke auf sich, sobald sie das Haus verließ.

Deshalb vergrub sie sich in der Bibliothek von Damesfort, um Stephen über sein Lesepensum abzufragen, wenn der nicht gerade mit Cyril im Wald herumrannte und sich dabei die Kleidung zerriss und die Haare zerzauste. Er war kein motivierter Schüler und an diesem speziellen Nachmittag standen sie kurz davor, körperlich aneinanderzugeraten.

Magnusson rettete sie mit der Neuigkeit, dass es einen Anruf für Lillian gab. Als er ihr mitteilte, wer es war, legte sie das Buch zur Seite, das sie in der Hand gehalten hatte, obwohl sie wusste, dass Stephen jeden möglichen Ausweg nutzen würde. »Mr. Qassan? Hat er gesagt, worum es geht?«

»Nein, Ma'am. Nehmen Sie den Anruf an?«

»Ja, selbstverständlich. Stephen ...« Er war schon auf den Beinen, als Lillian ihm das Buch hinhielt. »Bring dein Lesepensum für diese Woche zu Ende.«

Stephen ließ die Schultern hängen und schnappte es ihr seufzend aus der Hand.

»Ich nehme ihn in meinem Büro an, vielen Dank.«

Oben war es zwar kälter, jedoch ungestörter als in der Eingangshalle. Der Hörer schmiegte sich kalt an ihre Wange.

»Mr. Qassan?«, fragte sie und hörte Magnusson auflegen. »Was für eine unerwartete Freude.« Vielleicht war es unsinnig, da sie sich kaum kannten, doch sie mochte den jungen Mann: Er war kompetent, ruhig und zurückhaltend. Und er hatte Jinadh zum Lächeln gebracht, als sie gemeinsam die Sonnenwende gefeiert hatten.

»Ich hatte gehofft, Mr. Addas sprechen zu können«, meinte Daoud, »aber Ihr Hausmeier hat mich darüber informiert, dass er sich in der Stadt befindet.«

»Ja. Haben Sie schon im Haus in der Coral Street angerufen?«

»Ich habe es erst hier versucht.«

»Haben Sie die Nummer?« Lillian nannte sie ihm.

»Vielen Dank«, sagte er, verabschiedete sich aber nicht und legte auch nicht auf.

»Haben Sie noch etwas anderes auf dem Herzen?«, fragte sie und steckte die Hand zwischen die Oberschenkel, um sie zu wärmen. Hier oben entstand bei jedem Ausatmen eine Wolke.

»Ich mache mir Sorgen«, gab Daoud zu.

Da waren sie schon zu zweit. »Worüber?«

»Aristide. Er … er plant etwas, glaube ich.«

Dass Lillian das Blut in den Adern gefror, hatte nichts mit dem Winter zu tun. »Das bezweifle ich nicht.«

»Es fällt mir schwer, das zu sagen, aber er kann nicht mehr klar denken. Seit wir in Liso die Neuigkeiten über Ihren Bruder erfahren haben, ist er nicht mehr ganz er selbst. Deshalb mache ich mir Sorgen. Er ist sehr schlau, in diesem Fall fehlt ihm allerdings die nötige Distanz. Und er trinkt noch mehr als sonst.«

»Trinkt er häufig so viel wie zur Sonnenwende?«

»Sogar mehr. Da hat er sich sehr zurückgehalten.« Am anderen Ende der Leitung hörte sie ein schweres Seufzen. »Ich glaube, bevor Cyril zurückgekehrt ist, hatte er sich endlich damit abgefunden. Ich habe ihn nie als glücklichen Mann erlebt, aber jetzt habe ich Angst davor, was er tun wird, um zu versuchen, zu … zu …«

Lillian krallte sich am Telefonkabel fest. »Was glauben Sie, was er tun wird?«

»Ich *weiß*, dass er Emmeline Frye erpressen wird.«

»Was?«, entfuhr es ihr vor Schreck auf Geddisch.

»Ich mache mir eher Sorgen darum, was er tut, wenn sie nicht nach seiner Pfeife tanzt.«

»Erpressen, aber … aber weswegen?« Noch während sie die Frage aussprach, wurde es ihr klar. »*Womit* denn?«

»Sie verschiebt für Cross-Costa Schmuggelware. Oder zumindest ihr Unternehmen.«

»Und Aristide hat einen Weg gefunden, es ihr anzuhängen?«

»Das hat er. Frye und ihre Stellvertreterin … wie dem auch sei. Deshalb hat er mich gebeten, mit Mr. Addas zu sprechen. Er braucht einen Journalisten. Zur Absicherung, hat er gesagt. Falls sie nicht das tut, was er von ihr fordert, veröffentlicht er die Geschichte.«

»Er … er …« Auf Porashtu fiel ihr keine Metapher dafür ein. »Er wird das Land in Stücke reißen.« Dann fuhr sie fort: »Falls das herauskommt … Saeger weiß nicht, wie man ein Land regiert.«

»Ich glaube, das ist ihm egal«, meinte Daoud.

»Natürlich«, stimmte Lillian ihm zu und zerdrückte mit wütender Faust die Bundfalte ihrer Hose. »Das Amberlough, das er kannte, gibt es nicht mehr. Warum sollte ihm etwas daran liegen, was mit dem jetzigen geschieht?«

»Laurie Kostos«, informierte Daoud ihn. »Der ist dein Mann.«

Aristide kippte Wermut in den Cocktailbecher und rührte um. »Vom *Observer*?«

»Bis vor Kurzem, ja. Doch inzwischen nicht mehr. Anscheinend war die Trennung nicht gerade einvernehmlich. Jetzt moderiert er die Abendsendung auf FWAC.«

Mit einem Klopfen löste Aristide den letzten Tropfen vom Löffel. »Ich sagte ›Heißhunger‹. Das klingt bei ihm nicht danach.«

»Die Sendung ist erst einige Monate alt und wird wahrscheinlich aus dem Programm genommen, wenn er damit keine Zigaretten verkauft oder was auch immer.«

»Schon besser.« Aristide ließ sich die Worte auf der Zunge zergehen, bevor er Gin hinterherkippte. »Wo finde ich ihn?«

»Er sendet jeden Abend um acht Uhr aus dem Eispickel.«

Aristide schaute auf die Uhr, trank seinen Martini in einem Zug aus und rief ein Taxi.

Der Eispickel hatte noch kürzlich Keller Tower geheißen. Er war von einem Ospie-Industriellen gebaut worden, der in Gedda den Rundfunk etablieren wollte. Lange Zeit waren die einzigen Radiohörer Hobbyfunker gewesen, viele davon Ospies, die hier und da im Land lokale Sender eingerichtet hatten. Wenn man vor Acherbys Putsch eine Antenne gehabt hatte, um das Signal zu empfangen, hatte die Luft vor Partymusik und Meinungen geflirrt. Natürlich hatte Aristide nichts dergleichen besessen. Er war der Ansicht gewesen, dass das Radio unbeholfen klang und keinen künstlerischen Mehrwert bot.

Was für ein Narr er doch war, weil er nicht mit der Zeit gegangen war.

Dass der Eispickel den Fall des Regimes überlebt hatte, erstaunte ihn ehrlich. Die Fassade war mit Schmierereien überzogen – das Schienensymbol des Laufstegs, dreckige Sprüche, *Scheinwerfer lebt* –, aber er stand noch, mit allen vierzig Etagen, den Wasserspeiern, Arkaden und dem namensgebenden, blinkenden Sendemast. Kellers Namen hatte man mit Hammer und Meißel vom Bogen über dem Eingang entfernt. Er war aus dem Land geflohen und niemand wollte sich an ihn erinnern.

Der Eingangshalle war es nicht ganz so gut ergangen wie der Fassade – hier roch es nach Steinstaub, frischer Farbe und Putz, doch davon sah man nichts. Die Wände waren größtenteils mit Sperrholz abgedeckt, sodass die Ornamente, die den Eingangsbereich möglicherweise freundlicher gestaltet hätten, verborgen waren. Auf dem Marmorboden, der zahlreiche Macken aufwies und an einer Stelle zerbrochen war, standen einige durcheinandergewürfelte Klappstühle herum.

»Kann ich Ihnen weiterhelfen?« Der junge Mann hinter dem Empfangstresen hatte ein rundes, wohlgenährtes Gesicht und sah viel ordentlicher als der Rest der Eingangshalle aus. Auf seiner dunklen Haut ließen sich die Auswirkungen der Kälte nicht erkennen, doch an seinen Fäustlingen und den hochgezogenen Schultern las Aristide ab, dass die anfängliche Wärme, die ihn beim Betreten begrüßt hatte, nur im unmittelbaren Vergleich zur Außentemperatur spürbar war.

»Ich möchte Laurie Kostos sprechen«, sagte er.

»Der ist noch auf Sendung. Aber Sie können hochfahren und dort auf ihn warten. Ach, und würden Sie sich bitte eintragen?«

Das tat Aristide mit geschwungener Schrift und ging auf den einzigen Fahrstuhl zu, der nicht von Sperrholz oder Gerüsten versperrt war.

Ihn überraschte, wie klein das Studio war, es lag allerdings auch sehr hoch im Eispickel, wo die Raummiete besonders teuer war. Laut der Übersicht im Fahrstuhl befanden sich die Senderbüros auf mehreren Etagen weiter unten. Die einsame Empfangsdame schaute hoch, als er eintrat, und wollte ihn schon wieder vertreiben, als im selben Augenblick das Licht von Rot auf Grün wechselte. Gleich darauf kam Kostos gähnend heraus. Die Empfangsdame sprang auf und holte ihm Hut und Mantel von einem Garderobenständer in der Ecke, wobei sie Aristide neugierig musterte.

»Vielen Dank, Marlene«, meinte Kostos. »Wer ist das?«

Gerade wollte sie antworten, da kam Aristide ihr zuvor. »Mein Name ist Aristide Makri…«

»Ach, natürlich, Makricosta. Jetzt erkenne ich Sie. Sie sind vor ein paar Wochen bei dieser Gedenkzeremonie gewesen. Ich habe damals direkt von dort übertragen und mir Ihre Rede angehört.« Er schlüpfte in seinen Mantel. »Sehr gutes Zeug. Wer hat Ihnen das geschrieben?«

Aristide ließ den Schlag durch seinen Körper fahren und ignorierte den zurückbleibenden Schmerz. »Ich hatte gehofft, dass Sie ein paar Minuten für ein Gespräch übrig hätten.«

»Worum geht es?« Kostos schlang sich den Schal um den Hals. »Gute Nacht, Marlene.«

Besorgt wie ein junger Spatz nickte sie ihm zu und ließ die beiden dann wortlos abziehen.

Bevor Aristide Kostos' Frage beantworten konnte, öffnete die Fahrstuhlführerin, die sich noch auf ihrer Etage befand, bereits die Gittertür. Kostos trat ein. Aristide tat es ihm gleich.

Nachdem sich die Tür hinter ihnen geschlossen hatte, fragte Kostos: »Geht es dabei um DePaul?«

Die Fahrstuhlführerin erstarrte und krallte sich fester an den Hebel.

»Nein«, antwortete Aristide. Obwohl das eine Lüge war und er die Frage nicht erwartet hatte, zögerte er nicht mit der Antwort. Konnte man ihm vorwerfen, dass er dabei etwas eingeschnappt klang?

Wie zur Kapitulation hob Kostos die Hände und hielt den Hut wie einen Schild vor sich. »Du meine Titten, ich frage ja bloß. Ich habe ein wenig nachgeforscht, als die Familie wieder in die Schlagzeilen geraten ist. Das war der einzige Grund, der mir für Ihre Anwesenheit hier eingefallen ist.«

Aristide richtete einen Manschettenknopf, ließ sich in die samtweichen Tiefen des Stadtsingsangs fallen und sagte: »Dann ist Ihre Fantasie leider *ziemlich* einfallslos.«

Holpernd kamen sie in der Eingangshalle zum Stehen. Die junge Frau am Hebel zog die Gittertür auf. Aristide gab ihr ein Trinkgeld und wartete, bis sie ihm in die Augen sah, dann schenkte er ihr sein charmantestes Lächeln. Ihr feindseliger Blick löste sich in Verwirrung auf.

Nachdenklich rieb Kostos sich über die Hutkrempe und blieb noch einen Augenblick im Fahrstuhl stehen. Auf seinem Gesicht zeichnete sich bereits ein Ausdruck von Gerissenheit ab – ein skeptischer Blick, der sich in den Jahren etabliert hatte, während er sich hierher hochgearbeitet hatte –, nun aber ließ Misstrauen die Falten und Kanten noch stärker hervortreten. »Was wollen Sie?«

»Ich möchte mit Ihnen reden«, antwortete Aristide. »Und ich möchte, dass Sie mir zuhören.«

»Normalerweise darf ich auch ein paar Fragen einstreuen.«

»Vielleicht kommen wir noch dahin«, meinte Aristide. »Schauen wir mal, wie sich der Abend entwickelt.«

Kostos nahm ihn in ein Automatenrestaurant in derselben Straße mit, das die ganze Nacht geöffnet hatte. Außer einer Gruppe betrunkener Studenten, zwei Prostituierten in gestreiften Strümpfen, die sich eine in eine Papiertüte gewickelte Flasche hin und her reichten, und einem zerlumpten Mann, der eine magere Tüte rauchte, war nichts los. Unter seinem Tisch schlief ein Hund mit verfilztem Fell.

Zu seiner Zeit hatte Aristide die anrüchige Seite von Amberlough kennengelernt. Aber das hier war eine ganz andere Liga, unter der Oberfläche dieser Szenerie knisterte keine Energie. Die Dirnen schwiegen sich mit ihrem billigen Fusel an, selbst ihre Schminke wirkte stumpf. In der Seele der Stadt war etwas erloschen.

Die Studenten lachten nicht, nur ein einziges Mal, grausam und viel zu laut. Ihm fiel auf, dass einige von ihnen Armbänder trugen oder sich Stofffetzen um die Stirn gebunden hatten: mit faserigem Saum und in unterschiedlichen Farben, doch alle mit den Schienen des Laufstegs bemalt oder bestickt. Saegers Symbol. Hatte an diesem Abend in der Stadt eine Kundgebung stattgefunden? Zumindest war der Lärm davon nicht bis zu seinem Hotel gedrungen.

»Ich habe Ihnen doch gesagt, dass ich Sie einlade«, meinte Aristide, als sie sich an einen Tisch setzten. Kostos hatte eine Tasse Kaffee und ein Stück Zwetschgenkuchen mit unangenehm klebrigem Glanz auf der Oberfläche gewählt. »Und Sie nehmen ausgerechnet das hier?«

Da streckte Kostos die Hand aus. »Ich nehme gern Ihr Wechselgeld, wenn Sie das möchten.«

»Das war nicht als Bestechung gemeint«, widersprach Aristide. »Die kommt später, falls Sie daran interessiert sind.«

Kostos fischte aus der Tasche seines Überziehers, den er nicht ausgezogen hatte, eine zerknautschte Schachtel brauner Zigarillos. Im grellen Licht des Automatenrestaurants wirkte er grau und alt, sodass er Aristide beinahe leidtat, dann erinnerte dieser sich jedoch daran, dass er die Hilfe dieses Mannes benötigte. Sofort schämte er sich und wurde sich plötzlich sehr des eigenen Alters und Aussehens bewusst. Er vergaß oft, dass er seine besten Jahre hinter sich hatte.

»Also, was haben Sie für mich?«, fragte Kostos und zündete sich einen Zigarillo an. »Denn wenn's nicht Ihre Hälfte der DePaul-Geschichte ist, muss es schon was richtig Gutes sein.«

Aristide holte sein eigenes Zigarettenetui heraus und zog eine Kippe unter dem Band hervor. »Doch, die Sache ist gut. Und Sie haben Glück. Soweit ich gehört habe, müssen Sie dringend bessere Zahlen erzielen, sonst fällt für Ihre Sendung der Vorhang.«

Kostos stocherte mit einer verbogenen Gabel in seinem Essen herum. »Ich hätte bei der Zeitung bleiben sollen. Meine Stimme passt nich' ins Radio. Oder zumindest sagt man mir das ständig. Aber wenn Marlowe Flanders mit seinem Gekrächze aus Eel Town die Leute an den Haken kriegen kann, warum kann sich die Stadt dann nich' an ein bisschen Sarkasmus aus dem ersten Bezirk gewöhnen?«

Bei diesen Worten schien sich eine Glasscherbe in Aristides Brust zu bohren und er brauchte einen Augenblick, um den Schmerz einzuordnen. Es war schon eine ganze Weile her, dass er an Cordelia als eine Göre aus der üblen Gegend des ersten Bezirks gedacht hatte. Diese Version von ihr war von der verstümmelten und furchtlosen Kämpferin verdrängt worden, die weit weg von der Heimat Waffengeschäfte mit Menschen einging, die sie hasste. Trotzdem hatte sich ihr Pragmatismus durchgesetzt. Und diese flachen Vokale, die Zunge, die immer oben am Gaumen klebte. So wie Kostos redete, hätte er bei ihr um die Ecke aufgewachsen sein können.

»Wie würde es Ihnen gefallen, Emmeline Frye zu ruinieren?«, fragte Aristide.

Kostos legte seine Gabel zur Seite, an der noch ein Stück Kuchen hing.

»Ich will nicht behaupten, dass ich Ihre politische Einstellung verstehe«, fuhr Aristide fort und verdrängte mit dem Gespräch seine Erinnerungen, »aber ich habe früher auf der Bühne gestanden. Ich kenne mich ein wenig damit aus, wie man das Publikum in seinen Bann zieht. Wen Sie auch wählen wollen, Sie wissen, dass die Leute dafür einschalten werden.«

Endlich biss Kostos in seinen Zwetschgenkuchen, entweder um seinen Schock zu überwinden oder um ihn abzuschütteln. Die nächsten Worte sprach er mit vollem Mund. »Sie haben was, womit sie erledigt wäre?«

»Vielleicht.«

Er schluckte, wischte sich den Mund mit einer billigen Papierserviette ab. »In Ordnung. Dann schießen Sie mal los.«

»Wie ich erfahren habe«, setzte Aristide an, »verschiebt Fryes Unternehmen große Mengen illegaler Betäubungsmittel, die zurzeit in einer ihrer Lagerhallen in Amberlough liegen.«

Kostos zog lange an seinem Zigarillo und legte diesen auf seine Untertasse. Dann betrachtete er die Asche, die sich auf der billigen Keramik verteilte, und meinte: »Damit würde sie in einige unschöne Untersuchungen verwickelt. Aber ich sehe noch nicht, dass sie dadurch zu Fall gebracht würde. Das Unternehmen läuft nicht mehr auf ihren Namen.«

»Nein. Aber die Frau, auf deren Namen es läuft, sitzt ... bei Frye auf dem Schoß, wenn Sie verstehen, was ich meine.«

Daraufhin zog Kostos die Augenbraue hoch und machte eine obszöne Geste.

»Ganz genau«, bestätigte Aristide.

»Haben Sie Beweise?«

»Ich kann Ihnen sagen, wo sich die Drogen befinden. Für die belastenden Fotos müssen Sie leider selbst sorgen.«

Kostos atmete Rauch aus und leckte sich über die Zähne, bevor er sich ein Stückchen Tabak von der Zunge zupfte. Das hielt er zwischen den Fingern, nass und schwarz, und betrachtete es eingehend, während er über Aristides Worte nachdachte. »Und was wollen Sie dafür? Denn das Ganze kommt mir viel zu einfach vor.«

»Ich will, dass Sie die Informationen vorerst für sich behalten«, sagte Aristide, »und kein Wort darüber verlieren.«

Da fuhr Kostos mit der Hand durch die Luft, als wollte er etwas sagen, legte sie dann jedoch an den Mund. Nach kurzem Überlegen fragte er: »Sie wissen schon, dass ich fürs Radio arbeite, oder? Dass ich Nachrichten verlese? Deshalb sind Sie auf mich zugekommen.«

»Selbstverständlich«, bestätigte Aristide. »Aber ich will jemanden erpressen. Sie sind meine Versicherung und deshalb nichts wert, wenn Sie die Auszahlung zu früh tätigen.«

»Wie lange muss ich warten?«

»Das kommt darauf an. Aber ich sorge dafür, dass sich die Wartezeit für Sie lohnt. Und wenn Sie die Geschichte dann veröffentlichen ...«, denn sobald Cyril begnadigt war und sie das Land verlassen hatten, würde er mit Freuden alles hinter sich in die Luft jagen, »zeigt sich ganz sicher, dass Ihre Stimme sehr wohl ins Radio passt.«

KAPITEL 20

Die Marshalin näherte sich Damesfort in einem schnellen schwarzen Wagen und überraschte Cyril damit. Er hatte geglaubt, dass sie zumindest bis zur Wahl warten würden, denn die Übergangsregierung schien damit zufrieden zu sein, es der neuen Gaunerriege zu überlassen, diesen speziellen Dornenstrauch auszumerzen.

Vielleicht steckte eine der Kandidatinnen dahinter, die Angst hatte, dass er Reißaus nehmen und sich in einem fernen Land verkriechen würde, und schlug deshalb etwas zu früh zu, um ihn an Ort und Stelle zu behalten. Schließlich brachte es nichts, groß dafür zu werben, einen Bösewicht zu hängen, wenn dieser verschwand, bevor man ihm die Schlinge um den Hals legen konnte.

Das hätten sie sich sparen können. Trotzdem verlieh es Cyril ein Gefühl der Sicherheit, dass in Amberlough noch einiges so funktionierte, wie er es in Erinnerung hatte: Da gab es die Buchstaben des Gesetzes einerseits und die Wahrheit andererseits, die ein wenig links davon stand. Irgendjemand hatte Sorge, dass er die Flucht ergreifen würde, solange man ihn frei herumlaufen ließ, darum hatte man Kontakte spielen lassen, um ihn festzusetzen, bevor die Zeit dafür gekommen war. Bei Druckmitteln war die Formsache nicht so wichtig.

Für die große Show waren zwei Polizisten aus Carmody mitgekommen. Als Cyril die beiden betrachtete, hatte er das Gefühl, als würde er plötzlich dreißig Jahre in die eigene Vergangenheit reisen, sodass er mit einem Mal die Beamten vor sich sah, die zum Haus gekommen waren, als er und einige Kinder aus dem Dorf eine Dose Farbe auf die halb angelehnte Tür des Schulmeisters gestellt hatten, was diesem nicht nur die Kleidung verdreckt, sondern auch eine Platzwunde eingebracht hatte, die mit sechs Stichen genäht werden musste.

Diese Begegnung würde allerdings ernsthaftere Konsequenzen haben, als einen Eingang zu schrubben und für einen Lehrer mit Gehirnerschütterung Besorgungen zu machen.

»Das sind Jem und Paley«, sagte Stephen, das Kinn auf die Hände gestützt. Sie saßen oben auf dem Dach, wo Cyril ihm seit einigen Tagen Überwachungsmethoden beibrachte.

»Die Jagdhunde?«, fragte Cyril.

»Mhm.«

»Woher kennst du die?«

»Habe mit der Steinschleuder über die Mauer der Nachbarn gezielt. Deren Fenster ist kaputtgegangen. Sie haben mich nach Hause abgeführt, als wäre ich ...« Er hielt inne, warf Cyril einen Seitenblick zu. »Die sind halt total eingebildet.«

»Kleinstadtterrier«, meinte Cyril. Wahrscheinlich waren sie in der Hose gerade so hart wie Schürhaken, so aufrecht, wie sie unten neben der grimmigen Frau standen. Nie hätten sie sich träumen können, der Macht jemals so nah zu kommen.

Von diesem Winkel aus konnte Cyril die Marshalin nicht gut sehen, doch sie war schon etwas älter, hatte braune Haut und einen kahl rasierten Schädel, sodass er nicht erkennen konnte, ob sie dunkle oder graue Haare hatte. Wenn sie nicht Pumps und Strümpfe getragen hätte, hätte er schwören können, dass Ada Culpepper zurückgekehrt war, um ihn zu holen und für sich selbst Gerechtigkeit einzufordern.

»Die sind deinetwegen hier«, meinte Stephen. Cyril ignorierte das leichte Zittern in seiner Stimme – vielleicht war es als Frage gemeint, deren Antwort offensichtlich sein sollte. Falls es keine Frage war, bedeutete es Angst oder Trauer, und dafür hatte Cyril nicht die Kraft.

»Dann gehe ich besser mal runter.« Cyril setzte sich auf und wischte sich den Schnee von der Jacke.

Auch Stephen setzte sich auf und blickte ihn ernst an, als wolle er sich ein Herz fassen. Cyril zündete sich eine Zigarette an und wartete ab, er hatte es nicht eilig, seinem Schicksal entgegenzutreten.

»Das ist so dumm«, sagte Stephen schließlich und in diesen vier Wörtern klang eine ganze Welt aus Trauer, Verwirrung und Wut an.

Cyril lachte. »Das ist es doch meistens.«

Stephen blieb auf dem Dach zurück, als er hinunterging.

Im Gesellschaftszimmer saß die Marshalin auf dem Sessel, den er früher als den seiner Mutter angesehen hatte. Ganz sicher hatte sie keine Ahnung, welch passende Wahl sie getroffen hatte. Von diesem Sessel aus war Cyril in seiner Jugend unzählige Male bestraft worden. Allerdings waren die Verfehlungen damals etwas unbedeutender gewesen.

Ihre Begleiter, Jem und Paley, flankierten den Kamin. Sie drehten sich zur Tür, als diese sich öffnete, und nahmen nachlässig Haltung an.

Jinadh saß vorne auf der Sofakante, kerzengerade, leicht schräg zu der Frau, die gekommen war, um Cyril fortzubringen. Zwischen ihnen stand eine Silberkanne auf einem Tablett.

»Hallo«, begrüßte ihn die Marshalin und stellte ihre dampfende Tasse zur Seite.

Natürlich hatte Lillian ihr Kaffee servieren lassen.

In diesem Augenblick betrat seine Schwester den Raum und brachte mit ihrem offenen Mantel kalte Luft herein. »Da *bist* du ja«, meinte sie. Und dann, an die Marshalin gewandt: »Es tut mir leid, dass Sie warten mussten.«

»Ach, zur Königin noch mal«, entfuhr es Cyril. »Sparen wir uns die Höflichkeitsfloskeln.«

Mit ihrem ironischen Lächeln wurde ihm die Marshalin beinahe sympathisch. »Cyril DePaul«, verkündete sie und erhob sich aus dem Sessel. Das hatte seine Mutter nie getan – ihre Urteile waren stets hinter einer Zeitung, einem Buch oder einem Bericht verkündet worden. »Mein Name ist Marshal Sadie Yamitad. Im Namen der Übergangsbundeskommission für Justiz nehme ich Sie wegen bewusster Falschaussage fest.«

»Wie bitte?«, entfuhr es Cyril, bevor er an sich halten konnte. Dann fasste er sich wieder. Natürlich war das bloß ein vorgeschobener Grund. Sie mussten ihn für irgendetwas anklagen, wenn sie ihn festhalten wollten, bis diese vorgeschlagenen Tribunale tatsächlich stattfanden, welche Regierung die Leute am Ende auch wählten.

»Betrug, Mr. DePaul. Sie sind unter falschem Namen und mit gefälschten Dokumenten ins Land eingereist. Das ist eine Straftat und deshalb nehme ich Sie fest.«

»Aber«, widersprach Lillian, die unschlüssig zwischen Türschwelle und Raummitte stand. »Aber ich dachte …?« Sie hatte noch nicht erfasst, wozu diese Anschuldigung eigentlich diente.

Jinadh stand auf und ging zu ihr, eine plötzliche Bewegung mitten in einem Stillleben. Das schien sie wieder auf Kurs zu bringen oder zurück in die Rüstung, die sie sonst trug.

»Muss ich Ihnen Handschellen anlegen, Mr. DePaul?«, fragte Yamitad. »Oder darf ich darauf vertrauen, dass Sie mich ohne Widerstand zum Wagen begleiten?«

Cyril schüttelte den Kopf. »Keine Handschellen.«

»Ich rufe Rinko an«, sagte Lillian. »Und wenn eine Kaution festgesetzt wird, dann zahlen wir …«

»Lil«, meinte er nur und schüttelte erneut den Kopf.

Sie biss die Zähne zusammen und fixierte ihn mit einem stählernen Blick. »Wir tun, was wir können.« Und er hörte das unausgesprochene Ende des Satzes, das zwischen ihnen stand: *Selbst wenn du es nicht willst.*

»Kommen Sie bitte«, forderte Yamitad ihn auf und deutete mit dem Kopf in Richtung Eingangshalle. »Die Fahrt ist lang und ich will sie nicht im Dunkeln machen.«

Wie gewünscht ging er mit ihr mit und spürte, wie sich alle anderen hinter ihm aufstellten, um den langen Weg durch die Eingangshalle anzutreten.

In diesem Augenblick hörten sie die Bombe.

Cyril konnte sich nicht mehr daran erinnern, sich auf den Boden geworfen zu haben. Wie er in die Halle getreten war, wusste er noch, doch dann drückte er bereits die Wange gegen den kalten Marmorboden.

Er war als Erster wieder auf den Beinen, denn sein Gehirn hatte die Arbeit wieder aufgenommen und ihm berichtet, dass die Bombe nicht groß gewesen war – zumindest hatte das Geräusch dies angedeutet. Er konnte noch hören. Die Fassade des Hauses war nicht beschädigt worden, zumindest war von drinnen nichts zu sehen.

Sobald er sich aufgerappelt hatte, rannte er zur Haustür und riss sie auf, während ihm die Marshalin etwas hinterherrief. Jem und Paley machten sich zögerlich an die Verfolgung, ihnen zitterten sicher die Knie.

Der Wagen war noch in einem Stück, wenn auch bloß gerade so. Frontscheibe und Fenster waren verschwunden und aus den Öffnungen drang giftiger Rauch. Der Innenraum war zerstört worden. Wenn man sich die Eingangsstufen ansah, hatte es außer den Scherben der geborstenen Fensterscheiben kaum umherfliegende Teile gegeben – die Steine waren unbeschädigt, hatten nicht einmal Macken. Diese Bombe hatte niemanden töten oder verstümmeln sollen. Sie stellte eine Ablenkung dar, machte eine Ansage.

Stephen war schlau genug, sich nirgendwo blicken zu lassen.

»Verdammt, DePaul«, schimpfte Yamitad, als sie ihn einholte. »Ich dachte, Sie hätten gesagt, dass Sie keine Handsche… bei den Titten meiner Mutter.«

Ein Windstoß fegte Korditrauch in ihre Richtung.

»Sie haben Glück gehabt, dass der Tank nicht in die Luft geflogen ist«, sagte Cyril.

»Meine Herren«, keifte Yamitad die beiden Polizisten an.

Jem und Paley, die zu Beginn dieser Sache noch so von sich überzeugt gewesen waren, wirkten nun kreidebleich, machten große Augen und huschten kleinlaut an die Seite der Marshalin. Als sie den Wagen sahen, fluchte der eine und der andere riss fassungslos den Mund auf. Cyril fragte sich, wer Paley und wer Jem war.

Lillian und Jinadh, die sich, soweit Cyril wusste, noch nie in den Händen von Gesetzeshütern oder auf feindlichem Gebiet befunden hatten, erholten sich erst allmählich und schlichen vorsichtig zur Tür.

Als Lillian den Schaden sah, wurde sie blass. »Tempelglocken noch mal! Marshal Yamitad, ich …« Dann legte sie die Hand an den Mund. »Mutter und all ihre Söhne, wo ist Stephen?«

»Ich gehe ihn suchen«, meinte Jinadh, drückte Lillian kurz den Arm und eilte dann zurück ins Haus.

Sie hegte kein Misstrauen, sondern hatte Angst. Seine Schwester hatte ihren Sohn nicht automatisch als den Bombenbauer identifiziert, wie Cyril es getan hatte. Sie machte sich lediglich Sorgen, ob er verletzt worden war.

Yamitad jedoch erwies sich als weniger sentimental und hatte die Zügel bereits wieder fest in der Hand. »Wer ist hierfür verantwortlich?«

»Ich«, antwortete Cyril. Als er sich fallen gelassen hatte, hatte ihm etwas Dreck auf dem Boden die Wange zerkratzt. Nicht sehr tief, doch allmählich brannte es.

»Wie hättest du das denn …«, setzte Lillian an, doch er warf ihr einen Blick zu, der bis in ihre gemeinsame Kindheit zurückreichte. Er bedeutete: *Halt die Klappe, sonst finden sie heraus, was wir angestellt haben.* Aufgrund der Umstände hatte sich der Ausdruck im Laufe seines Lebens ein wenig weiterentwickelt. Aber sie erkannte ihn und hielt den Mund.

»Es hat doch einen Augenblick gedauert, bis ich gekommen bin, nachdem du mich gerufen hattest, oder?« In Wahrheit hatte er sie gar nicht rufen hören, sondern nur eine Weile auf dem Dach gewartet, nachdem er gesehen hatte, wie die Marshalin angekommen war. Und er hatte Stephen allein gelassen, als er hinuntergestiegen war. Es war, gerade eben, genug Zeit geblieben, damit ein Junge mit flinken Füßen, der seine Vorbereitungen bereits getroffen hatte, in Aktion treten konnte. Cyril fragte sich, wo er die Bombe gebaut hatte. Wahrscheinlich im Schuppen, wo sie die Tontauben und alten Schachteln mit Patronen gefunden hatten, die sich, wie durch ein Wunder, noch immer abfeuern ließen.

Cyril hatte ihm tatsächlich beigebracht, eine bessere Bombe zu bauen. Doch er hatte auch versucht, ihm beizubringen, sich nicht erwischen zu lassen. Zwar war der Junge im Augenblick nirgendwo zu sehen, es gab allerdings nicht viele andere Personen, die man beschuldigen konnte. Stephen war allein durch seine Abwesenheit verdächtig. Und darum nahm Cyril die Schuld auf sich.

»Das bringt Ihnen absolut nichts«, meinte Yamitad. »Wir rufen die Wache im Dorf an und fordern einen weiteren Wagen an. Oder beschlagnahmen ihren.« Bei diesen Worten deutete sie mit dem Kopf auf Lillian. Er sah ihr an, dass sie dies nicht gerne täte, und fragte sich, wie viel stärker sie ihn nun hasste als noch wenige Minuten zuvor.

Jinadhs Schritte schallten durch die Eingangshalle, als er herbeigelaufen kam. »Ihm geht es gut. Ist in seinem Zimmer. Ich habe ihn gebeten, fürs Erste dort zu bleiben.«

»Wenn das so ist«, meinte Lillian, als hätte sie nicht gerade die Angst einer Mutter durchlebt, »kann ich Sie ins Dorf fahren.«

Erst Kaffee und jetzt eine Mitfahrgelegenheit? »Welch perfekte Gastgeberin«, spottete Cyril. Vorhin hatte er einen vielsagenden Blick aus ihrem Kindheitslexikon benutzt, nun war sie an der Reihe. Dieser bedeutete: *Noch ein Wort, dann bist du tot.*

Und obwohl Cyril es schon war – ganz egal, was Rinko auch sagte –, hielt er das Maul und ließ sich von ihnen in den Wagen bugsieren.

»Hör auf zu *schreien*, Aristide!« Lillian legte die Hand auf die Ohrmuschel des Telefonhörers und war sich darüber im Klaren, dass sie genau das tat, was sie ihm verbot. »Betrug, habe ich gesagt. Sie haben ihn wegen Betrugs verhaftet. Ja, genau wie sie im Radio berichtet haben.«

Sie spürte, wie die Ereignisse des Nachmittags im Haus nachhallten. Die Abwesenheit ihres Bruders wirkte wie ein amputiertes Körperteil: eine plötzliche, eigenartige Leichtigkeit, die Erwartung von Bewegungen, wo es keine mehr geben würde.

Lillian hatte damit gerechnet, ihn erneut zu verlieren, hatte sich darauf vorbereitet. Doch sie hatte nicht erwartet, dass es ausgerechnet auf diese Art und Weise geschehen würde.

Aristide rief sie an, als Flanders gerade seine stündliche Nachrichtensendung mit den Glockenschlägen ankündigte und das ganze Land – oder zumindest die Leute, die ein Radio besaßen – die Neuigkeit hörte, dass der berüchtigte Ospie-Kollaborateur Cyril DePaul wegen Betrugs angeklagt und in Haft genommen worden war.

»Da muss Frye hinterstecken«, meinte Aristide.

»Warum?«, fragte Lillian. »Über solche Macht verfügt sie nicht. Sie kann nicht einfach *befehlen*, dass jemand verhaftet wird, weil sie diese Person im Gefängnis sehen will.«

»Die Anklage ist einwandfrei«, sagte Aristide. »Den Pass hat der LSI gemacht, ich habe ihn von Asiyah bekommen. Aber das meine ich nicht. Sie hat nachgeforscht – oder Custler hat das für sie erledigt – und jemandem die Information ins Ohr geflüstert. Sie wollte, dass er festgesetzt wird, weil sie sich Sorgen macht.«

»Worum denn?«

»Erstens um Saeger. Wenn Cyril geflohen wäre oder sich erschossen hätte oder Frye ihr kleines Wahlversprechen geraubt hätte, wäre ihr in der Öffentlichkeit ein großes Stück Sympathie flöten gegangen.«

In Ordnung, in dem Punkt gab Lillian ihm recht. Aber Daouds Sorgen hatten sich bei ihr in der Brust eingegraben und erwachten nun lautstark. »Und zweitens?«

Eine lange Pause.

»Aristide«, bohrte Lillian nach. »Falls du irgendetwas getan, Frye irgendetwas gesagt hast ... Dann verursachst du mehr Probleme, als ...«

»Sag nicht, als er wert ist.«

»Du hast mich nicht ausreden lassen. Er ist mein *Bruder*, Aristide, und egal, was er dir einmal bedeutet *hat*, für mich ist er das noch immer.«

Jemand klopfte an ihre Bürotür. Magnusson, er wirkte besorgt. Sie hob einen Finger, damit er kurz wartete.

»Was hat dich da bloß geritten?«, fragte sie. »Was hast du denn bitte geglaubt, erreichen zu können?«

»Geritten, was genau zu tun?« Selbst durch die Telefonleitung klangen seine Worte giftig, die Zischlaute wie das Grundrauschen, die harten Konsonanten knallten laut. »Bitte. Erklär's mir.«

»Das weißt du *ganz genau*«, keifte Lillian zurück. »Und Mr. Qassan weiß es auch. Du hast es *ihm* gesagt, nicht mir, als du beschlossen hast, dich in die Angelegenheiten *meiner* Familie einzumischen …«

»Daoud ist mein Sekretär. Es hat keinen Sinn, vor ihm Geheimnisse zu haben.«

»Was für eine billige Ausrede. Ich hatte das Recht, es zu erfahren!«

»Nein, das glaube ich nicht«, widersprach Aristide.

Zitternd atmete Lillian durch, um nicht lauthals zu schreien. »Wenn du unbedingt allein weitermachen willst, und das derart nachlässig und heimlich, dann machst du dadurch alles nur noch schlimmer. Mit dir war das schon immer so. Sogar vor Acherby. Vor dem Putsch. Mit deinen Plänen ziehst du andere Leute in den Dreck.«

»*Diese* Pläne damals«, widersprach Aristide, »wären problemlos aufgegangen, wenn dein Bruder, der unbedingt mit seiner Faust im Schlamm wühlen musste, nicht selbst die Angel ausgeworfen und sie mit meiner verheddert hätte.«

»Oder wenn du ihm vorher gesagt hättest, was du vorhattest!«

»Lillian.«

Jinadhs Stimme rief sie aus den Tiefen ihrer Wut zurück und sie tauchte daraus auf wie aus Eiswasser: triefend nass, völlig atemlos. Noch immer schrie Aristide ins Telefon, doch als sie den Hörer sinken ließ, wurde das Geräusch blechern und undeutlich.

Magnusson hatte sich zurückgezogen, stattdessen stand nun ihr Ehemann im Türrahmen, allerdings mit dem gleichen sorgenvollen Blick. »Du solltest runterkommen«, sagte er. »Im Radio läuft eine Sondersendung.«

»Über Cyril?«, fragte sie. Ihr rutschte der Hörer in den Schoß und ihre Hand schmerzte, weil sie ihn so fest gepackt hatte.

Jinadh schüttelte den Kopf, sodass Lillian sich beinahe entspannt hätte, doch irgendetwas in seiner Miene beunruhigte sie.

»Was ist los?«, fragte sie.

»Es hat eine Explosion gegeben«, antwortete er. »In Amberlough.«

KAPITEL 21

Aristide hatte sich an Erfolg und Luxus gewöhnt.

Einst hatte es eine Zeit gegeben, in der er kaum genug zu essen gehabt hatte, die hatte er jedoch zugunsten von maßgeschneiderten Anzügen, Seidenunterwäsche und einer wöchentlichen Maniküre hinter sich gelassen. Selbstverständlich war all das nicht nötig, um zu überleben, aber manchmal, wenn es ihm plötzlich genommen wurde, überkam ihn ein Gefühl, als hätte sich der Boden unter seinen Füßen in Treibsand verwandelt.

Die rasche Ernüchterung, die er in diesem Augenblick empfand, fühlte sich unangenehm ähnlich an.

Selbst hier, auf der anderen Seite der Stadt, hatten sie die Explosion noch wahrgenommen: ein Knacken, dem leisere Schallwellen folgten. Das Fenster ihres gemeinsamen Salons ging nach Süden raus, darum hatten sie einen guten Blick auf den Rauch, der dem schmerzhaft hellen Winterhimmel entgegenstrebte. Rauch, der aus dem Hafen aufstieg, in der Nähe des Betriebsbahnhofs.

Bereits eine Viertelstunde bevor eine Sondersendung *Margaret Tses Stunde der Melodien* unterbrach, mitten in einer Werbung für *Snyder's* Kippen, wusste Aristide, was geschehen war.

»Hab ich's dir doch gesagt«, meinte Daoud, als sie einen weiteren Bericht über Aristides Fehlschlag im Radio anhörten. »Ich habe gesagt, dass es schlecht ausgeht.«

»Ach, bitte«, winkte Aristide betrunken und gereizt ab. Auf der Glasplatte des Beistelltisches neben ihm stand ein halb voller Martini. Wie viele er bereits getrunken hatte, daran konnte er sich nicht mehr erinnern. »Das hast du nicht. Du hättest es unmöglich wissen können.«

»Das war eine dumme Idee.« Daoud erhob sich vom Sofa und stapfte zum Schreibtisch, auf dem sich Dokumente türmten. Eines packte er mit spitzen Fingern an der Ecke und betrachtete es mit gerunzelter Stirn, als ob es ein schleimiges Wesen wäre, das er aus der Gosse gezogen hätte. »Du hast einen Haufen Geld verloren und gleichzeitig jedes Druckmittel, das dir noch geblieben war.« Bei diesen Worten ließ er sich auf den Stuhl hinter dem Schreibtisch sinken. Dieser quietschte unter seinem Fliegengewicht, also hatte er sich regelrecht fallen lassen. In den letzten fünf Jahren war er zwar älter, aber nicht gerade stämmiger geworden.

»Ich bin dir nach Oyoti gefolgt«, presste Daoud hervor und legte sich eine Hand an die Stirn. »Nach Niallo Benggi. Ich habe dir Sandflöhe aus den Füßen gezogen. Und was war der Dank? Immer nur Hohn. Was hat dieser Mann bloß an sich? Warum bringt er dich dazu, dich so zu verhalten?«

Aus Aristides Lachen wurde ein schleimiger Husten, sodass er noch mehr um Atem rang und mit Schwindel zu kämpfen hatte, als es durch den Alkohol allein der Fall gewesen wäre. Am Ende schluckte er den Schleim herunter und leerte seinen Martini. Als er schließlich wenig elegant nach der spiralförmigen Zitronenschale am Boden des leeren Glases fischte, fragte er: »Bist du etwa eifersüchtig?«

»Das wäre wahnsinnig.« Er meinte es nicht grausam oder rachsüchtig. Wenn überhaupt, klang er überrascht, dass

Aristide auf diese Idee gekommen war. »Ich versuche nur, dich zu verstehen. Mein Leben lang habe ich hart gearbeitet, viel erreicht, anderen alles gegeben, was sie von mir verlangt haben. Und trotzdem komme ich nicht voran. Bekomme *gar nichts.* Cyril DePaul hat die Menschen verraten, auf ganzer Linie versagt ... er ist durch sein gesamtes Leben *gestolpert.* Du bist berühmt und reich gewesen und hast für ihn alles weggeworfen.«

»Ja«, sagte Aristide, und obwohl er betrunken war, klangen seine Worte durch die Wut so scharf wie Glasscherben. »Zweimal sogar.«

»Warum, Aristide? In allen anderen Bereichen bist du immer so schlau. Warum bringt er dich dazu, dich so verrückt aufzuführen?«

Aristide unterdrückte ein weiteres Lachen, weil er Angst vor seiner schmerzenden Lunge hatte. »Vielleicht gefällt mir einfach die Herausforderung. Und die bietest du mir ganz und gar nicht, Didi.«

Kostos erwischte Aristide nur dank einer plauderfreudigen Empfangsdame bei FWAC. Sie verriet ihm, dass Kostos, wenn es wahrscheinlich war, dass nach dem Abendessen noch Neuigkeiten durchsickern könnten, gerne einen im *Sarah's* in der Adler Street trank, direkt südlich der Ionidous Avenue.

Hier hatte sich früher ein anderer Laden befunden – Aristide versuchte, sich daran zu erinnern, aber er kam nicht darauf. Irgendetwas, das ihn nicht besonders interessiert hatte. Vielleicht ein schlechtes Restaurant oder eine Soda Fountain mit verschiedenen Limonaden aus dem Zapfhahn. Irgendetwas Langweiliges, wo er keine wichtigen Geschäfte zu erledigen hatte. Nun handelte es sich um eine verrauchte Bar mit niedriger Blechdecke, die von hässlichen Heizkörpern zu stark erwärmt wurde. Hier tummelten sich Männer und

Frauen, die Kostos ähnelten: Sie redeten schnell, tranken viel und trugen zynische Mienen und knittrige Hemden zur Schau.

Der gesuchte Mann befand sich an der Bar und beugte sich über eine fettige Zeitung, auf der noch Reste von etwas Frittiertem lagen. Als Aristide sich ihm näherte, stach ihm Essiggeruch in die Nase, der sich unter Schweiß und Zigarettenrauch mischte.

»Sie fallen ein wenig auf«, meinte Kostos und beäugte Aristides Pelzkragen und die scharfe Bundfalte seiner Flanellhose.

Aristide betrachtete Kostos' zerknittertes Jackett und die gelockerte Krawatte ebenso kritisch. Der oberste Knopf seines Hemdes stand offen, sodass Bartstoppeln und die weiche Haut seines Halses zum Vorschein kamen. »Das will ich doch hoffen.«

»Ich glaube, ich weiß, warum Sie hier sind.« Er zog eine Pommes durch die Mayonnaise und hinterließ einen Streifen auf den Nachrichten des Vortages. Aristide erkannte zwischen Fettflecken und Eiweiß Saegers Namen ... *heute eine Kundgebung, ist trotz Fryes Gewinnen optimistisch* ... Auf einem Bild sah man einen jungen Mann, der von der Menge auf die Schultern gehoben wurde und eine löchrige Fahne mit den Schienen des Laufstegs hochhielt.

»Meine Redaktion hält nicht viel von Gerüchten«, fuhr Kostos fort. »Und mehr habe ich jetzt nicht. Keine Geschichte.«

»Sie haben immer noch die Affäre.«

Aber Kostos schüttelte den Kopf. »Nee. Die Pflaume hat heute Abend gekündigt. Haben Sie's nicht gehört? Frye geht schnell vor. Kann nicht behaupten, dass ich ihr Durchsetzungsvermögen nicht bewundere.«

Trotz der unangenehmen Hitze im Raum spürte Aristide, wie sich schlagartig Kälte in seinen Gliedern ausbreitete. »Einen doppelten Martini, bitte«, forderte er die Barfrau auf.

»Dem Gin hier im *Sarah's* traue ich nicht«, meinte Kostos. »Heilige Steine, dem Whiskey auch nicht. Aber egal, womit sie das Zeug strecken, zumindest kommt es mir nicht wieder hoch.«

Tatsächlich, der Martini brannte wie Farbverdünner. Doch er verdrängte Aristides Probleme auf eine erträgliche Distanz und ließ sein Herz langsamer schlagen.

»Sie sehen aus, als würden Sie gleich ohnmächtig werden«, bemerkte Kostos. »Setzen Sie sich. Da soll nachher was von den Jagdhunden reinkommen. Ich wäre auf die Wache gegangen, aber aus Sicherheitsgründen haben die den Zugang eingeschränkt. Ich kenne da eine Pflaume beim *Evening Expo*, die einen Draht zum Leiter hat, oder eher er einen zu ihr, und sie hat gesagt, dass sie anschließend vorbeikommt und es uns erzählt. Natürlich wird sie die interessanten Details für sich und ihren Knüller zurückbehalten, aber vielleicht hören Sie ja was Brauchbares.«

Da die Zweckdienlichkeit schwerer wog als die Notwendigkeit, die Form zu wahren, trank Aristide seinen restlichen Drink in einem Zug aus. »Das bezweifle ich sehr.«

In diesem Augenblick kam die Menge wie bei Wind, der über Gras weht, in Bewegung, da sich am Eingang etwas tat, Stimmen erhoben sich und ebbten ab, man wandte den Kopf dorthin. Die Leute riefen laut, zischten sich dann gegenseitig an, man solle leise sein, bis Aristide schließlich fragte: »Was ist da los?«

Aber Kostos war von seinem Hocker heruntergehüpft und hatte einen Kollegen angesprochen. Beide reckten den Hals, um über das Meer aus gewachsten Haaren und Pillbox-Hüten hinweg etwas zu erkennen. »Ist da gerade Oleksa hereingekommen?«, fragte Kostos.

»Kann ich nicht genau sagen«, antwortete der andere Mann.

»Hey!« Vielleicht passte Kostos' Stimme nicht ins Radio, doch er verschaffte sich damit mühelos Gehör. »*Oleksa*! Was hast du im Zwinger gehört?«

»Laurie«, meinte die Barfrau, »schrei hier mal nicht so herum.«

Vier Personen drehten sich zu ihr um und zischten, dass sie leise sein solle.

»Polanka sagt, das war der Laufsteg.« Die Frau, die Kostos angesprochen hatte und die der Grund für den Aufruhr war, stieg auf einen Stuhl und klappte einen Notizblock auf, als würde sie eine improvisierte Pressekonferenz abhalten. »Ich habe es schon weitergegeben, ihr Gauner, sonst würde ich meine Beute nicht so bereitwillig herausrücken. Unser Freund Chief Polanka meint, dass bei den ersten Untersuchungen drei knusprige Leichen aufgetaucht sind, ebenso wie Sprengstoff, der dem ähnelt, den die netten Leute verwendet haben, die Acherby rausgeschmissen und dabei das halbe Land zerstört haben.«

Einige riefen protestierend dazwischen, wurden jedoch rasch von anderen zum Schweigen gebracht, die den Rest der Geschichte hören wollten.

»Japp«, fuhr Oleksa fort. »Anscheinend geht der Laufsteg gegen Emmeline Fryes Privatinteressen vor.«

Mit einem einzigen Schlag hatte Frye sich zum Opfer einer schrecklichen Ungerechtigkeit stilisiert, Saegers Chancen mit einer Maschinenkanone torpediert und Aristides Möglichkeiten, sie zu erpressen, vernichtet. Wenn er nicht so schrecklich aufgebracht oder hoffnungslos gewesen wäre, hätte er sie dafür möglicherweise bewundert.

»Sagen Sie mal«, meinte Kostos und beugte sich zu ihm herüber. »Sie haben Lehane doch gekannt. Was meinen Sie, was sie davon gehalten hätte?«

»Der alte Protzer hat Scheinwerfer gekannt?«, fragte eine Frau, die neben ihnen saß. »Da soll mich doch einer ...

Augenblick mal, Laurie, ist das nicht dieser Gauner ... Makricosta, oder? Im Ernst jetzt?« Sie holte Notizblock und Bleistift heraus. »Ja, genau, was würde sie dazu sagen? Sie sind doch befreundet gewesen, oder? Gut befreundet. Glauben Sie, dass sie sich hinter Saeger gestellt hätte?«

Kostos brachte es fertig, eine leicht betretene Miene aufzusetzen.

»Augenblick mal«, mischte sich die Barfrau ein. »Sie sind mit *Scheinwerfer* befreundet gewesen?«

»Diese ätzende Echse hat meinen Cousin auf dem Gewissen«, bemerkte ihr Helfer.

»Halt's Maul.« Die Barfrau schlug mit einem Küchentuch nach ihm. »Das hat *sie* nicht persönlich gemacht.«

»Ihre Leute haben seinen Zug in die Luft gejagt. Und er ist kein Ospie gewesen. Hat nur Kohle geschaufelt.«

»Heute sind drei Leute gestorben«, bemerkte die erste Journalistin. »Auch die waren keine Ospies. Also, Makricosta, was würde sie dazu sagen?«

Die Nachricht verbreitete sich genauso schnell in der Bar wie die von Oleksas Ankunft, allerdings wandte man den Kopf nun ihm zu. Die Blicke suchten ihn und die Luft flirrte vor Fragen. Aristide rang um Atem. Ihm stieg der ranzige Gin brennend wieder die Kehle herauf und er musste raus, einfach *raus* ...

Wie er es auf die Straße schaffte, konnte er selbst nicht sagen, aber als er wieder bewusst etwas wahrnahm, hockte er auf allen vieren in Kostos' Schatten und übergab sich in die Gosse. Sein Magen war so leer, dass praktisch nur Galle herauskam.

»Hab' Ihnen doch gesagt, dass Sie dem Gin nicht trauen dürfen«, meinte Kostos und hielt ihm ein Taschentuch hin.

Aristide lehnte ab und nahm lieber sein eigenes, das er damit ruinieren würde. Ein geringer Preis dafür, den anderen Mann zu schneiden.

»Ich rufe Ihnen ein Taxi«, meinte Kostos. »Das ist das Mindeste, was ich tun kann.«

»Vielen Dank auch«, widersprach Aristide und schmeckte saure Spucke. »Aber ich laufe lieber.«

TEIL
DREI

KAPITEL 21

Trotz des Bombenanschlags sperrten sie Damesfort zu und kamen in die Stadt. Es war zu teuer, beide Häuser zu unterhalten und hin- und herzufahren, wenn sie auch noch eine Anwältin zu bezahlen hatten. Jinadh musste der Arbeit wegen in der Stadt sein – dass er seinen Geburtsnamen beibehalten hatte, hatte seine Anstellung gerettet. Dadurch schnallten die Leute seltener, wer er war. Seine Sparte in der Zeitung sorgte für gute Verkaufszahlen, seine Autoren mochten ihn und lieferten pünktlich ihre Geschichten. Darum stellte er für seine Arbeitgeber ein annehmbares Risiko dar. Dafür war Lillian dankbar, da sein Einkommen ihren unmittelbaren Untergang verhinderte.

Den Großteil der Bediensteten entließen sie, doch beim Abschied schien keiner von ihnen deshalb am Boden zerstört zu sein. Magnusson blieb bei ihnen und akzeptierte eine Lohnkürzung. »Seit dem Gewürzkrieg liegen mir die DePauls am Herzen«, erklärte er. »Die Frauen Ihrer Familie mussten schon immer schwere Entscheidungen treffen und nehmen diese nicht auf die leichte Schulter.«

Lillian hätte ihn küssen können.

Während der Fahrt in die Stadt schaute Stephen nicht hoch, sondern konzentrierte sich auf die Bücher für das

Frühlingstrimester, das er vielleicht nie antreten würde. Zumindest nicht in Cantrell. Selbst wenn Rinko ihnen einen Freundschaftspreis machte, stand ernsthaft infrage, ob sie es sich leisten konnten, ihn wieder zur Schule zu schicken, von den Ergebnissen seiner Probezeit ganz abgesehen.

Sie würden einen Weg finden. Falls in dem ganzen Chaos keiner versteckt lag, würde Lillian einen freikämpfen. Wenigstens *ein paar* Sachen konnte sie doch sicher noch kontrollieren.

Draußen vor der Tür von Hausnummer vierundzwanzig hatte sich ein Journalistenlager gebildet, als sie dort ankamen. Gab es nichts Interessanteres zu berichten als die Frage, wer bei ihrer Familie ein und aus ging? Saeger hätte liebend gern mit jedem von ihnen gesprochen. Bis zur Wahl waren es nur noch anderthalb Monate, darum war ihr jedes Mittel recht, um die Wähler zu erreichen. Am Vortag hatte sie Redezeit bei der Sendung *Einspruch* ergattert und scharfe Kritik an dem Urteil geübt, dass der Laufsteg Fryes Lagerhalle in die Luft gejagt hätte.

»Ich glaube, das sagt mehr über sie aus als über mich«, hatte Saeger erklärt. »Hat sie Angst vor mir? Macht sie sich Sorgen, dass den Leuten besser gefällt, wofür *Gedda voran* steht, als ihre Vorschläge? Befürchtet sie, dass ihr Kunstgriff mit den Tribunalen sie nicht weit genug in Führung bringt? Wir haben diese Lagerhalle nicht in die Luft gejagt, aber ich wüsste nur allzu gerne, wer es getan hat. Und ich wüsste gerne, warum die Jagdhunde in diesem Punkt lügen.«

Lillian hätte ihr einen Hinweis geben können. Oder sogar mehrere.

Warum berichtete niemand über die Kundgebungen an der Universität? Als sie am nächsten Morgen aufwachte, konnte sie den Lärm von dort bei sich zu Hause hören. Horden von Studenten, die Saeger unterstützten und sich wegen der Anschuldigungen die Lunge aus dem Hals schrien.

Selbstverständlich erinnerte Jinadh sie sofort daran: In Amberlough-Stadt gab es mehr als eine Handvoll Streiter der Feder. Denjenigen, die sich vor der Tür der Coral Street zusammengerottet hatten, war bei der Redaktionssitzung in dieser Woche einfach ihre Geschichte zugeteilt worden.

Der andere Grund, weshalb sie in die Stadt zurückgekehrt waren, der offensichtliche Grund, war die Tatsache, dass Cyril am äußersten Stadtrand in Haft saß. Das Shearan-Sterner-Gefängnis, das südlich der Stadt lag, wäre die passendere Option gewesen, doch es hatte zu den späteren Zielen des Laufstegs gehört. Die Zellenblöcke hatten sie damals verschont und hauptsächlich den Verwaltungstrakt zerstört. Da man Cyril eine Kaution verweigert hatte, er aber noch nicht vor Gericht gestellt worden war, hielt man ihn in dem Stadtgefängnis fest, das sich an die Strafvollzugsbehörde anschloss, und es sah danach aus, als würde er dort längere Zeit verbleiben.

Als Lillian an diesem Morgen in der Stadt erwachte und in nicht allzu weiter Entfernung die rhythmischen Sprechchöre hörte, lautete ihr erster Gedanke, dass sie Rinko Higata anrufen und fragen musste, ob sie ihren Bruder im Gefängnis besuchen konnte.

Im schlecht beleuchteten Besucherraum, dessen Wände in hässlichem Grün gestrichen waren, wirkte Cyril nicht bloß blass, sondern krank. Lillian setzte sich ihm gegenüber und fragte: »Wie geht es dir? Du siehst nicht gut aus.«

Ihre Sorgen wischte er mit einer Handbewegung beiseite. Die Haut an seinen Fingerknöcheln war aufgerissen. Hier drin war es kalt, wahrscheinlich sah es in den Zellen nicht viel besser aus.

»Hast du Zigaretten dabei?«, fragte er.

Lillian wandte sich an den Wachmann, der in der Ecke stand, und hob flehend die Schultern. Der Mann verdrehte die Augen und schaute demonstrativ in die andere Richtung, also klappte sie das Etui, das sie nur selten benutzte, auf und gab Cyril daraus zwei Kippen. Eine davon hätte vermutlich einen Dietrich verbergen können, doch ihr Bruder beugte sich zu ihr herüber, damit sie ihm Feuer gab, anstatt sie einzustecken.

Als ob er das überhaupt könnte – nun hatte er keine Taschen mehr, in denen er Kleinigkeiten sammeln konnte. Nur ein hässliches grünes Hemd und eine lockere Hose. Cyril hatte sich seit seiner Verhaftung nicht rasiert und die Haut unter seinen Augen wirkte dunkel und eingefallen, als wäre jegliche Flüssigkeit aus dem Gewebe verschwunden.

»Wir müssen dich ein wenig frisch machen, bevor du vor Gericht erscheinst«, sagte Lillian.

Das entlockte ihm ein Lachen, verraucht und verbittert. »Ich glaube nicht, dass das viel bringt.«

»Aber ich würde mich dann besser fühlen«, widersprach sie. »Denkst du wenigstens darüber nach?«

Cyril suchte den Raum nach etwas ab, um die Asche seiner Kippe loszuwerden. Kurz war Lillian ratlos, doch dann fischte sie gerade noch rechtzeitig ein Taschentuch heraus. Über das Leinen ergoss sich ein Ascheregen, der das Monogramm verdeckte und die lackierte Stahltischplatte besprenkelte.

»Entschuldigung«, meinte er und ergriff den gerollten Saum des Taschentuchs. Dadurch lagen ihre Hände nah beieinander. Am liebsten hätte Lillian ihre auf seine gelegt.

»Glaubst du denn, dass man mich *überhaupt* vor Gericht stellt?«, fragte Cyril. »Dass es einen Prozess geben wird? Oder ist das hier nur das Vorspiel für eine Mauer und das Erschießungskommando und ein Loch in meinem Kopf?«

Lillian unterdrückte das Verlangen, eine Hand an den Mund zu legen, und bekämpfte die aufsteigende Übelkeit mit reiner Willenskraft. »Du bist wegen Betrugs verhaftet worden, Cyril. Das ist ja wohl kein Grund für eine standrechtliche Erschießung.«

»Nein«, gab er ihr recht. »Aber Verrat vielleicht schon. Und wer weiß, wofür sie mich sonst noch anklagen, wenn sie sich endlich dem *wahren* Grund widmen, weshalb ich hier bin? Du weißt doch, dass der Betrug nur ein Vorwand ist, Lil.«

»Darfst du hier Zeitung lesen?«

»Mit einem oder zwei Tagen Verspätung. Aber wenn eine Sache derart zum Himmel stinkt, kann ich schon zwei und zwei zusammenzählen.«

Am liebsten hätte Lillian ihm erzählt, wessen Schuld es eigentlich war: seine Verhaftung, der Bombenanschlag. Sie wollte, dass Cyril Makricosta genauso sehr hasste wie sie. Doch der Wachmann in der Ecke hatte zwei Ohren und einen Mund, und Lillian hatte in ihrem Beruf gelernt, dass man keine Geschichte verbreiten sollte, ohne vorher die Konsequenzen gründlich zu analysieren. Der Instinkt sagte ihr, dass diese Information einen destabilisierenden Effekt haben würde. Sie dachte an die Sprechchöre der Studenten, Saegers laute und feste Stimme im Radio, Fryes neu entdeckte Skrupellosigkeit. Bomben, Aufruhr, Anarchie.

In letzter Zeit hatte sich der Boden oft genug unter ihren Füßen aufgetan, sie brauchte sicheren Halt, sonst würde sie das, was sie wollte, nie erreichen.

»Was sollen wir machen?«, fragte sie. Das hätte sich auf alles Mögliche beziehen können, doch Cyril hörte nur eines heraus.

»Ich glaube, du hast alles getan, was in deiner Macht steht. Am schlauesten wäre es jetzt, die Verbindung zu mir zu kappen, wie bei einem Anker, der einen herunterzieht.«

Allerdings konnten Anker nicht ertrinken. Menschen schon. »Ich bin durch meine Taten selbst schon eine

Verräterin. Zumindest in den Augen einiger Leute. Wenn ich die Verbindung zu dir kappe, ändert das nichts an den Entscheidungen, die ich in der Vergangenheit getroffen habe.«

»Du hattest Stephen«, widersprach Cyril. »Du hättest dich nicht anders entscheiden können. Ich schon.«

Irgendwann in Lillians Leben, vermutlich während ihres Studiums, vielleicht nach ihrem Abschluss, war ihr mit Cyril allmählich der Geduldsfaden gerissen, genau wie ihren Eltern. Seine unvernünftigen Leidenschaften, seine Selbstverliebtheit, seine Sturheit. Bei jedem Gespräch, das sie mit ihm führte, kam unausweichlich der Punkt, an dem sie aufgab. Daran hatten weder die Zeit noch die Entfernung noch der Tod und die Auferstehung etwas geändert.

Womöglich konnte Lillian nicht nachvollziehen, was Cyril durchgemacht hatte. Vielleicht würde ihr das nie gelingen. Doch auch er würde nie verstehen, was sie getan oder was es sie gekostet hatte. »Warum werden wir anderen mit einem derart anderen Maß gemessen?«, fragte sie. »Warum bist du so etwas Besonderes?«

»Was habe ich denn zu verlieren gehabt? Wer hätte darunter gelitten, wenn ich mich geweigert hätte? Ihr habt alle gedacht, dass ich tot bin. Ich wäre bloß früher gestorben und hätte weniger Schaden angerichtet.«

»Du bist nicht Caleb Acherby«, widersprach Lillian und bemerkte sofort, dass der Wachmann in der Ecke aufmerksam wurde: entweder aufgrund des Namens oder ihres Tons, der von verbittert zu genervt gewechselt hatte. »Du hast etwas Verwerfliches getan, das stimmt. Aber, Cyril … wer hat das denn nicht gemacht?«

Ein Herzschlag, eine bedeutungsschwere Pause. Einen Atemzug bevor er es tat, wusste Lillian, was er sagen würde.

»Cordelia.«

»Eine politische Märtyrerin?«, fragte sie. »Die Frau, die die Ospies gestürzt hat? Diesen hohen Maßstab legst du also bei dir an.«

Als Cyril den Blick von der Asche auf der Tischplatte hob, wirkte seine Miene trostlos. »Ist er wirklich so hoch? Sie war *Stripperin*, Lillian. Ich weiß nicht, ob sie überhaupt einen Schulabschluss gemacht hat. Soweit ich weiß, hat sie nicht mal Strümpfe besessen. Und sie hat dieses furchtbare Rosenwasser-Parfüm getragen ...« Ihm brach die Stimme. »Aber sie hat sich nicht untergeordnet, was von uns beiden keiner behaupten kann.«

»Ich glaube kaum, dass du den Charakter einer Person an ihren Strümpfen festmachen kannst«, meinte Lillian. »Oder daran, dass sie keine hat.«

»Nein, wahrscheinlich nicht«, gab Cyril klein bei. Er zog lange an seiner Kippe und starrte dabei an die gegenüberliegende Wand.

Den Rauch atmete er über die Schulter nach hinten aus, auf den Wachmann zu, der sich räusperte und mit seinem Schlagstock auf die Uhr zeigte. »Die Zeit ist gleich um.«

»Ich versuche, diese Woche noch einmal vorbeizuschauen.« Lillian stand auf.

Cyril ließ sich nicht anmerken, ob er sie gehört hatte. An seiner schiefen Nase kräuselte sich der Rauch. »Wie ist sie gestorben?«, fragte er und musterte noch immer die grün gestrichenen Backsteine.

»Bei Häuserkämpfen.« Lillian betrachtete ihre reglosen Hände, die sie fest ineinander gefaltet hatte, und stellte sich vor, sie würde die Fäuste ballen. Dann schaute sie wieder hoch, damit sie in professioneller Haltung antworten konnte. »Die haben versucht, sie heimlich, still und leise zu töten, aber sie hat daraus ein Handgemenge gemacht.«

Als Cyril lächelte, sprangen ihm die trockenen Lippen auf. »Ja. Das passt zu ihr.«

Lillian genehmigte sich einen Zwischenstopp im *Grafton's*, bevor sie nach Hause zurückkehrte. Nach dieser Szene würde ihr niemand einen Drink absprechen. Sicher nicht.

Die Kneipe in der Staunton Street war eine altehrwürdige Institution. Als ihr Vater im Diplomatischen Dienst tätig gewesen war, war er hier etwas trinken gegangen und hatte einiges an Diplomatie erledigt, wenn er sich in der Stadt aufhielt. An der Tür hing kein Schild – woher die Leute wussten, dass es das *Grafton's* war, blieb ein Geheimnis. Vielleicht hieß es gar nicht so. Was es unter den Ospies gewesen war, wusste Lillian nicht, doch es hatte kaum gelitten. Im Gegensatz zu anderen Sachen.

Als sie eintrat, war sie etwas misstrauisch, doch die Klientel erwies sich eindeutig als diskret. Falls man sie verurteilte, tat man es still und heimlich, solange sie sich in Hörweite befand. Und außerdem würde hier um diese Uhrzeit kaum etwas los sein. Das *Grafton's* besuchte man nur zu Mittag und nach Feierabend, und als sie eintraf, hatte der Himmel mit den niedrig hängenden Wolken noch die Farbe von Weißwäsche, die man versehentlich mit etwas Tiefblauem gewaschen hatte. Allmählich spürte man, dass die Tage wieder länger wurden.

Einige ernste Trinker in Anzügen steckten über einem Fächer aus Dokumenten die Köpfe zusammen. Sie hatten sich dorthin gesetzt, wo man die letzten Strahlen der Wintersonne genießen konnte, die durch die großen Fenster zur Straße drangen. Eine Frau, die allein auf einem Ledersofa saß, studierte einen offiziell wirkenden Folianten. Vor ihr lag unbeachtet ein halb gegessenes, aufgeweichtes Sandwich. Für das Essen war die Kneipe nicht gerade bekannt, aber den geschäftigsten Bewohnern der Embassy Row reichte es im Notfall.

Wie ein Anfall überkam Lillian das Heimweh. Absurd. Sie war nicht einmal einen halben Kilometer von ihrem Elternhaus entfernt. Doch plötzlich schien das *Grafton's* der einzige Ort zu sein, der sich nicht bis zur Unkenntlichkeit verändert hatte. Langsam drehte Lillian sich um sich selbst, um alles in sich aufzunehmen, und ihr krampfte sich das Herz in der Brust zusammen.

In der Stille, nur im Radio erklang ein Walzer, polierte die Barfrau mit einem weißen Tuch Gläser. Direkt hinter ihr saß, über einen Martini gebeugt, Aristide Makricosta.

Ihn hatte Lillian nicht mehr gesehen, seit er nach der Sonnenwende Damesfort verlassen hatte, hatte nicht mehr mit ihm gesprochen, seit sie den Hörer, der noch von seinem Zorn brummte, auf die Gabel hatte fallen lassen. Hatte kaum überhaupt an ihn gedacht, außer dass sie jeden Abend vor dem Zubettgehen seinen Namen verfluchte, weil er ihren Bruder zurück nach Gedda gebracht hatte, und zwar als hübsch in Kaschmir verpacktes Paket, das die Presse und alle anderen in der Luft zerreißen konnten.

Sie blieb im Eingang stehen, hinter ihr läutete noch das Glöckchen. Außer der Barfrau hob niemand den Blick und sie bedeutete Lillian mit dem Glas in der Hand, dass ihr die leeren Plätze zur Verfügung standen.

Lillian hätte irgendeinen wählen können, beispielsweise den kleinen runden Tisch am Fenster zur Straße mit der gepolsterten Sitzbank und den zwei runden Hockern. Den Sessel hinten in der Ecke, unter einem Werbekalender, der in grellen Farben Hemdkragen präsentierte. Den Stuhl mit hoher, gerader Lehne am Radio, wo sie problemlos alle Nachrichtensendungen hören könnte, wenn diese gesendet wurden. Obwohl sie wusste, dass sie nichts Gutes hören würde, verfolgte sie die Nachrichten wie eine Besessene. Wer vor einer Gewohnheit den Hügel hinauf flieht, rutscht leicht aus, so sagte man in Porachis.

Lillian standen viele Plätze zur Auswahl, die sich nicht neben Makricosta befanden. Doch wie das *Grafton's* war er ein Relikt. Ein Stück der Welt, die der Rest von ihnen verloren hatte oder der sie entrissen worden waren. Und ihr letztes Gespräch war von einem Bombenanschlag abrupt unterbrochen worden. Deshalb setzte sie sich neben ihn und bestellte einen Aquavit mit Wermut.

»Aristide«, sprach sie ihn an. »Willst du dich etwa schon wieder in die internationale Politik einmischen?«

Bei ihren Worten zuckte er zusammen, fasste sich aber schnell wieder. »Guten Tag, Lillian.« Die Worte verschwammen ineinander, demnach war er betrunkener, als er auf den ersten Blick wirkte.

»Also wirklich«, erwiderte sie. »Warum hockst du hier im *Grafton's* und trinkst?«

»Liegt in der Nähe von meinem Hotel«, erklärte er und trank sein Glas aus. »Ich habe nicht gewusst, dass das dein Stammlokal ist. Hab' nicht mal gewusst, dass du gerade in der *Stadt* bist.«

»Ist es auch nicht, also, mein Stammlokal. Aber es liegt in der Nähe meines Hauses.« Dass Aristide sich im selben Viertel befand, war Lillian nicht klar gewesen. Hatte sie ihn denn je gefragt, wo er wohnte? Sie musste so vieles gleichzeitig jonglieren, dass diese spezielle Höflichkeit unter den Tisch gefallen war.

»Wundert mich, dass du mit mir sprichst«, meinte er mit einer Grimasse und schob sein leeres Glas zur Seite.

»Wenn ich nicht mit dir spreche, wie sollte ich dir dann sagen, wie enttäuscht ich von dir bin?« Sie nippte an ihrem Cocktail, sah Aristide aber weiterhin an. »Ich bin gerade bei Cyril gewesen.«

Er schloss die Augen, als hätte er Schmerzen. »Das habe ich verdient, dass du noch Salz in die Wunde streust.«

»Du hast Glück, dass es keine Salzsäure ist«, entgegnete Lillian und hörte selbst, dass sie kurz davorstand, die Kontrolle zu verlieren. Anscheinend war sie müde, sonst hätte sie ihre Worte besser im Griff gehabt. »Cyrils Anwältin sagt, dass ich mich auf eine Verurteilung einstellen muss. Die suchen nach dem Pass. Der, von dem du gesagt hast, dass …«

»Und werden sie ihn finden?«

Lillian ließ ihre Miene zu einer makellosen Maske werden und antwortete druckreif: »Das Teil habe ich nie gesehen. Die können gern das Haus durchsuchen. Beide Häuser. Vielleicht hat er ihn ja verbrannt.«

Allerdings enthielt der Haufen mit verkohlten Überbleibseln verschiedenen Kleinkrams im Kamin des Gänseblümchenzimmers keine Reste von Cyrils Pass. Falls die Polizei und Bundesagenten ihn durchwühlen wollten, durften sie das herzlich gerne tun, genau wie bei jedem anderen Kamin und den hohlen Stellen unter den Fliesen und Bodenbrettern. Ihre Hoffnung würde sich nicht erfüllen. Eine Familie wie die DePauls verstand es, einen Tresor anständig zu verstecken.

Verwirrt zog Aristide die Augenbrauen zusammen, doch dann ging ihm ein Licht auf. Lillian beobachtete ihn und beinahe verdrängte Faszination ihre Wut. Seit ihrer ersten Begegnung hatte sie ihn stets als einen Mann betrachtet, dessen Innenleben größtenteils verborgen blieb: eine raffiniert ausgetüftelte Maschine unter einer glänzenden Emaillehülle. Nie hatte sie Gelegenheit gehabt, dabei zuzusehen, wie die Maschine arbeitete.

Wie lang saß er schon an dieser Bar?

Ihr Zorn wurde durch das Mitleid zwar nicht gänzlich ausgelöscht, aber doch kurzfristig verdrängt. »Du solltest nicht so viel trinken.«

»Du musst nicht mit mir schimpfen.« Aristide hob sein leeres Glas hoch, spähte hinein und stellte es derart unbeholfen und mit zu viel Schwung zurück auf den Kupfertresen, dass Lillian befürchtete, der Stiel könnte zerbrechen. »Das hat Daoud schon ausgiebig genug getan.«

»Wie geht es ihm denn?«, fragte sie. »Gut, will ich doch hoffen.«

Da stützte Aristide das Gesicht auf Zeigefinger und Daumen. »Bei der Fotze der Königin. Wer weiß das schon?« Dann hob er den Kopf, ließ ihn in ihre Richtung schwingen und entdeckte den vernachlässigten Aquavit. »Trinkst du das noch?«

Lillian leerte ihr Glas in einem Zug und schlug vor: »Komm, ich begleite dich nach Hause.«

Inzwischen wurde es draußen dunkel und bitterkalt. Sie gingen die Staunton nach Westen entlang, an vergitterten Botschaftsgebäuden vorbei, die ihre Flaggen über Nacht eingeholt hatten. Ihre Schritte knirschten auf dem vereisten Boden, der mit Salzflecken gesprenkelt war. In den Gebäuden brannte noch Licht, viele von ihnen stattliche Altbauten, die nun Diplomatenbüros beherbergten. Vertreter zahlreicher Nationen kamen heraus und machten sich auf den Heimweg, durch die dicken Schals, schweren Mäntel und Hüte, die sie gegen den Wind tief ins Gesicht gezogen hatten, wirkten sie wie eine gleichförmige Masse. Über der Stille der Straße klapperten unbelaubte Äste gegeneinander. So tief ins Herz der Innenstadt hatte es Saegers Haufen wütender Unterstützer nicht geschafft.

Als die beiden an einer Schar eingemummelter Diplomaten vorbeigegangen und allein auf dem Gehsteig waren, meinte Lillian: »Ich nehme an, du hast keine weiteren Pläne in der Hinterhand?«

Dank der Kälte war Aristide inzwischen etwas nüchterner, doch er bahnte sich trotzdem äußerst vorsichtig seinen Weg zwischen den vereisten Stellen hindurch. Darum musste

Lillian warten, bis er sie einholte und ihr antwortete. »Im Augenblick nicht, nein. Freut dich das?«

Dazu sagte sie nichts, denn sie wusste nicht, wie ihre ehrliche Antwort lautete oder ob sie fähig wäre, mit einer Lüge zu antworten.

»Ich war mir sicher, dass es klappt«, fuhr Aristide fort. Dann, leiser: »Ich wollte, dass es klappt.«

»Und du hast immer alles erreicht, was du dir vorgenommen hast«, erwiderte Lillian und schüttelte den Kopf. »Wie alt bist du eigentlich?«

Mit einer Geste voll verletztem Stolz, die beinahe wie Satire wirkte, hob er das Kinn.

»Fünfzig?«, fragte sie unbeeindruckt. »Fünfundfünfzig? Es ist längst überfällig, dass du diese Lektion lernst. Deine Haare sind grau. Benimm dich nicht wie ein Kind.«

Aristide musterte sie mit der gleichen Kälte wie der Wind, der ihr in den Mantel fuhr, und drängte sich an ihr vorbei. Überrascht ließ sie ihn ein wenig vorausgehen.

»Ich bin nicht derjenige, der sich wie ein Kind benimmt.« Diese Worte warf er ihr mit einem Schulterblick zu und sie eilte ihm über den trügerischen Gehsteig hinterher.

»*Bitte* schrei nicht so herum«, beschwichtigte sie ihn. »Dass *das hier* in den Nachrichten landet, können wir ganz und gar nicht brauchen.«

»Du bist eine Närrin, weil du überhaupt auf einen Freispruch gehofft hast.«

»Das bin ich nicht. In diesem Punkt hat sich Cyrils Anwältin ganz klar ausgedrückt. Ich will ihm nur den Galgen ersparen.«

Daraufhin brach Aristide in Gelächter aus, das sich in seiner Brust verfing und zu einem hässlichen Hustenanfall entwickelte. Nachdem er sich davon erholt hatte, meinte er: »Und wie viel kostet dich das?«

»Das kann dir doch egal sein.« Eigentlich hatte sie ihn doch nur zu seinem Hotel begleiten wollen. Wieso waren sie schon wieder in Streit geraten?

»Wie viel?«, wiederholte er. »In eurem Landhaus habt ihr unten nur drei Räume bewohnt. In allen anderen war alles mit Laken abgedeckt, außer dort, wo ihr Möbel geplündert habt. Und es gab bloß eine Handvoll Leute, die die Arbeit einer ganzen Armee erledigt haben. Hast du euer Land verkauft, um seine Anwältin zu bezahlen? Dich in Eel Town verdingt? Oder kommt das erst nächste Woche, nachdem du euren Sohn verkauft hast?«

Vor plötzlichem Zorn blieb Lillian wie angewurzelt stehen. »Wie kannst du es *wagen*!«

»Ihr seid bankrott, noch bevor er hängt.«

»Das reicht jetzt!« Sie legte die Hände an die Ohren und bemerkte, dass diese taub geworden waren: Deshalb spürte sie eher den Druck als die Haut selbst. »Warum soll ich mir das von dir sagen lassen? Wer gibt dir das Recht dazu? Du hast nicht mal richtig mit ihm *gesprochen*, seit du ihn bei mir abgeladen hast. Hast ihn einfach bei mir gelassen und dann mit deinem Leben weitergemacht. Mit deinen *Geschäften*. Als ob die wichtiger wären.«

»Für ihn habe ich mein Geschäft in den Pott geworfen«, sagte Aristide. »Und ich habe alles, was ich gesetzt habe, verloren! Da in Fryes Lagerhalle hat *mein* Teer gelegen.«

»Und jetzt sitzen wir alle zusammen im Teekessel und fangen gleich an zu pfeifen. Frye hast du Angst eingejagt und Saeger beleidigt. Darum hat die eine jetzt eine wasserdichte Verteidigung aufgebaut, die andere ist auf dem Kriegspfad und keine von ihnen hat vor, meinem Bruder gegenüber Milde walten zu lassen.« Kleinliche Gefühle, die langsam, aber sicher hochgekocht waren, quollen aus ihr hervor und ließen die Flamme ihrer Wut noch heißer brennen. Warum sollte er sich nicht anhören, was sie sich von Cyril hatte anhören müssen? »Er *will* ja nicht einmal *gerettet* werden, Aristide. Er lässt sich von denen die Schlinge um den Hals legen und ist dabei glücklich.«

»Jetzt übertreibst du aber.«

»Was? Willst du mir etwa erzählen, dass du es nicht weißt? Hat er dir nichts gesagt? Oder vielleicht hat er dazu keine Gelegenheit gehabt, weil du dich seit der Sonnenwende nicht mehr dazu herabgelassen hast, mit ihm zu sprechen.«

Aristide blieb stehen, drehte ihr jedoch weiter den Rücken zu. »Wer hat denn so was behauptet?«

Der Aquavit auf leeren Magen löste bei Lillian einen unangenehmen Schwindel aus, darum stützte sie sich mit einer Hand an den Eisenzaun der – was war das hier? Die cestinische Botschaft? –, um das Gleichgewicht zu halten. »Das musste mir niemand sagen.«

Dass Aristide leicht den Kopf drehte, bemerkte sie nur, weil sich dadurch das Licht der Ampel vor ihnen in seiner Brille spiegelte. Diese wechselte von Rot auf Grün, der Schein verschluckte seinen Gesichtsausdruck. Lillian bekam keine Gelegenheit mehr, sich bei ihm zu entschuldigen, denn er trat auf die Straße und hielt ein Taxi an. Doch sie hatte es ohnehin nicht vorgehabt.

KAPITEL 23

Aristide hätte sein Ego beiseitestellen und von Lillian erfahren können, wo sie Cyril festhielten und wie man ihn besuchen konnte. Allerdings hätte ihm das nach ihrer letzten Begegnung sehr viel abverlangt. Nach der letzten *Reihe* an Begegnungen.

Also ließ er es Daoud für ihn erledigen.

Das brachte ihm keine Bewunderung, sondern nur Spott ein, was natürlich nichts Neues war. Und an Gin perlte der Spott ab wie Wasser an Wachs.

»Das Stadtgefängnis«, meinte Daoud nur, nachdem er das Telefonat beendete. Am anderen Ende hatte Aristide die Stimme von Jinadh gehört, und soweit er das schnelle und umgangssprachliche Porashtu verstanden hatte, hatte das Gespräch zumindest in Teilen aus Small Talk bestanden. »Anscheinend haben Cordelias Leute damals im nächstgelegenen angemessenen Gefängnis für Ärger gesorgt.«

»Und wen muss ich bestechen, um hineinzukommen?«

»Du stehst schon auf der Liste genehmigter Besucher.«

Darüber war er völlig perplex. »Tatsächlich? Warum das?«

Daoud zuckte mit den Schultern, aber nicht nur, weil er es nicht wusste. Zumindest zum Teil war die Geste sarkastisch gemeint. »Wer weiß? *Ich* würde sicherlich nicht wollen, dass du *mich* im Gefängnis besuchst.«

»Aber nur, weil du noch nie in einem gewesen bist.«

»Du etwa?«

Dem hatte Aristide nichts entgegenzusetzen. Man hatte ihn nie erwischt. Dieser Gedanke jagte ihm einen Schauer über den Rücken, weshalb er die Beine aufs Sofa hochzog. Selbst im dampfbeheizten Ambiente des *Sykes House* gab es den einen oder anderen Luftzug, obwohl es dort, vom schlechten Essen und den unhöflichen Bediensteten abgesehen, zumindest anfangs angenehm warm gewesen war.

»Drehst du bitte das Thermostat auf?«, bat er Daoud und schmiegte sich noch tiefer in den weißen Fuchskragen seines Morgenmantels. »Hier drinnen ist es eiskalt.«

Daoud warf ihm einen bösen Blick zu, kniete sich aber auf den Boden und erfüllte seine Bitte. Dabei schmiegte sich der Stoff seiner Flanellhose, die im Stehen locker fiel, eng an seinen Hintern. Während er sich der Heizung zuwandte, fragte er: »Wann willst du hingehen?«

»Wahrscheinlich heute Nachmittag.«

»Willst du mich?«

Zuerst verstand Aristide es im körperlichen Sinne, furchtbar pragmatisch und resigniert: die Frage eines Kurtisans an seinen Gönner. Erst nachdem Daoud aufgestanden war, sich die Hände gerieben und die Frage wiederholt hatte, erkannte Aristide, dass er den Besuch im Gefängnis meinte, als sein Sekretär. Am liebsten hätte er sich eine reingehauen.

»Nein«, antwortete er und das galt für beide Fälle. Die Scham hatte jegliches erotische Interesse zerstört, das das Spektakel der engen Hose entfacht hatte. Zur Herrin noch mal, wie war er derart tief im Mist gelandet? Sie hatten mit einem kompletten Neuanfang begonnen: In Liso waren sie als Geschäftspartner angekommen, mehr nicht. Erst nach wiederholten, demoralisierenden Fehlschlägen hatte Aristide erneut auf etwas gedrängt, von dem er stets gewusst hatte, dass es keinem von ihnen guttat, und wofür er sich ein bisschen schämte. Nun schämte er sich weniger für die Affäre, sondern eher für sich selbst.

»Didi«, meinte er.

»Mhm?« Daoud war von der Heizung an Aristides Schreibtisch getreten, um dort die Dokumentenstapel zu ordnen, und hob nun den Blick von den verstreuten Briefen, die noch beantwortet werden mussten. Er wirkte abgelenkt, sein Bart musste gestutzt werden, anscheinend war ihm Aristides falsche Interpretation seiner Frage und der darauffolgende Ekel gar nicht bewusst. »Brauchst du sonst noch was?«

»Nein«, sagte Aristide. »Nein, ich wollte nur ... Ach, ist egal.«

Da schaute Daoud ihn skeptisch an und wandte sich erneut den Dokumenten zu.

»Was hast du vor?«, entfuhr es Aristide, bevor er sich zurückhalten konnte. Auch *das* bewirkte der Gin.

»Rechnungen bezahlen«, antwortete Daoud. »Die Konten abgleichen. Vielleicht die Sachen aus der Reinigung holen, wenn es nicht schneit. Ein Spaziergang wäre schön.«

»Nein, nicht ... nicht, während ich unterwegs bin. Ich meine, nachdem ...« Aristide machte eine vage Handbewegung und spürte, wie ihm aus Frust und Scham die Röte in die Wangen stieg.

Daoud richtete sich auf und sah ihn an. »Wonach, Aristide?«

Aristide ließ die Hand in den Schoß fallen, wie ein abgeschossener Vogel bei der Jagd.

»Nein, jetzt bin ich neugierig. Wonach? Nach dem Tribunal, das Frye versprochen hat? Nach irgendeinem Plan, den du als Nächstes ausheckst? Worauf warte ich, Aristide? Und wird es jemals dazu kommen?«

Aristide öffnete den Mund, spürte die kalte Luft auf der Zunge, brachte jedoch kein Wort heraus. Er wusste nicht, ob Daoud wirklich eine Antwort wollte. Gegen Ende klangen seine Fragen eher nach innen gekehrt.

Als hätte Daoud das selbst bemerkt, schüttelte er den Kopf. Schließlich senkte er das Kinn, schaute auf seine Armbanduhr und dann aus dem Fenster. »Vielleicht gehe ich jetzt zur Reinigung«, meinte er, »solange das Wetter noch gut ist.«

»Sie haben Besuch von einem Gentleman«, sagte der Aufseher und lehnte sich an die Gitterstäbe von Cyrils Zelle. »Hoffentlich haben Sie heute Ihre Spitzenunterwäsche angezogen.«

»Die hebe ich mir für Sie auf, Markert«, erwiderte Cyril und setzte sich auf. Die Matratze war nicht besser geworden, doch er hatte schon auf schlechteren geschlafen. Was allerdings nicht bedeutete, dass es ihm gefiel.

Er fragte nicht nach, wer der Gentleman war, schließlich gab es bloß eine Möglichkeit. Stephen stand zwar auf der Liste, käme aber sicher nur gemeinsam mit seiner Mutter, und Markert würde ihn auch kaum als Gentleman bezeichnen.

Cyril fuhr sich mit der Hand durch die Haare. Nachdem man sie ihm im Dschungel geschoren hatte, waren sie nur langsam nachgewachsen, aber sie *waren* nachgewachsen, und das ohne die führende Hand eines Barbiers. Nun fielen sie ihm häufig in die Augen und standen in alle Richtungen ab. In der Zelle gab es nichts, was er als Spiegel hätte verwenden können – man hatte ihm natürlich keinen zur Verfügung gestellt und die Fenster lagen zu hoch.

Als ob das eine Rolle spielen würde. Wenn er sich mit den Händen die Haare kämmte, sah er deshalb nicht weniger wie ein Häftling aus.

Vielleicht sollte er Rinko *wirklich* bitten, dass er sich etwas frisch machen durfte, bevor sie ihn in einen Gerichtssaal zerrten. Wann war ihr nächster Besuch angesetzt – morgen vielleicht? Hätte er sie früher darum gebeten, wenn er *Besuch von einem Gentleman* erwartet hätte?

»Na *los*«, meinte Markert und knallte seinen Schlagstock gegen die Gitterstäbe. Und so ging Cyril mit ihm mit.

Im Besucherraum hing bereits ein feiner Rauchschleier in der Luft. Er entstammte einer türkisfarbenen Kippe mit goldenem Band zwischen Aris Fingern, die in einen Handschuh aus feinstem Ziegenleder gehüllt waren. Und zwar purpurfarbenes Chevrauleder: die Farbe eines schweren Rotweins. Unter dem Rauch nahm Cyril eine leichte Spur von weißen Blüten und animalischer Herznote wahr. Hatte *Padgett and Sons* überlebt und verkaufte noch immer Parfüm? Er fragte sich, ob einige Ospies Vanillemoschus gemocht hatten.

Aristide trug einen Nerzmantel mit hochgeklapptem Kragen, der Pelz war so dick, dass man darin versinken konnte. Ein malvenfarbenes Plastron mit metallisch glänzenden Stickereien war halb in seinen offenen Seidenkragen gesteckt und möglicherweise hatte er die Wangen mit einem Hauch Rouge geschminkt.

Obwohl er älter war, kein Make-up trug und nicht auf der Bühne stand, schien er nach wie vor von Scheinwerferlicht umgeben zu sein, vom Nachhall des Beifalls.

Ohne den Blickkontakt zu unterbrechen, nahm er einen langen Zug von seiner lächerlichen Kippe und meinte: »Wir müssen *unbedingt* aufhören, uns so zu treffen.«

Cyril ließ sich auf den Stuhl ihm gegenüber fallen und erwiderte: »Du hast mir nie die Gelegenheit gegeben, dich zu besuchen.«

»*Du* hast dir auch keine große Mühe gegeben, mich zu erwischen, sonst hätte ich es vielleicht getan.«

»Vorsicht«, warnte Cyril ihn. »Wie lang ist die Verjährungsfrist für ... ach, keine Ahnung, such dir was aus. Was hast du denn bitte nicht begangen?«

»Nichts derart Schlimmes wie du.«

Damit ließ er die Seifenblasen ihres Geplänkels platzen. Aristide wandte zuerst den Blick ab, obwohl er es selbst gesagt hatte. Nachdem er sich wieder gefasst hatte, fragte er: »Möchtest du eine Zigarette?«

»Mehr als alles andere. Selbst wenn sie ... ähm, grün sind?«

»Ich habe auch Rosafarbene. Oder Violette, wenn die dir lieber sind.« Aristide klappte sein Etui auf.

»Hey«, mischte Markert sich ein.

»Entspannen Sie sich«, winkte Aristide ab. »Ich habe Ihr kleines Sümmchen bezahlt und will auch etwas davon haben. Bleiben Sie dort stehen, wenn es denn sein muss, aber bitte seien Sie still.«

Cyril nahm sich eine Kippe, und als Aristide sie ihm anzündete, schaute er zu Markert hinüber, um zu sehen, wie er diese Niederlage verkraftete. Nicht besonders gut, er war in etwa so purpurrot geworden wie Aristides Plastron.

»Danke«, meinte Cyril und wusste, dass das für ihn später üble Folgen haben würde. »Das macht er für mich nie.«

»Und wie ich sehe, färbt es ab. Du bist jetzt viel gesprächiger als zur Sonnenwende.«

Das ließ ihn erstarren, als hätte er mitten auf einer Brücke plötzlich einen Blick in den Abgrund geworfen. Die Erinnerung daran, dass sie ... sich gerade unterhielten? Miteinander flirteten? Das versetzte ihm einen Stich.

»Sieh an, sieh an«, sagte Aristide. »Da habe ich wohl ins Schwarze getroffen, was?«

Cyril nahm einen Zug und behielt ihn so lange in der Lunge, bis ihm schwindelig wurde, bevor er antwortete: »Vielleicht habe ich mich ein wenig einsam gefühlt.«

»Während ich Ihnen Gesellschaft leiste?«, fragte Markert.

»Aber natürlich.«

Heutzutage stand Aristide die Wut noch besser als je zuvor und sie hatte ihm schon immer gut gestanden. Er setzte sich kerzengerade auf und hob das Kinn derart arrogant, dass sich in seiner Brille das Licht spiegelte. Mit einem steifen von Chevreauleder umhüllten Finger deutete er auf die Tür und zischte kalt: »Raus mit Ihnen. Und schicken Sie jemanden herein, der nicht so überheblich ist.«

Nach einer spannungsgeladenen Pause tat Markert, zu Cyrils großer Überraschung, was Aristide verlangte. Sie hörten einen kurzen Dialog mit jemandem im Büro – dabei stand die Tür offen und Markert behielt Aristide und Cyril nach wie vor im Blick –, dann wechselte er mit seinem Kollegen Dorfner den Platz, einem schweigsamen Mann, der stets besorgt wirkte.

Wie viel Geld war Aristide auf seinem Weg hier herein losgeworden? Und was hatte er ihm zu sagen, das eine derartige Summe wert war?

»Warum stotterst du nicht mehr?«, fragte Cyril, denn das war eine leichtere Frage als all die anderen, die ihm im Kopf herumspukten.

Aristide musterte ihn auf eine Art, die ihm sagte, dass er seine Taktik genau durchschaute. »Ich bin mir durchaus bewusst, dass man im höheren Alter Gefahr läuft, absurd zu wirken. Deshalb habe ich mein Gehabe ... etwas *gedämpft*. Ich möchte nicht als Clown angesehen werden.« Trotz des Rouges und der pastellfarbenen Zigaretten war seine Stimme frei von Ironie: Seine Präsenz ließ diese gar nicht zu.

»Danach hat es dich nie klingen lassen. Das bist *du* nie gewesen.«

Aristide zuckte mit den Achseln, eine fließende Bewegung unter seinem Nerz. »Dann gehörte es zu meiner Kunstfigur.«

»Die hat mir immer gefallen.«

»Das weiß ich doch. Aber siehst du hier irgendwo eine Bühne?«

»Die hast du nie gebraucht«, erwiderte Cyril. »Würdest du es jetzt für mich machen?«

Da zog Aristide die Augenbraue hoch. »Was soll ich denn sagen?«

Falls das eine Einladung darstellte, wusste Cyril nicht, wie er darauf reagieren sollte. »Vielleicht einen Ausschnitt aus einer deiner Nummern. Aus dem *Bee.*«

Das war die falsche Antwort. »Cyril, ich …«

Doch plötzlich wünschte sich Cyril, nun, da diese glitzernde Erscheinung aus einem Leben vor ihm saß, das er weit hinter sich gelassen hatte, voller Verzweiflung genau dies. Einen Augenblick der Flucht, dreißig Sekunden Vergangenheit. »Die werden mich hängen, Ari. Erzähl mir einen deiner dämlichen Witze.«

»Die werden dich nicht hängen.« Plötzlich wirkte Aristide erschöpft. »Betrug ist kein Kapitalverbrechen.«

Cyril schnippte die Asche seiner Kippe in den Becher auf der Tischmitte. Ein weiterer Luxus, den Aristides Geld erkauft hatte. »Wir wissen doch beide genau, warum ich hier bin.«

Diesmal huschte ein eigenartiger Blick über Aris Gesicht, der Cyril neugierig machte. Ein lange vernachlässigtes Gefühl, das ihn regelrecht schmerzte. »Ari?«

Aber Aristide schüttelte die Frage und den eigenartigen Gesichtsausdruck ab. »Ich habe ein Interview mit deiner Anwältin gelesen«, wechselte er das Thema. »Darin hat sie die Frage gestellt, warum die Nation meint, einen Mann bestrafen zu müssen, der bereits jeden Tag qualvolle Schuldgefühle durchlebt. Stimmt das?«

Cyril warf seinen heruntergebrannten Kippenstummel in den Aschenbecher und lehnte sich mit verschränkten Armen zurück. »Was glaubst du denn?«

Kurz hielt Aristide inne, dann antwortete er: »Ich habe keine Ahnung.« Nach einer weiteren Pause: »Lillian meint, dass du nicht gerettet werden willst.«

»Wenn Fryes Richter mich nicht an den Galgen schicken, bekomme ich mindestens fünfundzwanzig Jahre. Wahrscheinlich lebenslänglich. Glaubst du, das ist es, was die von mir wollen?« Mit einer Handbewegung deutete er eine wütende Menge von Bürgern an. »Die wollen keinen Richterspruch und eine Gefängnisstrafe. Die wollen eine Leiche.«

»Und du willst ihnen eine geben.«

»Sie verdienen eine. Und ich will mein Leben nicht im Gefängnis verbringen.«

Dies sagte er wie nebenbei, doch vielleicht reagierte Aristide genau deshalb so, wie er es tat.

»Das ist doch alles bloß eine extrem faule Art, Selbstmord zu begehen«, fauchte er und drückte seine Zigarette wütend im Aschenbecher aus. »Du ruinierst deine Schwester und du ruinierst mich. Warum ersparst du uns nicht die Kosten und Mühen und machst dem Ganzen gleich ein Ende?«

Cyril hob den Blick, schockiert über Aris Wut und seinen Vorschlag. »Glaubst du etwa, dass ich nicht schon unzählige Male an diesem Abgrund gestanden habe?«

»Und warum bist du dann nicht *gesprungen*?« Und nun hörte Cyril es, verborgen unter dem Zorn: Schmerz und ein Flehen. »Wenn du dich bis jetzt nicht umgebracht hast, gibt es doch sicher einen Grund dafür. Was hat dich davon abgehalten, den Abzug zu drücken?«

Nicht viel. Lange nicht genug. Und dennoch. »Den Luxus erlaube ich mir nicht. Ich schulde ihnen zu viel. Wenn sie mich hängen, ist mein Tod wenigstens eine Art Bezahlung.«

»*Bockmist.* Wem geht es denn besser, wenn du an diesem Seil baumelst? Der ganze Zirkus ist nicht selbstlos, sondern selbstsüchtig. Du kannst die Sache nicht einmal eigenhändig erledigen.«

Endlich zerriss etwas in Cyril, wie ein Faden, der zu lange unter Spannung gestanden hatte. Er stand so plötzlich auf, dass sein Stuhl umfiel. »Wäre dir das lieber? Willst du das?«

Dorfner schrie ihn an, packte ihn an den Armen. Wann hatte er den Raum durchquert? Cyril ließ sich grob wieder auf seinen Stuhl verfrachten.

»Vielen Dank«, meinte Aristide. »Das reicht.«

Dorfner zog sich in seine Ecke zurück.

»Natürlich nicht.« Ari hatte die Hände so fest zu Fäusten geballt, dass das Leder seiner Handschuhe an den Fingerknöcheln Falten schlug. Er presste sie mit aller Kraft gegen die hässliche gelbe Tischplatte und hielt den Blick auf sie gerichtet, als er fortfuhr. »Aber du lässt die Menschen, die dich lieben, dafür *zahlen*, dass sie dabei zusehen dürfen, wie man dich *umbringt.*«

Bei diesen Worten fiel Cyrils Stolz, beinahe geräuschlos, in Scherben zu Boden und er ließ sich gegen den scharfen Metallrahmen seines Stuhls sinken.

Aristide stand auf und zog den Nerz enger um sich. »Vielleicht sollte ich gehen.«

Zu lange überlegte Cyril, was er sagen sollte, und zwang schließlich einfach das heraus, was ihm auf der Zunge lag, damit Aristide nicht durch diese Tür verschwand. »Ich habe gewusst, dass du lebst.«

Er kehrte nicht zu seinem Stuhl zurück, drehte sich nicht um. Sagte nichts. Doch er verschwand auch nicht.

»Ich habe dich in der Zeitung gesehen«, fuhr Cyril fort und es klang wie ein Flehen. »Die war vielleicht einen Monat alt, aber ich habe dein Gesicht gesehen. Ich habe gewusst, dass du lebst.«

Weiterhin Schweigen.

»Willst du wissen, warum ich nie nach dir gesucht habe?« Er machte eine Pause, erhielt jedoch keine Antwort, darum sprach er, ohne nachzudenken, weiter. »Ich habe mich geschämt.«

»Geschämt?« Aristides Stimme klang so angespannt wie ein Stolperdraht.

»Natürlich. Du hast es rausgeschafft, du bist deinen Weg gegangen. Auf dem Foto hast du ausgesehen, als ... Wie hätte ich nach allem, was ich getan hatte, zu dir zurückkehren können? Nachdem ich ... Heilige Steine.« Cyril senkte den Kopf, bis nur noch die Faust, mit der er sich in seinen Haaren festkrallte, sein Gesicht über dem Tisch hielt. »Ich habe alles kaputt gemacht.« Unterdrückte Tränen ließen seine Worte erstickt klingen.

»Du hättest es besser wissen müssen.«

Das versetzte Cyril einen derartigen Stich, dass er sich zusammenriss und den Blick hob, dankbar für den plötzlichen Anflug von Wut. »Ach ja? Hättest du mich denn gewollt? Selbst damals, wenn ich auf Händen und Knien durch den Schlamm zu dir zurückgekrochen wäre?«

Da leuchtete tief in Aristides Blick ein Licht auf, ein Funke, der Sauerstoff bekam. »Natürlich«, antwortete er und klang deutlich wärmer. »Du hast mir auf den Knien doch immer gefallen.«

Was auch immer Cyrils Herz in diesem Augenblick erfüllte, es schmerzte so sehr wie Blut, das unter einem gelockerten Venenstauer hindurchfloss.

Higata hatte ihm gesagt, dass sein Leben seine Strafe sei. Dass es sich nicht lohne, ihn zu töten, weil er viel schlimmer leiden würde, wenn er lebte. Doch nun erkannte er die Wahrheit. Der Augenblick vor dem Tod wäre schlimmer als weitere dreißig, vierzig, fünfzig Jahre voller Schuldgefühle, weil sich in diesem Moment der Ewigkeit sein gesamtes Versagen vor ihm auftun würde – alles, was er hätte tun können und nun niemals tun würde. All die Möglichkeiten, es wiedergutzumachen, die er ablehnte, indem er einen symbolischen Preis für seine Verbrechen zahlte.

Wenn er weiterlebte, konnte er zumindest seine Fehler auf die logischen Konsequenzen eigener Entscheidungen beschränken. Und wenn er Glück hatte, diese mit dem einen oder anderen Erfolg abmildern. Wenn er ungeheuer viel Glück hatte, konnte er sogar Wiedergutmachung leisten.

Cordelia war tot, auf einer Plakette verewigt und zu einem Symbol gemacht worden. Er könnte sterben und das gleiche Schicksal erleiden: ihr Gegenpart, wie Ari es auf der Bühne gewesen war. Der erbärmliche Verräter, der ihrer tatkräftigen und schlauen Heiligen gegenüberstand. Doch wenn er weiterlebte ...

Alle Fehler, die er begangen hatte, konnte er nicht in Ordnung bringen. Dafür hatten sich bereits zu viele Türen geschlossen. Aber diese eine, die ihn zu Aristide führte, stand vielleicht noch einen Spalt offen.

Was für eine Schande, dass es nun viel zu spät war, um herauszufinden, was dahinter lag.

KAPITEL 24

Selbstverständlich gab es durch den Bombenanschlag auf eine Lagerhalle voller Waren Bedarf für eine Unternehmenssitzung. Da Cross sich in Liso befand, schickte sie Aristide und Jamila ein Telegramm, dass sie sich darum kümmern und nur dann einen Funkanruf arrangieren sollten, wenn es nötig war.

Obwohl Aristide gerade viele andere Sachen durch den Kopf gingen – Cyril sah in grüner Gefängniskleidung krank aus, Cyril hatte dringend benötigtes Gewicht verloren, nach der Wahl würde man aus Cyril ein Spektakel und dann eine Leiche machen –, stieg er deshalb gemeinsam mit Daoud erneut am unauffälligen Bürogebäude von Cross-Costa Importe aus einem Taxi.

»Du sagst ihr, was ich getan habe, nicht wahr?«, fragte Aristide und zog die Schultern eher aus Elend als gegen den Wind hoch.

»Natürlich mache ich das.« Daoud ging voraus und hielt ihm nicht die Tür auf.

Mit ausgebreiteten Armen begrüßte Jamila sie fröhlicher als alle, mit denen Aristide in jüngster Vergangenheit zu tun gehabt hatte. Sie lächelte und hatte eine Serviette im Kragen stecken. Auf ihrem Schreibtisch stand ein Pappteller mit dampfendem Fladenbrot und Erdnuss-Lamm-Curry.

»Jungs!«, begrüßte sie sie und klatschte mit den Händen rechts und links von ihrer Mahlzeit auf die Schreibtischunterlage. Ihre Sekretäre zuckten zusammen, einer sogar derart heftig, dass er an den Zeilenumschalter stieß. »Setzt euch doch. Und ihr beiden ...« Damit meinte sie die Sekretäre. »... haut ab.«

Sie huschten davon wie aufgeschreckte Hasen.

»In Anbetracht der aktuellen Lage sind Sie aber gut gelaunt.« Schmollend setzte Daoud sich ihr gegenüber.

Sie lachte. »Respektiertes Brüderchen ...«, dieser Porashtu-Ehrentitel im Diminutiv klang leicht ironisch, »... es sieht vielleicht gerade schlecht aus, aber die Götter haben uns mit einem Segen namens *Versicherung* beschenkt.« Sie nahm sich ein wenig Curry und sagte mit halb vollem Mund: »Die Auszahlung entspricht dem Wert der Waren, die wir auf dem Papier transportiert haben, und den habe ich schlauerweise hoch angesetzt. Nicht etwa, weil ich eine Katastrophe *erwartet* habe, sondern weil ich immer gern vorbereitet bin. Und!« Endlich schluckte sie den Bissen hinunter und wartete noch einen Rülpser ab. »Jetzt gibt es kein Risiko mehr. Nirgendwo liegt Teer herum, den die Jagdhunde finden könnten. Er wird nicht verschoben, nicht verteilt. Das trifft die Leute hart, die durch den Verkauf Geld verdient hätten, aber uns? Uns tut es bei Weitem nicht so weh, wie man glauben würde.«

»Dem Unternehmen nicht«, gab Daoud zu, noch immer leicht angesäuert. »Aber ich glaube, Mr. Makricosta würde Ihnen eine andere Geschichte erzählen.«

»Kopf hoch, Didi«, meinte Aristide. »Du hast dir doch sowieso nie Sorgen um mich gemacht. Wenn ich mich recht erinnere, ging es dir immer nur um Cross-Costa.«

Bei diesem Geplänkel verging Jamila die gute Laune und sie wurde misstrauisch. »Wovon faselt ihr beide da?«

»Der Bombenanschlag ist nicht vom Laufsteg verübt worden«, erklärte Daoud. »Damit sollte etwas vertuscht werden.«

»Was denn?« Sie legte das Stück Fladenbrot zurück auf den Teller und stützte die Ellenbogen auf.

»Erpressung«, erklärte Aristide im selben Augenblick, wie Daoud sagte: »Dummheit.«

Jamila beäugte die beiden genau, wischte sich über die Nase und lehnte sich zurück. »Also gut. Spuckt's aus.«

»Dieser ...« Daoud warf Aristide einen vernichtenden Blick zu. Die ersten Schimpfwörter und Schmähungen kamen ihm in tiefstem Porashtu-Slang über die Lippen, sodass Aristide sie nicht verstand, doch er stieg wieder in den Satz ein, als Daoud auf Geddisch fortfuhr: »... besoffene, schwanzgesteuerte *Idiot* hat Emmeline Frye gedroht, sie auffliegen zu lassen. Das Ergebnis davon ist, dass es jetzt keinen Teer mehr gibt, den man auffliegen lassen könnte.«

»Bitte vergiss nicht, dass sie außerdem ihre Stellvertreterin bumst«, warf Aristide ein, viel zu liebenswürdig, fast schon sarkastisch. »Ich hätte nie einen derart prosaischen Ansatz verfolgt, wie Daoud ihn beschreibt.«

»Und die Auszahlung vergesse ich auch nicht«, meinte Daoud und begegnete Aristides falscher Freundlichkeit mit einem stahlharten Lächeln. »Seine gesamten Anteile, Jamila. Und das Geld ist in Fryes Kampagne geflossen.«

»Du hast eine Marionette gesucht«, schloss Jamila und verschränkte die Arme. »Warum?«

Aristide wollte antworten, doch Daoud kam ihm zuvor, bevor er ein Wort herausbringen konnte.

»Wegen Cyril DePaul, dem berüchtigten Ospie-Kollaborateur und neuestem Einwohner eines rattenverseuchten Gefängnisses in Amberlough. Haben Sie nicht davon gehört? Mr. Makricosta hält nichts von sicheren und angenehmen

Liebesaffären. Er will eher in der Gosse durch die Scheiße gezogen und dabei ausgepeitscht und bespuckt werden.«

»Wie du sehr wohl weißt, übernehme ich lieber das Auspeitschen«, widersprach Aristide.

Darauf kaute Jamila zunächst etwas herum wie auf einem Knochen, bei dem das Mark besonders fest saß. Dann fragte sie: »Der Gauner aus dem Radio? Den sie letztens verhaftet haben?«

Übertrieben höflich lud Aristide Daoud mit einer Geste ein, zuerst etwas zu sagen. Dafür erntete er schmollendes Schweigen, sodass er selbst antworten musste. »Genau der.«

»Männer.« Jamila schüttelte den Kopf. »Die machen alles, damit man ihnen die Austern krault.«

Keiner von ihnen gab darauf eine Antwort – oder wagte es, dies zu tun.

Den Rest des Tages verbrachte Daoud demonstrativ mit zahlreichen Erledigungen. Aristide verbrachte ihn mit einer Flasche und einem Buch, wovon die eine mehr Aufmerksamkeit als das andere erhielt.

Betrunken dachte er über Cyrils herausgewürgte Worte nach: *Auf dem Foto hast du ausgesehen, als …* Wie denn? Als wäre er glücklich? In seiner Zeit bei Pulan hatte er sich häufig betäubt oder elend gefühlt. Furcht einflößend? Ganz sicher nicht.

Aber egal, wie er ausgesehen hatte, es hatte Cyril tiefer in den lisoanischen Dschungel getrieben, sodass er ihn beinahe für immer verloren hatte. Ein zweites Mal könnte er das nicht ertragen.

Später am selben Abend, als Aristide sehr betrunken war, erhielt er einen Anruf von der Rezeption. Er nestelte am Hörer herum, bis er ihn endlich an der Wange hatte, und fragte: »Ja, bitte?«

»Sir, hier ist eine Frau und möchte Sie sprechen. Jamila Osogurundi. Soll ich sie hinaufschicken oder möchten Sie lieber herunterkommen?«

Aristide schaute sich im Salon um: ein Tablett vom Zimmerservice, auf dem er rastlos herumgepickt hatte. Dreckige Gläser. Er selbst im Morgenmantel, der über zerdrückter, verschwitzter Kleidung offen stand.

»Ich komme runter, vielen Dank.«

Als er vorsichtig die große verzweigte Treppe hinabstieg, in frischer, wenn auch hastig angezogener Kleidung, wartete Jamila in der Eingangshalle und blätterte in einem Magazin, das sie seiner Meinung nach ganz sicher nicht interessierte.

»Ms. Osogurundi«, sprach er sie an. »Gesellen Sie sich zu mir an die Bar?«

Sie betrachtete ihn scharf über den Rand des Magazins hinweg und zog die Augenbraue hoch. »Sicher, dass das eine gute Idee ist?«

Auf keinen Fall würde Aristide an sich hinunterschauen, trotzdem fragte er sich, ob er das Hemd schief geknöpft oder seinen Hosenstall offen gelassen hatte.

»Ich bestelle einen Kaffee«, sagte er mit bemüht deutlicher Aussprache.

Nachdem sie sich ganz weit hinten in eine Nische gesetzt hatten, meinte Jamila: »Ich habe mit Cross telefoniert.«

Aristide griff nach seiner Uhr, die er jedoch oben vergessen hatte, und sagte: »Als wir zu dir gekommen sind, war es in Rarom schon spät.«

»Ich habe sie aufgeweckt.«

Aha. Das würde für ihn nicht gut ausgehen.

»Ich rede gar nicht erst um den heißen Brei herum«, meinte sie. »Du bist raus. Mit einem Stiefelabdruck am Hintern. Du hast deine Anteile verkauft, also hat Cross das Sagen, und sie sagte *genau das.* Man hat sie ganz sicher in jedem

Hörer von hier bis Rarom gehört. Glücklicherweise hat unsere Versicherung gezahlt, sonst wäre Cross jetzt vielleicht mit einem stumpfen Messer und einer Pinzette im Gepäck auf der Überfahrt hierher.«

Aristide nippte an seinem Kaffee. Noch immer zu heiß.

»Ich glaube, sie hätte nichts dagegen, wenn du die Stadt verlässt«, fuhr Jamila fort. »Vielleicht gleich ganz Gedda. Geh irgendwo hin, wo alles etwas langsamer läuft, und halte eine Zeit lang die Füße still, bis man dich vergisst. Sie meint, es wird Zeit, dass du dich vom Arbeitsleben verabschiedest.«

»Das hat sie tatsächlich gesagt?«

Jamila war ihm noch nie wie jemand vorgekommen, die Probleme hatte, unangenehme Themen anzusprechen, doch nun sah es beinahe danach aus. »Qassan kann sich aussuchen, ob er bleiben will«, sagte sie schließlich. »Er leistet gute Arbeit. Aber falls du ihn mitnehmen willst …«

Da stellte er die Tasse etwas zu abrupt auf die Untertasse. »Ich glaube, die Antwort auf *diese* Frage kennen wir beide.«

»Na gut.« Jamila wich seinem Blick aus.

»Wenn das alles ist …«, meinte Aristide und wollte schon aufstehen.

Aber sie schüttelte den Kopf. »Warte, warte. Hör mir zu.«

»Falls es um Daoud geht, würde ich mir lieber eine Hutnadel ins Ohr stechen.«

Aristide beobachtete, wie Jamila ihren Ärger im Zaum hielt und dann herunterschluckte. »Nein«, sagte sie. »Setz dich wieder.«

»Bitte?«

»Verdammnis und Verderben, Makricosta, ich versuche, dir etwas Gutes zu tun, aber allmählich bereue ich es.«

Langsam ließ er sich wieder in die Nische sinken. »Inwiefern?«

»Inwiefern ich es bereue? Ich habe nicht genug Finger, um die Gründe aufzuzählen.«

»Jamila.«

Jamila seufzte schwer und ließ resigniert Schultern und Kopf sinken, als hätte er ihr eine große Last aufgebürdet. Das fand Aristide etwas übertrieben, schließlich war es ihre Idee, ihm einen Gefallen zu tun. Trotzdem hielt er den Mund, um die Situation nicht weiter zu einer Farce eskalieren zu lassen.

»Dein Stecher, dieser Kerl, den sie eingesperrt haben«, setzte sie an, so leise, dass er sich zu ihr hinüberbeugen musste. »Ich habe mich umgehört.«

»Wen hast du befragt? Und wozu?«

»Leute mit Namen, die man nicht wie Saatgut durch die Gegend schleudert«, entgegnete sie. »*Meine* Leute. Du solltest es doch wissen. Soweit ich gehört habe, hast du damals genau solche Leute benutzt. Als du noch für die richtige Art von Ärger gesorgt hast.«

Unter dem Tisch ballte Aristide die geschwollenen Hände zu schmerzenden Fäusten.

»Die bringen ihn in ein paar Tagen zum Gericht. Keine Ahnung, warum, mein Informant ist kein Anwalt. Aber die Sache ist die: Er weiß, wann der Transporter abfährt und welche Route er fährt.«

Aristide lief ein Schauer den Rücken entlang.

»Normalerweise hättest du keine Chance«, fuhr Jamila fort. »Die würden einfach die ganze Strecke auf dem Station Way bleiben, unter dem Blick der Königin und aller anderen. Aber an der Stelle, wo der Laufsteg die Umstiegshaltestelle am Kapitol in die Luft gejagt hat, sind die Schienen noch ein ganzes Stück weit zerstört, genau dort, wo die Armament auf den Station Way trifft. Da stehen Betonbarrieren, einige Kreuzungen sind gesperrt. Das müssen sie umfahren.«

Aber natürlich. Aristide erinnerte sich an die gleiche Situation in der Temple Street und daran, wie der Taxifahrer geflucht hatte, weil sich die Bauarbeiten in die Länge zogen.

»Ich schlage hier keinen Plan vor oder so was, verstehst du?« Jamila holte ihre Brieftasche heraus und blätterte nachdenklich durch das Bargeld. »Ich sage nur, wenn du Amberlough sowieso verlässt …« Sie leckte sich über den Daumen, holte einen Schein aus der Klammer und legte ihn neben ihrem leeren Bierglas auf den Tisch. »Das sollte für uns beide reichen.«

Mit schwacher Stimme erwiderte Aristide: »Die schreiben das auf mein Zimmer.«

Jamila lächelte, als wüsste sie, was er dachte. »Ich wollte dich nicht rausschmeißen und dann noch bezahlen lassen.«

»Ach, bitte«, entgegnete er in etwas kräftigerem Ton. Der Geldschein fühlte sich glatt an und rutschte zu ihr über den Tisch, als wäre er geschmiert. »Eine gute Tat sollte man erwidern.«

In seinen besseren Tagen wäre Aristide direkt ans Telefon geeilt, mit sämtlichen Details und all den Gefallen im Kopf, die er nun einfordern konnte. Aber es blieb kaum Zeit, um alle Einzelheiten zu überdenken, und heutzutage schuldete ihm in Amberlough niemand einen Gefallen.

Außerdem war er völlig blau.

Er schleppte sich ins Bett, doch Hoffnung und Verzweiflung verschworen sich gegen ihn und hielten ihn vom Schlafen ab. Da er im Dunkeln flach auf dem Rücken lag, drehte sich in seinem Kopf wenigstens nicht mehr alles so schlimm.

Jamila hatte ihm geholfen und würde das möglicherweise auch in Zukunft tun, falls er nicht zu viel verlangte. Von ihr könnte er einige helfende Hände bekommen, solange er ihren Namen aus dem Spiel ließ. Diese Information merkte er sich für den nächsten Morgen.

Falls sie die Flucht unverletzt hinter sich brachten, konnten sie nicht in Gedda bleiben. Aristide überdachte die

Möglichkeiten. Hafen waren Engpässe und auf einem Schiff saß man direkt in der Falle. Eine Landgrenze wäre besser geeignet.

Beim Gedanken an Enselem schnürte es ihm die Brust ab, ein Eisenring aus irrationaler Panik, der ihn wieder an das Rezept für Amylnitrit denken ließ, das er so voreilig in Stücke gerissen hatte. Eigentlich hielt er sich nicht für abergläubisch, aber dieses Gebirge wollte er kein zweites Mal durchqueren.

Außerdem hatte Aristide in Tatié Freunde. Oder zumindest jene Art von Kontakten, wie er sie in Amberlough nicht mehr hatte. Und in Kriegsgebieten konnte man sehr leicht untertauchen.

Mit einem Wagen wären sie deutlich flexibler, doch ein Automobil benötigte Sprit, was Zwischenhalte auf der Strecke erforderte: Gelegenheiten, bei denen man erkannt werden konnte. Außerdem *besaß* er aktuell keinen Wagen. Und hatte weder die Zeit, um einen legal zu kaufen, noch das Bargeld für illegale Geschäfte. Leider hielten die Züge aus Gedda nicht mehr in Tatié, außer man füllte einen mannshohen Stapel Dokumente aus und hatte monatelang Zeit, um auf die Genehmigung zu warten. Er hatte nicht vor, sich vor der ibetianischen Grenze aus einem fahrenden Zug zu werfen.

Vor lauter Grübelei verlor Aristide jegliches Zeitgefühl. Es war bereits sehr spät, als er hörte, wie die Salontür ging und jemand sich die Schuhe abstreifte.

»Didi?«, rief er, denn Gin und Einsamkeit hatten über seinen gesunden Menschenverstand gesiegt.

Eine lange Pause. Er stellte sich vor, wie Daoud in Socken dastand und seine Möglichkeiten überdachte. Vielleicht seufzte. Dann fragte er: »Aristide? Bist du noch wach?«

Darauf antwortete Aristide nicht. Die Schlafzimmertür schwang auf, gerade so weit, dass er im Licht aus dem Salon eine schlanke Gestalt erkennen konnte. »Bist du krank?«

»Ich muss ein Telefonat führen.«

»Jetzt sofort?«

Aristide stützte sich auf und schluckte die aufkommende Übelkeit hinunter. »Ja. Ich weiß, dass es spät ist. Oder besser gesagt früh. Aber ...«

»Worum geht es?«, fragte Daoud und stieß die Tür weiter auf. Aristide blinzelte. Vom Licht geblendet spürte er, wie Daoud sich aufs Bettende setzte.

»Ruf Lillian an«, forderte er. Heiliger Bimbam, hatte er Kopfschmerzen.

»Aristide, es ist halb vier.«

»Wir sind beide wach. Ruf sie verdammt noch mal jetzt sofort an.«

»Und *was* genau soll ich sie fragen?«

»Sie kennt Saeger. Hat mit ihr gesprochen. Vielleicht weiß sie, wo ich sie erreichen kann.«

»Auf keinen Fall. Was hast du ...?«

Abrupt hielt Daoud inne, weil Aristide ihn am Oberarm gepackt hatte. So fest, wie er es nie getan hatte, als er es selbst gewollt hatte. Durch Daouds Mantel konnte Aristide spüren, wie seine Muskeln nachgaben, die Knochen dagegenhielten.

»Saeger hat zum Laufsteg gehört«, sagte Aristide. »Der Laufsteg hat mit Tatié gemeinsame Sache gemacht. Ich muss über diese Grenze und sie kann mir dabei helfen.«

»Warum ...? Bitte, Aristide.« Er versuchte, sich von ihm zu lösen. »Pulan könnte ...«

»Das kann sie nicht. *Du* kannst für mich ein paar Leute anrufen, um die Reise zu organisieren – vom Büro aus, damit es vielleicht nach einer Geschäftsreise aussieht. Ich schreibe dir auf, was ich brauche.« Wie grausam diese Bitte war, wurde ihm etwas zu spät bewusst, als er bereits voll in Fahrt war. »Aber um die tatienische Grenze muss ich mich als Erstes kümmern, dafür kann ich nicht immer wieder nach Porachis telegrafieren. Das würde den einen oder anderen Jagdhund auf eine Spur bringen, die er nicht verfolgen soll.«

»Welche Spur verfolgen? Du *tust* mir *weh*!«

Als Aristide losließ, schmerzte ihm die Hand, und durch den Schwung, mit dem Daoud sich losriss, wurde dieser nach hinten geschleudert.

»Ich werde Gedda ein letztes Mal verlassen«, erklärte Aristide. »Und ich lasse ihn nicht zurück.«

Daoud, der auf einen Ellenbogen gestützt auf dem Bett lag, blinzelte einmal, bevor er begriff und kurz in sich zusammensackte. Dann stand er auf.

»Ich mache den Anruf«, sagte er. »Aber nur, damit du etwas schlafen kannst.«

»Das *Lyle's*«, verkündete Daoud schließlich. »Das hat der Hausmeier gesagt. Er wollte sie nicht wecken, sagte aber, dass sie in ihrem Kalender keine Durchwahl stehen hat. Sie hat sich einmal mit Saeger getroffen, in einer Bar namens *Lyle's* in der Nähe der Temple Street. Mehr kann ich dir nicht geben.«

Mit dieser Information in der Tasche ging Aristide nicht wieder zu Bett, sondern machte sich auf den Weg dorthin.

Die Kneipe erreichte er, kurz nachdem dort Feierabend gemacht worden war, sodass er ein paar Stammgäste von ihren Barhockern hochschrecken ließ. Dabei beschwor er, so gut es ging, sein früheres Ich herauf. Nicht den Mann, den Malcolm Sailer eingestellt hatte, damit er schlüpfrige Witze erzählte. Sondern den Mann, der mit Zelda Peronides aufs Schärfste gefeilscht hatte, ehrliche Jagdhunde hatte korrupt werden lassen und Gaunern eine Heidenangst eingejagt hatte, wenn diese auch nur daran dachten, ihn zu betrügen.

Eingehüllt in diese Persönlichkeit wandte er sich an den Barmann, der ihn schließlich an den Inhaber verwies, welcher unter dem Ansturm klein beigab und ihm eine Adresse nannte.

Als Aristides Taxi schließlich vor Saegers Haus hielt, ging im Osten allmählich die Sonne auf. Er gab reichlich Trinkgeld und fragte sich kurz, ob er das in Zukunft noch würde tun können. Für nichts und wieder nichts hatte er einen großen Batzen Geld in Fryes Kampagne gesteckt und bis auf Weiteres sah es nicht danach aus, dass er viel verdienen würde. Und was er gerade plante, würde garantiert ebenfalls teuer werden.

Zwei Schlägertypen, die Laufsteg-Armbinden und Anstecknadeln der Gewerkschaft trugen, standen rechts und links neben den Eingangsstufen von Saegers Wohnung im zweiten Bezirk und hielten Wache. Das Gebäude war unauffällig, von zwei baugleichen flankiert, und stand in einer Straße mit einer Reinigung, Buchmachern und einem Gemüseladen. Offensichtlich hatte sie sich den Ruhm nicht zu Kopf steigen lassen. Oder vielleicht war er bisher noch nicht in ihrem Geldbeutel angekommen.

»Hier kommt keiner rein«, meinte einer der Wächter, als Aristide sich den Stufen näherte. »Außer, man hat 'nen Schlüssel fürs Haus und wir kennen die Visage.«

»Wie viel würde es mich kosten, damit Sie meine kennen?«

»Nee«, widersprach sein Kollege. »So geht das mit uns nich'.«

»Sagt Ihnen der Name Cordelia Lehane was?«

»Genauso viel wie jedem anderen. Sie sind nichts Besonderes, nur weil Sie ihn kennen.«

»Da möchte ich aber widersprechen. Na los. Fragen Sie gern Saeger, wenn Sie wollen. Sagen Sie ihr, dass Aristide Makricosta sie sehen will. Ich warte hier unten.«

Und das tat er auch, bis Saeger in einer hastig über den Schlafanzug gezogenen Strickjacke an der Schwelle erschien, sich den Schlaf aus den Augen rieb und nicht gerade wie eine Ministerin aussah.

»Makricosta«, meinte sie. »Ich ... es freut mich natürlich, Sie zu sehen, aber ...«

»Ganz meinerseits«, unterbrach er sie. »Oder zumindest hoffe ich das.«

»Mir gefällt nicht, wie Sie das sagen«, erwiderte Saeger.

»Wir können ihn loswerden, wenn Sie wollen«, sagte einer der Hünen.

Saeger schüttelte den Kopf und rieb sich die Arme. »Tempelglocken noch mal. Es ist zu kalt, um hier draußen zu quatschen.«

»Na, dann würde ich sagen, bitten Sie mich doch am besten hinein«, meinte Aristide.

Und mit einem eher verwirrten als verärgerten Blick trat Saeger einen Schritt zur Seite und winkte ihn die Stufen hinauf.

»Worum Sie mich da bitten«, sagte Saeger etwas später, »das könnte mich ruinieren.«

Sie stand in der Küche und kochte Kaffee. Aristide saß an ihrem Esstisch und betrachtete die spärlich eingerichtete Wohnung mit dem Einzelbett. Wenn er sich den geschrubbten Tisch und die Arbeitsflächen, den kahlen Boden und den kürzlich ausgeklopften Teppich so ansah, nahm er an, dass die zerknitterten Laken normalerweise ordentlich gefaltet waren, die Decke an den Ecken unter die Matratze gesteckt. Aber er hatte sie zu einer ungehörigen Stunde aus dem Bett gerissen, deshalb hatte sie sich natürlich nicht darum gekümmert.

»Bitte entschuldigen Sie, wenn ich das sage – ach, vielen Dank.« Am Becher, aus Emaille, verbrannte er sich beinahe die Finger. »Aber Sie sind bereits ruiniert. Frye hat Ihnen praktisch einen Terroranschlag angehängt.«

»Das waren nicht meine Leute.«

Aristide verkniff sich ein: *Das weiß ich doch.* Das würde ihn kein bisschen weiterbringen.

»Heilige Steine«, meinte Saeger. »›Meine Leute.‹ Das sind sie nicht mal mehr. Es gibt keinen Laufsteg. Dieses Schienenlogo ist einfach eine Fahne, die man schön schwenken kann.«

»Kein Laufsteg mehr? Ehrlich?«, fragte Aristide.

Sie zuckte mit den Schultern. »Natürlich gibt es noch Leute, die zum Laufsteg *gehört haben.* Aber die braucht Gedda gerade nicht. Und nur weil ich Züge in die Luft gejagt habe, habe ich ja nicht das Recht oder die Kompetenz, ein Land zu führen.« Sie blies auf ihren Kaffee und starrte mutlos an die Wand. »Ich bin mehr als nur eine Kämpferin. Wenn das doch mehr Leute schnallen würden.«

»Ich bitte Sie nicht darum zu kämpfen«, meinte Aristide.

»Nein, aber Sie bitten mich, wieder einige Rückschritte in diese Richtung zu machen. Mit diesen Leuten zu reden. Und in Tatié hat sich viel verändert, seit wir miteinander kooperiert haben. Die Chancen stehen etwa fünfzig zu fünfzig, dass ich überhaupt wen erwische, der Ihnen helfen könnte.«

»Aber versuchen würden Sie es?«

»Warum sollte ich? Weil ich nix zu verlieren habe? Verpissen Sie sich. Neben dem Cliff House gibt es noch so viel anderes, was sie mir nehmen könnten. Das hier könnte mich ins Gefängnis bringen. Es könnte als Versuch der Abspaltung, Verrat, Spionage bezeichnet werden. Die Leute, mit denen ich für Sie sprechen soll, das sind alles Verräter an Gedda als Nation. Man könnte mich vor Gericht stellen.«

»Dann sollten Sie am besten besonders vorsichtig sein.«

Da stellte sie klappernd ihre Tasse ab, sodass Kaffee über die geschrubbte Tischplatte spritzte. »Sie trauen sich ja was. Ich habe nicht mal ansatzweise Ja gesagt.«

»Nicht einmal für Cordelia?«

»Lassen Sie sie aus dem Spiel.«

»Die wurde schon vor acht Jahren darin verwickelt. Sie hat sich dafür *entschieden*. Die Person, die ich über die Grenze bringen muss ... war mit ihr befreundet. So wie wir es waren. Und er hatte keine Wahl.«

Saeger schüttelte den Kopf, schaute ihn jedoch nicht an. »Man hat immer eine Wahl. Und wenn Sie von dem sprechen, von dem ich ausgehe, dann hat er die falsche Wahl getroffen. Cordelia nicht.«

In der darauffolgenden Pause holte Aristide Luft, um nicht die Fassung zu verlieren. »Ms. Saeger ...«

»Zur Königin noch mal, nennen Sie mich einfach Opal.«

»Opal. Wir entstammen beide derselben Welt – oder zumindest beinahe. Und darum hoffe ich, Sie wissen, dass ich nicht aus reiner Eitelkeit spreche, wenn ich sage, dass Sie wissen müssen, wer ich gewesen bin. Oder wenigstens von mir gehört haben müssen.«

Saeger nippte an ihrem Kaffee und ließ ihn auf ihre Antwort warten. Dann schluckte sie, nickte und sagte: »Ja. Ich habe Ihren Namen gekannt. Und genug darüber gehört, dass ich schön auf Abstand geblieben bin.«

»Das war sicher klug.« Aristide nahm die Brille ab und rieb sich die Stelle zwischen den Augenbrauen. »Ich sage das nur, um Ihnen etwas klarzumachen.«

»Und zwar was?«

»Ich war stolz. Das bin ich immer noch, auch wenn es weniger Grund dazu gibt. Und ich habe sehr selten um etwas gebettelt. Aber wenn Sie es von mir verlangen, dann *werfe* ich mich Ihnen *zu Füßen*. Ich lege mich hier flach auf den Boden und flehe um Ihre Hilfe wie ein Herder-Büßer vor einer Heiligenikone.«

Über den grauen Tisch hinweg betrachtete sie ihn, ließ den Blick über den Tischläufer aus Leinen und das Salzfässchen, den Aschenbecher voller Stummel wandern. »Wie poetisch.

Aber Sie haben ja auch vor den Kulissen gearbeitet, nicht dahinter. Oder oben drüber. Sie wissen, wie man sich bei den Leuten einschleimt.«

»Ich habe fast mein ganzes Leben lang irgendeine Rolle gespielt«, erklärte Aristide ihr. »Aber diesmal nicht.«

Saeger lehnte sich zurück. Draußen kämpfte sich die aufgehende Sonne über den bedeckten Himmel, sodass sich die feinen Härchen auf ihren Wangen abzeichneten. Aristide wartete ab, ob sie etwas sagen würde, aber das tat sie nicht. Sie schaute nur zu, wie aus ihrer Kaffeetasse Dampf aufstieg.

Hätte Aristide auf der Bühne gestanden, wäre es ein Leichtes gewesen, sich aus dem Stuhl rutschen zu lassen. Er hätte Knieschoner getragen und der Aufprall hätte ihm keinen Stich durch die Knochen bis in die Zähne verpasst. Doktor Rampenlicht hätte seinen Kater, die Herzschmerzen und das Hämmern in seinem Kopf geheilt.

Wenn Aristide im Scheinwerferlicht gestanden hätte, wäre er jemand anders gewesen. Hätte einfach eine Show abgeliefert. Aber er gehörte nicht mehr zu den Theaterleuten. Diesmal meinte er es ernst, als er auf die Knie ging, und spürte die Wahrheit seiner Geste bis ins Mark.

»Ach, du meine … Makricosta!« Saeger stellte ihre Tasse ab und streckte die Hände aus, als wollte sie ihn packen und davon abhalten, sich vor ihr komplett auf den Boden zu werfen.

»Cordelia ist im Kampf für all das gestorben, was sie verloren hatte.« Wann hatte er zuletzt geweint? Fühlte es sich tatsächlich so an? »Lillian hat sich ein völlig neues Leben aufgebaut. Aber ich hatte weder den Mut zu sterben, noch mich zu verändern, und jetzt ist er alles, was mir noch geblieben ist.«

»Stehen Sie auf«, forderte Saeger ihn mit belegter Stimme auf. »Zur Königin noch mal, kommen Sie vom Boden hoch.«

»Bitte«, flehte Aristide, ließ den Kopf hängen und sackte noch mehr in sich zusammen. »Ich weiß nicht, wie ich es sonst sagen soll. Bitte.«

»Na schön, na schön«, gab sie nach und rutschte auf ihrem Stuhl nach hinten, als fürchte sie, er könnte sich vorwärts auf ihren Schoß fallen lassen. Aber er hockte sich bloß hin und hob den Kopf, schloss vor Erleichterung die Augen.

»Ich mache einen Anruf«, erklärte sie und stand auf. Dann wischte sie sich die Hände an der Hose ab, als wären sie besudelt. »Aber nicht, weil es richtig ist, und nicht wegen Delia. Ich helfe Ihnen beiden nur rauszukommen, weil in diesem Land für Feiglinge kein Platz mehr ist.«

KAPITEL 25

Magnusson fand sich zwar am Herd ausreichend zurecht, besaß aber nicht das Talent von Bradley und konnte aus den mageren Vorräten keine Mahlzeit zaubern, die der Leinendecke, auf der sie serviert wurde, würdig war. Trotzdem hatte er es geschafft, etwas für das Abendessen zu kochen.

Lillian hatte keinen Appetit, doch Jinadh warf ihr den Großmutterblick zu, den er so gut beherrschte, darum zwang sie sich, eine Scheibe Toast mit Bohnen zu verzehren.

Links neben ihr kaute Stephen schweigend vor sich hin. Wann hatte er zuletzt mit ihnen gesprochen? Richtig gesprochen und nicht bloß mit scharfen Widerworten auf eine vollkommen vernünftige Bitte reagiert. Waren das nur Symptome der Pubertät oder lief etwas ernsthaft falsch? Woher sollte sie das wissen? Und wo sollte sie die Fähigkeiten erlernen, es in Ordnung zu bringen, wenn doch um sie herum gerade alles in Stücke ging?

»Hast du dein Lesepensum für diese Woche erfüllt?«, fragte sie.

Stephen schaute von seinem Teller hoch, wobei sich seine Wange unter dem Bissen wölbte, den er gerade bearbeitete, und antwortete nicht.

»Wir haben von der Schule einen Brief bekommen. Sie möchten den Termin für deine Bewertungsprüfung festlegen.«

»Was hat das denn jetzt noch für einen Sinn?«, fragte er seine Bohnen.

»Wie bitte?«

Er schluckte theatralisch und rammte seine Gabel in die Ofenkartoffel. »Du hast mich *gehört.*«

»Stephen.« Jinadh legte das Besteck beiseite und sah seinen Sohn böse an.

»Was?«, blaffte Stephen und matschte ein Stück Kartoffel unter seine Bohnen. »Das bringt doch nichts. Alle werden mich hassen. Ich komme nie auf die höhere Schule, nach diesem ganzen Bockmist.«

Jinadh runzelte die Stirn. »Sprich in *respektvollem* Ton mit deiner Mutter.«

»Jetzt mach hier keinen auf porachinischen *Papu*«, widersprach Stephen. »Das hasst du doch selbst. Deswegen bist du schließlich abgehauen.«

Jinadh fehlten die Worte. Lillian holte Luft, um eine Schimpftirade loszulassen oder Hausarrest oder irgendeine andere Strafe auszusprechen, wozu sie aber keine Gelegenheit bekam, weil sie durch das Klirren von zerbrechendem Glas in der Eingangshalle unterbrochen wurde.

»Was zum ...?«, setzte Jinadh an und erhob sich halb von seinem Stuhl. Doch in diesem Augenblick knallte es mehrmals hintereinander, beinahe wie Schüsse.

Stephen war als Erster auf den Beinen, mit der Behändigkeit der Jugend und einer Mischung aus Aufregung und Erleichterung, die Lillian einen wütenden Stich versetzte. Ihr Haus war gerade *angegriffen* worden, oder zumindest klang es danach, und er war froh, dass er deswegen nicht ausgeschimpft wurde?

Dann erinnerte sie sich wieder daran, dass er dreizehn Jahre alt und eine Herausforderung war, weshalb er jede Ausrede nutzen würde, um sich vor einem ernsthaften Gespräch zu drücken.

Jinadh verließ nach ihm das Zimmer und Lillian folgte ihm, der Geruch von Kordit zog ihr entgegen. Magnusson gesellte sich zu ihnen, noch in einer Schürze mit Seifenspritzern. In der Eingangshalle drang kalter Wind durch das zerbrochene Fenster auf der Straßenseite und verwehte den Rauch einiger explodierter Knallfrösche. Brandflecken hatten die Kacheln besudelt, der Teppich rauchte, doch außer dem Fenster gab es keine weiteren Schäden. Glücklicherweise hatte das Haus kein Feuer gefangen.

Stephen untersuchte bereits die Reste der Sprengkörper. »Die sind ja riesig«, staunte er mit großen Augen. »Das sind die *ganz Großen.*«

Da erinnerte Lillian sich an einen Jungen in Carmody, der einmal einen Knallfrosch in eine Kröte gesteckt und ihr hinterhergeworfen hatte, als sie davonrannte. Ihr wurde übel.

»Ma'am«, sagte Magnusson. »Ich hole einen Besen. Und Karton für das Fenster. Soll ich die Polizei benachrichtigen?«

»Nein«, antwortete sie und stellte sich vor, wie das aussehen würde, wenn die Geschichte in der Zeitung erschien, wie sehr sie die Bombenangreifer befriedigen würde. Auf was für Ideen andere Leute dadurch kommen könnten. Es wäre besser, wenn sie diese Sache, soweit möglich, für sich behielten. »Aber trotzdem vielen Dank. Stephen, leg das wieder hin.«

Er hatte aus der Mitte der Bombenreste – rauchendes rotes Papier, verbrannte Lunten, eine zerfetzte braune Papiertüte – einen schweren Stein aufgehoben und wog ihn prüfend. Seine Hände waren schwarz vor Ruß.

»Lillian«, sagte Jinadh und deutete mit dem Kinn auf den Brocken, als sollte man ihn genauer betrachten.

Dieser hatte raue Kanten, war grau und eher flach. Vielleicht Kalkstein oder ein Stück Zement. Bei der Explosion hatten die Knallfrösche Spuren hinterlassen, die Oberfläche aber nicht völlig verkohlt.

Raus aus Gedda, OSP-Ratte, stand darauf. Mit schwarzen Fingern drehte Stephen ihn um. Auf der Rückseite zogen sich zwei parallele Linien mit regelmäßigen Querstrichen über die ganze Länge. Bahnschienen. Grob, aber erkennbar. Der Laufsteg, oder eher das, was Saegers Unterstützer daraus gemacht hatten. Die hatten ihr Zuhause bombardiert.

Da tauchte eine Erinnerung auf: Wie Cordelia Lehane auf der Galerie der Eingangshalle in Hadhariti gestanden hatte, das Gesicht vor Schock leichenblass, als sich das grauenvolle Puzzle von Cyrils Vergangenheit zusammensetzte. Damals hatte Lillian sie mit einem Gespenst, einer Spukgestalt verglichen. Sie hatte zu einer verlorenen Welt gehört, war selbst halb verloren gewesen: voller Trauer, besiegt, verwirrt. Ihr – und ihnen allen – waren die Grenzen zwischen Freund und Feind, Richtig und Falsch, in der Not verwischt erschienen.

Wenn sie noch am Leben gewesen wäre, hätte sie dann eine Bombe durch das Fenster in der Coral Street geworfen? Das konnte Lillian sich nicht vorstellen. Ihr Tod und all die Geschichten über sie hatten aus den Erinnerungen das Bild einer rachsüchtigen Wiedergängerin geformt – wie ein Poltergeist.

Hätte Saeger selbst diesen Brandsatz geworfen? Lillian dachte an ihre wenigen Begegnungen zurück. Wie steif und förmlich die Kandidatin in ihrem Kleid auf der Gala gewirkt hatte, dann vor Enttäuschung brodelnd in einer Kellerkneipe, voller Angst, dass die Hoffnungen für ihr Land sich in Luft auflösten, falls sie diese Wahl verlor. Vielleicht war sie keine ausgefuchste Politikerin, aber sie wusste, dass sie keine Stimmen gewinnen würde, indem sie die Häuser anderer Leute in Brand steckte.

Das hier hatte niemand, den Lillian kannte, durch ihr Fenster geworfen. Und niemand, der sie kannte. Jemand hatte auch sie als Symbol betrachtet. Für diese Leute war es das Gleiche, wie ein Denkmal zu besudeln oder eine Fahne herunterzureißen.

In den frühen Morgenstunden lag Lillian im Bett, steckte Jinadh die eiskalten Füße zwischen die Schenkel und spürte, wie er plötzlich aufwachte.

»Tut mir leid«, meinte sie und wollte sich schon von ihm lösen.

Doch er legte ihr unter der Decke die Hand auf den Knöchel und hielt sie fest. »Die werden gleich warm.«

Sie biss sich auf die Lippe, sodass die trockene Haut aufplatzte. Nach so vielen Jahren in tropischen Gefilden hatte sie vergessen, wie die Haut in der Kälte zu Papier wurde, das an jeder Falte zerriss. »Jinadh.«

Er grunzte schläfrig.

»Sollen wir bleiben?«

Schweigen.

»In Gedda«, konkretisierte sie, falls er es nicht geschnallt hatte.

Kurze Stille, dann drehte er sich zur ihr um. Im Dunkeln konnte sie den Schwung seiner Wange nur vor dem helleren Hintergrund ausmachen und die Spiegelung des zarten Mondlichts in seinen Augen erkennen.

»*Willst* du denn weggehen?«, fragte er.

Lillian zögerte, obwohl sie die Frage gestellt hatte. »Das wäre ganz sicher *sinnvoll*. Wenn Stephen es nicht zurück nach Cantrell schafft, hält uns hier nichts außer deiner Arbeit.«

»So schnell kann ich nicht um eine weitere Versetzung bitten. Vor allem jetzt nicht, mit diesen ... Komplikationen. Ich kann keine bevorzugte Behandlung erwarten, eher das Gegenteil.«

»Könntest du nicht einfach mit ihnen sprechen? Erklären, dass es eine Sache ist, die ...« Den Rest ließ sie in der Luft hängen, ohne durchs Fenster geworfene Steine und rauchende Knallfrösche auf dem Teppich direkt anzusprechen – ebenso wie all die wesentlich schlimmeren Dinge, die vielleicht noch kämen.

»Ich glaube, um dieses Argument zu bringen, müsste es zu Extremerem kommen. Und diesen Punkt möchte ich ungern erreichen.«

»Willst du lieber bleiben?« Sie stützte sich auf einen Ellenbogen hoch. »Aber du hasst es hier doch.«

»Meine Arbeit gefällt mir«, erklärte Jinadh. »Mir gefällt es bei Siebenthal's und beim *Observer*. Diese Stelle will ich nicht verlieren und ich will nicht noch einmal bei null anfangen. Vor allem jetzt nicht, wo Stephen ...« Ein Blitzen, als er die Augen hoch zur Schlafzimmerdecke oder gen Himmel wandte. »Ich glaube nicht, dass für ihn gerade ein guter Zeitpunkt ist, um sich noch einmal komplett umzugewöhnen.«

»Glaubst du etwa, dass es ihm hier besser ergehen wird? In der Schule wird es ... Er wird es nicht leicht haben.«

»Wir werden es alle nicht leicht haben«, meinte er. »Egal, was wir tun. Und unsere Finanzen reichen für einen Umzug nicht aus.«

»Wir könnten das Haus verkaufen. Oder ... oder Damesfort.« Das brachte sie hastig heraus, damit sich ihr bei diesen Worten nicht die Kehle zuschnürte.

Da sah er sie bedächtig an. »Lillian. Euren Familiensitz?«

»Scheiß auf den Familiensitz. Das ist nur Grundbesitz.« Doch als Lillian es sagte, brach ihr die Stimme, denn sie dachte an Versteckspiele, frische Erdbeeren, das letzte Mal, als ihre Familie unter einem Dach geweilt und glücklich gewirkt hatte.

»*Du* bist es doch, die nicht fortgehen will«, widersprach Jinadh. »Wir hätten in Sunho bleiben können, aber du wolltest zurückkehren. Du hast sofort davon angefangen, als Acherbys Regierung gestürzt wurde.«

Augenblicklich stieg Lillian die Hitze in die Wangen und sie verfluchte und begrüßte sie gleichermaßen. Jinadh war als Einziger in der Lage, sie so zum Erröten zu bringen. Ansonsten bedeutete ihr niemand so viel, dass man in ihr Scham auslösen konnte. »Es tut mir so leid.« Sie ließ sich wieder in die Kissen sinken und verbarg ihr Gesicht im Flanellbezug. »Ich habe nicht gewusst, dass es so schlecht laufen würde. Und ich habe dich mit hineingezogen.«

»Mich hat niemand hineingezogen«, widersprach er. »Ich habe inzwischen gelernt, mich ein bisschen zu wehren. Ich bin hier, weil ich dich liebe und es dich glücklich gemacht hat, nach Hause zurückzukehren. Der Blick des Himmels sieht, dass meine Heimat ganz und gar nicht perfekt ist, aber wenn mir auf irgendeine Art und Weise das Gleiche möglich wäre ...« Diesmal drohte ihm die Stimme zu brechen, so wie vorhin ihr. »Dann würde ich darauf hoffen, dass du auf mich genauso viel Rücksicht nimmst.«

Dazu würde es allerdings nie kommen: Für ihn war Porachis für immer verloren. Er hatte so dringend entkommen wollen, aber sie wusste, dass es Dinge und Menschen gab, die ihm fehlten, die er wahrscheinlich nie wiedersehen würde. Ihr Mitgefühl und ihre Loyalität würden niemals derart auf die Probe gestellt werden, wie es bei ihm der Fall gewesen war. Unter der Decke suchte sie seine Hand und er packte sie so fest, dass es schmerzte.

»Du wirst eine neue Arbeit brauchen«, sagte er.

»Das weiß ich.«

»Was hast du vor?« Und dann, mit einem Hauch Verzweiflung: »Wird dich überhaupt jemand einstellen?«

Das fragte Lillian sich ebenfalls und ließ den Kopf schwer ins Kissen sinken.

Jinadh schlief schnell wieder ein. Lillian nicht. In ihren Gedanken wiederholte sich das Geräusch von klirrendem Glas wie ein Sprung in einer Schallplatte. Bei jedem Atemzug glaubte sie, immer noch Schießpulver zu riechen.

Vielleicht sollte sie etwas lesen oder sich einfach auf dem Sofa in der Bibliothek hinlegen. Manchmal ließ sich ihre Schlaflosigkeit mit einem Ortswechsel vertreiben. Dort waren die Kissen nicht so weich wie im Bett, aber den Komfort brauchte sie nicht: Wichtiger war die Ablenkung.

Der Luftzug fuhr ihr kalt über die Ellenbogen, deshalb schnappte sie sich den gesteppten Morgenmantel, den sie unter der Decke gefaltet am Bettende aufbewahrte, damit er warm blieb. Genau wie die Pantoffeln – sie hasste den eiskalten Boden. Hier war es kaum wärmer als in Carmody.

Als die Tür der Bibliothek aufschwang, begegnete sie dem misstrauischen Blick ihres Sohnes, der sie anscheinend gerade rechtzeitig kommen gehört hatte, sodass er noch vom Sofa aufstehen, aber nichts anderes mehr tun konnte. Er presste sich die Häkeldecke mit beiden Fäusten an die Brust und starrte sie an.

»Steenie«, entfuhr es Lillian, mit einer Hand auf dem Herzen. »*Tempel*glocken, hast du mich erschreckt.«

»Tut mir leid«, entschuldigte er sich. Allmählich löste er sich wieder aus seiner Erstarrung und ihr wurde klar, dass auch er sich erschreckt hatte, es allerdings nicht zugeben würde.

»Darf ich mich zu dir setzen?«, fragte sie und kam sich eigenartig vor, ihn um Erlaubnis zu bitten. Wenn er jünger oder freundlicher gewesen wäre, seine wachsenden Glieder im Licht des Feuers nicht so scharf hervorgestochen hätten, hätte sie sich einfach zu ihm gesetzt. »Ich kann nicht schlafen.«

Er nickte und ließ sich umständlich zurück aufs Sofa sinken.

Lillian drückte sich an die Armlehne auf der anderen Seite, brachte einige Zentimeter Sicherheitsabstand zwischen sie. »Konntest du auch nicht schlafen?«

Da warf Stephen ihr lediglich einen finsteren Blick zu, sodass sie erneut in Schweigen verfiel. So nahe bei ihm zu sitzen stellte ein Privileg dar. Er hatte ihr nicht die Erlaubnis gegeben zu sprechen.

In der Stille, die sich zwischen ihnen ausbreitete, hörte sie leise das Radio spielen – ein dramatisches Hörspiel im Nachtprogramm mit gedämpften Stimmen, leisen Klangeffekten. Wahrscheinlich hätte sie ihm verboten, es sich anzuhören, wenn er gefragt hätte. Nun ließ sie es ihm durchgehen. Es schien weniger Bedeutung zu haben, als es unter anderen Umständen gehabt hätte.

Wie gern hätte Lillian das Schweigen unterbrochen, es war ihr noch nie leichtgefallen, anderen das erste Wort zu überlassen. Doch die wachsende Anspannung auf der anderen Sofaseite sagte ihr, dass Stephen etwas Wichtiges ausbrütete, darum biss sie sich in die Wange und betrachtete die Glut.

»Die wollten uns nur Angst machen«, meinte er schließlich und es klang, als wolle er sich selbst überzeugen. »Die hätten auch eine echte Bombe bauen können. Hätten das Haus in die Luft sprengen können.«

Im Radio ein Schuss, der übertriebene Schrei einer Frau. Beide zuckten zusammen. Lillian lachte nervös und plötzlich ...

»Das mit dem Polizeiwagen, das war gar nicht Onkel Cyril«, erklärte Stephen. »Das war ich.«

Wie gut, dass Lillian völlig erschöpft war, so blieb alles, was sie vielleicht empfunden hätte, in weiter Ferne, wie hinter Nebel. Angst, Überraschung, Empörung. Sie brachte lediglich einen Seufzer hervor, senkte den Kopf und stützte ihn auf die Hände. »Das ist eine etwas größere Sache als ein Bleistiftanspitzer.«

»Ich habe nicht geglaubt, dass ich sie damit aufhalte oder so.« Während er das sagte, sah er sie nicht an, und darüber war sie froh. Seine Wut hätte heißer als das Feuer gebrannt, auf das er den Blick richtete. »Ich wollte einfach ... das war so ungerecht. Und ich wusste, wie man es anstellt, also habe ich es gemacht.«

»Du wusstest, wie ... Cyril, nicht wahr?« Darauf erwiderte er nichts. Das musste er nicht. »Dabei hätte jemand verletzt werden können – oder sogar getötet.«

Dieses Mal wandte Stephen sich ihr zu und schaute sie an, als hätte sie den Unterricht verpasst und gerade auf eine einfache Frage eine unverzeihlich dumme Antwort gegeben.

»Ich habe gewusst, was ich tue«, erklärte er. Nicht arrogant, sondern eher beleidigt, als hätte sie seine Fähigkeiten infrage bestellt. »Onkel Cyril hat es mir beigebracht. Ich habe dabei alles richtig gemacht.«

»Du hast einen *Wagen* in die Luft gejagt, Steenie.« Und dann, möge die Mutter sie segnen, brach sie in Gelächter aus.

Stephen musterte sie misstrauisch, bis sie sich die Augen abwischte, dann fragte er: »Bist du gar nicht wütend?«

»Ich bin *stinksauer*«, erklärte sie. »Aber ich ... Ach, heilige Steine. Du hast überhaupt nicht nachgedacht.« Sie ließ den Kopf gegen das Polster fallen, sodass sie zur Decke und dem angestaubten Medaillon aufblickte, an dem die Lampe hing. In der Stille hörte sie, wie die Kohle im Kamin sich quietschend verschob.

Vielleicht hatte ihre hysterische Reaktion Stephen von seinem hohen Ross geholt, denn er setzte sich auf und zog die Knie an die Brust. »Wenn ich nicht wieder zur Schule gehe, was macht ihr dann mit mir?«

Lillian hielt inne und überlegte, worauf diese Frage abzielte. »Na ja. Wenn du das Jahr nicht in Cantrell beenden kannst – ich hoffe aber, dass das möglich ist –, dann gibt es noch viele andere höhere Schulen, die dich mit Sicherheit aufnehmen würden. Wenn nicht in Gedda, dann im Ausland.«

»Ihr wollt mich wegschicken?«

»Das habe ich ganz und gar nicht gesagt.«

Stephen hatte in seiner Decke ein Mottenloch gefunden und knibbelte daran herum, sodass es noch größer wurde.

»Worum geht es hier wirklich?«, fragte Lillian.

»Um Onkel Cyril«, antwortete er, was sie kein bisschen überraschte. »Er hat mir erzählt, dass Großpapa ihn, als er in der Schule Mist gebaut hat ... sozusagen ... weggeschickt hat. Und dass er deswegen so geworden ist, wie er jetzt ist. Dass Großpapa ihn dazu gebracht hat, Spion zu werden und das alles.«

»Was hat er dir erzählt?« So intelligent, wie Lillian war, hatte sie sich einen Teil selbst zusammengereimt – dass ihr Vater etwas damit zu tun gehabt hatte, dass Cyril weggeschickt worden war, um als Fuchswelpe für den FOCIS zu trainieren. Nun klang es danach, als würde Stephen die ganze Geschichte kennen. In gewisser Weise fühlte sich das wie ein Betrug an. Als hätte man sie aus der eigenen Familiengeschichte ausgeschlossen. Sie fühlte sich weniger wie eine DePaul, weil sie es erst jetzt herausfand. Sie fühlte sich weniger wie Cyrils Schwester und das schmerzte schlimmer, als sie gedacht hätte.

Schließlich sah Stephen ihr in die Augen. »Dass Großpapa ihn aufgegeben hat, nachdem er fast von der Schule geflogen wäre. Wegen dem ganzen Zeug in Tatié – der Lehrer, der sein Potenzial erkannt hat, und alles. Er hat eine Vereinbarung ausgehandelt, damit Onkel Cyril nicht ins Gefängnis musste und die Familie nicht so schlecht dastand.« Als Lillian daraufhin lange schwieg, fragte er: »Hast du das nicht gewusst?«

Die einfache Antwort lautete: *Doch, natürlich.* Aber eigentlich hatte sie es nicht gewusst. Zumindest nicht die Details. Und sie hatte nie nachgefragt.

Cyril war auf einer Kursfahrt in Tatié gewesen. Sie war von ihrer ersten diplomatischen Mission nach Hause zurückgekehrt. Nachdem sie drei Jahre lang Akten hin- und hergeschoben und den völlig überarbeiteten Konsul in Gurunda-rai unterstützt hatte – ihr Vater hätte ihr einen angenehmeren Posten besorgen können, hatte aber darauf bestanden, dass sie durch diese Erfahrung Kompetenz entwickeln und Charakterstärke formen würde, und damit hatte er recht behalten –, hatte sie sich vor ihrem nächsten Ausflug nichts außer einem ruhigen Sommer gewünscht.

Bei ihrer Ankunft raubte ihr die Spannung im Haus beinahe den Atem. Niemand lieferte sich laut schreiend irgendwelche Wortgefechte – das war das Eigenartige. Stattdessen war sie von verschlossenen Türen und leisen Stimmen umgeben, während eine spürbare Atmosphäre aus Zorn und Unheil in der Luft lag. Die kurze Erklärung lautete, dass Cyril es diesmal so richtig vergeigt hatte, vielleicht rausgeworfen werden würde, möglicherweise sogar verhaftet, und man etwas finden musste, das ihn auf den rechten Weg zurückbrachte. Diese Ideen waren nicht neu, diesmal klang es jedoch endgültig, entschlossener als sonst.

Eine Woche später war er fort gewesen, hatte »eine Stelle für den Staat« angetreten, die in Aussicht gestellt hatte, dass er eine ganze Weile verschwinden würde.

»Ich …« Im Radio hörte man Schritte, eine knarzende Tür. »Steenie, ich werde nicht … Ich habe es nicht gewusst.« Wie gern wollte sie ihm sagen, dass sie nicht wie ihr Vater war, allerdings entsprach das schlicht nicht der Wahrheit. Als Erwachsene hatte sie stets danach gestrebt, seiner Kompetenz, seiner Haltung nachzueifern und seinem Namen gerecht zu werden. Ein Name, der nun Gift war, mit dem Stephen umgehen musste. »Die beiden sind nie miteinander ausgekommen«, sagte sie deshalb einfach.

Das war der falsche Ansatz. »So wie wir.«

»Ich *liebe* dich, Steenie.« Dafür erntete sie einen Seitenblick, mehr hatte sie sich auch nicht erhofft. »Ja, es stimmt, du machst mir oft einen Strich durch die Rechnung. Das will ich gar nicht abstreiten.«

Da zog Stephen die Schultern hoch. »Also *magst* du mich nicht.«

»Steenie«, widersprach sie und hätte ihm am liebsten die Hand auf den nackten Fuß gelegt, der direkt daneben lag. Eigentlich sollte er Socken tragen, ohne war es viel zu kalt. »Ich … ich glaube, um das zu beantworten, kenne ich dich gar nicht gut genug.«

»Ich bin dein *Sohn*«, erwiderte er entrüstet.

»Magst *du mich* denn?«, fragte sie.

Er verzog den Mund auf eine Art und Weise, die sie weder von Jinadh noch von sich selbst kannte, darum traf sie die Wahrheit dessen, was sie gerade gesagt hatte, wie ein Pfeil ins Herz – er wurde eine eigenständige Persönlichkeit. Das war angsteinflößend, aber auch unglaublich. Sie hatte jemanden geboren und großgezogen, den sie nun nicht mehr durchschauen konnte. Einen Fremden.

Lillian streckte ihm den Arm entgegen. Stephen warf ihr einen skeptischen Blick zu, darum zog sie die Augenbraue hoch und meinte: »Sei kein Frosch, du Kröte.« So hatte sie ihn genannt, als er wahrscheinlich noch zu klein gewesen war, um sich daran zu erinnern, als »Stephen« oder »Steenie« ihr für ein derart winziges Wesen noch zu groß erschienen.

Beinahe schaffte er es, eine schwer gebeutelte Miene aufzusetzen, rutschte jedoch trotzdem über das Sofapolster, sodass sie ihm den Arm um die Schultern legen konnte.

»Wie sieht das Gefängnis von innen aus?«, fragte er. »Gibt es da Gitterstäbe und so?«

Stephen wollte mehr über Cyril wissen, fragte aber natürlich nicht danach. Schließlich war er ein DePaul. Warum sollte man nach irgendetwas geradeheraus fragen?

»Öde«, antwortete Lillian, weil sie es nicht ertrug, ihm das zu sagen, was er hören wollte. »Kalt. Hässliche Möbel.«

»Darf ich auch mal hingehen?«

»Wir werden sehen.«

Daraufhin brummte Stephen zustimmend und ließ den Kopf gegen ihre Schulter sinken. Als sie wieder zu ihm hinunterschaute, war er eingeschlafen.

Lillian gelang dies jedoch nicht, deshalb war sie noch wach und wünschte Magnusson einen guten Morgen, als dieser hereinkam und die Glut anfachte.

KAPITEL 26

Aristide fuhr mit den Händen über den frisch geputzten Tisch seiner Hotelsuite. Er hatte vergessen, welche Farbe die Schreibtischunterlage hatte. An einer Wand stapelten sich Kartons und versiegelte Umschläge. Einige gingen zurück nach Liso zu Cross. Viele würde er dem Brennofen übereignen. Oder eher gesagt, Daoud übereignen, damit er sie verbrannte. In der für den Versand vorbereiteten Post lagen verschiedene Schmiergelder, Belohnungen und Bezahlungen – ein beträchtlicher Teil seines verbleibenden Vermögens –, die er nach Bedarf verteilen konnte. Hoffentlich würde er den Großteil davon nicht benötigen, aber er war lieber vorbereitet.

Daoud verzeichnete die Kartons in seinem kleinen Notizbuch, verglich ihre Etiketten mit einer Liste, die er vorhin zusammengestellt hatte, vermutlich, während er sie gepackt hatte. Dabei konzentrierte er sich ganz auf die Seiten und hielt den Blick gesenkt. Durch die Anspannung war die Luft zum Schneiden dick.

Als Daoud am Ende der Kartonreihe ankam, machte er einen letzten Haken und ließ sein Büchlein laut zuschnappen. »Das wäre erledigt«, meinte er. »Es ist alles dafür vorbereitet, dass du Amberlough-Stadt verlassen kannst.«

»Gut.« Aristide holte einen Umschlag aus dem Jackett. »Das ist für dich.«

Daoud warf ihm quer durch den Raum einen vielsagenden Blick zu, kam aber nicht herüber. Seine Miene wurde kälter und er richtete sich stolz auf.

»Deine Abfindung.« Aristide warf ihn auf die Schreibtischunterlage – die eigentlich einen sehr hübschen Salbeigrünton aufwies. »Mehr als großzügig, würde ich sagen, wenn man deine Vertragsbedingungen bedenkt.«

»Ich bleibe bei Cross-Costa, Aristide. Du nicht. Ich glaube nicht, dass du das Recht hast, mich zu feuern.«

Aristide biss die Zähne zusammen und spürte Schmerzen an einer wohlbekannten Stelle. »Nimm das dämliche Geld.«

»Warum? Damit du ein besseres Gewissen hast?« Daoud schnaubte verächtlich. »Ich bin keine Hure.«

»Sei nicht so theatralisch.«

»Theatralisch? Ich bin hier nicht derjenige, der einen *Gefängnisausbruch* …«

»*Didi*«, unterbrach Aristide ihn, weil ihm der Spitzname leichter über die Lippen ging. Bis zu diesem Augenblick war ihm nicht aufgefallen, wie hart die Dentalkonsonanten gegen die Zähne schlagen konnten, wenn er wütend war.

Offensichtlich ging es Daoud genauso. Er hielt abrupt inne und ihm wich unter der dunklen Haut das Blut aus dem Gesicht, sodass seine Züge flach und fahl wirkten.

»Du wirst doch nicht etwa weinen?« Peinlich berührt zog Aristide sich auf den festen Boden der Grausamkeit zurück.

Das Notizbuch verschwand derart schnell aus Daouds Hand, dass Aristide zunächst gar nicht begriff, was soeben die gegenüberliegende Wand getroffen hatte. Und dann stand Daoud vor ihm, presste die Hände auf den Schreibtisch, seine Augen waren absolut trocken und loderten vor Zorn. »Was ist bitte dein *Problem*, Aristide?«

»Ich habe kein verschissenes Problem«, blaffte er. »Ich weiß, dass du es warst, der Lillian von Frye erzählt hat. Also renn bitte nicht zu sämtlichen Damen der höheren Gesellschaft, um sie zu bitten, mich aus Wohltätigkeitsgründen aufzunehmen.«

»Dann handle nicht so, als ob das nötig wäre! Kannst du dich daran erinnern, wie oft du es in diesem Monat allein ins Bett geschafft hast? Und was für einen Mist du baust ... *Bhakchala*, Aristide, wenn sich niemand um dich kümmert, erstickst du an deiner eigenen Kotze.«

»Und du glaubst, dieser Jemand solltest du sein? Schließlich scheinst du diese Aufgabe ja unglaublich erfüllend zu finden.«

»Im Gefängnis macht das keiner für dich! Und ich glaube kaum, dass Cyril DePaul dazu in der Lage ist!«

»Du sprichst jetzt sofort leiser!«, forderte Aristide und sah sich um, als hätte sie jemand belauschen können.

Daoud schnappte sich den Umschlag, der zwischen ihnen lag. »Deine Befehle befolge ich nicht mehr. Nicht, wenn du wirklich willst, dass ich das hier annehme.«

»Du nimmst das jetzt und dann verpisst du dich.« Wann Aristide aufgestanden war, konnte er selbst nicht sagen, aber plötzlich ragte er vor Daoud auf, blickte auf ihn hinunter und sprach mit erhobener Stimme zu einem Mann, der seiner jugendlichen Gestalt nie entwachsen war.

Diese Erkenntnis ließ seine Wut etwas abkühlen, sodass er sich paradoxerweise klein fühlte. Er ließ sich zurück auf seinen Stuhl sinken und von Daouds wütendem Blick noch tiefer ins Polster drücken. Schließlich zwang ihn dessen Stärke sogar dazu, die Augen abzuwenden. Er betrachtete seine Finger, deren Spitzen er vor dem Mund aneinanderlegte, und konzentrierte sich auf seinen Granatring, während er sagte: »Es tut mir leid.«

Die Worte durchschnitten ihn zwar wie Stacheldraht, trotzdem zwang er sie heraus. Falls dies das letzte Mal in ihrem

Leben war, dass sie sich sahen ... Das Leben hatte ihn gelehrt, dass es gut war, einen Schlussstrich zu ziehen. »Daoud, du hast dich als sehr ... nützlich erwiesen.«

Da lachte Daoud verächtlich auf und meinte: »Eine Annehmlichkeit.«

»Nein.« Aristide versuchte es auf Porashtu, obwohl er wusste, dass er versagen würde. »Ein ... ein fester Halt. Eine große Hilfe. Und ein Freund.«

»Ich erwarte ein hervorragendes Empfehlungsschreiben«, fauchte Daoud und ging zur Tür hinaus.

»Ma'am«, meldete Magnusson sich von der Schwelle des Büros in der zweiten Etage – dort hatte Lillian sich inzwischen eingerichtet, als ob die Tatsache, dass sie am Schreibtisch saß, dazu führen würde, dass sie Arbeit bekam und man sie bezahlte. Bei diesem Gedanken wäre Daddy blass vor Wut geworden.

Doch Daddy hatte kein ganz so leuchtendes Beispiel abgegeben, wie sie immer geglaubt hatte. War es nie gewesen.

»Ja, bitte?« Sie hob den Blick von den Haushaltsbüchern, die sie auf der stark abgenutzten Schreibtischunterlage ausgebreitet hatte. Die vorherigen Mieter hatten den Schreibtisch stehen lassen, aber den Lederstuhl und die Aktenschränkchen mitgenommen oder verkauft, sodass sie fürs Erste einen Stuhl aus dem Esszimmer heraufgeholt hatte.

»Dieser junge Mann möchte Sie sprechen. Mr. Qassan.«

Eigenartig. Er hatte gar nicht angerufen und mit Aristide hatte sie seit Längerem nicht gesprochen. Was könnte er bloß wollen? »Bitte führen Sie ihn herauf.«

Daouds Erscheinung wirkte nicht gerade ermutigend: Zwar hatte er sich einen Mantel über den Anzug geworfen, trug jedoch weder Schal noch Hut. Es war inzwischen etwas wärmer, allerdings noch nicht mild genug, um so herumzulaufen. Die roten Augen im verkniffenen Gesicht erhärteten Lillians Verdacht, dass er keine guten Neuigkeiten brachte.

»Mr. Qassan«, begrüßte sie ihn, stand auf und bemerkte zu spät, dass sie ihm keinen zweiten Stuhl anbieten konnte. »Wollen wir in die Bibliothek gehen? Dort ist es wärmer.«

Er brachte irgendetwas zwischen einem Nicken und einem Achselzucken zustande, biss sich dann jedoch fest auf die Unterlippe und brach in Tränen aus.

Erschrocken erstarrte Lillian einen Augenblick lang, dann jedoch trieb sie das Mitgefühl durchs Zimmer. In ihren Armen fühlte Daoud sich klein an, kaum größer als Stephen, und da sie Pumps trug, reichte er ihr gerade bis unters Kinn, wenn sie sich ein wenig streckte. Beim Weinen wirkte er zehn Jahre jünger, und wenn sie ihn richtig einschätzte, war er noch keine dreißig.

»Zur Königin noch mal«, entfuhr es ihr, während sie ihm über den Rücken strich. »Was ist denn passiert?«

Daoud bemühte sich durchzuatmen, fing allerdings erneut an zu schluchzen. Sie spürte, wie er sich in den lockeren Stoff ihrer Strickjacke krallte.

»Magnusson?«, rief sie über seinen Kopf hinweg.

Der diskrete Butler trat von seinem Posten neben der Tür wieder in ihr Blickfeld. »Ja, Ma'am?«

»Würden Sie bitte etwas Whiskey bringen? Mr. Qassan ... äh ... geht es nicht gut.«

Als Magnusson mit dem Alkohol zurückkehrte, hatte Lillian Daoud auf den Esszimmerstuhl mit der geraden Lehne verfrachtet und lehnte sich mit der Hüfte an die Ecke des Schreibtischs. Magnusson schenkte zwei Gläser ein und ließ ihnen die Karaffe da.

»Also los«, fragte Lillian, nachdem Daoud einen Schluck heruntergekippt hatte. »Wo liegt das Problem?«

Er zog einen Umschlag aus dem Mantel und ließ ihn in seinen Schoß fallen. »Eine Abfindungszahlung, sozusagen.

Ich … ich arbeite weiter für Cross-Costa, aber Aristide …« Erneut verzog er das Gesicht.

Lillian trank einen Schluck Whiskey, um Zeit zu gewinnen, dann erkundigte sie sich, so sanft sie konnte: »Hat er Sie sitzen gelassen?«

Die freie Hand ballte Daoud zur Faust und drückte sie gegen den Oberschenkel. »So einfach ist das nicht.«

Er saß zu weit entfernt, als dass Lillian ihn einfach mit einer Berührung hätte trösten können, außerdem wirkte er dafür zu stolz. Darum stellte sie ihr Glas ab und legte die Finger an die Lippen, teils nachdenklich und teils mitfühlend.

»Es tut mir leid«, meinte sie schließlich auf Porashtu.

Daoud schüttelte den Kopf. »Nein, das war lange überfällig. Ich musste … wir mussten es beenden. Trotzdem sollte ich wütend sein. Und ich *bin* auch wütend. Aber ich habe auch wahnsinnige Angst.«

»Wovor?«

»Ms. DePaul …«

»Lillian«, widersprach sie. Dafür hatten sie gemeinsam genug durchgemacht.

»Lillian. Er hat für Ihren Bruder schon einmal eine große Dummheit begangen …«

»Und Sie glauben, dass er eine weitere begehen wird.«

Als er die Augen schloss, sah sie, dass seine Lider vor Müdigkeit rot glänzten, weil einige Äderchen geplatzt waren. »Ich weiß es.«

Lillian wartete ab. Er würde es ihr erzählen, sonst wäre er nicht gekommen.

»Wenn sie Cyril zum Gericht bringen, dann hat Aristide … Ich hatte damit nichts zu tun. Ich habe ihnen nur die Überfahrten gebucht, ein Hotelzimmer besorgt. Ich habe einige Leute von Pulan angerufen und ihm Kontakt zu …«

»Daoud.«

Da räusperte er sich und bemühte sich, die Panik zu beherrschen. »Sie werden fliehen.«

»Wie bitte?«, fragte Lillian und fuhr dann fort: »Warten Sie, nein. Bitte, erzählen Sie es mir nicht. Ich kann nicht ... Je weniger Leute davon wissen, desto besser.«

Er wischte sich grob mit der Hand über die Wange. »Bitte entschuldigen Sie. Aber ich kann nicht mehr mit ihm reden. Und mit irgendjemandem musste ich doch reden. Was soll ich bloß machen? Ich weiß nicht, was ich tun soll.«

Lillian spürte, wie die Tischkante ihr gegen die Oberschenkel drückte, als sie sich dagegensinken ließ. Besiegt? Erleichtert? Den Unterschied konnte sie kaum ausmachen. »Warum müssen Sie denn etwas tun?«

Wie vom Donner gerührt starrte er sie an. »Man ... man wird ihn festnehmen.«

Schuldgefühle, Erschöpfung, aber ja: Furchtbarerweise empfand sie Erleichterung. »Egal, was er jetzt unternimmt. Das betrifft Sie nicht.« Redete sie über sich selbst? Eigentlich nicht. Cyril hatte diesen Plan nicht gefasst. Sie redete eher über das Gefühl, anpacken zu müssen, den Drang, die Ereignisse stets ihrem eigenen Kurs entsprechend zu steuern. »Entweder es funktioniert oder es funktioniert nicht. Sie können ihn nicht aufhalten. Sie können nur ...« Mit einem Finger tippte sie auf die Schreibtischunterlage, weil sie nach dem richtigen Wort suchte. »Reagieren. Das ist das Einzige, was Sie unter Kontrolle haben: Ihre Reaktion auf die Ereignisse. Weder ihn noch die Welt. Nur sich selbst.« Ihr brannten Tränen in den Augenwinkeln.

»Ich hasse die Tatsache, dass es so ist«, meinte Daoud.

Lillian lachte. »Vielleicht sollten wir einen Verein gründen.«

Er trank einen Schluck Whiskey und meinte dann, den Blick aufs Glas gerichtet: »Ich weiß nicht, was ich jetzt machen soll.«

»Möchten Sie nach Porachis zurückkehren?«

Diesmal schüttelte er sich wie ein Pony, das die Fliegen vertreiben wollte. »Himmelsblick, warum sollte ich?«

Lillian zuckte mit den Achseln. »Ich dachte, ich frage mal nach. Bleiben Sie bei Cross-Costa?«

»Für den Augenblick, ja. Aber nicht für immer. *Sie* brauchen nicht zufällig einen Sekretär, oder?« Er war so höflich, seine verzweifelte Hoffnung hinter Humor zu verstecken, damit sie nicht ganz so offensichtlich wurde.

»Selbst wenn ich es mir leisten könnte, würde ich Sie nicht einstellen.« Das schien Daoud – zu Recht – zu verletzen, doch sie hob die Hand, damit er nichts erwiderte. »Wie alt sind Sie?«

»Siebenundzwanzig.«

»Und was haben Sie bisher für sich erreicht?«

»Ich habe mein Auskommen«, meinte er. »Und kann meinen Eltern Geld schicken.«

Lillian schüttelte den Kopf. »Von Geld spreche ich gar nicht. Als Sie für Satri gearbeitet haben, habe ich sie nur selten ohne Sie an ihrer Seite gesehen. Ich nehme an, mit Aristide war es genauso.«

»Darin bestand meine Arbeit.«

»Hat es auch zu Ihrer Arbeit gehört, für ihn auf die Knie zu gehen?« Die Redewendung auf Porashtu war ihr stets unnötig vulgär vorgekommen, doch nun verwendete sie sie genau deswegen, und es funktionierte. Daouds Wut gerann zu Trauer und Scham.

»Haben Sie ihn geliebt?«, fragte sie.

Er holte Luft, als wolle er etwas sagen, schüttelte dann jedoch den Kopf. »Es war … Mir schien es so, als würde er etwas brauchen, an dem er sich festhalten konnte.«

»Und Ihnen gefällt es ausgesprochen gut, nützlich zu sein.«

»Wenn Sie das so sagen, klinge ich lächerlich.«

»So habe ich es nicht gemeint.«

Aber Daoud schüttelte erneut den Kopf. »Er hat mir gesagt, dass ich keine Herausforderung dargestellt habe. Und ich glaube, damit liegt er richtig.« Lillian sah, wie er einen weiteren Schluchzer unterdrückte. »Ich sollte gehen«, meinte er und wollte sein halb volles Glas Whiskey auf den Schreibtisch stellen. »Es tut mir leid.«

»Nein.« Sie nahm sein Glas und hielt ihn davon ab, es wegzustellen. »Bitte nicht.«

»Warum?«

Lillian blickte sich in dem kahlen, kühlen Zimmer nach einer Ausrede um, doch ihr fiel nichts Passendes ins Auge. Also blieb sie bei der Wahrheit. »Ich habe gesagt, dass ich dich nicht als Sekretär haben möchte. Aber ich möchte dich sehr gern als Freund behalten.«

Daoud blieb zum Abendessen und sagte nichts zur Qualität der Speisen. Gegen Ende der Mahlzeit schien er sogar beinahe glücklich zu sein – dass er wieder seine Muttersprache sprechen konnte, mit anderen gleichberechtigt an einem Tisch saß und nicht mehr im Schatten seines früheren Arbeitgebers stand.

Nachdem Stephen nach oben gegangen war, angeblich, um für seine anstehende Wiedereinstiegsprüfung zu lernen, ließen sie sich in der Bibliothek nieder, um Drinks und die willkommene Wärme des Feuers zu genießen. Lillian, die bei Daouds unerwarteter Ankunft die Haushaltsbücher studiert hatte, betrauerte die letzten Reste der Karaffe Tolishnaughcaul. Diesen Luxus würden sie sich nicht mehr leisten können.

»Gehst du heute Nacht zurück ins *Sykes House*?«, fragte sie und beobachtete Daoud dabei, wie er die Vielschichtigkeit des torfigen Whiskeys erkundete.

Er räusperte sich. »Das sollte ich. Dort sind meine Sachen. Und jetzt ist es zu spät, um nach einer neuen Unterkunft zu suchen.«

»Wir würden dir gern hier einen Platz anbieten«, meinte Jinadh, der in knappen Worten über die Situation informiert worden war, »aber leider sind die Gästezimmer im Augenblick nicht gerade bewohnbar.« Was bedeutete, dass es beiden an Betten fehlte, sowie den meisten anderen notwendigen Einrichtungsgegenständen.

Daoud schüttelte den Kopf. »Das geht schon in Ordnung. Ich bin erwachsen, damit sollte ich zurechtkommen.«

»Wenn das mit dem Älterwerden doch wirklich so liefe.« Jinadh kippte seinen restlichen Whiskey hinunter und meinte dann: »Bitte entschuldigt meine schlechten Manieren, aber ich muss schlafen gehen. Ihr beiden könnt gern noch hierbleiben, solange ihr möchtet.«

»Nein, nein.« Auch Daoud stand auf. Lillian bemerkte, dass er nicht ausgetrunken hatte. Nachdem er gegangen wäre, würde sie den Whiskey zwar nicht zurück in die Flasche schütten, ihn aber auf jeden Fall für ihn austrinken.

Einen kurzen, unangenehmen Augenblick lang wussten Jinadh und Daoud nicht recht, wie sie sich voneinander verabschieden sollten – Daoud streckte den Arm zum Händedruck aus und brachte damit Jinadh dazu, mitten in der Bewegung innezuhalten, als er sich für ein Wangenküsschen vorbeugte. Hätten sie sich auf einem Botschaftsball oder einer anderen diplomatischen Begegnung befunden, wäre Lillian vor Schreck blass geworden. So hingegen bot sich ihr eine dringend benötigte Gelegenheit zu lachen.

»Bevor du gehst, muss ich dich noch um einen Gefallen bitten«, sagte sie Daoud, nachdem Jinadh gegangen war.

»Aber natürlich.«

»In Zukunft solltest du vorher nachfragen, worauf du dich einlässt«, riet sie ihm und schob die Leiter der Bibliothek aus der Ecke. »Damit habe ich schon sehr viele Probleme vermieden.«

Daoud lachte traurig. »Das werde ich mir merken.«

Lillian stellte die Leiter vor dem dritten Schmuckpaneel an der Wand auf und kletterte an den leeren Regalen vorbei. Dann drückte sie auf einen Knopf, der als Efeublatt getarnt war, sodass sich ein Stück der Holzvertäfelung von der Wand löste und ein Tresor mit Zahlenschloss zum Vorschein kam. »Hältst du das bitte?«, fragte sie.

Ohne seine Überraschung verbergen zu können, nahm Daoud das Paneel entgegen.

Mit mehreren Drehungen gab Lillian die Kombination ein, bis der Tresor geräuschlos aufschwang und eine Samtschatulle mit Großmamas Medaillen, dem Diamantcollier ihrer Mutter und den Eheringen ihrer Eltern offenbarte. Hätten die vorherigen Mieter diesen Tresor gefunden, wäre sicher alles genau wie die Gemälde und die Möbel verschwunden. Vielleicht würde sie die Juwelen selbst verkaufen müssen, wenn das Schicksal der Familie nicht bald frischen Wind in den Segeln bescherte.

Unter den Wertsachen lag ein kleiner Dokumentenstapel. Ihr Ehevertrag, Stephens Geburtsurkunde, die Besitzurkunden für Damesfort und die Coral Street. Und unter alldem, in einem einfachen braunen Umschlag: ein Pass für Ambrose van Weill.

Den holte sie heraus und schloss den Tresor wieder, dann kletterte sie hinunter und reichte Daoud das kleine Büchlein. Er blätterte durch den Pass bis zur Seite mit Cyrils Foto: halb verhungert und völlig ausgemergelt.

»Ich weiß, dass du nicht mehr mit Aristide sprechen möchtest«, meinte sie. »Aber da du ja ins *Sykes House* zurückkehren willst ... Ich weiß nicht, ob es ihm etwas bringt, angesichts der Betrugsanzeige und allem anderen, aber ich habe mir gedacht, es wäre besser, wenn er ihn hat. Falls er nützlich werden könnte.«

Daoud steckte den Pass in die Manteltasche. »Ich gebe ihn ihm.«

»Vielen Dank«, sagte Lillian und meinte es auch so. »Vielleicht machst du auf dem Rückweg ins Hotel lieber einen Umweg. Nur, damit sie nicht deine Fährte aufnehmen.«

»Wer schnüffelt denn herum?«, fragte er.

»Der Geierschwarm an der Haustür«, antwortete sie. »Und der Blick des Himmels weiß, wer sonst noch alles.«

»Ich wechsle unterwegs das Taxi«, meinte Daoud. »Und eventuell lege ich irgendwo einen Zwischenstopp ein und trinke was. Also finden wir es hoffentlich nicht heraus.«

Cyril lag mit geschlossenen Augen auf der Matratze, wünschte sich eine Zeitung herbei und wusste gleichzeitig, dass er sich auf keine gedruckte Seite würde konzentrieren können, da hörte er das Klappern der Stahltür und, während es noch verklang, ein angespanntes, geflüstertes Gespräch im Flur, der senkrecht zu seiner Zelle verlief. Markert und eine andere Wache. Es klang so, als würden sie auf dem Markt feilschen, darum ging Cyril davon aus, dass sie aushandelten, wer welchen Anteil vom Schmiergeld bekommen würde.

Die ganze Sache war in weniger als einer halben Minute gelaufen, als Markert laut verkündete – so laut, dass Cyril es deutlich hören konnte –, dass sich das hier besser nicht wiederholen sollte. Es klang aufgesetzt. Wahrscheinlich hatte er an dem Handel gut verdient.

Dann trat eine sommersprossige, muskelbepackte Wache – Pryzbieza, die Cyril mochte, weil er im Gegensatz zu ihren Kollegen ihren Nachnamen richtig aussprechen konnte – an seine Zelle und schloss sie auf.

»Besuch«, erklärte sie. »Ihre Schwester. Markert wollte sie außerhalb der Besuchszeit nicht reinlassen, aber …«

»Ich hoffe, Sie haben für sich etwas abgezweigt.«

»Genug, um nach der Arbeit was trinken zu gehen. Na los, gehen wir.«

Cyril ließ sich Handschellen anlegen, trottete brav mit ihr den Flur entlang und fragte sich, was Lillian wollte.

Ihr Gesicht gab nichts preis. Als er sich setzte, holte sie eine einzelne Zigarette aus der Manteltasche, die er dankbar annahm.

»Wie geht's?«, fragte er mit der Kippe im Mund.

»Genau wie immer.« Lillian hatte auch ein Streichholzbriefchen dabei und gab ihm Feuer.

»Was bringt dich heute Abend in mein bescheidenes Gesellschaftszimmer? Und wie viel hat es dich gekostet?«

»Mehr, als ich mir aktuell leisten kann.«

»Hast du mich deshalb nicht besucht?«

Sie errötete nicht, sondern verzog vor Scham bitter den Mund.

»Musst kein schlechtes Gewissen haben«, beruhigte Cyril sie. »Ich würde das Geld auch lieber nicht Markert in die Tasche stecken.«

Das tröstete sie offensichtlich nicht. Er beugte sich zu ihr vor, legte die Kippe auf die Tischkante und hielt sie mit einem Finger fest, damit sie nicht hinunterfiel. Lillian hatte keinen Aschenbecher bekommen.

»Lil«, fragte er, »ist etwas nicht in Ordnung?«

»Nein.« Sie fasste sich, und obwohl sie mit dem breiteren Gesicht und der Form ihrer Augen eher ihrer Mutter ähnelte, sah er in ihr plötzlich Vater: die Kontrolle des Marionettenspielers, die durchdachte Vorstellung.

Wenn sie ihre berufliche Maske aufgesetzt hatte, war wirklich etwas absolut nicht in Ordnung.

»Dir geht es gut«, meinte Cyril. »Geht es um Stephen? Aristide?« Dann, mit etwas Verspätung: »Jinadh?«

Dafür erntete er einen spöttischen Blick. Lillian verzog schmerzvoll amüsiert den Mund. »Es ist alles in Ordnung,

Cyril. Kann ich nicht einfach so kommen, ohne Neuigkeiten oder ein anderes Motiv? Du bist doch mein Bruder.«

Da. Unter ihrer perfekten Fassade flackerte etwas auf. Wie das Blitzen eines aufgeschreckten Fisches in trübem Wasser; es war verschwunden, bevor er wusste, was er da gesehen hatte.

Aber Lillian wollte nicht darüber sprechen. Oder ... Cyril ließ den Blick über das mit Drähten bespannte Beobachtungsfenster und die gelangweilt dreinschauenden Wachen dahinter wandern. Eine Frau rauchte, die andere zupfte an ihren Niednägeln herum. Nur Markert, der seine ihm unterstellten Kolleginnen überwachte, beobachtete sie genau. Und dann war da noch Pryzbieza, die keine drei Meter von ihnen entfernt an der Wand lehnte. Cyrils Gespräche mit Rinko waren vorgeblich geheim, laut Gesetz. Aber für seine Gespräche mit Lillian galt dieses Privileg nicht.

Worum es auch ging, vielleicht *konnte* sie hier nicht darüber sprechen. Also würde er ihr Anliegen erraten müssen.

»Ja, ich bin dein Bruder«, bestätigte er ihr. »Und das hat dir ja herzlich viel genützt.«

»Ich weiß nicht.« Sie brachte ein Lächeln zustande. Im harschen Licht, das ihr in die Augen schien, bemerkte Cyril, dass diese feucht waren, auch wenn man ihr die Tränen nicht anhörte. »Ich glaube, du hast mir ein gutes Beispiel dafür geliefert, was man *nicht* machen sollte.«

»Und jemanden, dem man praktischerweise die Schuld für seinen gesamten Mist in die Schuhe schieben kann.«

»Cy«, unterbrach Lillian ihn, plötzlich vollkommen ernst. »Es tut mir leid, was Daddy dir angetan hat.«

Vor Überraschung setzte er sich kerzengerade auf. »Wovon redest du?«

»Stephen hat mir von ... allem erzählt, was nach Tatié passiert ist. Ich habe nie davon erfahren.« Einen Augenblick kämpfte sie um die richtigen Worte, meinte dann: »Nein. Das stimmt nicht ganz. Ich habe es erahnt. Aber ich habe einfach … Ich habe gewusst, dass mir nicht gefallen würde, was du dort getrieben hast.«

»Deshalb hast du nie nachgefragt?« Als Lillian zu Cyril ans Krankenhausbett getreten war, hatte sie ihm die Bettdecke glatt gestrichen und leere Floskeln von sich gegeben. Hatte sich nie erkundigt, wie er dort gelandet war. Nie nachgefragt, warum man ihm die Gedärme aus dem Bauch hatte holen müssen oder wo er gewesen war oder warum er nicht geschrieben hatte. Warum er nicht mehr mit seinem Vater gesprochen hatte, außer in kurzen Sätzen, wenn die Umstände sie zusammengebracht hatten.

»Wenn ich das getan hätte, hättest du mir denn etwas erzählt?«

Cyril fragte sich, ob Lillian mehr Angst davor gehabt hatte, dass er ihr nichts erzählen und damit beweisen würde, dass die tiefe Verbindung zwischen ihnen endgültig und wahrhaftig gekappt war, oder davor, dass er es ihr erzählen und damit enthüllen würde, dass er über keinerlei Integrität verfügte. Vielleicht hatte sie befürchtet, sein Charakterfehler, welcher es auch sein mochte, könnte ansteckend sein.

»Ich habe ohnehin am Rand des Abgrundes gestanden«, meinte er.

»Trotzdem.« Lillian faltete die Hände und Cyril sah, dass ihre Haut an einigen Stellen weiß wurde, weil sie so fest zudrückte. »Er hätte dich da nicht hinunterstoßen dürfen.«

»Warum entschuldigst du dich für ihn?« Damit widersprach seine Schwester allem, was er je über sie zu wissen geglaubt hatte. Die Diplomatin, die perfekte Tochter. Die DePaul, die dem Namen würdig war, den er, Cyril, völlig zerstört hatte.

»Weil es jemand tun muss. Jemand muss sich für unsere gesamte verdammte Familie entschuldigen.« Vor Wut presste

Lillian die Lippen aufeinander, ließ den Blick schräg nach unten wandern. »Ich wollte das einfach tun, bevor …«

»Bevor was, Lil?« Bevor man ihn vor Gericht stellte? Vor dem, was auf die Wahl folgen würde? Dafür hatte sie doch noch ausreichend Zeit.

Pryzbieza räusperte sich. »Die Zeit ist um.«

»Dann sehe ich dich wohl vor Gericht«, meinte Cyril und bemühte sich um ein Lächeln.

Aber Lillian erwiderte es nicht, sondern schüttelte den Kopf. »Ich hoffe ehrlich, dass du das nicht tust.«

Diese Worte zogen ihm den Boden unter den Füßen weg. »Lil?«

Doch sie schüttelte nur erneut den Kopf, knöpfte den Mantel zu und meinte: »Ich liebe dich, Cyril. Mach's gut.«

KAPITEL 27

Aristide wachte vor dem Morgengrauen auf, verkatert und mit extremem Sodbrennen. Wäre er ein schwächerer Mann gewesen – oder vielleicht ein stärkerer –, hätte er sich davon unterkriegen lassen, aber er war den morgendlichen Kater gewohnt. Aristide kämpfte sich aus den verschwitzten Laken und langte nach dem Glas Wasser auf seinem Nachttisch, das allerdings nicht da war.

Er trug noch die Kleidung vom Vorabend. Das Licht war nach wie vor eingeschaltet. Als er sich aufsetzte, wurde ihm schwindelig.

Er hatte Probleme beim Einschlafen gehabt. Warum war er so lange wach geblieben? Warum hatte er die neue Ginflasche auf dem Barwagen geöffnet?

Ach ja. Weil er sich heute, ja, heute, mit Jamilas inoffiziellen Hilfskräften Tabby und Chido an der Ecke treffen würde, wo sie an den beiden vergangenen Tagen Fluchtwege, Hindernisse und Vorteile ausgekundschaftet hatten.

Zwei Tage waren einfach nicht ausreichend gewesen. Jamila hatte sich erst spät bei ihm gemeldet, ihm nicht die Zeit gegeben, die man für die Vorbereitung eines solchen Vorhabens brauchte. Er hätte gerne noch entsprechende Schmiergelder gezahlt, wenn er gewusst hätte, an wen sie gehen müssten. Seinen Pass auf den Namen Erikh Prosser – den er seit seiner Reise nach Porachis nicht mehr verwendet, aber für den Notfall bei sich behalten hatte – und eine Fahrkarte auf diesen Namen trug er bei sich, für Cyril hatte er jedoch nichts dergleichen. Im Augenblick gab es einen halb ausgegorenen Befreiungsplan, ein Hotel im Nachbarland eines Nachbarlandes und Saegers Wort darauf, dass jemand ihnen helfen würde, dort hinzukommen. Falls sie es so weit schafften, würde es danach glatterlaufen.

Andererseits waren die Pläne, für die Aristide genug Zeit und Ressourcen gehabt hatte, stets in die Hose gegangen. Vielleicht würde diese Strategie – oder eher das Fehlen einer solchen – besser funktionieren.

An den Türrahmen gelehnt starrte Aristide in den dunklen Salon, in dem nun keine Kartons mehr standen. Auch Daouds Mantel fehlte noch immer und inzwischen ebenfalls sein Hut und Schal. Im Zimmer war es still, nur ab und zu hörte man in der Ferne die Glocke einer Straßenbahn.

Und mitten auf seinem ansonsten leeren Schreibtisch lag ein kleines Büchlein. Vielleicht siebeneinhalb mal zehn Zentimeter groß. Aristide wankte durch den Raum und ließ sich auf den Stuhl fallen.

Dickes grünes Kartonpapier, darauf geprägt das Wappen von Enselem, auf ein Blatt Hotelbriefpapier gelegt. Eine Notiz in Daouds Handschrift: *Von einer Freundin.*

Als Aristide es öffnete, starrte ihm das Foto eines ausgemergelten Cyril DePaul entgegen, teilweise von Visastempeln überlagert, darunter der Name *Ambrose van Weill.*

Schau an. Das könnte möglicherweise einige Probleme lösen. Allerdings natürlich nicht in der jetzigen Form. Dieser Pass war ein Beweisstück in Cyrils vorgeschobenem Betrugsprozess. Aber, wenn man ihn vielleicht ein wenig bearbeitete …

Bei den Titten seiner Mutter, so weit war es inzwischen gekommen. Dem Herrscher der Halbwelt waren Fälschungen nie leicht von der Hand gegangen. Das einzige Mal, als er früh in seiner Karriere beinahe verhaftet worden wäre, hatte er Schecks gefälscht. Sobald er es sich hatte leisten können, hatte er Leute angeheuert, um Fälschungen für ihn anzufertigen. Was hätte er in diesem Moment bloß für Zelda Peronides gegeben.

Früher war es in dieser Stadt ein Kinderspiel gewesen, andere zu betrügen. Aber dies war seine einzige Gelegenheit mitzuspielen, darum musste er sie nutzen.

Da Cyril sich von Aristide den Füller geliehen hatte, um den Pass auszufüllen, stellten Feder und Tinte kein Problem dar. Die Handschrift jedoch …

Er konnte sich gar nicht mehr daran erinnern, wie Cyrils Handschrift aussah und ob es sich hier darum handelte. Aristide hatte nie gelernt, die Unterschrift oder Schönschrift des anderen Mannes nachzuahmen. Wozu auch?

Er stieß einen unsteten Seufzer aus und hielt sich den Pass dicht vors Gesicht, um die Eigenheiten zu studieren, bis ihm auffiel, dass ihm der Text unscharf erschien, weil seine Brille noch am Bett lag. Als er sie geholt hatte, bemerkte er, dass seine Hand ungehörigerweise zitterte.

So würde das nichts werden.

Angesichts der Uhrzeit mischte er seinen Gin unter eine Dose Tomatensaft anstelle von Wermut. Das Zeug rutschte ihm schleimig die Speiseröhre hinunter und schmeckte sehr salzig. Aristide räusperte sich und füllte noch ein Schnapsglas mit purem Gin, das er mit an den Schreibtisch nahm.

Auf einem Blatt Hotelbriefpapier probierte er mit dem Namen *Ambrose van Weill* herum, fügte an passenden Stellen Buchstaben ein, bearbeitete andere. Verdammnis und Verderben, warum hatte Cyril sich einen derart ausgefallenen

Namen ausgesucht? In Enselem gab es Ambroses zwar genauso häufig wie Jacks in Gedda, aber dann blieb noch der Nachname mit dem problematischen Adelsprädikat. Vielleicht konnte man aus dem *v* ein *A* basteln und …

Ja. Ambrose Adam Wallis. Das war machbar. Vielleicht kam ein Elternteil von den Hellikanischen Inseln.

Aristide legte den Füller zur Seite, atmete tief durch und überprüfte, ob seine Hände ruhig genug waren. Dann hob er ihn wieder auf und setzte ihn aufs Papier. Je weniger er darüber nachgrübelte, desto besser.

Um diesen kleinen Sieg zu feiern, langte er nach seinem Gin. Mit klopfendem Herzen und tauben Fingern griff er halb daneben und sah mit Entsetzen zu, wie das Glas ins Wanken geriet, umfiel und sich über die frische Tinte seiner Fälschung ergoss.

Angsterfüllt und mit nicht wenig Restalkohol im Blut saß Aristide hinterm Steuer eines Lieferwagens, der eine Ladung Schmutzwäsche transportierte. Vor ihm saß Tabby auf dem Beifahrersitz eines Fischlasters neben Jules, einem Fahrer, den Aristide erst an diesem Morgen kennengelernt hatte. Chido hatte sich zwischen den Muscheln und Kisten mit zuckendem Seelachs versteckt.

Aristide hatte seit Jahrzehnten keinen Lieferwagen mehr gefahren. Er hatte noch nie jemanden aus dem Gefängnis befreit. Es war deutlich praktischer, Leuten die Freiheit mit Geld und Gefallen zu erkaufen, außerdem war es dabei weniger wahrscheinlich, dass er selbst hinter Gittern landete.

Aber es war ja gar kein Gefängnisausbruch, erinnerte er sich, während er mit laufendem Motor in einer engen Gasse hinter dem Fischlaster stand und darauf wartete, dass ihr Ziel vorbeikam. Nur eine etwas andere Form von Automobildiebstahl. Das hatte er schon mal gemacht. Damals in den vernebelten Mooren der Vergangenheit, doch er hatte definitiv bereits den einen oder anderen Wagen gestohlen, in dem der Fahrer noch gesessen hatte.

Diesmal musste er nur für Deckung sorgen. Den Lieferwagen hinter seinen Mitverschwörern parken, sodass diese teils verdeckt waren, während sie die Sache erledigten. Er hatte nicht einmal eine Waffe dabei. Im Fall der Fälle wäre es besser, nicht mit so etwas erwischt zu werden. Aber dazu würde es ohnehin nicht kommen.

All das lag nicht in seiner Verantwortung. Was bedeutete, dass er nicht die Kontrolle darüber haben würde. Er wusste nicht, wessen Dreckwäsche er da transportierte. Hatte keine Ahnung, wo Chido und Tabby Jules gefunden oder wo sie die Lieferwagen aufgetrieben hatten. Es fühlte sich an, als hätte er einen Schlitten einen Hügel hinuntergeschoben, wäre aufgesprungen und nun ganz den Launen der Landschaft ausgeliefert.

Dass Aristide dieses Gefühl inzwischen nur allzu vertraut war, gefiel ihm gar nicht.

Vor ihm setzte sich der Fischlaster stotternd in Bewegung, bog aus der Gasse links ab und reihte sich in den stockenden Verkehr ein, der vom Station Way umgeleitet wurde. Aristide trat aufs Gaspedal und hoppelte ihnen hinterher – mit den Stahlkappen in den Schuhen seiner Tarnmontur kam er nicht gut zurecht.

Ein Taxi versuchte, ihm zuvorzukommen, aber er drückte auf die Hupe und preschte an ihm vorbei, hielt sich dicht hinter der Stoßstange des Fischlasters. Wütende Fahrer hupten und zeigten ihm den Stinkefinger. Er erwiderte die Gesten und wäre Tabby und Jules um ein Haar hinten aufgefahren. Während der Stau sie kurz zum Stillstand zwang, stellte Aristide sich vor, wie Chido sich hinter dem Segeltuch im Laderaum versteckte, und fragte sich, ob er fror. Hoffentlich würden die

Kisten mit Meeresfrüchten Cyril zumindest bei einer oberflächlichen Durchsuchung verbergen.

Falls sie Cyril überhaupt auf den Laster bekamen.

Inzwischen näherten sie sich dem vereinbarten Ort: Dort lag die Stelle, die sie für eine saubere Flucht als am geeignetsten markiert hatten. Die Kreuzung von Shaw und Purlieu, wo die DeCarr direkt vor der Ampel abzweigte. Wenn das Glück ihnen hold war – Aristide schickte ein Stoßgebet an die Königin –, konnten Chido und Tabby alles Nötige erledigen und die Lieferwagen würden über die Purlieu nach Süden Richtung Harbor Terrace davonfahren. Tabby kannte einen Mann, der am Ende der Ionidous einen Schrottplatz führte, wo sie haltmachen, die Nummernschilder austauschen und die wertvolle Lieferung übergeben konnten. Dann würde sie gemeinsam mit Chido und Jules wieder dorthin zurückkehren, wo sie gebraucht wurden, und Aristide würde die Küstenschnellstraße Richtung Nordosten einschlagen – fort von der Stadt.

Leicht. Simpel. Am liebsten hätte er sich übergeben.

Der Verkehr zockelte vorwärts, hielt an. Zockelte vorwärts. Hielt an. Der Fischlaster näherte sich der DeCarr und fuhr zentimeterweise vorwärts. Aristide hielt Abstand, obwohl man hinter ihm hupte. Falls sie zurücksetzen mussten, um abbiegen zu können, verschaffte er ihnen so den nötigen Platz dafür.

Jeden Augenblick würden die Wagen zum Stillstand kommen. Ganz sicher. Vielleicht sogar ... jetzt.

Einen Wimpernschlag lang blieben sie sitzen, dann sprang Chido mit gezogener Waffe unter dem Segeltuch hervor, einen schweren Schalldämpfer am Lauf. Er verschwand an der Vorderseite des Fischlasters und Aristide holte tief Luft: Das hatte er schon länger nicht getan.

Er konnte nichts sehen. Konnte nichts hören. Nur warten.

Cyril war überrascht, dass er sich selbst rasieren durfte. Doch es handelte sich um einen Sicherheitsrasierer und Dorfner stand hinter ihm und hielt Wache.

»Sieht nicht viel besser aus«, informierte er ihn, nachdem er den Schaum abgespült hatte.

»Ich tue, was ich kann«, meinte Cyril. »Und was meine Anwältin von mir fordert.«

»Das würde ich auch machen, glauben Sie's mir. Die sieht aus, als gäb's 'ne Tracht Prügel, wenn man den rechten Pfad verlässt.«

»Weswegen ich auch immer brav darauf geblieben bin. Wollen wir?«

Man steckte ihn in einen fensterlosen Transporter mit zwei Wachen, deshalb sah er nicht, wie es in den Straßen aussah. Schade. Cyrils Tage in Amberlough waren gezählt und er würde sich die Stadt nie wieder ansehen können. Alles, was er zu Gesicht bekommen würde, waren das Gefängnis, der Transporter, das Gerichtsgebäude. Irgendwann der Galgen.

Vage erinnerte Cyril sich an das Aussehen des Rundbaus. Daran, dass der Haupteingang unter sonnendurchfluteten Marmorbögen lag und in den Boden ein Bronzesiegel eingearbeitet war, wahrscheinlich zusammen mit irgendeiner Platitude über Gerechtigkeit.

Ihm gefiel das Gefängnis besser und das nackte Metall des Transporters. Die waren wenigstens ehrlich.

Eine Zeit lang versuchte er, die Kurven und Abbiegungen mitzuverfolgen, doch in Wahrheit wusste er nicht, auf welcher Gebäudeseite sie abgefahren waren, also lag er möglicherweise völlig falsch. Trotzdem wusste Cyril, in welche Richtung sie unterwegs waren, und die nackten Wände des Wagens ließen Geräusche hindurch. Es war noch früh und in ihrer Umgebung herrschte wenig Verkehr. Kein Gehupe, nur das Tuckern und Rattern der Motoren, die über die Kreuzungen fuhren.

Würde sich am Gerichtsgebäude eine Menge versammeln? Würde man Journalisten hereinlassen? Wie viele Fotos von seinem Gesicht mit Rasierwunde, dem schlecht sitzenden Anzug würden in den Abendausgaben erscheinen oder am nächsten Morgen am Frühstückstisch liegen?

Der Transporter kam mit laufendem Motor zum Stehen, was die Karosserie erzittern ließ. Cyril schaute hoch und beobachtete die beiden Wachen. Die eine starrte an die Decke. Die andere knibbelte an ihren Fingernägeln.

Nur zur Ablenkung rechnete er sich seine Chancen aus. Zwei gegen einen und er trug Handschellen. Verriegelte Türen. Dann der Fahrer und wahrscheinlich ein weiterer Wachmann vorne, falls er es hinausschaffte. Anschließend zu Fuß durch die Stadt, noch immer mit gefesselten Händen, ein weiteres Problem, das es zu lösen galt.

Die Chancen standen verdammt schlecht. Cyril hätte nicht auf sich gesetzt. Und Rinko wäre sehr enttäuscht von ihm gewesen.

Sie zockelten vorwärts. Hielten an. Zockelten vorwärts. Hielten an. Vermutlich irgendein Verkehrshindernis. Er ließ sich gegen die Seite des Transporters sinken, lehnte den Kopf an die Wand.

Dann ging abrupt ein Ruck durch den Wagen und Cyril stieß sich den Schädel am Metall. Kurz darauf ruckte der Wagen erneut und hielt an. Er spürte, dass sie schief standen, vorne etwas tiefer als hinten. Platte Reifen. Gleich zwei auf einmal.

Ein Tumult in der Fahrerkabine: Schreie, knallende Türen. Nun war Cyrils Aufmerksamkeit geweckt und er hörte, ganz leise, das insektenartige Sirren eines schallgedämpften Schusses, dann eines weiteren.

Beide Wachen sprangen auf die Beine, stolperten jedoch, als der Transporter erneut durchgeschüttelt wurde. Irgendetwas quietschte an der Hintertür, löste sich dann mit einem lauten Knacken.

Die Wachen zogen ihre Waffen, und als die Türen sich öffneten, feuerten sie. Doch wer den Riegel auch aufgebrochen hatte, hatte klugerweise Deckung gesucht. Ein Lieferwagen, der Stoßstange an Stoßstange mit ihnen stand, blockierte Cyril die Sicht auf die Straße.

Er erhob sich halb, um einen besseren Blickwinkel zu erhaschen, doch die nagelknibbelnde Wachfrau drückte ihn wieder hinunter. Beide Wachen traten an die offene Tür, und während er sie noch beobachtete, zuckte die erste zusammen und fiel nach vorn auf die Straße. Die Zweite hatte gerade noch Zeit, ihre Waffe zu heben, folgte ihrer Kollegin jedoch, bevor sie einen Schuss abgeben konnte.

Unter der Stoßstange kroch ein muskelbepackter Hüne mit Brechstange in der Hand und einer Pistole im Gürtel hervor. Wie hatte er aus dieser Position so viele Schüsse abgeben können?

Dann fiel Cyril die Beifahrerin im Lieferwagen auf, die gerade einen Schalldämpfer von ihrer Waffe schraubte. Der Fahrer hatte beide Hände am Lenkrad.

»Na los«, forderte der Mann mit dem Brecheisen ihn auf. »Kommen Sie raus. Oder muss ich Sie herauszerren?«

Cyril staunte nur einen Augenblick lang. Dann sprang er hinten aus dem Transporter und bemühte sich, nicht auf den Leichen auf dem Asphalt zu landen und mit gefesselten Händen das Gleichgewicht zu halten. Sein Retter – wahrscheinlich neunzig Kilo schwer, sah lisoanisch aus, redete jedoch wie ein Gauner aus Eel Town – stützte ihn und half ihm dann bis zur Rückseite des Lieferwagens. Cyril zuckte zusammen, befürchtete, von jemandem gesehen zu werden, der sich hinter ihnen befand, aber da stand ein weiterer Lieferwagen. Der Fahrer, ein Chuli-Mann mittleren Alters in Tellermütze und Brille, wackelte zur Begrüßung mit den Fingern.

Ungläubig starrte Cyril durch die Frontscheibe. Doch bevor er seinen Verdacht überprüfen konnte, wurde er in einen kalten, feuchten, nach Salzwasser stinkenden Laderaum gestoßen und das Segeltuch hinter ihm zugezogen, sodass er im Dunkeln saß.

KAPITEL 28

»Es freut mich sehr, dass Sie die Zeit gefunden haben, um den langen Weg hierher auf sich zu nehmen«, begrüßte der Schulleiter Lillian – Merritt, nicht Schweinchen, daran musste sie sich ständig erinnern. Stephens respektlose Sprache war ansteckend.

Sie schluckte die sarkastische Erwiderung herunter, die ihr auf der Zunge lag – was hatte sie dieser Tage denn Besseres zu tun? –, ebenso wie die ernst gemeinte Beschwerde. Sprit war teuer, genau wie eine Übernachtung im Hotel. Die Schule hätte problemlos eine Aufsicht in die Stadt schicken können, um Stephens Prüfung abzunehmen, doch Lillian spürte, dass es sich um einen Test handelte: War sie bereit, diese Schikanen auf sich zu nehmen, damit ihr Sohn nach Cantrell zurückkehren durfte?

Ja. Das war sie. Denn wenn schon alles andere außer Kontrolle geraten war, konnte sie zumindest in diesen Punkt ihre Energie stecken.

Außerdem verschaffte es ihr ein Alibi. Cyril sollte an diesem Tag vor Gericht erscheinen. Er sollte. Jinadh war an ihrer Stelle vor Ort, obwohl er angeboten hatte, nach Cantrell zu fahren. Sie hatte jedoch darauf bestanden und ihren Einfluss als Ehemalige angeführt. Er hatte allerdings nicht gerade überzeugt gewirkt.

»Ehrlich gesagt«, erwiderte Lillian, »überrascht es mich, dass Stephen doch noch herkommen sollte.«

»Ich will sie nicht anlügen.« Merritt senkte den Blick, runzelte die Stirn und sprach eher mit seiner Schreibtischunterlage als mit ihr. »Die Lehrerschaft war sich nicht einig. Aber letztlich hat sich die Mehrheit für Stephen ausgesprochen. Falls er akademisch auf einer Höhe mit seinen Mitschülern ist und die … Unregelmäßigkeiten in seinem Verhalten eindämmt, darf er gern zum Frühlingstrimester zurückkehren. Er ist ja schließlich nicht sein Onkel, nicht wahr?«

»Nein«, sagte Lillian, »das ist er nicht.« *Genauso wenig, wie ich mein Vater bin.* Sie fragte sich, ob Merritt zu den Gegnern gehört hatte. So peinlich berührt, wie er erschien, nahm sie das eher nicht an. Er schämte sich für seine Kollegen. Hätte man ihn überstimmt, wäre er stattdessen wütend gewesen.

»Nein. Natürlich nicht. Er ist einfach ein Kind. Und es ist die Aufgabe dieser Schule, dafür zu sorgen, dass er sein Potenzial entfaltet.«

Lillian erinnerte Merritt nicht daran, dass ihr Bruder in Stephens Alter ebenfalls Cantrell besucht hatte und sein Potenzial auf eine *gewisse* Art ganz sicher ebenfalls entfaltet hatte.

»Wann werden Sie es ungefähr wissen?«, fragte sie. Stephen sollte bald mit der Prüfung fertig sein. Nach diesem Gespräch würde Lillian ihn in der Eingangshalle abholen.

»Ich denke, dass wir innerhalb einer Woche eine Antwort für Sie haben werden. Vielleicht zwei Wochen. Genug Zeit, um fürs Frühjahr zu planen. Egal, wie die Ergebnisse ausfallen.«

»Vielen Dank«, meinte sie und stand auf.

Merritt gab ihr die Hand und fügte hinzu: »Ms. DePaul, ich möchte, dass Sie eines wissen: Ich hoffe, dass Stephen bei der Abschlussfeier auf dem Podium steht.«

Dass Lillian ihn richtig eingeschätzt hatte, erfüllte sie mit einer gewissen Befriedigung. Wenigstens das beherrschte sie noch. »Das ist sehr freundlich von Ihnen, Herr Schulleiter.«

Er schüttelte den Kopf. »Mein älterer Bruder ist in Liso gewesen. Im Gewürzkrieg. Wie man ihn behandelt hat, nachdem er nach Hause zurückgekehrt ist ... Ich glaube, das hat ihm schlimmer zugesetzt als die Kämpfe. Als könnte man die Fehler eines Landes ausmerzen, indem man dessen Soldaten anspuckt.«

»Das tut mir aufrichtig leid«, erwiderte sie und wartete ungelenk zwischen dem Kleiderständer und ihrem Stuhl im Raum, weil sie die einzige Person in Gedda, die ihr mitfühlend begegnet war – oder zumindest Stephen –, nicht einfach so stehen lassen wollte.

Merritt zuckte mit den Achseln. »Inzwischen geht es ihm ganz gut. Aber es hat Zeiten gegeben ... na ja. Das würde ich Ihrem Sohn möglichst gerne ersparen, wenn ich es kann. Was nicht heißen soll, dass er es hier leicht haben wird oder auf irgendeiner anderen höheren Schule, die Sie fürs nächste Jahr vielleicht auswählen. Sie wissen, wie Kinder in dem Alter sind.«

Und wie sie danach meistens blieben.

Merritt warf einen Blick auf die Kaminuhr in seinem Büro und sagte: »Machen Sie sich lieber auf den Weg – er ist jeden Augenblick fertig. Wir hören voneinander.«

Da nahm Lillian schließlich ihren Mantel vom Kleiderständer und zog ihn an. »Ich freue mich darauf.«

Stephen wartete auf den Stufen vor der Eingangshalle, sein Atem bildete Wölkchen. Für die Jahreszeit war es ein schöner Tag: stahlblauer Himmel, im Schatten noch Bodenfrost. Auf dem quadratischen Hof streckten rund um den Brunnen die ersten Osterglocken ihre grünen Zungen heraus. Das widrige

Jahresviertel hatten sie hinter sich gebracht, bald nahte die Tagundnachtgleiche und auch bis zur Wahl dauerte es nicht mehr lange.

»Ich *verhungere* gleich«, beschwerte Stephen sich, sobald sie in Hörweite war.

»Tut mir leid«, sagte Lillian. »Merritt wollte noch etwas länger mit mir reden. Was meinst du zu einem späten Mittagessen im *Akill Stairs*?«

»Das ist ganz schön teuer«, zweifelte Stephen und runzelte die Stirn.

Lillian, der man beigebracht hatte, nicht über Geld zu sprechen, unterdrückte eine Grimasse. So konnte man ein Kind selbstverständlich nur dann großziehen, wenn man reich genug war, dass man sich darum keine Gedanken machen musste und nie darüber stritt. »Das lass mal meine Sorge sein.«

Das *Akill Stairs* war ein Urgestein in diesem Ort – eine Kneipe an der Nordecke des Dorfplatzes, deren Fenster nach Süden über den Anger schauten. Die Preise lagen hoch – im Ort gab es viele Kurzzeitgäste, von denen die meisten irgendwann im *Stairs* landeten. Es war die Hauptanlaufstelle für Familien, die zur Einschreibung und Abschlussfeier zu Besuch kamen, am Anfang und am Ende der Trimester.

Deshalb war es gerade nahezu leer. Nur einige Leute aus dem Dorf, die eindeutig die Inhaber kannten, saßen vor einem Radio am Ende der Bar. Eine Frau mittleren Alters mit einer Schürze sah sie hereinkommen und löste sich von dem Haufen.

»Entschuldigen Sie bitte«, meinte sie. »Wir sollten uns nicht alle ums Radio lümmeln, aber heute ist hier nicht viel los, dafür aber im Rundfunk umso mehr.«

Lillian fuhr ein eiskalter Schauer den Rücken hinab, darum richtete sie sich auf. »Ist etwas geschehen?«

»Haben Sie es noch nicht gehört? DePaul ist abgehauen.«

»Was?«

»Er ist verschwunden. Heute Morgen schon, aber sie sagen es uns erst jetzt. Wenn sie es vorher berichtet hätten, hätten die Leute nach ihm suchen können.«

Zur Königin noch mal, wenn die Frau gewusst hätte, wonach sie Ausschau halten mussten, wäre sie Lillian bereits an die Gurgel gegangen. Hatten die Leute nicht immer gesagt, dass man sie und Cyril für Zwillinge halten könnte?

»Mum?«

Lillian legte Stephen die Hand auf die Schulter und drückte dabei ein wenig fester zu, als aus reiner Zuneigung angebracht gewesen wäre. Es bedeutete *Ruhe* und er hielt sich daran. Sie wagte es nicht, ihm ins Gesicht zu sehen.

»Wie schade, aber sie hatten bestimmt ihre Gründe.« Vermutlich hatte Makricosta nicht mehr genug Einfluss, um die Jagdhunde derart lange zurückzuhalten. Früher vielleicht, aber heutzutage? Wahrscheinlich war ihnen der Vorfall einfach peinlich gewesen.

»Wie dem auch sei«, winkte die Frau ab. »Was darf ich Ihnen bringen?«

»Nur ein schnelles Mittagessen. Wir möchten bis zum Abend wieder in der Stadt sein.«

»Selbstverständlich. Aber das Trimester endet doch erst in einer Woche. Warum sind Sie jetzt schon hier? Der Kleine ist ein Glückspilz, was?«

»Äh«, zögerte Stephen.

Lillian drückte ihm erneut die Schulter. »Ein Todesfall in der Familie.«

»Ach, Sie armes Lämmchen. Das tut mir sehr leid. Ich lasse Sie in Ruhe. Sind Ihnen zwei Fischpasteten recht? Die Forelle kommt direkt aus dem Akill und ist von meiner Frau geräuchert worden. Mellie, zwei Fischpasteten. Machst du die fertig, meine Liebe?«

Eine untersetzte Frau mit grau melierten, dunklen Haaren schaute vom Radio hoch. »Jetzt, Sam?«

»In den nächsten zehn Minuten wird sich in den Nachrichten nichts weiter tun. Und falls doch, dann gebe ich's dir durch, wenn du zurückkommst. Und jetzt komm mal in die Hufe!« Sie wandte sich wieder Lillian zu. »Tut mir leid. Manchmal ist sie eine echte Sau, aber zumindest hat sie diesmal einen guten Grund. Ihre Schwester ist beim Laufsteg gewesen und in einem der Lager an Cholera gestorben. Sie hat sich wirklich darauf gefreut, ihn hängen zu sehen. Möchten Sie was trinken?«

»Selters mit Klettensirup«, brachte Lillian schwach heraus. »Und ... äh ... ein Bier vom Fass.«

»Kommt gleich zu Ihnen an den Tisch. Setzen Sie sich. Sie sehen plötzlich ganz blass aus.«

»Ich habe nicht gefrühstückt.«

Lillian konnte sich nicht mehr daran erinnern, dass sie Platz genommen hatte, doch plötzlich saß sie Stephen gegenüber an einem Tisch, der weiter hinten im Raum an der Wand stand und dessen Holzplatte mit den ringförmigen Abdrücken zahlreicher Gläser bedeckt war. Hier kam das Radio klar und deutlich an, darum hörten sie die Wiederholung der stündlichen Nachrichtensendung und dann den schnellen Wortschwall eines Journalisten. Ausnahmsweise bekam Lillian nichts davon mit, die Worte der Wirtin schwirrten ihr noch immer im Kopf herum.

Ihre Schwester ist beim Laufsteg gewesen ... im Lager an Cholera gestorben ... darauf gefreut, ihn hängen zu sehen. Wie konnte es sein, dass alles so verdreht war? Die Gründerin des Laufstegs war mit Cyril befreundet gewesen. Sie hatte sich bei ihm untergehakt und den Deputy Commissioner bezirzt: Darüber gab es in Cyrils Akte einen Bericht, den er handschriftlich verfasst hatte. Ebenso wie eine nie abgeschickte

Empfehlung, dass die Ospies Lehane ansprechen und als Fuchs für sich gewinnen sollten.

Aber das würde zu Lillians Lebzeiten nie ans Licht kommen. Nicht, solange Gedda eine tote Heldin verehren und einen lebendigen Bösewicht hängen wollte.

Sam stellte ihnen zwei Gläser hin, die auf dem Holz weitere Ränder hinterließen. »Die Pasteten kommen gleich, Schätzchen.«

Als sie sich wieder der kleinen Menge am Radio angeschlossen hatte, beugte Lillian sich über den Tisch und ihre Gläser und sprach leise mit Stephen. »Iss schnell und mach keinen Aufstand. Wir müssen hier rauskommen, ohne eine Szene zu verursachen.«

Da verwandelte er sich wieder, wirkte plötzlich nicht mehr fast erwachsen. Er machte große Augen und verzog vor Angst und Unsicherheit das Gesicht.

»Backen zusammenkneifen, Kröte«, wies sie ihn an. »Wir sind inkognito hier.«

Und obwohl sie Merritt vorhin erst erzählt hatte, dass ihr Sohn nichts mit seinem Onkel gemein hatte, obwohl sie hoffte, dass er dessen Schicksal nicht teilen oder in dieselben Ecken gedrängt werden würde, war sie stolz darauf, wie rasch er sich zusammenriss und eine Maske aufsetzte.

Sie schafften es gerade rechtzeitig zurück in die Coral Street, bevor das Essen auf dem Tisch stehen sollte. Die gesamte Straße war zugeparkt und am Eingang von Nummer vierundzwanzig lauerten Schatten auf sie. Glücklicherweise hatte man das alte Kutschenhaus zur Garage umgebaut. Lillian bog in die enge, kopfsteingepflasterte Gasse ein, die hinter den Stadthäusern entlanglief, und betete, dass sich dort keine Streiter der Feder eingerichtet hatten. Aber ihr Gebet wurde nicht erhört: Ihre Scheinwerfer beleuchteten zwei Gestalten, die zu beiden Seiten des Kutschenhauses hockten und hastig aufstanden, sodass sie einen Mann und eine Frau erkannte. Beide konzentrierten sich jeweils auf ein Wagenfenster und hämmerten dagegen.

Lillian drückte auf die Hupe und sah ihren Angreifern nicht in die Augen. Irgendwann würde Magnusson ...

Ja, nun standen die Tore offen. Sie trat etwas zu fest aufs Gaspedal und schnellte in die Garage, sodass die Journalisten zur Seite sprangen. Magnusson bereitete es größere Probleme, die Schiebetore alleine schnell genug zu schließen. Lillian stieg aus dem Wagen und half ihm.

»Ms. DePaul«, rief die Frau und leuchtete ihr mit einer Taschenlampe ins Gesicht. »Haben Sie gewusst, was Ihr Bruder vorhatte?«

Sie stemmte sich mit vollem Gewicht gegen eines der beiden schweren Holztore, das auf seinen Rollen quietschte.

»Ms. DePaul«, fragte der Mann, »haben Sie ihm bei seiner Flucht geholfen?«

Magnusson ächzte. Dann kreischte das rostige Metall und die Tore schlossen sich. Lillian schob den Riegel vor und atmete in der Dunkelheit auf.

»Bitte entschuldigen Sie«, meinte Magnusson. »Ich war etwas in Eile.« Irgendwo links von sich hörte sie ihn rumoren, dann das Klacken eines Schalters. Das Licht einer trüben Birne erleuchtete die Garage und Stephen, der bereits halb aus dem Wagen geklettert war. Mit einer Hand hielt er sich an der Tür fest, mit der anderen am Rücksitz. Seine Unterlippe bebte.

Der Durchgang zum Haus stand offen und Lillian hörte Schritte, dann erschien Jinadh. Er fiel beinahe die grobe Holztreppe herunter und Stephen hatte nichts dagegen, als sein Vater ihn in eine feste Umarmung zog. Über seinen Kopf hinweg warf dieser Lillian einen Blick zu, der ihr verriet, dass sie als Nächste dran war.

Falls er sie erwischte. Während der Fahrt hatte sie Zeit zum Nachdenken gehabt. Und nun hatte sie einiges zu tun.

Lillian hatte Cyril die Wahrheit gesagt: Irgendjemand musste sich im Namen ihrer Familie entschuldigen. Ihre ehrgeizige, skrupellose Familie, die überall Chaos anrichtete. Von Großmama, der Generalin, bis zu Stephen, der einen Wagen in die Luft gejagt hatte. Und Cyril würde das eindeutig nicht übernehmen.

»Ms. Higata hat angerufen«, informierte Magnusson sie. »Und die Polizei ist da gewesen. Sie hatten einen Durchsuchungsbefehl dabei, haben allerdings nichts gefunden.«

Heilige Steine. Lillian war so aufgewühlt gewesen, dass sie ganz vergessen hatte, sich bei Rinko zu melden. Wenigstens hatte diese ein gutes Alibi: Sie hatte vor dem Richter gestanden. Allerdings würde sie das nicht vor der weiteren Untersuchung schützen. Zumindest war das *eine* Sache, bei der Lillian mit dem Entschuldigen anfangen konnte. Doch vorher musste sie einige größere Hürden überwinden.

»Ich spreche später mit Ms. Higata.« Sie lief an der Fahrerseite entlang, wich dem Trost aus, den Jinadh ihr spenden wollte – wenn sie ihn jetzt bekam, würde sie zusammenbrechen. »Würden Sie inzwischen bitte eine Kanne Kaffee hoch in mein Büro bringen? Vielen Dank.«

Lillian konnte Jinadh nicht ins Gesicht sehen, aber das hielt ihn nicht ab. Sie spürte seinen Griff am Handgelenk, bevor sie durch die Tür war.

»Augenstern«, meinte er und zog sie sanft zu sich. »Lass mich dir wenigstens einen Kuss geben. Ich habe es vor Sorge kaum ausgehalten.«

Und wahrscheinlich auch vor Zorn. Das würde er vor Magnusson und Stephen nicht zugeben, trotzdem nahm Lillian an, dass Jinadh sie durchschaut hatte – dass sie wegen Cyrils Verschwinden bewusst die Stadt verlassen hatte.

Allerdings sah er tatsächlich schrecklich aus: fahles Gesicht, dunkle Augenringe. Falls er wütend war, hatte dieses Gefühl längst der Angst Platz gemacht. Darum hielt sie an der Schwelle inne und ließ sich von ihm in die Arme nehmen, von seinem Duft nach Tabak und Leder und *Marygale*-Seife einhüllen. Sein Kuss schmeckte bitter. Er hatte geraucht, was er sehr selten tat. Um die Nerven zu beruhigen.

»Ich liebe dich«, sagte Jinadh.

»Ich muss einen Anruf tätigen.« Als er die Stirn runzelte, gab Lillian ihm einen weiteren Kuss und sagte: »Es tut mir leid. Du weißt doch, dass ich dich auch liebe.«

Um an diesem Abend und zu dieser Uhrzeit an Opal Saeger heranzukommen, brauchte es Erfindungsgeist. Lillian hatte keine Visitenkarte. Vor ihren letzten Treffen hatte Saeger ihr ein Telegramm geschickt. Und ihre Nummer stand nicht im Telefonbuch.

Lillian versuchte es über Honora Simons, die von ihrem Anruf kalt erwischt wurde, sich aber schließlich überreden ließ, ihr die private Nummer eines Kampagnenkontakts zu geben. Dieser Kontakt raubte Lillian jedoch beinahe den letzten Nerv. Schließlich sagte sie – nein, sie blaffte *nicht* – mit angespannter Stimme: »Falls Sie sich Sorgen machen, rufen Sie doch einfach bei ihr an und fragen, ob sie mit mir reden will. Ich warte hier am Telefon. Wenn es sein muss, die ganze Nacht.«

Lillian hatte nicht einmal ihren Kaffee ausgetrunken, als es wieder klingelte.

»Lillian?« Diesmal war Saeger am anderen Ende. »Worum geht es? Rauleigh hat gesagt, dass du mich treffen möchtest.«

»Das möchte ich. Ich … brauchst du noch immer eine Wahlkampfleiterin?«

Ein kaum unterdrücktes Schnauben. »Ich weiß ja, dass meine Werte in den Umfragen sinken, aber ich weiß nicht, wie du mir da weiterhelfen kannst.«

Lillian drehte ihre Tasse auf der Untertasse herum und beobachtete, wie der Kaffee zitterte. »Ich muss zugeben, dass ich auf dem Papier nicht besonders gut aussehe.«

»Auf den Titelblättern der Zeitungen auch nicht. Ich habe in diesem Spiel allerdings nur noch ein paar Chips übrig und wir sind praktisch in der letzten Runde. Was genau schlägst du vor?«

»Ich weiß, wer diese Lagerhalle in die Luft gejagt hat«, sagte Lillian. »Und ich weiß, warum.«

Viel zu lange herrschte am anderen Ende der Leitung Schweigen. »Und das verrätst du mir nur, wenn ich dir eine Stelle verschaffe.«

Lillian kämpfte mit ihrem Ehrgeiz und ihrer Angst, die beide gleichauf lagen. »Ich verrate es dir«, brachte sie heraus. »Ich sage es dir und du schuldest mir nichts. Aber ... ich wäre dir dankbar, wenn du an mich denkst. Entweder vor oder nach der Wahl, falls der Kunstgriff, den ich im Kopf habe, Erfolg hat.«

»In Ordnung«, meinte Saeger. »Du hast die Stelle. Zumindest wenn du nicht im Gefängnis landest, weil du bei der Flucht geholfen hast.«

»Ich war den ganzen Tag nicht in der Stadt«, sagte Lillian. Eine Wahrheit, dicht gefolgt von einer Lüge. »Ich habe damit nichts zu tun gehabt.«

»Da hast du aber Glück.« Das meinte sie ironisch, doch Lillian verstand nicht, worauf sie hinauswollte. »Morgen früh um neun?«, fragte Saeger und klang wieder rein geschäftlich. »Am besten nicht offiziell. Wieder im *Lyle's*?«

»Haben die um neun schon auf?«

»Das lässt sich einrichten.«

»Dann im *Lyle's*. Ich bringe noch jemanden mit, wenn das in Ordnung ist.«

»Solange der keinen Revolver dabeihat.«

Das konnte Lillian nicht versprechen – wenn man Daouds Geschäfte bedachte, trug er vielleicht tatsächlich eine Waffe bei sich. Doch sie war sich recht sicher, dass er damit nicht auf Saeger zielen würde. »Niemand wird erschossen.«

»Das soll mir reichen.« Und sie legte auf.

Als Nächstes war das *Sykes House* dran, doch man teilte Lillian mit, dass Mr. Qassan leider nicht mehr dort wohnte. Fluchend griff sie nach dem Telefonbuch und blätterte eilig hindurch, bis sie Cross-Costa Importe fand. Es war zwar lange nach Feierabend, aber vielleicht, wenn das Schicksal ihr gewogen war ...

»Cross-Costa Importe, Jamila Osogurundi am Apparat. Weil Sie deutlich nach Feierabend anrufen und meine Sekretäre schon weg sind. Was verdammt noch mal wollen Sie?«

»Es tut mir sehr leid«, sagte Lillian. »Ich versuche, Daoud Qassan zu finden.«

»Qassan? Hundert zu eins. Haben Sie es schon mal mit Roulette versucht? Der schläft heute im Büro. Ist rausgeworfen worden. Kein Glück in der Liebe.« Lillian hörte, wie eine Hand auf die Sprechmuschel gelegt wurde, dann ein gedämpftes: *»Qassan! Telefon!«*

Noch einige Geräusche, dann ein fragendes: »Hallo?«

»Daoud. Hier spricht Lillian.«

»Oh.« Er atmete durch, um die Fassung wiederzugewinnen. »Ist ... ist alles in Ordnung?«

»Soweit ich weiß, ja. Ich rufe nur an, weil ich möchte, dass du dich mit jemandem triffst. Morgen früh um neun. Hast du da Zeit?«

»Wen soll ich treffen?«

»Das möchte ich auf dieser Leitung nicht sagen.« Falls das ACPD nur den Hauch einer Ahnung davon hatte, was Cross-Costa so alles anstellte, wurden sie abgehört. Und dann würden sie jemanden auftreiben, der Porashtu beherrschte. »Sag einfach Ja oder Nein.«

»Um welchen Gefallen geht es dabei?«

»Wie bitte?«

»Mir hat jemand erst vor ein paar Tagen gesagt, dass ich besser nachfragen soll, welchen Gefallen man von mir möchte, bevor ich zusage.«

Lillian ballte die Faust und tippte damit vorsichtig gegen das Telefonbuch. Er hatte recht und sie war ihm die Wahrheit schuldig. Aber wie sollte sie es formulieren?

»Du hast gesagt, dass du dich nicht für eine ...« Wieder tippte sie mit der Faust auf, doch diesmal nicht aus Frust, sondern weil sie nach dem richtigen Wort suchte, »Herausforderung hältst. Ich biete dir die Gelegenheit, eine zu werden.«

Daoud zögerte. Meinte dann: »Das klingt interessant.«

»Dann komm um halb neun zu mir nach Hause. An die Hintertür, vorne lauern die Geier. Ich erkläre dir alles, dann kannst du dich entscheiden.«

KAPITEL 29

Vor die Wahl zwischen Fisch und Dreckwäsche gestellt, war Cyril Letztere deutlich lieber. Sie müffelte zwar etwas, war jedoch wenigstens warm. In der halben Stunde, die er zwischen den Kisten mit Eis eingeklemmt verbracht und sich unter einem Netzbeutel mit Muscheln versteckt hatte, waren ihm sämtliche Glieder taub geworden. Sein Anzug war durchnässt und selbst seine Socken waren feucht. Als er an einem Zwischenhalt, den er kaum erkannte, aus dem Wagen gezerrt wurde, um in den anderen zu steigen, stolperte er, landete auf dem Boden und musste regelrecht in den anderen Transporter gehoben werden.

Auch die Türen von diesem hielten dichter. Das Segeltuch hatte den Wind hereingelassen, genau wie die Straßengeräusche und Polizeisirenen. Diese wurden zunächst häufiger, dann seltener, je weiter sie sich vom Ort der … Rettungsaktion? Entführung? oder des Gefängnisausbruchs? … entfernten.

Vielleicht trafen alle drei zu.

Als Cyril sich schließlich aus seinem Kokon dreckiger Laken wagte, sah er, dass sich der Himmel hinter den Rückfenstern des Lieferwagens verdunkelt hatte. Sie waren stundenlang gefahren und auf den letzten Kilometern hatte der Straßenbelag sich verschlechtert.

Die Wäschewagen ratterten auf ihren Rollen, die Rahmen quietschten, wenn das Fahrzeug über Bodenunebenheiten holperte. Dann rutschte die gesamte Ladung, einschließlich Cyril, einmal nach vorne und kam zum Stehen, als der Lieferwagen anhielt.

An der Fahrerkabine öffnete und schloss sich die Tür, was das ganze Fahrzeug erzittern ließ. Cyril vergrub sich wieder in den Laken, noch immer misstrauisch. Kurz darauf ging quietschend die Hintertür auf und ein kühler Windstoß fuhr herein.

»Biste da drin, Darling?«, fragte der Fahrer mit derart starkem Akzent aus dem Norden, dass er die Worte beinahe unverständlich machte.

Cyril streckte sich vorsichtig aus. In seinen Schultern breitete sich ein heftiger Krampf aus, dennoch hob er den Kopf erneut über die Laken und fragte: »Darling?« Kosenamen hatte er nicht erwartet.

Im erdrückenden Schwarz der ländlichen Nacht konnte er die Miene des Mannes nicht erkennen. Nicht einmal sein Gesicht. Konnte nicht sicher sein, ob es wirklich Ari war.

Nicht, bis dieser sagte: »Ach, tut mir leid, so heißte ja gar nich' mehr. Jetzt biste van Weill. Oder besser Wallis.«

»Wie bitte?« Mit vor Nässe quatschenden Schuhen kämpfte Cyril sich aus dem Wäschekorb. »Wer ist Wallis? Ari, bist du's?«

»Verdammnis und Verderben«, fluchte Aristide, hörte dann jedoch mit dem Schauspiel auf. »Und ich dachte, ich könnte noch currinisch klingen, wenn ich mich bemühe. Wie geht es dir?«

»Als hätte man mich von einer Schuhsohle gekratzt.«

»So siehst du auch aus.« Er streckte Cyril die Hand entgegen, die dieser ergriff, um über die Stoßstange hinunterzusteigen. Unter seinen Schuhen knirschten Frost und Kies.

»Wo sind wir?« Er erschauderte. Dann konnte er das Zittern nicht mehr kontrollieren.

»Hier, bitte«, sagte Aristide und gab ihm einen Koffer aus Karton. Darin befand sich ein dicker Tweedanzug und ein kratziger, dreifarbiger Pullover. »Deine Schuhe sind in Ordnung, würde ich sagen. Aber da sind wärmere Socken drin. Vor allem trockene.«

Cyril setzte sich auf die Stoßstange des Lieferwagens und kämpfte sich aus der Kaschmirhose in die Tweedhose. Selbst nackt hätte ihm nicht viel kälter werden können. Den Nadelstreif-Zweireiher stopfte er zur Schmutzwäsche in einen der Körbe. Ihm klapperten die Zähne. »Wo kommt das her?«

»Kann dir egal sein.« Da schlich sich wieder leicht sein Akzent ein und Ari schüttelte den Kopf, wie um ihn loszuwerden.

Cyril zog den Pullover über den Kopf und das Jackett darüber, doch das brachte nichts. »Bei den Titten meiner Mutter, es ist *arschkalt.*«

»Ich kann mich gar nicht daran erinnern, dass du schon immer so viel geflucht hast.« Aristide griff in sein Jackett und holte einen verbeulten Flachmann aus Stahl mit Lederbezug heraus. »Brandy?«

Nachdem Cyril die Hälfte in einem Schluck hinuntergekippt hatte, ging es ihm sofort besser.

»Kannst ihn leer machen, wenn du willst«, meinte Aristide. »Ich habe im Rucksack noch mehr.«

»Du hast einen *Rucksack* dabei?« Das konnte er sich beim besten Willen nicht vorstellen.

»Na ja, ich wollte mein ganzes Gepäck schließlich nicht auf der Ladefläche eines Wäschelasters durchs Land schleppen. Das habe ich vorausgeschickt.«

»Wohin?«

»Nach Dastya.«

Cyril verschluckte sich an seinem zweiten Schluck Brandy und musste sich räuspern. »Aristide, das liegt im Kriegsgebiet.«

»Blödsinn. Das liegt direkt an der Grenze dazu. Tatié hat es vor Monaten an die Tzietaner verloren. Östlich von Kareniv sind wir sicher. In drei Tagen legt ein cestinisches Postschiff in Dastya an. Wenn wir uns beeilen, können wir meine Überseekoffer und restlichen Sachen auf dem nächsten Abschnitt unserer Reise begleiten.«

»Und was ist mit der Grenze?«, fragte Cyril. »Mit *den* Grenzen, meine ich. Ich glaube kaum, dass wir überhaupt nach Tatié hineinkommen, und erst recht nicht von Tatié nach Tzieta.«

»Glücklicherweise reisen wir nach Ibet, zumindest auf dem Papier, und haben nur einen Halt an der tatienischen Grenze, bei dem die Dokumente überprüft werden.«

Cyril fluchte. »Pässe.«

»Meiner ist auf Erikh Prosser ausgestellt, den Sohn meiner Mutter.«

»Aber ich *habe* ja nicht mal einen.«

Ari lächelte. »Schau mal in deiner Tasche nach.«

Cyril griff hinter sein Revers und spürte etwas Hartes im Futter. Er holte das entsprechende Dokument heraus, auf dessen Kartoneinband ein getrockneter Flecken zu sehen war.

»Ich traue mich gar nicht hineinzusehen«, meinte er, tat es aber dennoch. »Ambrose Adam ... Wallis soll das wohl heißen. Was ist da passiert, Verdammnis und Verderben?«

»Du hast Gin darüber verschüttet.«

»Wallis trinkt also gern Gin, ja?« Cyril verzog das Gesicht. »Soll ich so den Rest meines Lebens verbringen?« In diesem Augenblick wurde ihm klar, dass genau das zutraf, und er fing erneut an zu zittern. »Wahrscheinlich sollte ich dankbar dafür sein, dass ich diese Chance bekomme. Aber Mutter und ihre Söhne, Ari. Das Ganze wird ungefähr so gut funktionieren, als wolltest du Wein mit einem Sieb auffangen.«

»Du hast doch nicht etwa *Angst?*« Ari warf ihm unter seiner Tellermütze einen flirtenden Seitenblick zu und plötzlich wirkte seine Tarnung wie ein Bühnenkostüm. Cyril erinnerte sich daran, wie er ihn hatte strippen sehen, wobei er die Schichten seiner Kunstfigur auf unerwartete Weise abgeschält und mit jedem Kleidungsstück, das er auszog, jemand anderes geworden war.

Er schluckte ein Gefühl herunter, das keine echte Erregung darstellte, dafür bestand es aus zu viel Traurigkeit und Nostalgie. »Wahrscheinlich wird es nicht schlimmer als in Liso.«

»Zumindest gibt es da weniger Dasselfliegen. Hüpf wieder in den Lieferwagen.«

»Wirkt das nicht etwas verdächtig?«

»Den werden wir in ein paar Kilometern los und gehen zu Fuß zur Tarbycliff Station.«

»Zum Zug?«, fragte Cyril ungläubig.

»Selbstverständlich«, antwortete Aristide. »Wer würde schon in der dritten Klasse nach einem DePaul suchen?«

Der Wäschelaster lag am Grunde eines tiefen Grabens neben einer Zufahrt versteckt, die Frontstoßstange im Schlamm vergraben. Junge Büsche aus dem nahe gelegenen Wald hatten die Umgebung erobert, sodass man den verlassenen Lieferwagen zumindest im Dunkeln kaum von der Straße aus erkennen konnte. Cyril fragte sich, ob im Haus am anderen Ende des Weges jemand lebte.

Es herrschte Neumond. Das würde ihnen dabei helfen, unbemerkt zu bleiben. In der Stille der Landschaft hörte er den kleinen Flusslauf an der Straße entlangplätschern: irgendein namenloser Zufluss des Heyn. Er fragte sich, wie spät es war und wann der erste Zug ging.

All das fühlte sich entsetzlich vertraut an. Beinahe konnte Cyril das Schießpulver an seinen Händen riechen, Überbleibsel eines hastigen Mordes. Kurz dachte er an Finn Lourdes, der tot in seiner Badewanne gelegen hatte, an die Wachen, die an diesem Nachmittag erschossen auf dem Boden gelegen hatten. Wie viel mehr Leute ließ er ruiniert zurück?

»Gehen wir los«, meinte Aristide und schritt die Zufahrt entlang. Cyril folgte ihm nicht.

Sein Gewissen hatte er im Gefangenentransporter zurückgelassen, als sich die Aussicht auf Freiheit so unmittelbar ergab. Nun hatte es ihn plötzlich wieder eingeholt, krallte sich von hinten in seinen Kragen und würgte ihn.

»Hast du keine Schuldgefühle?«, fragte er.

Aristide blieb auf einem Steg stehen, der von der Straße über den Bachlauf führte. »Weshalb denn?«

»Dass du mich einfach so verschleppst? Was ist mit all dem, was ich getan habe? Ich verschwinde und lasse das ganze Chaos zurück, sodass andere hinter mir aufräumen müssen.«

»Gedda hasst dich«, meinte Aristide und drehte sich um, sodass sie einander auf dem Holzsteg gegenüberstanden und das Wasser zwischen ihnen hindurchfloss. »Daran ändern weder das Gefängnis noch der Galgen etwas.«

»Es geht nicht darum, ob sie mich hassen.« Cyril hörte selbst, wie lächerlich er klang, wie seinen Plattitüden die Luft ausging. Mit so etwas kam man nie gegen Ari an.

»Tut es das nicht?«

»Nein, es geht um …«

»Ach, bitte.« Aristide trat einen Schritt näher, wieder auf die Straße zu, ein fester Stiefel auf dem halb verwitterten Holz. »Jetzt sag bloß nicht Gerechtigkeit.«

Sogar Cyril hörte in der Stille seine Antwort.

»Worin soll die denn bitte liegen? Das ist nur der Versuch, Wunden zu schließen, die niemals richtig heilen können. Wenn man einen Mörder hängt, was bringt das dann dem Opfer?« Er ging noch einen Schritt weiter, bis zur Stegmitte.

»Selbst tot hätten sie dir nicht verziehen. Mir wäre es lieber, wenn du lernst, mit deiner Schuld zu leben. Vielleicht ist das selbstsüchtig, aber ich scheine heutzutage weniger Skrupel als du zu haben.«

»Die Skrupel habe ich mir schwer verdient.« Irgendwie war auch Cyril näher auf Aristide zugekommen. Er konnte sich nicht daran erinnern, die Sicherheit des Seitenstreifens verlassen zu haben.

»Mir wäre viel lieber, das hättest du nicht getan. Sie dir verdient. Dann wären wir schon seit fünf Minuten unterwegs.« Aristide stellte sich dicht vor Cyril und betrachtete ihn lange. Als er weiterredete, klang er nicht mehr so scharf wie im Streit und sein blasierter Ton wechselte das Register: Er wurde weicher und ernster. Die letzten Spuren des Innenstadtsingsangs verschwanden. Cyril erinnerte sich daran, dass er früher gestottert hatte und bei welchen Gelegenheiten das Stottern gestockt hatte, ihm abhandengekommen war. Immer wenn er etwas sehr ernst gemeint oder große Angst gehabt hatte.

»Was hält dich hier?«, fragte Ari und Cyril bemerkte, dass er nur noch einen halben Meter entfernt war: so nah, wie er ihm in Liso gekommen war, als Cyril unter dem Rasierer zusammengezuckt war und sich geschnitten hatte.

»Ich will einfach ...« Aber seine Gedanken zerstoben in alle Richtungen, flohen, wollten sich nicht ordnen oder zeigen. Wenn er sie laut ausspräche, hieße das, sich einem Vorgehen zu verpflichten oder zumindest dem Versprechen, es durchzuziehen. Die Unentschlossenheit stach ihn so heftig in den Bauch, als hätte man ihn getreten.

»Cyril«, drängte Aristide. Furchtbarerweise klang er ... verdrossen. Beinahe ängstlich. Ballte die Hände zu Fäusten. »Cyril, bitte gib nicht ...«

»Ich will das Richtige tun«, entfuhr es Cyril plötzlich. »Wenigstens ein einziges Mal. Und ich habe gedacht ... im

Gefängnis habe ich gedacht, dass du es bist. Dass du die eine Sache bist, die ich in Ordnung bringen kann. Cordelia ist tot und das Land ist ein Scherbenhaufen, aber du bist noch da, genau wie ich.«

»Ja.« Ari klang atemlos, hatte allen Stolz über Bord geworfen.

Cyril konnte ihn nicht ansehen. »Ist das hier das Richtige?«

Da holte Aristide zittrig Luft. »Ist das eine rhetorische Frage? Oder möchtest du meine ehrliche Antwort?«

»Ehrlich«, meinte Cyril. »Jemand muss es mir sagen.«

Zu seinen Füßen rührten sich Schatten in der mondlosen Nacht und er sah die Spitzen von Aris Stiefeln im Matsch und schmelzenden Schnee. »*Ich* glaube, auf dieser Welt gibt es nur Gerechtigkeit, wenn man selbst dafür sorgt. Also mach es diesmal besser. Wir *beide* machen es besser.«

Diese Worte weckten eine ferne Erinnerung. »Kleine Lügen.«

Aristide stöhnte leise, doch voller Schmerz, als hätte man ihm eine Klinge in den Leib gerammt, und plötzlich umarmte er Cyril, der sich diesmal nicht anspannte, zurückzuckte oder versuchte, ein Messer abzuwehren. Er klammerte sich so fest an Aristide, dass seine Oberarme schmerzten und sich seine Hände verkrampften, weil er sie hinter Aris Rücken, in seinem Nacken, zu Fäusten ballte.

»Cyril«, meinte Aristide viel zu früh. »Wir haben keine Zeit.«

Mit einem tiefen Atemzug sog Cyril den Duft an seinem Hals und Kragen ein, weder Parfüm noch Theaterschminke verfälschten seinen Geruch, dann löste er sich von ihm und nickte einmal. »In Ordnung.«

Aristide überquerte den Steg in drei langen Schritten, drehte sich dann um und streckte die Hand aus – um Cyril Halt zu geben. Oder vielleicht, um sicherzugehen, dass er ihm folgte.

KAPITEL 30

»Ich soll *was* machen?« Fast hätte Daoud seine Kaffeetasse fallen gelassen.

Lillian sah auf die Uhr. Ihr blieben noch etwa zehn Minuten, um ihn zu überzeugen, und das auch nur, wenn sie schnell fuhr und eine Grünphase erwischte. »Ich will, dass du mir dabei hilfst, Emmeline Frye zu zerstören.«

Er schüttelte den Kopf. »Du willst, dass ich Cross-Costa zerstöre.«

»Cross-Costa schmuggelt Betäubungsmittel«, erwiderte sie. »Das sind keine Heiligen oder Helden.«

»Dort arbeiten gute Leute. *Ich* arbeite dort. Was soll ich denn bitte tun, wenn sie ...« Er verzog das Gesicht, wechselte ins Geddische und fuhr fort: »... mir einen Arschtritt verpassen?«

»Worauf du Lust hast. Wann hast *du* zuletzt entschieden, was du unternehmen wolltest? Wann hast du zuletzt einen Weg eingeschlagen, über den du ganz allein entschieden hast, unabhängig von irgendjemand anderem?«

Daoud trank seinen Kaffee und wich ihrem Blick aus. »Wäre das denn meine Entscheidung?«, fragte er und beim Abstellen kratzte die Tasse leicht über die Untertasse. »Wenn ich zustimme, tue ich das dann für mich oder für dich?«

»Das kann ich nicht beantworten«, meinte Lillian. »Ich sage nur, das wäre ein mutiger Schritt. Der dich herausfordert.«

»Ich muss Aristide Makricosta nicht beeindrucken«, wiegelte er ab. »Seine Anerkennung brauche ich nicht. Wenn er schlau ist, sehe ich ihn nie wieder. Und du solltest *lieber* darauf hoffen, dass er es ist, deinem Bruder zuliebe.«

»Natürlich«, stimmte sie zu. »Ich wollte damit nicht andeuten ...«

»Doch, genau das wolltest du.«

Lillian biss sich in die Wange, wie sie es immer tat, wenn sie unkluge Worte herunterschluckte. Er kannte sie viel zu gut.

»Daoud«, sagte sie. »Ich habe einen Porachiner geheiratet. Ich weiß, dass es euch schwerfällt, über diese Regeln, über eure Pflicht hinauszudenken. Die ... die Zäune, innerhalb derer ihr aufgewachsen seid.«

»Du hast einen Adligen geheiratet. Ich bin Belqati und noch dazu andersherum. Das ist ein Unterschied.«

»Aber all das ist egal«, fuhr sie fort. »Du lebst nicht mehr in Porachis. Du nicht und Jinadh auch nicht. Du musst niemandem mehr gefallen, wenn du es nicht willst.«

»Augenstern!« Als hätte Lillian Jinadh herbeigezaubert, ertönte seine Stimme aus dem Esszimmer durch den Flur. »Ich mache mich auf den Weg.«

»In der Bibliothek«, rief sie ihm zu.

Kurz darauf erschien er in der Tür, mit Hut auf dem Kopf und in einen dicken Schal eingemummelt, die Aktentasche in der Hand. »Ich dachte, du hättest gleich einen Termin. Guten Morgen, Mr. Qassan.«

»Den habe ich auch.« Lillian schaute Daoud an. »Den haben wir. Glaube ich.«

Auf ihre mitschwingende Frage ging er nicht ein. Stattdessen betrachtete er Jinadh eingehend, als würde er die

Details einordnen. Lillian versuchte, sich in ihn hineinzuversetzen und sich vorzustellen, was er vor sich sah: Entschlossenheit? Professionalität? Einen Vater? Ehemann? Oder vielleicht einfach einen gut geschnittenen Mantel, der unter besseren Umständen gekauft worden war.

Jinadh ertrug es mit Fassung, auf diese Art und Weise gemustert zu werden, wenn auch ein wenig amüsiert, da er eigentlich gerade gehen wollte. Schließlich fragte Daoud: »Bist du froh, dass du Porachis verlassen hast?«

Jinadh dachte kurz über seine Antwort nach und meinte dann: »Nein.« Lillian schluckte den Schmerz herunter und wartete darauf, dass er fortfuhr. Das hier war nicht ihr Gespräch.

»Würdest du zurückkehren?«, fragte Daoud.

Nachdenklich warf Jinadh Lillian einen Seitenblick zu. Sie rührte sich nicht, denn sie wusste nicht, was Daoud von ihm hören wollte. Fragte er wirklich nach Porachis oder ging es um etwas anderes?

»Wenn ich wüsste, dass ich tun könnte, was ich will«, antwortete Jinadh. »Der sein, der ich sein will, und trotzdem alles behalten, was ich liebe ... Dann wäre ich im nächsten Atemzug wieder dort. Aber manche Wege kann man nur gehen, wenn man schreckliche Kompromisse eingeht.«

»Und was, wenn *alle* Wege zu Kompromissen führen?«

»Das ist unvermeidlich.« Jinadh blickte an ihm vorbei zu Lillian und lächelte. »Das Leben besteht aus einer Aneinanderreihung von Kompromissen. Aber ein kluger Mann wählt sie selbst und akzeptiert nicht einfach die anderer Leute.«

»Das ist reine Wortspielerei«, meinte Daoud.

Jinadh zuckte mit den Achseln und schob seinen Hut gerade. »Wenn man damit durch den Tag kommt.«

Die Neonleuchte über dem *Lyle's* war ausgeschaltet. Lillian parkte schräg am Bordstein und sah sich in der Straße um. Eine alte Frau fegte den Gehsteig. Eine Ladeninhaberin zog das Gitter hoch. Im Eingang gegenüber wühlte sich eine Stadtstreicherin aus ihren Decken und Kartons.

Daoud stieg auf der Beifahrerseite aus. »Glamourös.«

»Noch haben wir sie nicht ins Cliff House gebracht. Da kannst du keinen roten Teppich mit Limousine erwarten.« Erneut suchte Lillian die Straße ab, um sicherzugehen, dass sie alle Journalisten abgeschüttelt hatten, die dem Wagen hinterhergejagt waren, ebenso wie sämtliche anderen üblen Sachen, die ihnen auf dem Weg womöglich begegnet waren. »Die Treppe runter.«

Daoud trottete auf die Tür im Souterrain zu und klopfte. Lillian folgte ihm und kam gerade unten an, als sich die Tür öffnete und ein düster dreinblickendes Muskelpaket von ein Meter achtzig heraustrat.

»Wir wollen mit Opal sprechen«, sagte sie und ließ sich nicht einschüchtern. Mit Absätzen war sie beinahe ebenso groß wie der Türsteher.

Der Kerl beäugte erst sie, dann Daoud und knallte die Tür wieder zu.

»Viel Gewese für nichts«, meinte Daoud. Doch bevor er noch etwas hinzufügen konnte, öffnete derselbe Mann erneut die Tür und nickte ihnen diesmal zu.

»Kommen Sie rein.«

Es leuchteten nur wenige Lampen. Saeger saß am selben Tisch, an dem Lillian sich bereits mit ihr getroffen hatte, gefühlt vor tausend Jahren. Diesmal trank sie kein Bier. Sie hielt die Arme verschränkt, starrte sie unverwandt an.

»Guten Morgen«, begrüßte Lillian sie. »Darf ich dir Daoud Qassan vorstellen?«

»Es freut mich sehr, Sie kennenzulernen«, sagte Daoud und streckte ihr die Hand entgegen.

Saeger schüttelte sie, ihre Hand war größer als seine, aber er zuckte nicht zusammen. Lillian fragte sich, ob sie sanft zugedrückt hatte oder er eine Maske trug.

»In letzter Zeit bekomme ich wirklich eigenartigen Besuch«, meinte Saeger und bedachte Lillian mit einem Blick, als hätte sie gerade einen intimen Witz erzählt. Lillian überkam ein Gefühl, das sie sonst nur aus Albträumen kannte. Sie hatte keine Ahnung, was sie sagen oder tun sollte und wenn ja, aus welchem Grund.

»Eli«, meinte Saeger. »Bewachst du bitte die Tür? Aber von draußen, wenn's recht ist.«

Das Schwergewicht verzog sich. Saeger seufzte und lehnte sich zurück. »Also gut. Du weißt, wer die Lagerhalle in die Luft gejagt hat.«

»Das stimmt«, bestätigte Lillian. Sie und Daoud setzten sich einander gegenüber. Alle anderen Stühle im Raum waren mit den Beinen nach oben auf die Tische gestellt worden.

Saeger lud sie mit einer Geste ein weiterzureden. Da erinnerte Lillian sich daran, dass sie vor den Ospies Beleuchterin im Theater gewesen war, und stellte sich vor, wie sie einen Scheinwerfer drehte, um jemanden auf der Bühnenmitte zu erwischen.

»Fryes Leute.« Lillian entschied sich für Kürze statt Eleganz. »Sie hat es selbst getan.«

Dafür erntete sie ein Grunzen und ein schiefes Grinsen. »Hast du Beweise?«

Lillian wandte sich an Daoud.

»Nicht direkt«, antwortete dieser und sofort wirkte Saeger verschlossen. »Keine, wie die Polizei sie sehen will. Aber eine Zeugenaussage ist auch ein Beweis und Sie haben mein Wort als Mitarbeiter von Cross-Costa sowie kistenweise Dokumente, die die Wahrheit darüber erzählen, was in Fryes Lagerhalle gelegen hat. Oder besser gesagt, sie erzählen eine

Lüge, die deutlich zu erkennen ist, wenn man weiß, wie man zwischen den Zeilen lesen muss. Um es klar zu sagen: Es geht um Mohnteer. Eine große Menge.«

»Und den hat sie in die Luft gejagt, weil?«

»Würdest du das nicht tun?«, fragte Lillian. »Wenn du zwei Probleme auf einen Streich lösen könntest?«

»Sie wollte mich aus dem Rennen werfen, das ist richtig. Aber niemand hat wegen Drogenhandels herumgeschnüffelt. Und außerdem ...« Saeger nickte mit dem Kopf zu Daoud. »... frage ich ihn.«

Bevor Daoud antwortete, hielt er kurz inne und legte einen Finger auf eine abgesplitterte Stelle der Tischplatte, an der jemand Ruheloseres herumgeknibbelt hätte. »Mein direkter Vorgesetzter bei Cross-Costa ist – war – Aristide Makricosta. Der persönliches Interesse an den Tribunalen hatte, die Frye vorgeschlagen hat. Er hat sein Druckmittel genutzt und das hat sie nicht erfreut.«

»Dieser behämmerte, verblödete Gauner.« Saegers Lachen klang wie ein Schlag in den Bauch. »Ich sollte Horkova jetzt sofort anrufen, ihr sagen, dass sie ihn an der Grenze erledigen und wieder den Jagdhunden vorwerfen soll.«

»Was?«, fragte Lillian. »Welche Grenze? Wer ist Horkova?«

Saeger zog die Augenbraue hoch. »Hast du wirklich keine Ahnung?« Dann, an Daoud gewandt: »Sie hat es nicht gewusst?«

Lillian wandte sich ihm mit flehendem Blick zu.

»Magnusson hat mir gesagt, wo ich Ms. Saeger finde«, erklärte Daoud. »Aristide wollte mit ihr reden. Über ... du weißt schon.«

Sie hatte es nicht gewusst, aber allmählich ergab alles Sinn. Saeger hatte zum Laufsteg gehört, einem Alliierten der tatienischen Separatisten. Falls man Gedda verlassen musste, war das die nächstgelegene internationale Grenze.

Angesichts des Chaos auf dem Schlachtfeld war es einfach zu verschwinden.

»Ich hätte es dir beinahe gesagt«, fuhr Daoud fort. »Aber du hast gesagt, du wolltest es nicht …«

»Nicht wissen. Das will ich auch nicht.« Kurz schloss sie die Augen, schluckte den Frosch im Hals herunter. »Es ist für alle sicherer, wenn wir nicht noch einmal darüber sprechen.«

»Reden wir lieber darüber, weshalb ihr hergekommen seid.« Saeger verschränkte die Arme vor der Brust. »Ich denke, das Ganze ist viel zu schwach.«

»Das ist eine Sensation«, widersprach Lillian und kämpfte sich zurück auf sicheren Boden. »Und was noch wichtiger ist: Es ist deine beste Chance. Da Cyril verschwunden ist, sucht Frye verzweifelt nach etwas, das sie den Wählern verkaufen kann. Das ist deine Gelegenheit, dazwischenzugrätschen und die Sache für dich zu entscheiden.«

»Habt ihr noch jemandem davon erzählt? Weiß noch jemand davon? Vielleicht dein Ehemann? Der ist doch ein Streiter der Feder, oder?«

Vor Schuldgefühlen bekam Lillian schwitzige Hände. »Mein Ehemann ist Redakteur für Kunst und Kultur. Das ist nicht gerade sein Thema.«

»Es gibt da einen Journalisten«, meinte Daoud und ließ jedes Wort wie Steine einzeln fallen. »Einen Radiomoderator bei FWAC. Aristide hat mit ihm gesprochen, aber dann kam es zur Explosion und … die Situation hat sich geändert.«

»Er hat die Geschichte nie gebracht. Weil sie zu schwach ist, wie ich gesagt habe.«

»Er hat sie nie in den Nachrichten gebracht«, widersprach Lillian und stieg nun, da alle Figuren in Position gebracht waren, in ihre Strategie ein. »Dafür gibt es nicht genügend Beweise. Aber vielleicht könnte er es als exklusives Interview mit einem ehemaligen Mitarbeiter von Cross-Costa bringen?

Jemand, der diese Dokumente lesen und uns erzählen könnte, was für Lügen darin enthalten sind? Jemand, der diese Dokumente auf Anfrage an die Polizei übergeben und bei der darauffolgenden Untersuchung kooperieren könnte?«

Nun verschwand Saegers gereizter Gesichtsausdruck und sie wurde neugierig. Lillian hatte sich diese Kugel perfekt zurechtgelegt und sauber eingelocht.

Sie hätte sich über diesen Sieg freuen sollen. Doch sie empfand nur Dankbarkeit und blanke Angst.

KAPITEL 31

Als Cyril sich endlich, nach einem Frühstück, das er nicht gegessen hatte, in den staubigen Wartesaal schleppte, wurde er allmählich garstig. Aber selbst bei guter Laune hätte er es gesagt: Der kleine Landbahnhof Tarbycliff Station war nicht gerade Bythesea.

Warum hatte er also das Gefühl, dass man sein Herz auspresste, um Öl zu gewinnen? Als hätte er den Finger in eine Steckdose gesteckt? Als würde er auf einer Bombe sitzen und darauf warten, dass die Zündschnur abbrannte?

Falsche Papiere. Ein Zug am frühen Morgen. So etwas hatte er schon einmal durchgemacht.

Wie sehr wünschte er sich, es noch nie getan zu haben.

Aristide lungerte in einiger Entfernung an der Straße herum. Er hatte seine Fahrkarte bereits im Voraus gekauft, auf den Namen Erikh Prosser, und nun musste Cyril das Gleiche für Ambrose Adam Wallis tun. Ihr vorgebliches Reiseziel lautete Ibet – eine durchgehende Fahrt, mit einem einzigen Halt an der tatienischen Grenze für eine Zoll- und Passkontrolle. Dafür musste man kein Visum im Voraus beantragen, solange sie den Zug nicht verließen.

Soweit Cyril es verstand, würden sie irgendwann aus dem Zug steigen, wobei Aristide sich mit den Details ziemlich zurückgehalten hatte.

Nun stand er allein am Fahrkartenschalter und musste schlucken, weil sein Mund trocken war und er eine raue Kehle hatte, außerdem pochte ihm das Herz bis zum Hals.

Beruhig dich. Am deutlichsten erkennt man Lügen an der Angst.

Er musste der Mann in seinem abgeänderten Pass *sein*. Genau wie er bei der Einreise Ambrose van Weill gewesen war, musste er bei der Ausreise Ambrose Adam Wallis sein. Und Adam – ja, sein Rufname war Adam – machte sich keine Sorgen, dass man ihn bei der Ausreise aus dem Land abfangen könnte.

Beinahe wäre ihm der Koffer aus den schwitzigen Händen gerutscht.

Ort und Zeit verschwammen, als Cyril sich dem Fahrkartenschalter näherte. Er zwang Luft in seine Lunge wie ein Blasebalg. In Liso hatte er während der Regenzeit Minenfelder überquert, war auf dem Bauch durch überflutete Gräben gekrochen, hatte Nagelsperren ausgelegt, um die nachrückende republikanische Armee aufzuhalten. Zur Königin noch mal, er hatte die Regionalistenregierung umgebracht. Oder ihr zumindest ein Messer in den Bauch gerammt. Hier handelte es sich bloß um eine Zugfahrkarte.

Bloß eine Fahrkarte, an der Tausende Hoffnungen hingen, die bereits einmal, zweimal, dreimal enttäuscht worden waren.

»Guten Morgen«, begrüßte ihn die Schalterbeamtin und unterdrückte ein Gähnen.

»Morgen.« Cyril bemühte sich um einen enselmesischen Akzent: flachere Vokale, die irgendwo hinten im Hals gebildet wurden, während die Zunge gegen die Zähne schlug. Ungefähr so, wie Nordtatiener Geddisch sprachen. Kurz dachte er an Vasily Memmediv und ließ sich von der Wut, die sofort in ihm aufstieg, im gegenwärtigen Augenblick verankern. »Den sechs Uhr dreiundvierzig nach West Ballye. Dritte Klasse, bitte.«

»Natürlich«, meinte sie. »Zeigen Sie mir bitte Ihren Pass.«

Ihm zitterte nicht die Hand. Das *durfte* sie nicht. Lächelnd steckte er sie ins Jackett und holte das wellige Ding hervor, das Adams offizielles Ausweisdokument darstellte.

Der Anblick schien sie zunächst nicht zu stören, bis sie es öffnete und die verwischte, unleserliche Tinte sah.

»Sir«, meinte sie.

»Ich weiß. Im Zug aus ...«, verdammter Mist, irgendeine enselmesische Stadt musste ihm doch einfallen, bevor die Pause auffällig wurde, »... Angbrouk habe ich was getrunken und ein bisschen über die Strenge geschlagen. Das macht mir seitdem ständig Probleme. Sobald ich zu Hause bin, beantrage ich einen neuen.«

»Und wann wird das sein?«

Heilige Steine, endete das denn nie? Er verwünschte Aristide und seine zittrigen Hände, zog den Fluch aber sofort zurück. Keiner von ihnen konnte im Augenblick Verwünschungen gebrauchen. »Vielleicht in einer Woche?« Er zuckte mit den Achseln. »Ich besuche Freunde.«

»In Ibet.«

»Ja.«

»Und was haben Sie in Gedda gemacht?«

»Eine Hochzeit«, antwortete er. »Von meiner Schwester.«

Als ihr Blick misstrauisch wurde, spürte Cyril, dass er mit einem Fuß im Grab stand. »Scheint mir ein bisschen spät, um eine internationale Reise zu planen, vor allem, wenn man überlegt, durch welche Gebiete Sie reisen.«

»Mir hat man gesagt, dass es an der tatienischen Grenze gar nicht so schlimm wäre«, widersprach er. »Nur eine schnelle Kontrolle.«

Darauf zog sie nur vielsagend die Augenbrauen hoch.

»Meine Freunde sind problemlos zur Hochzeit angereist«, meinte er und tauchte tiefer in die Geschichte seiner Figur ein.

»Die haben mir gesagt, dass ich problemlos durchkommen würde.«

»Wenn Sie Glück haben«, zögerte sie und betrachtete seinen unleserlichen Pass.

Cyril spürte, wie die wenigen Anwesenden im Wartesaal sich regten, sie anstarrten und sich flüsternd unterhielten. Er hatte gehofft, das Ganze hinter sich zu bringen, ohne eine Szene zu machen.

»Ma'am«, fuhr er nun mit eisiger Höflichkeit fort, die seine Schwester stolz gemacht hätte. »Ich glaube, das geht Sie gar nichts an.«

Dabei bebte ihm nicht einmal die Stimme. Die Panik hatte er hinter sich gelassen, schwebte einfach über der eigenen rechten Schulter und schaute dem Drama eines Fremden zu.

Im Fahrkartenschalter wandelte sich das Misstrauen auf dem Gesicht der Frau zu Wut. Und schließlich zu gereizter Resignation. Sie stempelte irgendetwas Unleserliches auf seine Fahrkarte und schob sie zusammen mit seinem Pass durchs Fenster. »Solange Sie nicht mehr mein Problem sind.«

Cyril schaffte es kaum bis zu einem Sitz – er hatte weiche Knie bekommen und sich beinahe in die Hose gemacht. Unter seinem Pullover war das Hemd nass geschwitzt. Bei wärmerem Wetter wäre er geliefert gewesen.

Ihm war lediglich eine Gnadenfrist von wenigen Minuten vergönnt, bis die Glocke über der Bahnhofstür läutete. Cyril hob den Kopf und beobachtete, wie Aristide sich dem Fahrkartenschalter näherte, den Rucksack auf einer Seite geschultert. Hastig senkte er den Blick, bevor er sie beide verriet.

Der Zug hielt in einem Chaos aus Stacheldraht, Sandsäcken und Wellblech an. In den Abteilen stieg spürbar die Anspannung. Aristide schaute von seinem zerfledderten Taschenbuch auf – *Rückkehr nach Wolf's Neck*, das hatte jemand im

Wartesaal in Tarbycliff liegen lassen – und fing Cyrils Blick auf, als dieser ihn ansah.

Er wandte sich wieder seinem Buch zu, ohne darauf zu reagieren. Julian und Maurice waren sich gerade zum ersten Mal seit der Universität wiederbegegnet. Aristide versuchte, sich daran zu erinnern, wer sie waren und warum ihn das interessieren sollte, als die Tür an einem Waggonende aufgeschoben wurde und zwei tatienische Grenzwachen zum Vorschein kamen, die die Kragen ihrer Schaffellmäntel gegen die Kälte hochgeklappt hatten. Eine hielt eine Maschinenpistole vor dem Bauch. Die andere ging vor ihr durch die Reihen und sprach jeden Passagier mit drohendem Tonfall an: »Papiere, bitte.«

Als Aristide angesprochen wurde, holte er Pass und Fahrkarte heraus und legte sein Buch aufs Knie. Die Wache, die nach seinen Papieren gefragt hatte, betrachtete das Foto und die Daten, musterte prüfend sein Gesicht und gab den Pass ihrer Kollegin. Diese betrachtete ihn mit zusammengekniffenen Augen und nickte dann.

»Kommen Sie mit nach draußen«, sagte Frau Papiere, bitte. Im Wagen machte sich eine düstere Vorahnung breit. Aristide stand auf, steckte das Buch in die Manteltasche und setzte den Rucksack auf. Ganz bewusst schaute er Cyril nicht in die Augen. Hoffentlich starrte dieser ihn nicht an. Sonst tat es keiner – niemand wollte sich einmischen.

Als Aristide aus dem Zug stieg, traf ihn der Wind aus den Ebenen wie eine Wand. Frau Maschinenpistole und Frau Papiere, bitte führten ihn zu einer Hütte mit Wellblechdach, die nicht so aussah, als könnte sie dem Wetter standhalten. Wie von böswilligem Dornengestrüpp war diese rundherum von Stacheldraht umgeben.

Saeger hatte für ihn den Anruf gemacht. Sie hatten nach ihm Ausschau gehalten und gewartet. Das hier war schlicht die nächste Phase des Plans. Allerdings zerrte die Situation ihm dennoch an den Nerven, die wie unter Strom standen. In Tatié änderte sich die Lage mit der Windrichtung, der Tageszeit, den Launen der schwer bewaffneten Splittergruppen. Wer wusste schon, was ihn tatsächlich erwartete, ganz egal, was man ihm versprochen hatte?

Nachdem die Tür geschlossen worden war, nahm er den Wind in der Hütte bloß noch als eiskalte Brise im Nacken und ständiges hohes Pfeifen wahr. Zwischen Karten, einem Lochstreifengerät und verschiedenen Funkgeräten stand ein wuchtiger Schreibtisch, an dem eine Frau im mittleren Alter mit olivfarbener Haut und silbernen Haaren saß. Sie trug die gleiche Uniform wie die Wachen, die Aristide aus dem Zug hergebracht hatten. Neben ihr brannte eine Kippe in einem Aschenbecher.

»Sergeant«, meldete sich eine der Wachen.

Die Angesprochene spähte über den Stahlrahmen ihrer Brille hinweg und taxierte Aristide mit einem messerscharfen Blick. Er wunderte sich, dass er nicht sofort verblutete.

»Vielen Dank«, sagte sie seinen Wächterinnen, nahm dann ihre Kippe und zog lange daran. »Sie sind der Mann vom Pfau, richtig?« Der Rauch stieg zur Decke auf. »Satris Freund? Wenn Sie sie das nächste Mal sehen, richten Sie ihr meinen Dank aus. Mit diesen Maschinenkanonen haben wir uns in Marjenek die Tezetts vom Hals gehalten.«

»Sehr gerne«, erwiderte Aristide und bemühte sich, einen Hustenanfall zu unterdrücken, doch es gelang ihm nicht. In der Kälte war das Kitzeln in seiner Brust wieder erwacht und der Rauch im Raum machte es nicht besser.

»Tut mir leid, dass ich Ihnen keinen Stuhl anbieten kann«, meinte die Sergeantin. Allerdings klang es nicht danach, dass sie das ernst meinte.

Er winkte ab und räusperte sich, ihm tränten die Augen. »Das ist völlig in Ordnung. Ich stehe gerne.«

»Sollten Sie nicht noch jemanden bei sich haben? Beleuchter hat mir zwei angekündigt. Erikh Prosser und Begleitung. Hat keinen Namen genannt.«

»Ambrose Adam Wallis.«

»Das ist bestimmt nicht sein echter. Ihr zwei! Holt ihn her.«

Die Wachen salutierten gleichzeitig und schlugen die Fersen aneinander. Aristide senkte den Blick und erkannte durch einen Schlitz in den Bodenbrettern den Erdboden.

Es vergingen einige unangenehme Minuten. Zumindest für Aristide. Die Sergeantin schien keinerlei Probleme damit zu haben, ihn zu ignorieren. Als sich die Tür erneut öffnete, wurde es im Raum zehn Grad kälter.

Zwischen Frau Maschinenpistole und Frau Papiere, bitte wirkte Cyril klein und schlaff. Trotz der bitteren Kälte stand ihm der Schweiß auf der Stirn. Er stolperte über die Schwelle.

»Vielen Dank, Ereni, Milosz«, sagte die Sergeantin. »Das wäre alles.«

Erneut salutierten sie gemeinsam. Erneut stampften ihre Stiefel über die Bretter. Cyril zuckte zusammen. Aristide streckte nicht die Hand nach ihm aus, obwohl er ohne die Wachen, die ihn auf beiden Seiten gestützt hatten, so aussah, als würde er gleich ohnmächtig werden.

»Willkommen in Tatié, Mr. Wallis«, begrüßte ihn die Sergeantin.

Sofort fixierte Cyril Aristide mit einem bösen Blick. »Du hättest mich verdammt noch mal *vorwarnen* können. Ich dachte, dass man mich festnimmt.«

»Ich habe dir doch gesagt, dass ich alles geregelt habe. Aber ich muss zugeben, dass ich nicht sicher war, wie es ablaufen würde.«

»Hast also immer noch auf allen Ebenen Freunde.« Cyril schüttelte den Kopf, rieb sich die Augen. Vor Erschöpfung erschien die Haut in seinem Gesicht zum Zerreißen dünn.

»Nicht direkt meine Freunde«, widersprach Aristide. »Eher Freunde von Vasily Memmediv. Und, auf gewisse Art, von Cordelia.«

»Will ich die Geschichte hören?«

»Vielleicht zu einem späteren Zeitpunkt.«

»Ich hoffe, Sie beide hatten nicht vor, mit dem Zug nach Dastya weiterzufahren«, unterbrach die Sergeantin sie. »Ungefähr achtzig Kilometer außerhalb von Kareniv sind die Schienen nur noch verbogener Stahl.«

»Verdammt«, fluchte Aristide. »Vermutlich ist es nicht gerade sicher, den Daumen rauszustrecken?«

Sie lachte. »Das kommt darauf an, wer Sie mitnimmt.« Dann schaute sie auf die Uhr und meinte: »Wissen Sie was? Heute Abend fährt ein Lieferkonvoi von Eré Richtung Front und einige meiner Boten sollen den erwischen. Sie verlassen in etwa einer halben Stunde die Stadt, da ist ganz sicher hinten in einem Jeep noch Platz für Freunde von Freunden.«

»Und wenn wir an der Front sind?«

Die Sergeantin zuckte mit den Schultern. »Sie scheinen mir ein Mann zu sein, der gut improvisieren kann.«

Um neun Uhr abends saßen Lillian und Daoud vor dem Eispickel in ihrem Wagen und beobachteten den Eingang. Sie wagte es nicht, ein Gebäude zu betreten, indem es vor begierigen Zeitungs- und Radioleuten nur so wimmelte, doch im Dunkeln zwischen den Straßenlaternen konnte sie anonym bleiben und auf den bestimmten Moderator warten, den sie brauchte.

Außerdem bot ihr das einen kurzen Augenblick, in dem sie mit Daoud allein war und ihn fragen konnte: »Glaubst du, dass es ihnen gut geht?«

Er zuckte mit den Achseln und starrte durch die Windschutzscheibe. »Woher soll ich das wissen? Sie haben es aus der Stadt hinausgeschafft, nehme ich an. Und inzwischen …« Mit einem Blick auf seine Armbanduhr schien er mehrere mögliche Enden für diesen Satz zu überdenken, bevor er sie alle verwarf und in Schweigen verfiel.

Kostos kam um Viertel nach neun aus dem Turm, mit offenem Mantel und locker übergeworfenem Schal. An diesem Abend war es für die Jahreszeit ungewöhnlich warm. Lillian stieg aus dem Wagen und fing ihn ab, als er die Straße überquerte.

»Laurie Kostos?«, fragte sie und streckte ihm im Näherkommen die Hand entgegen. Er beäugte sie misstrauisch, doch sie bedrängte ihn lächelnd, bis er sie ihr schüttelte.

»Mein Name ist Lillian DePaul«, sagte sie, nachdem sie ihn im Griff hatte. »Und mein Geschäftspartner und ich …«, dabei deutete sie mit dem Kopf auf Daoud hinter der Windschutzscheibe, »möchten gern mit Ihnen sprechen.«

Sie sah ihm an, dass er eine Frage stellen wollte, sich dann jedoch besann und ihr zum Wagen folgte.

»Guten Abend, Mr. Kostos«, begrüßte Daoud ihn, als der Radiomoderator einstieg. »Mein Name ist Daoud Qassan.« Sie gaben sich über den Beifahrersitz hinweg die Hand. »Ich arbeite für Cross-Costa Importe und habe einen Hinweis, der Sie interessieren dürfte.«

»Cross-Costa«, wiederholte Kostos. »Warum kommt mir der Name bekannt vor?«

»Sie haben vor einigen Wochen mit meinem … ehemaligen Arbeitgeber gesprochen. Aristide Makricosta.«

»Genau«, erinnerte Kostos sich. »Er wollte mich in eine seiner Intrigen reinziehen. Hat gesagt, dass die WCRC Drogen verschiebt. Aber der Laufsteg hat die Beweise in die Luft gejagt, deswegen hat mein Redakteur mich angewiesen, die Finger von der Geschichte zu lassen.«

Lillian startete den Motor. »Ich dachte, wir könnten uns während der Fahrt unterhalten.«

Im Rückspiegel blickte Kostos ihr in die Augen. »Sind Sie etwa nervös? Das kann ich Ihnen nicht verübeln. Vermutlich wird Ihre Haustür von Gaunern belagert. Und Sie kommen zu mir.«

Sie schenkte ihm ein schiefes Lächeln, konzentrierte sich aber weiter auf die Straße. Sollte er ruhig glauben, dass sie ihm ein Angebot machen wollte, wenn er nur weiter zuhörte.

»Die WCRC hat *tatsächlich* Drogen verschoben«, sagte Daoud. »Für uns. Cross-Costa. Lisoanischen Mohnteer, um genau zu sein. Frye hat die Lagerhalle in die Luft gejagt, nachdem Makricosta mit einer Mischung aus Erpressung und Schmiergeld an sie herangetreten ist – Sie werden sehen, dass es einen Nachweis für eine beträchtliche Wahlkampfspende gibt.«

»Ansonsten jedoch nicht viel mehr«, widersprach Kostos. »Die Geschichte habe ich schon abgelehnt.«

»Dann gibt es da noch mich«, fuhr Daoud fort. »Ich bin ein Beweis. Ich biete an, mit Ihnen im Radio darüber zu sprechen.«

Das Leder knarzte. Lillian riskierte einen Blick in den Rückspiegel und sah, dass Kostos entschieden den Kopf schüttelte.

»Nachrichten«, sagte er. »Ich habe Makricosta gesagt, dass ich über *Nachrichten* berichte, nicht über irgendwelche halbgaren Gerüchte. Das schreit ja geradezu nach einem Rauswurf.«

»Blödsinn.« Lillian betätigte den Blinker und bog in eine Seitenstraße, die an Mietshäusern mit beleuchteten Fenstern vorbei vom Keller-Turm und dessen Nachbargebäuden in Richtung Hafen führte. Trotz der milden Witterung waren nur wenige Leute unterwegs – vielleicht hielten winterliche Gewohnheiten sie drinnen.

»Blödsinn?«, fragte Kostos. »Wer von uns arbeitet denn beim Radio?«

»Ganz genau. Den Leuten gefällt eine gute Geschichte.« Wie Hagel prallten Schuldgefühle an ihr ab und hinterließen

Beulen. Sie sollte mit Rinko reden. Sie *würde* mit Rinko reden. Sobald sie diese Sache geregelt hatte. »Denen ist es egal, ob sie stimmt – übrigens trifft das auf diese zu –, die wollen einfach etwas, worüber sie in der Straßenbahn quatschen können.«

»Ich bin keine geschwätzige Großmutter«, protestierte er. »Ich konzentriere mich auf Fakten.«

»Aber Sie müssen die Sponsoren bei der Stange halten und Ihr aktuelles Modell trägt dazu nicht bei. Die Rolle als schnell sprechender, faktenorientierter Nachrichtensprecher hat sich Marlowe Flanders bereits unter den Nagel gerissen. Sie brauchen einen anderen Ansatz.«

Die folgende Stille verriet ihr, dass sie mit Flanders ins Schwarze getroffen hatte.

»Wie wäre es mit Interviews?«, fragte sie. »Exklusiv-Interviews. Solche, die sonst niemand bekommt. Die Leute könnten allen möglichen Bockmist erzählen – Lügen, Beschimpfungen, Gerüchte, üble Nachrede – und Sie hätten nichts damit zu tun, sondern würden Ihnen nur den Raum dazu geben. Wenn sich die Geschichte als falsch erweist, kann Sie niemand dafür belangen. Sie bieten ihnen lediglich die Plattform dafür.«

Weiteres Schweigen. Dann: »Das müsste ich mit der Direktion besprechen.«

»Und wie lange dauert das?«, fragte sie.

»Die Abteilung trifft sich Anfang nächste Woche.«

»Was wäre, wenn Sie Ihr Gespräch mit Daoud morgen senden und als Beispiel für Ihr Konzept nutzen würden? Dann hätten Sie auch schon Zahlen, mit denen Sie argumentieren könnten.«

»Außerdem würde es Ihnen sicher gut in den Kram passen«, spottete Kostos, »wenn wir den Äther mit Schock und Erstaunen fluten. Das würde kleinere Sorgen – wie etwa entflohene Straftäter – in Vergessenheit geraten lassen.«

»Wenn ich sagen würde, dass mir das nicht in den Sinn gekommen ist, würde ich lügen.« Lillian fuhr um das Ende des Straßenzugs herum. Unter ihnen zog sich schwarz das Wasser des Hafens entlang. In der Ferne blinkte eine Boje und der Leuchtturm am Ende der Landzunge drehte sich langsam und schickte seinen Lichtstrahl ins Dunkel.

Das Zischen eines Streichholzes erfüllte den Wagen mit Schwefelgestank, dann zündete Kostos sich eine Zigarette an. »Das ist gar keine schlechte Idee für eine Sendung.«

»Dann machen Sie es also?«, fragte Daoud.

»Vielleicht. Aber das ist nur ein Interview. Was ist mit dem Abend danach und dem danach und so weiter? Mit wem soll ich dann sprechen?«

Lillian beging den Fehler, erneut in den Rückspiegel zu schauen, und sah ihm direkt in die Augen, die von der glühenden Kippe beleuchtet wurden.

»Eine Hand wäscht die andere«, meinte Kostos. »Ich gehe mit ihm auf Sendung, wenn Sie danach kommen. Und wenn wir die Anwältin Ihres Bruders anschließend ebenfalls für ein Gespräch gewinnen können.«

»Das ist nicht gerade gerecht«, widersprach Lillian. »Zwei zum Preis von einem?«

»Weiß nicht«, sagte Kostos. »Nachfrage und Angebot, oder? Wie dringend wollen Sie, dass ich dieses Interview sende?«

Deshalb hasste sie es, sich in die Karten blicken zu lassen. Man ging nie freundlich miteinander um, alle wollten den Pott gewinnen. »Na gut, in Ordnung. Sie können mich interviewen.«

»Und Higata?«

Mit eisernem Willen brachte Lillian die innere Stimme zum Schweigen, die weinen und die Faust aufs Lenkrad hauen wollte. »Ich gebe mein Bestes, aber ich kann nichts versprechen. Im Augenblick bin ich nicht sicher, wie es um unsere Beziehung steht.« Als Kostos darauf nicht antwortete, fragte sie: »Passt Ihnen das?«

Er atmete Rauch aus und zuckte mit den Achseln. »Nicht gerade wie maßgeschneidert, aber es muss reichen.«

Sie schafften es so eben noch in den Konvoi und kletterten irgendwann nach Sonnenuntergang auf die Ladefläche eines Lasters. Die Motoren stotterten und knatterten. Dieselabgase vergifteten die kalte Luft.

Hätte Cyril genauer darüber nachgedacht, wäre es ihm eigenartig vorgekommen, Aristide zu berühren. Aber die Kälte und die späte Stunde und der beengte Raum führten dazu, dass Cyril sich an ihn schmiegte, zwischen Kisten mit Munition eingeklemmt und kaum windgeschützt. Er dämmerte im Halbschlaf dahin, wurde bei Sonnenaufgang halbwach.

Granatenlöcher und Stacheldrahtbarrikaden auf der Straße erinnerten Cyril an seine ersten Tage im Fuchsbau. Bombenverkäufe in Läden mit geborstenen Fensterscheiben, verrauchte Bars, in denen Unternehmer und Korrespondenten sich durch Nächte voller Beschuss tranken.

Der Konvoi kam zum Stehen, als die Sonne sich über den Horizont schleppte. Aristide blinzelte, fluchte und befreite sich aus dem Knoten, den ihre Glieder gebildet hatten. Nicht gerade weit entfernt fielen Mörsergranaten.

»Morgen«, begrüßte sie ein Soldat und öffnete die Tür hinten am Laster. Als Cyril hinuntersprang, fuhr ihm der Aufprall durch sämtliche Knochen. Er fühlte sich, als wäre er tausend Jahre alt.

Aristide wirkte, als ginge es ihm noch schlechter, und Cyril erinnerte sich an ihren Altersunterschied, erinnerte sich an den schleimigen und bösen Husten, der zur Sonnenwende gelegentlich aufgetreten war.

»Bei dir alles in Ordnung«, sagte er. Es als Frage zu formulieren hätte er nicht ertragen.

Aristide nickte, räusperte sich und rieb sich den Schlaf aus den Augen.

»Irgendeine Idee, wie wir ... improvisieren können? Vielen Dank.« Letzteres war an einen pickeligen Rekruten gerichtet, der kaum sechzehn war und ihm einen Pappbecher mit dampfendem Kaffee reichte. Verkocht, aber warm. Die Hitze ließ seine Hände kribbeln.

Aristide nahm den zweiten Becher entgegen, den der Junge ihnen anbot, und hielt ihn dann davon ab, wieder zu gehen. »Wie weit liegt Dastya von der Front entfernt?« Am Ende musste er husten. Ihm schwappte Kaffee über die Hand.

»Zu weit, um hinzulaufen«, antwortete der Junge.

Cyril sah, dass Aristide sich eine spitze Antwort verkniff, trotzdem war der Sarkasmus in seinem »Vielen Dank« nicht zu überhören.

»Wie könnten wir denn hinkommen?«, fragte Cyril mit dem Becher am Mund. Der Dampf umwehte seine Nase und kühlte im Wind ab.

»Können Sie nicht«, erwiderte der Soldat.

Seinen Frust und die gleichzeitig aufsteigenden, irrationalen Tränen schluckte Cyril herunter. »Das kannst du mir nicht erzählen. Ich habe schon Schlimmeres gesehen und es gibt immer einen Weg. Hilfskonvois. Krankenwagen. Jemand, der Drogen oder Menschen verkauft oder Spione transportiert. Und jeder weiß es, auch wenn es keiner laut sagt.«

Kurz zögerte der Soldat, dem die Nase lief, dann seufzte er und beugte sich näher zu ihm. »Henson.«

»Ich brauche schon ein bisschen mehr.«

»Eine Lieferantin. Auf dem Papier arbeitet sie für die Tezetts. Die kann Ihnen besorgen, was Sie brauchen. Nimmt eine ordentliche Provision, aber wenn Sie etwas richtig dringend brauchen, zahlen Sie trotzdem. Normalerweise kommt sie einmal am Tag vorbei, ein kleiner Umweg von ihrer Standardroute, es gibt allerdings keine Garantie, wann sie kommt. Vielleicht ist sie schon wieder weg.«

»Vielen Dank«, meinte Cyril, weniger ätzend als Ari vorhin. »Wo finden wir sie?«

Der schmächtige Grenadier seufzte und sagte dann: »Ich zeichne Ihnen ’ne Karte.«

Als sie die in der eilig gekritzelten Wegbeschreibung markierte Biegung in der Straße erreichten, hatte Cyril sich einige Blasen gelaufen, die inzwischen geplatzt waren. Aristide wirkte eigenartig grau im Gesicht. Es war heller Tag, allerdings versteckte die Sonne sich hinter tief hängenden, schweren Wolken. Eine Felsnase hielt den stärksten Wind ab, trotzdem war es ganz und gar nicht warm.

Aristide ließ sich auf einen mit Flechten bewachsenen Stein sinken und holte ein Streichholzbriefchen und eine Packung Kippen aus der Tasche. Als er sich eine anzündete und einen Zug nahm, verfiel er in schmerzvolles Husten.

Cyril nahm ihm die Kippe ab und rauchte sie, stand dabei dicht neben ihn, jedoch ohne ihn zu berühren. Eine Zeit lang rang Aristide noch um Luft, bis er wieder gleichmäßig atmete.

»Danke«, meinte Cyril und schnippte Asche ins Gestrüpp.

»Wie bitte?« Ari klang wie ein Fremder, die Stimme rau und verschleimt.

»Für das alles hier.« Cyril gestikulierte mit dem Kippenstummel, nahm dann einen letzten Zug und warf ihn weg. »Vielen Dank.«

»Spar dir deinen Dank, bis wir es warm und trocken haben, sonst dankst du mir vielleicht dafür, dass du erfrierst.«

»Na ja, zumindest würde ich dann in Freiheit sterben«, erwiderte Cyril. Und bevor er allzu lange darüber nachdenken konnte, fügte er hinzu: »Gemeinsam mit dir.«

Aristide hielt inne. Gerade als er sich auf dem Stein umdrehte und etwas sagen wollte, kam ein Laster um die Kurve, dann ein zweiter und ein dritter – und plötzlich stand Ari mitten auf der Straße und hielt einen Arm hoch, um die herannahende Karawane aufzuhalten. Nun folgte Feilschen und Wucher und die Herausgabe von Bargeld. Aristide hüpfte hinten in einen Lieferwagen. Cyril stieg in die Fahrerkabine des letzten Lasters. Die Fahrt verbrachte er eingeklemmt zwischen dem Fahrer und einer Frau mit einer E4 Hoare Maschinenpistole, dasselbe Modell, das die Grenzwachen und Soldaten bei sich geführt hatten. Alt, aber gut gepflegt. Solche hatte Gedda im Gewürzkrieg verwendet, zu Zeiten seiner Großmutter. Der Schaft stieß ihm bei jedem Schlagloch in die Rippen.

Eine Stunde vor Dastya wurde der Konvoi um ein Haar von einer Mörsergranate getroffen – die westlichen Vororte der Stadt waren mit Artillerie gegen Einfälle der Tatiener verstärkt.

»Schreckhaft«, meinte die Schützin, mehr sagte keiner dazu.

Anschließend ließ das Adrenalin die Zeit wie im Flug vergehen, plötzlich befanden sie sich am Kontrollpunkt vor der Stadt. Adam Wallis präsentierte sich in angemessen mitgenommenem Zustand für einen Mann, der sich gerade einen Weg durch einen Aufstand gebahnt hatte, und sagte ihnen, dass er ein Kriegskorrespondent für Siebenthal's wäre. Er führte kein nennenswertes Gepäck bei sich – der Kartonkoffer war unterwegs verloren gegangen, hoffentlich ohne Wertgegenstände im Inneren.

»Meine Tasche habe ich irgendwo zwischen Eré und Kareniv verloren«, erklärte er. »Genau wie meinen Fahrer.

Die wollten den Wagen und er ist mitgegangen. Eine Falle. Hätte es wissen müssen. Außerdem haben die meinen Presseausweis mitgenommen und mein Transitvisum. Wenigstens meinen Pass habe ich retten können, aber der hat einiges mitgemacht.«

Hensons Konvoi war genau zu dem Zeitpunkt angekommen, als es irgendeine Auseinandersetzung mit Flüchtlingen gab, deshalb schien die verwischte Unleserlichkeit des Dokuments auf der Sorgenliste der Soldatin recht weit unten zu stehen. Sie überflog es bloß flüchtig. »Sie haben Glück gehabt, dass Sie nicht auch Ihren Kopf verloren haben. Noch mehr Glück, dass Sie auf Henson getroffen sind. Die ist ein Goldschatz. Bleiben Sie lang?«

»Nur so lange, bis ich eine Überfahrt buchen kann. Ich will niemanden beleidigen, aber von diesem Teil der Welt habe ich erst mal die Schnauze voll.«

Da klappte sie seinen Pass so fest zu, dass die Pappe knallte, und sagte nur: »Ich wünsche Ihnen eine schnelle Reise.« Eine angenehme wünschte sie ihm nicht.

Als Lillian endlich nach Hause kam, war es bereits spät. Sie hatte Kostos angeboten, ihn an seiner Wohnung abzusetzen, dann Daoud an seinem Hotel. Magnusson ließ sie hinein und bot ihr an, einen Whiskey einzugießen. Da sie sich an die leere Karaffe vom Vorabend erinnerte, lehnte sie ab, bis er ihr versicherte, dass sich in der Speisekammer noch eine halbe Kiste befand. Geld, oder der Mangel an ebendiesem, wurde nie erwähnt. Er war einfach so schlau, dass er ihre Gedanken lesen konnte.

»Ich muss ein Telefonat führen«, sagte sie. »Aber Sie können zu Bett gehen. Heute Abend brauche ich Sie nicht mehr.«

»Vielen Dank, Ma'am«, verabschiedete er sich und ließ sie allein.

Konzentriert wählte Lillian Zahl für Zahl die Nummer von Rinkos Wohnung. Eigentlich war es viel zu spät für einen Anruf, doch auch Zeit gehörte zu den Dingen, an denen es ihr mangelte. Sie wollte verhindern, dass Kostos es sich anders überlegte und zu dem Schluss kam, sie würde ihren Teil der Vereinbarung nicht einhalten. Sie wollte eine Absicherung. Und sie wollte mit einer Freundin sprechen.

»Hallo?« Körperlos, ohne die Ablenkung von Rinkos stets makelloser Erscheinung, klang ihre Stimme müde. Lillian schaute auf die Uhr auf ihrem Schreibtisch und verzog das Gesicht.

»Rinko«, sagte sie. »Ich bin's. Ich ...«

»Lillian?« Sie war wütend. Natürlich war sie das.

»Es tut mir so leid, dass ich nicht angerufen habe. Oder einen Scheck geschickt. Ich war ...«

»Beschäftigt, natürlich. Aber geht es dir gut?«

»Wie bitte?« Sie sprach leise, dachte an Jinadh und Stephen, die oben schliefen.

»Ich habe nichts von dir gehört. Und ich habe mir Sorgen gemacht, dass du vielleicht ... Ach, keine Ahnung. Ich weiß nicht, was ich gedacht habe.«

Dass Lillian ohne Gerichtsbeschluss in eine Zelle gewandert sein könnte. Oder etwas in der Richtung. »Mir geht es gut. Na ja, vielleicht nicht gut, aber ... Ich komme zurecht.« Sie knibbelte an einer losen Klammer im Stuhlpolster herum. »Ich dachte, dass du vielleicht sauer auf mich bist.«

Das Lachen am anderen Ende der Leitung klang eher wie ein Seufzen. »Du bist doch nicht hinten aus einem Gefangenentransporter gesprungen und hast mich wie eine Närrin vor dem Richter stehen lassen.«

»Nein. Aber ich habe dich überhaupt erst in die ganze Sache hineingezogen. Und ich hätte bei dir im Gerichtssaal sein sollen.« Der erste Teil stimmte, der zweite Teil nicht. Sie war froh gewesen, nicht dort zu stehen und darauf zu warten, ob Aristide erfolgreich war oder versagte.

»Ich bin eine erwachsene Frau mit einer Zulassung als Anwältin. Ich habe mich bereit erklärt, diesen Fall zu übernehmen. Und jetzt werde ich die Konsequenzen angehen.«

»Wirst du damit klarkommen? Ich meine, mit den Untersuchungsbeamten der Bundesregierung und der Polizei und wer sonst noch kommt?«

»Wirst du es denn? Ich glaube, jetzt müssen wir abwarten und sehen, was passiert. Sie untersuchen die Sache und dann melden sie sich.«

»Das mache ich am liebsten.« Lillian stützte das Gesicht auf die Hand. »Auf andere Leute warten.«

»Ich weiß«, stimmte Rinko ihr zu. »Du bist eher der Typ, der einen Plan umsetzt, nicht der, der sich in die Vorhaben anderer Leute verstricken lässt.«

Der scharfe Unterton in diesem Satz verriet Lillian, dass er eine unausgesprochene Frage enthielt, etwas, das Rinko am Telefon nicht offen sagen wollte. Das war klug. Lillian vertraute der eigenen Leitung selbst nicht. Und wenn sie es nicht sagen wollte, wusste Lillian, worum es ging, und konnte genauso wenig antworten.

»In letzter Zeit immer weniger«, erwiderte sie, anstatt ihre Unschuld zu beteuern. »Inzwischen finde ich mich öfter im Kreuzfeuer der Pläne anderer Leute wieder, als mir recht ist.«

»Tatsächlich?« Rinko klang nicht so, als würde sie es ihr abnehmen.

»Na ja, zumindest habe ich aus eigenem Antrieb zugestimmt, bei Kostos' *Stunde nach dem Abendessen* auf Sendung zu gehen.«

»Wie bitte?« Nach der Überraschung in Rinkos Stimme zu schließen war Lillians Taktik aufgegangen – eine Ablenkung, die sie von dem gefährlichen Gesprächsthema weg- und zu einem anderen hinführte, das möglicherweise Ergebnisse erzielte.

»Er hat mich gefragt, ob ich über die jüngsten Ereignisse sprechen möchte, und ich habe zugestimmt. Und dann hat er ... er hat gefragt, ob ich dich ebenfalls einladen würde.«

Die lange Pause kostete Lillian Jahre vom Rest ihres Lebens. Sie hörte beinahe das Klicken der Abakusperlen, während Rinko am anderen Ende Berechnungen anstellte. Schließlich sagte diese: »Du machst das tatsächlich?«

»Ich habe ... ein beträchtliches Interesse daran, dieses Interview zu geben.« Lillian schlich vorsichtig um die Fakten herum, als wären es Bärenfallen. »Dass ich es aus freiem Willen gebe, heißt nicht, dass ich es aus selbstlosen Gründen tue.«

»Du hast ihm doch nicht *versprochen*, dass ich ebenfalls auf Sendung gehe, oder?«

»Ich habe ihm gesagt, dass ich mein Bestes gebe, dich zu überzeugen.«

»Du schuldest mir noch die Beratungsgebühr.«

Schlagartig stieg Lillian die Hitze in die Wangen. »Das weiß ich. Es tut mir leid. Aber hierbei ... Es geht um ...«, sie hasste, was sie nun sagen würde, sprach es aber dennoch aus, »... Gerechtigkeit. In gewisser Weise. Die Zukunft Geddas, wenn man dramatisch werden will.«

»Willst du mich bei meinen Überzeugungen packen?«

»Nein. Ich sage nur die Wahrheit.«

»Ich weiß, was für Wahrheiten du erzählst, Lillian. Genau solche wie ich.«

»Solche, für die man überzeugende Argumente braucht?«

Nun lachte Rinko tatsächlich, so laut, dass es über die Leitung verzerrt klang. »Warum essen wir nicht morgen zu Mittag und du überredest mich persönlich? Komm bei mir vorbei. Damit können wir vielleicht den Kameras entgehen. Auf Schnappschüssen sehe ich schrecklich aus.«

»Dabei kann ich dir helfen«, meinte Lillian.

»Du wirst mir bei vielen Gelegenheiten helfen, bis sich dein Glück wendet. Mit der Zahlungsart bin ich zwar flexibel, aber eine Schuld vergesse ich nie. Nicht einmal die einer Freundin.«

»Das solltest du auch nicht«, stimmte Lillian zu. Dann fragte sie schüchtern: »Sind wir das denn noch? Freundinnen?«

»Das hoffe ich doch sehr«, antwortete Rinko. »Die brauchst du nämlich dringend.«

Als Lillian auflegte, bemerkte sie erst nach einem kurzen Augenblick, dass sie nicht alleine war. Nachdem ihr seine Anwesenheit bewusst geworden war, dauerte es einen weiteren Augenblick, um den Mann, der im Schatten der Tür stand, als ihren Ehemann zu erkennen.

»Mutter und all ihre Söhne«, entfuhr es ihr und sie griff sich erschrocken an die Brust. »Jinadh, du hast mir Angst eingejagt.«

»Und du hast mich aufgeweckt.« Er kam in ihr Büro und suchte nach einer Lampe, die es nicht gab. Die Deckenleuchte wäre zu hell gewesen, darum beließ er es beim Dämmerlicht der Straßenlaternen und dem Schein der Stadt, der von den Wolken zurückgeworfen wurde.

»Es tut mir leid.« Sie schob sich einzelne Strähnen aus dem Gesicht und fragte sich, wann ihre Haare sich aus der Hochsteckfrisur gelöst hatten.

»Die zweite Hälfte habe ich gehört«, erklärte Jinadh und setzte sich auf eine Ecke des Schreibtisches. »Gerechtigkeit? Geddas Zukunft? Und du gehst mit Laurie Kostos im Radio auf Sendung.« Mit jedem Wort klang er vorwurfsvoller. »Lillian, was hast du vor? Und wann wolltest du *mir* von der ganzen Sache erzählen? Bevor oder nachdem du im Radio zu hören warst?«

»Es tut mir *leid*«, erwiderte sie. »Ehrlich. Es geht nur gerade alles so schnell …«

»Daoud ist *gestern* hier gewesen, Lillian. Und du und ich, wir schlafen im selben Bett. Du hattest Zeit. Ich bin kein Narr. Ich weiß, dass es sich um keinen Höflichkeitsbesuch gehandelt hat. Und allmählich glaube ich, dass du mich in diesem Gerichtssaal stehen gelassen hast, obwohl du wusstest, was passieren würde. Was ist los?«

Seufzend legte Lillian die Hände vors Gesicht, denn sie konnte ihn nicht ansehen. »Das wird dir nicht gefallen.«

»Das habe ich auch nicht erwartet. Aber ich will es trotzdem wissen.«

Bevor sie etwas sagte, zwang sie sich, den Kopf zu heben. »Ich hatte eine Ahnung davon, was sie planen. Aristide und Cyril. Aber ich war nicht daran beteiligt. Ich wollte einfach nur nicht hier sein, wenn …«

»Ich verstehe«, sagte Jinadh. »Und was ist mit dem Radio?«

»Wir bringen die Geschichte über Frye an die Öffentlichkeit. Und über den Teer und die Bombe in der Lagerhalle. In Kostos' Sendung. Morgen Abend.«

Jinadh schloss die Augen, atmete tief durch und schluckte das, was er eigentlich sagen wollte, herunter. Kurz darauf fasste er sich wieder und fragte: »Wir?«

»Eigentlich Qassan. Mein Interview – und das von Rinko, falls sie eines gibt –, damit liefere ich Kostos einfach, was er von mir will, weil er weiß, wie sehr *ich das hier will.*«

»Aber warum?«, fragte er. »Warum willst du es? Einfach aus Rache? Oder hat Saeger dir etwas versprochen?«

»Keine Versprechen. Höchstens, dass sie mich für einen Posten in Betracht zieht.«

Endlich lächelte Jinadh, wenn auch ein wenig betrübt. »Sag mir nicht, dass meine Frau plötzlich ein Gewissen hat.«

»Falls Saeger gewählt wird, könnte sich das vielleicht als praktisch erweisen«, meinte Lillian. »Also, ein Gewissen zu haben.«

Zärtlich schob Jinadh ihr eine Haarsträhne hinters Ohr. »Du hast heute Post bekommen.«

»Davon hat Magnusson mir gar nichts erzählt.«

»Ich habe ihm gesagt, dass ich sie dir gebe. Der Umschlag sieht so aus ... als könnte es etwas sein, das wir gemeinsam besprechen sollten.«

Ihr kam eine ungute Vorahnung. »Der Umschlag sieht danach aus?«

»Es sieht so aus, als ... käme er von einer Bank.« Jinadh griff in die Innentasche seines Morgenmantels und holte einen cremefarbenen Brief mit eleganter Goldprägung auf dem Siegel heraus. »Oder vielleicht vom Gericht.«

Lillian musterte erst das Kuvert, dann ihren Mann und ihr kam der Gedanke, dass er ihn die ganze Zeit in der Tasche gehabt haben musste. »Ich habe dich gar nicht geweckt. Du hast auf mich gewartet.«

Jinadh zuckte mit den Achseln. »Wenn du nicht da bist, kann ich nur schlecht einschlafen. Vor allem, wenn ich weiß, dass du Unfug anstellst. Mach ihn auf.«

Früher hatte es in diesem Büro einen Brieföffner mit Perlmuttgriff gegeben, doch der war längst verschwunden, darum riss sie den Umschlag mit einem Finger auf und holte einen gefalteten Stapel Papiere heraus.

Der Briefkopf sagte Lillian nichts – weder eine Bank noch ein Anwalt, mit denen sie je zusammengearbeitet hatte. Und der Dokumentenstapel war dicker, als es bei einer einfachen Rechnung oder einem wütenden Brief der Fall gewesen wäre. Den Text überflog sie nur flüchtig, wandte sich stattdessen der nächsten Seite zu: einer Zahlentabelle.

»Wertpapiere«, sagte sie. »Anscheinend besitzen wir jetzt beträchtliche Anteile an lisoanischen Immobilien.«

»Ich nehme an, dass du nicht an der Börse gehandelt hast, ohne mir davon zu erzählen.«

»Das war ich nicht«, entgegnete sie und betrachtete den Auszug mit den vierteljährlichen Zinseingängen. Die Zahlen tanzten auf dem Papier. »Ich war das nicht.«

»Wer denn dann?«

Lillian wusste es, noch bevor er die Frage beendete. »Makricosta. Wer sonst?« Blutgeld, Reparationen, eine Art verquere Mitgift? Was sollte das hier darstellen?

»Dein Blick macht mir Sorgen. Darf ich es sehen?«

Als sie es Jinadh gab, wurde ihr schwindelig. »Er hat das getan, weil er Schuldgefühle hat.«

Ausdruckslos betrachtete Jinadh die Summe. »Und vielleicht fühlt er sich dadurch besser. Das ist mir völlig egal. Mit diesem Geld können wir Stephen zur Schule schicken. Dadurch werden wir ... hm.«

»Zahlungsfähig?«

»Mindestens.«

»Nun ja, irgendwie *ist* er jetzt ja sozusagen Stephens Onkel. Aber die Königin möge uns retten, falls er beschließt, sich ... in irgendeiner Form onkelhaft zu benehmen.« Ihr zitterten die Hände.

Jinadh ergriff sie. »Augenstern, ich weiß nicht, ob wir in nächster Zeit von den beiden hören werden.«

Falls überhaupt jemals wieder, dachte sie und brach in Tränen aus.

KAPITEL 32

Dankbar schüttelte Cyril die Figur Adam Wallis ab, sobald sich hinter ihm die Tür des Pensionszimmers schloss, die Erschöpfung wurde er allerdings nicht ganz so schnell los. Die Kälte ebenso wenig. Er konnte sich nicht daran erinnern, jemals dermaßen gefroren zu haben, und das so lange. Seine Knochen fühlten sich spröde an, ihn schmerzten sämtliche Muskeln. Außerdem war er ausgehungert. In den vergangenen drei Tagen hatte er nur sehr wenig Essen und Schlaf bekommen, um den Stress und die Strapazen zu bewältigen.

Durchs Fenster blickte er auf eine dreckige, salzverkrustete Straße, deren Gosse voller Zigarettenstummel und Müll war. Dann folgte die Kaimauer und dahinter Fischerboote, die im öligen Wasser an ihren Liegeplätzen lagen.

Das hier war also der Hafen, für den Memmediv ihn verraten hatte. Durch die Scheibe ertönte das traurige Läuten der Glocken. In den langen blauen Abendschatten wirkte die Aussicht trübe. Trotzdem musste er zugeben, dass andere Menschen sicher schon Eigenartigeres geliebt hatten.

Jemand klopfte. »Herein«, rief er und stieß sich von der Fensterbank ab.

Aristide stand in der Tür, kerzengerade und mit gerunzelter Stirn. Cyril fragte sich, ob das an Erikh Prossers Sorgen lag, die von ihm abfallen würden, sobald er über die Schwelle trat, oder ob er wirklich so nervös war, wie es den Anschein machte. In der Faust hielt er eine fettige Papiertüte. Cyril roch Frittierfett, Schweinespeck und Kohl.

»Komm rein«, forderte er Aristide auf und griff dabei schon nach dem Essen.

Ja, Ari ließ Prosser im Flur zurück, doch die gerunzelte Stirn nahm er mit. Dann schien er nicht zu wissen, was er mit sich anstellen sollte. Die Fensterbänke waren zu klein, um sich darauf zu setzen, und im Zimmer befanden sich lediglich ein Bett und ein Waschtisch, kein Stuhl. Zögernd stand er mitten im Raum, verlagerte auf den nackten Bohlen das Gewicht von einem Bein aufs andere. Wenigstens wirkte er nicht mehr so ausgezehrt, so blutleer. Vielleicht hatte er schon etwas gegessen. Vielleicht hatte er sich schlicht betrunken.

Als Cyril sich aufs Bett setzte, quietschten die Federn. In der offenen Tüte befanden sich gefüllte Kartoffelklöße, die an den Rändern angebrannt waren und braune Stellen vom Grill hatten. Er biss in einen hinein: Schweinehack, mit Kohl und Zwiebeln zu einer grauen Masse gekocht. Ihm lief ein Fetttropfen das Kinn hinunter. »Ist dein Gepäck heil angekommen?«

Die Frage schien Ari zu beruhigen. Er war zwar noch immer nicht entspannt, trat aber nicht länger von einem Bein aufs andere. »Ist von einem Schiff zum anderen transportiert worden, wie versprochen. Wenn wir an Bord gehen, erwartet es uns in der Kabine.«

»Nur eine Kabine?«

Damit hatte er einen wunden Punkt erwischt, Ari zuckte zusammen. »Es gibt genug Platz für ein Feldbett, und wenn dir das unangenehm ist, können wir sicher arrangieren, dass ... aber mir schien es weniger verdächtig, wenn ...« Er verstummte und trat wieder von einem Bein aufs andere, sein Blick irrte durch den Raum und mied Cyril.

Zu seinem Pech begegneten sich ihre Blicke, als seiner über den Spiegel des Waschtisches wanderte, wo Cyril ihn einfing und festhielt. »Ich kann mich nicht erinnern, dass du jemals dermaßen deinen Text vergessen hast.«

Aristide derart verunsichert zu erleben machte ihm größere Angst als Mörsergranaten, Tod durch Erfrieren oder Grenzkontrollen. Es war schmerzvoller, ihn so zu sehen, als zuzuschauen, wie er in voller Montur, geschminkt und voller Boshaftigkeit die Gefängniswachen heruntermachte. Ihm zuckte der Mund, dann wandte er abrupt den Blick ab. »Ich kenne mein Stichwort nicht.«

In diesem Moment wurde Cyril klar, dass er früher nie eines gebraucht hatte. Aristide war sich Cyrils Begehrens immer sicher gewesen. Hatte darauf setzen können, dass *alle* ihn begehrten. Er hatte Liebhaber bevorzugt, die verzweifelt waren, ihn anflehten, seiner Gnade ausgeliefert waren, und Cyril war ihm in allen Punkten gefällig gewesen.

Womöglich wusste Aristide nicht, wie man um etwas bat, das nicht bereits angeboten worden war. Vielleicht sorgte sein Stolz dafür, dass er Angst davor hatte. Doch wäre er weniger stolz, dann wäre er nicht Ari.

Falls Cyril das hier wollte, würde er den ersten Schritt machen müssen. Was bedeutete, dass er sich entscheiden musste: Wollte er das hier? Jetzt?

Man konnte nicht behaupten, dass er sich in Liso zurückgehalten hätte. Wenn sich Menschen in Lebensgefahr befanden, was taten sie dann sonst, als zu bumsen? Doch das war etwas anderes, rein mechanisch.

Dann musste er an die erste Umarmung von Lillian denken, wie er den Instinkt unterdrückt hatte, der ihm zuschrie, dass er einen Angriff abwehren und sie auf den Rücken werfen sollte. An den Adrenalinstoß, sobald sich am Rande seines Gesichtsfeldes etwas bewegte. Seine gesamten Reaktionen waren von der Erinnerung an Gewalt geprägt.

Doch Cyril erinnerte sich auch – und zwar lebhaft – an den kratzigen Wollstoff an seinen Handgelenken, mit seiner Krawatte zusammengebunden, das Ende eine Leine, die Ari in der Faust hielt. Wie einfach es gewesen war, ihm die Führung zu überlassen, und welche Macht darin gelegen hatte: Er befolgte keine Befehle, weil er es *musste*, sondern weil er sich dafür entschied. Damals eine willkommene Abwechslung. Und nun vielleicht genug, damit er nicht mehr an den Dschungel denken musste und an all das, was er dort getan hatte. Was ihm angetan worden war.

Cyril öffnete den obersten Knopf seines Hemdes, spürte den dicken Faden, die Unebenheiten des Horns.

»Wir können nicht so weitermachen wie damals«, sagte er. »Nicht ... zumindest nicht jetzt. Du darfst mich nicht schlagen.«

Aristide nickte einmal und musterte ihn besorgt.

Der Knopf rutschte schwer aus seinem Loch und Cyril spürte einen kühlen Luftzug an der Kehle. »Ich bin nicht der Mann, der ich einmal war, Aristide.«

»Liebling, der bist du nie gewesen. Und ich auch nicht.« Ari setzte sich zu ihm aufs Bett. Die gequälten Federn protestierten. Mit bedächtiger Eleganz, die weniger Vorsicht, sondern eher Ehrfurcht zu entspringen schien, hob er die Hände an Cyrils zweiten Knopf. »Darf ich?«

Und Cyril ließ ihn atemlos gewähren.

Es war völlig anders als früher. Es war ... weder besser noch schlechter. Sie tasteten sich langsam vor, wie bei einem Puzzle oder Schachspiel.

Aristide zog Cyril wie an jenem ersten Abend aus, als sie zum ersten Mal so viel von der Haut des anderen gesehen hatten: geduldig, genießerisch. Damals war die Hülle hübscher gewesen – Platinknöpfe auf gestärktem weißen Pikee statt schlichtem Horn und Baumwolle. Mehr Schichten, Schlaufen, Haken und Verschlüsse. Doch diesmal nahm er sich mehr Zeit, pausierte, weil er nicht sicher war, was er durfte.

Zunächst legte er die vertraute Narbe frei: die leuchtende Linie, die Cyrils Bauch zweiteilte. Nach der er nie gefragt hatte. Er fuhr mit dem Finger darüber und fragte sich, ob er es eines Tages einmal wagen würde.

»Wenn du so weitermachst, verpassen wir unser Schiff.«

»Still«, flüsterte Aristide. Sein erster Befehl. Er erteilte ihn leichthin, beinahe neckisch. Cyril belohnte ihn mit einem kleinen Lächeln und seinem Schweigen.

Aristide schälte ihn wie einen Apfel, von dem er eine einzige, lange Spirale schneiden wollte. Gleichmäßig, zärtlich, langsam: Sich selbst neckte er dabei genau wie ihn. Gegen Ende hätte Cyril eigentlich keuchen müssen, mit Schweiß auf der Stirn. Damals wäre es so gewesen. Nun hielt er die Augen fest geschlossen, runzelte die Stirn, biss sich auf die Unterlippe. Auf Halbmast, ja, aber mehr nicht. Und in seinem Gesicht war keinerlei Erregung zu erkennen.

Aristide hielt inne, mit den Fingerspitzen auf Cyrils nacktem Schenkel. »Wir müssen nicht …«

»Nein«, widersprach er, krallte sich in Aristides Hosenbund und löste den Knopf. »Ich will, dass du mich alles vergessen lässt.«

Nach diesem Flehen schwor Aristide sich, die Huren von Prinz und Tempel bei Weitem zu übertreffen.

All jene lieblosen Nachmittage mit Daoud, die vielen Male, bei denen er sich jemanden gewünscht hatte, der ihn anbettelte, jemanden, der mit ihm die Machtspielchen spielte, die der kapriziösen Raubtierstimme in seinem Innern gefielen ... All das fiel von ihm ab und er verlor sich im Geschmack von Cyrils Haut, in seinem Duft, darin, wie er die Waden anspannte, als er die Füße auf die Matratze stellte. Aristide spürte das eigene Begehren wie einen Knoten im Rücken, sodass sich sein ganzer Körper vor Verlangen anspannte.

Aber Cyril drehte das Gesicht ins Kissen, schloss die Augen wieder und sagte: »Es tut mir leid. Ich kann nicht ... Es ist einfach ...«

»Dann mit deinen *Händen*«, brachte Aristide hervor und erstickte an den Worten. »Bei der Fotze der Königin, *ich flehe dich an.*«

Schlagartig wich die Scham aus Cyrils Gesicht und wurde vom Schock vertrieben, dass er ihn anflehte. Sich selbst hatte Aristide damit ebenso überrascht, deshalb war er nicht darauf vorbereitet, als Cyril sich rasch aufsetzte, sodass er das Gleichgewicht verlor und hintenüberkippte.

Aristide hatte vergessen, wie es aussah, wenn sich Cyrils Pupillen vor Lust derart weiteten: dass sie nur noch einen feinen Ring aus frostigem blauen Eis hinterließen, das an den Rändern eines schwarzen Teichs entlangkroch. Oder, da sie nun über ihm hingen und sich in ihrer Mitte die helle Nachttischlampe spiegelte, wie der weiße Ring um den Mond wirkten, in einer kalten Nacht, bevor es Schnee gab.

Cyril drückte ihm mit einer Hand gegen die Brust, hielt ihn mit seinem Gewicht auf der protestierenden Matratze. Er leckte zwei Finger der anderen an und dann ...

Aristide entfuhr ein Stöhnen, das ihm unter anderen Umständen vielleicht peinlich gewesen wäre. Danach ging alles ziemlich schnell. Und auch das hätte ihm peinlich sein können. Aber nicht an diesem Abend.

Da Aristides Verlangen nun gestillt war, erinnerte er sich, dass in jenen hellen blauen Augen plötzlich die Lust aufgeglommen war, und griff Cyril zwischen die Beine. Noch immer nichts.

Cyril rollte sich zur Seite, legte den Arm über das Gesicht und schien sich so zu schämen, wie Aristide es eigentlich hätte tun sollen. »Es tut mir leid«, wiederholte er, diesmal weniger verzweifelt.

»Schhh.« Aristide streckte sich neben ihm aus, genoss es, Haut auf Haut nackt nebeneinanderzuliegen. Wie durch ein Wunder Haut auf *dieser* Haut. Genauso voller Staunen, wie er Cyril nun über die Hüfte strich, sagte er: »Es wird andere Gelegenheiten geben. Sehr viele.«

Cyril spähte unter seinem Ellenbogen hervor. »Wenn du vorher nicht tot umfällst, alter Mann.«

»Ich bin noch nicht mal sechzig«, protestierte er.

»Bei dem Leben, das wir geführt haben, ist das ein beträchtliches Alter.«

»Na gut«, meinte Aristide und beugte sich hinüber, um ihn zu küssen. Leidenschaftlich, wie er seit Jahren niemanden mehr geküsst hatte. »Dann sollten wir unser Stroh lieber reinholen, bevor der Regen kommt.«

Nach Mitternacht frischte der Wind auf. Irgendetwas in Cyrils Langzeitgedächtnis an diesen Ort kündigte ihm *Regen* an, wenn auch noch weit entfernt. Er erinnerte sich an ähnliche Nächte im späten Winter oder zeitigen Frühling, in denen der Duft nach Feuchtigkeit vom Meer her über die Ebenen gefegt war. Aber trotz des Luftzuges hatte Cyril es, in die Decke gekuschelt, endlich warm.

Eine Zeit lang lagen sie schweigend nebeneinander, lauschten darauf, wie die lockeren Fensterscheiben in den Rahmen klapperten. Aristide, der an der Wand lag, kratzte mit einer Hand an einer Macke in der Farbe.

»Kleine Lügen«, sagte er. »Versprichst du es?«

Cyril schmiegte sich enger an ihn. »Mhm.« Auch ohne eine Einleitung erwischte ihn die Frage nicht unvorbereitet. Es war die richtige Uhrzeit für Geständnisse, Haut an Haut in der Dunkelheit.

In der folgenden Pause schien Aristide beschlossen zu haben, nichts zu sagen. Doch kurz darauf meinte er: »Du hast den Brief erhalten. Warum bist du nicht gekommen?«

»Ich habe es versucht. Aber … ich hatte Angst wegen Lourdes. Ich dachte, dass er sie zu dir führen könnte.«

»Darum hast du ihn umgebracht.« Das sagte Aristide derart nüchtern, ließ es so simpel klingen, wie es in jenem Augenblick gewesen war: eine schwere Entscheidung, die eilig getroffen worden war, der einzig mögliche Ausweg. »Ich habe es in der Zeitung gelesen. Ich … habe kurz danach aufgehört, Zeitung zu lesen.«

»Das hatte ich eigentlich nicht vorgehabt«, meinte Cyril. »Ich bin nicht hingefahren, um ihn zu erschießen.«

»Warum denn dann?«

In der Rückschau war die eigene Dummheit noch viel schwerer zu ertragen. Cyril stellte sich vor, wie es mit jedem Jahr schwerer werden würde, bis er oder diese Dummheit einen kritischen Punkt erreichte, an dem die ganze Sache lustig erschien. Einen kritischen Punkt, den er nie erreicht hätte, wenn es nicht diesen Mann gäbe, dessen Ellenbogen ihm gerade in die Rippen drückte.

»Ich wollte ihn dir hinterherschicken«, erklärte Cyril. »Ich habe sogar eine Flasche Wasserstoffperoxid für seine Haare mitgenommen, damit er dem Bild im Pass entsprach.«

»Was ist schiefgelaufen?«

»Ich.«

Aristide wartete ab, damit er fortfuhr, legte die Fingerspitzen angespannt über dem Deckensaum zusammen.

»Ich … ich hatte den Namen auf dem Visum gesehen und habe mir nicht zugetraut, dass ich das Maul halten würde.«

»Genauso hat Cordelia es immer gesagt.«

Ihr Name entfachte in Cyrils Brust eine Wärme, die viel zu lange geschlummert hatte. Doch genau wie bei Blut, das in eingeschlafene Gliedmaßen zurückfloss, quälte sie ihn. »Kannst du dir das vorstellen? Ich habe ihr gesagt, dass sie sich auf die Seite der Ospies schlagen soll. Dass sie einen guten Fuchs abgeben würde.«

»Das hätte sie.« Aristide lachte, zumindest beinahe. »Ich würde sogar sagen, das hat sie. Du hast die Ospies gestützt, auf deine Art. Aber sie hat ihnen ein Bein gestellt und sie zu Fall gebracht.«

»Du hast gesagt, dass du sie gesehen hast. Nachdem du das Land verlassen hattest. Bevor sie gestorben ist.«

»Eine lange Geschichte«, meinte Aristide nur, und als Cyril protestieren wollte, hob er die Hand und fuhr fort: »Die ich dir gern irgendwann erzähle. Aber als ich *dich* das letzte Mal gesehen habe, hast du in ihrer Garderobe mit einem Revolver herumgewedelt und so ausgesehen, als hätte dich jemand von der Schuhsohle gekratzt. Wie, Verdammnis und Verderben, bist du von dort aus in einem Elendsviertel in Orriba gelandet?«

»Wer hat dir erzählt, dass ich in Orriba gewesen bin?«

»Asiyah. Hat gesagt, dass die Jagdhunde dich betrunken und verwahrlost aufgegriffen haben und du ihnen einen falschen Namen genannt hast. Paul …«

»Darling«, ergänzte Cyril. »Ein dummer Tarnname. Sentimental. Solche Sachen führen dazu, dass man festgenommen wird.«

»Ich weiß.« Aristide starrte vor sich hin. »Ich konnte nicht anders.«

»Du hättest anders gekonnt«, widersprach Cyril. »Aber du spielst gerne den Schlaukopf. Das wird dich noch in Schwierigkeiten bringen.«

»Orriba, Cyril. Wie …?«

»Tatsächlich über eine Freundin von dir.« Nicht, dass er es damals gewusst hatte. Nicht, dass sie ihn gekannt hatte. Dass sie ihn erkannt hatte, obwohl er ausgesehen hatte wie eine aufgeplatzte überreife Frucht, und das nur anhand der Beschreibung aus falschen Papieren … »Dieselbe Freundin, die zugelassen hat, dass du diesen dummen Namen auf mein Visum schreibst.«

»Zelda Peronides? Wie …?«

»Ich bin als blinder Passagier gereist«, erklärte Cyril. Das entsprach nicht der ganzen Wahrheit. Er hatte sich in der Bucht auf das erstbeste Boot mit einer Leiter gezogen, bevor ihm schwarz vor Augen geworden war. Als er Stunden später aufgewacht war, hatte ihn ein Schlägertyp im Schwitzkasten gehabt, und er hatte einen Motor und das Wasser gegen den Rumpf klatschen gehört. Aber kleine Lügen waren erlaubt. »Sie ist geflohen. Hat sich praktisch nur mit dem, was sie bei sich trug, aus der Stadt gerettet. Irgendein Kerl namens Marto war noch bei ihr. Nachdem die Schwellungen zurückgegangen waren, hat sie geschnallt, wer ich war. Meinte, ich wäre der Rotodruck von irgendeinem Schauspieler namens Solomon Flyte, wenn man ihm ordentlich in die Fresse geschlagen hätte.«

Ari sah aus, als wäre ihm speiübel, doch Cyril fuhr fort. »Da waren wir schon auf halbem Weg nach Agrakoti. Und ich war nicht in der Verfassung, dir nachzujagen. Als wir schließlich an Land gegangen sind und ich die Nachrichten gehört habe, da … wollte ich eigentlich nicht mehr.«

»Wenn du es doch getan hättest.«

»Nein, das hättest du nicht gewollt. Ich war ein wandelnder Misthaufen.«

»Das bist du immer noch.«

»Verpiss dich.«

Als Aristide Cyril noch fester in die Arme nahm, überkam ihn instinktiv Panik – er saß in der Falle, bekam keine Luft –, doch dann raunte er ihm ins Ohr: »Nie wieder.«

Dieses vertraute Schnurren, das nun durch die vielen Kippen und das Alter etwas rauer klang, sagte ihm, dass er in Sicherheit war, und holte ihn nach Hause.

Aristide wachte am frühen Morgen auf, als draußen der Donner grollte. Es war nicht das erste Mal – Cyril war schon früher kein einfacher Bettgenosse gewesen, nun sogar noch weniger. Aber immer, wenn ein Schrei oder ein Zucken Aristide aus dem Schlaf gerissen hatte, hatte er sich daran erinnert, wo er sich befand und mit wem, und war erneut von Staunen erfüllt gewesen. Deshalb störte es ihn nicht.

Diesmal wurde er nicht durch Cyrils Albtraum geweckt. Am Himmel zeichnete sich verwaschen der Sonnenaufgang ab. Ein erstes Frühlingsgewitter überzog die Fenster mit Regenschauern. Cyril lag nicht mehr neben ihm, sondern saß halb nackt am Fußende des Bettes und suchte im Radio nach einem Sender.

Leise und reglos betrachtete Aristide sein Spiegelbild über dem Waschtisch: wie konzentriert und effizient er vorging. Wie sich unter der vernarbten Haut die kleinen Muskeln bewegten. Er rutschte nicht hin und her, hielt nicht inne, als er einen Sender erwischte, der ein altes Lied von Marcel Langhorn spielte. Er wirkte ernst und fokussiert, hatte über der neuerdings schiefen Nase die Stirn gerunzelt. Anscheinend hatte sich alles an ihm verändert, mit Ausnahme der leuchtenden Narbe an seinem Bauch.

Dann fiel ihm eine lose Haarsträhne in die Stirn und er zuckte mit dem Kinn, um sie aus den Augen zu bekommen.

Nie zuvor hatte Aristide solch einen Schmerz empfunden.

»Wonach suchst du?«, fragte er und sah, wie Cyril zusammenfuhr, den Reflex jedoch rasch unterdrückte. Ein Zucken der Haut wie bei einem Pferd, das Fliegen verscheuchen wollte.

»Nach den Nachrichten«, antwortete er, so neutral, dass Aristide beinahe glaubte, er hätte sich die Reaktion nur eingebildet. »Aus Gedda.«

»Dann viel Glück, dass du einen Sender findest.« Aristide setzte sich auf und zog die Decke mit sich. Gegen seinen Willen war er interessiert. Inzwischen waren sie praktisch nicht mehr in Gefahr, aber möglicherweise war es von Vorteil zu wissen, wie viel Schlamm sie hinter sich aufgewirbelt hatten.

»Normalerweise bekommt man die rein«, meinte Cyril, »oder zumindest war das früher so. Und heutzutage sind die Sendeanlagen besser. Auch wenn das Wetter ... Ach, warte. Das war's doch.«

Schweigend drehte er den Knopf millimeterweise zurück. Das Rauschen und der Regen wurden eins. Dann erhob sich aus dem gleichmäßigen Geräusch eine verzerrte, gedämpfte Stimme. Sie wurde lauter, während Cyril den Sender genauer einstellte.

»... Behauptungen sind bisher nicht erwiesen. Doch Qassans enge Verbindung mit der Unternehmensleitung verleiht seiner Geschichte Glaubwürdigkeit. Hier hören Sie ihn im Gespräch mit Laurie Kostos von FWAC in der gestrigen *Stunde nach dem Abendessen.*«

»Hm«, meinte Cyril. »Das hatte ich eigentlich nicht ...«

»Still.« Aristide beugte sich vor, stellte die nackten Füße auf den kalten Boden.

»Sie behaupten also, dass Makricosta versucht hat, Emmeline Frye zu erpressen, um DePaul vor den von ihr vorgeschlagenen Tribunalen zu retten?« Laurie Kostos glaubte vielleicht nicht, dass seine Stimme ins Radio passte, aber sie war eindeutig unverwechselbar, selbst bei schlechtem Empfang. »Und deshalb soll sie ihre eigene Lagerhalle in die Luft gejagt und es dem Laufsteg angehängt haben?«

Cyril warf Aristide, das Gesicht noch immer dicht am Radio, einen Seitenblick zu. Dieser tat, als würde er sich intensiv auf die Sendung konzentrieren.

»Genau das tue ich.« Im Gegensatz zu Kostos hätte Aristide Daoud beinahe nicht wiedererkannt. Wenn sie ihn nicht mit seinem Nachnamen vorgestellt hätten, wenn die Geschichte nicht so vertraut wäre ... Seine Stimme klang tiefer und Aristide konnte nicht sagen, ob das an der Radioübertragung oder seiner Sprechweise lag. Nun waren seine Worte nicht mehr von Resignation oder Trotz geprägt. Er klang selbstsicher, von allen Zweifeln befreit. »Ich war nicht nur als Mr. Makricostas Sekretär tätig, sondern habe außerdem noch eine ... persönliche Beziehung mit ihm geführt, darum waren mir auch Informationen bekannt, die über die Geschäfte von Cross-Costa hinausgingen. Die Lagerhalle ist explodiert, kurz nachdem Aristide sich an Frye gewandt hatte. Und sie enthielt große Mengen lisoanischen Mohnteer, den Cross-Costa der WCRC anvertraut hatte, unserem wichtigsten Transportpartner in Gedda. Das war kein Terroranschlag. Das war Vergeltung.«

Cyril schaltete das Radio aus und starrte ihn an. Aristide kramte tief in seinem Innern eine Spur des Mannes hervor, den Malcolm Sailer einst ans Mikrofon gestellt hatte. Das befeuerte ein frivoles Schulterzucken und die Bemerkung: »Sag bloß nicht, ich hätte nie etwas Süßes für dich gemacht, Gewürztörtchen.«

Cyril brachte das zwar nicht zum Lachen, es ließ jedoch seine eisige Miene ein wenig auftauen.

»Ich bin beinahe stolz auf ihn«, meinte Aristide und wickelte sich fester in die verrutschte Bettdecke. »Das hätte ich ihm gar nicht zugetraut.«

»Vielleicht ist ihm mit dir endgültig der Geduldsfaden gerissen«, sagte Cyril. »Du kannst unerträglich nervtötend sein.«

»Ja, aber normalerweise lässt er sich das einfach gefallen.« Aristide hielt inne. »Hat sich das gefallen lassen. Es ist Vergangenheit.«

»Tja.« Cyril stand auf, streckte sich und schaute auf die Uhr. »Lass dir eins gesagt sein, ich mache das nicht. Zieh dich an. Wir müssen ein Schiff erwischen.«

KAPITEL 33

Kostos begleitete Lillian aus dem Eispickel hinaus und hielt ein Taxi an. Er wollte ihr sogar die Fahrt bezahlen.

»Bitte nicht«, wimmelte sie ihn ab. »Das ist nicht nötig.«

Er winkte ab. »Auf Firmenkosten. Soll der Chef ruhig mal ein bisschen was ausgeben, oder? Der ganze Wirbel um das Interview bringt einiges ein, er ist total zufrieden.«

»Dann sage ich recht vielen Dank.« Sie konnte immer noch Dankbarkeit zeigen, obwohl sie das Gefühl hatte, bei lebendigem Leibe gehäutet worden zu sein.

»Nein, ich danke Ihnen. Das da drinnen war eine verdammte Arie. Ein Elf-Uhr-Lied, dabei ist es gerade mal neun.«

Lillian kam es so vor, als wäre es weit nach Mitternacht, und ihre Geduld mit Kostos war durch eine Stunde aufdringlicher Fragen extrem strapaziert worden: Wie waren sie und Cyril während ihrer Kindheit miteinander ausgekommen? Wie war es mit den Eltern gewesen? Warum glaubte sie, hatte er getan, was er getan hatte? Wie hatte sie sich gefühlt, als sie ihn für tot gehalten hatte? Als sie erfahren hatte, dass er überlebt hatte? Was dachte sie über die vorgeschlagenen Tribunale? Wen hatte sie unterstützt, bevor Frye diese Idee vorgetragen hatte? Wen danach? Und wen jetzt, wenn man die gegen Frye vorgebrachten Anschuldigungen bedachte? Hatte sie Aristide Makricosta gut gekannt? Und Lehane?

In weiten Teilen hatte Lillian ehrlich geantwortet. Das würde Cyril nun nicht mehr schaden und konnte möglicherweise sogar helfen. Sie hatte versucht, den Fokus auf die anstehenden Wahlen zu legen – heiliger Bimbam, schon in drei Wochen! –, und subtil unterstrichen, dass Saeger als Kandidatin gut geeignet sei, ohne ihre Unterstützung ausdrücklich auszusprechen. Die Last der offiziellen Empfehlung einer DePaul sollte Saeger in diesen Zeiten nicht schultern müssen, selbst wenn ihre Zahlen stetig stiegen. Eine unabhängige Bundeskommission hatte inzwischen einige unschöne Fakten über den Bombenanschlag auf Fryes Lagerhalle ausgegraben, ebenso wie die dazugehörigen Polizeiberichte, und mit jeder neuen Enthüllung gewann Saeger in den Umfragen an Zustimmung.

Kostos hatte Lillian jedes Mal beim Taktieren erwischt. Er hatte die Fragen wieder auf ihren Bruder zurückgelenkt, auf ihre Familie und die klebrigen Verbindungen zu den Ospies, dem Laufsteg, dem Bürgerkrieg. Eine Stunde lang hatte sie pariert und vergeblich zum Gegenangriff angesetzt, darum gekämpft, nicht an Boden zu verlieren, und dabei versagt. Sie war erschöpft, so als hätte sie sich tatsächlich nackt ausgezogen.

»Wer ist Ihr nächstes Opfer?«, fragte sie.

»Wir füllen einige Abende mit Leuten von der Universität und Fachkommentatoren, während wir hieran arbeiten«, meinte Kostos. »Gibt es Neuigkeiten von Higata?«

»Sie lässt sich vielleicht darauf ein«, antwortete Lillian. »Aber sie hat gerade viel damit zu tun, eine Kanzlei zu eröffnen. Ich weiß nicht, wann sie die Zeit findet.«

»Hat sie Ihnen aufgetragen, das zu sagen? Oder haben Sie sich das selbst ausgedacht?«

»Ich fürchte, es ist die Wahrheit«, erwiderte sie. »Die scheine ich heute Abend häufig zu sagen.«

Die Taxifahrerin, die noch immer mit laufendem Motor am Bordstein stand, räusperte sich.

»Tut mir leid«, entschuldigte Lillian sich und ließ sich auf den Sitz fallen. Kostos tippte sich an den Hut und schloss hinter ihr die Tür.

Allmählich breitete der Frühling sich in der Stadt aus. Der Regen hatte den meisten Schnee schmelzen lassen, außer an Stellen, wo er zu wirklich riesigen Haufen zusammengeschaufelt worden war. An den Zäunen im Loendler Park blühten die Forsythien. Einige optimistische Krokusse reckten sich aus der Erde: Mit spitzen grünen Blättern und einzelnen Blüten forderten sie den Frost heraus.

Vor dem Haus in der Coral Street Nummer vierundzwanzig lauerte noch immer ein Schwarm Journalisten. Nun, da Lillian einen hatte zubeißen lassen, fragte sie sich, ob die anderen sich erst recht auf sie stürzen oder auf Abstand gehen würden.

Diesmal war sie auf die Begegnung mit ihnen vorbereitet und leitete die Taxifahrerin nicht nach hinten um. Doch sie war nicht darauf vorbereitet, an diesem Abend noch weitere Fragen zu beantworten, darum blätterte sie innerlich durch ihre Masken und setzte die auf, mit der sie unnahbar wirkte und dennoch Mitgefühl auslöste. Stolz erhobenes Kinn, an Augen und Mund jedoch verletzlich.

Außerhalb des Taxis herrschte auf der Straße Chaos. Falls die Nachbarn Lillian bisher nicht hassten, würden die Blitzlichter ganz sicher dafür sorgen. Sie schritt durch sie hindurch wie die Wandernde Königin durch ein Gebirgsgewitter, stur auf die Haustür zu, die sich ihr öffnete. Magnusson stand oben im Eingang, in makelloser Halsbinde und Frack. Zweifellos hatte er vorne am Fenster gewartet. Wahrscheinlich mit einem Groschenroman in der Hand.

Vielleicht blieb er deshalb in ihren Diensten – im DePaul-Haushalt kam niemals Langeweile auf. Näher würde er dem Lebensstil von Rita Ryder sonst nirgendwo kommen.

»Vielen Dank«, sagte Lillian, als er die Tür vor der Menge schloss. Deren Fragen schwollen hinter den Buntglasscheiben des Vorraums zu einem enttäuschten Gemurmel ab.

»Gern geschehen.«

»Abendessen?«

»Ich habe Ihnen einen Teller warm gestellt. Und falls Sie morgen die Zeit finden, Ma'am, habe ich einige Interessenbekundungen von qualifizierten Köchinnen erhalten. Mit exzellenten Referenzen.«

»Selbstverständlich«, erwiderte Lillian. »Ich würde sehr gerne mit ihnen sprechen.«

Für den Augenblick würde ihr Personal darüber hinaus nicht weiter anwachsen, dank Makricostas Freigiebigkeit konnte sie Magnusson jedoch zumindest die Last abnehmen, die Familie mit Mahlzeiten zu versorgen. Falls sie oder Jinadh jemals versucht hätten, selbst etwas zu kochen, hätten sie die Nummer vierundzwanzig garantiert in Brand gesteckt. Genau wie man in ihrer Familie nie über Geld gesprochen hatte, war Lillian auch nicht dazu erzogen worden, sich in der Küche zurechtzufinden.

Magnusson nahm ihr Mantel und Schal ab. »Mr. Addas ist mit Stephen in der Bibliothek. Leider kann ich mich nicht um die Drinks kümmern, aber ...«

Sie winkte ab. »Sie haben schon genug zu tun. Ich kann mir meinen Whiskey selbst eingießen.«

»Selbstverständlich, Ma'am.« Dann war er verschwunden und sie auf dem Weg zu ihrer Familie.

Lillian fiel auf, dass das Radio auf einen anderen Sender eingestellt war als den, auf dem gerade ihr Interview gelaufen war, es spielte etwas von ... Ach, mit Komponisten hatte sie sich noch nie ausgekannt, aber es klang wie Innevin. Leise Klaviermusik im Dreivierteltakt.

»Guten Abend, die Herren«, sagte sie und ließ sich neben Jinadh aufs Sofa fallen. Er legte ihr den Arm um die Schultern und drückte sie kurz. Gerade so, dass Lillian wusste, dass sie erst nach ihrem Auftritt den Sender gewechselt hatten. Er hatte jedes einzelne Wort gehört.

»Gibt es gute Neuigkeiten?«, fragte sie. »Das andere Zeug will ich nicht hören.«

»Kröte?« Jinadh streckte das Bein aus und stupste Stephen gegen den Fuß. Der lag lang ausgestreckt auf dem Teppich und las ein Comicheft. Da er seine Prüfungen abgelegt hatte, widmete er sich jetzt wieder weniger akademischer Kost.

»Ach ja.« Der Junge setzte sich auf und schnappte sich etwas vom Beistelltisch. »Das hier ist gekommen.«

Lillian nahm ihm den Umschlag ab – oben hastig aufgerissen, also hatte Jinadh ihn von Stephen öffnen lassen. Das Siegel von Cantrell auf der Lasche sagte ihr, worum es ging, und wenn es gute Neuigkeiten waren …

Sehr geehrte Ms. DePaul und Mr. Addas,
wir freuen uns, Ihnen mitteilen zu können, dass Ihr Sohn Stephen DePaul nach reiflicher Überlegung wieder in die Jugendakademie von Cantrell aufgenommen wurde.

In dieser Art ging es noch weiter, dann folgten Anweisungen zur Zahlung, Anmeldung und dem Unterrichtsbeginn. Die Zahlung konnte Lillian durchführen, wieder dank Makricosta. Dafür hatte sie ihm bloß ihren einzigen Bruder verkauft.

Cyril hatte stets Scherereien bedeutet. War ein Albtraum gewesen. Chaos, das man wegfegen, aufwischen, aufräumen musste. Doch in diesem Punkt war er verlässlich gewesen. Eine Konstante. Ein Gegenpart, auf den sie stets zählen konnte. Vor Schuldgefühlen schmerzte ihr die Brust. War das wirklich der einzige Nutzen, den sie aus ihm gezogen hatte? War das der einzige Grund, warum sie ihn vermissen würde? Weil sie ohne ihn keine andere Möglichkeit hatte, die eigenen Fehler herunterzuspielen?

Nein. Doch es war der Grund, der ihr zuerst einfiel, weil ihre Eltern sie dazu gebracht hatten. Und sie selbst ebenfalls.

Aber ihre Eltern hatten sie nicht auf dieses Gedda vorbereitet – die Ospies, der Krieg, das nachfolgende Chaos. Ihre Lektionen und Erwartungen musste man beiseitelegen. Vielleicht konnte Lillian Cyril nun einfach als Schwester vermissen, die ihren Bruder nie wiedersehen würde.

Sie presste die Handballen gegen die Augen, tat so, als hätte sie Kopfschmerzen. Falls sie mit dieser Bewegung auch ihre Tränen wegwischte, dann war sie darin geübt, es zu verstecken. Als sie die Augen frei blinzelte, sah sie, dass Stephen wieder auf dem Boden lag, die Nase in den dreifarbigen Abenteuern von ...

»Was liest du da eigentlich?«, fragte sie und war stolz, dass ihre Stimme nicht bebte.

Stephen verdrehte lediglich die Augen und meinte: »Kümmer' dich um deinen eigenen Kram.«

Instinktiv wollte Lillian ihn scharf tadeln, hielt allerdings noch rechtzeitig inne. Ja, er erinnerte sie an Cyril. Aber sie würde ihn nicht so behandeln, wie Cyril behandelt worden war. Er war nicht ihr Vermächtnis, er war ihr Sohn.

Darum stupste sie ihn mit der Fußspitze in den Bauch, und als er sie finster anstarrte und sich zur Seite rollte, meinte sie: »Glaub' mir, genau das mache ich gerade.«

Die *Ao Hinso* entsprach nicht Cyrils Erwartungen. In den Gängen roch es nach Schimmel und fermentiertem Kohl und in die enge Kabine hätte niemals ein zusätzliches Feldbett gepasst. Zumindest gab es ein Bullauge, das sie bei gutem Wetter offen ließen. Mit dem Wind zogen Gischt und Dieselabgase herein. Cyril dachte an das Parfüm von Alain de Nils, das er Cordelia vor so langer Zeit auf die Handgelenke getupft hatte, und an die schillernde Party, auf der sie Aristide mit seinen kajalumrandeten Augen begegnet waren.

Diese Erinnerung stand in scharfem Kontrast zu ihren jetzigen Umständen.

Inzwischen befanden sie sich seit fast einer Woche auf der *Ao Hinso*, sodass deren schäbige Ausstattung vertraut geworden war, beinahe tröstlich. Außerdem hatte Cyril weitaus Schlimmeres erlebt.

Aber Aristide hatte sich das hier ausgesucht. Darum hatte Cyril sich, als er zum ersten Mal in ihrer zweitklassigen Umgebung gestanden hatte, überrascht umgesehen und gesagt: »Das sieht nicht gerade …« Dann hatte er gestikuliert, anstatt das richtige Wort zu finden.

»Schick aus?«, fragte Ari. »Nein. Aber das ist alles, was wir uns leisten können, ohne Flöhe zu bekommen.«

»Leisten? Bist du nicht eine Art krimineller Handelsmagnat?«

Ari öffnete einen seiner Koffer, die den größten Teil des Raumes ausfüllten, und holte sein Zigarettenetui mit Feuerzeug heraus. Purpurfarbene Emaille, Goldrand. Cyril erinnerte sich daran, dass er in der stickigen sicheren Unterkunft in Liso den Impuls gespürt hatte, das glänzende Feuerzeug abzulecken, weil er so erstaunt darüber gewesen war, dass etwas so Schönes noch existierte.

Diese Erinnerung rief eine deutlich jüngere wach: den Geschmack der zarten Haut unter Aris Kiefer. Der metallische Geruch seines Schweißes.

Ari zündete sich eine Kippe an und genoss sie mit geschlossenen Augen. »Jetzt nicht mehr.«

Auch Cyril nahm sich aus dem Etui eine Kippe und schnappte sich von Aristide das Feuerzeug, was diesen aus seiner Meditation schreckte.

»Als ich gesagt habe, dass ich deine Schwester in den Bankrott getrieben habe, war das nicht als Witz gemeint. Und mich selbst ebenfalls. Ein großer Teil ist in Fryes Wahlkampf geflossen. Ich schätze, ich wollte sie zu so etwas wie einer Marionette machen. Lillian bekommt einen Teil und mit dem Rest habe ich unseren Ausweg aus der ganzen Ruine erkauft.« Er gestikulierte vielsagend mit seiner Zigarette, meinte damit Gedda, zeigte aber nach Cyrils Schätzung eher in den Nordosten. »Es ist genug übrig, um uns an unser Ziel zu bringen, und es gibt ein Haus, in dem wir dort leben können. Und was ich jetzt noch habe, reicht dort länger als anderswo.«

»Mutter und all ihre Söhne, wir gehen aber nicht zurück nach Liso, oder? Ich weiß, dass man mir dort eine Rente schuldet, aber ich würde eher ...«

»Nein, nein.« Aristide wedelte den Rauch aus seinem Gesicht. »Nach Daouds kleinem Ausflug zum Radiojournalismus erwartet mich dort nur noch verbrannte Erde. Wahrscheinlich würde Cross sofort einen Auftragsmörder anheuern, wenn sie wüsste, dass ich wieder im Land bin. Vielleicht kannst du die Rente auch aus dem Ausland beantragen?«

»Aber mal im Ernst«, meinte Cyril. »Wohin fahren wir?«

Ari zog noch einmal an seiner Kippe und seine Augen verloren den zynischen Ausdruck. In seiner Stimme klang ein wenig der Singsang des früheren Showmasters mit: die Sahne der Innenstadt über dem Charme eines Schauspielers.

»Da gibt es einen Bungalow«, sagte er. »An einem roten Sandstrand in Ishin Sao. Den hätte ich schon vor Jahren verkaufen sollen, aber ... Er liegt gleich am Rande eines Dorfes, an einer Straße, auf der man nach Oizhan kommt, wenn man Geld für den Bus oder ein Motorrad hat.«

»Bist du schon mal dort gewesen?«

»Nein«, gab Aristide traurig lächelnd zu. »Aber die Maklerin hat mir gesagt, dass es ruhig, hübsch und nahe genug an der Stadt ist, um allen Komfort zu genießen, gleichzeitig jedoch weit genug draußen, sodass in den Straßen keine Touristen herumlaufen. Vielleicht verirren sich manchmal Leute aus aller Welt dorthin, aber hauptsächlich Einheimische.«

»Der Ort könnte ein Misthaufen sein.«

»Ist er nicht«, bekräftigte Aristide mit der friedvollen Überzeugung eines Märtyrers.

»Trotzdem wette ich, dass wir in keiner Bar mit verspiegelten Wänden Absinth anzünden werden.« Nicht dass Cyril besonders wild darauf war, diese Welt wieder zu betreten. Doch es war die, die er kannte und in der er sich Aristide vorstellen konnte. Außerhalb von Fuchsbau und *Bee* wusste er nicht, was sie einander bedeuteten.

Aristide lachte auf. »Den habe ich sowieso nur flambiert getrunken, weil es für die Bewunderer gut ausgesehen hat. Außerdem hat Malcolm billigen Absinth serviert. Den guten sollte man nicht anzünden. Da sollte man nicht einmal Zucker hineingeben.« Die Zischlaute des Stadtsingsangs hafteten ihm am Gaumen und die Hand mit der Zigarette ließ er geziert sinken.

Vielleicht war doch nicht alles verschwunden. »Machst du es jetzt noch mal für mich?«, fragte Cyril.

Aristide zog die Augenbraue hoch. Inzwischen waren sie dichter und auf der Reise durch Tatié an den Kanten ungleichmäßig geworden. Aber der Bogen war ihm vertraut. Von plötzlichem Wagemut erfüllt küsste Cyril ihn darauf.

»Das Stottern«, sagte er, mit den Lippen an Aris Haut.

»Ach, L… L… Liebling.« Aristide zog sich ein wenig zurück und sah ihm in die Augen. »Ich weiß wirklich n… n… nicht, wovon du sprichst.«

ENDE